U0833173

时代出版传媒股份有限公司
安徽文艺出版社

聚焦文学新力量
当代中国青年作家创作实力展

新力量

聚焦文学新力量

JUJIAO WENXUE XIN LILIANG

当代中国青年作家创作实力展

文艺报社◎主编

时代出版传媒股份有限公司
安　徽　文　艺　出　版　社

图书在版编目(CIP)数据

聚焦文学新力量:当代中国青年作家创作实力展/文艺报社主编.
—合肥:安徽文艺出版社,2013.9
ISBN 978-7-5396-4688-6

Ⅰ.①聚… Ⅱ.①文… Ⅲ.①中国文学-当代文学-作品综合集 Ⅳ.①I217.1

中国版本图书馆CIP数据核字(2013)第215744号

出 版 人:朱寒冬　　责任编辑:朱寒冬　刘姗姗
特约编辑:行　超　　装帧设计:许含章

出版发行:时代出版传媒股份有限公司　www.press-mart.com
安徽文艺出版社　www.awpub.com
地　　址:合肥市翡翠路1118号　邮政编码:230071
营 销 部:(0551)63533889
印　　制:安徽新华印刷股份有限公司　(0551)65859551

开本:880×1230　1/32　印张:19　字数:380千字
版次:2013年9月第1版　2013年9月第1次印刷
定价:39.80元

新力量

《聚焦文学新力量》

《文学生长的力量》

盛可以
蒋一谈
蒋峰
阿乙
魏微
简默
崔曼莉
阿丁
林森
孙频
戴来
艾玛
马小淘

田耳
弋舟
苏兰朵
郑小驴
甫跃辉
葛亮
计文君
王威廉
厚圃
郑小琼
曹寇
谢宗玉
张楚

颜歆

徐则臣

哲贵

吕魁

东紫

七堇年

梁鸿

白玛娜珍

姚鄂梅

付秀莹

笛安

王凯

乔叶

东君

费滢

蔡东

路内

马笑泉

周瑄璞

扎西才让

吴君

马金莲

肖江虹

目　录

盛可以 / 生于 1973 年，湖南人。曾获华语文学传媒大奖、娇子·未来大家 TOP20 等奖项。著有长篇小说《北妹》《水乳》《道德颂》《死亡赋格》，中短篇小说集《缺乏经验的世界》《留一个房间给你用》等。

评家观点

渐渐藏起那把“刀”

吴　萍

前年在某杂志上看完《白草地》，顿觉杀机四伏，第一次留下了盛可以冷冽硬朗的印象。上个月，又惊喜地读到她收入《新女性代表作》中的《缺乏经验的世界》，就是这两个短篇，让我有了读完她所有短篇的念头。

选择密集地阅读盛可以本身就是一种危险的行为。那些寒光湛湛的文字就像一把刀，随时可以扎向脆弱的神经，令人猝不及防。盛可以小说里的这把“刀”在《快感》里切掉了男人的阳具，在《鱼刺》里变成喉头的一根鱼刺，在《手术》里切开了唐晓楠的左乳，又在《1937年的留声机》里“繁殖”为直刀、太刀、打刀、薙刀。它轻易地捅开爱情和欲望的真相，却让读者没法获得一丁点儿的心理舒适。因此，阅读盛可以前必然要蓄足勇气，才能随时抵抗头皮发麻和脊背生凉的不良反应。钟情于“刀”，让盛可以选择与温暖逆行，变得尤其冰冷和锋利。

盛可以笔下的“爱情”从不是一种温情的叙述，似乎污浊、残忍或背叛才可为其认知的“爱情”正名。小说中，她一次次冷静地剖析，试着从物欲和情欲中析离出爱情的独立存在。像手艺一流的外科医生，手执那把“刀”轻轻就拉开了表皮，切入层层的脂肪，拨开复杂的血管，直至找到最终的“毒瘤”。当“毒瘤”最终出现时，竟让读者和她都无法辨认，这是要找的“爱的真相”？读到最后的《手术》时，我好像就是躺在手术台上的唐晓楠，无法避开身体的疼痛和爱情伤口的血腥。

在短篇集《可以书》的序言中，盛可以被张楚形容为“散发地母般庞大气息的人”。是的，谁也甭想从她那儿摸到温馨和纤美，她永远就像那柄直杵杵的刀，凛然地逼近你。她不屑于柔情暖色的表达，总是残暴甚至恐怖地直揭“凶相”，狠烈而霸气。这是个伏击在夜色中的作家，眼光机警地窥向人性的深海，随时准备捕获各种滴血的爱情。

早在2002年，盛可以就以《TURN ON》《狗日的信仰》和《干掉中午的声音》等短篇确定了独特的冷峻风格。其后，她又相继写出2005年的《淡黄柳》《归妹卦》，2008年的《白草地》《缺乏经验的世界》，以及2011年的《德懋堂》和《墙》等。这一路，除了颇耗体力的多部长篇外，盛可以从未懈怠过短篇的创作。她一步步将自己的生命体验融入短篇，不断在文字中打破自我、重建自我。不仅于此，她似乎开始有意无意地藏起了小说的那把“刀”，由最初外露的凌厉逐渐走向了内隐的凌厉。纵观十多年的短篇创作，我们还发现在多维度叙事以及复活细节场景的驾驭上，盛可以也日臻精熟。

《上坟》和《致命隐情》的故事发生在乡下，《白草地》和《墙》里的主角却生活在都市。盛可以显然不是那种只能写农村爱情或城市爱情的小说家，情事发生的地域环境只是她挖掘人性时披着的

“外衣”，盛可以熟悉外衣上的肌理和褶皱，敏锐地嗅到裹于其下的爱情渴盼和欲望诉求。

“我喜欢短篇小说中有某种威胁感或者危险感，我觉得一个短篇里有点危险感挺好，首先有助于避免沉闷。得有紧张感，感觉什么在迫近，什么东西在不断逼来，否则经常的，是一个短篇不成其为短篇。”美国短篇小说家雷蒙德·卡佛在《关于创作》中的这席话，正好指向了盛可以。盛可以的好多小说别具惊悚气，就像《白草地》里每天给老公“嗑药”的蓝图、《低飞的蝙蝠》中崩脱家庭却无法落实真爱的中年妇人、《缺乏经验的世界》里那个欲望焦灼的女作家。这群在各自的小空间里被“幻灭的爱情”撞得遍体鳞伤的女人，或蓬勃或世俗或残忍，像一朵朵“恶之花”散发出刚硬腥丑的气息。她们的存在丰富了盛可以女性生活的深层景观，也传达给读者某种“威胁感”和“危险感”。

10 年前的某天，盛可以结束了打工生活，转向专业的小说创作。这种斩断从前的决绝，让我想到 43 岁时离家写出《小城畸人》的舍伍德·安德森和 38 岁叛离家庭生活的画家高更。对没受过科班训练的盛可以而言，彼时选择做“小说家”无异于博彩，谁也不能预知她的后来。一定有股强劲的内驱力熊熊于心，才使当时的她受到煽惑，自投罗网地转向了小说创作。而很小就混迹江湖的经历让她早熟，在积累了超过同龄人的生命经验时去选择写小说，仿佛又自然而然。今天，她这样说起创作小说的缘起：“对生活感觉无趣味、无意义时开始写小说。”才 20 多岁的她过早发现了生命的无趣，以至以后紧握这杀向现实的“刀”，直劈向人性的罪恶。

直至今日，盛可以创作了大量的短篇和一些长篇，很少涉及中篇。对此，她坦承，自己写不出也写不好中篇，却偏爱短篇的精致圆润和长篇的缠绵跌宕。奇怪的是，盛可以的很多短篇也常呈现出缠绵跌宕的气质，绵密的触角总能触到人物隐秘的死穴，表达欲望或爱情对个体的戕害也是大开大合。而随着不断地探索，她的小说逐渐摆脱早期《快感》那样的突兀直露，慢慢向精致圆润靠拢。其中，尤以《白草地》和《缺乏经验的世界》最为代表。《白草地》精致如艺术品，可说是她的风格裂变之作。叙事层次清晰严密，"包袱"裹得紧，此前被视作杀手锏的"刀"亦埋伏得深。同时，这篇小说的隐晦和大气让我似曾相识，似得同以冷风格著称的日本短篇作家向田邦子的神髓。出场不多的"蓝图"，气质实在太像《水獭》中的厚子。盛可以故意将真正的主角"蓝图"挪以配角处理，着重笔墨于其他人的写法表面为阅读设置了屏障，反给读者制造了巨大的冲击力。

而曾被作为书名的《没有经验的世界》则有点前辈施蛰存的笔调，有着明显的心理小说风格。故事中的男女框限于火车上的两个小时内，没有多少腾挪的空间。盛可以干脆以"心理起伏"代替了情节变化，一支笔削得尖尖细细的，直接就划入人心的密道，剔出女作家的浑浊心理。亢奋的性念、褪色的爱情以及无力的现实借由绵密不安的心理刻画交错而生，让不长的小说充满了巨大的张力。此外，其中的许多代表文化的生僻词，除给女作家增添了"文化味"外，更让小说有了活泼和趣味。

写出《回忆吧，扑克牌》的向田邦子也有一般的《隔壁女子》。

奈保尔对福楼拜的《包法利夫人》很是推崇，却不屑《萨朗波》，而《一件小事》也常成为好事者拿来取笑鲁迅的经典案例。可见，世上没有一个作家伟大到“篇篇佳作”。盛可以说自己也快忘了10年前的《狗日的信仰》，我想这并非是“惭愧少作”的故意，而是她抛弃故我不断向前的勇气。

在新近的采访中，盛可以说只有阳光、雨露、风雪、光合作用以及经典作品才能影响到创作本身。这样的话若是放之几年前，委实叫人不可信。谁能从她从前的小说中摸到一丝暖意和阳光？所有的“光合作用”都在她营造的阴暗中完成了。可不久前，暂居黄山德懋堂的几个月，让她从风丝雨片又得到新的心灵给养，写出了《德懋堂》。依旧凄厉折翼的爱情故事，依旧冰冷阴暗的底色，却抛弃了“刀光相逼”的方式。“我钻出了马墙薄毛衣般的覆盖”，“竹叶与空气摩擦出的骚动声响，像马墙在我身上的呼吸”。“一切重现寂静，只有我的伤口在黑暗中发光”以及“我躺在他的语调里，体会这几个字的穴位按摩”等等。往昔那个粗粝凶猛的盛可以似乎消失了，她藏起了那把“刀”，在新徽派建筑德懋堂中捉住了丝丝寂静微凉的暖意。当诗人的影子投射到盛可以的身上时，谁又能否认阳光雨露以及光合作用对她的影响呢？其实，早在2002年的《上坟》中，从对吕玉家橘园和田园景象的白描就可窥见盛可以“细节圣手”的一面。而弥漫于《德懋堂》中的周遭气息却不再阴风如灌了，竹林光影和夭桃粉杏开始给读者制造出“暖”的幻觉。

这些年来，盛可以一直拒绝温情主义，主动跟很多小资派作家划清界限，近乎执拗地保持敏感、坚守自我。尖利或者凌厉，逐渐被读者们看成她的标签，也让其在当下的作家群中保持了很强的辨识度。同时，这样的风格也是她本身一贯自觉的创作意识，总是试图透过各种身份和职业，探索到男女两性关系的原生态。写过农村和都市的、蓝领和白领的故事后，今年她又一次打破局限，写出了聚焦到男同之间关系的《人面狮身》。虽然还是沿袭一贯的冷厉风格，却“藏而不露”地说清了：爱情和欲望并不受性别的拘约，可以发生在男男或女女之间。

太多“热型”小说像热辣的女郎，圆润饱满充满魅惑，只是腮上未退的潮红总透着令人生厌的俗腻。作为对立面的冷型小说，我们会想到鲁迅和爱尔兰的克莱尔·吉根。对人物的摹刻、节奏的把握以及通过文本表达意见时，他们都显得克制精准。而字里藏“刀”的盛可以以冷厉与他们保持了某种神似，常逼着读者在阅读时主动降温、清醒，到零下深寒的地方去，用智慧贴近人性最底处的悲凉。

盛可以日后的创作目标在哪里？也许会慢慢用小说模糊“文学”与“哲学”间的界线，最终成为一种变体的哲学文本。我所期待的是，她在以后的小说中不轻易拔“刀”，也照样能直抵读者们的“要害”。

作家自述

从一条卑微的河流说起

盛可以

我年轻的时候，总是羞于承认自己来自偏僻的乡村，又没有勇气撒谎说自己来自什么城市，所以通常会说，我是偏远小镇的。现在，我要说出真相：我生在一个偏僻寂寞的村庄。我要从一条卑微的河流说起。一条孤独的、乡村的、卑微的河流。它是我生命的开端，也是我文学的源头。

这条河流，在湖南省的东北部，一个名叫益阳的地方，穿过一个地图上找不到的小镇，只有生活在它周围的人，才知道它的存在。因为穿过兰溪古镇，于是被叫作兰溪河，就像村里的孩子一样，它的名字极为随意。在我的记忆中，童年的快乐、幻想，以及成长的苦闷，都与这条河有关。它掌握了我所有的秘密。我至今没有见过像兰溪河那么清澈、甜蜜、美丽的河流，两岸的青草长堤呵护着它，垂杨柳拂扫水面。上个世纪 70 年代，兰溪河里还有白色的帆船缓慢地行驶，还有赤足的纤夫，在河滩上艰难地跋涉……贫苦和诗意像一对孪生儿。后来，当我脑海里浮现这种画面的时候，我心里更多的是生存的艰辛和悲凉。

童年生活在我的记忆中大概只有母亲四处找米养活家里却又

两手空空回家时的绝望神色，以及猪肉和猪油浓郁的香味……我记得雨天上学，光脚走在寒冷的泥泞中；我记得每个学期都要拖欠学费，直到母亲攒够一篮鸡蛋。那时完全不懂生活的难处，只知道在河里游泳、钓鱼、摸虾、划船，享受河流带来的快乐。所以每当人们向我表达乡村的诗意时，我总是不以为然，乡村的本质是贫穷、清苦和饥饿。

我的作品里往往会有残酷和坚硬的东西，破坏人们心中对乡村的诗意感，我总是不由自主地想说，真实的生活是这样的，我不想给它披上那层薄如蝉翼的诗意。当然，我以我生在这个小村庄为幸，有一条清澈的小河相伴，随着我的童年及成长，我在回忆中常常涌动复杂的幸福感。这条小河给了我诸多种丰富、低微、却又迥然不同的生活经历，好像是专为我的文学旅程做准备。我感激生活给予我的一切，包括贫穷、饥饿、不幸、灾难。

有意思的是，我最初对文学的接触，都不是光明正大的。如果非得指出一个文学启蒙的标记，恐怕要算两次“偷”来的文学了。一是六七岁那年，我跟母亲去外婆家，我在小书摊上看连环画。手中的书才翻了一半，船就来了。那一刻我的心跳突然加剧，我知道自己想干什么，我被自己大胆的想法吓着了。上了船，我感觉自己像只麻雀，心脏怦怦地撞击，揣在口袋里的那只手紧紧地攥着那本薄薄的《三国演义》，一直说不出话来。这是我第一次领略图画的魅力，那时我还不识得多少汉字。第二是我爷爷的百宝箱。那年我刚上初中，有一回，我爷爷人走开了，也没锁门，我进了他的屋子，打开他的百宝箱，里面有些瓶瓶罐罐，还有几本翻得蓬松的书。

我随手抓了一本，是金庸的武侠小说，我专挑爱情和武打的段落读，看完又偷偷放回原处，那次阅读，使我的心里充满一种说不出的满足感。那应该是我第一次领略文字文学的魔力。

9 年前，我在大都市打算写小说时，首先想到的是兰溪河，以及被兰溪河养育的农民。我写了一些乡村题材的作品：我写命运攥在别人手中的姑娘，写被观念束缚丢了性命的男人，写抗争不公追求幸福的女人，写那些沉默而屈从的人们、那些被隐匿的惊心动魄的个人遭遇。

经济改革以来，无数的“钱小红”告别乡村投奔城市，寻找自己的位置，引发了巨大的社会变革。我的祖辈和乡亲们在一个信息闭塞、生活单调的环境里消磨一生。倘若不是内心很小就埋下的那对于远方的梦想，我的命运可能跟他们一样。但现在，即便我在城市定居多年，我仍将自己看作他们当中的一员。然而，自相矛盾的是，我又十分惧怕成为他们，惧怕过那样的生活，所以我总被一种要挣脱的力量驱使，朝着更远的远方逃跑。

当孤独的小河流淌出村庄，经历凶险地势，它对世界与生命的认识会产生巨大的改变，从一种小孤独，走向大孤独。3 年前，我开始创作长篇小说《死亡赋格》，关注视野有所变化，但孤独与绝望依旧。小说关于革命、信仰、性禁忌与乌托邦，是一个追求自由却走向禁锢、始于反叛而终于统治的悖论式寓言。我想写经历社会剧烈动荡之后的知识分子如何面对理想的破灭与信仰的摧毁，我希望找回被时间河流冲走的历史记忆。

后来的兰溪河被截流，变成了近 10 公里长的死水，承包商用来发展养殖业。现在的兰溪河水已不能饮用,不能游泳,甚至布满了血吸虫,谁也不敢下河。一条河流如果停止流动,它的美就逝去了,宁静而简朴的乡村生活就消失了,人的思想也产生了变化。我觉得自己生命中最珍贵的东西已被破坏。被什么毁了呢？我不知道。在我的小说里,我提出了自己的问题,发出自己的感叹。

回家途中,我沿着兰溪河走了很远,我喜欢坐在堤坡看河边的景色。我凝视河水,回顾那些消逝的事物,我看见过去的自己,感慨万千。我慢慢有了一个秘密的愿望,我要用我的文字描绘一条河流的美丽,延续兰溪河清澈的生命,实现它汇入大江大海的梦想。

我相信世界上有许多同样默默无闻的村庄与河流,有许许多多被忽视、遗忘和抛弃的普通人。我们每个人都是一条卑微流淌的河流,有梦想、有野心,循着自己的一种本能支撑着孤独前行。有时候感觉自己是旷野的狼,孤独时只能对着明月嗥叫,暗夜无光时,在漆黑中听万壑松声。我相信任何生命都不应该被忘记,这就是我认为自己写作的价值所在。

蒋一谈 / 生于 1969 年，浙江人。曾获首届林斤澜短篇小说奖、第三届蒲松龄短篇小说奖、南方阅读盛典最受读者关注作家奖等。出版有短篇小说集《伊斯特伍德的雕像》《鲁迅的胡子》《赫本啊赫本》《栖》等。

评家观点

当代中国的“寓言一种”

杨庆祥

火车正穿越第36个隧洞，名为沈全的中年男人从农村老家匆忙返京。一个叫谢大海的“星探”与他搭讪，问他愿不愿意去试镜，出演话剧中的鲁迅。出于普通人天然的自我保护意识，沈全拒绝了他的邀请，但同时留下了对方的名片。回到北京后，沈全发现自己经营的足底按摩店遭遇了经营危机，在老顾客同时也是新闻工作者周宜的鼓励下，沈全决定利用自己的身体资本——在谢大海看来，他的长相酷似鲁迅——来解决眼前的困境。接着，沈全赶赴谢大海的公司试镜，准备出演鲁迅的角色。一切似乎都在向好的方向转变：沈全的外形得到了经纪公司的肯定，同时，在老顾客周宜的点播下，他化妆成鲁迅站在自己的小店门口，立即引起了轰动，为了体验“鲁迅”给自己捏脚的感觉，他的小店门庭若市。但戏剧性的变化同时也开始发生，市场纠察队责令其停止使用该广告，并不得化妆成“鲁迅”提供服务，原因是他根本就没有演出话剧。这是对开头情节的逆转——从拒绝出演到强烈地渴望出演——沈全那看似近在咫尺的梦想在一瞬间跌落谷底。果然，因为资金不到位，这部话剧流产了。

故事还没有结束，因为鲁迅，沈全的生活发生了一系列变化，他因此越来越渴望扮演鲁迅，最后，他居然借钱帮助那个陌生的导演垫付了拖欠的8000元委托金。接着，他见到了话剧的导演——在校大学生苏洱。原来，所谓的话剧，不过是苏洱为自己父亲特别安排的一场表演。苏洱的父亲是一位鲁迅研究专家，发表了很多关于鲁迅研究的成果，但直到退休前还只是一个副教授，可怜的苏副教授因此患上了精神妄想症。作为献给父亲最后的礼物，苏洱想找一个演员去完成父亲的心愿，虽然她无法理解"为什么鲁迅对父亲如此重要"。于是，只有3个人参演的话剧在苏洱家里如期上演，每个人都得到了其想得到的：老知识分子得到了"鲁迅"的肯定；苏洱表达了自己的孝心；而沈全似乎得到的最多，他不仅扮演了鲁迅，还在这种扮演中得到了情感的升华，最后，他决定"实实在在"地生活。

这是蒋一谈的短篇小说《鲁迅的胡子》给我们讲述的故事。故事涉及了生意失利、婚姻困境、社会不公等当下中国的普遍现实，蒋一谈把这些"现实"一一纳入其小说中，串联这些现实的，是一个独特的"道具"——鲁迅。就我的阅读所及，在虚构类文学里，"利用"鲁迅，这似乎还是第一次。无疑，蒋一谈用对了。只有鲁迅，才可以让沈全获得如此广阔的社会关注：在戴上鲁迅的胡子之前，生活对于沈全来说是镶有玻璃外墙的房间，他以为他看见了，其实他只是触摸到一片冰冷的、虚假的表象。正是通过化身为鲁迅，并戴上那带有强烈不妥协意味的胡子，沈全才得以看见生活本身的戏剧性，包括广告的神奇效应、政府的管制、知识分子的受迫害妄想症等等，当这些现实的活幕剧在眼前一一上演之时，沈全看到了真实——日常生活原来如此严峻、荒谬和苦痛。

但沈全仅仅是一个旁观者和受动者，他拥有的仅仅是鲁迅的假面，在萨满教的仪式中，一旦巫师戴上神灵的假面，立即就变成了神灵的一部分并拥有超能的力量。毫无疑问，蒋一谈是极具现代感的作家，沈全拥有个人清醒的认知能力，鲁迅的假面是他观看现实内核的一种方式，也是蒋一谈结构小说的一种方式，通过鲁迅，蒋一谈最终是要回答自己的生活。“鲁迅的胡子”是假面的一种，沈全借鲁迅来看这个世界，借他犀利的观看来洞穿生活的隐蔽玻璃，而当一切痛苦都得以呈现的时候，沈全作为自己，反而获得了生活的勇气。从这个意义上说，沈全戴上“鲁迅的胡子”，是为了最终能够撕掉它。

需要注意的是，虽然蒋一谈的写作表现出高度的对故事创意和表述方式的追求，但他绝对不是一个形式主义者。实际上，在蒋一谈的作品中，因为这种对“格式的独特”的用力而使得他的小说自然涌现出一种“表现的深切”。在另外一个短篇小说《温暖的南极》中，故事从女编辑阅读吉根著名的短篇小说《南极》开始：“每次这个婚姻幸福的女人离开家时总会想，如果和另一个男人上床，感觉会怎么样。那个周末她决定试一试。”阅读给女主角平静乏味的生活以强烈的蛊惑，“她从小说里面那个渴望一夜情的女人身上读到了自己”，于是，她也决定试一试。接下来的描述不再着力于故事的起承转合，而是像一个慢慢横拍过去的长镜头——女主角的心理活动与吉根的叙述频繁地互动起来，并在小说的结尾达到一种虚伪的高潮,女主角在心中狂野地呼喊着南极和男人,但实际上,她并不知道下一步该怎么进行。

《温暖的南极》的精彩之处正在于这种无法行动的悲剧的存在。当女主角借助阅读恢复了感性以后,当她明白自己的欲望不过是一种“普遍人性”的结构时,她依然无法完成这种普遍性。我想,这是蒋一谈的高明之处。通过对吉根《南极》的征用和对话,他凸显的是另外一种现实的结构,在这个现实的结构中,个人视域不断被社会视域挤压、阻隔和改造。女主角固然是以中产阶级的身份出现,但是,她所遭遇到的现实却并非是中产阶级的。小说特别描写了两个细节:首先是女主角遭遇了一个开吉普车的丑陋男人,这个男人因为要超车而对她进行了恶毒的咒骂;之后,她在天桥上遇到了一个乞讨的女人,这个女人以夸饰她的苦难来博取同情。这两个细节像两根锋利的钉子一样,钉在了这个短小精悍的小说中,它们好像某种耻辱的标志,提醒着女主角和所有的读者,这里不是吉根小说叙述的爱尔兰——在那里,一夜情是一种浪漫的诗意之旅,即使这种行为最后获得“罪”的惩罚——这里是中国,现实社会已经把一切诗意消解殆尽,在这种情况下,我们的女主角面临着更大的内心分裂,她只能在阅读和想象中完成《南极》一样的行为。作为普通女性,她遭遇的现实并不容许她完成这一行为。在这个意义上,《温暖的南极》改写了《南极》的主题,小说探讨的并非是情欲的原罪问题,而是普遍人性与非人性的社会结构之间的矛盾冲突。

正是因为这种社会视域的涌入,蒋一谈的小说超越了故事的层面而进入了另一个更大的解读系统——他的小说是关于“当下中国”的寓言一种。在蒋一谈已经出版的小说集中，有两篇小说被直接冠以“中国”之名，一篇是《China Story》，一篇是《中国鲤》。《China Story》有3个层次值得我们注意：首先，它是新闻事件意义上的中国故事，这不仅是指小说中数次引用具体的新闻作为故事的内容之一，更重要的是，该小说的主要故事情节——为了读懂远在北京工作的儿子编辑的杂志，孤身生活在小镇的父亲刻苦学习英文，最后孤独地死在卧室里——本身就是一个包含了丰富的信息量的大新闻。蒋一谈这个以“城乡”、“父子”为主体结构的故事继承了现代文学的主题，在现代文学名篇王鲁彦的《黄金》中，在城市工作的儿子定期给家里汇款，构成这个家庭尊严的基石，城市在那个时候是向乡村输血的。但是，在《China Story》里，城市完全是一个无情无义的剥削者，它以一种隐性的方式表露出其资本嗜血的本质，它剥夺一切：亲情、金钱甚至是表达能力。正如这个小说题目所象征的，为什么不是“中国故事”而是“China Story”呢？为什么父亲要通过学习英语才能读懂发表在杂志上的中国故事呢？也就是说，为什么中国故事要用英语才能被阅读、被传播、被接受呢？它隐喻了一种“失语”的现实：生在中国而并不能了解中国，或者根本就无法讲述中国故事。中国故事只有通过“转译”才能被表达。

这是一个极其深刻的隐喻，它不仅暗示了当代中国自我叙述能力上的孱弱，也指向蒋一谈写作的抱负，即，通过一种普遍化的语言，将中国故事普遍化。这正是蒋一谈小说语言的特征：准确。

因为，只有在准确性这一点上，所有的语言才是可以互译的。但是，蒋一谈也许忽略了，这种普遍化的语言和表达可能只是一种一相情愿的幻想，它就像完美的民主制度和全球化运动一样，只可能是一种理念的建构而不可能是现实的存在。

所幸，蒋一谈小说家的敏感拯救了他，《中国鲤》的故事解构了这种普遍化的幻想：中国的鲤鱼到了美国后，遭到了大规模屠杀，美国人始终强调“它们是中国的鱼……不是我们的……它们生在中国……”。这是“我”在飞机上无意中阅读到的一篇用英文写的故事，“我”读完后想到，“一百年前被美国商人带去修筑铁路、挖掘金矿的中国劳工”，想到“现在千千万万移民在美国的中国人……”

这两篇小说都是把真实的新闻事件作为故事素材纳入到小说中，但毫无疑问，在这两篇作品中，“虚构”才是本质和重心。新闻事件不过是另外一种“假面”，就像鲁迅的胡子、吉根的《南极》一样，他们只是小说现实感的来源而不是目标。小说的目标是文字中跳跃起来的那一部分东西，蒋一谈比任何作家都强调这一点，他在短篇小说的篇幅中呈现了广阔的社会视域，但是他会做奇怪的逆转，好像游子归乡一样回头自视，把刚刚拥入人群中的个体再度拉回家庭和个人的空间，这是蒋一谈小说中反复出现的逆转的结构：家庭和个人提供的治愈成为小说最后的归宿。

即使《鲁迅的胡子》《China Story》中有一种温婉的讽刺，但蒋一谈并非是以批判为写作导向的作家，虽然他的作品具有契诃夫式的洞察力，但他更多地陶醉于写作的“点金术”，像拼积木一样将现实变化为造型各异的故事，并且以治愈作为其重要的主题。所以，在蒋一谈的小说里，很少见到人格分裂的主人公，即使在《鲁迅的胡子》里，沈全已经完全分身为两个不同的角色，但是在小说的最后，他依然治愈了自己，变成了一个内心单一、强大的好男人。而在节奏明快的《七个你》中，一个人可以在7天中变换不同的角色而并无主体破裂的焦虑。

最能表现这种治愈愿望的是《疗伤课》，女精神分析师司南放弃了美国的一切，只身回国，她的内心藏着不被人理解的痛苦秘密："得不到男人的爱，那就爱自己。"她在这种自我暗示中度过了平静的几个月，但是，一个精神病患者——桑雪的出现打破了这种表面的平静。故事于是在两个女人之间展开，她们都是受害者，同时又都渴望得到疗愈。这是一个奇怪的文本。萨德式的邪恶和但丁式的神圣同时并存，交织成一幅现代女性的自我救赎之图景。故事的高潮在于游船上的独白，桑雪大声控诉她如何遭到男人的羞辱和压迫，以及她的痛苦和挣扎。这是这个故事中最精彩的部分，是名副其实、惊心动魄的一幕，我想每一个读者都能在这种莎士比亚式的戏剧独白中感受到刺穿内心的力量。桑雪也是蒋一谈的"假面"之一，作者借她之口表达了一个千百年来不断重复的，男人对女人的压迫、控制和剥削的问题。

是的，不仅仅是男人对女人的压迫、控制和剥削，同时也是一个故事对另外一个故事的压迫、控制和剥削，一种语言对另外一种语言的压迫、控制和剥削，最终，是一种现实对另外一种现实的压迫、控制和剥削，如此，小说的治愈可以完成吗？或者说，借着小说的"假面"，梦与和解是不是变得过于容易了？这是蒋一谈脆弱和天真的地方。也许，在他故事最开始的时候，他已经宣泄了全部的残酷性——那就是那个被重复了 82 次的凄厉的鸟叫声：

"China Story... China Story... China Story..."

作家自述

用马拉松的心态去短跑

蒋一谈

短篇小说"写什么"和"怎样写"虽是老话题，却时常给我提醒。写什么？"写自己熟悉的人和事"——课堂老师和文学理论书籍这样教育我。这些年，尤其是这几年，我却渐渐地想多写自己不太熟悉的人和事。怎样写？这方面的书籍和理论已有很多。我不敢赘言，想先按着自己的想法试一试：关注故事创意，写作的时候又要弱化故事。

2009 年深秋，我开始写《鲁迅的胡子》。我和朋友去做足底保健，看着眼前的保健师，我忽然想到一个外形酷似鲁迅的男人穿长衫给客人做足底保健的故事——当然，这个构想和我平时的臆想有关：如果鲁迅先生活到现在，看见眼前的现实和国民，会有什么样的感想？"鲁迅的胡子"。我想到这个小说名字。我知道，作品名称定完之后，将开始一场没有多少写作余地的旅程——而胡子是唯一的指引方向。这篇作品定稿后有 19000 余字，有几个好朋友告诉我，读完之后感觉这篇作品不长，好像只有八九千字。他们的说法给了我鼓励。

我喜欢死胡同式的写作方式。我站在胡同口，往前走，如果能把死胡同写宽，甚至写穿，那不仅是写作上的挑战，也是写作过程的快慰。简单而直白的作品名字，是我乐于面对、敢于面对的。

我自己有个简单的作品分类：一次成形的作品和反复修改的作品。

《七个你》《茶馆夜谈》《马克吕布或吴冠中先生》《刀宴》《说服》《温暖的南极》《一场小而激动的雨》《随河漂流》等是一次成形的作品，这类作品由更短的瞬间构想决定，多在1天至3天之内完成写作。《鲁迅的胡子》《中国鲤》《China Story》《赫本啊赫本》《林荫大道》《芭比娃娃》《疗伤课》《公羊》等耗时很长，每篇作品的写作时间差不多需要1个月至4个月。

如今，读者对作家短篇小说集的选择和阅读并不是很积极，这其实是好事。读者的冷漠能让写作者放下现实的虚幻，使他的写作心态更平和。关于短篇小说集的写作，批评家有很多总结：碎片式短篇小说集、主题短篇小说集和橘子瓣短篇小说集（也是长篇小说）。目前，我在写主题短篇小说集《逃》（城市女性主题短篇小说集《栖》已经出版）。我觉得，除了上述3个类型的短篇小说集写作出版方式之外，还有另外几种短篇小说集的写作和出版方式，希望未来的自己能够试一试。

短篇小说是短跑，长篇小说是马拉松。我想把短篇小说写作当成一场马拉松，希望自己能够匀速前进，也希望沿途能补充到干净的饮用水和营养品。

蒋峰 / 生于 1983 年，吉林人。曾获第四届新概念作文大赛一等奖、茅台杯人民文学奖短篇小说奖等。著有长篇小说《维以不永伤》《淡蓝时光》《为他准备的谋杀》，中短篇小说《遗腹子》《手语者》等。

面向自我的抒情乐章

霍　艳

“80后”创作在经历了前几年的喷薄之后，在这些年逐渐趋于沉寂。“80后”创作者面临着一个迫切的转型问题——是向市场靠拢，甘愿接受市场包装成为一名“类型化”写作者，还是对自身创作加以反省，寻找真正通向文学之路，哪怕这条路充满荆棘，少了掌声喝彩。蒋峰选择了后者，并且交出了令人瞩目的答卷。他最近的创作步伐渐渐放缓，每年有一部中短篇作品在《人民文学》面世：2010年发表短篇小说《遗腹子》，2011年发表中篇小说《花园酒店》，2012年发表中篇小说《六十号信箱》——这几部作品篇篇出手不凡。据说，2013年1月，《人民文学》又将发表他的中篇小说《手语者》。

然而，与此同时，评论者却对蒋峰近年来的创作似乎并不热心，多数认为他还没有摆脱青春书写的范畴，在他们看来，这似乎还是文学起步阶段的尝试。又或者，“80后”曾经的喧嚣让许多人对他们此后的文学创作保持警惕。最可怕的一种情况是，“80后”的创作让很多人感到无话可说，以上世纪五六十年代出生的人为主体的评论家队伍，与“80后”创作主体之间有一道不可逾越的鸿沟——这些他们子女辈的写作者以及他们固执书写的题材，已经无法再用简单、传统的文学社会学、文学政治学来囊括。同时，两代人之间的话语裂隙，更使得他们彼此无法在一个层面进行沟通。

“80 后”作家群出生在改革开放时期，外国文学的经典谱系得以完整地进入国内，书本里存在的虚无和颓废，人的异化、变形和暧昧不明等曾被视为洪水猛兽的内容，被“80 后”顺理成章地接受。同时，作为第一代独生子女，“80 后”面临着父母的希望和繁重的课业负担，被家庭环境包裹得严严实实，对社会的认识转而以书本为起源，于是，他们开始了模仿。蒋峰在高中时代阅读了 1000 本书，深谙西方小说的创作技巧，并且在早期作品中实验、甚至炫耀这些技巧。他曾坦承，直到 1999 年才摆脱了困扰他 28 个月的王小波风格。立志于写出最好华语小说的蒋峰，出手就是 30 万字的长篇小说《维以不永伤》，这是一本大杂烩的小说：魔幻现实、侦探故事、诉讼小说、拼贴元素、罗曼史情节、复杂的叙事人称切换，甚至还使用数字符号创作叙事游戏……蒋峰在处女作里就把小说当成了与读者之间的一个游戏，他用文字构建了一个巨大的迷宫，作为高高在上的掌控者，他俯视着一桩跨度 30 年的命案、十几个人物的悲欢离合，以及读者在文字丛林里迷失方向的苦闷。无疑，作者在这部作品中付出了巨大的努力，但同时，这种努力也造成了文本的晦涩以及某些情节安排的不合理和故弄玄虚。日后，连他自己也承认，第一部书太过用力，想要把平生所学全然贯之，下笔太重，在文本中迷失了自我。

之后，蒋峰出版过一部短篇小说集《我打电话的地方》，向美国极简主义作家雷蒙德·卡佛致敬，行文风格颇具“现代派”特征，每篇小说都尝试一个新的写作方向，具有鲜明的文体意识。作者超越叙事者，远远地观察着苦难者麻木的身体和灵魂，显示出理性和中立的姿态，这在美国文学里可以找到鲜明的脉络。2010 年，蒋峰出版自己的野心之作《恋爱宝典》，面对爱与文学这个古老的命题，蒋峰开始了自己的解构，他采用复调叙事，又不断分出枝杈，时而用幽默揶揄的语言风格贴近当下语境，时而又一本正经地对文学和作家进行颇具专业水准的论断——他用一个章节来探讨歌德与汪曾祺，爱与文学的不朽。2011 年，蒋峰在痴迷了一段时间的推理小说后，开始尝试类型化写作，推出《为他准备的谋杀》，他再次娴熟地运用推理小说的技巧，为真相揭露制造一个个障碍，带领读者共同逃亡。

熟悉蒋峰的读者不难发现，他具有小说家的天赋，同时也有小说技术的自觉。我认为，他已经具备一个成功作家的三分之二，而另外的三分之一，则是在感情。蒋峰并不是不投入感情，但他的感情是支离破碎的，是对小人物的怜悯、对命运不可控的无奈、或是感慨文学在市场冲击下的落寞。我以为，在当下，唤起读者的阅读热情有两个途径，一个是惊奇的故事，这交给网络文学足以完成；一个是感情价值总体性建立，而不是对经验碎片的描摹和拼贴。这种感情整体性建立在对社会的深度认识之上。随着阅历的增加，蒋峰已经逐渐在这个向度进行挖掘，他不像其他的同代写作者，用一把刀子在生活的表面胡乱切割，划得到处是鲜血。他握着那把锋利的刀，选择一个角度划开一个缝隙，把刀锋不断地深入，刺向人物内心的隐秘角落，挑起故事的线索。

蒋峰多次谈到，这6部中短篇作品都隶属于一个名为《白色流淌一片》的长篇小说。“白色流淌一片”的意象贯穿在每个故事里，许佳明则是贯穿始终的主人公，几篇小说共同叙述他的6个人生片段，由此讲出一个人的大命运，进而放大为一代人的大命运。6个故事围绕着梦想、遗忘、成长、信仰、爱情的主题展开，最终形成一部传记体长篇小说。

对主题展现最为充分的是《六十号信箱》，充分得有直白的危险，在被视为“祖国花朵”的许佳明心中，盛开着一朵秘密之花，高尚与龌龊、圣洁与欲望、孤独与绝望交错编织为花瓣，他既要不停地朝着光明，又不断被黑暗所拉扯，在不稳定的人性上下拉扯间，文章产生了强韧的张力。许佳明暗恋的少女房芳正是由于抵不过心里对恶的愧疚而选择自杀，不断以她为向上动力的许佳明在经历诸多挫折后，终于让秘密之花在阳光下盛开，彻底掩盖了年少时的辛酸。

《花园酒店》的主题是遗忘，一个即将逝去的老者，为了抵御被遗忘所带来的恐惧，拼命地为孙子和女儿做事，他不光自作主张地把精神病的女儿嫁给了一个聋哑人，还为了给孙子攒学费而偷盗花园酒店的钢筋，但他为之付出的两个人却跟他并无血缘关系。花园酒店的从无到有，是遗忘主题的隐喻，随着大时代的变迁，共青团花园在荒废了一段以后，终于破土动工，建成花园酒店，而时代的车轮碾过依靠花园生活的底层民众，老许“感觉到这个夜晚好多失眠的老人像他一样，站在窗前懦弱地看着这一切。喜欢来花园溜达的、聊天的、打牌的,都是快70岁的老人了,你们就不能等两年,等这帮老头老太太们死光了,再来毁掉这全部吗?”蒋峰勾勒出在巨大历史转型中底层民众的创痛,最后“好像他们真是像开发商所愿望的,在一个冬天里都死绝了似的”。

《手语者》的主题是信仰,许佳明信仰爱情,在大学为女友学习绘画,继父于勒信仰公正,在被判为死刑犯时,不惜杀害7条人命越狱以证清白,在沿途乞讨中等待被公平审判的那一天。当这一天真的到来时,他又毅然决然地踏上回家自首的路。这对继父子虽然生活在底层,却有坚强的内核,希冀以此击碎现实的冰冷。

这几篇小说,围绕许佳明24年短暂的一生,虽然并没有脱离青春写作的范畴,但却与其他“80后”作者所书写的青春大不相同。“80后”作者笔下的青春分为3种:一种是白色的,像一个被编织精美的七彩泡泡,主人公都像是梦呓一般地在空中飞舞;一种是黑色的,充满了青年人对社会的仇恨与破坏的欲望,他们向社会举起匕首,在文本中挥洒着过度的荷尔蒙;还有一种是红色的,以女性作者居多,她们酷爱血的意象,从经血到处女之血再到生育之血,她们把红色泼在人物的器官上,用放大镜仔细察看血的流淌趋向,字里行间充满了暧昧不明的气息。蒋峰的青春书写则是黄色的,是大地色的。蒋峰笔下的青春是紧贴地面的,具有强烈的现实性、写实性。长久以来,年轻作者难以书写自己生活的全景,他们被高度发展的媒体拉扯得支离破碎,并不具有全景意识,始终浮于生活之上,无法形成对世界明晰的认识。蒋峰有着丰富的写作、阅读经验,他在几个城市间不停地游走,又有一双敏锐捕捉生活的眼睛，因此，他的作品不再以“疼痛”作为青春成长的主题，而是通过许佳明的一生，勾勒出一代年轻人貌似千篇一律实际迥然不同的人生，以及底层群体貌似各不相同却又殊途同归的生活，诠释着命运的吊诡与苍凉。

小说紧贴许佳明的视角，以一个还处于成长中的少年，来丰富对世界的认识。蒋峰并没有粗暴地呐喊、控诉这个世界的不公，他的文本里充斥着一种内在的抒情性，《花园酒店》里的残疾人老王拒绝请年轻保姆，作者挖掘出这是自尊和欲望的双重作祟，“老王是个男人、老人、残疾人，但不管怎么说，他就是个男人，碰到年轻女人他还是会点燃小火苗。这是飞蛾扑火，没半点希望，只能自取其辱”，老王为了救自己重罪的儿子，每天跪在检察院门口磕头，以残疾人的身体博取同情，坚称要送给法官“一个良心”。蒋峰的感情投射给其中的每一个人物，没有人是恶的，只有不断在善与恶、良心与欲望拉扯中的身不由己。

值得肯定的是，通过这几篇小说，蒋峰写出了中国社会转型时期的巨大变迁。“80 后”生长在城市，却无法对城市的现代化进程做出一个明晰的价值判断，干脆保持防御的姿态，一面躲在弄堂里巷怀旧，一面享受城市化所带来的便利，一面还抱怨着人与人的隔膜。《花园酒店》里蒋峰以城市新地标为基点，从共青团花园被翻建，到花园酒店破土动工，再到项目落成，成为高尚人群的聚集地，最后上演命案，侧写了长春历史转型中的风雨变迁。社会的进步是以一些东西的消失为代价的，布尔什维克没了，“共青团”3 个字被抹掉了，又高又老的杨树，比许佳明爷爷年纪还大，十来分钟就没了,“吊车铁钩的影子在墙壁晃了一圈,又离开了房间”、“过去挺好的路,被他们那些吊车卡车压得一团糟”……蒋峰捕捉到城市变迁下人们生活所发生的点滴变化,而这种变化又潜移默化地影响了他们的生活方式,直至他们为顺应城市化潮流而做出改变。

许佳明身处3个圈子的集合,生活的哑巴楼是一个底层圈子,省一中快班是一个向上层阶级的过渡圈子,花园酒店里纵欲吸毒的有钱人又是一个高级圈子,这3个圈子并不是封闭的,少年许佳明出色地完成了把它们串联在一起的任务,展现了长春在90年代初的全景风貌。蒋峰还写出了城市变迁带来的孤独病。许佳明的母亲许婷婷是一个精神病患者,她对于母爱的认知是来自于现代媒体,在未婚夫小吴变成植物人的那刻,她发现电视剧都是骗人的,转而迷上了《动物世界》,袋鼠妈妈带着宝宝蹦来蹦去的场景教会她母亲的责任,而母虎为了保住遗孤和公虎展开的决斗,教会她母爱的伟大,她为了保住自己肚子里的孩子,在生产时不肯用力,宁愿像袋鼠一样把许佳明牢牢锁在怀里,也不让人把他抢走。许婷婷和许林森相依为命,却无法沟通,遗腹子许佳明的父亲成为植物人,母亲被他亲手送进精神病院,在爷爷去世继父再娶后,他成了无依无靠的人,把全部心思投入到无人开启的秘密信箱。少女房芳每天在父亲的庇护下生活却深感孤独,走上自杀的绝路,继父于勒为了寻求正义孤独逃亡到少数民族部落,许佳明的未婚妻萍萍过着富庶的生活,却在胎教课上连个陪伴的人都没有……孤独已经成为城市现代化进程里的病灶,虽然靠相互取暖可暂时缓解,却无药可医。

蒋峰的语言具有鲜明的辨识度，可以用干净、流畅、冷静、幽默来概括。他的语言较少使用形容词，更不会出现那些绕口自造的词语和做作的四字成语。试举几例：“白色流淌一片”作为贯穿始终的意象，在不同故事里分别形容云、雪水、精液。形容精液时，“脱下他的裤子，看到白色流淌一片，这一次他真是感到了忧伤，这种忧伤被精液渲染后愈发苍白”；形容雪水时，“这里就要被一片白色覆盖，偶尔太阳上来时，消融的白色会流淌一片”；形容云朵时，“冬日的积雪被雨水打湿，裹着山体的白沙，又拽着碎掉了的云朵，白色流淌一片，朝着山脚奔下去”。可以看出，蒋峰的描写灵动洗练而又相当克制，精准而又点到为止，留给读者丰富的想象空间。蒋峰的语言不乏幽默，而在这种幽默的腔调下，体现了对生活无奈的自我消解，或是以调侃来抗击现实的残酷。《遗腹子》里，许佳明的亲生父亲变为植物人，医生“花了很长时间跟老许解释，什么叫作植物人，他说，至于哪天哪月醒来说不准，可能小吴睡20年都醒不了，也可能明天一早他就睡饱了，还跟你们一起喝豆腐脑呢”，人生悲剧，在幽默的笔调下，被处理得又有了希望，仿佛残酷只是一场漫长的梦。

“80后”作者并不缺乏天赋和文学素养，他们缺乏的是精神世界的与众不同以及和别人不同的生活方式、观察角度。蒋峰的独特性在于他对自我的真诚，他曾说：“我不想写一个简单的青春成长的疼痛故事，我想唤出我最真诚的那一部分。”在几部作品里，我们看见他的努力，而由于对自我的真诚，也使得他作品里无处不充满着希望，这希望就像一根救命稻草，把沉浸在苦难里的人们拯救。

作家自述

从一个点子开始说起

蒋 峰

我中短篇写得不多，十多年下来还不到10篇，从阅读到写作，我一直觉得，短篇小说更像是一首诗，它是某个idea的延伸，读起来感觉很好、很美、很短暂，可它就是一个点子。不夸张地说，杂志选题会，你旁听一个下午，起码有5个可以转换成短篇小说的核心表达。我长期以为，这是微电影和电影的关系。

再一个原因，难以启齿，但是众所周知，即使最完美的短篇小说，也只是个作品，你没有办法将它像长篇那样变为商品，得到利润。发表一篇短篇小说，从文学刊物领取千字一二百的稿费，要是精益求精，创作周期再长一点，这点微薄的稿费恐怕连烟钱、房钱都抵不上，更不要说吃饭开销了。我充分怀疑契诃夫这样的大师，写了700多个短篇，一生都是怎么过来的。我猜有4件事是他每天要做的，吃饭、睡觉、找朋友借钱，最后才是安心写今天的小说。

最后一点，这也是我最恐惧的部分——估计写过小说的朋友都有过相同的体验——我有开头选择恐惧症。一个故事从哪句话下手，从人物的哪个状态，高位俯拍还是低位仰拍？这些都会令我焦虑。文学很糟糕，也很奇妙，一个故事讲起来，它从1开始，也不会到99结束。常常是，你面对一张白纸构思，无数开头在眼前闪现，你脑子里只想着4个字——怎样都行。但并不是真的怎样都行，不同的开头会引领截然不同的方向，你总要盘算几天、甚至几十天，哪一个更美妙些。我说文学糟糕，是因为这种情况在你硬着头皮写下去之后，还会反复发作。写了一个星期，你会考虑这样开头也许没那么完美，于是换一张纸，重来。

每一部作品，长篇及短篇，开始阶段我都会写上5个一万多字的开头，仔细想想哪条路更适合我走下去。筹备阶段同样艰辛，写长篇肯定会划算一些。好比面前5条路，你都试过了，找了一条不堵车、不绕道的最佳选择，但你仅仅是从三元桥到四元桥那么远。那么，我为什么不能去远一点？我去顺义，我去天津，我穿过东北，借道俄罗斯，去找北极熊好不好？

我22岁之前写了一些短篇，很多是随性之作，现在看着都会面红耳赤。可能是太随性了，像是在星巴克朋友迟到，WIFI又不灵，于是打开文档写了个短篇。所以，那时候的短篇就是一个idea的延伸阅读。

比如《死在六点前》，女人的丈夫清晨6点要被枪决，熟识的狱警说不方便进去，但是西面墙头有个豁口能趴墙看到。他陪她边走边聊，聊她丈夫昨晚的状态，聊她有没有做好以后生活的打算，最后，他敬礼说先回去了，领导上班查岗，你往前走走就见着了。她看看表，5点50，这时枪响了，连响3声，她疯狂地往前跑，明白狱警是骗她、安慰她呢，监狱怎么可能有豁口？

还有一个短篇叫《521，嘉年华》，是我出差失眠时写的。写一个手牌 521 号的客人在洗浴中心住好几年了,吃喝不愁,报上 521 手牌,随便点单消费。这是个 bug,客人只有在穿衣出门时才结账,几年几十万,他知道他还不起了,出不了这扇门,唯一一点希望就是洗浴中心破产,或是碰上 8 级以上的地震——这当然没戏。他又害怕死在这儿,他把钟都摔停了,他不需要时间,他恐惧时间。结尾,我给了他点希望,没忍心让他死透。

在《冷年》中,大年三十,男人还要女人抱着女婴去饭馆乞讨,女人不干,说过年还得吃顿饺子呢,于是家暴发生了,女的被打出去,抱着孩子一路哭。夜里回来,男人包饺子呢,女人说,你是对的,今天聚餐的人出手就是阔绰,明儿还去。新年前他们给老家打电话拜年,换一副样子,完全是都市摩登的年轻人啊。

《我打电话的地方》是处女座的我 17 岁时写的,小说是从卡佛那儿借的名字。其实当时我还没看过那篇小说,受毛姆的影响比较深。也是随性之作,上课没意思,写个故事玩。一个少年夜里碰上大雨,困在电话亭,琢磨着给前女友打个电话,东扯西贫。大半夜的那姑娘愿意跟他聊,估计是还惦记着他?打两小时(实际上是 15000 字)没钱了,雨还没停,出不去,就坐下来很平静地看雨,反正天快亮了(天啊,还有海明威的印记),太阳照常升起。

2005 年以后我没写过一个短篇,2010 年有次跟朋友吃饭,她劝我该写些短篇,说了一大堆苦口婆心对我好的话,现在能记得的意思就是,不写不牛逼。那时我刚写完类似推理的《为他准备的谋杀》没几天,我不认同她的意见,但我因此知道大多数作家都这么想,即使长篇著作等身,他们还是会骄傲自己的短篇作品,还是会以这个标准去衡量蒋峰的能力。回去我就开始做一个适合我的计划，我想我可以写一个长篇，围绕主人公的30年做6个中短篇，截取不同的故事类型，每篇小说里都会藏6个字——白色流淌一片。有点像小时候看的希瑞，每集结尾都有个小精灵跳出来说："嗨，这集你看见我了吗？我在这儿呢！"

因为《人民文学》发表周期的问题，这两年我写得并不快，专心做编剧去了。现在已经写完了4章，三分之二，写一个要20天左右。反过来说，如果能写完就出版，我就没必要做这么复杂的计划了，直接写个长篇就好了嘛。

我能总结的写作秘诀并不多，照药方子抓药就不是文学了。有一句话我一直警惕，很适用——永远不要从故事开头写起。

这是我的写作圣经，也是我开头恐惧症的缘由。不是插叙倒叙那么简单直接，那些绕一圈还是从开头讲起。翻译成文学理论可能就是隐藏叙事，但是老隐藏容易自作聪明，读者会感觉被戏耍。找个截点讲，学会控制，别忍不住倒叙插叙，也别藏着掖着，隐藏的效果就出来了。

分享几个开头：

我去年十一月特别想杀人，因为懦弱迟迟没能动手——《为他准备的谋杀》；你不是一直这样吗，只要是书就看不进去——《恋爱宝典》；起初是打奶的女人发现的——《维以不永伤》；嗨，这集看到我了吗，我在这儿呢！——下本书。

阿乙／本名艾国柱，生于1976年，江西人。曾获娇子·未来大家TOP20、华语文学传媒大奖最具潜力新人奖、林斤澜短篇小说奖、第三届蒲松龄短篇小说奖等。出版有长篇小说《下面，我该干些什么》《寡人》，中短篇小说集《鸟，看见我了》等。

评家观点

屈辱而荒谬的灰暗人生

徐 刚

“就我的阅读范围所及,阿乙是近年来最优秀的汉语小说家之一。他对写作有着对生命同样的忠诚和热情,就这一点而言,大多数成名作家应该感到脸红”。当北岛冷不丁说出这段话时,我们并不知道他热情赞颂的正是那位名叫艾国柱的江西小警察。毕竟,对于习惯在文学期刊中披沙沥金的人来说,阿乙的名字还有些陌生。这位“半路出家”的写作者,据说“以26岁的高龄开始狂热的阅读之旅”,“从加缪出发,途经卡夫卡、昆德拉、卡尔维诺和巴里科,远达加西亚·马尔克斯和博尔赫斯”。他常年混迹于论坛博客,像真正的写手一样不断劳作,肆无忌惮地排列字句和想法,终究为人所识,直至大放异彩。从《灰故事》到《鸟,看见我了》,再到《下面,我该干些什么》,我们有幸见证了这位笔名阿乙的敏感倔强、难逃内心创伤的忧郁青年,用自己虔诚而酷烈的写作,直抵存在的本真。他的小说带着极端的情绪,并以罕见的力量击中我们的要害。

阿乙的小说大多是酷似通俗故事、法制文学之类长短不一的作品。它们多以侦探小说的形式呈现,其间不乏阴冷血腥的凶杀场景，但作者并不侧重展示依悬疑而设的离奇案件，而是透过事件挖掘人物的精神世界，进而揭示某种深沉宏大、撼人心魄的主题。阿乙的小说看似是在警察故事之下书写万千纷纭的“公安局档案”，但其实质却是向自我的敞开，他所有的小说都在书写隐秘的内心世界。在那犹如“世界的一段盲肠”的逼仄乡镇，他郁积了太多不堪回首的创伤过往和破碎屈辱的个人记忆。那些看不到天明的孤独暗夜和小警所里无止境轮转的牌桌，连同他那漫长悲哀的刻骨暗恋，以及为了梦想而孤注一掷的出逃之旅，都让他洞悉了世界存在的荒谬本质。

《极端年月》的主体情节在另一篇小说《情人节爆炸案》中被重写了一遍，这种意味深长的“重复”，表明了它在阿乙心目中的重要地位。《极端年月》囊括了阿乙小说的基本主题。这篇小说兼具警察和罪犯（或“自杀者”）的双重视野，一方面讲述了屈辱不堪直至被生活击溃的卑微之人怀着必死之心走向自戕和杀戮之路，他们选择在情人节制造一次爆炸，从而将自杀变成一次声势浩大的极端事件。正如小说所言的，“弱者的不安心态，很容易转化为对工具的迷恋”，而炸药是他们反抗的最后砝码。此外，同样的叙事重心还体现在小说的另一方面，即小警察的视角之上，这个人物在逼仄的小县城承受的长久压抑，以及失败的恋爱造成的心灵创伤，都可视作阿乙个人经历的写照。这些创伤性的事件，使得原本就无聊至极的生活更显得屈辱荒谬：没有勇气自杀，只能卑微地活着，默默承受这巨大的空虚，这也使得“出逃”变得更加迫切。

阿乙总是将目光锁定在令人窒息的沉滞小镇上。《意外杀人事件》中的红乌镇、《鸟，看见我了》里的清盆乡、《小人》中的雎鸠镇、《拉小提琴的大人》里的莫家街，都是阿乙小说惯常的地理空间。或许唯有小地方的寂寥，方能显现出人物内心的屈辱和荒芜。阿乙曾多次谈到，他是如何在乡村小警所的麻将牌局中惊人地洞见自己极度无聊的永生的，“有一天，艾国柱、副所长、所长、调研员四个人按东南西北四向端坐，鏖战一夜后，所长提出换位子，重掷骰子。四人便按顺时针方向各自往下轮了一位。”就在那一刻，他绝望地看到了自己一眼便能望到尽头的人生。这个场景后来多次出现在他的小说《在流放地》《意外杀人事件》之中。

如果说牌局是阿乙破解人生荒谬真相的密码，那么暗恋及其失败则加速了这一真相的敞开过程。在阿乙那里，暗恋也是一个致命的“创伤性事件”。“我赋予暗恋者以伟大，是因为自己曾承受这样的耻辱”，阿乙这样说道。确实，8 年的青春年少，使作为暗恋者所遭受的挫败、屈辱和心灵创伤，被阿乙深藏在心。他曾在散文《偏执》中袒露了这段屈辱的过往。小说《男女关系》则将其戏剧性地“再现”出来。在这个短篇小说中，两个已届中年的男女同学在另一个同学的葬礼上重逢，昔日的爱恨早已泯灭，剩下的只有彼此沧桑的恋栈和词不达意的调情。一番颇费周折的攻守之后，这对熟稔游戏规则的男女按部就班地上了床。然而，这个旧梦重温的场景在小说的最后终于显露出狰狞的面目：“在青春的马车冲过去后，衰老和死亡像两兄弟般慢慢走来。……我看着李梅躺在床上像一具尸体，有着黑葡萄似的乳头、冒着黄油的腹部和丑陋险恶的下身，恶心极了。而她就像人类的真相，松弛着皮肤和肌肉，走进卫生间。我看见死神跟了进去。”为了那惊心动魄的一眼，故事的男主人公葬送了自己沧桑的一生，传说中刻骨铭心的暗恋注定只是不名一文的神话，而最后，这个神话终将破灭。

阿乙善于以鸟的视角俯瞰大地、开启全篇，“大鸟”酷似悲悯的上帝之眼，却极无情地静观芸芸众生的荒谬表演。阿乙有着极度的敏感、卑微的出身、无聊的经历和屈辱的创伤体验，这些都让他绝望地认识到人生的荒谬本质。他重新打量这个世界，发现每个人的背后都有一段无尽空虚的庸常岁月，他们或者在无聊的生活中等待着一次奇遇，或者为了某种卑微的梦想而执着地追求。《自杀之旅》中的张家民因生活的懈怠和难挨而陷入无聊至极的空虚，为求解脱，他义无反顾地走向了“自杀之旅”，却终究没有勇气。最后，悲壮的“自杀之旅”转变为一次倒人胃口的嫖娼，而屈辱的人生还得延续下去。《1983 年》中的江火生绝望于自己被规划的人生却无力抵抗，在无所事事之中偶遇抢劫，稀里糊涂地卷入其中，进而被判刑劳改，出狱后终于成为一名真正的混混，却无力保护自己的老婆和孩子，最后，潦倒落魄的他历史轮回般地遭逢了那张带来灾祸的“角票”。《小人》从何老二之死引出被冤枉的冯伯韬，最后将屈辱的重担落到凶手陈明羲身上。这位卑微的小人物，因父亲的尿毒症无钱医治而走上了杀人之路。《都是因为下了雨》中的农霞因为一场不合时宜的雨水，而不得不穿上“和内裤一样”，“几乎是不能展示出来的”蓝色球裤来上学，这使她遭受了因物质匮乏而导致的尊严丧尽的瞬间。在《隐士》中，因为贫穷，范吉祥的求爱被刘梅梅拒绝，他复仇似的发奋让刘梅梅看到了摆脱农村的希望，然而他们之间的爱情悲剧却早已注定。

通过卑微者的歌哭来反思当代乡村的命运，亦是阿乙小说的重要面向。在《阿迪达斯》中，表面上乡村青年李小勇、于连式的自我奋斗，来自于对以“阿迪达斯”为代名词的物质主义的迷恋，但其内在的惶恐则是“害怕在那个夜晚只听得见狗叫的乡村自行枯萎了，像我默默无闻的先祖一样，葬在山上”，阿乙写出了乡村理想的凄婉与无助。而《粮食问题》中的李志，被“你是什么粮”的问题深深触痛，也正因这种屈辱，他不得不以极端的方式来抵抗他者的目光，走上自我损毁的不归之途。

值得一提的是《杨村的一则咒语》，小说设置的故事情境极为巧妙，它从一个简单的切口打开了照见人心痼疾与悲苦的窗口。因为一次争吵中的“毒誓”，钟永连这个可怜的女人固执地相信儿子的命运将与此相关，她的焦灼和恐惧，悲切的呼告和绝望的挣扎，也在这种愧疚不安中铺展开来。直到儿子真的离奇死去，苦苦折磨她的那则咒语才因最终显灵而宣告结束。确实，还有什么比这种齐泽克式的“实在界的应答”更让人惊惧的呢？然而，小说毕竟无意探讨过于玄虚的因果报应之事，而是在对叙述本身的强调中刻画人物的内心世界。小说的亮点还在于，从这种“抽象”的寓言故事中不动声色地揭示了些许“具体”的元素。小说中的国峰之死呈现了惊人的景象：“她捉的不是人手，而是死狗、死鱼、死猫、死耗子、死泥鳅，她的指头沾满滑烂、臭烘烘的脂肪。她的大拇指正死抠着儿子破烂的手腕，直抵白森森的骨头。他的手臂全然紫掉，像茄子那样紫，一划就烂。她推上他的羊毛衫，身上也这样，紫色的血管像是紫色运河，在胸口纵横交错。等到她匆忙爬上去从后边抱起他，他的头颅已像被斩，猛然垂落，在那被迫张开的嘴里，呕出一股化肥才有的气。”这是一具被艰苦劳作和恶劣环境所毁灭的肉身，而这一切所照见的则是当下农民工的生存现实——这或许正是这个笼罩着神秘主义色彩的宿命故事背后所包含的现实意义。

正如阿乙所言，“太阳只有在寒冬尽头才会散发出巨大暖意”，生命的终极是虚无，毁灭才是终止存在之荒诞的唯一途径，这是阿乙死亡美学的核心所在。《意外杀人事件》讲述了6个被生活击溃的本地人在一个不同寻常的夜晚，与另一个万念俱灰的外地人狭路相逢的故事。一次突如其来的遭逢，终于演变为疯狂的杀戮。偷情被抓的超市老板、遭羞辱的妓女、过气流氓头子、卑微的小警察、因单恋而发疯的侏儒以及意气用事的傻子，都“被放逐在黑夜的荒镇”，等待着那个因遗失了治病钱而报案无门，最后陷入狂怒绝望的外地人，当然，还有他手中挥舞的刀。在那个时刻，这6个本地人和一个外地人都不得不以决绝的勇气来反击尊严丧失的命运，走向自我损毁的绝望之途。小说以血腥的方式，告诉我们个体的精神暗疾是如何被催生出来的，也让我们领悟了世界的荒谬本质。

“我输出的是永恒的荒谬。我鼓励读者接受荒谬，而不是逃避。”作为阿尔贝·加缪的迷恋者，阿乙总是试着将自己的故事写得像那位存在主义大师一样冰冷、阴郁。然而，如何抵御这荒谬的世界？阿乙曾在小说《先知》中尝试回答这一问题。这篇小说以农民朱求是写给社科院袁笑非博士的一封信为主要内容。这位自命不凡的疯子，怀揣着诸多有关怀才不遇的狂想，更有着关于人类社会的惊世骇俗的蓝图，他思索着如何在时间的滚滚洪流中寻求生命意义的大问题，给出的答案是，杀死那无穷无尽的时间，以此来抵抗空虚。小说似乎想借助疯狂者之口讲述世间存在的真相，却以反讽的语调思索了关于时间、生命和存在的辩证关系。

阿乙对“时间残忍的鞭痕”心存畏惧，因而义无反顾地走向与时间“对砍”的道路。如何“杀时间”？出逃是一种方式，杀人是另一种方式。基于这样的想法，阿乙有了自己的第一部长篇小说《下面，我该做些什么》。小说中的“我”是一个饱受时间折磨的空虚之人，除了用杀人来寻找一丝充实感之外，他不知道该干些什么。小说以“零度情感”的方式展示了精心设计的谋杀、忐忑惊险的逃亡以及法庭上令人窒息的最后陈述。小说最后，“我”的法庭陈述虽振聋发聩，但相对于阿乙之前小说所自然流露的惊人力道，这个小说太刻意地依照加缪之笔设置存在主义议题，表达的只是作者强劲的观念，而非刻骨的人生体验，因而其激动人心的力量也相对有限。

阿乙曾坦言自己“身上有鬼气”，“心理阴暗的人只能写出阴暗不安的东西”，许多评论者也已指出了阿乙小说的这种灰暗色调。确实，他如此迷恋暴力和凶杀，或许他真的认为温暖是苍白无力的，而真正能够了解无聊人生并且终结与生俱来的不平等之法的唯有毁灭。他一再声称“容易在光明和温暖里看到更大的虚空”，而痛苦和绝望反而更具实感。尽管阿乙笔下的灰暗，只是让人“对人世中荒谬的东西多一点尊重”，但读来仍然令人心有余悸。正像他所说的，“我仍旧走在黑夜里。我仍珍惜这黑暗，即使黎明迟迟不来”。

在与个人经历休戚相关的故事模式和略显重复的情感基调之外，人们更希望看到一个复杂多面的阿乙。最近，声名不再寂寞的阿乙终于发誓要写一部“温暖到让人战栗”的小说了，这或许会是一次改变的契机，不禁令人热切期待。

作家自述

小说的合法性与危险

阿 乙

无论在哪种印刷品里,小字排版都比大字好看。出于保护视力的目的,我在电脑上写作时,惯用五号宋体字。而只要写不下去,便将已写部分设定为小五号字,想依靠那小字的柔和、美观与集体感告诉自己,它看起来还不错。小字会遮掩败笔对自己的刺激,有时楷体字也会。在洋洋万字的宋体字里出现一段楷体字,简直是广袤沙漠里出现一块绿洲。大字则在尽情放大你的失误。没人愿意老是被自己的文字掌掴。

因为害怕再次从最后一个字删到第一个字,我后来每写五六千字就发自己邮箱一份,标注存档。写作者就是每天和自己较量,一个他说:这都写的是什么玩意儿。另一个他被羞辱得不行,小声说:你看,至少在这里,这一段或这几句还是展现出近乎名著的风姿。写长一点的东西,就像一个满身油污的修理工躺在汽车底下拿着手电与钳子不停查看,外边是旷野、寒星,天地不应,孤独而丧气。

小说写作有一个重大的追求,便是传奇。无论是博尔赫斯、马尔克斯、卡彭铁尔、巴尔扎克、欧·亨利还是古希腊的悲剧,都强调突转、发现、意外、神奇、魔幻、刺激。或者说，这是魔鬼的引诱，是一种陋习，就像生活中忍不住要吹牛。我小说的方方面面都感染了这种习气——你总是想看到对方惊诧的回应。这种回应有时是你存在的合理依据。但是，传奇总是与合法性不和。就像两兄弟，一个潇洒、轻佻、自由自在；而另一个正直、严肃、不近情面，后者总是适时提醒前者的疮疤，让前者难堪。有时面对一个我自己都不相信的段落，我会向自己抗辩：这可是生活中已经出现过的事情。

但是亚里士多德告诉我们，不可能发生但却可信的事比可能发生但却不可信的事更为可取。第二个兄弟冷冰冰地回答道。

以宽泛的角度看，所有文艺作品都有传奇的欲望。只要存在虚构，就存在这撒旦。这是作者与读者的契约，是一份根本无法摆脱的订单。我昨夜就像被什么东西纠缠着，迟迟不能入睡。后来在梦中遇到审判。一个像老师一样的模糊身影对我说：注意，你写的是朝天放枪。今晨起来我将那句话——"蓝烟像粉尘从枪口撒出来"改为"蓝烟像粉尘从枪口喷出来"。只有水平直射，烟雾才像面粉一样猛然撒出来。这并不是一个好的形容，但它至少避免了穿帮。以前也有一次纠结，我要呈现一个律师的聪慧，因此将他的话，"一个体重62公斤的青年男子，在面对手无寸铁的只有39公斤的被害人时，怎么可能会强奸未遂?"改为"一个体重124斤的青年男子，在面对手无寸铁的只有39公斤的被害人时，怎么可能会强奸未遂?"有好几天我高兴得不得了，认为制造数据之间的落差会渲染出一种效果，就像"两块五一斤"与"十元四斤"的效果一样。但是，同样是在那甜蜜的自赏中，我看到了耻笑。几天后，我将这句话改回去。因为,一个律师固然在生活中会这样表演,但在小说中就存在是否合法的危机,他可能给自己带来被动。我想,他是行事深思熟虑的人,不会说这样不妥的话。因为只要公诉人站起来说,别玩这把戏了,124 斤不就是 62 公斤么,他的品格就会遭到怀疑,往下,他排山倒海的演说也将受到影响——我可不想让他披上狡诈的外衣做这段演说。

有时我不得不绞杀这些自以为是的聪明。

甚至可以说,一个像这样的,可怜的写作者,始终都得在自我卖弄与自我打击之间取得一个危险的平衡。也许有一天,当我放下包袱,以佛教徒一般的诚心去写,就不会有这些困扰了。但是,至少是现在,我在提醒自己,只要是虚构,就会存在被人揪出是说谎的危险——你并不像巴别尔、陀思妥耶夫斯基,只需要从自己大把的经历里择取一点写就可以了——你暂时还不是他们,或者永远不是。

我在写作中时常遭受的痛苦就是这个。常在某一时刻懊丧,觉得一切都不合法,创造的不过是泥沙铸就的城堡或者见热就化的雪人。

明显的错误就像是脑袋上长的瘤一样醒目,我们没办法总是遮掩它走过街市。而我大多的痛苦都纠缠在此。一个写作者凭空建立一个世界,第一步是取悦,紧接而来的便是取信。有时,这种质疑就像四面八方的风吹着写作的破庙。

很多年前,我不知道小仲马为什么在《茶花女》的开头如此絮叨:

“因此,我请读者相信这个故事的真实性,故事中所有的人物,除女主人公以外,至今尚在人世。此外,我记录在这里的大部分事实,在巴黎还有其他的见证人。如果光靠我说还不足为凭的话,他们也可以为我出面证实。”

后来我懂了。一个叙述者,不是你想说就能说的。写作者在设定叙述人时,一定要让他具有那种在场或参与的条件,一定要让他具备知晓的资格。否则还不如采用上帝视角。虽然来自受限者的讲述天然要比全知的上帝视觉更可信。

这是我最早接受的合法性教育。

魏微／本名魏丽丽，生于1970年，江苏人。1994年开始写作，曾获茅台杯人民文学奖短篇小说奖、中国作家大红鹰文学奖、鲁迅文学奖、华语文学传媒大奖年度小说家等。代表作品有《在明孝陵乘凉》《大老郑的女人》《化妆》《情感一种》等。

评家观点

我们的生活是一种骇人的现实

吴　萍

目光退得远一些——1997年，魏微写出了《一个年龄的性意识》，翌年又写出《乔治和一本书》，以两个“先锋派”的短篇进入读者的视野。可是不久后，她发现并不擅长“先锋派写作”，于是立即转身扑向了熟稔的“生命经验”和“日常生活”，写出了《在明孝陵乘凉》《情感一种》《到远方去》以及《化妆》等一系列有力的中短篇。

魏微生于1970年，刚好搭上了“70后”作家的第一班地铁。容身个性化写作的“70后”小说家群落，魏微的精致比不上安妮宝贝，锋利敌不过盛可以，这让她的风格辨识度并不大。然而，读过魏微的小说的人会自然生出一种本能的亲近，恍觉她以朴素温厚的笔触勾出的俗世一角就在我们的身后。

与地理迁徙相伴的成长主题

早先，故乡沭阳一直是魏微小说中的隐秘背景，随着人生之路不断地迁徙，她的背景也逐渐挪到了南京、北京和广州等大城市。可是，无论行走何方，她始终自觉地隔绝于大命题和大人物之外，紧贴着尘世里的普通男女，娓娓讲述一个个独特而感伤的故事。

《在明孝陵乘凉》里，魏微触碰了“女性成长”的话题。谁能知道那个恨不能一日长成女人的小芙身上安嵌了多少女孩的“成熟梦”？我感动于魏微纤敏地剖出了青春期女孩所共有的那颗“核”——迫切想长大的情怀中涌动着“情欲的启蒙”。小芙用方格纸垫在底裤上，无比期待初潮的到来，因为这将是她成为女性的“宣言”。魏微的这一细节描写置入了一个女人过往的现实经验，无比真实又触动人心。

此后，一路走过的魏微，逐渐有资格重现成长期里的惊颤和焦灼。除了少女小芙，她还写活了《石头的暑假》里抵不过“八岁小女人”诱惑的男孩石头、《姐姐和弟弟》里受天生占有欲指使经常暴打弟弟的姐姐。这样带着“虐爱色彩”的故事读来如钝刀来回心头，让人心疼。

魏微的中短篇小说绝不是那种靠高超技法和奇巧结构吸引眼球的作品，“真诚”才是她真正的杀手锏。她曾说过，自己就像造仕女像的石匠，一定会按照现实中的她，凝心凿出她的神情、微笑以及被风吹拂的裙裾。“活生生的”——魏微的主旨在此。当读者撞见《异乡》中的许子慧、《大老郑的女人》中的女人或是《化妆》中的嘉丽时，都仿佛遇到了一个熟悉的姐妹，不会产生心理上的隔膜。

《情感一种》的故事此时正发生在某个大城市的一角，由另一个栀子和另一个潘先生领衔演绎。小说中，魏微以一个安全感极度缺失的栀子说话，似在告诫每个怀揣梦想、扎根都市的女孩去思考贞操、欲望和爱情之间的关联。故事里，魏微没有明目张胆地提出“爱情”，就连“情欲”或“欺骗”的重点关节亦是轻轻带过。栀子和潘先生这对情人，没有谁好谁坏，亦无谁对谁错，到头来只能以“一声叹息”谢幕。应该说，魏微在这篇小说里处理爱情和欲望皆极为“含糊”，却在把摩男女心理的纵深处达到了清晰逼真。

我能想象魏微对那些从现实中来，最终走入小说的人抱着何种真挚的感情。作为能把小说写得比现实还“现实”的作家，她巧妙地躲过虚构能力和想象力缺乏对其的“捕杀”，反复运用停留在某个地方的生存经验，并以此丰富了小说创作的视野和景观。

《大老郑的女人》《乡村、穷亲戚和爱情》以及《姊妹》的故事也许就发生在故乡小城，尽管《异乡》中女主角的故乡“沭阳”被“吉安”偷换。在《在明孝陵乘凉》和《父亲来访》中，我们又看到了南京城，而另外有些故事的背景被直接挪到了皇城根下。可以想见，沭阳—南京—北京不断漂泊迁徙的一路，使魏微一直走在“记忆”和“经验”并行的双轨线上。

妓女、穷人与如真的现实

早在《一个年龄的性意识》中，魏微就借“我”红着脸问道：“妓女不可以写吗？”结果是《化妆》中的嘉丽被科长疑为妓女，《回家》里的小凤、表姐等都是性工作者，《异乡》中的许子慧被乡人疑为外出做鸡，《大老郑的女人》中那个“良家妇女”的真实身份就是一个暗娼。这一组女性角色的出现似乎肯定地回答了魏微早年所提出的这个问题。

魏微以尊重、平等的目光切入“娼妓”的话题，同时扯动了与此相连的“尊严”、“耻辱”以及“情欲”等关键词。《化妆》里，科长几乎握有了天下所有男人的话语权，他对嘉丽“妓”的身份怀疑给对方造成了不能愈合的心理重创。《回家》途中，小凤、翠儿和表姐虽靠身体吃饭，彼此间却埋着很多白领丽人间没有的手足情。《异乡》中的许子慧返乡后发现了一处更陌生的“异乡”，即使父母也无法识别自己的身份，臆想出的“妓生活”颠覆了父母对女儿最原始的信任和爱。

只有《大老郑的女人》中的女人不像暗娼，一个“没那个脸蛋子，没那股浪劲儿”的女人跟大老郑一家过着家常的日子。这篇小说中，大老郑和女人的日子差不多就是“现世安稳，岁月静好”的典范。这个女人凝聚了魏微对多种女性品质的认可，“她用一个妇人该有的细心、整洁和勤快，慰藉这些身在异乡的游子，给他们洗衣做饭，陪他们说话……她们几乎全方位付出”。也就是这个女人，回乡下时给婆婆抓药、给儿子买玩具、给丈夫添置新衣。由此看来，魏微撕掉了“暗娼”的面纱，以欣赏和肯定的态度写出了一个活生生的女性形象。这个女人有生活的不得已，有爱、有愁、有真善美，更有值得赞美的诸多好品质。小说的末尾，魏微最终让这个女人和大老郑一家离开了。“我们”轻易地原谅了年轻时睡过很多男人的邻居冯奶奶，却不能纵容眼底的这个女人。魏微宕开的深有余味的最后一笔，彻底撇清了我们与“暗娼”的关系，也揭出烙于我们骨子里的残酷和冷血。

勾勒出不同娼妓形象的魏微让我想起沈从文，《丈夫》中的老七与《大老郑的女人》中的女人在气质上有太多的交集。魏微在写此类女性时也和沈公一样抱有悯怀，没有夹带一丝的轻佻。《边城》里"即便是娼妓,也常常较之讲道德和知羞耻的城市中人还更可信任",正好切近了魏微的内心表达。她怜悯笔下的这群女人,轻轻敲碎了她们身上"娼妓"的虚壳,一点点挖出她们作为女性各自不同的丰盈内质。

魏微出生于沭阳,也许出于沭阳的"欠发展"属性,让她对"贫穷"早早就有了深刻的体会。"穷"对人性的负面影响屡屡被她放置到特定的背景和人物下深掘。《化妆》中,开着宝马的嘉丽内心一直念叨自己的"穷";《乡村、穷亲戚和爱情》中的陈平子常常穿补丁衣;《异乡》中的许子慧过了3年"穷"惯了的生活……若不是"穷",大老郑的女人一定会死守着乡下的丈夫,小凤和表姐又怎会背井离乡操起皮肉生意?魏微写了太多被"穷"蜇伤的人,而这"穷"只是表面的呈现,它深处繁密的根缠住了另外层次的东西。《大老郑的女人》中乡下男人的话,讨论的是农村人对土地的归属感;《化妆》里嘉丽多年保留了科长馈赠的300元钱,探讨的是金钱与爱情之间的关系;《异乡》中的子慧觉得自己"穷"得无法般配背后的城市,说明了贫穷出身的异乡人内心难以克服的自卑感;《乡村、穷亲戚和爱情》中,都市女人从穷表哥身上发现了爱情以及自己与原乡的亲昵关系,她思味的"穷"仿佛就是一段怎么也割不断的脐带。

魏微曾有过一段颠沛流离的日子,曾见过故土上的那么多穷人不易的生活,这让她近乎偏执地在小说里刻画"穷"。在她眼里,"穷"成了一颗暗藏于心的地雷,在那个人想飞、想动的时候,准时爆炸出屈辱和卑微的灰末。同时,那些被"穷"挤压得性格扭曲的小说人物,总能传递给读者最直接的怆痛。

小说笔法的探索与发现

早在写出《乔治和一本书》时，魏微就告别了“先锋派”创作那一路，彻底放弃了形式探索与“陌生化”的叙事方式，回到了打磨日常生活的审美意趣中。她闪进一己的记忆和经验的暗道，写印象中熟悉的男女故事，复活着泛着隐秘气息的俗世生活。她忽略了别人的“视阈不够宽”的评价，以舒缓到任性的笔意像一阵飓风刮进读者的内心，让人不自觉地走进她的世界。

魏微的多数小说都以“如真的现实”打动人心，但她同样有像《到远方去》这样风格特别的作品。一个有家的男人，55 岁时猛然发现自己老了，而毁掉他的“刽子手”不是变故，而是琐碎无趣的日常生活。在某个傍晚回家的路上，他忽然对妻子、儿女以及那个看上去永远不会垮塌的“家”产生了滞重的陌生感。他循着记忆的路径，努力回味自己的“来路”，探究“我是谁”的苍白问题。这是他难得的一次放纵，彻底砸开了心里的囚笼，拎出另一个“我”出来放风——他跟踪了一个陌生女孩。他深知自己的无用和怯懦，只想在一个正值韶华的姑娘前抖搂一方私密的世界，释放出另一个真实的自我。这个骨子里带着自虐倾向的老男人，最终勇敢地在陌生女孩的目光中照见自己可怜的影子。

透过《到远方去》，我们发现魏微在表现人心复杂层面上的功力，同时，这也是她少见的“现代性话题”的小说，涉及了孤独、疏离、隔膜以及异化等坚硬的命题。老男人貌似精神失常的游走以及繁密的心理活动，酷似舍伍德·安德森《小城畸人》里的那些神经质的小人物。而男人、男人的妻以及儿子“自顾自”的现实等话题，也同样被雷蒙德·卡佛写进了《没人说一句话》里，用以表达植根于人性深处的冷漠和自私。

我偏爱《到远方去》，不止源于它写出了平常日子下的惊心动魄，或是它以一个中国普通男人的形象贴近了那些大师的心灵，更由于魏微在此巧妙运用了“散点透视法”。先前的《薛家巷》仿佛活用了杨德昌电影《一一》的手法，通篇无焦点叙述，最终因笔意的枝蔓无度而失掉了成色，远不如《到远方去》来得克制严密。小说中的男人不是明确的主角，男人的妻以及陌生姑娘都以主角的身份抒发了内心的困惑，三个人物各据一点、各执一词，最终形成彼此间互为钳制的关系。

魏微给《到远方去》里的男女和我们做了一次“精神析离”的手术，让我们尝到生活下难以启齿的疼痛，也点击了凡·高在《亲爱的提奥》中的意见：“我们的生活是一种骇人的现实”。这句话也曾被魏微作为一次访谈的主题。有关此，魏微很喜欢的卡夫卡也表达过同样的意思，“远比世界大战恐怖的日常生活”。

写过很多男女故事和日常生活的张爱玲和萧红，都被魏微精读过，也许就是这些阅读经验让魏微很早就固定了低眉尘世的姿态。魏微服膺于张爱玲的技法和萧红的气象，而其自身也或多或少地杂糅了她俩的气息。“他一个人站在我家的院子里，孤零零的，显得那样小，而且苍茫。春天的太阳底下，我们吃饱了饭，温暖，麻木，昏沉，然而看见他，心却一凛，陡地醒过来了。”《大老郑的女人》里的这段话，让我们看到张爱玲的精致玲珑，也撞见了萧红的阔大沉静。在《十月五日之风雨大作》中，老上海的缠绵和温软也让人怀念起张爱玲笔下的孤岛。

就小说创作的笔法而论，魏微曾坦承，自己在技术上想贴近张爱玲，而内在精神气质上与萧红更为投契。正像雷德蒙·卡佛接过海明威的接力棒一样，这两个“能深深影响自己”的女作家让魏微在创作路上找到了某种捷径。但她其实也走过弯路，写出过迷失自我的“非原创”作品，比如已被她定为坏作品的《校长、汗毛和蚂蚁》。彼时的魏微正迷陷于比利时作家让－菲利普·图森的小说中，在某种强劲的煽惑力下，她以为可以写出本土化的“新小说”，最终却使这篇小说成了不伦不类的“四不像”作品。好在此后她顿悟到图森写这样的小说是真诚，而自己操刀却脱离了一己的“生命轨迹”，无异于东施效颦。回首时，魏微对这篇坏小说尤是心存感激，她借此认识到自我缺陷——写不出“新小说”。

也许正像写出《一个年龄的性意识》和《乔治和一本书》的转身，让她意识到自己并不适合先锋派的创作。这些作品从不同方向上让魏微醒悟：要写就要写自己的题材，同时更强调了她所谙熟的“我手写我心”的真诚态度。

经过了写作喷薄期的魏微，近年来一直过着半隐的创作生活。诚如她所言，“这个年纪多写一篇少写一篇并无大意义”。在最新的小说集《十月五日之风雨大作》的后记中，魏微回顾了停顿的 8 年，袒露了创作囚困期的精神状态以及淡定的人生态度。我愿相信她铿锵的独白：“事实上，正是这 8 年的艰难停顿，使我与真正的写作贴心贴肺。”

生活美如斯

魏 微

我去外地和几个朋友小聚，这是我们自己开的“笔会”，不占公家的便宜，自己掏路费，当背包客，三五个朋友喝点小酒，看窗外大雪纷飞，或秋意深重。大概一年里，我们总约会两三次，自己给自己开研讨会，互相骂，很挑剔——文学真该像我们这样搞才好。

我们相约，明年走“国际路线”，还未及开始，我脑中已闪现这样的情景：我们坐在黄昏的西贡街头（真奇怪，为什么是西贡?），很惬意地架着腿，背靠小竹椅，看车来人往。那一刻，我一定觉得人生旷朗，而自己微不足道，这感觉实在美妙，我简直忍不住要微笑了。

很奇怪的，我这些年总忍不住要微笑，这在从前是做不到的。从前我常常就不开心了，觉得人生苦短，正午的阳光一过，我便心情低落：这一幕太像生命了……后来就麻痹了，什么都看不见了，心里空荡荡的，难得有什么东西会落在我眼里。我有一次傍晚出门，突然看见天边挂着一弯浅月亮，心里一动，知道自己活过来了：我来广州七八年了，何曾看见过日光、月光?

说到底，还是年龄的问题，大概人活到一定年岁难免要委靡一阵，然后开始追问，关于写作、生活、自己、世界。有不追问的吗？那他们是有福了。而那追问的，我觉得是可敬的，虽然问不出什么来，徒然给自己添麻烦，但这背后却站着心灵——很遗憾，我写作这些年了，至今还不够“职业化”，做不到每天都写上一些。我的写作必得等待内心的什么东西来临，把我裹挟而去，以至于不写就堵得慌——这当然是另一个极端了，其实是迷信。

泛泛而言，这时代是浮躁的，文学也不例外。然而我当真知道有些人是超脱于时代之外的，他们默默地尽自己的本分。我有一个朋友，小说写得好，生活也过得朴素。她住在湖边的一幢房子里，自己摆弄着一个大菜园子，每天浇水、施肥，累了，就跑进屋里写几段。她是那样的自得其乐，差不多就是一个农妇了。此外，她还收养了一群流浪猫狗，使她几乎不能外出交游——等于是把自己藏起来了。其实这时代是有很多这样的归隐者的，或隐于市，或隐于心，与世无争，怡然自乐。现在我遥遥地想起她，不知为何，背景突然放大了，放大到几千年，这时我就看到传统这东西，怎样一代代流传，流传到我们这一代，三星两点，哪怕仅仅落在少数人身上，也使我无端感到高兴，似乎有了依傍，与什么东西连在了一起。

我这些年，总觉得是与什么东西连起来了，大片大片的，使我知道，我不再是孤独的个体。常常我把眼睛看向窗外，起先，我看见了肉眼能看见的：高楼、人群、万丈红尘……慢慢我就越过了这些，看到了即便走过千山万水也看不到的东西，那就是，把今生今世放在一个更广阔的时空里来打量——从前也打量过，只看到人生短促，生命微渺；现在再打量，就看到了某种源远流长的、壮阔的东西，从我心里腾地升起，带得我也壮大了许多。

我把这层意思跟一个朋友说，他劝我写出来，我觉得没那么着急——我的问题是太不着急了，磨磨蹭蹭的，至今还纠缠于字词，可见还在受约束，内心未能真正得自由。就是心中有的，但还未找到出口，事实上，“怎么写”从来是大于“写什么”的，至少这是我的观点。我的理想是像济慈那样，他说，如果诗不是像叶子长到树上那样自然地来临，那就干脆别来了。

多爽利的话，多年来我一直在践行。我也一直告诫自己，千万不要把写作当成事业啊，它当归结于心灵。也正因此，我愿意放下写作，哪怕十年八年，把自己彻底砸进别的事情里——我砸进去了，虽然也常念记写作这件事。有时会跳出身外来观望，适当地作些调整。我有一阵子昏天黑地地读书，可是心里很警醒，怕自己成为书呆子。于是每晚 8 点 30 分我准时下楼，去“遇见”那些正在跳健身操的街坊们，知道她们必会拦住我，告诉我一些八卦是非，我听得津津有味，简直高兴坏了，为自己还是个小市民。总之，我对这一刻的自己很满意：热爱生活，不乏低级趣味，同时也能往深里想事情……多好啊，我看到一个人在写作和生活之间左右摇摆，或许有一天，她能做到深入浅出，把这一切归拢为一个整体。

简默 / 本名王忠，生于 1970 年，山东人。曾获第四、第五届全国煤矿文学乌金奖，山东省第二届泰山文艺奖（文学创作奖）等，出版有散文集《一棵树的私语》《身上有锈》。

评家观点

记忆之刃的精神行走

卢衍鹏

简默的散文行走于记忆之刃，充满了“精神”的质素，成为其作品中最具魅力的内核。简默散文的艺术创新是基于对生命的感悟、对生活的感恩和对文化的坚守，不仅富有“精神”，而且在“精神”的方向、厚度和高度上自成一家，做到了“向下”和“向上”的结合——目光“向下”，关注生活，踏实创作；精神“向上”，仰望星空，大胆创新。简默散文经历了长久的沉淀、打磨和碰撞，使其扎根于大地，发轫自真心，对生命意识、人间世态、社会世俗、思想文化等进行了深度体验，达到了较高的艺术境界。简默的精神行走，既是踏实、痛苦的精神拷问，又是刺激、冲动的精神绽放，还是冷峻、深刻的精神批判。

在追问生命中拷问精神

简默散文执着于对生命和生活本色的书写，实际上是一个探究灵魂和拷问精神的过程。简默在观察生命的变化中积累了丰富而敏感的审美体验，生命作为创造主体观照的对象，为简默散文的精神世界提供了更为广阔的空间和时间。

在追问生命中拷问精神，是简默散文对生活的独到体悟，在博采众长中融会贯通，以新的生活经验和生命体验为基础，进行新的艺术创造和精神升华，从而形成独特的“精神”亮色——这是简默散文对生活的艺术提炼、对生活的大爱无言、对生命记忆的审美升华。最能体现这种体验和思索的是《三盏灯》《三棵树》和《三张床》，几种不同的事物就是几种不同的生活，各有其生命世界和精神色彩。《三盏灯》从童年的煤油灯写起，写到过年前后家门口的红灯，“灯”是爱、是生命、是责任。“三盏灯”是母亲、是妻子、是儿子，是我的前生、现世和转世。《三棵树》将树与人的关系紧密联系起来，树连接着故乡，蕴含着童年，留住了城市的根。更为重要的是，父亲栽下的树，“有着他的体温与气息”。父亲的离去，让之前与“我”无关的树，变得亲切而感伤。《三张床》写了不同时期、不同材质的床，床承载了童年、青春期和爱情的记忆，童年的床上铭记了父爱无言，少年的床上隐藏了青春的懵懂，青年的婚床上孕育着崭新的生命。“灯”、“树”和“床”，共同支撑起简默散文对生活的心灵记录，在流水年华中激起一片“精神”的亮色。简默散文中经常出现“我是幸运的”，这是对生活的无限感恩，是对亲人的拳拳依恋，是对爱的不懈追求。

精神的拷问，是简默散文对生命的艺术展示。如果仅限于对生活的外在描述，简默散文无法达到一定的高度和深度。可喜的是，简默散文没有止步于生活的外层，而是深入到生命的肌理，挖掘出生命的深刻含义。《医院》《生命凋零》等作品，不仅综合了死之诡异冰冷和生之绚美温暖，而且承载着父亲的职业和病痛，更是开启了生死的哲学之门。《医院》写当医生的父亲给了作者关于医院的全方位启蒙，也是医院开出的诊断书让父亲深陷病床。简默将医院看成生与死的交汇，既有希冀与满足，也有无奈和失落，让人既爱又恨。《生命凋零》延续了对生死的思考，简默细致地描述了关于身体的两次疼痛：一次是健在的父亲在身体上为其驱赶和缓解疼痛；另一次是天堂的父亲在精神上帮助其抑制疼痛。生命后期的父亲，要面对手术、病痛和死亡，“他告诉我们说昨晚走了一个，今天又没了两个”……“他说‘我死后……’，父亲说出了那个词，坦然直面了它，战胜了它”。简默对生死的思考来自父亲面对死亡时本能的紧张和理性的坦然，来自对身边或熟悉或陌生的人们离世的感慨，来自菜市场的农妇说的一句话：“人就像一辦辦大蒜上的一个个蒜头，揪一个少一个。”《羊走天堂》写父亲的“新家”——墓地，那是父亲的天堂。上坟、迁坟、安魂，泥土成了真正的棉被，平日给父亲送纸钱、儿子降生向父亲报喜，这是生死的交流，也是爱的传递。《去北山给父亲送书》写清明给父亲上坟。在简默眼里，父亲的一生简单而执着，生的时候父亲给“我”送书，离开后“我”给父亲送书。送的书不同，心却一样，都是热爱生活、珍惜生命。

在青春冲动中绽放精神

简默的散文暗含着一种冲动，一种生命冲动、青春冲动，活力十足，汪洋恣肆，不可遏制。青春冲动来自原始的本能欲望、来自对庸常生活的反叛、来自对日常规则的背离，甚至被看成是非正常的精神错乱。但是，青春冲动又是不可或缺、弥足珍贵的。简默散文的精神结构，一头链接着亲身经历的日常生活，一头链接着审美精神的艺术世界，实现了在青春冲动中绽放精神的艺术效果。

青春冲动源自生活，又试图超越现实，简默散文中的青春冲动，从另一个侧面反映了另类精神。《篡改》写几个疯子：袒胸露乳的女人、用刀捅领导的教师、指挥交通的男人、精神病院的特殊病人，他们因偶然的打击而改变了人生轨迹，进入无法返回的“非正常”序列，同时也映照出所谓“正常”世界的阴暗和猥琐。《声音》描写了粉笔摩擦黑板、铁锹碰击石块、冬夜暖气滴水、待宰羔羊哀嚎、烙铁入水、雨滴触檐等声音，这些常见的声音击中了简默敏感的内心，绽放了审美精神。《青春期》写校园时期的青春年少，涉及1982年的东方机床厂子弟学校、1983年的物探队子弟学校、1984年的郭城中学、1986年的实验中学、1988年的郭城广播电视大学等，内容包括打闹、恶作剧、早恋等。青春冲动是剩余精力的肆意释放，是真假难辨的“性丑闻”，是身体与精神交织的神秘之地。

青春冲动还是比较单纯的，一旦掺杂了各种杂质，就变成了欲望冲动，这种欲望不仅是个人的，更是社会的。《煤城词典》写煤城的窝、窑、炭、湖、矸石山、铁道、烦恼、人、速度、表情、声音、夜与昼，深层地表现了人与自然、社会、他人的紧张关系。煤是乳汁，滋养了城市和人，挖煤产生了湖、矸石山、铁道、速度，也产生了烦恼、烟囱、表情，分离了夜的狂欢与昼的卖命。简默在讲述煤，煤说出了简默的心声。《沿河市场》写自发形成的市场，商贩、公安、城管、顾客等博弈其中，钩心斗角、尔虞我诈。也许生活就是如此，混乱而平静,滑稽而真实。《一路鼾声》《挑刺儿》写日常的打鼾和挑刺儿,简默笔下的鼾声是身体的凯歌和梦的点缀,一根刺带来深刻的疼痛和警惕,让人从冷漠中惊醒,教人以宽容和理解。《身上有锈》写一个不经意造成的伤疤,提示着被人们忽视的生活部分——"告诉我们:你是一块会生锈的铁"。简默散文中的欲望冲动虽然是日常的,但也是坚硬的,人产生欲望,又能控制欲望。简默的散文告诉我们,如果没有精神的提升和指引,生活就会陷入欲望的泥潭。

在反思生活中批判精神

简默的散文既不是绝对世俗化,又不是绝对理想化,而是立足现实、反思生活,展现出难得的批评精神。简默散文是现实的、社会的和生活的,充满着人间气息和世俗关怀,包含的是对普通人生和生命的低吟浅唱。

简默散文注重从凡人小事中反思生活,以批判的视野写出了普通人尤其是底层人的日常生活和喜怒哀乐。《请把泥土带回家》《扛一株玉米进城》写菜贩与农民的不同,真正的农民身上散发出泥土的气息,泥土根扎大地,藏身于生活的角落。土地隔开了城市和乡村,让城里人心虚地骄傲,让乡下人真实地自卑,但土地是无法带走的。简默发出深情的呼唤:"请把泥土带回家吧,这是我们最初的根,也是最终的穴"。《草木萤火》写偶遇 30 年没见过的萤火虫,滥用农药让萤火虫成为遥远的记忆,让人用"天外来客"的眼光看待这一本来无奇的虫子,惊喜、惊奇和困惑写在老年人、青年人和少年的脸上。简默告诉我们,童年只可追忆,现实只能面对。

简默散文关注现实，强调人情化和人性化，他的批判精神是一种大爱精神。《一个两个甜》写管理死角的小商贩们各显其能地讨生活，论个卖西瓜的瓜农引起关注，人们先是猜疑，后是争相购买。简默发现，“一个两个甜”虽然出自不善言辞但内心丰富的瓜农，但让“卖西瓜的一不小心成了诗人”。《回味》包罗万象，糍粑、折耳根和盐酸菜，红茶菌和包谷粑，老冰棒和棉花糖，都属于童年的记忆，这是对民俗人情的书写，是对传统文化的礼赞，充满了对历史、对未来的思考。《皮包火焰》《辣到心尖》写辣椒和蒜，这些日常饮食成为简默思考生活的窗口。在简默看来，辣椒是断乳的利器，是母亲的乡愁，是敢爱敢恨的奇女子；蒜是杀毒武器，是儿子的玩具，蕴含了生活的哲理。《路上的它们》聚焦各种动物，精彩至极，以至于我只需排出下列标题，就可窥见其别出心裁——《灰鹅进城》《路上有羊》《水葬的蜻蜓》《怀念蛙鼓》《蝴蝶之爱》《癞蛤蟆的幸福》《黄鼠狼驾到》《一尾临刀的鱼》等等。这些动物被活灵活现地请上艺术的舞台，它们或者可爱，或者可恨；或者幸运，或者悲惨；或者美丽，或者丑陋……在简默笔下，各有自己的命运，各有自己的精神。

简默的散文巧妙地行走于记忆之刃，具有精神的向度和高度，它不轻浮、不怪异、不虚无，而是脚踏生活大地、植根现实土壤、发自真实内心的创造和升华。简默散文的精神指向明朗高尚、真诚单纯，代表了一种清新、自然的文风。

作家自述

我的记忆我的锈

简　默

东西南北中，如五指并蒂，各据一方。

我独独命中注定与南方有缘。

50年前，父亲医专毕业，怀揣着热血沸腾的理想，自济南乘上一列绿皮火车，历经数天数夜的辗转与颠簸，来到黔南山城一个叫东方机床厂的三线工厂，开始了他的三线建设岁月。就像当时眼前一穷二白的面貌一样，那时他想象不到，在长途跋涉之后的随遇而安将会给他未来的生活埋下怎样的伏笔，又将如何深刻地影响和改变他命运的走向。

40年前的一个夏日，我落生了，成了千千万万将脐带埋入这片土地的三线子弟之一员。打我记事起，我看见的一切，记住的一切，都像黑白照片一样，单纯、明朗、清晰，不因时光淘洗而褪色，不因记忆更迭而流失。那时我每天走在通往大自然的路上，眼睁睁地看着一片片高低参差的稻田，注入了水，插上绿油油的秧苗，拔节、抽穗、壮籽、开镰、扬秕，最后入仓。这是一株水稻生长的全过程，多么像一个人成长的过程啊！一株水稻，靠天生长，轻而易举地过完了一个人的一生。从开秧门到落地收场，在短短几个月里，它以或饱满或空瘪的收成，浓缩了一个人的生死。我当时可没想过这些，净琢磨着怎样捉稻田中与水稻相依生长的鱼，扛着大扫帚踩着田埂找寻着水域扑蜻蜓，躺在田垄上头枕苜蓿和青草望云卷云舒……或者沿着崎岖山路去爬馒头山，采漫山遍野点亮自己的映山红，掐一节麦管吮吸山茶花蕊甜甜的秘密，攀上半山腰谛听大水塔轰隆隆打雷似的心跳……那时没有做不完的作业，也无须借着月亮和星星走在上学、下学的路上，每天睡眠充足，精力旺盛。下午早早地放学后，我将脖子上的书包随便一丢，走不了几步，面前就是被稻田和鱼塘交替分割的大自然，那时父母亲疲于各自的工作，没有多余的时间和精力管我，也不怕我有什么危险，对我身处的每一个地方、做出的每一个举动都那么放心，至今想来恍若不可思议。譬如我10岁时，为了捡拾烟标，曾一个人沿着湘黔铁路一直向前，走了很远，然后下了铁路，到了一个荒无人烟的山洼里。我那时就是一个疯孩子，自由自在，无拘无束。对比眼前一天一天地成长的儿子，他的每一天都被挤压成了流水线上淌下的方便面，仿佛永远有做不完的作业，两头借着月亮和星星走在上学和下自习路上，哈欠连声像鱼需要氧气一样渴望着睡眠，我的心头常常泛起黑潮似的悲哀和心酸。更荒诞的是，我不由分说地替他担忧，怕他出门遇到坏人、被车撞到，去湖边玩怕他溺水，去爬山怕他从高处跌下，每天祥林嫂似的叮嘱他“路上注意安全”。儿子像生活在一个玻璃罩中，这罩属于那些所谓的纪律、守则和制度等，他在中间无所适从，疲惫不堪。我是幸运的，我在自己生命的起步中，拥有一些无忧无虑、被小小的野心和欢喜环抱的日子。

27 年前的暑假，我追随染上乡愁的父亲，与母亲和弟弟一道，乘上一列被漆成春天颜色的火车，经过三天四夜罐头中沙丁鱼似的车上生活，被吐在了这座鲁南煤城。时光们仿佛贴面重合到了一起，这情景与 50 年前的父亲有些相像，不过他是单身一人，现在是一家四口。按照父亲描述的方向，我们一直向北方行进，最终却落脚到了北方以南，南方续起了我的前缘。那时我正值青春期，年轻得像一棵葱似的，青青葱叶比葱白长，我叛逆、狂妄、骄傲，像一枚时刻准备着引爆的“二踢脚”。我一路跌跌撞撞地行走在风雪中，渐渐地像一匹被套上笼头的小马驹，在混沌和躁动中送走了自己的青春期。

20 年前，父亲弃世。他是我的亲人中第一个远行的。我亲眼见证了他从患病到离开的日日夜夜，也陪伴了他试图挽救自己流沙一样失散的病体的日日夜夜。我第一次懂得了生的欢愉、死的艰难，也第一次体验到了阴阳两隔、生离死别、灵魂孤苦。在我和我的家族身上，接着又发生了许多故事，它们悲欣交集，聚散相依，浓缩了人间一切。故事永远在路上，即使是我这个讲述者灰飞烟灭，荡然无存……

从黔南山城到鲁南煤城，它们都是一枚 8 分钱邮票大小的地方，但它们却是我生命的起锚地，也许还将是终结地。在它们温暖而干净的襁褓中，我活过了自己的记忆，也簌簌剥离下了自己的心灵之锈。

崔曼莉／生于1975年，江苏人。2002年开始自由写作，出版有长篇小说《最爱》《浮沉》《琉璃时代》，中短篇小说集《卡卡的信仰》。

评家观点

脱身绝境的欲望

远 人

第一次接触崔曼莉的小说是在2005年,《杀鸭记》给了我极大的震撼。时至今日,我对当时的阅读感仍记忆犹新——在这个短篇中,我读到属于现代小说所具有的非凡力量。

《杀鸭记》的情节非常简单。好不容易能够在乡下获得独处的"我"被一群鸭子干扰了宁静,于是,"我"在询问了种种杀鸭的方法后,最终将那群鸭子活埋了事。在活埋行为结束之后,"我的眼泪突然涌了出来"。

小说就这么结束,一行行冷静的文字在走向充满暴力的结局中,很容易让读者将"我"置于凶手的位置,但恰恰是这个凶手,却又有着和所有人一样的热泪,甚至"我"的眼泪之所以涌出的原因,远远不是几句简单的话就可以解释的。在我看来,"我"的一切行为和残忍,都是为了对自我进行捍卫——而捍卫自我或者说呈现自我,本也是现代小说的一个重要特征,它直接进入到人的状况和人的存在。因此,崔曼莉这篇不足5000字的小说,在行为的决绝和自我的捍卫中,呈现出让读者将心弦绷到极点的张力,也使之获得巨大的艺术感染。

尽管《杀鸭记》不是崔曼莉的第一篇小说，但作为读者，却恰恰可以从这个短篇来进入崔曼莉的小说世界。因为这个短篇指涉到崔曼莉小说的一个核心主题，那就是人因为生存而必然面对的、从肉体到精神的种种绝境。

应该说，绝境不是某个人随便提出来就能获得存在的主题。它之所以存在，就在于它领先于我们的意识发现时就已经存在。因此，不同的人生存于不同的绝境，便成为一件既一目了然又自然而然的事。只是面对绝境，有些人难以发觉，有些人有所发觉，另外有些人则有强烈的意识和面对。崔曼莉显然属于面对的一种。她首先意识到绝境的存在，意识到人在其中的左冲右突，才会让人物做出如何从绝境中脱身的种种设想和行为。因此，对崔曼莉的笔下人物来说，脱身绝境的欲望就显得格外重要。也正因为这一重要，崔曼莉才在她的一系列小说中，塑造出一个比现实更为直观、更为在语言中得到肯定的世界。

《卡卡的信仰》是崔曼莉的第一篇小说。对一个作家来说，处女作往往难以圆熟，崔曼莉这篇小说却提供了例外。至少在她的第一篇小说中，崔曼莉的笔尖就敏锐地触及到“人的绝境”。

年方12岁的卡卡家中来了一个叫信仰的异国男孩。卡卡懵懵懂懂地陷在对信仰的情感当中，而信仰也陷在对女老师曾蝶的情感之中。于是，两个在情感绝境中的少男少女该如何脱身，就成为读者心中的最大悬念。应该说，小说主题并不新颖，稍不留神，这样的题材很容易变得平俗。崔曼莉的不同凡响之处，就在于她尽管让作品主人公置身于他们必然面对的绝境状况，却不屈服于作者一厢情愿的美好愿想。她始终服从于生活的本身逻辑，不论其笔下人物对绝境脱身的欲望多么强烈，那些人物的一切行为都无不处于逻辑的推动之下，从而获得逼真的现实效果。

说到底，生活给每个人提供的，其实就是属于生活本身的逻辑。崔曼莉的每篇小说都让人读到意料之外和情理之中的叠合，就在于她的小说发展始终依靠逻辑推动。在《寻找托马斯》中，由于众多女护士的性意识在托马斯的帮助下得到宣泄，居然形成一个“托马斯方程式”。不论读起来多么荒谬，我们看到的是，所有这些人物行为，无不依存于真实的逻辑。而逻辑在宣告自身现实性的同时，也在宣告艺术作品的现实性。因此，越有力的作品，就越是生活的组成。但任何一件作品的虚构属性又表明，它在完成时对我们的真实生活形成了对抗，一种对现实生活的有意否定也就弥散在具有现实性的成功作品当中。

由此，服从逻辑和否定某种现实就构成崔曼莉小说的最大冲突，只是她把所有的服从和所有的否定全部放在我们的接受领域。她让我们感到，那就是我们的生活，即使它不是真实的表面发生，也是内在的真实发生。

追寻内在，本就是自现代派文学诞生以来的核心特征。内在的变化犹如心理，总是出现稍纵即逝的变化。在《他乡遇故知》中，“我”遇到曾在故乡施舍过的侏儒，却发现乍见时的“热情是多余的”，接着在舞厅遇见表白过喜欢自己的男人，却忽然“感到路过了他和他的朋友”。这些心理微妙、突然，但却依托于真实的存在。当今天小说家的关注重心转移到这一存在变化之时，外在的一切变化就都变得不再重要。因此，作为读者，我们很难看见她笔下某个人物的外在描写。在我们阅读中，成形的人物都是通过人物的行为、语言、心理动作来得到肖像似的呈现。

小说《房间》同样是崔曼莉式的典型表达。“我”在童年时就因一场车祸失去生活自理能力，于是，一个“8 岁开始就不能再移动”的小女孩形象几乎在刹那间就跃然纸上了。就故事来说，我感觉——甚至肯定崔曼莉并未作出情节上的任何预设。对崔曼莉来说，重要的是进入主人公的内心，将主人公心中蕴藏的种种感受进行还原般的叙说。因此，“我”是什么样子，作者从未告诉我们，尽管崔曼莉似乎在漫不经意间几处提到，“我”有“那每一天梳理得整洁的辫子”。但即便是这条辫子，也不过成为主人公内心独白时的道具。而道具的本质功能不过是让读者必须看到又并不产生什么重要作用的次要物，但它可以成为进入主人公内心的线索。崔曼莉深谙道具功能——她丢给主人公的道具，或者说，主人公从她那里接受的道具看起来不起任何作用，但却一把抓住读者的眼球，让读者的情感从道具上开始起伏，从而打开进入主人公内心的道路。

于是，崔曼莉恰如其分地为读者展开一颗深陷绝境的心灵。在她笔下，没有谁的绝境比得上《房间》中的“我”了。残废使主人公注定终生躺在一个封闭的房间。要想从这种绝境中脱身是不可能的。于是，主人公自然而然希望内心能得到自由与脱身。围绕主人公的心理波动，对友谊、亲情、爱情的渴望，成功、成名的念头纷纷开始登场——也几乎变成现实。令人意外的是，这些主题无不属于艺术表达的核心主题，崔曼莉以惊人的控制力，将这些本质的艺术主题或者说人生主题浓缩在一具残废的身体之上。残疾注定了身体将深陷绝境，在这一前提之下，心灵的摆脱欲将变得比身体更加暴戾和扭曲。但绝境的存在，注定了“我”遭遇的只可能是不可避免的现实残酷，反过来，这种残酷又进一步扭曲渴望脱离绝境的心灵。这就彰显出，人的种种欲望力量全部生发于人的内在绝境，它远比外在冲突更强烈和更富于打击。

因此我相信，当崔曼莉写完这个小说，一定连自己也感到惊讶。因为主人公的一切行为和发生都不由主人公自己所能控制。因为在主人公身上所蕴涵然后爆发的力量来自一颗完整的内心。那颗内心愈完整，就愈脱离作家的虚构，爆发的力量就愈强大，它甚至凌驾到作者的掌控之上，获得穿越虚构的最终独立。对崔曼莉来说——或者对任何一个成功的小说家来说，残酷本就是人生的主题，既无法回避，也没必要回避。小说的重要功能之一，就在于如何将现实压缩进绝境与欲望的夹缝，从而生发出它的表达力度，也使小说变成比现实更具现实性的艺术成品。

对每一个小说家来说，如果不涉写理论，那作者对小说的理解就全部蕴含在文本当中。这一理解，取决于小说家对某一主题是否达到了最强烈和最紧迫的临界实现。在这一临界点上，所有的强行解释根本不起作用，起作用的只是那个小说家的文本托出，让我们看看它是否达到了我们对现代小说的基本认知和准则衡量。特别在“无动机艺术”恢复的今天，更是考量着每一位成熟小说家的艺术观和语言观。

在连续阅读崔曼莉的一篇篇小说时，我忍不住想探究，崔曼莉的小说是否达到了“无动机艺术”的要求。我很快发现，对崔曼莉来说，恰恰是“动机”的退场才充分地保证了人物的独立出场，也保证了崔曼莉让人物在各个地方的随意亮相。因此，她的人物既可以在穷乡僻壤，也可以在繁华都市，更可以在任意为之的某个异国。无论在什么地方，崔曼莉都尽量将各种冲突压缩在它最集中和最需要之处。在这里，“需要”并不是作者的个人动机，而是小说中的人物动机。那些动机指向，以《山中日记》的一句话来说，“都是从一个地方出发，向一个目标前进”。

初读之下，《山中日记》只不过叙述一个叫汉顿的奥地利老头如何处在自己的封闭当中。但细细咀嚼，我得出的结论是，这个叫汉顿的老人在崔曼莉小说中，恰好处于关键的位置。对他来说，曾找到过 23 条登山路线，实际上就是找到了 23 条脱离绝境的道路。但最终，老人仍然将自己置身于封闭之屋，直到最后自杀，才似乎让他彻底摆脱人生的各种绝境。

必须承认，每个读者都受到自己的经验局限。正因如此，才有“一千个读者就有一千个哈姆莱特”之说。而之所以有这一说，就在于作者紧扣住自己的经验，将其通过作品，尽量还原到客观领域。面对汉顿的自杀，崔曼莉只轻描淡写地留下“书中没有答案，我想以后也不会有答案了”的结束句来结束全篇。但正因为“不会有答案了”，小说最后留下的空间才突破小说本身的物理空间，获得一种异乎寻常的开阔。这开阔也是一篇现代小说达到文本内核后所产生的心理开阔。面对这种近乎零度的写作，读者无须追问——也问不到一个形而上的意义。因为它呈现的是一种关系到本源性的绝境冲突。这冲突独立于作者的原意，独立于文本所处的原初环境，直接还原到存在之维来进行观察。能做到这一步，已充分体现了崔曼莉扎实不凡的艺术功力。

最后想补充的是，对崔曼莉来说，表达是一种理解，该如何表达又是另外一种理解。就文学的现代性而言，语言本身就是一种独立。作为起点，崔曼莉的语言使用从一开始就处于日常语言的框架。而恰恰是这一框架，才构成读者的注意中心。从表面上看，崔曼莉并不重视修辞，但她的不重视也只是流于表面。崔曼莉更着意的，是如何将修辞隐藏在行文的语气当中，从而使她小说的处境和语境都获得出乎意料的直接和丰富多样。今天，口语泛滥于写作的各个领域，太多的口语之所以变成口水，原因是口语深层的有效提炼处于缺席的位置。崔曼莉理解这一提炼，才使自己的语言到达简洁的多义境地。“我看着他，他也看着我，还有什么是需要多说的?”没有对语言的深度把握，崔曼莉就不会以这样质朴的行文方式告诉我们，在不同的语境中，最简单的语言也会产生责备、解释、挑衅和直捣核心的多重功能。因此，不仅是崔曼莉小说的表达内涵，还是她的语言风格，都在相辅相成地构成她小说的独特魅力。

对我们来说，除了接受她小说给予的阅读满足，还有什么是需要多说的?

作家自述

生命的本质是孤独

崔曼莉

《卡卡的信仰》是我第一篇公开发表的小说。它的灵感来自当年发生在美国的一个轰动事件。一位12岁少年和他30岁的老师发生了一段不伦之恋,老师因此而获罪入狱。我觉得这是一个好的小说题材,于是有人质疑:第一,怎么把这个故事移植到中国来?第二,不伦之恋稍有不妥就很难发表,但这些都不是我关心的事。我用了3天时间完成了这篇小说。通过一个12岁少女视角,写她家里突然来了一位妈妈朋友的儿子,他是个混血儿,她对这位少年产生了朦胧的初恋,又无意间发现了她的“信仰哥哥”和高中部一个语文老师的不伦之恋,隐约中,“信仰哥哥”对成年女人的热爱似乎也正热爱着她的母亲。整篇小说围绕着少女卡卡情窦初开的混乱与痛楚展开。“卡卡”是少女的名字,“信仰”是混血少年的名字,所以叫《卡卡的信仰》。

这篇小说我反复读过,每次读都有“被成长”的触痛。曾经有朋友看了以后说,我把男人女人心里所有的角落都走遍了。这自然是一个高的评价,如果放在小说主人公身上,我就点头,放在自己的生活中,我只好摇头了。这篇小说确实帮我解决了一个写作者心态上的问题:写作不要有功利心,以前听朋友说,所谓功利心,第一层就是想当作家,万众瞩目;第二层是要写一部伟大的作品。《卡卡的信仰》我写得很放松,几乎是跟随它前进的。它完全是活的。看来小说本身也有它的生命状态,在某个特定时刻,它会和我形成生命共振,当灵感来临,我选择了它,它也选择了我,然后,彼此一同去承担成长的"被选择"。

《臭味相投》和《房间》是我为了出版短篇小说集而在电脑中找到的两篇已经被遗忘的作品。它们写在《卡卡的信仰》之前,是一段写作中没有作家意识的自为状态。《臭味相投》里的年轻人多的是无聊与绝望,但却活得有滋有味。其中不难看到今天《求职游戏》,甚至《浮沉》的影子。《房间》完全不一样,相隔10年,再读它时,自己也觉得有些意外。它曾让老一代人流泪,让明白人性的人动容。据说人可以有一个老灵魂。我读《房间》时,也怀疑写作者的灵魂太老了,老到可以编一个这样的故事,让一位少女说出"黑暗终将来临,它比白天更加长久"。

《杀鸭记》彻头彻尾是一篇讲绝交的小说。有不知道的编辑看到投稿时问我是不是来自农村,我没有在农村住过,这篇小说也非关乡村生活。小说主人公来到一个偏僻乡村,打算过与世隔绝的生活,可总是遭到一群高高兴兴的鸭子们的打扰,于是,他下决心去解决这个问题以找回他想要的平静。整个过程结束后,他转过头,对着扑面而来的乡村景色,眼泪也随即涌了出来。不少人企图解读这个结尾,我听到一个耐人寻味的解读是说主人公自己的生理本能在关键时刻给他带来的分裂与背叛,使这个绝交的决心最终陷入虚无的绝境。

2005年《杀鸭记》发表后，我开始创作长篇小说，也停止了所有短篇小说写作。从2005年到2008年，直到《浮沉》出版，差不多3年时间，很多人不知道我在做什么。2010年我应《北京文学》邀请，写了中篇《求职游戏》。这是我的第一个中篇小说。我以前比较回避写中篇，它和长短篇小说都不同。短篇小说既要一针见血，也要一览有余，留出的空白才是重点。大长篇讲究结构、细节、人物、语言的统一，包括人生的各种悲喜况味。以上两种都各具挑战性。中篇不长不短，写起来没劲且费劲。但在《求职游戏》创作中，我发现写中篇小说其实也很有乐趣，它的结构和用力要很均匀，在一波略折、一波跌宕中保持着吐纳和畅。《求职游戏》发表后，《北京文学》给了它"北京文学奖"，作协把它选入当年中篇小说年选，《中篇小说选刊》也选登了这篇小说。这使我感到意外——它终于没有望文生义地被归纳为职场小说。它虽不是短篇，放在这里，也算是取长补短。

这两年好评与畅销的运气似乎都落在了《琉璃时代》与《浮沉》那边了。《卡卡的信仰》对我的写作有不同的意义。爱尔兰作家法兰克·奥康纳曾认为，短篇小说最合适处理孑然一身，尤其是身处社会边缘的人。我在想，这种孤独也许正是我们这一代人的主旋律。但是这14个短篇却向我展现了另一种可能。我们经由黑暗发现了生命中的孤独本质，其广大无边又无所不在，这种反差在现实中尽管难成比例，但就语言文字的内涵和功能上讲，如果我们能学会用它来调节这种反差，并使其上升一步，我们也许就在虚幻与平凡中找到短篇小说的魅力了。

阿丁 / 本名王谨，生于 1972 年，河北人。当过麻醉医师，后改行做过记者、编辑、图书出版人，现为乐果传媒总编。出版有长篇小说《无尾狗》，短篇小说集《寻欢者不知所终》，历史随笔集《软体动物》等。

评家观点

疼痛而荒诞的情绪世界

李　壮

阿丁的中短篇小说集《寻欢者不知所终》包括14个故事,像一道长长的阶梯,引领我们逐步接近他所理解的那个世界。阿丁在他的作品中营造出种种强烈的气氛,让我们不知不觉地沉溺其中,或悲伤、或惊悚,读罢令人失魂落魄。作为以上这些效果的技术保证,阿丁小说的形式风格也具有其鲜明的特色。

阿丁小说的核心是生命的痛感以及由之而来的悲伤、困顿又荒诞的情绪——这种情绪震撼、裹挟着我们的内心,迫使我们一篇又一篇地读下去。阿丁小说所着力建构的并不是具体的故事情节与人物形象,而是一种感受性极强的生存处境。当我们深入这种情绪的背后,对作为情绪载体的文本加以分析,看到的是作者对存在的理解、对日常世界的剖析及其在形式技巧层面上的鲜明特色。

记忆、逃离与存在

《寻欢者不知所终》一书被分为三辑:有关记忆,有关逃离,有关存在。这种设置中包含着确定的内在逻辑,它们共同暗示着阿丁文字世界中的核心命题:往日的记忆是痛苦的,它所带给我们的创伤迫使人们选择了逃离，可是逃亡中的人又注定陷入无法逃脱的存在困境。这种形而上的困境是超个体、超时间性的，它弥漫于所有的时间与世界之中，是一种关涉存在本质的、苦痛又荒诞的情绪。这种情绪最终占据了我们的全部生活。

第一辑“有关记忆”中的几篇小说主人公都是孩子或者少年，在这些基本处于原生状态的生命和简单、无辜的故事之中，阿丁向我们展示了这个世界的原初图景或者说本质秘密——残酷和痛苦。《人奶》中，受困于性萌动的陈国庆为了使用人奶治疗眼睛（也就意味着能再次看到邻家阿姨的乳房），竟带着弟弟去看电焊的火光，最终导致弟弟失明，自己也因此被父亲打成了瘸子。《一个旅程，一个旅人》讲的是一个高考结束的少年渴望以凯鲁亚克《在路上》一样的方式去寻找青春的自由，却在危机四伏的现实世界中被撞得遍体鳞伤。同样的创伤也出现在《成人礼》中，阿丁对这篇小说有这样的表述：“欺骗和背叛也许是你在成人礼时最大的收获，很多时候你自己就是祭品本身。”对残酷与痛苦的领悟正是我们每个人的成人礼，回头再看，年少时的创伤记忆又仿佛预言了自己一生的命运。

面对这样的命运，有人选择了逃离。本书的第二辑讲述的就是有关逃离的故事：为了从那种虚无而又秩序井然的生活中逃脱，丈夫不得不变身为嫖客以求提供离婚的确切理由，这个把嫖娼称为“寻欢”的男人点燃了妓女心中挣脱命运的渴望（《寻欢者不知所终》）；另一些人则利用肉体的创伤来解脱心灵的痛苦，厨师在外伤导致的选择性失忆中幸福地忘却了现实中那些难以释怀的屈辱

(《低俗小说》)。然而,逃离的结果是什么?即使逃出了人类的现代文明,也无法逃出世界与存在的基本规则——即使已经放弃一切,苏珊还是没能挽回李格林的无情离去,苏珊最后挥棒砸碎兔子脑袋的血腥一幕,恰恰暗示了人类与生俱来的残酷正在进化链条的远端重新启动(《你进化得太快了》)。

形而下意义上的逃离之所以会以悲剧告终,是因为我们在形而上的存在层面早已陷入困境。在第三辑中,阿丁所讲述的就是一个个关于存在的寓言。有时候,我们陷入困境是因为我们与外部的世界格格不入,自我与存在之间的对立就像M与W的不同一样难以调和,以至于除了以偏执的暴力完成双向的毁灭之外,再也没有任何方法可以让我们找到心灵的释放(《W与M》);而在另一些时候,这种困境则来自我们对自身的否定和拒斥——"这世上许多人最厌恶的人其实就是自己"(《石头记》)。有的人试图洞悉存在的秘密,他们想要找到一种方法,使自己能够像上帝一样睥睨人类的生死,结果却是人类的存在远比肉体的存灭更为复杂(《上帝是吾师》)。同时,阿丁却又安排另一些人获得了这种洞悉世事的能力,这种对世事真相的洞悉最终导致信仰的坍塌与勇气的崩溃——"有什么东西在我心中坍塌了,碎成了齑粉,永远不可能重建"(《查无此人》)。

用一种氛围表达世界

不论是在面对具象的"世界"还是抽象的"存在",阿丁都有他独特的思考和完整的观念。不过,阿丁对世界的理解并没有使他的小说变成无味的说教或者阐释。虽然阿丁像个哲人那样在思考,但同时他也像个诗人那样在写作。阿丁小说最引人注目的不是干枯的"理念",不是单纯的"形象",而是更加难能可贵的东西——一种充满真实生存感受的情绪氛围。这就是我眼中阿丁中短篇小说最鲜明的特质:生存感受的到位传达以及情绪氛围的强烈冲击。

事实上,阿丁对世界和存在的理解以及对这种理解的表达,正是在其小说情绪氛围的构建之中悄然完成的。就是在这种难以言表的强烈氛围之中,世界荒诞而苦痛的本相得到了最完美的表达。《就像鱼找到了水》的副标题是"写给不可名状的恐惧",写一对因为偷看黄色录像而被警方通缉的父子的故事,焦虑和恐惧的混合构成了小说的氛围。小说里的人物,父亲、儿子、隔壁的寡妇以及同学的姐姐,每个人都处在一种饥渴与恐惧交织的焦虑之中。最终,不堪恐惧的父亲以一种无比兴奋的心情迎向了警察的抓捕,而儿子也在一次实实在在的偷情之中完成了男孩向男人的蜕变。《右眼跳灾》中,我们能够强烈感受到个体在生活秩序面前的困窘和悲哀。小说中孤独的疯子面对塑料模特泪流满面并掏出阳具的场面会让我们惊颤不已,而更令人震惊的是即将结婚的警察竟然对当街手淫的疯子心生嫉妒,并最终在一场发泄般的暴力对抗中丢失了一颗睾丸,以这种残酷的方式完成了一场祭献般的情感宣泄。类似的情绪也弥漫在《晚安,秦舞阳》中,在一种孤独、屈辱却注定无望的反抗之中,人性的软弱和命运的残酷让我们感到由衷的惊悚。《三个颇有成就感的贼》中的前两个故事带有鲜明的荒诞色彩,仿佛是对无常人生的一种嘲讽。而最后那个小偷的故事在荒诞之余,更让我们感到一种深沉却又温暖的悲哀:“如今我还在以偷窃为生,或许是一种纪念的方式。”

阿丁的小说总是从日常生活经验中引出极端的情绪,这种极端是实实在在潜伏在我们每个人内心深处的。医生出身、自称“对苦难和生死有跟常人不同的理解”的阿丁喜欢以笔为刀,剖开日常世界那司空见惯的皮囊,再把那惊悚的真相血淋淋地展示给我们看。那些再常见不过的画面、人皆有之的心思,一旦被绑到阿丁的刀锋之下,都能够被剖出最深的本质,令人感到源源不断的疼痛。阿丁的小说往往能在现实主义的笔触之中生发出超现实主义的意味,既带有强烈的象征色彩,又参与了文本氛围的直接营构。《人奶》中的小男孩扔掉了所有赢来的玻璃球,这既暗示着主人公生理与心理上正在发生的变化,也很好地传达了一种空虚、失落、挫败的生存体验。《右眼跳灾》中,阿丁安排了两个受困于秩序之中的小警察,通过写他们注视一个疯子纵情哭泣并公然手淫的场面,不露痕迹地铺开了一种关涉存在本质的孤独感。

这种对情绪氛围的重视和迷恋,是“70后”作家身上共同的标签。阿丁和他的“中间代”战友们试图在最具实可感的情绪体验中表达他们对存在的理解。如果说先锋小说是在形式的探秘与实验中进行某种现象学的探求,试图借助夸张与变形的形式揭示存在的本相,那么,阿丁等人的小说所热衷的是展示存在的“表象”,并在充满感受性的文本中传递某种真实的情绪,由此产生巨大的言说与阅读快感。因此,不同于“60后”直击形而上的狂热与迫不及待，阿丁更看重的是对情绪与生存感受本身的领悟。

形式和技术特色

阿丁小说在技术层面颇有辨识度，不妨尝试着在他与其他“70后”作家的比对当中发现一些问题。

首先来看阿乙。阿乙的中短篇小说同样十分重视气氛的营造，存在的压迫感与危机感是其小说中的主旋律。有意思的是，阿乙的这些小说大多以犯罪/侦探小说为外壳。他习惯在强烈的理性逻辑之下，勾画出现实冰冷而灰暗的真相，进而构建起强烈的情绪氛围，有论者将这种风格形容为“暴烈的快感与手术刀般的冰冷”。相比之下，阿丁则不那么追求严丝合缝的逻辑性，他所重视的是叙事的自然铺开，以一种从容不迫的方式完成对生存图景的呈现。小说《人奶》在进入故事的主线之前，先用不小的篇幅写了玩玻璃球、捡小药瓶、做大肚子水枪等与核心情节并不直接相关却颇有意味的细节，对于故事的高潮部分，阿丁使用了一种感性而审美的语言来处理——“而这时，陈国庆从弟弟的瞳孔中再一次欣赏到了弧光惊人的美丽。然而瞬间之后，陈国庆的发现让他惊慌失措——弟弟眼中的光骤然熄灭。事后，这让他想起自己曾经玩腻的一个游戏，他用弹弓准确地射中路灯，灯泡瞬间的破碎在他眼中短暂地滞留了一团光晕，光晕的中央，是一团深不见底的黑。”小说《你进化得太快了》很难归纳出一条主线，这篇小说在对枝蔓和细节的不断铺展中完成了一个带有哲学意味的逃亡故事。由此可见，阿丁的中短篇与阿乙有颇多共通，但也显示了某种不同的风格。相比于阿乙的紧张和暴烈，阿丁的文字更为松弛自然，他的叙事从容、丰富、具有节奏感，这使他的作品在保证了锋利和情感冲击的同时，也具备了丰富、从容的气质。

同为“70后”的盛可以在小说中最擅长对细致又惊心动魄的内心世界进行刻画，而阿丁则更加热衷于展示生活自身的纹理。换言之，盛可以喜欢直接面向主体的内部环境，阿丁却习惯落笔于主体的外部环境。正如《寻欢者不知所终》一书封底上的文字所言：“阿丁以一种与道德、制度、合理、文明保持距离的态度，试图呈现、追问生活与人性存在的各种可能性”，阿丁在叙述姿态和情感倾向上始终与其所叙述的对象保持着适当的距离，他更喜欢对“热文本”进行一种“冷处理”。《石头记》中那个厌恶自己的雕刻家是现代社会的颠覆版匹格梅梁，他传递出的是一种绝望、厌倦的时代情绪。但是，阿丁并没有在这位雕刻家的身上狠下蛮力。相反，他把叙述的视角固定在无关痛痒的偷情者“你”的身上，通过“你”的有限视角来观察，最终让这个有限视角变成了解开秘密的关键意象——“你”变成了石头，被雕刻家怀着爱恨交织的矛盾心情雕成了自己的形象。在《上帝是吾师》中，阿丁发明了一种类似监控器的“植入跟踪器”，给予“我”一种俯瞰视角，以局外人的语气开始故事的讲述。《成人礼》中，阿丁甚至把对“距离感”操持直接应用在了文本空间上——主人公的生殖器被浇上芥末油的情节被切成了两段，分别放在了小说的开头和结尾。如此处理打碎了小说情节的顺序推进，把紧张的读者从这个关于背叛的残酷故事中拉了出来，以一种全知的姿态俯瞰并回味整个故事，看似不动声色，却使我们的内心加倍颤抖。

阿丁的小说无疑蕴藏着强大的情绪能量,但是作为一个高明的写作者,阿丁不会让自己的感情在文本中露出介入的痕迹。在情绪的激流中保持冷静而抽离的姿态是阿丁小说的一大特点,也显示了他的写作功力。

《寻欢者不知所终》是阿丁的第一本中短篇小说集。除此之外,阿丁还出版有历史随笔集《软体动物》和长篇小说《无尾狗》。作为一个30岁之后才真正开始写作的作家,《寻欢者不知所终》里收录的作品其实只能算是阿丁的"早期代表作"。在未来,阿丁的写作还有着无限的空间和可能。

作家自述

职业撒谎者与无法预知的结局

阿　丁

帕慕克把写小说的人称为职业撒谎者，这个群体的共同嗜好之一是对笔下人物的设置。这也是我爱干的事。

我喜欢把自己凭空捏造的人置于某种境地，然后任由他们行走、生活与争吵，甚至死亡。例如《你进化得太快了》一文，男女主人公被放置在原始森林之后，他们生命中的一些东西开始发生奇妙的变化，而我则像顽童注视蚂蚁那样地端详他们，兴奋又忐忑，等着发生些不可思议的事，那是任何一个职业撒谎者都无法预知的结局。

这几乎构成了莫大的惊喜。但也有惊恐在内。写作者会因此收获意料之外的发现，不可揣测的人性将在最初的设置之后如画卷般展开——这也是我写作之前绝不会打个什么提纲的原因。造物之手在创世纪的前夜，脑子里不会有万物具体的形象，才有这个世界的纷繁绚丽。写作也并不例外。

因此，从此种意义上而言，一个虔诚的写作者部分代行了上帝或者魔鬼的职能，其意义差不多相当于《水浒》中洪太尉的祈禳之旅：打开“伏魔殿”，让那些生猛的灵魂跃入人间，兴风作浪。

所以，必须老老实实地承认，《晚安，秦舞阳》中的秦舞阳和《上帝是吾师》中的科学家都是我亲手释放的灵魂，至于后来他们打开并呈现给你的种种隐秘和最终归宿，在写完之前，作者本人一无所知。

在《寻欢者不知所终》里，我设置了一个去报案的女人，一个妓女跟警察说，她的嫖客失踪了。因为这个预设的先导条件，妓女和嫖客就有了存在于文字中的价值。那位嫖客的不知所终让我满意，那恰恰就是世上很多人的结局。别看你的形体置身写字楼中或者家里的沙发上，可你确定你真的存在吗？因此，在《查无此人》中，那个痛苦的隐身人干脆消失了自己的肉身，完成了彻底的遁世。我相信那是他自己的决定，作者并未，也无力干涉。

至于内容，大致可归纳为一小撮 Loser 的故事。这和写作者所生存的环境以及心境有关。在某些人眼中，这世上没有什么成功人士，有的只是失败者，“卢瑟”满坑满谷，行走者摩肩接踵、步履艰难。当你怀着发现美好的渴望仰望星空时，看到的却净是些推着石头上山又注定滚落下来的西西弗斯。人类可悲、可怜，又不值得可怜。

有时候我总说自己的同类不值得同情，可每次站在镜子前，都忙不迭修正了这一点。此举尤为可悲。

也许石头本身应该比推它的人更有权利绝望。

——是理查德·耶茨教给我这些的，他传授绝望，同时诱使我从绝望中找寻希望。他的灵魂说，别对这个人世存什么指望了，甚至对逃向死亡也别指望。

谢谢师父，对某种人而言，写作是唯一能超越生死、别离，以及名利的救赎之道。因此，作为一个写小说的人，我是乐观的，并认定能够以此消解人类普遍存在的生理上的恐惧。就像福克纳在诺奖演说中说的：“人之不朽不是因为唯独他可在动物中发言，而是因为人类有灵魂、同情心、牺牲以及忍耐精神，诗人和作家的职责就是将这些诉诸文字，记录下来。”

林森 / 生于 1982 年，海南人。曾获得第二届中国作家鄂尔多斯文学奖新人奖、2008—2009 年度海南文学双年奖等。主要作品有中短篇小说集《小镇》，长篇小说《关关雎鸠》，诗集《月落星归》。

评家观点

先凉后暖:一个"80后"的反思与重建

行 超

在马原的《牛鬼蛇神》中,海南岛是一个充满了巫蛊之术的神奇岛屿;在杨沐的《双人舞》中,海南女人坚韧、隐忍,承担着比男人更重的压力和责任。与两位前辈作家希冀于此寻找地域奇观的初衷不同,流淌着叛逆血液的"80后"作家林森却在自己的小说中还原了传统而本真的海南。

相较于大多数上世纪80年代出生的年轻作家,林森的履历颇为简单——他出生于海南省澄迈县,在海南读大学,然后留在海南工作。故乡海南于他既非乌托邦式的精神家园,也非急于逃离的贫瘠土壤。林森以他平静内敛的书写态度、传统自然的写作手法构筑起一个真实而多样的海岛。

小镇:颓废的青年与沉静的大地

短篇小说《小镇》是林森的成名作,这部作品在为他赢来声名的同时,也基本奠定了林森此后的文学气质。《小镇》以潘家祖孙三代的生活与变故为线索,构建起一个"在街北沿放了个屁,南边的人就捂紧鼻子互相猜疑"的小镇生活图景。屠夫老潘是镇上有名望的长辈，他的两个孙子潘宏万和潘宏亿曾是他引以为傲的资本，然而在两个孙子先后步入青春期之后，潘家的命运发生了极大的逆转：潘宏亿成了镇上出名的混混，潘宏万则因搞大了女同学的肚子而自断前路。这才仅仅是潘家悲剧的开始，之后不久，在这个“只要不吸毒就是好青年”的小镇中，潘宏亿也染上了毒品，全家人几乎倾尽了所有的人力、财力，最终帮助他戒掉了毒瘾。然而就在这时，精神刚要恢复的潘宏亿却看到自己的父亲潘江被警察带走了——原来，几年前潘宏万买来做生意用的那辆摩托车被查出是赃车，潘江替儿子潘宏万顶替了罪名。几个月后，潘江刑满出狱，面对的却是自己妻子陈梅姑沉默的坟冢。小说结尾，老潘终于决定重操旧业，挽救自己岌岌可危的家族。

与《小镇》类似，林森的大部分作品都选取小镇、小城市为其叙述背景。《夏风吹向那年的画像》中，张小兰、张小峰姐弟相依为命地生活在瑞溪镇，他们的母亲杨南往返于瑞溪镇与省城之间，辛苦地支撑着这个不完整的家庭；《风满庭院》中，“我”因患肺病回乡养病，眼见这个村庄和生活在其中的人们经历了一连串离奇的变故与苦难；《我特意去看了看那条河》中的“我”工作四处碰壁，遂逃离省城，联系自己在镇上做官的高中同学，开始了身体与心灵的双重“疗伤”之旅。与沈从文、海子等人对以农村为代表的乡土世界的迷恋不同，林森笔下的小镇承载着更多的艰辛与苦难，这本应充满泥土般温馨的土地在林森笔下，却常常是满目疮痍的。

美国作家杰克·凯鲁亚克曾在他久负盛名的《在路上》中宣称，“因为我很贫穷，所以我拥有一切”——这句话也被上世纪末的美国垮掉派年轻人奉为圭臬。林森小说中的年轻人令我想起许多文学经典中的人物形象：俄国作家笔下的“多余人”、海明威笔下“迷惘的一代”以及金斯堡等人笔下“垮掉的一代”。在林森的小说中，年轻人迷茫、颓废、压抑、不知所终。

在《小镇》中，潘宏万、潘宏亿兄弟恶习重重，屡屡酿成大祸，成了整个家族悲剧的来源。《风满庭院》中，“我”体弱多病，空有无数想法却无一实现，最后甚至不得不逃回省城“避一避风头”。《邦敦西里》中的“我”大学毕业后无所事事，在学校对面租房打发着无聊的日子，隔壁陈标整日过着纵欲的生活，最终因为挂科过多没有拿到毕业证。《盲道鲜艳》中，洪爹一生为别人打卦料事如神，却始终不知道该如何改变自己儿子阿炳的命运。在林森的文学世界中，年轻人或是身体孱弱、或是精神委靡，几乎无一例外地在迷茫与困顿中惶惶不可终日。

在那个炙热的海岛上，无数家庭将希望寄托在自己的孩子身上。然而事实却是，年轻人的懦弱使他们的父母、长辈承受了远大于他们这个年龄所应该承受的苦难：《小镇》中，面对子孙接二连三地倒下，老潘不得不重操旧业，而此时的他“力气已远不如当年了”；《风满庭院》中，母亲常年独自生活在农村，“我”因病返乡后，她不仅要日夜照顾“我”，还要承受村里人的猜忌和奚落；《盲道鲜艳》中，料事如神的洪爹为了自己的儿子首开金口求人办事，当旁人都已看出阿炳发癫的真正原因时，洪爹却始终被蒙在鼓里……不过，这些或“垮掉”或“多余”的年轻人并非主动想要逃避责任，他们自身的脆弱、社会的质疑、生存环境的闭塞等种种客观原因仿佛一只只无形的大手，蛮横地将他们推离这坚硬的现实世界。

然而，不管现实如何残酷，林森小说中那些饱受苦难的人们似乎总能在苦难之后找到一种心灵的超脱。《夏风吹向那年的画像》中的“吸毒仔”王伟军拼凑着被张小兰撕碎的照片，终于画出一张他们姐弟俩“父亲”的画像，这有限的温情已足够让人感动；《不能点亮的夜色》中，曾梅的丈夫知道自己新婚的妻子在与自己亲热的过程中想念着她死去的旧时情人，却依旧能温柔如常地在黑夜中“抱紧了她”；《小镇》的结尾，老潘在自家祖屋中“心绪明净如水”，“他心中好像溢满着前所未有的喜乐，又好像那根本不是喜乐，只是一种从未体验过的宁静，心底空空，什么都没有，什么都能盛下，一股先凉后暖的气慢慢在胸口扩散”——这种“先凉后暖”的“气”，便是林森小说的核心情感。

“过海”：传统与现代

在小说《风满庭院》中，“我”的村民们有一个简单的信仰：“过海”上大学是年轻人有出息的标志——“我”在海南大学读书，因为没有“过海”而时常遭到村民的嘲笑，高三学生李远的名字甚至就是“理该考到很远”的简称。林森的小说极少直言“海口”，只说“省会”，我由此猜想，于他来说，“省会”是否是“小镇”之外的另一个世界？

林森虽不曾“过海”读书，然而他所成长的年代以及他所接受的教育却无一不在消磨着他身上与生俱来的“过海”情结。不难看出，对于海南人的“过海”情结，林森是有反思、有批判的。与此同时，这种传统意识与现代意识之间的对峙、抗衡以及由此带来的此消彼长的思想斗争，使得林森的小说在内容、思想、表现手法等方面都兼具传统与现代两种特点。

此前有评论家指出，林森的小说“浸润着生活本身的滋味”，“充满着泥土的气息”。我想，海南的泥土与生活本是林森小说的底子，他的作品无一例外地扎根于现实的生活，着眼于现实生活中活生生的人物。然而同时，这种现实感又无法遮蔽他作品中的现代感：那些快节奏、高密度、充满灵性的语言，那些偶尔跳出来的伏笔、暗示，都仿佛是藏在幽暗角落中的闪光，在措手不及间惊讶你的灵魂。

《我特意去看了看那条河》是林森作品中颇为独特的一篇。小说主人公“我”是一名记者，在采访中被人打伤，于是离开省城，去找在镇上做官的高中同学许长天。许长天安排“我”住在镇政府大院中的一个招待所并介绍自己的女朋友吴小曼前来帮忙照顾。在一次许长天安排的饭局中，我与自己高中时的单恋对象小菲相遇，这一次，小菲主动向“我”示好，而我却拒绝了她。就在“我”百无聊赖准备离开小镇时，却得知吴小曼已提出与许长天分手——“我”知道，这个突然的决定来自“我”与她在朝夕相处中产生的朦胧好感。在“我”离开小镇之前，吴小曼带“我”去看了她的爷爷，在爷爷娓娓道来的讲述中，“我”终于知道了吴小曼之前无数次吟唱过的那首神秘歌曲的由来。这首歌的作者是镇中学的音乐老师，因丈夫出轨投河自尽，之后，她的丈夫自责不已，最终在家割腕自杀，而女老师丈夫死的地方，就是这些天来“我”的住所。至此，“我”终于明白，“我们每次在房间里相对时，那歌声便自动流淌似的，是不是因为这歌声曾经由那女老师的口无数遍地在那空间流淌过，一旦有人再唱起，流失的会再被寻回，过往的仍将重复。”“故而当这歌声再次在那房间响起后，与此有关或相近的人便会染上不祥，不该相爱的人会产生感情，有爱人的会失去，曾慕恋的觉得厌倦，该亲热的永难相近，不该在一起的则沉沦在欲望的忽然到来里……”

小说不仅讲述了“我”在镇上的离奇遭遇以及“我”与牵连而出的几个年轻人之间的感情纠葛，更以此为线索讲述了在我们看不到的另一个时空中的两段爱情故事：其一是镇中学女老师殉情的故事；其二是吴小曼爷爷的故事。多年前，吴小曼的奶奶不慎坠河而亡，吴小曼的爷爷为了守护奶奶的灵魂，在这座简陋而危险的独木桥上苦守了十几年。将这两段爱情故事串联起来的，正是吴小曼反复吟哦的那首歌谣——这首歌正是那位女老师听说了爷爷的故事之后受感动而创作的。小说最后，“我”着魔似的在回省城的汽车开动之后忽然下车，执意要去看看那条吞噬了两个女人的生命、埋葬了两段秘密爱情的河流。

《我特意去看了看那条河》无疑是一个充满隐喻与现代感的文本。30 多年前，格非在《褐色鸟群》中曾给我们留下一个充满疑团的“水边”，如今，“80 后”的林森在这篇小说中又塑造了一条隐藏着几代人秘密的河流。与《褐色鸟群》相似，林森亦在《我特意去看了看那条河》中探讨了时间、记忆与重复的问题，小说中隐含着 3 个时空：“我”、吴小曼、许长天、小菲所在的时空，吴小曼爷爷、奶奶曾经的时空以及镇中学音乐女老师的时空，这 3 个叙事时空重叠交错,使小说充满了扑朔迷离的神秘感——过去时空中被隐藏数十年的秘密在今天被披露,眼前这3个年轻人的爱情悲剧在过去时空中早已多次上演。昨天与今天于此打破了界限,谁又能知道,了结了秘密与恩怨的今天,也许将是下一个轮回的开始?

《我特意去看了看那条河》突出表现了林森精神世界中传统与现代的纠结:海南地区盛行的巫术、传说、神话是他抹不去的身份基因,而现代的科学意识、批判精神则表明他后天经历的思想冲击与洗礼。小说最后写道:"在那河水里我能看清楚一些东西,我不确定将会看到什么,但我一定要去,我一定要特意去看一看那条河。"大概林森自己也不确定他将会看到什么,然而可以确信的是,他的执着就像小说中的"我"一样——他一定要去、也一定会去。

"寻根":"80后"的文化身份

作为"80后"群体的一员,林森的身上有着一种显而易见的自信、从容与叛逆。然而与此同时,我们也从他的作品中看到了他内心隐藏的种种茫然、不安与颓靡:《风满庭院》中身体多病的"我"、《邦敦西里》中毕业即失业的"我"、《我特意去看了看那条河》中工作碰壁的"我"……在这一系列的叙事主人公背后,我们仿佛看到了一个在生活中挣扎的年轻人,以自己不断被消磨的热情和无法被剥夺的坚韧描写与重构着现实世界。

与大多数"80后"不同的是,林森的小说坚定地扎根于他所成长的海南大地,他的作品立足于乡土,致力于呈现与重述这座国境之南的海岛上所上演的种种故事:在他的作品中,你不仅可以清晰地感受到属于这个海岛的独特的温度、味道，甚至可以身临其境地触摸到那些沉静隐忍、不发一言地接受命运的人物与他们的灵魂。与此同时，林森对于海南地区文化性格的深入发掘，也正在另一个维度悄然展开：林森的小说常常在看似传统的叙事笔调之中，隐藏着一种对乡土世界与传统意识的反思，这使他的小说因此而带有强烈的批判与重建意味。从这个意义上来说，林森的小说确乎有一种文化“寻根”的意味。

林森在小说中“寻”到了什么？是《小镇》中的祖屋？是《夏风吹向那年的画像》中父亲破碎的目光？还是《风满庭院》中乡亲们信奉的神明或祖先？这些显然无法概括林森心目中的故乡，更不是他所依赖的生命与文化之“根”。我想，林森的海南系列小说在“80后”的文学世界中之所以显得与众不同，原因不仅在于他接续了上世纪80年代中后期以阿城、韩少功等为代表的“寻根文学”之根，更在于他的作品在新世纪开辟了一条新的“寻根”之路——此时的“寻根”之意义并不在于所“寻”的对象，更重要的是年轻作家“寻”的冲动。

还记得上世纪末，评论界给“80后”文学贴上了娱乐化、市场化、商业化的标签。对此，年轻的“80后”作家似乎并不在意，他们热爱自己所生活的时代：遍地财富、充满诱惑，因此也具有别样的魅力。如今，逐渐步入而立之年的“80后”正承受着巨大的压力和挑战：在物质上，他们承受着前所未有的沉重负荷；在精神上，面对多元文化的冲击，他们正在摇摆中逐渐确定自己的精神与文化归属。在这一背景下反观林森的小说，其中那些颓废的、乖戾的、摇摆不定的年轻人形象便不再难以理解了。

与林森笔下的这些年轻人一样，在岁月的洗礼下，“80后”正经历着一场身体与精神的双重蜕变：他们曾经彷徨、曾经犯错，或许也曾对自己的过去懊悔不已，而最终，他们必将找到属于自己的立足之地与前进之路。

林森说：“文学在很大程度上跟爱情很像，因为它们都从夜晚开始，最后也大多消失在静水无痕一般的黑夜。”文学之于他，或许就像是夜晚的一席梦话，不足为凭、不以为信，因为天亮之后，一切都将如常继续。

作家自述

讲述者的忧郁

林　森

当一行文字被写下，当标点把文字阻隔，让写字人停下来吸一口气，他往往会握笔茫然：这样的文字从何而来？从内心吗？可是写下文字的人，为何会觉得如此陌生，心和手什么时候开始南辕北辙的？在很长的一段时间里，我更多地在写诗歌，而当有一天，诗歌的抒情难以容纳一些膨胀的力量时，小说便开始流淌。小说所具有的讲述本质注定了讲述者要面对很多障碍：讲述者是谁？是写下文字的我，还是故事中的"我"？这两者是如何分离的，他们又在哪个拐角重合？

我曾有过这样的尝试，在故事的开头，我尽量疏远熟悉的场景，让情节显得陌生，可当写到某一行的时候，故事自动发生了转变，熟悉的经验开始浮出，开始左右故事的走向。我试图隐藏、改头换面、顾左右而言他，可写下的文字仍然确切地呈现出了生活内在的真实，旁人也很容易就搜寻出其中的蛛丝马迹。如果写作者顺风顺水，把故事讲得无比顺畅，这写作往往是失败的。当文字在推进中充满犹疑、反复、迷蒙不清，反而显示出了某种独特的品质。

长篇的写作是长跑，参赛者可以在途中调整节奏、放慢步伐以及决定在哪个路段再开始冲刺。中短篇创作则更像是110米跨栏,不但需要保持速度感,更要在第一步就找准起跑的姿势。长篇小说讲究整体的庄严感与大气象,中短篇小说往往能发挥体裁的优势作出各种表达的尝试。我的中短篇作品不多,收录在《小镇》中7篇,加上新近的一些创作,也不过10余篇。而这10余篇作品是在接近10年的时间中断断续续写下来的,我能从那些词字的缝隙之间看到自己这些年的痕迹。《邦敦西里》中,我试图展示一种漂移感;《小镇》则用粗粝的表达展示一种有厚度的力道;《我特意去看了看那条河》更注重气韵的流畅;《风满庭院》里,我想表达一个想融入故乡的人只能旁观的疏离……想每个小说都产生改变是不可能的,可若是丧失了对变化的追求,难免会陷入某种设定好的风格。我希望在每篇小说中保持不变的是对氛围的营造,让故事的场域笼罩在某种难以说清的氛围里,人物有其行为动机,故事有其活动疆界。

讲述者除了会对"讲述者"身份产生自我怀疑,也会对讲述对象、如何讲述、讲述的意义等问题充满犹疑。这种种怀疑会成为讲述者难以割舍的忧郁,让其变得更加敏感,更容易对时空的变化感到无助——所有的敏感者,无非是对时间与空间缺乏安全感。写作对某些人来说具有那么大的诱惑,无非是他要在时空易变中找到某种可见的"安定感"和某种貌似永恒的手段。有没有在讲述过程中保持某种"意识",往往会决定一个作品的成败。我们看到多少作者只愿意把故事编得天花乱坠,我们也看到多少作者视故事为天敌,把小说写成了某种道理的言说,而不是把道理隐藏在情节的流动中。

在我们镇的一个村里有两兄弟，母亲是父亲买来的越南女人，后来在某一年失踪了——或许是跑回越南了。这两兄弟长到30来岁也没结婚，更不愿意干活，两人每天偷砍一根木头，抬到镇上卖，吃碗粉汤，在镇上晃荡到下午再回到村里。他们的父亲70岁了，县里开始发每个月几十块的养老钱，两兄弟为了逼迫老父亲把藏着的养老钱交出来，一个扭着父亲的手，一个拿刀准备捅，全村人都不知道怎么劝止。后来有人说，若是捅死了县里就不发钱了，你们想要钱，就得留着他的命。两人这才把父亲放了……当我把这个听来的真事转述给朋友的时候，他们都认为这是一个很精彩的故事，而当我把这事当小说写下之后，他们又一致认为那是一篇失败的小说。

转化的过程中，哪里发生了问题？

口头讲述时，母亲的越南女人身份、两兄弟的痴傻、每天抬着木头走进小镇、拿刀要捅父亲等等画面经过听者的想象，布满了歧义和生机。当我用文字将这个故事敲下后，故事定型、想象被束，流动感停滞，讲述者的"自信"、"胸有成竹"最终产生了一篇不堪入目的失败之作。讲述者忧郁的消失，让小说本该存有的丰富意义烟消云散。当然，我也渐渐清楚，写诗时所面对的"抒情"并不因为转写小说而消失，"讲述的抒情"往往会贯穿一篇小说的前前后后。可在自以为清楚的同时我又疑问了，谁说诗歌就只是抒情了？诗歌中的讲述就没有那种膨胀的力量吗？诗歌和小说，到底有什么区别？

这种种的疑惑，让一个试图讲清道理的人再次犹疑不定。

孙频/生于 1983 年,山西人。2008 年开始小说创作,代表作有中篇小说《同屋记》《醉长安》《玻璃唇》《隐形的女人》《凌波渡》《菩提阱》《铅笔债》等。

评家观点

苍凉卑微的“剩女”爱情故事

徐　刚

或许再也没有人像孙频那样专注地描摹女性，探究那些因婚姻问题而郁闷、忧伤的大龄“剩女”的感情世界，讲述她们苍凉卑微的爱情和满目疮痍的内心。孙频的每一部小说几乎都以女性作为主人公，就像她一次次念叨的，“29 岁的女人，多少有种穷途末路的感觉。”生活那么细碎庸常，她竟然写出了步步惊心的感觉。那种内心世界的孤苦悲凉、那些难以捕获的幽暗抑郁，都在她气韵独具的华美文字里一一呈现。

对于自己的创作，孙频坦言，“我是那种内心深处带着绝望色彩的人，底色是苍冷的，很早就了悟了人生中种种琐碎的齿啮与痛苦，所以我写东西的时候也是一直在关注人性中那些最冷最暗的地方。张爱玲小说的底色与我这种心理无疑是契合的，那是一条通道。”北方灰暗无际的冬天和物资匮乏的童年，让这位来自小县城的女子日渐形成了纤细敏感的性格，在成长过程中对人性隐秘晦暗的角落感触良多，无师自通的卓越才华又使其得以将之行诸文字。细读其文便可发现，非凡的语言功底、敏锐的细节捕捉以及对女性心理的细腻描写，构成了她文字的基本风貌。

绝望而冷峻的小说底色

孙频小说的开头几乎都是用冷峻幽暗的笔墨设置的统摄全篇基调的景物和心理描写。人物尚未出场,浓郁的情感便迫不及待地铺陈开来。作者不厌其烦地描摹、渲染,获得直逼人心的力量,奇绝的想象和譬喻,也果真具有张爱玲当年的风范。一望便知的苍凉与冷寂,令人过目难忘。

孙频的小说具有浓郁的地域风貌和民间故事的基本样式,这在她一系列以"却波街"为地标的作品中体现得尤为明显。古老的晋中县城、历史悠久的却波街、半旧不新的城乡结合部,皆可抵达孙频童年记忆中那逼仄幽深的胡同。借助地域传奇和民间轶事的表象,触摸裹挟着自己人生经历的女性故事。就此,《姐妹》《红妆》《却波街往事》《血镯》《女儿坟》《铅笔债》《半面妆》等小说皆围绕小县城的凄惨人生遭际和艰难个人奋斗而展开,娓娓道来的满是沧桑与伤感。

孙频的小说固然有浓郁的个人生活的影子,但其基本主题则是严肃探讨当代社会的女性命运。在历史题材小说《皇后之死》中,孙频曾运用宫闱秘事、嫔妃争宠的传奇故事,表达了自己的一贯主题。小说写了4 个女人的故事:卫子夫、李夫人、钩弋夫人,加上"叙事人"(那位久在深宫人未识的哑巴宫女)。作为怀揣梦想的卑微者,她们徘徊在爱与痛的边缘,等待着男性目光的检阅,而她们在男权凝视下的如履薄冰的生活,不就是当下女性命运的真实写照吗?

在对女性命运执着探讨的小说中,《祛魅》对时代本质的揭示令人心惊。小说展现了李林燕这个诗歌时代的爱情亡命徒的命运。女主人公与3个不同的男人发生了同样无望的爱情:一个是年长的“旅美作家”,一个是同代的男性诗人,另一个是小自己15岁的中学生。小说不仅关乎谎言与真情的古老命题,更在时间的跨度中对时代价值观嬗变进行了辛辣的嘲讽和批判。这个为时代而生的女人也沦为了另一个时代的遗物,她苟活于世,伫立在人群之中。绝望的温情、无处逃遁的羞耻,连同那些轻薄的尊严,都在他人的目光中明灭、坍塌。如果说在诗歌的时代里,爱情之名常因自命不凡的清高而沦为笑柄,那么,在这个据说“新鲜”的时代,爱情的奢侈和虚无则令人震惊。此时的一切不过是赤裸裸的交易,而真正的爱情只存在于一瞬之间,也正因为这奢侈的一瞬,可怜的女人交付了自己短暂而屈辱的一生。“原来人的一生真的就是一滴水,在时光的洪荒中转瞬即逝,不留痕迹。她不过是曾经的一个时代留在这世上的遗物,是用来祭祀着那个时代的祭品。”确实,在这万法皆空的时代,还有什么比“孤注一掷的爱情”更加激动人心的呢?孙频在深入骨髓的绝望感中完成了对男人们的“祛魅”,也完成了对这个“新鲜”的时代的“祛魅”。

轻易戳穿爱情的神话

孙频的小说虽有张爱玲的底色,笔法细腻、情感真切,直抵人性的幽微,但其主旨依旧是通俗言情。在众多以“爱情”为名的小说中,我们不难发现孙频入木三分的描摹,“目光”是她戳穿一见钟情者爱情神话的法宝。《玻璃唇》里林成宝和霍明树的所谓爱情，起源于目光中的轻信。这个叫霍明树的负心男人不过是一个感情骗子，他们的交往是林成宝一系列噩梦经历的开始，而“目光”则是对一见钟情的嘲讽。《姐妹》中的刘春洲之于傅晋凡也是如此：“第一次在街上遇到傅晋凡的时候，他就从她目光中读出，她是能够收留他的。这么多年的漂泊教给他最多的就是，他能像秋虫感知阳光一样感知到别人目光里的内容。”然而她最终发现，这个男人是如此猥琐不堪。

闪烁不定的目光如此不可依靠，似乎说明了孙频对人间爱情的绝望。然而，其小说的温情在于试图在绝望之处寻找新的可能，寻找一刹那间点燃生命的真情之光。真正的爱情或许就在这一瞬间。就像《追债》中的朱良和李桑，“爱情就是这样，一生就一次，哪怕再短暂也会终生让你温暖。这就是爱情。”这种情感在她的小说中体现得极为明显，渴望情感滋润的女主人公在洞悉了男性的情感伎俩之后依然执着地沉溺其中，只为贪婪地享受那来之不易的短暂真情。《美人》中的女主人公杨敏玉在38岁的“高龄”时，终于遇到了刘诺龙。这个经常来家具店蹭免费茶水的落魄男人，因为眼睛里那一瞬间的光亮，征服了有着同样落魄经历的杨敏玉，所谓的“爱情”也暗自滋长。其实，杨敏玉的真实身份与这个落魄的男人并不相称，然而她明知“爱情”的脆弱，依然执着于捕捉那难得的真情。《醉长安》中的孟青提明知张以平这个多情的男人有众多情人，却决心“用自己的忠诚去救赎往昔岁月中所有的凌乱”。凡此种种，只是为了在疑似爱情的表层下，从最深的根子上“长出一点血肉相连的真爱”。

《鱼吻》的主人公无法阻挡自己的爱欲，无休止地索取一个男人不知真假的疼爱。这是一个落魄的漂亮男人，同时也是一个九死一生、漂泊无定的男人，也是一个备受贫困摧残的“感情骗子”。面对这个如此可疑的男人，女主人公已经洞悉了其中的玄机。然而即便如此，她也如飞蛾扑火般地奔了过去。“现在她终于明白了，她说服自己，不顾危险地去留恋这个男人的唯一理由就是，他对她有一点真。就那么一点点。无所企图就是一点真。”为了那“无所企图的一点真”，女人不得不孤注一掷地爱，这种“死缠烂打”又是怎样的一种执着与无奈？同样，《异香》讲述的是两个萍水相逢的男女在旅途之中的相濡以沫，或许连相濡以沫都谈不上，只是为了生存而不得不同处一地的抱团取暖。在此，一个孤苦无助的女人对一个初识的陌生男人推心置腹，多少显得有些凄苦和悲壮。故事的悲剧性在于，她必须在天亮之前把该说的都说完，因而不得不冒着尊严丧尽的风险，全情投入这卑微的爱恋，只为索获那个把自己嫁掉的最后机会。

贫穷的出身与匮乏的内心

这就是孙频笔下“爱情”的全部意义，在这里，剩女们的爱情故事被写得如此惊心动魄。更为可贵的是，她还能在剩女爱情的框架中融入底层奋斗者的情节。小城女青年的个人奋斗、她们亟待改变的命运与对婚姻的向往是合而为一的。在此，找到一个男人是一种理想的归宿，也是改变个人命运的一部分。为了这种寻找，她们绞尽脑汁、低声下气、不择手段、义无反顾。

小说《骨节》几乎重写了底层文学的主题，也惊人地呈现了贫穷者骨子里的卑微，困苦和匮乏带来的内心隐痛，以及由此所造成的病态人格。对于主人公夏肖丹和她的母亲孔梅来说，贫穷就像她们身上“挥之不去的油哈味”一样，“带着巨大的腐蚀性常驻在她们身上，像安家落户了一样，任是怎么洗都洗不掉”。无论母亲怎样费力地让夏肖丹相信自己的贵族源头，她都无法改变自己内心的匮乏，“在她身体最深处，在最不见天光的一个角落里，她缺了一处骨节”。如履薄冰的生活和希望被遮蔽的羞耻令她极度敏感，于是尹亮简单的一句“我心疼你”便切中了她的要害，让她一辈子都耿耿于怀。或许对于她这样出身的女人来说，爱情根本就是一种奢侈。《凌波渡》里的陈芬园出身卑微但又不甘平庸，凌波虚步的生活使她有种徒有其表的高傲，然而，这终究不过是对他者目光的畏惧。在此，底层的个人奋斗者历经艰辛之后已遍体鳞伤，不能坦然地面对他人的目光。抵抗他者的目光、力证尊严的不可冒犯是作者借此想要探讨的问题。《我为什么爱上你》里的裴欣同样如此畏惧人群的目光。不甘平庸的她无法忍受小城生活，在匆匆终结无爱的婚姻之后重返北京，做起了艰辛的“北漂”。然而，现实的坚硬很快就粉碎了她自以为是的理想主义情怀。此后，无论是有名无实的“同妻”生涯，还是自我放纵中的偶然真爱都令她难以餍足。好在大喜大悲之后，一切都归于平淡。小说最后，房小明背着身患绝症的裴欣，步履蹒跚地行走在熙来攘往的北京街头，行走在夫妻两人回家的路上。这样的结局多少有些矫情，但却包含着一种对生活释然的欣快、一种无惧目光的坦然，虽苍凉却温暖。同样的奇情和温暖也在《一万种黎明》中流淌，这个小说以艳遇开头，以杀戮结尾，始乱终弃的故事在虚晃一枪之后终于迎来了一个虽凄苦却终究温暖的结局，意外之余仍令人感动。无论如何，孤注一掷的爱恋终于让人看到了些许的希望："一个新鲜的世界正从那黑暗的最下面一点一点地挣扎出来，先是最微小的试探，像虫子的触角一般，再往后那团奶白色的透明越长越大越长越浩瀚了，它正飞快地长成一个饱满的白天。"

改变与未来的某种可能

孙频的小说大都篇幅不长，但阅读起来却多有漫漫无期之感。看似简单的言情故事，却有穷尽女主人公一生命运的雄心。不长的篇幅容纳着漫长的叙事，这与横截面式的生活片段大异其趣。纵观其小说，人物的叙事也多在戏剧性的高潮之后出现情节陡转，在本该收束的地方连绵不绝地延续下去，恰如一眼看不到尽头的生活本身。

坎坷与不幸、创伤与暗疾、孤独与抑郁、疯狂和精神分裂，是孙频小说中女性主人公惯有的精神路线图。在最近的几个作品中，孙频颇有将此精神路线不断强化，乃至推向极端的征兆。比如《夜无眠》和《三人成宴》，或以自杀结束，或以精神分裂收尾，其郁结之情溢于言表。然而即便如此，孙频也终究尝试在苦难的叙事中融入传奇性的笔墨，力图呈现出之前作品中难得一见的抒情性。在《天堂倒影》中，两个穿着妩媚旗袍的美丽女人旁若无人地穿行在街道，路上的目光像落叶一样在她们身后翻飞飘零。人们不知道她们是要去参加同一个男人的婚礼，而这个男人正是她们曾经的情人。《隐形的女人》中，向琳与“隐形的女人”郑小茉，也就是那位传说中的情敌最终成了朋友，并且陪她走完了生命中的最后一段日子。

在近期的小说中，孙频寻求变化的决心日渐明显。《异香》以某种神秘主义笼罩全篇，试图在萍水相逢的故事中穿插生死相依的参照；《夜无眠》的结尾宕开一笔，在诡异的气息中留下浮生若梦的悬疑。这样的转变虽稍显生硬，但毕竟弥足珍贵，使我们有理由对孙频此后的写作抱以期待，在那些与个人经历息息相关的情感体认消耗殆尽的时候，她依然拥有撼人心魄的故事可以讲述。

作家自述

写作的意义

孙　频

我经常想，之所以有一天我坐下来开始写作终究是因为我内心的软弱。年龄愈长，我愈是强烈感觉到自己的弱小，就像身体深处一处永远填不满的洞，我用感情、用幻想都填不满它，于是，我开始向文字投奔。

再后来，我对小说越来越迷恋——我迷恋的其实是那个创造的过程。对一个写小说的人而言，写作意味着凭空创造出一件事物，比如一个人，或一种爱，然后将它揽入自己的空想中，将它抱紧取暖，然后将自己的灵魂慢慢渗于此处，给予其真正的生命。然后，它在这个世界上就真正地活下来了，尽管这种生命可能只是昙花一现。写作像凝结在冬天房间窗户上的冰花，带给我们童年一般最纯真、最抵达心灵的安慰，我们从那些冰花里看到的不是两种温度的交战，而是内在的心灵和梦中的森林。文学把我们带入第三维空间，而且这个空间有着对无常的克服。世俗生活中最恒常的便是无常，而文学创作无疑是一种安慰人心的好工作，因为它像一切艺术一样使无常接近永远。

然而，欢喜和无常总是相伴而生。我在用文字创造一个世界的同时愈加明显地感觉到了自己内心里、身体里的种种卑劣、种种奴性、种种丑陋，甚至有时候我都会对自己心生恐惧。于是我渐渐明白，一个写作的人身上同时居住着上帝和魔鬼，同时具备着享受幸福的能力和接受痛苦的能力，两种存在一直在对峙、纠缠，所以，这些人永远不可能抵达宁静的生活。但偶尔在极少数幸福的时刻里，这些人也会体验到人世间强烈的、难以形容的美，在无边无际的烦恼和苦难中，这一点灵光闪现的美的泡沫便是所有文学作品诞生的源头。原来，所有这些软弱的人们归根结底仍然爱着所有的美和幸福，却终生不得安宁——这种悖论几乎无法克服。也许，彻底的安宁和幸福会让一个作家丧失了写作的终极动力。

于是，写作成了这样一件事情，作家们取材自最易变的生命虚幻之物，却又宣称存在于无常中的这个世界的意义。这其实类似于佛陀的献身，即在虚无中创造永生。而我也明白，写作其实又是这样一件事情，那就是，作家是个谎言，写作是痴人说梦，真正的作家像一切艺术家一样一定是非常不幸福的，艺术家在饥肠辘辘时打开自己的袋子一看，袋子里只放着几粒五光十色的珠子而已。说到底，这是另一种落魄，所以，作家除了需要孤独，还需要勇气。

至于孤独，那几乎不可避免，因为真正的创作都使人孤独，要求牺牲人生的乐趣。但是写作的好处在于，透过所有的文学创作可以寻觅出最极致的境界，也可以称为是对人生之意义的信念，或赋予人生之意义的勇气。到达这种境界的道路很是艰难，也就是这种艰难使文学成为了一件有意义的事情。我想，正是基于此，一个人格并不完善的作家的命运变得高贵而意义深远，使他付出任何牺牲也在所不惜。

就因为这种写作的意义，我开始写作。

戴来 / 生于 1972 年，江苏人。曾获 2002 年首届春天文学奖、茅台杯人民文学奖短篇小说奖、第十一届庄重文文学奖等奖项。部分作品被译成英、法、德、日、俄等文字介绍到国外。代表作有《茄子》《准备好了吗》《亮了一下》《甲乙丙丁》《练习生活练习爱》等。

评家观点

“她世纪”中的独特成员

吴　萍

人们惯于以作家的出生年和性别为标尺分出群属，提及“60后”小说界的领军者会想起先锋派的格非、苏童或余华等人，进入“70后”，我们猛然发现“他世纪”到“她世纪”的裂变，发现她们的“房间”很挤，住着盛可以、魏微、鲁敏、朱文颖、戴来等女作家。

这群经历不同、性格殊异的女作家，剖开了各自掌握的人心秘密和生存经验。我们难忘盛可以的锋利、魏微的温朴和朱文颖的女性风。同属于“她们”的戴来以独特的叙事风格和反常规的视角为自己在“70后”群中争得了一席之地。

婚姻是一个战场

谁能像戴来这样痴迷于不停地讲述一桩又一桩失败的婚姻？《在床上》中的老张和张秀美、《在卫生间》中的老叶和王娟、《给我手纸》中的岑晟和刘逸梅、《向黄昏》中的老童和陈菊花，或是《随便吃顿饭》里的安天和做政治老师的妻子，等等，每一对婚姻都是非典型的失败案例。他们中多数早已历经了激情燃烧的岁月，徒留晚年仍旧不依不饶的猜忌、嫌恶、怨怼甚至敌视。而那些还未经过岁月淘洗的年轻婚姻，就像《缓冲》中的卞通和麦洁或《粉碎》中的古天明和马昕，前一对因缺少“一定要结婚”的勇气最终分开，后一对因“性”之困而濒临绝境。

戴来的诸多小说都直达“婚姻”主题，即“婚姻是什么”，对此，她有过很多种殊途同归的表达。《给我手纸》中，岑晟意识到这场婚姻还得维持下去，因为他已被判有罪，所以得戴罪服刑下去。《向黄昏》中，陈菊花心里道：“什么少年夫妻老来伴，在一起更像是一对仇人。”同样，《在卫生间》里的男主角老叶对自己说，就只当在陪护一个精神有问题的人。戴来的意思不就是苏格兰诗人斯蒂文森的那句“婚姻和人生相似——它是一个战场，而非安乐窝”。

有评论家说戴来像个“穿白大褂”的，一支笔有着柳叶刀的锋利和冷酷。正是这把刀轻轻地划破了“美满婚姻”的面纱，让我们一眼瞅见婚姻的喑哑和沉重。而令我心惊的是，撇开年轻人的婚姻不论，为何戴来故意滤除了“夕阳红”景致中的一抹温情？采用如此极端的刻画，戴来将一对对夫妻逼进了猜疑和怨恨的死胡同，谁又将承担起温情和美好的想象呢？只有走进小说的深部，我们才发现了《向黄昏》中的小赵、《在床上》里的王芳、《在卫生间》里的守公厕的女人以及《给我手纸》里的汪菁等等。这般与家中“母老虎”相背驰的女人们成为了那些失败男人的丰丽鲜活的想象。这些在小说中居于配角的女人，本质上不输那些强势的妻子们，是戴来缔造出的另一种婉媚的女性形象。塑造这一拨“真女人”时，戴来的笔端露出了少有的柔情，她知道是她们慰藉了老叶老童们绝望的心，她们是死灰生活中的一丝水桃红。

婚姻作为一个圈栅,始终不能锁住"爱情"这样的精灵。戴来认同的爱情的原发地带只能在婚姻的圈外。《返乡》中的父亲对吴秀芝失魂落魄,《粉碎》里古随恒带着嫂嫂林芹一路私奔,前者是少男爱上寡妇,后者是叔嫂恋,两种皆得不到承认和祝福的爱情戴来写来真是百转千回,迸射出炽烈的爱情之光。在戴来笔下,爱情是充满活力的、高亮度的,充满了颠覆道德或人伦的力量。而"婚姻"俨然成了一种藏污纳垢的死物,不知不觉中蒙上了一层层岁月的蛛网。

男人、衰人或边缘人

"70 后"作家群里,怀旧的魏微以童年、成长和故乡构筑了小说的"铁制三角";盛可以早年闯江湖中获取的冷热经验,或隐或现地呈现在小说人物身上。对一直闲散在家的戴来来说,小说中的故乡几乎被遮蔽了,而相对贫乏的女性社会经验也很难被植入小说。她特别将偏执的目光投向了都市一隅那些失败男人身上。

男人中有人名叫安天、卞通,叫古天明,或者是老童和老叶。他们年轻或年迈,却都是衰人,不离"边缘人"的身份,脸上烙着"失败者"的黥印。他们活在阴霾笼罩的城市夹缝中,徒有扑击生活的小行动,却每每落得黯然缴械。我们一个个挨近他们,听到他们的喟叹,也摸到了戴来怀中温柔的怜悯。

《后来》中的"我"在婚姻中受制于悍妇王馨,成了一个连儿子都可讥讽的窝囊废。一次,"我"被有钱人老刘约去吃饭,在与王馨的电话联系中"聆听"了妻子和老刘的偷情。戴来冷静地讲述了

“我”这遭离诡而龌龊的故事,并未发出一声道德判断。小说末尾“我”的话显得出奇平淡简短:闭上眼快点睡着。戴来省却了意料中的咆哮和怒吼,仅以睡眠平息了“我”内心的轩然大波。这是一种四两拨千斤的手法,揭露了“我”的怒与不怒在本质意义上的相同。“我”知道争亦枉然,生活依然暗淡地行进下去,“我”终也洗不掉脸上那丑陋的“失败者”标签。

也许隐含了“安天乐命”的意思,戴来笔下的很多男主角都叫“安天”。这个倒霉蛋先走进《随便吃顿饭》中,莫名其妙地跟一个无趣的政治老师结婚,在情人余玲那儿吃了闭门羹后又莫名其妙地强奸了女学生。他还走进《返乡》,在被迫先得捋顺父亲和母亲、情人以及红颜知己等复杂关系后,似乎也对自己的人生感到致命的索然。安天还进入了《别敲我的门,我不在》,未婚并有一个名叫盖兰的温柔情人,可是缺少建设婚姻的勇气。此外,他的脑子还嫁接了哈姆雷特式的问题——“离或不离”似乎成了他的事。他整日浑噩,不能成为自己的主宰。三个安天,个个无从逃脱孤独的追杀,被生活荒唐地错置,混茫地陷入他者的关系中,来不及清理内心的垃圾和残渣。

这些男人年轻抑或年迈,戴来一一给他们文身,那是一道道错综晦暗的刺痕,淋满了鲜艳的血珠,这滚落的血珠凝结了心底残存的不甘和桀骜。他们有情人或妻子,却无法驱散弥布于心的孤独和惶惑,他们有时是人,却不得不在某个时刻变成人群中的幽灵,飘移在暗色的都市深处,单薄而无力。

为何垂心于失败的男性形象,远离女性的自我抒写,戴来有着自觉的表达:“男性的生活、男性的视角,对我多少有点挑战性,给我留的想象空间也更多一些,写起来觉得更愉悦,你会觉得你在创造这个人物,完全不是你生活当中的,甚至不是你经验当中的。”如此解释,戴来塑造的“安天们”也许大部分得益于强悍的想象力了。可是凭借想象的翅膀能飞多远?

简约繁巧兼并的叙事风格

《在床上》的开头写道:老张不无厌恶地推了推身边体积庞大的朱秀美。这是暗示性的小说开头,老张“厌恶”的不仅是朱秀美,更厌恶这遥遥无期的婚姻。“体积庞大”并不单纯指向妻子的肥硕,而是指向了婚姻这具牢笼之大,不是他能搬得动的。小说以此掀开了这场婚姻的来路:老张无数个失眠的夜晚,以及黑暗中腾升的欲望——王芳。他摇摆于满足欲望的悬崖边缘,就在纵身一跃时却遭受王芳“呜咽一声”的拒绝。这一声猛地惊醒了老张的绮梦……他不得不把手伸向了妻子的水桶腰。

《在床上》讲婚姻是如何把人拖垮的,也同时讨论了老年男人的情欲问题。故事和人物单一,戴来的巧妙在叙事的角度:以一种回溯的姿态去观察老张的婚姻和从前。她融裹了伤感、温暖、暧昧以及隐隐龌龊的情绪,带给读者观影般的视觉感受,一眼就撞见那个胆小怕事、欲望残存、唾弃婚姻又心有顾忌的老张。

作为姐妹篇的《向黄昏》也将目光聚焦到老童和陈菊花的婚姻现状。陈菊花断然阻止了丈夫伸过来的那双手,浇灭了老童的欲念也挫伤了他的自尊。和老张一样,老童也非家中的掌权者,那个曾做过副厂长的妻子许多年后还不舍得褪下“女强人”的外衣，成了老童心意压抑的死结。精神肉体皆得不到释放的老童终于把眼神移到屋外那个姿色犹存的小赵身上。他看着小赵跳舞，陪她一起逛超市，心里获得久违的满足和慰藉。小说结尾，老童和小赵在嬉笑的路上撞见了陈菊花，对方没有停留，头都不回地朝着老丈人家奔去。一个活在自己世界无视枕边人的陈菊花，真是看得人背脊生凉。

这篇小说是老年夫妻的生活镜面，上面布满了污浊和斑点，照见人心的凄凉，而对于婚姻中人亦如棒喝，你退休后会像陈菊花一样了无温情吗？你老了会像老童一样，最终把余存的热念投到实际离得很远的“小赵”身上吗？

情节简洁、叙事沉稳的确让这篇《向黄昏》赚得高分，而潜于其中的有关婚姻和人生的哀感才真是让小说高格调的关键所在。

除了《在床上》《向黄昏》以及《后来》这类不少篇制短窄意蕴深邃的小说外，戴来也写出了《爱人》《粉碎》等结构繁巧角度多端的小说。

得读上两遍方可理清人物关系和情节转合，这大概是很多读者阅读戴来中长篇小说的共感。《爱人》中的人物有：小芸、我、马力（陈力）、小芸的“法国男友”、陈晨、柳自全、左青云等人。一个中篇的辖地里有了这么多人物，的确考验读者的耐心，而戴来略带荒诞的叙事更模糊了阅读的清晰度。大概读完两遍后，你才会发现“爱人”之标题就是一个主标，引领读者去观察各种形式的“爱人”关系：小芸和模特、我对马力、马力对亲妹妹等等。

我以为操作这样复杂中篇的心力抵得上创作一个小长篇。小说中人物情节的安排无处不奇巧，体现了戴来沉稳而精明的把控力，她特别让那些生活中的意外显得不那么意外，使境遇中的荒诞显得又不那么荒诞。她让小芸爱上一个无生命的模特，让“我”痴迷马力，让马力爱上亲妹妹，在快要溢出大家认同的现实经验时竟还是让我信服了。

若《爱人》尚不能切近戴来的那种繁巧的风格，那么《粉碎》庶几可视为一个网状叙事结构的典型案例。主角古天明偶听电台节目，找到当年离家的叔叔古随恒，继而认识了叔叔的红颜知己卢小惠以及叔叔和母亲林芹的儿子小山等一群人。此外，古天明的生命里还有闹离婚的妻子马昕、“旧上司”情人、为自己做鼻子的颜医生等。应该说，这部小说的戏剧性满足了每一双猎奇之眼，是一部戏中套戏的作品。戴来撑开了一张大密网，让每个人物各据自己的网眼，却又不得不与另外网眼中的他发生关系。好在戴来有驾驭力和想象力这两柄“利器”，用无数偶巧的情节和多维度的表达最终勾连起小说的链环，让小说看起来奇情别生跌宕起伏。

读戴来的人很容易发现其小说简约与繁巧并蓄的风格，我尤其心仪她的简约。《后来》或《向黄昏》的凝练和克制，让我想起戴来也深喜的雷蒙德·卡佛，尽管她不至于那么冷冽。而对繁巧的结构，我则保留一些看法。小说结构素来是评论家热议的话题，有人主张简单，有人主张繁复。回到戴来的文本中，我们不难发现她过分倾重多角度叙事和复杂结构，而作品最终不免为其所累、所伤。奇情或意外的发生可做小说情节推进中的花絮和点缀，不断运用却会使小说失掉韵致和可信度。读者阅读过程中难免会产生混乱的心理,总要花心思去理清各种人物关系,思味偶然性事件在现实中的“发生率”,这消耗掉现代读者的不少耐心,可能会让读者走上舍内容取形式的偏路。

近年,重返苏州的戴来坦陈正尝试换角度看社会,准备对原有的写作做一种突破。出于此,她这几年在创作路上有了“停伫”,这可能是小说家人生中的某个阶段。究竟是“困惑期”还是“蛰伏期”?我们将拭目以待。

作家自述

缘何开始，缘何停顿

戴　来

这些年我经常要跟别人解释为什么自己突然不写作了，他们询问时的语气让我觉得自己做错了，我先说我为什么会写作。

十多年前，我在异乡，没有朋友。有不少空闲时间，闲得发慌，生活中让我感到有趣而我又有能力去做的事，就是写作，所以就动笔写了。这么说，有人会认为我矫情，可如果我不说真话，我会觉得自己没劲。

写了好几年，一切似乎都很顺利，可有一天，我突然觉得写作于我就像是玩俄罗斯方块，不断有方块往下掉，然后合成，接着就消失了。因为一直有图案在往下掉，而且越来越快，你不得不在惯性中加快操作的速度——我被游戏操控了。要命的是，我越来越怀疑自己眼下的写作，我索性一闭眼，让它 Game over。

之后有三四年时间我一个字也没写，真的是一个字也没写。时间久了，连我自己都好奇起来，我这是在干吗呢？我每天坐在电脑前，摆出一副要开始工作的架势，但我心里清楚，自己压根儿没打算写，我这么坐着只是因为需要。

我的家人和朋友用多种方式表达了他们的担忧，我试图让他们相信我是用不写的方式在写作。他们将信将疑。事实上，我自己都不太信。

问题是我似乎并不着急，并且还挺佩服自己的。我和魏微、金仁顺通电话，告诉她们我还是什么也没写，她们用不同的声调表达了相同的意思，那就是，你好无耻啊，什么也没写还有脸得意。

对于这些年不写东西，我并不愧疚，因为我从不认为文学需要我，我写作纯粹是因为我想写，我的精神需要写作，我的焦虑、不安和困惑，通过写作有了释放和缓解，它是我诸多情绪的一个寄存之处，仅此而已。

去年我又开始写东西了，两个短篇。《潘叔叔，你出汗了》写中年人的困惑，《前线，前线》写老年人的性。另外还有一个长篇，正在敲敲打打中。十多年过去了，中老年人的生活依然吸引着我。有时候，看到（也许这存在于我的想象之中）一个老人，他坐在太阳底下，眯缝着眼睛，微驼着背，拱着肩，他的身体和膝盖几乎合为一体，远远看过去，一点样子也没有。他坐在那里，却一点样子也没有。你能感觉到他老了，并且还在衰老下去。他把假牙从嘴里拿出来，看看，又塞回去，这是怎样一幅景象啊。当然也有活得兴高采烈的老人，那是极少数。我写老年人完全是感兴趣、好奇，觉得那是我认知的一个盲点，让我有冲动想去了解。同时，心里摆脱不了伤感，我的父母已迈入老年，而我也很快就会老去。

忘了是谁说过的，在这个世界上，有些人和事物注定是与你有关系的，另一些则是没关系的，注定有关系的早晚都会发生关系，注定没关系的，就算有了关系也还是没关系。写作，像是我心里的一个恋人，尽管久不与他见面，却时常挂念，每每想起，甚至还会泛起小激动。我总是对自己说，不着急，慢慢来。不出意外的话，写作是一件我一辈子会做下去的事。如果它现在还只是一颗种子，那就让它慢慢生根、发芽，顺其自然吧。我每天浇浇水，除除杂草，到头来，也许它会枝繁叶茂，也许它枯败凋谢了，谁知道呢。

艾玛 / 本名杨群芳，生于 1970 年，湖南人。2007 年开始小说创作，曾获首届茅台杯《小说选刊》年度大奖、山东省第二届泰山文艺奖、第三届蒲松龄短篇小说奖、第六届中国作家鄂尔多斯文学奖等。主要作品有《浮生记》《相书生》《路上的涔水镇》《白日梦》《一只叫得顺的狗》《井水豆腐》等。

走过“涔水镇”的艾玛

李云雷

艾玛的小说大多围绕“涔水镇”展开，对于现居青岛的她来说，“涔水镇”既是对湖南故乡的回忆，也是她着意营造的一个艺术世界。在她的“涔水镇”中，我们可以看到各式各样的人物，他们从事不同的职业，有各不相同的命运，也有各自的喜怒哀乐和爱恨情仇，这些人物相互交织，形成了这个小镇的社会风情画。

这个小镇有着独特的地理环境与社会氛围，人与人之间的关系既不像乡村那样密切，也不像城市那样疏离，人们既相互关切，又隔着一层距离，小镇上喧哗、热闹、潮湿，充满着世事沧桑与人情冷暖。这是一个有故事的小镇，有的人来了，有的人走了，但这个小镇留下了关于他们的记忆。有的人世代在此居住，他们的生活也在时光的流逝中发生了巨大的变化，在这里，每一代人都有自己的故事，每个人也都有自己的故事，而他们的故事也正如流经小镇的涔水河一样源远流长，生生不息。

涔水镇的故事

“涔水河是条很小的河，窄窄细细的一条，在水稻田和垂柳从里弯来弯去。河里长满柔柔的水草，使得河水看上去有些发黑，即使是在雷雨季节，两岸稻田的月口哗哗地往河里灌水，它也是这样无声无息地静静地往前流。小镇在小河南岸像朵花似的打开，四条小街就是四片花瓣，夕阳西下的时候，金色的阳光抹过每一条街道，远远看去又温暖又柔软。过涔水河往北，是绵延起伏的太青山，小镇上要用的木材，吃的春笋、蘑菇、蕨菜、黄花，家家户户的竹椅，都来自那里。"(《米线店》)

在这如诗似画的描述中，我们可以看到艾玛对涔水镇饱含的深情，在小说中，她为我们描述了这个小镇上的米线店、裁缝店、理发店，以及卖肉的肉铺、南货店、洗脚店等等，这些具体的生活场景向我们展示了小镇生活的各个方面，让我们看到了这个小镇的人间烟火与世俗风情。更重要的是，艾玛为我们描述出了这个小镇上不同的人物以及他们的生存状态。在这里，我们注意到艾玛小说的一个重要特点——"互文性"，即一篇小说的主人公会在另一篇小说中出现。比如崔木元在《米线店》中出现时是 17 岁，小说讲述的也主要是他的姆妈为他与山上一户人家结亲的故事，而在《人面桃花》中，他早已与一位名叫桔子的女人结婚，这篇小说主要讲的并非他结婚的故事，而是足疗店一位叫小美的姑娘失踪的故事。到《小民还乡》中，崔木元又逃离了故乡，隐藏在长沙街头卖米线。在这些故事的空白处，到底发生了什么呢？再比如，在《绿浦的新娘》中，我们可以看到李兰珍和她的丈夫梁裁缝，此时的梁裁缝是一个"略微驼背的寡言少语的年轻人"，而在《路上的涔水镇》中出现的梁裁缝则成为了一桩风流案的主角，"梁裁缝这个人本没有什么好讲的，一个裁缝嘛，在三十年前，这样的手艺人多了去了。可是，就是这样一个小镇上的手艺人，却在三十年前成了方圆几十里轰动一时的人物……”而在《小民还乡》中，我们看到梁裁缝去世后，他的儿子梁小民离乡又回到小镇的后续故事，“‘咦，这不是裁缝家的小子么?’有人认出他来。……梁小民在外的这些年，在涔水镇的人看来，他的人生是生生地塌了个洞的。现在人们轻轻松松一句话，就把这空空的洞给填上了。”在这几篇小说中，我们可以看到梁裁缝的前世今生以及他人生中的一个个片段。另外，涔水镇派出所所长王坪大(有时也写作黄坪达)更是穿梭于艾玛的小说中，成为了一个不可或缺的人物。

这种“互文性”既与小镇中人物的生存状态相关，也与作者所采取的叙述方式相关。就前者来说，小镇中的人物生活在同一片土地上，他们之间的关系盘根错节，他们的故事“你中有我，我中有你”，相互依存。艾玛小说的叙述方式很好地传达出小镇人物之间的这种生态。

艾玛的小说很少讲述戏剧性的故事，相比之下，她更注重描述人物的生存状态以及人与人之间的关系。即使讲述具有戏剧性的事件，比如《人面桃花》中小美的消失、《路上的涔水镇》中梁裁缝被枪毙等，她的着重点并不在于这一事件本身，而在于这一事件对周围人的影响，或者说她关注更多的是小镇的生存状态。以《人面桃花》为例，小说避开了对小美消失的直接追踪——其中可能暗含着色情、凶杀与暧昧的情节，而主要描述桔子、崔木元一家的反应，派出所所长王坪大的反应，足疗店老板黄咬银的反应，崔家米粉店里众人的反应,重点描述这些人如何在各自的生活中接受了这一信息,以及这一信息对他们生活的影响。这样的叙述方式正如一块石头击中水面,作者所追踪的并非石头的去向,而是水面上的一圈圈波澜,正是在对这些波澜的细微展示中,作者为我们呈现了生活的纹理。这也显示了艾玛细致绵密的写实功底,她通过对生活琐事和细节的捕捉,让我们看到了小镇生活的一种“常态”。

“流动”的涔水镇

另一方面,涔水镇的生活也在发生变化,在注重表现小镇生活常态的同时,艾玛也以大跨度的时间叙事,让我们看到了这个小镇在时间长河冲刷中所发生的种种变化。“就像被风刮跑了一样,镇上的姑娘仿佛是一眨眼就不见了。她们个个迫不及待长到十四五岁就往遥远的大城市跑,带着改大了年龄的身份证,插了翅膀似的飞奔到不可知的命运中。”这是艾玛小说中所写到的外出打工者,同样发生变化的,还有小镇上悄然出现的足疗店,“足疗店的姑娘们很少跟街坊们来往,她们要出来也是结伴而行,仿佛知道自己与别人是不一样的。她们走出门来,个个寡言少语的样子,只是眼神要比一般人活泛很多,像不小心摔到地上的水银,到处滚来滚去。”这让我们看到,这个小镇并非世外桃源,而是中国的一角,与其他地方一样,这个小镇也在经历着现代化的冲击,也在面临着时代发展中的种种问题。但是同样值得重视的是,这个小镇也有自身的生活逻辑,它以自身的逻辑接受着这些外来的影响。

在《小民还乡》《失语》等小说中,我们可以通过归来者的视野看到这个小镇的变化，“梁小民站在街道边，目光忧伤地掠过西街……这种种景象，有些愚蠢，有些无邪，也有些不明缘由的可笑，这是自他蹒跚学步起，就无比熟悉的，人还是那些人，事还是那些事，似乎从未随时间改变，看上去竟有些虚假。”这种虚假的感觉折射出小镇和梁小民的变化。在《开满鲜花的土地》上，艾玛讲述了张阿婆去看望孙子的故事，她的儿子在矿难中死去，孙子孙女随媳妇改嫁到涔水镇，她攒一些鸡蛋去看孙子，小说描述了她生病后去看望孙子的艰难过程。在这个过程中，小说又穿插讲述了矿山的兴衰和桂爹的故事，让我们看到在这种种新的变化中，老年人所遭遇到的尴尬处境。

《万金寻师》讲述的是崔忠伯的孙子万金因是超生的而无法入学，他的儿子又进城打工，他为万金寻找老师的故事。其中还穿插了崔策松及其孙子小光的故事，“村子里原先有三十户人家，家家户户人丁兴旺鸡鸣狗吠。如今，剩下七八家，都是老的拖个小的。有点钱的人，走了。有点本事的人，走了。年轻点的，有一把力气可以卖的，也走了。一场大雨过后，常常能听到某处久无人居的房子轰然倒塌的声音——出去的人连后路也懒得给自己留一条。”我们可以看到，在时代大潮的冲击下，涔水镇及其周围的矿山、乡村，都已发生了巨大的变化。

在这里，我们还可以发现艾玛小说的一个叙述特点，即她的每篇小说很少单纯地讲一个故事，她的小说在讲述一个故事时，总是穿插着另外的故事，这些故事或衬托、或补充、或丰富着主要的故事，让故事呈现出更多的侧面，更多的层次。比如《开满鲜花的土地》中张阿婆的故事和桂爹的故事、《万金寻师》中崔忠伯爷孙与崔策松爷孙的故事、《浮生记》中新米的故事与新荞的故事，后者都是前者的一种补充与展开，或者是一种映衬，这样的叙述方式极大地丰富了小说的表现力，也让我们看到了时代变迁中的多种可能。

走出涔水镇

艾玛小说的另一种类型描写的是城市高校中的知识分子，如《相书生》《白日梦》《盛世佳人》《在金角湾谈起故乡》等。如果说以涔水镇为题材的小说主要描述了作者熟悉的故乡，那么在此类小说中，艾玛则走出涔水镇，将笔触集中于高校教师的故事，描述当代知识分子的生存与精神处境。

值得注意的是，在这类小说中，艾玛也常写到故乡，比如《路上的涔水镇》，小说由 3 个故事构成：下岗女工的离婚案情、"我"与丈夫的中年婚姻、梁裁缝的爱情故事。在不同时空的婚恋故事对比中，"我"看到了梁裁缝的感情闪光，这来自故乡的滋养，也映衬出了城市中产阶级婚姻的虚伪、冷漠与隔膜。在《白日梦》中，孟香和丈夫钱教授陷入了中年情感危机，与钱教授相恋的研究生滕秋告诉她，"这不公平，你只爱了十分之一的他，他却把十分之九的爱给了你。""滕秋的意思，似乎老钱的十分之九都在张河村。她孟香不懂张河村的老钱，所以纵使是爱，也不过是爱了老钱的一点皮毛。"孟香驱车前往老钱的故乡，但未尽而返。在《在金角湾谈起故乡》之中，M 女士逃离了给婆婆过 80 大寿的现场，到 H 城出差，又到邻国金角湾休闲，多年来的隔膜让她对故乡及丈夫的故乡望而生畏，

“人到中年,回乡的路竟越走越短”。在这些小说中,我们可以看到,故乡情结一直萦绕在艾玛的心中,构成了她小说中面对世界的一种方式。

在《盛世佳人》《相书生》中,艾玛描述了中年知识分子的危机。《盛世佳人》中的胡围在学校附近购买了农家小院,他要面对研究生林小苏的提前毕业及其与一个教师的恋情,要忍耐好心做了坏事的懊丧心情;而《相书生》中的何长江在与前女友见面后,回忆起过往的生活和现在的生存状态,陷入了颓丧之中,“何长江立在窗前,怔怔地看着自己对面的这张脸……平庸的长相,落寞的神情,松弛的脖颈,是张如此陌生的脸!”在这些小说中,我们较少看到主人公与故乡的联系,他们置身于城市之中,面临的是现实困境与精神危机,他们所有的是一种无所归依的苦恼,一种“无根”的痛苦。

或许正是在这个意义上,我们才可以理解艾玛为什么在写作中要一次次返回故乡,返回“涔水镇”,对于她来说,涔水镇不仅是一种地理上的乡土,而且是一种心灵上的归依,从涔水镇走来的艾玛是一个有故乡的人,也是一个有故事的人,在她娓娓道来的讲述中,我们可以从另一重时空中反思我们置身其中的现实,也可以发现一种从容淡定的温和之美。

作家自述

面向日常的语言之根

艾 玛

春节前夕，我买了几棵风信子种在花盆里，室内温暖，风信子很快就开花了，香气扑鼻的花束沉甸甸的，把花茎都压弯了。于是，我到楼下一棵光秃秃的丁香树上剪了一小段枝丫回来，将风信子的花束撑了起来。过了几天，我意外地发现这段干枯的丁香树枝竟长出了嫩绿的新芽。惊喜的我连忙喊家人过来围观，大家都很惊奇，儿子甚至建议换个大点的花盆给它，期待它可以长成棵小树。婆婆过来看了一眼，淡淡地说："别抱什么指望，没根的东西，佯活罢了。"果然，过了几天，那些嫩绿的新芽开始打蔫，很快就萎谢了。

这件小事一直令我难以忘怀。婆婆说的是山东临沂方言，从这方言中冒出的极具古典意味的"佯"字，令我有些惊喜，仿佛是不经意间与一位古代的绅士迎头撞上，他沉静内敛、言语简洁，却又耐人寻味。我不免又由此联想到长沙方言中的"策"，形容一种诙谐有趣而智慧的闲侃，以及我家乡方言中的"奢"，用来描述一个人想方设法地爱漂亮，麻袋上也要绣出好花。它们都简洁到只有一个字，一个字就能准确、细致入微地展现生活中复杂的现象与情感。

没错的，日常生活是语言的故乡，那些最简洁传神的语言活得最长久。我开始学习写小说以来，也曾试图将古汉语的简洁与节奏感运用到写作中去，人类的语言是那么的神奇，它与现实世界的纠缠远非我能想象，我慢慢发现，有时候，逝去的我们已经很难找回来。而且，仅仅依靠语言本身的简洁与节奏已不足以描述这多变而复杂的现实世界，不足以用来想象一个复杂而多变的世界。

在我的学生时代，我曾无数次地被告知，司汤达通过时不时读读《拿破仑法典》来获得语言的准确、凝练。这个故事被用来证明法律语言的冷峻、简洁、准确，并不必然压缩人类的情感与领悟的空间。法律语言要应对现实世界的问题，而文学语言呈现的是虚构、想象的世界，但事实上，我们很难将它们清晰地分开。也许正如现实世界的一切也常常没有什么明确的界限一样，语言的准确与模糊、简洁与繁复、纷杂与节奏，都是彼此纠缠、互为支撑的，它们只是恰到好处地在日常生活中生长而已。

我承认自己多少也算得上是个日常语言学派的追随者，姐姐邻居家的姑娘不中意父母托人介绍的家境良好的高个子男友，幽怨地对人说："高有什么用呢？只会比别人更容易撞到脑壳。"这样的话语常常令我听得失神。维特根斯坦曾批评哲学家对日常语言的片面理解造成了他们的"偏食"，即他们只用某种类型的东西来滋养他们的思想。我也常常问自己，对日常语言，你领悟到了多少？

也有人曾发问："倘若哲学不能改善你关于日常生活重大问题

的思考，那么研究哲学又有什么用呢？”窃以为这样的诘问也适用于写作的人。语言来源于生活，倘若它不能艺术地回到生活中去，并改善我们的生活，那么写作又有什么用呢？就像原本干枯的丁香树枝，一时间吸收到水分，在适宜的温度下，只能催生树皮下的芽孢，但是没有深入土壤的根，它也就失去了与土壤的联系，剩下的就只是萎谢了。临沂方言中的这个“佯”字，现在我们在写作中已经很少使用了，显然，它在生活中活得比在书本上更长久。

马小淘 / 本名马天牧，生于 1982 年，黑龙江人。曾获得第三届新概念作文大赛一等奖、2008 年度中国作家鄂尔多斯文学奖新人奖、首届青春文学大赛（长篇组）金奖、在场主义散文奖新锐奖、第四届西湖·中国新锐文学奖等。出版有长篇小说《飞走的是树，留下的是鸟》《慢慢爱》，中短篇小说集《火星女孩的地球经历》，散文集《成长的烦恼》等。

评家观点

日常书写的直接性

杨庆祥

如果你年届30，大学或者研究生毕业在中国一线城市如伟大的“帝都”北京漂荡良久，如果你运气还不是那么差，恰好抢在房价一路飙升之前穷尽所有在六环边买了一间小房子，然后每天朝九晚五，像一只疲惫的油鸡穿梭在公交地铁上去挣一口廉价的吃食，我建议你去读读马小淘；如果你已属大龄女青年，心比天高却又命如纸薄，在各种矜持、纠结、矛盾、臆想中投身于爱情婚姻的炼金术，最后却不无荒诞地发现原来那些轰轰烈烈地久天长的感情故事不过是自欺欺人的把戏，正剧不过是喜剧的前奏，归根结底也不过饮食男女人之大欲，那我也建议你去读读马小淘。

在马小淘最精湛的中篇小说《毛坯夫妻》里，一种几乎原生态的生活被呈现出来：雷烈和温小暖在北京东五环外15公里的地方买了房子，因为没有足够的钱进行装修，他们干脆就住在“毛坯房”里。这对“毛坯小夫妻”有迥然不同的人生态度，雷烈在公司上班，一心一意挣钱养家糊口，甚至说的梦话也是“我要赚钱”。而温小暖则浑浑噩噩，安于做一个生活窘迫的家庭主妇，把全部的热情都消耗在食谱的研习和淘宝的廉价商品上。

马小淘或许仅仅是将自己的经验毫不避讳地讲述出来，在我们的身边，不知道生活着多少个雷烈和温小暖。这篇作品由此变得可信，并以同构的方式展示了一代人的生存之困。但作为小说家的马小淘显然不满足于此，她以小说的方式强化、集中这种困境的强度和深度。《毛坯夫妻》中的雷烈和温小暖代表了不同的两极，雷烈具有“进取型”的人格，他在困境中努力挣扎并以极大的诚意去克服困境，并试图将自己惨淡的人生变成哪怕稍微有点“励志”的故事。而温小暖则代表了另外一极，她以一种“拒斥”的态度抗拒着自我的“社会化”——“老子不干了”——这是她辞职时的豪言壮语。不能简单地说温小暖是毫无上进心的女性，恰好相反，她有一种发自本能的对生活的热情和执着，对一顿早餐煞费苦心的安排已经暗示了这一点。温小暖“非进取”的对象是“社会”，她无意在社会结构中获得其位置或者说“成功”，她“进取”的对象是家庭和自我。她是一个高度审美化的人物，这种审美化，不仅是指她作为马小淘笔下的一个小说人物形象所具有的美学特征，更指的是她作为一种社会存在所具有的“别具一格”的意义。

温小暖作为马小淘创造的最有魅力的人物之一，显然不能被轻易放过。在作品中，马小淘精心安排了一场对手戏：温小暖和雷烈参加同学的周末聚会，而聚会的地点安排在雷烈的前女友——如今已嫁作商人妇的沙雪婷的别墅里。这是富有戏剧感的经典场景，在《了不起的盖茨比》中，男主角盖茨比以奢华的周末舞会来展示自己的成功以及对于所谓“爱情”的坚贞不渝，这是典型的欧式中产阶级的爱情哲学——企图以物质的充裕来救赎爱情的失败，结果不过反证了爱的不可重复性。在沙雪婷的客厅里，这种中产阶级式的情爱想象不过如吉光片羽一掠而过，它迅速被置换为一种中国式的物质盛宴，沙雪婷的别墅、家装、衣服、食品以及她本人的精神气质证明中国的当下不过是一场暴发户的赞歌以及“笑贫不笑娼”的道德二人转。按照惯例，这种场景的书写会导致两种结果，一是主角在这种强烈的物质对比中体验到彻底的失败感并放弃自己的道德准则，加入到这种并不道德的行为方式中去；二是主角调整自己的生活角色，变成一个进取型的有为女青年，以合乎社会规范的所谓“奋斗”的方式去改写自己的人生。但是马小淘颠覆了这两种可能，温小暖不想成为沙雪婷，也没有任何迹象表明她从明天起要做一个“积极”的人，上班、挣钱、融入世界。恰恰相反，她觉得她现在就是一个“幸福”的人，她无比陶醉于此时此刻的生活，沙雪婷的世界和她无关，那种奢华的物质铺张甚至没有引起她太多的不快，即使有点小小的嫉妒涌上心头，也几乎是在一瞬间就被她抛弃到了脑后：“我又不认识她，我跟她厉害啥！再说你看她装腔作势的，在屋里披个破披肩，这什么季节啊，这么暖和，又不是篝火晚会。这种显然不是正常人啊，要么就是太强大了，强大得都疯了，我可不没事找事跑去招惹她；要么就是太虚弱了，我不向弱者开火，我有同情心！再说，我干吗跟你前女友掐，前人种树，后人乘凉，她不走，我能来吗？我属于接班人，不能太欺负人，是吧！”

《毛坯夫妻》在对社会现实严格摹写的同时指向一种自我认知和自我确认。温小暖以一种颠倒的方式解构了沙雪婷所代表的“欲望”的合法性，这种“欲望”被指认为是一种自我的孱弱或者人性的降格，与此同时，将自我的行为（同时也是一种欲望）无限正当化。温小暖由此更清晰地确认自己的目标是做一个“现在的人”，一个生活在“毛坯房”里的此时刻的个体。里尔克通过《杜伊诺哀歌》向我们暗示，现代人因为缺乏动物准确无误的本能和完整的意识，往往摇摆在正在做的和可能做的之间，是“没有填满的面具”，半心半意地扮演我们被分配的角色，因此，我们缺乏足够的生活力量。可是温小暖似乎没有多少摇摆和犹豫，她有一种动物性的对于自我的热爱和守护，她似乎一直在全心全意地扮演自己的角色。因此，温小暖不会分裂。在马小淘所有的人物中，都有一种有别于现代文学传统的人物性格，他们活在日常生活的表面，没有太多现代式的内面性，以一种简单明了的方式来完成自我。那么，我们是否可以说温小暖就是一种力量的象征呢？似乎又不能这么说。无论是在雷烈还是在温小暖身上，他们都分享了一种共同的背景，那就是社会性想象的普遍崩溃。温小暖坚守“毛坯房”是对这种崩溃最积极的回应，她由此再造了一个主体，并在这个封闭的空间里完成一种非社会化的自我，而雷烈，虽然他不得不继续奔波劳碌，但实际上他已经认同了温小暖的方式，并尽其所能地呵护着这看似软弱实则坚韧的存在。

或许我不应该小题大做，将马小淘笔下的人物都赋予如此复杂的意义指涉，毕竟，他们在更多的层面上不过是世俗的男女，流连于日常，醉心于琐碎。长篇小说《慢慢爱》处理的正是这样一个日常琐碎的题材，女主角冷然以婚姻的名义周旋在数个男性之间，一方面是热情的投入，一方面是冷眼的旁观，即使在最表面的意义上，我们也能看出冷然所具有的症候性——爱情与婚姻的分裂已经成为当下中国的普遍事实——对爱情近乎病态的寻求不过是婚姻功利主义的镜像，他们互为意识形态，像紧箍咒一样束缚着当下女性自我的生长，最后冷然不无悲哀地发现，她孜孜寻求某种理想的爱情和婚姻，却不过回到了最初的起点，生活好像一个圆圈，她并不能找到出口。严格意义上，《慢慢爱》并不具备一个长篇小说所必须的故事、结构和多重世界隐喻，它更像一个短篇的组合或者一个中篇的拉长版。但即使如此，我们仍被冷然的命运所牵动，走进一场“大城小爱”的多幕戏，某种世俗的热情依然会打动我们，在这个意义上，《慢慢爱》有些世情小说的味道，只可惜这世情的背景还没来得及完全展开。在生活的广阔性和丰富性方面，很显然，马小淘还需要长久的修炼。

无论是温小暖式的“消极”，还是冷然式的“世故”，都有一种小资产阶级式的东西笼罩在马小淘的作品中。马小淘深谙这个群体的心理和行为、痛苦和快乐，马小淘对他们有一种潜在的认同感，并在某种程度上将自我投射到他们身上，她不忍心伤害他们小小的虚荣心，所以给他们安排没有风险的世界。只是在偶然的时候，她有恶作剧之心，会设置一点惊险和误会。在短篇小说《迷失东京》中，女主角谢点点像大部分普通女青年一样，在朋友的撮合之下认识了朱洋，于是踏上了非常程式化的婚恋之路。但这篇小说的出彩之处在于安排了一个小小的“迷失”，谢点点和朱洋去日本做婚前旅行，但就在返程的前一个晚上，朱洋居然离奇般的消失了！无论如何，在一个平淡的婚恋故事中安排这样一个稍显诡异的传奇情节，怎么看都有点不太协调。但是，谁又能担保日常生活的背后不就是一连串的传奇故事呢？或许马小淘的初衷不过是为了让故事更好看一些。但在我看来，这次有点牵强的“迷失”却蕴含着别样的可能。这是马小淘封闭的故事结构中的一个意外，它意味着小资产阶级也许可以逃脱“日常生活”的常规“功能圈”，去开创一种新生活的可能。读过村上春树的人对这种情节肯定不会陌生，在村上春树的作品中，人物突然从一个世界经由某种入口进入到另外一个世界，于是，复杂性被洞开了。我的意思是，《迷失东京》中的“迷失”完全可以更戏剧性、更神秘化、更不可思议。在这种“迷失”中，蕴含着新的写作原则。但马小淘让“迷失”者又主动返回，同时给迷失一个看起来十分充足的理由，她以非常日常的原则将这种非日常的灵光修正了。这或许就是我们当下时代情爱想象的限度，仅仅只是在异乡有那么一次稍微出格、稍微痛苦一点的出轨，然后，一切恢复俨然的秩序，日常生活永垂不朽。在这种“不朽”中，“迷失”并不能像《倾城之恋》中那样成全爱情，它仅仅成全秩序。

既然在故事的冒险性上不愿进行太多出格的处理，那么，马小淘如何将自己的写作区别于他者？在这一点上，马小淘式的语言发挥了重要的作用。在我看来，至少在目前阶段，马小淘是一个语言风格极其鲜明的作家，这种语言风格表现为一种口语式的狂欢，一种完全不经书面转化的口语在作品中被大量铺陈，它们最后甚至不仅仅是塑造了人物，而是直接构成一种审美性。有时候我甚至想，即使没有故事和情节，仅仅是读一读马小淘式的语言，也是很愉快的一件事，仅举一例：

“别扯这些没用的，别跟我整什么昨是今非物是人非的陈词滥调。你知道我这一年是怎么过来的？我想掐死你也没用，你已经消失了。所以我一次次在心里掐死你，你不是自己跑掉的，你是被我掐死的！我从来就平凡，根本不想经历什么跟别人不一样的事情。我没体会过在风口浪尖的滋味，我也没兴趣。从小学我上课就不举手发言，虽然老师点我我也能答上。我没当过班干部，老师觉得我成绩还行，让我当我也不当。谈恋爱也是这样，我是想过要嫁给王子，但那只是一闪而过的念头。我从没预备跟谁殉情，不化蝶，不喝药，我要的就是家长里短的日子，一地鸡毛。再说我要是想谈一次惊天地泣鬼神的也没必要跟你，你开始伪装得多好，一副老实巴交居家男的模样。我是为了脚踏实地才跟你好的，谁知道你还真是个过山车，我都没反应过来就被甩到天上转晕了。下边还全是看客。”

这是《迷失东京》中谢点点的一段话，这段话类似于戏剧的独白，它展示的不仅是人物的心理和行为，同时也是对这种心理和行为的瓦解。在马小淘的作品中，类似的语言比比皆是。在发挥得最得心应手的时候，典型的马小淘式的语言指向一种重叠的解构：它解构了“文艺腔”以及“文艺腔”背后高度自恋的个体形象，这类个体往往不过是作者私我的一种放大；它解构了现代写作惯有的语言深度模式，这种深度模式在大多数时候已经成为陈腐的惯例。马小淘几乎是以一种天性和本能塑造了一种“直接性”——故事、人物、语言与现实的无缝对接——由此形成其独特的反讽式的日常书写风格：不仅反讽了我们当下生活的现实，同时也反讽了我们可怜的自恋和虚荣。

作家自述

永不落伍的井底之蛙

马小淘

每次面对创作谈、文学观一类的文章，我都心乱如麻，不知该从何说起。我总觉得，一个作家怀揣怎样的文学观，或者用多么诡异的方式创作，这其实都不重要。只要他的作品拿得出手，其余的过程，怎样殊途同归都好。如同跑道上，没人在乎你咬紧牙关训练了一百年，还是游手好闲来随便跑跑，快不快，最后有裁判计时读秒。于是，作为跑得不快的赛跑者，走得尚且不远的写作者，我以为，在这样的时刻，我可以保持沉默，何况我本来就东一榔头西一棒子，没什么整理清晰的事情可说。

偶尔气急败坏地想，为什么要选择写作，这是一份永远要求动脑筋，永远需要再创作的职业，一本书写完，需要面对的就是下一本。不必说那些熟能生巧的熟练工种，哪怕是当歌星，有几首代表作也够走穴用了。可是作家却随时要和自己的头脑、身体的懒惰较劲，不断直面枯竭的挑衅。可是抱怨归抱怨，虽走得并不稳健，有时左顾右盼，也难免快快慢慢，却终究还是游荡在写作者的队伍里。若让我说出为什么，我当然不会说是基于对文学的热爱。这样的表达方式过于肃穆郑重，我不喜欢。我想是出于好奇和迷惑。

写作于我，还是一条烟雾弥漫的路，像童话的尽头，恍惚看不清前方，才充满着诱惑。因为无法说清楚，所以一直在探寻。

如果从时间上算，我出第一本书时只有17岁，有点说来话长的意思，扭头看过去，脖子也抻得都拧了。彼时那本随笔集得以出版，完全是机缘巧合，满足的也不过是少女的虚荣心，没有想过可持续发展战略，我以为我会有更大刀阔斧的梦想，出书和我不过是蜻蜓点水的一面之缘。那本完全就是中学日记改头换面的小册子如今已成了我极力想掩饰的短处，生怕有谁发现我曾经那么假正经、低智商。如果早知道我会鬼使神差开始正儿八经的写作，我当然不会允许年轻时的自己丑态百出地亮相。出道早并不代表星运好，并且出道早最大的害处是，糗事一箩筐。当别人拿出十年磨一剑的处女作，对比着我那本疯狂歌颂真善美鞭挞假恶丑的中学生正义感爆棚的小册子，我的无知少女形象立马呼之欲出。

属于艺不高胆还大，不小心就走上了不归路。所以很多年，我都面目模糊地被归类为"80后"、新概念、青春写作、17岁出书，加上我那不靠谱的爹娘也是干这行的，还要加上"文二代"的符号。把这些符号拼在一起，出来那个人其实挺陌生的，那家伙好像蹦蹦跳跳一直在捷径上晃荡呢，而其实现实中的我挺步履蹒跚、一步一个脚印的，吭吭哧哧半月板都快磨损了。从小到大，考了一路学，没加过分，没保过送，没破过格，其实书卖得也没多好，该走的弯路一个也没绕过去，我一直觉得我挺卖力挺刻苦的。

多年来我羞于提起自己的经历，它笔直如一条直线，光阴荏苒，回头却依然可以轻易看见出发点。我对痛苦的体验多半来自书籍、影像，能想到最大的打击不过是失恋。流浪、漂泊、出走、饥饿、侮辱……它们离我那么遥远，我像阿里巴巴一样是个快乐的青年。我一直得到过剩的爱，活在甜蜜的牢笼，对自己的欲望和索取也常常放任，带着理直气壮的骄纵。因为缺乏伤筋动骨的疼痛，说来说去也不过是草长莺飞，总是被归类为温室里的花朵。可是有一天，我忽然反应过来了，没辍学、没得抑郁症，是社会造成的，不是我一个人的责任。平凡并不可耻，并且与作品无关。我是一只老鼠，并不耽误我以文字饲养猛虎。文学从来不拘泥于自传，写作也从不仅是对切肤之痛的有感而发，它是对境界、精神、智慧的追求，当然也包括接纳自己的平凡。

甚至恰恰是文学，给予我更开阔的世界。我算是个枯燥的人，虽然性格开朗，但是不擅玩乐。从小时起，我便对一切对抗性的游戏缺乏兴趣，时常拿着一根小棍挖土，一挖就是几小时，没有人知道我在想什么，包括我自己。我不自闭，可以坦率直接地表述自己的想法和需求，但我不喜欢热闹，人一多，便有莫名的烦躁。热衷一个人的游戏，挖土、捏橡皮泥、背诵绕口令、过滤雨水、把冰雹冻在冰箱里……相对这些，显然阅读是相对高雅的消遣。于是父母鼓励我看书，在拿着小棍挖土和看书之间，他们以引导的方式帮我做出了取舍。寻常的词语在组合排列之后产生的效果为我开启了另一个世界，最精准的挑剔、最宽容的原谅，那份炫目、丰盛和直指人心简直让人生疑。我发觉纵使永在方寸之地亦可遥望无尽的远方，文字里突如其来的新鲜事远比生活来得酣畅淋漓。文学，成了我一个人的天马行空，一个人的呼风唤雨。怀揣书籍，我可以轻巧地感知天下，成为永不落伍的井底之蛙。

小时喜欢把筷子插在饮料瓶里，叼住筷子，表情陶醉，装作正在吸食琼浆。妈妈一次次制止我愚蠢的表演，但我乐此不疲，并且不懂大人为何没被我蒙蔽。如今这份自作聪明依然偶尔被父母当作标志性的回忆提起，但我想作家应该是有些自作聪明的人，必须保持对某种荒诞的坚信，才可能穿越世间浮华凄冷，写出真正的悲辛和温暖。虽然我的自作聪明尚未在写作上有良性的显露，但我自己偷偷认为我终会内力精进参透秘籍。作为一个兴趣浓厚却尚未掌握足够经验的写作者，我这样说甚至不是出于自信，而是盼着这是个不错的自我暗示，绞尽脑汁讨自己欢心。

田耳 / 本名田永，生于 1976 年，湖南人。1999 年开始写作。曾获第十八、第二十届台湾联合文学新人奖，2006 年度湖南青年文学奖，小说《一个人张灯结彩》获第四届鲁迅文学奖优秀中篇小说奖，以及 2007 年度茅台杯人民文学奖中篇小说奖。出版有中篇小说集《一个人张灯结彩》《环线车》，长篇小说《风蚀地带》《夏天糖》等。

评家观点

“风蚀地带”的说书人

汪　政

一个人文学生命的开始实际上带有许多的偶然性。田耳是上世纪70年代中期生人，他的写作开始于世纪之交，已经不算早，而他引起文学界的关注则是2005年左右，准确地说应该是从那篇后来被人们反复提及的《衣钵》开始。在这篇小说中，沉重的话题在田耳轻逸、从容、雅致的逸事传奇式的叙述中绝无一丝穿凿附会地表达出来了。小说奠定了田耳的叙事风格和处理经验的方式：回旋、腾挪，轻轻地一瞥，然后专注于尖细与深处。我对田耳的认识，也恰恰是从《衣钵》开始的。

年轻的老作家

小说《衣钵》对本土宗教生活进行了世俗而又诗意的描写。主人公李可大学毕业，想找一个实习的地方，在城市尝试联系未果的情况下，他听从了父亲出人意料的建议，回到村里做一名实习道士。他的父亲就是村长，更重要而又具戏剧性的是，父亲还是最受村里人敬重的一名道士。李可想不到，当他经过隆重而庄严的仪式成了一名道士后，主持的第一个道场竟然是为突然去世的老道士——父亲送行。这个道场他本可以不做,他是孝子,不可能身兼二任。但李可坚持要做,而且做得投入、漂亮。这是一个仪式,李可实际上是在完成精神与身份的转化。从小耳濡目染,长大后渐通世事的李可经常徘徊在文字构成的理性世界与父亲对世界的认识之间,庆幸的是,他终于明白了自己曾有过的偏执与轻率。

这篇小说不仅关乎人的精神世界,它还通过以大学教育和文字构成的大传统与乡村宗教这样的小传统之间的对比揭示了中国乡村生活的秘密,表面上大传统具有不可抗拒的力量,但实际生活中人们遵循的却是小传统所传承下来的秩序。而且,李可的父亲居然兼村长与道士于一身,形象地说明了大小传统在中国乡村相融的奇特现象,并且揭示了大传统通过小传统发挥作用的路径依赖。

我至今仍记得我读到这篇小说时的惊讶和喜悦。在此之前我不知道田耳,我以为我错过了一位出道很久的小说家——这样的错觉来自于我们对“青年作家”的定位,也来自于新世纪以来对“青年作家”整体风格的认知。青年作家们虽然各不相同,但是他们主题的时尚、前卫、叛逆与貌似深刻,艺术上的先锋和对“个性”的刻意追求还是让他们有了共同的标签。但田耳不同,他太沉着了、太安静了,与流行的距离太大了,他在灯火阑珊之外。

能够写出《衣钵》的作家不会是这么的一锤子买卖,这样的气度是可以做长线的。果然,随着《一个人张灯结彩》《影像重叠》《环线车》等作品的问世,至少在叙事方式、叙述语言和艺术气质上显示了他与“青年作家”的区别,或者,成为青年作家的另类。这应该是一种有趣的文学现象,一些作家可能永远年轻;一些作家会慢慢变老；一些作家一出生就迅速苍老，以便在以后的岁月中寻找青春；而另一些作家却如同化石，当我们见到时便老而成精，并且永世沧桑，田耳就是这样。

城市的颓败与乡村的终结

说到田耳，有人会提到他的文学前辈沈从文，其实，田耳并没有重走沈从文的文学道路。时易世迁，虽然没有明说，但田耳的创作显然表明应该有新的乡村诗学。这方面，不是《衣钵》而是《韩先让的村庄》更具代表性。

韩先让本来已经到县城做广告生意，但是他从渐渐兴起的乡村旅游中看到了新的商机，便把“整个村子包下来，搞旅游”，但屡搞屡败。韩先让弄不懂，“我以为自己了解一个村子，其实根本不了解。”只要原先的默契不存在了，资源分配不合理了，任何群体都有可能解体，不仅是关系的解体，同时也是心理、文化与道德的解体。田耳抓住了这个乡村经济转型中的典型案例，解说了现代乡村面临的诸多困惑。意味深长的是，在小说中，乡村的基层政权是缺位的，韩先让包下村子搞旅游，“每年都要付给村委会一笔钱”。只一句，基层组织就此隐退。这也许是田耳忧虑的地方之一，乡村不仅是一个地理概念，也不仅仅是自然形成的聚居区，它需要发展，这样的发展如何成为所有成员的权利是当前乡村迫切需要解决的，这不可能依赖个体权威，也不能再依靠现行的乡村政体，田耳实际上触及了当前乡村改革的关键。因此，在现状没有改变之前，田耳的乡村诗学是悲剧性的，而且，这个悲剧可能以喜剧的形式上演。

鹭庄的乡村旅游故事在长篇小说《夏天糖》里也出现过，不过已经不是作品的主体。这部长篇小说虽涉及乡村，但总体上是一部有关乡村与城市关系的叙事。田耳关心的不是乡村如何城市化，不是城市如何现代化，而是城市人心理、身份与角色的转变。《夏天糖》中的城市元素几乎一样不缺，这里有现代化的城市景观、生产方式、时尚潮流，甚至，以涤青为线索，还叙述了一群地下电影的生产群体，他们无疑是城市最为先锋的部落。但是，在田耳的笔下，更多的人群表现出一种时间、空间的错位。从《韩先让的村庄》《夏天糖》等作品中，人们可以看出田耳对城乡问题的看法。

田耳喜欢说一个词——"造城运动"，他觉得这个词在当下中国语境里最能表达新兴城市的拔地而起。物质外壳在飞速发展，但却不见生产精神与价值。田耳的城与乡是他对城市与乡村的双重否定。鹭庄还是不是一个完整的乡村是令人怀疑的。这里没有了与自然的亲近，流动人口也从根本上改变了乡村的人口结构与人际关系，而工业化以及所谓的旅游业则摧毁了原有的生产与生活方式，新的生产方式并没有真正产生，这在乡村形成了基础性的真空，而由城市化与工业化所带来的消费文化等更将传统的文化样式、道德规范冲击得七零八落。

在田耳的笔下，我们真正见识了社会学家所谓"乡村的破败"与"乡村的终结"。本来，中国乡村是为整个社会生产与输送价值的，城市从来不去承担这一功能。因为有庞大、自足与完整的乡村，所以中国社会能够在一次次破碎中得以重生，几乎每一次都是乡村重建了社会，所谓"礼失而求诸野"就是这个道理。而现在，一切都颠倒了，城市成了文化与价值的输出者，但这样的文化价值不过是无根的舶来品，并不能从根本上让人安身立命。城市不可居，乡村已破碎，人们无家可归。从这个意义上说，田耳写出了当代中国的“乡愁”。

生活在暗中的人们

在田耳的创作中，《一个人张灯结彩》无疑是另一个坐标。田耳常常借用一个警察，将人们带到生活的幽暗处，让我们看到另一种经常处在视界以外的生存状态。

《一个人张灯结彩》披的是一件侦探小说的外衣，实际上讲的却是有关孤独、温情与内心冲突的故事。警察老黄因为经常刮胡子的习惯认识了小于，又因搭档偶然地认识了小于的哥哥于心亮，一个出租车司机。通过小于这条线索，钢渣和皮绊这两个罪犯的生活得以呈现。故事的发展是钢渣和哑巴小于产生了恋情，而钢渣和皮绊在抢劫中居然阴差阳错地杀害了于心亮。小说的结局是老黄破了这个案子，尾声是老黄受钢渣之托在大年三十去看小于。老黄的半生辉煌却又一事无成；于心亮生活艰难，逮住一个人就要倾诉；小于连倾诉也不可能，遇到一点同情就如同抓到了救命的稻草，何况钢渣对她疼爱有加；而钢渣则是生活在黑暗中的，他自小被遗忘，从不明白生活的意义，只知道要干一件大事：自制炸弹、抢银行，但对于这以后该做什么却是茫然的，他在抢劫中杀了于心亮，动机却是为了帮助小于，给她一笔钱。他们都是孤独的，老黄的孤独来自于他不能融于那个体制，不被承认；于心亮的孤独来自于贫穷求诉无门;小于的孤独来自于命运多舛,被蹂躏、被抛弃,来自于生命最原始幽暗深处的吁求;而钢渣的孤独则是来自于对生存的恐惧和焦虑,来自于与社会的疏离和放逐。

在小说中,这一群在社会身份上本来不相干的人们可能因为这种孤独而气息相通,包括警察与罪犯。读者会在小于与钢渣的情爱中流连,他们在幽暗的小屋里游戏,用灵与肉进行无声的对话,会借助老黄饱览沧桑的眼睛去观察世相,在黑暗、贫穷、算计与杀戮的背后看到无奈、挣扎、爱与希望。

《风蚀地带》也是对类似生存状态的记录,而且走得更远。小说取名"风蚀地带",田耳说是觉得"这个名字和小说本身具有的轮廓不清、影影绰绰的气味很贴近"。这个世界就是如此的复杂、多面和混沌。一些人生活在明亮之中,而另一些人则永远处在世界的暗处。他们没有上辈们的积累,没有可以依靠的资源,但是,他们又不可能置身于世界之外,这种先天机会成本的缺失只能造成他们低下的社会地位、内心的愤怒和不平。他们不可能进入主流,只能在社会的阴暗与边缘地带建立他们的另类生活方式,这样的生活方式是不可能在阳光下进行的。老石靠从事似黄非黄的职业在黑白两道的夹缝中生存,魏成功空有一身技术,却不得不违法为别人加工枪械的零部件。作品中的几个女人:何莲花、江薇薇、小王和小孙等等,都是生活不幸、身心俱伤的人。小说特别挖掘出她们身上原始的欲望,她们的情欲、暴戾与非理性。这样的欲望与非理性足以毁灭她们自己。

类似的人物还可以在《飞翔》《蝉翼》《你痒吗》《环线车》等作

品中找到。田耳以新的方式恢复了中国现代小说的传统——为“小人物”作传，但他不为批判，也不为启蒙，在这样一个唯发展的时代，展示被发展抛弃的人群已经能够说明许多问题了。

一个会讲故事的作家

田耳的小说非常好看，他是一个会讲故事的人。他有自己的小说套路，也习惯于使用那几样小说器械。

让人一眼就看得见的是警察的故事，或侦探小说的叙述模式。《一个人张灯结彩》《影像重叠》《黑信》《环线车》《风的琴》《在场》，等等都是这样的作品或者具有此类叙事元素。《影像重叠》无疑是这套叙事模式的代表作之一，与所有侦探叙事一样，田耳也试图在这个中篇小说中表达尽可能多的内涵，比如人物行动动因的荒谬（只有命案率和破案率双高，所在地的公安局才可能在系统中排名靠前）；人物的复仇、变态心理；人与人关系的错位，螳螂捕蝉黄雀在后的情感误会，等等，所有这些都让田耳用一个好看的故事讲了出来。

其实，在讲故事上田耳走得还有更远的，比如带有传统演义风格的经典文本重写《一朵花开的时间》。这是一篇改写《水浒》、从原著的简略与缝隙处进行再创作的作品。它对原著中的人物如鲁智深、武松、林冲、宋江、史进、李忠、时迁、燕青等都进行了重新塑造，加进了许多现代的通俗与娱乐元素，比如设计了鲁智深的爱情戏，加重了林冲娘子的戏，把人物从英雄榜上请了下来，将一部英雄传奇演绎成了一部小人物的闹剧。田耳不怕通俗，他不但不怕误读，反而认为可以借力，“我觉得破案这层壳可以涵盖太多的社会内容，而且警察的身份也可以相对合理地进入各种私密的空间。再者，醉翁之意不在酒。"

如果从传统美学的角度对田耳的小说戏剧冲突与人物性格进行分析，那他的大多数作品应该归入悲剧。但这些悲剧却经常是用喜剧的方式讲述出来的，这是田耳作品典型的"腔调"。这种美学上的反转通常是由人物行动的落差来实现的。当然也与田耳的语言策略有关。田耳不但偏爱第一人称叙事，他的对话体也不少，总之，他的作品是用书面的方式来进行口语化的叙事。像《在场》《风的琴》《人记》《你痒吗》《郑子善供单》等都是口语叙事的作品。在这一点上，田耳显然是反小说的现代叙事体式的。

仔细分析田耳的口语化叙事体式可以看出以下几个特点：一是凸显出叙述的现场感和仿真性，如《郑子善供单》；二是始终保持语言的地方性。田耳似乎习惯于将所有的故事都放到他的"佴城"，在这个虚构的文学地理中，人们的语言、习俗都是湘西化的。我们在田耳的方言叙事中感受到地方文化对人物心理与性格的影响，所以，方言又成为形成人物性格成长的文化背景。另外，不能不考虑到口语对小说叙述结构的影响。口语的叙事是连续的，所以，口语叙事最能维持故事的黏性、降低听者的理解难度、减少语言的阻隔，使叙述内容尽可能完整而迅速地为接受者所接受。这也是田耳小说基本的叙事结构，他的作品在情节设置上是智慧的，甚至不乏悬疑的味道，但故事本身的难度是一回事，叙述的难度又是另一回事，田耳常常以低难度的方式讲述高难度的故事，这应该是讲故事高手的境界。

作家自述

短篇小说家的面容

田　耳

如果可以对人生重新加以规划，我愿意当一位只写短篇小说的作家——也不一定是作家，我会用一个毫不暴露自己的笔名写下去，发表下去，过一种略有些困顿的生活。如果这笔名有可能暴露，马上换一个。适度困顿对短篇小说家而言是一种福分，惟遭遇困顿，短篇小说一笔笔微薄的稿酬将是生活里甜美的安慰，会促使作者一直这么写下去。并且，只是发表，不急于出版。等我年事已高，再将风格相近，或者自鸣得意的短篇结成集子，印出来，也许三五本，也许独一本。在我理解，好的长篇如教科书，好的短篇集如武功秘籍，教科书宜乎众矣，秘籍则深藏门道。我这集子纵是印量极少，如有三五同好将它视为武功秘籍加以收藏，甚或秘不示人，则吾道不孤，此生足矣。

短篇小说和长篇小说是完全不同的概念。专业作家需要用长篇小说开疆拓土，确立自己的江湖地位。短篇小说作家不同，他们应是潜伏在自己生活中的特务，一个个简约的短篇就是他们递交的关于人类生活隐秘状况的情报。它必须短小精悍，因为真正有用的见地，说穿了往往就几句话，必须像情报一样精准。那些收悉情报的人，仿佛被针扎中了某处，恍然间对自己生活的一切得来全新认识。他们对发出“情报”的“特务”并不知情，只能在一种隔离的状态中对那人建立起一种信任。他们还想获取更多的“情报”。到最后，他们看出来，这“特务”发出的所有“情报”，勾勒出的是他一生的灵肉沧桑。他们终于得以认识他。短篇小说家借助一系列碎片，为自己拼凑出一副动人面容。

短篇小说家的真实面容，大都是在漫长的时间过程中一点点地清晰起来。从这个意义上说，短篇小说家必须是离功利最远、离孤独最近的那个人。他在自己生活中隐蔽越深，融入世相越彻底，越有重要的启悟和发现。我难以想象，遗传中没有些孤独因子的人，会是个作家，尤其是短篇小说家。他懂得享受孤独，甚至，他为此暗自得意。为了继续有所发现，他必须意识到隐蔽下来正是自己的职业道德。他应该有一份用以隐蔽自身，用于安身立命的工作，不会太累，也不会风光。他不会有太多的爱好，闲暇时间主要是独自相处，码字是他最爱的游戏，造句是他最爱的运动。

短篇小说的写作没有苦劳，不是圣徒似的苦行和朝圣，它更多的是对庸常生活的接受和隐忍。这会是个长期过程，开始阶段他也会痛苦，也会因时间流逝、功名无成、家业无着而感到焦虑。一旦度过了这一时期，他会慢慢发现，为了写出理想中的短篇小说，他成了和别人都不一样的人。他拥有了一种不一样的视角，就像他的目光能够游离出自己身体之外，在某个适宜的角度平静地打量着别人和自己。这种眼光使他日益超脱于生活，日益变得轻盈。他由此得来幸福。真正的幸福是害怕别人知道的。所以，短篇小说家隐秘的心情和平静的状态,都会有一个自我暗示自我强化的过程。我想,真正的宁静无需求取,只是乐此不疲。

到最后,短篇小说家也许会忘掉自己的身份,犹如特务终生潜伏,不被识破。有一天,如果他和组织失去了联系,就是潜伏彻底的成功,他将特殊的身份消弭于无形。他不经意留下的痕迹,留与有心人追寻。

这是个易于潜伏的时代,大多数人的浮躁恰是潜伏下去最好的掩护。文人大都自诩"少无适俗韵,性本爱丘山",若这时代真给他一份清静,往往又是最不甘寂寞。眼下,每个人都言之凿凿地判定:这个时代太浮躁了。为何不想想,只看得见浮躁,说不定源于自身浮躁的内心。躁者言躁,静者知静,彼此无法沟通而已。只有自己静下来,才能发现一个静悄悄的世界与喧嚣的一切并行不悖地存在着。

很多人都是潜在的短篇小说家,只要他愿意相信,用短篇小说保存记忆里最珍贵的部分,比照片和DV影像来得更好,他就有可能入手。只消看一些具有示范作用的名篇,他就有可能摸通此道,然后从记忆中抽取几段写成短篇。我爱用一个比喻,说有些人可能是足球天才,只要他的脚一碰到足球,所有的天分都将激活。但他可能是山里放羊的孩子,脚丫一辈子也得不到一次触球的机会。写短篇小说大概也是这样。

弋舟/本名邹弋舟，生于1972年，江苏人。曾获茅台杯《小说选刊》年度大奖，第二、第三、第四届黄河文学奖中短篇小说一等奖，第六、第七届敦煌文艺奖等。著有长篇小说《跛足之年》《蝌蚪》《战事》《春秋误》，中短篇小说集《我们的底牌》《弋舟的小说》等。

评家观点

有情所累此生

李德南

弋舟的写作可视为对人之存在困境或他所说的“幽暗的厄境”的探询。他的中短篇小说大致可分为两类:一类并无清晰的时代背景,有意赓续由余华、苏童、格非、北村等开创的先锋小说传统,注重形式和叙事实践,追求文化和哲学意义上的深度。另一类则把目光放在当下,通过相对简单的情感故事去表现复杂的时代变迁和精神镜像,达到以简驭繁、以小见大的艺术效果。

幽暗的厄境

《时代医生》《桥》等小说可看作是弋舟“先锋写作”的代表。《时代医生》写两个刚毕业不久的眼科医生,一男一女,第一次共同参与一台手术,给一个患有轻微斜视的小男孩治疗眼疾。手术后,这个同时患有严重肺癌的小男孩常常用手去捂自己的左眼,这让他们意识到,自己可能“犯下了不可原谅的错误”——把本应该开在右眼的刀开在了左眼上。很快,小男孩的病情急转直下,体内迅速转移的癌细胞使他绷带还没有打开便死在了医院的急救室里。参与手术的男医生最终确认了一点:伤口的位置是正确的,手术并没有发生意外。“男孩生前的动作，也许只是一种无意识的行为，也许只是牵拉后的眼外肌令他感到了左眼的不适……”说起来，这只是一场子虚乌有的事故，对这两位医生的影响却非同小可。在事故的谜底并未完全揭开时，他们便陷入惊恐之中，觉得“整个世界一下子变得抽象了，全部凝聚成一股力量针对着他们那小小的心脏”。也正是这场事故使他们的关系变得复杂，他们成了情人、夫妻，后来又离了婚。子虚乌有的事故可以被澄清，那种“与生俱在的莫须有的恐惧”却再也无法摘除，他们只能在恐惧的重负中生存。他们一生的幸与不幸，似乎都与此不无关联。

《谁是拉飞驰》《桥》《鸽子》《我主持圆通寺一个下午》等小说，也承载着弋舟在文化和哲学层面的思考，具有某种超越的气质。

弋舟的写作，大概经历了一个由虚而实的过程。越是接近当前，写实的色彩越重。《嫌疑人》《天上的眼睛》《我们的底牌》《李选的踟蹰》《等深》等小说，便带有鲜明的“新世纪”印记。在这一批作品中，弋舟对当今时代诸多问题的观察，常常是以上世纪 80 年代为参照的。在他或他小说中的人物看来，80 年代是一个充满朝气和活力的时代、一个充满理想主义和浪漫主义的时代、一个充满诗意和激情的时代。80 年代末是社会历史的分界线。两个时代虽然不无关联，但彼此的精神状况大不相同。在 90 年代以后，社会已偏于务实，甚至是过于务实，以至于人们不再有任何真正有重量的精神追求。理想与浪漫、诗意和激情，都成了一种“剩余的”记忆。弋舟也有意从不同阶层的人与生活入手，来展现时代变迁的不同侧面。

诗人、作家往往敏感于时代的变化。敏感的心性、敏锐的直觉，使得他们对时代的幽微转折洞若观火。《嫌疑人》正是以诗人作为主角。小说里的格桑原来是一位诗人，在西藏居住多年。“后来他离开了那块遍地诗意的地方，回到生他养他的这块盆地。生活在这块盆地，格桑被抽丝剥茧般地还原，如今已经成为一个标准的中年男人，有了医疗保险和住房公基金，有了亚健康和一个女儿，诗当然是不写了……”整个故事既是对一个诗人人生经历的打量，也是对社会转型的隐喻式书写，暗含着对商业社会或消费社会的批判。《嫌疑人》带有浓重的抒情气息，而抒情在里面不单是一种写作手法，更是一种生活态度。后者的衰亡，才是真正让格桑感到难过的所在。

在《天上的眼睛》《我们的底牌》里面，底层百姓成了小说的主角。时代的巨大变化，令格桑这样的诗人黯然神伤，愁肠百结。而在小说里的小徐、曲兆寿等底层百姓的眼中，当今时代几乎成了一只无情、凶悍的庞然大物，是需要予以肉搏的对象。他们的工作和身份，他们的尊严和价值，都可能轻而易举地被剥夺。更为反讽的是，他们甚至只能靠不断地降低自己、匍匐在地，靠无耻和耍赖才可能赢得生存的权力。比较而言，《嫌疑人》依然有“抒情诗”的味道，《天上的眼睛》《我们的底牌》则俨然成了“讽刺剧”。

对于不少“有钱有闲”的人而言，他们所过的是“日复一日的平庸生活”，平淡和无聊成为他们人生的基本处境。《李选的踟蹰》里的单亲妈妈李选，正是在“闲极无聊”的时刻，突然想起自己的小学同学曾铖，开始和他有了若即若离的关系。他们的交往处处透着小资的情调。当然，这种平淡、平庸的生活也不乏压力和危险。李选和她的上司张立均之间被置入了诸多职场上的权力因素，让她对张立均有一种依附与被依附、控制与被控制的关系。对李选来说，这是一种无法摆脱的局面，她所能做的只是严格地遵守"世界已经约定俗成的那部分规则"。尤其是当李选的同事小苏因对李选有觊觎之心而被张立均解雇时，她更清楚地意识到，自己不过是他的附庸。张立均能够这样"不由分说地"毁掉小苏的生活，自然也能毁掉她的生活。

人生的"耻"与"罪"

在中篇小说《等深》里，时代的变迁被小说的叙事者刘晓东看作是造成"一代人的溃败"的根源。这种溃败涉及社会建制与个人生活、物质与精神、道德与心灵等不同层面。这不单是对外部世界的批判和否定，也是自我生存感受的表达。尤其值得注意的是，刘晓东，包括弋舟其他小说中的叙事者，常常把自身也视为需要予以否定的对象。这些人物身上有着浓重的耻感、罪感和非常强烈的内省精神。

在不少作家的作品中，作家的潜在主体在小说中往往只是审判者或受害者，不需要承担任何的罪与罚。而弋舟小说中的人物，除了"时时解剖别人"，也经常"更无情面地解剖我自己"。面对种种"幽暗的厄境"，他们常常充满耻感和罪感。这是非常值得我们注意的。

丸尾常喜在论述鲁迅的著作中，曾把"耻"看作是一种包括"耻辱”、“惭愧”、“含羞”等不同形态的、意义相当宽泛的意识。“‘耻’是在自己之中兼具‘能够看见的自己’与‘看人的自己’的意识。所谓‘看人的自己’,是指人给自身设定的典范或征象;而‘能够看见的自己’,则是在这一典范或征象映照之下显出否定性真相的‘现在的自己’,换言之,这是同典范或征象相背离的意识。人希望弥补这种背离、超越现在的自己,因而在这种深度的背离之前不能不表现出含有紧张的沉默。”也就是说,耻感,主要是指主体或个人在社会生活中所建立起的一种道德自觉或伦理意识。对于种种可说或不可说的痛苦、可解或不可解的生命无常,种种令人惊恐的残酷真相或价值沦陷,弋舟小说中的人物往往会怀有浓厚的耻感——尤其是当上述的种种都指向自身的时候。

以耻感为基础,弋舟小说中的人物,常常还有浓厚的罪感意识。这不单是指某人犯了法律意义上的罪,还意味着,“我”具有道德意义或良知意义上的罪。他们会觉得,当前世界的种种恶与不幸,都与“我”脱不开关系,“我”是其中的参与者,甚至是根源。“我”对此负有责任,甚至是根本性的责任。因此,罪感也是一种共同犯罪的意识。

在《锦瑟》中,京剧团的琴师“老张”曾因为自己年老却依然有性欲、甚至忍不住去嫖娼而感到羞耻。在他的外孙女林彬杀害导师家的保姆秦美之后,这种耻感便上升为罪感。老张觉得,正是因为自己的荒唐举止,林彬才会去杀人,这是根本原因。“这一切都是我造成的,老天给了我最严厉的处罚,他把一头老公羊犯下的错加在了一头无辜的羊身上。”虽然后来的事实证明,林彬杀人和老张并无直接的联系，但这种“耻”与“罪”的意识，对老张来说，是非常重要的。正是通过这种耻感和罪感，使得他彻底地逼视个人的灵魂与自我。也正是因为这种切身的耻感和罪感，小说里的另一个人物，也就是林彬的博士生导师“张老”，在目睹了秦美那“混世的阴谋与卑劣的诡计”之后，会在心里生出悲悯和宽恕。也正是因为这种耻感和罪感，使得他在获悉林彬杀人时，引发了直接的救赎行为，希望能替林彬顶罪。他们的心灵告白，都带有忏悔的意味。

有情的叙述

弋舟的小说，之所以有这么多关于“耻”与“罪”的表达，与他信仰基督教不无关系。翟文铖认为，“弋舟的作品带有明显的基督教文化精神。但是，他绝不像有些作家那样图解教义，而是借助宗教文化把他对人生、人性的思索引向纵深。他对犯罪的反复书写，深层里的根源在于基督教对人性的不信任感和对生命原罪的深刻体认，而宗教文化还在某种程度上赋予他自觉的宿命意识和深沉的悲悯情怀。”这是对弋舟小说非常有洞见的分析。我觉得有必要在此基础上继续阐发的是:为了让“耻”和“罪”的意识更符合中国人的实际人生，为了能借此更好地勘探中国人的内心世界，弋舟往往会以“情”作为书写的重心。

弋舟笔下的人物，很少一开口就谈教义，也并非都有宗教信仰，可是他们对于亲人、朋友和爱人，往往有着非常深厚的感情。他们被各种困境所包围，经常有一种找不到出路的痛苦，让他们觉得更不堪的是，身边的很多亲朋好友也在“幽暗的厄境”中。《跛足之年》中的马领，能接受自己活得如此痛苦，却一心希望自己的妹妹马袖活得幸福。《锦瑟》中的“老张”，也是因为自己的外孙女杀了人，加倍地放大了自己所该承担的罪与罚。

除了亲情，爱情也是弋舟小说中的人物所念兹在兹的。在《李选的踟蹰》中，弋舟曾围绕着“情”，“结合着‘爱’的图景”，认为我们所生活的时代“是一个‘非诚勿扰’的时代，是一个电视相亲秀盛行的时代，是一个男男女女可以大大方方在屏幕上以香车宝马为资本来定义爱情的时代。在这个时代，交换，空前地成为了爱情约定俗成的第一要义，理直气壮，速成又速朽着一桩又一桩的爱情”。在这样一个讲究实利，物质主义和消费主义盛行的时代，许多人难以再“保有磊落的爱意”，也“不再具备契阔的深情”，李选和曾铖也因此爱得踟蹰，直到跌入绝境，才多了一份决绝。对于弋舟小说中的人物而言，正是因为有这无法割舍、难以忘怀的“情”，他们此生此世，才活得特别累，“耻”和“罪”的意识也才会一直在心头盘旋。他们的体验和遭遇，也许正好印证了一个说法：“无缘何生斯世，有情所累此生。”

这种以“情”为核心的书写，显然是对中国文化和中国人生有着深入了解才能做出的安排。按照李泽厚的观点，中国文化的主体是一种乐感文化，缺乏对彼岸世界的信仰，着力于肯定此生此世的价值，以身心幸福地在这个世界中生活作为理想和目的。“情本体”又是乐感文化的核心，也就是说，我们最终是以“情”，以家国情、亲情、友情、爱情等等作为人生的最终实在和根本。也只有经由“情”这一载体，经由这种对西方宗教文化的创造性转化，弋舟笔下那些人物的"耻"与"罪",才真正令我们觉得痛彻,动容。借此我们可以看到,他们固然活在绝望中,但也不乏微弱的希望;他们有卑微的一面,但也不乏尊严;他们未必有很高的社会地位,但是也常常展示出一种令人钦佩的教养和举止。他们都是有道德感的、庄重的人,弋舟的写作,也是一种庄重的写作。

作家自述

青年作家与时代

弋　舟

写作十余年，仍然是青年作家阵营中的一员。所谓“青年作家”，想必首先是以年岁计，尽管此间的尺度模棱两可——没人能够告诉你，在某年某月的某一刻，你便不再“青年”；其次，所谓“青年作家”，必然也影射着某种创作状态，不出所料的话，“不成熟，有待提高”，乃至“有活力，堪可期许”，这样正反两个方面的辩证，都是评价一个“青年作家”的题中应有之意。年岁的事儿，无可辩驳，谁都是只能坐等年华老去，至于“青年作家”的创作状态，由于事关“辩证”，就有了可说的余地。

2000年，我开始严格意义上的小说创作，是年我28岁，很“青年”。千禧之年，我在那个被强调出来的时光门槛前，提笔写下了自己的第一部长篇小说《跛足之年》。今天看来，对于时代的敏感，正是我这样一个青年提笔之时最大的动因。

有没有罔顾自己所在时代的写作？对我而言没有。作为一个书写者，我的情绪、经验与世态炎凉之间必定难以断然切割；我的痛苦何来、欢乐何来，必定首先需要还原到具体的世相之中。于是，我这个青年，在“时代”的感染下，被那个以整数纪年的年份蛊惑着写起了小说。十多年来,我写下了大约300万字左右的作品。之所以罗列这样一些数据,首先是为了切题,我想弄清楚自己这样一个青年作家与时代之间的关系;其次,在梳理的过程中,意义也仿佛翩然来临。当我去回溯,除了会必然地感伤自己此“青年”已非彼“青年”的事实,尤为令我吃惊的是,面对“时代”这个背景,针对我这样一个青年作家的写作,竟具有更为切题的意义。

“时间”是小说艺术最不可或缺的要义之一,它在形式与内容上,素来是这门艺术最为器重的利器。在这里,我想表达的不是这一利器在小说中所向披靡的普遍性意义,我想说的是,当我以“千禧年”来策动我的写作时,“时间”已被置换为“时代”这样一个变格。

和任何艺术一样,小说从来就在“单纯”与“复杂”之间抻拉着她的张力。“单纯”关乎天赋,是上帝给予一个小说家的不二法门;而“复杂”只能来自尘世,来自个人所处的时代。在这个意义上,我怀疑本雅明那个著名的判定:“小说诞生于离群索居的个人……”离群索居,一个多么难以完成的指标,我非不愿,实不能。我们所处时代的最大特征之一就是它几无转圜余地地剥夺你离群索居的权利,而我们在这个时代也几乎没有了争取这种权利的勇气。我们呼吸着这个时代的空气,贪恋着这个时代的贪恋,被这个时代的呼吸和贪恋滋养与戕害,在这个时代里如切如磋、如琢如磨地训练着作为一个小说家的技艺,被规定与侵袭,还需要额外的说明吗?

那么,在这样一个奔跑着的、一切皆在“提速”的时代,我们的文学品质发生了怎样的位移?对于文学而言,最为致命的是,她本是一个应当何其缓慢的姿势，被裹挟在峻急的时代里，文学难免步履踉跄，事故频发。文学现场里的事故，必定会伤及我们每一个书写者，无论如何，不管你是一个看客还是肇事者，你都在场。离场虚构，在某些时刻象征性地实现离群索居，这是上帝恩赐给小说家的最好礼物。如何让现在进行时的“场”，成为我们一切虚无感的起点？答案是，你必须到场纠缠。读写经年，我当然首先是临场辗转。我体会了所有这个时代应该体会的况味，感染了这个时代文学现场一切能够感染的积弊。我自认是一个敏感者，否则不会去写小说，何况我还是“青年”，一个“青年”敏感者，过分地感知世界，这亦是没有办法的事情。我自认不是一个健硕者，大口呼吸的同时，有着一切文学细菌都能将我感染的风险。由此，极有可能，这个时代的文学事故对我更具杀伤力。如今回溯，十多年来，我的写作堪可当作一份厚厚的病例，一个青年作家所能够犯的一切毛病，我几乎都犯过。可我并不想因此沮丧。人情练达、世事洞明，被这样复杂地训练过之后，变得世故，是一个青年作家最大的陷阱，而过分沮丧，恰是导向世故的致命根源。

如今我唯一惧怕的是在写作中被同一条壕沟反复摺倒。就我而言，最容易摺倒自己的那条壕沟在自己的骨子里——就是所谓的“天性”。当然，我珍爱我的“天性”，但我必须承认，全然依靠“天性”所写下的那些作品，如今已很难令自己感到安慰。它们曾经对我堪称重大的支撑，如今已日渐崩塌。靠着天性发言总是相对简单与轻易，就好比石器时代总是容易泾渭分明。作为一个年逾不惑的小说家，我还能够被允许以“青年”为口实、仅凭着天性来书写吗？如果我足够尊重小说这门艺术，足够尊重这个已经远非石器时代的今天，我就只能向着更为艰难和复杂的方向跋涉，不惮以一种矫枉过正的态度来修正我的道路，因为，不过正，不足以矫枉。也许，当我竭力以整全的视野来观照时代大气质之下的个体悲欢时，才能捕捉到我天性中力所不逮的那些破绽，这也许会赋予我的写作一种时代的气质，唯有此，才能解决我天性中根深蒂固的轻浮。

苏兰朵 / 满族。本名苏玲，生于 1971 年，吉林人。2009 年开始小说创作，曾获第五、第六、第七届辽宁文学奖，第三届中国作家出版集团奖。代表作有中篇小说《寻找艾薇儿》《女丑》《初恋》，短篇小说《苹果》《左脚》《阳台》等。

评家观点

卑微者的心灵追问

冯　雷

在人们的印象当中，苏兰朵是一位极具品位、带有文字洁癖的写作者，她沉浸在音乐、电影和记忆共同编织的艺术氛围当中，独自把玩着内心如烟似梦般的缥缈情绪。近年来，苏兰朵逐渐开始创作小说，风格反差之大，借用她自己一篇小说的名字，犹如“女丑”。更值得关注的是，苏兰朵早年的诗文创作大多描述个人化的生活经验，而她的小说则放下身段走进现实生活，流溢着市井生活的气息。实际上，除却电台主持人和作家、诗人的身份之外，苏兰朵还是一名心理咨询师，对个人心理和大众心态的关注，恰是连通她诗文创作和小说创作的一条通道——前者精致、私密，后者开阔、平实，更具社会症候的意义。

卑微小人物的群像

《苹果》是苏兰朵较早的一篇小说，主人公老安挣扎在生活边缘，勉力支撑着一个水果铺子，同时还艰难地独自抚养着一个智力先天残缺的弃婴。老安分身乏术，要照看孩子，又要招呼生意，结果无论是孩子还是铺子都脏乱不堪。老安的外在形象邋里邋遢，故事展开的背景杂乱简陋，无论是人物还是环境，都极具底层生活色彩，这和苏兰朵以往的小资情调判若云泥。更为引人注目的是，除却必要的表达，《苹果》的叙述语言极其简单，没有过多的修饰和形容，这和她此前精雕细镂的文风也极不相同。如果不熟悉苏兰朵的创作，很可能会把她认作是《来来往往》《烦恼人生》的门徒。

《苹果》之后，苏兰朵接连创造了一系列和老安相仿的社会小角色：《寻找艾薇儿》里的张顺飞和艾小姐、《女丑》里的碧丽珠夫妻、《初恋》里的小鹏、《左脚》里的章强、《彩信》里的李宏伟、《亲爱的老公》里的美玲等。这些人物生活并不富足，其中不少人没有“体面”的工作，有的贩狗、有的洗头、有的按摩，还有的是提供性服务的男人或“二奶”，他们无不沉浮于都市生活的憧憬和幻灭之中。如果说“底层文学”大多讲述底层人物艰辛的生活故事，以此来触及改革过程中的龃龉与疼痛的话，那么苏兰朵显然无意于老调重弹，她似乎更倾心于为这些人物印制一张共同的精神名片——卑微。

苏兰朵小说里的一些人物完全是符号化的，比如《阳台》里的沈鱼和苏非、《初恋》里的小鹏、《女丑》里的小绵羊、《寻找艾薇儿》里的“艾”小姐等，这些人物都是城市生活的边缘人，甚至可有可无，似有似无。《女丑》里平时说一不二的剧场老板，离开剧场便“又挂上一张新面孔——谦卑，甚至有点低三下四。原来老板也不容易。”最为极致的是《左脚》里的章强，他的心头大患实际上不过是左脚脚趾之间微不足道的生理缺陷，可当他费尽周折终于治好了病并当面向局长展示之后，局长居然“嘴角浮出一丝轻蔑的笑”，不禁让人想起契诃夫笔下那个有名的“喷嚏”。

可以说，苏兰朵笔下的人物大多是“一文不名”的。如果说富于理想主义的上世纪80年代塑造了孙少平、乔厂长这样扼住命运咽喉的人物，经济浪潮冲击下的90年代把顽主和老板们推上了历史前台，那么，像艾小姐、章强、老安这样都市小角色的出现，也许正反映了文学对社会转型时期时代人群关照的微妙变化。

时常浮现的“寻找”主题

实际上，不止苏兰朵，毕飞宇、葛水平、盛可以等作家的创作大多也都以小人物为主要角色，他们从不同的角度一起会诊着当代社会复杂多变的脉象和心率。苏兰朵的特色则在于她更像是一个心理医生，总是不断去追问这些小人物心灵深处的隐秘。

和小人物的身份相符，苏兰朵作品里没有什么宏大叙事，至高至大不过像《女丑》里的“满堂红”。故事看似平淡无奇，但在波澜不惊之下，又时常隐隐浮现出“寻找”的主题：没有当年小傻子弟弟的丢失，就不会有40年后老安的一系列遭遇；艾小姐的一条寻狗启示不仅“找回”了爱狗，而且还招来了张顺飞；《初恋》里林秀芬包养小鹏，很大程度上是为了重温旧梦，找回被命运和岁月远远甩掉的另一个自己；《阳台》里沈鱼和苏非之间的鱼水之欢，主要是想回答“到底需不需要一个伴侣”的问题，而两人最终怅然分手则似乎说明在充满各种可能的城市里，寻找一个真正意义上的伴侣竟是如此不易。循此上溯，我们不难发现，苦苦寻找、寻而不得的源头是小人物脆弱的良知和虚空的内心。《苹果》里的老安，40年来一直为小傻子的走失而抱愧的母亲;《寻找艾薇儿》其实是艾小姐为了打发寂寞的时光而编制的一个谎言;《初恋》里林秀芬虽然功成名就、锦衣玉食,但是42岁依然孑然一身,无所依靠;《百合》中崔雅萍姥姥坚持不肯回家,就是因为姥爷年轻的时候对妻子亏欠太多。

到目前为止,苏兰朵所有的小说都是以城市为背景的,作品所关注的主要是那些受损的、虚空的、渴望修补的心灵。与"寻找"相对应,苏兰朵小说的结局大多让人感到安慰:《百合》中,姥姥崔雅萍和姥爷陈忠诚虽然余日不多,但风风雨雨之后,终究破镜重圆;《左脚》中的章强不但治愈了脚趾间的小毛病,而且终于知道自己多年来的心腹大患,原来是家族遗传的生理缺陷,自己并非是"独异个人";《女丑》和《苹果》论证了"好人终有好报":"女丑"碧丽珠危急时刻不计前嫌、挺身而出,以孩子流产的惨痛代价挽救了剧场,而她自己终于在"满堂红"的辉煌庆典中完成了人生加冕;《苹果》里的老安受伤住院,好在有惊无险,不光一家人言归于好,就连弃婴的生母也带着巨大的愧疚,跪倒在老安的病床前。或许人们要责怪这种"大团圆"的模式有些陈旧、单调,然而一面是空荡荡的、孤独的心灵,另一面是对温暖、美好的想象,这中间的沟壑似乎正是当代社会大众心理的生动写照:一面彼此提防;一面又渴望拥抱。

性爱:探访人性的秘径

苏兰朵的小说里有不少关于"性"的书写和思考。在不同作家的笔下,"性"有着不同的寓意:在郁达夫笔下,性是弱国子民双重苦闷的象征;在沈从文笔下,性喻示着健康、优美而又不悖乎人性的理想品德；在张贤亮、王小波的笔下，性则成为政治批判的利器。而在苏兰朵的小说中，“性”成为了探访人性的一条秘径，她以此直达小人物幽深、逼仄的内心深处。

《阳台》仿佛是一篇穿越时空而来的“海派”小说，但作品的主题显然并不在于那“纯粹而精细的疯狂”。小说最后的留白别有意味，“男人有些声音，即使近在咫尺，女人也永远听不到”。整个故事时常显现出一种“寻找”的努力，比如沈鱼、苏非从网络世界到现实生活的转移、苏非按照沈鱼的手机遥控，找到单元门和藏匿钥匙的地方、苏非站在楼下徒劳地寻找沈鱼家的阳台等等。而与之相对应，作品又时常体现出一种灰蒙蒙的色调，造成了“与现实世界的疏离感”，就像沈鱼浅灰色的博客背景、他指缝间袅袅腾起的香烟、阻拦了阳光的窗帘、遮住了城市风景的灰色……私密的性爱莫不是穿透层层灰霾，指引孤寂的心灵彼此寻找的明灯？

如果说《阳台》是一次踌躇的正向寻找，那么《初恋》则是一次无望的逆向回溯。当年，老乔的淫欲戳破了秀儿青涩的梦想，如今，林秀芬一方面用成熟女人丰腴的肉体死死缠住不谙世事的小鹏，以小鹏对爱情和未来的憧憬来遥祭自己逝去的青春和初恋；另一方面，她到底没能拒绝像钞票一样美丽的秘书长，当后者把肥腻腻的欲望压在天平的一端时，林秀芬毫无保留地把自己的身体作为筹码也压了上去。在这里，性爱无异于人性的渊薮，紧紧地捆住林秀芬，任其挣扎而又不断地往下坠。在《寻找艾薇儿》里，怀孕流产、谎言以及空虚的内心，使艾小姐彻底沦为不伦性爱的牺牲品。在这篇作品里，性是以隐秘的状态存在的，它和那条虚构出来被称为艾薇儿的狗一起，成为艾小姐内心肮脏和美好两个方向的象征。

如何理解这个时代，或许决定了我们如何理解这个时代的文学。雷平阳在一篇名为《向杜甫致敬》的随笔中提到，“今天我们更需要的是杜甫，而不是李白”。出于特殊的国情和文情，许多人把现实主义定义为对社会生活的真实再现，并在此基础上把杜甫也简化为一个现实主义诗人，但是我想，杜甫的价值恐怕并不在于忠实地记录了“剑外忽传收蓟北”这样的历史事件，而在于他以文学的笔触和悲悯的情怀生动地描述了特定语境下“叹息肠内热”、“凭轩涕泗流”这样的心灵话语。正是在这个意义上，苏兰朵小说里的性爱书写，是非常严肃而又富于情怀的。

精心营构的小说形式

对小说“艺术结构”的自觉，标志着一个作家的成熟。苏兰朵的小说不以题材新颖、情节离奇取胜，她的作品读来并不令人觉得杂沓、乏味，这和她对小说形式的精心营构是分不开的。

《苹果》的结构如同是个字母“T”——在最紧张的地方横生波澜。一根生锈的钉子意外地扎进老安的头，把他带到“另一个世界”，“他终于回到了四十年前”。老安命悬一线，生死难料。可紧接着下面却开始讲述小涛和小海的故事，突然出现的人物和前面老安收养弃婴的经过完全衔接不上，然而，接着读下去才知道，苏兰朵是趁着老安昏迷时踅入他的内心，把40年前的往事和老安心中的秘密合盘端了出来。《女丑》则把美和丑、强和弱对立转换的理念，在人物形象、故事情节等多方面层层渗透，巧妙地贯穿在作品里。碧丽珠原本形象靓丽、能歌善舞，可在台上却不得不贱卖自己的尊严，即便如此，她最终还是在和同事的竞争中落败。当她改扮女丑、丑到俗不可耐之后，不但老板把她奉为珍宝，她自己在舞台上也变得趾高气扬，肆意笑骂。不光如此，剧场内颐指气使的老板，出了剧场常常变得低三下四；一夜爆红的春华剧场遭人暗算，转眼间就变得濒临倒闭；即将迎来转机的碧丽珠倏忽之间又变得债台高筑、陷入困境。这些变故使得小说一波三折。最终，在“满堂红”的隆重庆典中，作者完成了对“女丑不丑”的由衷褒奖。

如果把讲故事比作和面的话，《寻找艾薇儿》无疑是和得最劲道的一块。小说从一开始就吊足了读者的胃口，作品设置了一个“抓人”的悬念——艾小姐什么时候才能识破张顺飞的骗局，以及识破之后又该如何收场。二毛的斥责和教唆、张顺飞内心的犹豫和猜想，都是在为揭开谜底极力蓄势。直到最后一刻，张顺飞主动承认错误，谜底如期揭开。可是，让人没有想到的是，艾小姐用颤抖的声音、带着深深的愧疚和“我”又道出了一重真相。水落石出却又出人意料，局中有局，计里藏计，让人顿生恍然大悟之叹。那条漂亮但却并不存在的、名叫艾薇儿的小狗，最终仿佛也成为一个象征，象征着人们在心灵追求中所遗落的最宝贵的部分，而对它的寻找又像是西西弗斯的神话一样，无休无止。

在几年前的一篇诗评中，我曾说苏兰朵已经形成了自己比较稳定的风格，现在看来，这个判断实在太过武断。苏兰朵近年来的小说创作表现出开阔的社会胸怀，她作为一位作家的丰富性正在徐徐展开。

作家自述

小说的尊严

苏兰朵

无论是否喜欢自己小说中的人物，我都会在创作过程中设想，我就是他（她）。无论他们做了什么，总是有原因的，在他们自己的逻辑内部，一切顺理成章。如果我没有迷恋上写作，可能会去做心理医生。我对一个人的内心更感兴趣，对匪夷所思行为背后的心理的合理性历程尤其感兴趣，我的小说大概就是在展示这个过程。

普通心理学和社会心理学是心理学的两个重要分支，它告诉你一个人的内心与成长经历有关，也与社会环境有关。所以，内心不再是个人的事情，它映射着人周围的一切，关乎历史，也关乎社会。弗洛伊德呈现了一部分，荣格、弗洛姆呈现了另外一些部分。一个在时空交点中的人，为什么变成了这个样子，怎样变成了这个样子，是心理学，也是文学。对我来说，构思一个小说，关键是寻找到一个合适的人物。

喜欢我诗歌散文的读者多半不喜欢我的小说。我想可能是因为前者呈现的是我的内心，而后者呈现的是别人的，这些人五花八门，多数并不可爱。这并不是说我有多么可爱，而是我在直接呈现自己内心的时候，可能出于某种保护和追求，只选取了美好的那部分。其次，或许在书写诗歌、散文的那些日子里，我把感性释放的瘾都过足了，所以在写小说的时候，我变得更加理性了。在实际的创作实践中，我逐步意识到，一个女作家，尤其应该学会在小说中有节制地释放感性。当然，变化也体现在语言上。用诗歌、散文式的语言创作小说不是不行，但小说还是需要属于自己的叙述方式。这是两种技术。而诗歌、散文与小说，其实也具有不同的欣赏体系。所以，我从不遗憾在小说中失去一部分诗歌、散文的读者。我私下里很喜欢几位把小说写得有散文气息的作家，我想，他们一定是些很感性、很性情的人，我喜欢这样的人，就像一些读者喜欢诗歌中的我。但是，我不会这样写，因为这不是我的小说理想。我更倾向认为，写小说是件俗事。我喜欢写俗人、卑微的人。随着年龄的增长，我有了越来越多卑微的体验。我知道了，卑微的人更在乎尊严。而尊严常常是一个人内心第一道和最后一道屏障，它是一切心理的核心。我的大部分小说都与尊严这个主题有关。《寻找艾薇儿》中的张三和艾小姐、《初恋》中的林秀芬和小鹏、《百合》中的崔雅萍、《左脚》中的章强、《阳台》中的苏非、《女丑》中的碧丽珠、《香奈儿》中的王军，都是在尊严中挣扎的人。他们以各种姿态存在于人群中，表面上云泥之别，命运和选择却都在受着尊严所左右。或恶或善，或恩或仇，或坚守或放弃。

在关于小说特质的各种描述中，我比较看重精神叙事这部分。它等同于小说的尊严，也是小说区别于故事的重要标志。然而完美地抵达这里并不容易，过分暴露目的和艺术上的粗糙，都会使读者过早退出阅读。所以小说不可能真正做到个人化写作。只要你想与读者分享自己的作品，就要适度地讨他们的欢心。你要调动一切艺术手段把他们吸引到你的精神世界中来。而守护这一信念就更不容易，尤其是在一个出卖尊严可以获利的时代。

写这篇文章的时候，我坐在鲁迅文学院的508房间，距离提着行李来报到的时候刚刚过去一个月。在这一个月里，我经历了皮肤过敏、嘴起泡、咳嗽、感冒。我觉得我的心一直悬浮在空中，身体被淹没在拥挤忙乱的人的洪流中，我感到自己消失了。是的，我想念东北。当全北京的人都在为一场平常的春雪激动时，我更想念东北。雪是东北的底色，像白铁皮般坚硬、白油漆般牢固，一年中有三分之一到二分之一的时间，东北是在这个底色上展开画卷的，画卷上的人们不是更冷，而是更热。我喜欢这种强烈对比中的共生，或者说，我正是这共生中的一部分，雪已经以血的方式流遍我的全身。我思念它就是思念那片土地上的我自己。一种审美就这样与我血脉相连，它是我审美倾向中天生的底色。年轻时有邯郸学步的虚荣，此刻，身在热闹的京城，我却更清晰地看到了我自己。

时间是一个生长根须的过程，它不只让人枝繁叶茂。想起大学里第一次写诗的时光、第一次离开东北的时光，仿佛就在昨天，年轻的乐观、傲气乃至决绝都历历在目。以今天的目光看过去，那几乎就是另一个人。年龄让人越来越柔软，正视自身的弱点、学会妥协，并且在妥协中理解了更多人。宽容与怜悯就是这样产生的。优柔寡断、迟疑、犹豫、体恤都是这样产生的。我最近总在回味木心的一句话：浅薄的本质就是无情。认同这句话是需要点年岁的。命运在近40岁时将小说赐予我，仿佛是一种象征，我们彼此印证，互相确认。是的，它应该是我此刻面对的这些琐碎、不完美却总是令人感慨万千的世俗生活。卑微的芸芸众生小心守护着自己脆弱的内心，像此刻东北平原冰雪之下正在发芽的小草。

郑小驴 / 本名郑朋,生于 1986 年,湖南人。曾获湖南青年文学奖、上海文学新人佳作奖等。著有小说集《1921 年的童谣》《痒》《少儿不宜》,长篇小说《西洲曲》。

评家观点

郑小驴的鬼魅叙事

金　理

鬼节、鬼故事、和亡灵一起生活的老人、狗泪涂于人眼而能看见鬼的传说……郑小驴笔下的这些元素，自然可以联系到楚文化与沈从文文学传统的浸润。我尤其感兴趣的是《大罪》《少儿不宜》《弥天》等篇中的鬼影幢幢。《大罪》中并没有鬼魂直接现身，但读者肯定会为故事中阴暗惨淡的背景所惊心。只有在一片迷离惝恍、阴阳莫辨的氛围中，我们才能揣测一个可能因分裂、分身所引发的悲剧；也只有在身份功能错乱、幻想与现实交织错综之下，在日常理性监视的状态下不得发泄的怨气才会寻获突破口刹那间喷薄冲出，就像《少儿不宜》中游离"心中突然涌出"想将典型包工头打扮的胖子"一把推下桥的冲动"，这种冲动终于通过《大罪》中的小马而一朝实现……

怪力乱神与人间实况

怪力乱神其实都映射着人间实况，我们不妨勘察一下郑小驴鬼魅叙事的源头究竟连接着怎样一个世道。农村辛苦供养出来的大学生反倒不如"农民打个死工挣得多"(《少儿不宜》)、年轻情侣辛苦攒钱买房,未承想所在地区被纳入高新区开发蓝图,“一夜之间,原来的首付还不够塞牙缝了”(《大罪》)、开发温泉之后,本地人却无力消费(《少儿不宜》)……无怪乎绝食中的祖父在亡故前留下“这个世界就要变了,只是你们不知道”的谶言(《弥天》),无怪乎年轻人一边喝酒一边骂娘“我们80后没法活了”(《大罪》),无怪乎游离心想“这真他妈什么世道”(《少儿不宜》)。郑小驴的这些作品聚焦的是这样一批与时代发展相疏离的青年群体,在日益膨胀的社会消费面前,他们被鼓荡起强烈的做“人”欲望,却由于社会地位的渺小与无助而被摒弃在既得利益集团之外,他们无力与坚固的社会结构正面抗衡,于是产生了积怨与冲动,进而生发为鬼魅幽魂。就像《大罪》结尾写道,“从走廊里贯穿过来的风一阵比一阵的阴冷”,烟雾萦绕中,“依稀看见一个熟悉的人影从走廊尽头走来”,这“人影”难道是小马化作孤鬼现身?读者这才想起小说第一节里小马曾“用力地拍了拍陈乘的肩膀,笑了笑说,早点修成正果吧,可别像我孤魂野鬼一个,死了没人晓得!”竟是预埋的伏笔一语成谶。

正义与公理残缺,天地秩序摇摇欲坠,挣扎在社会边缘的人们艰于呼吸视听,于是种种逾越情理的力量四下蔓延,“太平之世,人鬼相分;今日之世,人鬼相杂”(冯梦龙《喻世明言·杨思温燕山逢故人》)……小驴似乎带着读者重回鲁迅笔下的阴森世界:吃人盛宴(《狂人日记》)、死后冷笑的尸体(《孤独者》);“月亮已向西高峰这方面隐去,远想离城三十五里的西高峰正在眼前,朝笏一般黑魆魆的挺立着,周围便放出浩大闪烁的白光”(《白光》);“门幕一掀”

女吊出场："大红衫子，黑色长背心，长发蓬松，颈挂两条纸锭，垂头，垂手……石灰一样白的圆脸，漆黑的浓眉，乌黑的眼眶，猩红的嘴唇。"(《女吊》)愁云惨雾、死亡的蛊惑、复仇的主题、对世相的讽喻……郑小驴笔下的鬼魅叙事确实可以与鲁迅的文学世界相沟通。比如《少儿不宜》中的那条蛇，"蛇的肌肤冰冷异常，他感到皮肤像是要开裂了，血液溢出，全身痉挛，以至于打了一个冷战。但是很快就适应了过来，那蛇不紧不慢地缠在他的手臂上，身上的花纹烂漫无比。游离试着用鼻尖碰了碰蛇身，凉凉的"，主人公游离与蛇显然具备某种神秘的呼应。我们当记得鲁迅的《墓碣文》："……有一游魂，化为长蛇，口有毒牙。不以啮人，自啮其身，终以殒颠。"早有学者将"游魂"解作鲁迅"第二自我"的化身。这其中的对应与转化也启发我们去理解《少儿不宜》。在小说的结尾处，蛇被打死，游离"飞向陌生的南方城市"，似乎是过往终结而开始新生，但我们切莫忘了游离临走前的一番作为，"火光冒起几丈高，南岳庙顿时成了人间炼狱"。难道这里没有鲁迅笔下《长明灯》中那位疯子——"只闪烁着狂热的眼光"，"仿佛想要寻火种"，因为"我放火！"——的影子吗？由此再来看，游离为自己设想的"云游四方、不娶妻、不生子、不建房，什么也没有，什么也不用去想，就这么晃荡来，晃荡去"的姿态，这究竟是"狂人"治愈，还是游魂重临？

召唤历史叙述下的记忆暗流

鬼魅叙事的贡献还在于召唤出潜藏在历史大叙述之下的记忆暗流。比如郑小驴的近作《没伞的孩子跑得快》。小说碰触的是当代中国的话语禁忌，郑小驴之所以不想让这一历史事件因为被赋予禁忌色彩而成为一代人的“意义黑洞”，可能是觉得“80后”尽管并不是直接当事者，但是这一事件的历史记忆和情感态度所遗留的症结其实很难彻底消除。我们这一代人对于自我主体的想象、甚或今天依然身陷其中的价值困境，未必不和当初相关，尽管当年，我们只是不涉世的旁观者。在当下世俗社会与日渐激烈的全球化进程中，我们不仅在精神世界中与过往的有生机、有意义的价值世界割裂，而且在现实世界中也与各种公共生活和文化社群割裂，在外部一个以利益为核心的市场世界面前被暴露为孤零零的原子个人。当下青年人创作中一再出现的上述单薄、狭隘、没有回旋空间的个人形象，与当年知识分子广场意识与启蒙精神膨胀到极点的溃败后再无法凝聚起批判能量，未必没有关联。通过《没伞的孩子跑得快》，我终于看到青年作家直视历史暗角、梳理重大历史事件在自己身上的烙印。

精神旷野上的“孤魂野鬼”

我把郑小驴的写作理解为鬼魅叙事，还有第三层意思。在今天，全球化与发展的单面指标已经构成了一个巨无霸式的板块结构，迅速把社会推向超稳定的表象繁荣，同时有力地掩盖住内部所包容的各种混乱与矛盾冲突，很多年前，E. B. 怀特曾感慨道：“某个划时代的转折点已经到来了：人们本可以从他们的窗户看见真实的东西，但是人们却偏偏愿意在荧光屏上去看它的影像。”这个“划时代的转折点”显然就是指“现代”的到来；而“荧光屏上”的“影像”恰类似于社会的表面繁荣与无数信息泡沫构造成的铁幕，让我们无法想象铁幕下还有人困于“蛛网”般——《大罪》中反复出现蛛网的意象，让人想起穆旦诗句：“生活蛛丝相交，/我就镌结在那个网上，/左右绊住”（穆旦：《有别》）——中揭示的真实痛苦。久处这样的境遇中人很容易变得麻木，其实，小说《少儿不宜》已经勾勒过这幅景象：贵州妹无辜被害，但她的死亡与苦难却没有引起任何人情伦理、社会秩序的反应与波动——“死者家里大概之前也知道她从事那方面的事，并没有人们预想的那样面子上难堪，他们平静而冷淡地处理完丧事，将死者安葬在靠南岳庙的河边便回去了”，警方将这桩刑事案“最后草草结案了事”。

在今天这个时代，写作水平的高下在于其与上述“荧光屏”、铁幕构成何种关系。或者是被彻底压服，无法感知他人甚至切身的痛楚，竟而虚幻出不受市场资本、社会结构与意识形态制约的“自由状态”（这种状态很容易得到各方面的宽容与支持），甚至是“做稳了奴隶”的洋洋自得。当然还有另一种写作，饱含着难以排遣的孤独感、自身精神上的失败感，与“荧光屏”、铁幕以及主流的全球化板块分离开来，就像“游离”这个名字所暗示的那种格格不入与疏离抑郁，完全成为精神旷野上的“孤魂野鬼”。我所理解的鬼魅叙事，不仅是指内容上的怪力乱神，还有着郑小驴创作所暗示的那种精神气质——将东游西荡不驯服的姿态、“我要的，全没了，我不想要的，全来了”（《少儿不宜》）的愤懑呐喊，以及放把火烧光这人间炼狱的发泄，曲曲折折地转化成艺术审美，终而发为“真的恶声”。

作家自述

逃离者的文学历程

郑小驴

1986年，我们村庄一共诞生了9个婴儿。母亲前些日子来，告诉了他们的境况。有的成了汽车修理工，有的去了广东工厂，有的则是游手好闲成了赌棍……我和他们的不同之处在于未婚，并且从事一项母亲至今也对别人解释不清的职业。毫无疑问，我成了他们中的逃离者。

很多年前，我总是羞于和别人讲起自己来自一个偏远的小山村。它简直小得可怜，小到要被隔壁几个村讥笑。200多户人家稀稀拉拉地散落在南方的丘陵地带。我家是村里少数没有邻居的住户。哥哥比我大8岁，我们待在一起的时间少得可怜。长期伴随着我的，是家里那只老黑狗以及远方的崇山峻岭，它们一层又一层地重叠，延伸至天的另一边。那些在黄昏的暮霭中渐渐淡去的山脊长时间让我隐隐地激动，有几次我甚至忍不住在练习本上将它们画了下来。我那时最大的愿望就是翻山越岭，看看山那边是些什么。有那么几次，这壮美的景象让我莫名地热泪盈眶。那时村里连拖拉机都少见，每当听到衡阳牌拖拉机轰隆隆的鸣叫时，我会高兴得一路尾追。我对村庄各个角落都熟悉得如自己的掌纹。闭上眼，我也能在田埂上健步如飞。我晓得春夜泥鳅会钻出水面透气，用松油火把照着它会一动也不动，然后把叉子对准它插下去，第二天就有下酒菜了。夏天有水的稻田青蛙最多，用它的内脏做诱饵，可以像钓鱼一样把它钓起来……我熟悉村庄的每一寸肌理，那时我就像一个皇帝，每天在村庄巡视一圈，熟悉着这儿的一草一木，和它们共同迎接着一个个黎明和黑夜的降临。

或许因为孤独，小时候我特爱幻想。每天早晨睁开眼，望着墙壁上的裂纹，总会在脑海中胡思乱想半天。即便一个小小的斑点，在我眼里都会呈现出千奇百怪的图案，它跟随着我的思维在跑，一会儿是人头像，一会儿变成马尾巴，我饶有兴趣地掌控着它，玩变形金刚一样，直到母亲严厉地勒令我立刻从被窝中爬出来。白天母亲出门干活，哥哥上学去了，战胜恐惧的办法就是阅读。家里几乎没有任何的课外书可读。旧报纸，哥哥的语文历史书是我阅读的主要对象。大我8岁的哥哥，他的课本比我的要有趣得多。即便这样，我也只能悄悄地躲在昏暗的阁楼里阅读。我的母亲目不识丁，她讨厌我读一些在她看来是乱七八糟的东西，包括报纸。她将这些“禁书”统统藏起来，藏在箱子里、砖缝和房梁上。我总是不费吹灰之力就能准确找到。好几年，我和母亲一直在玩捉迷藏的游戏。为了逃离母亲的视线，我的阅读时间大都是在放学的路上。一边走路一边看课外书，争分夺秒，回到家立马把书藏起来，不让她搜到。村里人一致认为我是个发狠学习的好榜样。我母亲鼻子一哼说：“读的都是闲书呢！”揭穿了我的老底。有的时候我也会利用母亲不识字做做文章，比方将课外书包上课本的封皮，然后理直气壮地坐在她旁边看。她狐疑地瞪视着我，夺过去翻了翻，很想从我的眼神中寻找到破绽。这样的伎俩玩几次就被她知晓了，我至今也不晓得这位不识字的女人是怎样辨识出来的。

比严禁阅读更糟糕的事是无书可读了。哥哥的几本语文、历史书被我翻得稀烂。我清楚地记得在一个阴沉的下午，我坐在阁楼上就着昏暗的光翻到“法国大革命”那一页看到罗伯斯庇尔上断头台的木刻画，内心顿时感到了一种莫名的恐惧感。人终会死去，不管他拥有什么身份。而我在不久的将来，也会成为历史的尘埃。那个下午我一直处于忧郁当中。忧郁是我童年的主要色调。

没有书可读的时候，唯一的乐趣就是放学的路上给小伙伴们讲故事。村里没有小学，上学必须得去大点的邻村，有三四里路远。他们大概是被我某一天胡乱编的一个故事吸引住了，并且认为讲得还很不赖，给我取了个“故事大王”的绰号。于是每天放学，他们都早早地等着我，一起簇拥着回家。我俨然成了他们的小头目。我依然记得绞尽脑汁给他们讲故事的情景，那些故事版本全部来自我的幻想，我贫瘠的阅读范围压根儿不能应付每天放学路上的两公里路程，所以只能胡编。有的故事讲到后来，牛头不对马嘴，连主人公都变了。他们竟然也听得入了迷，并且评头论足一番后命令我给主人公安排一个好下场。没讲故事的时候，我常遭他们欺负，唯有讲故事时，他们一脸肃穆地望着我，眼里充满了渴求。我意识到讲故事可以让他们臣服于我，我也逐渐在叙述中得到了某种满足感。在故事的开头，总会出现双亲被黑道残害的孤儿，然后被绝世武林高人所救……我相信我的故事讲得还不赖，以至于后来他们按捺不住，连放假也跑我家来央求我提早讲完下一回。

我曾尝试过很多种职业，高中时暑假和同学在工地上磨炼了一个月，其经历至今难忘。大学时的寒假为挣点可怜的零花钱，没有回家，大除夕夜给餐馆端盘子，窗外的烟花依次绽放，室内推杯换盏，唯有我内心在默默哀悼我的青春……我依然记得2006年暑假在长沙中南大学的自修室里写下第一篇小说的情景。那时我四处寻找暑假工遭拒，在炎热的长沙万念俱灰——我彷徨地不知接下来该干些什么，所有的门都向我闭上了。那个令人难忘的夜里，我坐在寂静的教室里，打开练习本，尝试着第一篇小说的创作。它让我那么激动，所有的苦难、幻想、忧愁都被激活了。我像回到了我的村庄，皇帝一般自信着，在我的王国里开始了自由想象的旅程，以至于我后来写着写着得意地笑起来。我看到一条宽敞的大道朝我展开，之前所有的苦闷在我写下第一行字的时候都转化为叙述的狂欢。我意识到我天生就是干这行当的，之前19年算是白活了。

甫跃辉 / 生于 1984 年，云南人。曾获上海文学短篇小说新人奖、第十届华语传媒大奖年度新人提名奖、第二届郁达夫小说奖等。著有长篇小说《刻舟记》，中短篇小说集《少年游》。

评家观点

"普通青年"的欲望与现实

饶 翔

作为一名从偏远乡村走出来、毕业于中文系的青年作家，甫跃辉的乡村经验是他珍贵的记忆和写作资源，随着时空流转，他真诚地面对自我"城市化"过程中的欲望、挫败与焦虑，书写一名都市"普通青年"的理想与现实。同时，受益于多年的文学科班训练，其创作有别于"无根的写作"，呈现出一种自觉面向"传统"的文学风貌。

少年游：记忆与成长之书

与大多数写作者相同，最早浮现于甫跃辉笔端的是自身的经验与记忆；而与大多数"80后"作家不同，最初进入甫跃辉视野的是乡土世界。这部分作品是一种"过去时"的书写，作者以一种回忆的语态呈现"我从哪里来"的问题。

一如评论家所言，甫跃辉的这些作品是在"寻找人与人之间最重要的关系要素：沟通"，"探讨这种不可沟通与不可逾越造成的悲剧与悲哀"。在甫跃辉笔下，造成沟通阻断的原因很简单，就是人的自私与贪欲。在《白雪红灯笼》中，大哥不允许弟媳妇带着死在

“外面”的弟弟的骨灰回家，因为他想赶走弟媳和小侄女，好霸占弟弟留下的房产。与《白雨》一样，兄弟阋墙都是因为财产纠纷，尽管在中国乡土社会，这种情况自古有之，但在拜金狂潮席卷下“礼崩乐坏”的今天，则更比比皆是。

甫跃辉的回忆性叙事以内在的儿童视角对成人世界的污浊进行了审视。《雀跃》中的童真友爱、《白雨》中的小姐妹情谊与成人世界的自私专横形成了对照。在神明退位于世俗的时代，信仰迷失于现实功利。《鱼王》中的老刁带着儿子海天承包了白水湖的鱼塘。因为是外来户，老刁父子赔尽小心，却依然不能阻挡村人的嫉妒之心。村人的贪欲在暗中滋长，终于在湖旱时触发成为一场集体性的抢鱼行为。在赶走了老刁之后，疯狂的村民不顾少年海天的誓死捍卫，捕猎了白水湖的“水神”——鱼王。鱼王之死留下了巨大的信仰空缺，“从此白水湖还是我们的，我们却再也没有鱼王的故事讲给那些很小的小孩听了”。在某种程度上，未经世俗污染的童心是最接近神性的。

甫跃辉的另一些乡土叙事则可以被归为男性的“成长小说”。《初岁》《守候》和《牙疼》都铭记了生命中重要的一次经验。《滚石河》中，母亲与人私奔后又复而归来，因父亲阻挡他接母亲回家，亮子与父亲发生了肢体冲撞，这似乎是他成人意志力的张扬，然而，没有接到母亲，听到父亲的哭泣，他瞬间理解了父亲的屈辱、辛酸与纠结。这种反抗与认同之间的张力，使子一辈的成长更见深度。

《少年游》很好地营造出青春期迷惘而感伤的氛围，少年情感世界的明朗欢乐与成人情感世界的错综复杂之间构成一种张力。

成人化常常伴随着某些铭心刻骨的事件，伴随着自我的成长之痛。《初岁》中的兰建成在杀猪中完成了成人礼，却仍然会忆起幼时对生命充满怜惜的柔软与良善。《少年游》中，当悠悠以腹中胎儿的流产告别“从前的我”，当我以心爱姑娘的远去告别“从前的我”时，青春期戛然而止，一个残酷的成人世界敞开大门。

动物园：都市丛林的欲望辩证法

作为中国乡村孕育出的“精英”，少年甫跃辉告别乡村，负笈求学于大都市上海。在这里回望乡村时所写出的“乡土文学”，按照鲁迅当年的说法便是“侨寓文学”。“侨寓文学”在鲁迅和沈从文那里发展出两种不同的面向，成为中国现代乡土文学的两个传统。然而，甫跃辉的乡土叙事并非鲁迅式的对国民性的痛切深刻的批判，亦非沈从文对乡土人情美、人性美的绝对信念，放在乡土文学传统中，这些作品并不具备很强的文学个性，毋宁说，它们抚慰的是作者青春期或后青春期的乡愁。

稍后面世的一系列书写都市经验的篇什标记了作者都市体验的深化，也标记了他的文学成长。《走失在秋天的夜晚》中，漂在省城打工的农村青年李绳谎称自己是在校大学生，赢得了本地女孩的爱情。然而，谎言没能维持多久，女友知道了真相并提出分手。尽管女友一再声明，她只是不能原谅他的欺骗，但李绳知道真正的症结所在——那是一道难以跨越的城乡与阶层的壁垒。于是，给尚在家乡的、他曾暗恋过的中学同学曹英打电话，便成为他悬浮着的生命中唯一慰藉。他的灵魂如此进退失据，无处安放。最后，他挥刀杀死曹英的男友,其实是对于这脆弱心灵的变相维护。

《巨象》将这种“精神内伤”呈现得更为深刻。李生大学毕业后留在大城市发展,然而,身份的焦虑依然困扰着他,这种焦虑在女友离开之后给他带来一种强烈的挫败感,“女友在他心中不知不觉已成为这个城市的象征,和女友在一起,就等于真正进入了城市。女友的离开,被他下意识地理解为进入城市的失败”。李生的挫败感无处排遣,便粗暴地将之转移到女大学生小彦身上。相对于李生,小彦处于更为弱势的地位,“她在一定程度上弥补了他的失落”——李生被这座城市伤害,而他又将这种伤害转嫁到比他更弱势的小彦身上。作者的笔力深入人物的潜意识,李生的内心充斥着恐惧与罪恶,即便他终于要迎娶一位有房的女同学,“被这个城市真正地接纳”,那个被他伤害、毁灭的灵魂却依旧是他纠缠不休的梦魇。

《晚宴》中,顾零洲的校园爱情敌不过一句“毕业时你能有20万吗?”的质问。他是城市的外来户,前女友来自城市郊区,也同样有“进入”城市的渴望与焦虑。毕业前那一场“为了告别的聚会”中,前女友的烂醉与呕吐隐藏着多少痛苦。顾零洲受阻的欲望进而转化为隐秘的报复心理,如一条小毒蛇,不时跳出来啮他一口。

这3篇小说有着近乎相同的叙事模式,它们一再重复,或提示着作者的创伤体验。甫跃辉对于“欲望”这一都市文学主题的书写显得内敛而深入。他将“外来者”对都市的欲望转化为其对女性的欲望,以其情欲的受挫来象征其都市欲望的受挫。作者以写实的笔触将这个受挫的过程表现得惊心动魄,对人物的欲望心理,甚至变态性心理的深入揭示具有郁达夫小说的风貌——一如《沉沦》中那个被自卑心理与受挫的欲望折磨致死的青年临死前抛下的那句："祖国呀祖国！我的死都是你害我的！"读罢甫跃辉的小说，我们也不免会发问，这些人物心灵的苦痛与分裂，到底该归罪于谁呢？

甫跃辉小说中的人物并非真正的社会底层，他们也缺乏"屌丝"的自嘲精神，对他们更确切的称谓或许是另一个网络新词——"卢瑟"(loser)——"失败者"是他们普遍的自我感觉。事实上，除了《走失在秋天的夜晚》中的李绳，甫跃辉笔下的"卢瑟"们均是大学毕业后在城市取得稳定工作者，然而，他们毫无风发意气，更不曾发出如拉斯蒂涅般的豪言壮语，他们始终被一种近乎失败主义情绪所裹挟。作为外来者，都市仿佛一头"巨象"，个人的努力在这个庞然大物面前显得如此微小，他们的欲望被压抑，心灵被扭曲。他们不是富于生命力的强者，只是一群生命欲望在都市丛林中得不到伸张，反过来又被欲望所伤的"卢瑟"。甫跃辉深入这些"卢瑟"的心理细部，勾画描摹之间，亦触摸到了一种时代症候。

都市丛林的生存体验，在小说《动物园》中有了更为细致的表现。在都市的霓虹灯和万家灯火中，顾零洲和虞丽演绎了一出二人戏剧。舞台是顾零洲租住在紧邻动物园的一套三居室中的一间房。两人好上之后，做起了周末情侣——因为隔得远，两周或三周聚一次，做爱、聊天，除此之外，唯一能做的事便是去动物园看动物。他满心想与虞丽分享这种快乐，虞丽却对此不感兴趣，她甚至厌恶从窗户飘过来的动物园的气味。于是，一场关于关窗还是不关窗的"暗战"在这个小空间上演，最终导致了决裂。失恋后，顾零洲急于去看一眼大象，想从大象的区域看一眼自己的窗口。"大象的生活充满了庄严、温柔的举止和无尽的时光。”这句话仿佛是顾零洲仅存的诗意梦想的写照。小说写出了在粗粝的生存下，人物内心的柔软与诗意，以及这柔软与诗意不被理解、难以保存的命运。

《苏州夜》以卢梭的“肉体使我们寡廉鲜耻”作为题记，叙述的是“他”一次难堪的嫖娼经历。与“苏州夜”3 字所隐含的浪漫诗意相反，成年男性的夜生活猥琐、世故、淫乱、肮脏。“他”被激起的欲望除了肉体空无一物，完事后，心中只剩不洁感以及无尽的空虚、沮丧和恶心。欲望所导致的发泄，对欲望的罪恶感所导致的排泄（“狂吐不止”），构成了小说欲望叙事的两面。泛滥的欲望、极易满足又永不餍足的欲望、商品交换的欲望、欲望/反欲望构成了我们这个时代的欲望辩证法。

在写实与浪漫之间

在上述篇什中，甫跃辉已展现出不凡的写实功力。而在传统写实之外，甫跃辉又深谙虚实之道，在虚与实之间拓展着小说的叙事空间。翻开甫跃辉的小说集，《红马》《雀跃》《街市》《初岁》《守候》《白雨》《鱼王》《红鲤》《静夜思》《骤风》《惊雷》……这些仿若诗词般凝练的篇名，已暗暗透露出作者对于小说美学的苦心经营。

甫跃辉的作品通过对人物心理冷静绵密甚至夸张变形的彰显，造成了一种逼真的现实主义的效果。《巨象》中顾零洲反复做的那个巨象来袭的噩梦，传达着他内心的恐惧感。《苏州夜》中，“他”在嫖娼之后对触碰过妓女下体的左手食指的嫌恶，反映出“他”内心的懊悔和不洁感。《静夜思》中独守办公室的“他”想起听说过的传闻:曾有一对争风吃醋的姐妹先后吊死在办公室的壁橱内。这个传言在暗夜里不断压榨出“他”内心的恐怖,使“他”感到办公室内鬼影憧憧,之后,小说笔锋一转,“他”内心的恐惧原来对应着现实生活——“面对两个同时爱着他的女人,他还给她们的,不过是无尽的欺骗和侮辱”。“他毁了她们,也毁了自己”。在雪落无声中,他流下了悔恨的泪水。小说全篇写虚,最后落实,构思与结构堪称精妙。

甫跃辉在写实之上凭借浪漫的想象,在作品中构筑起一种独特的美学风貌。《红马》中,在爷爷的弥留之际,“我看见一道耀眼的红光夹着一片紫光闯进屋,裹挟着爷爷,爷爷轻如树叶,安静的婴儿般地被红光轻轻托着,红光紫光一眨眼旋出去……”,以这样奇异的想象,勾连了爷爷跃马飞腾的辉煌过往;《鱼王》中,鱼王是渔民神秘而虔敬的信仰,被贪婪的村民猎杀后,它使亵渎神灵的村民们呕吐一个月,作为警诫和报复;《玻璃山》中,“她”在爸爸坟前遇到的玩玻璃弹珠的小男孩,竟然是三四个月前为了打捞掉进河里的玻璃弹珠不幸溺水而亡的那一个;《红鲤》中,许多条红鲤鱼破水而出,在“我们”眼前扶摇直上,直飞冲天……这些篇什以浓郁的浪漫主义色彩,丰富着甫跃辉的小说世界。

作为一名生活在上海的“80后”,甫跃辉以其独特的写作方式,试图从刻板的“80后”印象中突围而出。他笔下没有包装为时尚的商品元素,没有“文艺青年”式的虚幻与矫情,只有对“普通青年”生存状况的深入观察与剖析。他与其他年轻有为的“80后”同道一起,以丰富多样的创作实践反抗着简单粗暴的文学“断代论”。

作家自述

刺猬，还是狐狸？

甫跃辉

很多年前，李敬泽老师主编的短篇小说集《一个人的排行榜》序言里的一段话让我琢磨了很久：“以赛亚·柏林曾引用希腊佚名诗人的残句论述托尔斯泰，那句诗是‘狐狸多知，但刺猬有一大知’，本意或许是，狐狸诡计多端，灵敏善变，但刺猬不动，它只需张开它的锐刺，面对世界，刺猬掌握了一种终极的解决方案。”

刺猬和狐狸的区别，是否也可以用来理解长篇和短篇？

我固执地认为，长篇之所以成为长篇，不仅要“长”，还要对世界有刺猬那样“终极的解决方案”。这“终极的解决方案”，就是作者用以考量世界的标尺，是对世界全盘性的思考。比如陀思妥耶夫斯基，无论在《罪与罚》还是《卡拉马佐夫兄弟》里，他都在思考：如果上帝死了，“罪与罚”如何可能？如果没有这样的立足点，那么，长篇只是长而已。短篇不同，因其“短”，它没那么大的负担，它无需对整个世界发言，看清一时一地的风景足矣。它尽可以单枪匹马，轻装上阵、行踪不定、声东击西、打一枪换一个地方。

曾经有记者问我，很多作家都会为自己的写作找一个“根据地”，福克纳有约克纳帕塔法、鲁迅有鲁镇、莫言有高密东北乡、苏童有枫杨树乡和香椿树街。很多“70后”、“80后”作家还在不断建构这样的“根据地”。我是不是也要给自己弄一块呢？我说，不，坚决不！这样的“根据地”已经太多太多了，我再增加一块，无非是鹦鹉学舌，我宁愿打一枪换一个地方。

对身处的世界，我还远没有形成固定的、站得住脚的且完全属于自己的考量标准。这世界实在太大、太复杂，我只能一点一点地了解它。在成为刺猬前，得先成为狐狸——当然，对写作来说，这是一个自然的过程，哪一个阶段都是美好的。也就是说，长篇并非天生的高于短篇。就像我们不能说人的一生中老年比壮年更有价值，也不能说壮年比青年更有价值。

但也不可否认，老年的生活是由壮年决定的，壮年的生活是由青年决定的。我以后的写作能达到怎样的程度，也是由我现在的努力决定的。

在我即将出版的短篇小说集中，最早的《滚石河》完成于2008年3月11日；最近的是《冬将至》，完成于2012年8月24日。从背景上说，这些短篇有乡村背景的，有小镇背景的，也有城市背景的。但我实在不愿以此来划分小说，这样的划分方法让人感觉写乡村的小说是一类，写城市的小说是一类，写城乡结合部的小说又是一类。这么说来，小说就这么3类？嗯，还应该加上写海洋的一类、写山顶的一类、写外太空的一类？真是好笑——这是地理分类，不是小说分类！

这么说，好像自己的小说多么变化多端似的。其实，在别人读来，可能它们都差不多。可不管怎么说，这是我为认知世界做出的努力。我还没能找到一个足够独特的观察世界的视角，现在，我就想三心二意、见异思迁、心有旁骛、多多益善。

这么写会不会太没风格呢？要知道，拥有可识别的风格往往是一个写作者成熟的标志。但我一点儿不担心这个。一来，我不愿意也不可能这么早就“成熟”，我宁愿怀着好奇，多走几条路，哪怕走的是冤枉路。二来，这些小说再怎么不同，都出自“我”。“我”是有限的，它们的变化必然也是有限的，有限的它们映射出有限的“我”。就像世间万物千差万别，却都出自上苍之手。上苍创造万物，也在创造自己。

葛亮 / 生于 1978 年，江苏人，现居香港。曾获 2008 年香港艺术发展奖、首届香港书奖、台湾联合文学小说奖首奖、台湾梁实秋文学奖等。著有长篇小说《朱雀》，中短篇小说集《七声》《谜鸦》《相忘江湖的鱼》，文化随笔《绘色》等。

评家观点

现实的对峙与传统的复归

岳　雯

来，让我们玩一个游戏——将与作家有关的地点在地图上标出来，然后将这些点连成一条线，一定会让你意外。比如，萧红，她的起点在黑龙江呼兰，一个北方的颇有些凛冽之气的地方；上海应该算是浓墨重彩的一个点，因为有《生死场》；然后旁逸斜出，日本、山西。这颗流星划过中国的版图，最后远远落在了香港。不能不说是一个奇迹。当然，也有恒定不动的。比如，王安忆，她出生第二年就从南京到了上海，此后，除了到安徽蚌埠插队和徐州文工团的那几年，大部分时候，她都在上海。讨论她的作品，离开了上海，显然让人觉得有些食不知味。好了，不必再说旁人了。回到我们的主人公葛亮身上来。他的足迹也颇值得探究。在南京晃晃荡荡地长大，千禧年到了香港，专心攻读学位，顺便也写下了若干小说。然而，作为小说家他的被发现，却是在台湾。23 岁那年，他凭借小说《谜鸦》获台湾联合文学小说新人奖首奖。南京、香港、台湾，似乎正是以这种方式来见证这位年轻小说家的成长。那么，这些城市对小说家究竟意味着什么？这一切的发生，是偶然还是必然？或许，我们可以从葛亮的作品里触摸到一些蛛丝马迹。

我手里的两本葛亮的小说集是《七声》与《德律风》，除了个别篇目游离以外，葛亮的中短篇小说大致收录在此了。我说的个别，是指他的早期作品《谜鸦》和《无岸之河》。不妨先来看看这两篇。

《无岸之河》是葛亮的处女作，据他说写的是一个年轻大学教授的“浮生六记”。如果用局外人的眼光打量主人公李重庆，他的生活不可谓不顺遂。师从“国宝”级的老先生念书，在高校当老师，妻子、孩子颇说得过去。可是不知道为什么，他与他的生活之间总有些格格不入。这格格不入不是激烈的、风驰雷鸣的，而是平淡的、月白风清的。作者刻意用日常生活的帷幕挡住了他波澜壮阔的内心，却又在临近结尾的时候让他“哭得那样凶猛，那样没有节制”，告诉我们“他感到心里堵得慌，同时又感到空得慌”。恰到好处的留白与节制将一个平凡人的内心世界影影绰绰地打开，留下了可资回味的空间。

《谜鸦》则有了些许神秘与恐怖的意味。这只叫作“迷”的乌鸦视若无物地闯入了“我”和简简的生活，并成功地毁掉了“我们”的生活，这中间有几分宿命的味道。从这两部早期作品中已可依稀看出葛亮成为一个好作家的潜质：成熟老到的叙事、自然妥帖的语言、精巧机智的构思。洁尘曾经形容有些作家是“提笔就老”，葛亮当属此类。不过，此时的葛亮，尚未形成个人的“签名”，其文字还不具备较高的辨识度。作为小说家的葛亮将在日后的创作中逐渐塑性。

如果做一个简单粗暴的分类，那么，大致可以说，《德律风》一书是关乎香港想象的，《七声》一书则与南京有涉，两者不论是在题材类型还是书写策略上都略有差异。显然，这与作者对不同城市的体验不同有关。

岛与树

葛亮曾经在一篇散文里写到他初到香港的印象："这条街的陈旧出人意表，窄窄地从山道上蜿蜒下来。两边是陡峭的唐楼造成的峡谷，阳光走进来，也被囚禁了声势，成了浅浅的一条线。和南京的扩大街道相比，这条街的逼仄让人有些许的不适。"是了，如果说南京是与叠叠层层缠绕的历史有关，与阔大有关，那么，香港则是陈旧的、逼仄的。这种种印象积淀下来，成就了"岛"的意象。

葛亮明确地指认，"香港是一个岛，这岛上还有喧嚣与速度"。单从题目上看，就有好几篇是写"岛"的，比如《离岛》《退潮》和《私人岛屿》。岛是什么？被水包围着的孤零零的存在。所以，"岛"既是写实，也是写意，香港新移民的种种焦惶、孤独与不安，尽在其中。说起来，沉默寡言的阿德和哑女曲曲内心的盘根错节，怕是不会少。这些生活在这座岛屿阴影里的孩子们，只能昼伏夜出，在城市的边缘讨一口饭吃。他们沉默着，可是，力量渐渐在这沉默里积聚：当阿德绷着紧紧的肌肉扛那一只只麻袋的时候，当曲曲凝心定神专注抄写的时候。结局自然是悲剧，温厚的阿德参与了争取居留权的政治事件，曲曲因脑卒中并发症身亡。可是，谁又能说，这晦暗中不会生发出明的光，去照亮阿德们的未来。这篇叫作《阿德与史蒂夫》的小说有些许问题小说的意思，甚至叙述者一反常态地站出来为他们说话，不过因了叙述者对阿德们的深深悲悯而磨去了社会问题的棱角,焕发出了小说的光泽。

在《离岛》《退潮》中,人的艰难处境则深深牵动了我们的心。于野也好,"她"也罢,无论在香港生活多长时间,他们始终不能真正融入这座岛屿,相反,"家乡"的东西却在他们的记忆里生了根。无所依傍是他们的共同处境,所以,在情欲中稍稍消解这份如影随形的孤独,则成了他们的一种选择,虽然,这选择远谈不上好,甚至不期然抵达另一种困厄的境地。将这一类叙事推向极致的,是《私人岛屿》,或许是因为篇幅够长足以容纳人物百转千回的内心,也让我们有耐心去勘探一个人的过去与未来、欢喜与痛苦、希望与绝望。小说一开头,就引入了葛亮惯用的"岛"与"树"的比喻。男人是岛,女人是树,"脆弱而敏感的触角,希望在岛屿的身体里扎下根来"。这像不像在说那些香港的外来移民呢?小说花了很多篇幅来写她遇见他之后的挣扎,越发显得宿命之不可抵抗。其实,软弱的是内心,在这座移民城市打拼的她,正是因为"无所谓知己亲朋"才会格外依恋那微弱的道德秩序之外的温暖。有趣的是,作者将她和他的定情也放在了岛上。似乎自成体系的小岛就是一个世外桃源,可以盛下俗世间难以安放的感情。在《离岛》里出现过的龙舟赛再一次隆重登场,似乎要借助对传统浓墨重彩的书写抵御这份感情带来的不安。然而无论如何,祖师奶奶张爱玲说过,该发生的关系一定会发生。故事非但是发生了,还让她成为一个空旷的大房子里等待着的女人。当然,如我们所知道的,情欲未尝能拯救孤独,恰恰相反,在情欲之花盛开之后,人终是凋零了。这个过程谁也无法改变,陆妮不能,阿德也不能。有意思的是,篇末终了,叙述者将他们的名字还给了他们，是在暗示叶葳和陈一声也不过是我们之中的一分子，并无殊异。他和她的故事，日日都在发生，不算新事。不管怎么说，这个颇有些“红尘”的故事经过了葛亮细腻地演绎，像一块琢磨了许久的玉石，在熟稔中透出温润的光。

还要提一句的是，葛亮极其重视细部的打磨。语言、叙事都是服务于整个小说。比如，在香港故事里，人物自然讲的是广东话，叙事者的语言也多用单字，稍显浮华，与香港带给人的整体感觉是相一致的。而到了南京故事里，因其成长题材，也因为城市本身的性格，叙事风格便平实了些。依据题材选择语言，当是葛亮对当代小说的贡献之一。

“讲述”与“显示”

葛亮和张悦然有一个对话，显示了二人关于小说创作的不同立场和观点。张悦然显然是不信任故事的，在她看来，“太过于会讲故事，对小说是不利的”。之所以如此，是因为她觉得故事的变化和起伏，很难再吸引读者，因为他们消费过太多故事。所以，在张悦然的小说里，细节远远大于情节，她的小说更像是一帧帧定格的静物画，她带领我们沉溺其中，不能自拔。她更在意的，是做一个有魅力的叙述者。这已然成为许多年轻作家的选择，即叙述大于故事。与之相比，葛亮显然更像是一个“传统”的小说家，他“沉迷”于讲一个好故事；他敬畏历史，认为“历史的脉络可以赋予小说某种天然的逻辑力量”；他更倾向于隐藏叙事者的声音，让故事呈现自己。这就解释了，为什么葛亮笔下大多是一些好读好看的故事。

《七声》里的叙事者，多由毛果担任。不得不说，这是一个十分聪明的选择。一方面，毛果身上显然包含了作家葛亮的许多生活体验，驾驭起来得心应手，运用自如。另一方面，作为观察视角，毛果的中规中矩的人生又与小说主要人物构成对照，具有了某种差异感。换句话说，毛果就像我们中的绝大多数人，在平淡的生活里饶有兴致地打量着那些富于戏剧性的、跌宕起伏的人生。也有研究者发掘出了毛果作为主人公的一面，认为他“不断地敞开自身，与‘有意义的他者’进行对话，在他者目光的逼视下停顿，进而自省，也在这自省中获得‘自我教育’、向上成长的力量”。这当然是另外一种阐释和延伸了。

饶有趣味的是，《七声》中这些以人物命名的小说，在讲述人物故事时则是通过“显示”与“讲述”两种方式共同完成，这已然成为葛亮的一种叙事模式。以获得巨大声名的《阿霞》为例。阿霞之所以进入我们的视野，是由毛果到餐馆打工推出的。我们跟随毛果的眼睛，看到了这个眼睛很大、目光涣散、表情茫然的阿霞，经历了阿霞与客人争执的事情之后，笔锋一转，“接下来，我就知道了阿霞的事情”。“阿霞的事情”是通过转述得知的，她父亲陈师傅所遭遇的工伤，她的“神乎其神”和她“脑子的病”。接下去，再叙述阿霞的故事。换句话说，阿霞异于常人的身世是讲述出来的。这几乎成为一种套路，频频出现在不同的篇章里。在《泥人尹》中，毛果回忆了与尹师傅交往的种种故事。他的好手艺、他的自尊、他与凯文合作的工艺品公司、他为残疾儿子娶了媳妇、他的疲倦，说起来，虽有些小意趣、小意味，也不过是普通人的日子。小说之推向高潮，却是在尹师傅界于生死之间时，由一个“脸色衰老的陌生女人”讲述出来的。根据她的讲述我们才知道，在尹师傅寡淡的生活背后，也有惊心动魄的一面。出身世家、朋友托孤、天赐神技、爱情的坎坷、在主席像上犯的错误，这其中，哪一样说起来都让人无限唏嘘。沉静的生活与跌宕的经历之间，形成了可资玩味的张力。《于叔叔传》也不例外。毛果从一个小孩子成长为少年的时光里，亲眼目睹了于叔叔一家从窘迫到初有起色，再到红火光景，伴随着这个过程，于叔叔本人也渐渐有了变化。然而，斩钉截铁的那一笔是“一年以后”，“燕子很有洞见地谈起的”。讲述，再一次显示了它乾坤挪移的力量。

关于“讲述”与“显示”，没有谁比布斯梳理得更清楚了。在小说理论史上，“显示”曾经被福楼拜以来的作家和批评家们认为是高于“讲述”的。“珀西·卢伯克在四十年前教导我们相信，‘直到小说家把他的故事看成一种‘显示’，看成展示的，以致故事讲述了自己时，小说的艺术才开始’。”布斯显然不太同意这样的看法，他详细分析了《十日谈》中的两个故事之后评价说：“薄伽丘的艺术才能不在于坚持任何理想的叙述方式，而在于他使用各种形式的显示时安排多种形式讲述的能力。”现在，我们不会盲目地用“讲述”还是“显示”来判断一部作品是否成功，举个我们都熟悉的例子，叶广芩的《采桑子》通篇都是讲述，但仍然不失为一部好小说。我们要做的是，假定葛亮如此运用“讲述”与“显示”都是服务于小说修辞的整体需要，那么，为何如此？

日常与传奇

我猜，之所以选择在“讲述”与“显示”之间转换，与葛亮的美学观念有关。在《七声》的自序里隐约可见端倪。他说：“这样的声音，来自这世上的大多数人。它们湮没于日常，又在不经意间回响于侧畔，与我们不弃不离。这声音里，有着艰辛的内容，却也听得到祥和平静的基调。而主旋律，是对生活一种坚执的信念。因为时代缘故，这世上少了传奇与神话。大约人生的悲喜，也不太会有大开大阖的面目。生活的强大与薄弱处，皆有了人之常情作底，人于是学会不奢望，只保留了本能的执着。”看似说的是平凡与平淡，但字里行间有对“世上少了传奇与神话”的隐憾。所以，葛亮格外在意的是，“怎样把日常的部分变成传奇”；所以，他才会说，“小说归根到底，还是对生活的提炼，无法等同于生活本身。也就是说，适当的‘戏剧性’仍然是小说中可取的元素”。于是，我们理解了为何“讲述”与“显示”需要转换。日常的，归于“显示”；戏剧的，归于“讲述”。在看与听之间，是一道安全的界限。就好像，我们坐在日常生活的亭子里，听亭子外雨声如注，大珠小珠落玉盘。

光如此还不够。若是要戏剧性的大雨更为夺人魂魄，日常生活的楼台须更加坚实。这是《七声》的另一个好处了，即经验的饱满与丰富。曾经有人说，小说家的工作就是以小说对抗匮乏，拒绝遗忘，建造持久而具意义的世界。葛亮在纸上还原了他在南京生活的经验。比如，在《洪才》一篇中，小孩子的童年生活是能唤醒许多人的记忆的。打青团、养蚕、采桑叶……带给我们多少快乐的童年记忆。里面有一段“因为我记得有一只黄脚掌的母鸡,走动的时候,一直半垂着眼睑,嘴里发出很惬意的咕咕声。你甚至可以摸摸它。成洪才教我把手插在它的翅膀底下,真的温暖极了”,像这样的细节实在是棒极了,因为它让你真真切切触摸到了生活本身。就是在两个小孩子亲密无间的友情里,洪才一家人的生活向我们缓缓打开。洪才的家被拆掉,似乎又见证了城市化的迅猛步伐。小说,可不就像极了洪才家的后院,有着“平日间触碰不到的一种宁静的美感”吗?这美感,大约还与南京这座城市有关。葛亮在小说里说,“南京人过日子,往往以舒服为第一要义,大多时候,是很真实的。……因为这日子过得很砥实,对未来没有野心,所以生活就像砖块一层层地垒起来”。“南京的土,也许就是一种包容力所在。”这也是葛亮在小说中所着力营造的氛围,家常的、舒适的、具有包容力的。就像唐诺说的,“丰饶而且可感受的实体世界才是文学最大的支撑”。平心而论,《七声》里的南京故事因为切合了葛亮自身的成长体验,且将关注点对准了日常生活的普通人,挖掘日常生活细部的喜怒哀乐,其小说品质当在《德律风》之上。

塑造传奇的另一种思路是改变时间的长度。如果说主导《德律风》的是空间意象的话,那么,在《七声》中,时间占据了主角。在与成洪才、尹师傅、于叔叔等人的交往过程中,毛果在慢慢长大,在拉长的时间轴里,一个人悄无声息地随着时光变化,或者,他的过去如潮水般涌了上来,淹没了现在。过去、现在、未来,如一条大河里的波浪,共同塑造着河的面目。日常生活的时间是缓慢的,而传奇则不。它往往迅速发生,顷刻间改变了生活的面目。这也是为什么葛亮在讲述中迅速推进故事的节奏，让暗哑的弦歌突然变为切切嘈嘈的喧嚣。

这也是我对葛亮略略不满的地方。因为太过于执着发现所谓“行走于边缘的英雄”，葛亮就像一个旅人，往往在命运的奇观面前驻足，大历史中个人的命运让他如此眷恋，以至于人本身都变得不那么重要了。在那些命运叵测的人身上，我满以为会发现更多人性的阴暗，却只能收获一些单一的人类美好的品质，比如，尹师傅的纯善与坚韧，阿霞的朴素与坦诚。或许，这就是年轻吧。年轻意味着总是惊奇于时间这只翻云覆雨的手，意味着对世间的“好”有单纯的信仰，当然，也意味着一切皆有可能，意味着来得及。

作家自述

与岛城不期而遇

葛　亮

若干年前，看韦伯的《猫》，颇为感叹。美轮美奂在其次，更吸引我的，是对人类法则的模拟与些许的抗拒。在城市的某一个角落，这些动物聚集与歌舞，并以一个独特的名字表达尊严。它们极度仰慕与守护权威，也在背叛与漫长的和解中经历成长。然而，当它们终于对这世界感到厌倦，一条云外之路（Heavy Side Layer）将成为重生之始。这是人类望尘莫及的归宿。

我始终相信，我们的生活，在接受着某种谛视。来自日常的一双眼睛。一只猫或者一只鹦鹉，甚至是甲虫或是螃蟹。卡夫卡与舒尔茨让我们吓破了胆，同时感到绝望。我们不知道下一秒钟会变成什么模样，更糟糕的，是在活得最兴味盎然的时候分崩离析。城市人更是如此，诚惶诚恐，想象着自己站在过于密集的行动链条的末端，时刻等待着有一只蝴蝶，在遥远的大洋彼岸扇动翅膀。这就是我们被决定的命运。

在一次台风过境之后，终于提笔，写我生活的城市。这场台风以某种动物为名，因为其行动迅捷，且路径奇诡。它为岛城带来了强风与丰沛的雨，也带来了不期而遇。

说起来，这城市并不缺乏相遇，大约由于地缘的汇集拥促，或者缘起流徙的传统。相遇而有了故事，有了关于时间的见证。见证别人，也见证自己。在每一个时代的关隘，彼此相照，不再悕悕惶惶。因此，历史的因缘，几乎成为人与城市遇见的轨迹。百来年前，有个叫作王韬的人，抱着避祸之心，来到了这个被他称为"蕞尔小岛"的地方。来了便不走了，做文章，办报纸。老了，终究要回去。在这城市留下的足迹，却带不走。人生的逸出，这便不是宿命，是奇遇。

又过了许多年，这城市被另一人写成了书。依然写相遇，遇的是时世的变迁，翻手为云，覆手为雨。这人叫作张爱玲。在港大读书时，听了一些往事，有关这位命运多舛的校友。身历艰辛的光景，留一点物欲的贪恋，聊作安慰。半个世纪前的无奈与苍凉，倏然定格于倾城，绵延至今。无从说起，"一些不相干的事"，命为《传奇》。

传奇终有些英雄落寞，若诞生于日常，伤感也随之平朴。都是旧事，如今的传奇是个壳。这城市的底里，已传而不奇。一如它的华美，是给游客展示的专利。经历了世纪末的节点，岛上的新旧人事，众声喧哗。看似热闹了些，内里却其实有些黯淡。新的是时日，旧的是自己。做的，多是观望，带着夜行动物的表情，目以心静。

这书中写的，是在观望中触到的冷暖，一些来自经年余烬，一些是过客残留的体温。也有许多的怅然，只因物非人是。不期然间，这城市的轮廓在慢慢地改变，愈见狭长的港口和蜿蜒无尽的海岸线。

小说香港，为这些年的遇见。

计文君 / 生于1973年，河南人。2000年开始小说创作，曾获2008年度茅台杯人民文学奖中篇小说奖，第二、第三届河南省青年文学奖，2006年度河南省五四文艺奖等。代表作有《飞在空中的红鲫鱼》《水流向下》《天河》《男士止步》《白头吟》等。

评家观点

“红”范儿作家计文君

刘　涛

计文君的小说数量虽不太多，但其作品质量颇高，在主题、风格和语言等方面逐渐形成了自己的特点。计文君是“红”作家，这个“红”不是大红大紫的红，也不是“又红又专”的红，而是《红楼梦》的红。计文君的作品在诸多方面与红学有关，她沉迷于《红楼梦》世界中有年，后来干脆做了红学博士，多年来，她研究着《红楼梦》，写着《红楼梦》范儿的小说。

貌合神离的张氏风格

很多评论者注意到计文君与张爱玲的关系，以为她深受张氏影响。计文君的小说，或始学于张爱玲，但就目前的作品而言，已与张爱玲貌合神离。计文君曾写过一篇论文《一树春风有两般——〈传奇〉与〈红楼梦〉继承关系再分析》，此文虽讨论张爱玲和《红楼梦》的关系，但也可谓计文君告别张爱玲的宣言，是她的言志之作。计文君说：“张爱玲才情富艳，思力敏锐，一生恋恋踯躅依依盘桓于‘红楼’之下，却不无反讽与悲凉地跟真正的‘红楼精神’擦肩而过。张爱玲对《红楼梦》的继承，是一种‘弃珠取椟’式的继承。”计文君所云“真正的”红楼精神体现在外的是一种“小说精神”，具体而言就是“曹雪芹是在不确定性的原则下通过小说把握世界和存在的，这也正是他所禀赋的小说精神。曹雪芹在小说中实现的全部选择都可以看到这一小说精神的存在：人类事件本质上是相对的，世界是暧昧的，人性是复杂的”。正是本此原则，“《红楼梦》成为一个开放的复杂的动态文本，曹雪芹的选择建构出人性在荒诞和美好之间活色生香地绽放出丰富可能性的‘红楼’世界”。而张爱玲笔下的作品则被“单一力量掌控”，“偏执、封闭、狭窄，是一个带着张爱玲独特主观投射的风格化的世界”。

《金锁记》中小叔子季泽来找七巧表白时，张爱玲写道：“七巧低着头，沐浴在光辉里，细细的音乐，细细的喜悦”，但旋即七巧机警地考察出季泽的真实目的，此后情节急转直下，七巧也暴怒起来。计文君就此细节评价道：“这里隐藏着一个可以拓展小说人性空间的契机，如果张爱玲肯松开‘封锁’，注入一种异质力量，让季泽骗钱的真实目的成为情节破损处，那么七巧的内心就有了一次面对善和美好情爱的机会。至于这善和美好是真是假并不重要，而七巧的内心在这样力量作用下的景观才是我们关心的。”计文君不会让女主人公成为“黄金枷锁的奴隶”，她所关心的乃是七巧沉浸于喜悦中的“内心景观”。

计文君所弃者是张爱玲的路子，所取者乃是她认为的“真正的红楼精神”。近期颇引人关注的青年作家孙频，倒确是张爱玲的传人。计文君小说的主题与张爱玲小说的主题虽然接近，甚至部分情节也颇类似，但二者的气质与精神内核截然不同。可以说，计文君以她之所言“真正的红楼精神”改造了张爱玲，她借用张爱玲的故事框架，以男女三角、四角甚至多角，写出了人与人之间的隔膜，这大概就是计文君的文学风貌和立意。

情感纠葛中的人心之“隔”

就小说主题而言，计文君的小说约有两类：一是写男女之间的纠葛，三角、四角，甚至多角，譬如《飞在空中的红鲫鱼》《阳羡鹅笼》《鹿皮靴子》《想给你那座花园》等；二是写女性的成长与长成，譬如《天河》等。如此划分，只是方便说法，计文君多将女性成长与男女纠葛结合起来写，譬如《白头吟》《开片》等。

男女纠葛的故事是计文君小说之表，她要借男女三角、四角的故事写人与人之间的隔膜。虽然男女或为夫妻，或为男女朋友，亲密无间，但彼此之间总是难以知心，计文君所处理者是一个极为现代的主题。计文君笔下的男女们或为白领，混迹于出版界、影视界、公司，或是研究生、教授，混迹于高校，他们或为剩男剩女，或已为人夫、人妇，但他们多是孤独的，他们的心也是飘忽不定的。由计文君的这些小说，大致可以了解城市中产阶级的心态和状况。

《飞在空中的红鲫鱼》是计文君作为小说家的起步之作，体现了其早期作品的风格。小说卷首引卡夫卡写给父亲的信中之言：“我认为，你对我们之间的疏离是完全无罪的，但我也同样是无罪的。”文君借卡夫卡父子之间的话转用于男女之间。这是一个三角的故事，于情节而言与《红玫瑰白玫瑰》近似，“他”在两个女人之间抉择不下，最终女人跳楼殉情，男人进入精神病院。计文君比较超然，于男于女都未作道德批判，他们之间所造成的疏离，男女似乎皆没有罪，只是认真地写出了男女各自的心态和事件的复杂。这篇小说在叙事风格上似乎有先锋文学的色彩，总体略显晦涩，小说间或以第二人称叙事，如此可以直陈女人的心态。

《阳羡鹅笼》乃写多角男女，此典出于《太平广记》，原故事带有神话色彩，计文君以现代人对故事进行了演绎。《阳羡鹅笼》小说有一楔子，叙述了这个传说中的东晋故事，为小说奠定了基调，之后转入正文，谈了春、高、红、张、雪之间千丝万缕的联系。这些人表面上各在其位，但背后却有不可示人的秘密和秘而不宣的关系，譬如红曾是高的情人，现在她是张的太太，而张则是高的得力下属，张是好男人，却也同雪颇为暧昧。这篇小说以全知全能的视角进行叙事，每个人都登台表演，如此可以展现众人的内心与各自的秘密，读者亦悉知悉见，于人性之复杂或生慨叹。计文君写了一个复杂的多角故事，但其重心却并不在多角故事本身，她写了人与人之间的隔膜。张元柯曾将《阳羡鹅笼》归结为一个字，就是“隔”，这一归纳非常到位，谈出了这篇小说的重心。夫妻似乎亲密无间，但彼此还是各有秘密，秘密若不说破，夫妻相安无事，可是一旦说破，肯定会起风浪。计文君让每个人各就各位，安于相安无事，恰是应了“水至清则无鱼，人至察则无徒”的老话。

计文君的另一类作品是写女性的成长，这些女子往往经历了波浪与劫难，但却能逆增上缘，由蛹化蝶。《天河》是计文君最优秀的作品之一，小说尽管亦写了男女纠葛，但重心却是写秋小兰这个“非遗”传承人如何真正成为了传承人，故可当作成长小说来读。

秋依兰是一代名伶，因“一出《白蛇传》，红遍豫鲁晋陕甘，一直唱进北京城”。秋小兰是秋依兰的侄女，一直受到姑妈的教养和保护，但也笼罩在秋依兰的气场之下，如同温室中的花朵。秋小兰从秋依兰学戏，尽管做到了无一句无来历，但她的戏中规中矩，刻板乏味。秋小兰只是秋依兰的影子，未能自立。秋小兰经历了演戏换角风波，经历了丧失姑妈之痛，又经历了家庭纠纷，历经波折，终于从火中炼出了金莲，破茧成蝶。秋小兰放弃了戏角，但却悟道，戏艺由此大进。

《红楼梦》式的古典韵味

计文君的近作，譬如《白头吟》《开片》等较之于此前的作品，在主题和情节等方面虽无大的变化，但语言却更加凝练、华丽，且极富古典韵味，在当前的文学界独树一帜。青年作家往往以读西方现当代小说为主，受中国传统文化熏染较少，故语言显得粗糙；计文君由于浸染《红楼梦》中久之，所以深得其中三昧，故一下笔自然流露出古典的韵味与气质。

《白头吟》与《开片》则是双管齐下，一方面写情感纠葛，另一方面也写了女性的成长与长成。《白头吟》可谓《飞在空中的红鲫鱼》与《天河》之结合，以男女三角纠葛写女性成长与长成，也写了人和人之间的隔膜与难以沟通。《白头吟》情节貌似《飞在空中的红鲫鱼》，但精神气质却与《天河》更为接近。谈芳在与丈夫疑神疑鬼的斗争中，在耳闻目睹周老爷子和保姆事件之后，“龙场悟道”。“白头吟”典出卓文君，据说司马相如欲纳妾，卓文君吟此以规劝，相如遂止。计文君确实在实践她之所谓“真正的红楼精神”，将事件写得异常丰富，其中存在着多种可能性，“白头吟”事件似有若无，不知是心病抑或实有其事，其中纠纷亦难说清。

《开片》也是既写女性成长历程，也写情感纠葛。这篇小说景象阔大，写三代女子——姥姥、母亲和“我”的经历，但以“我”为主，其架构与老舍《月牙儿》近似。《开片》前半部分有底层文学的味道，写了母亲和“我”在北京所经历的诸多困难，但后半部分则回到了男女三角纠葛，甚至这部小说更为大胆，竞争双方竟是母女。《开片》将部分背景放置于高校之中，写了这部分人的精神状态和生活状况，《此岸芦苇》则全写高校，颇似《围城》与《小世界》。

计文君有其理解的“真正的红楼精神”，这是她写作的主要精神资源。《红楼梦》过于深厚，每个人可能都有不同的理解，但是每个人的理解就是其人程度的证明，甚至可以从中映照出其人的性格和命运。譬如当年曾有过论争的蔡元培和胡适亦如此，蔡元培从《红楼梦》中看到了排满，这与其辛亥革命前的志向有关；胡适从《红楼梦》中看到了“自传”，则与其强调个人主义精神有关。

“红楼精神”“真正”与否，见仁见智，亦有程度之别。计文君所理解的“真正的红楼精神”强调不确定性的原则，强调本质上是相对的，世界是暧昧的，人性是复杂的，计文君的小说确实追求这些。譬如《阳羡鹅笼》《白头吟》等作品确实写出了本质之相对、世界之暧昧、人性之复杂。这些是否就是“真正的红楼精神”尚且不知，但计文君所理解的“真正的红楼精神”或会随着其阅历的再增加、学问的再深厚而产生变化，到时候文君小说的风貌或许依然有变。

作家自述

虚构的魅力，梦的力量

计文君

没有开始写作之前，我很喜欢读小说家的创作谈，那感觉类似看魔术师揭秘魔术的关窍。当然，小说家即使在写创作谈时，也未必都会老老实实说话，不过这样读来更有趣味。看他们掏心掏肺，看他们闪烁其词，真真假假，虚虚实实，猜度着哪些是诚挚的肺腑之言，哪些是蕴藉的话里有话……

后来轮到自己写创作谈了，才体会到个中的难处。不是人家不肯好好说话，只是好像怎么说都不对。掏心掏肺，未必不会让人觉得矫情；闪烁其词，难免让人以为是故弄玄虚。这种表达的艰难，是我迷恋虚构叙事的根本性力量。只有通过小说的虚构，才能抵达真实，才能触摸到人悖论性的存在和无法逃脱的困境。

也许我当时由衷热爱小说家的创作谈，潜意识里还有一个更为深层的原因，自己当时并未察觉——即使潜意识浮出水面，我当时也未必会承认——那就是存着学习的心思。很难说是从何时开始迷恋文学，童年和少年最美好的体验，相当一部分，是文学阅读带给我的。但我从不认为自己能够以文学为业，至少在 28 岁之前是这样想的。

28岁之前，我全部的文学追求就是当一个眼光挑剔的读者，碰上喜欢的小说家就满嘴抹蜜，碰上不喜欢的，自然可以刻薄毒舌。诸如此类的话，在日记里不止一次地说给自己听。偶尔重读那些年的日记，不觉暗笑，不用去请教弗洛伊德，做个"挑剔的读者"云云，不过是一种自我绥靖，对心底那点不安分的文学企图施以怀柔，免得妄念横生，闹出乱子。

到底还是生了妄念，过了千禧年，凡心偶炽，开始写小说了。然而并没有像很多善意的亲友担心的那样，文学将我井然有序的生活带入了前途莫测的颠沛流离之中，我反倒如同误入桃花深处的渔人，人生就此豁然开朗，别有天地。如果把离开银行去文联，描述成决绝地割舍金融业的丰厚收入、投身文学那就不只是矫情，几乎可以说是撒谎。薪水固然是收益，精神的愉悦和自由，至少在我的财务报表上，也是同样被计入收益科目的。

小说带来的当然不止愉悦，艰苦和困难是从事任何艺术门类的人都必然要遭遇到的。从事任何一项艺术，都需要系统的技艺学习、扎实的基本功训练以及相当的理论储备，如果一个人想当钢琴家，他不会买一台钢琴，回家就开始自己弹，其实小说创作也是一样。某种意义上，当你开始虚构叙事的时候，你就注定走进了人类叙事历史的庞大谱系之中。

应该是昆德拉的话，任何一个真正小说家的作品，都应该包含其对此前小说全部历史的思考，以及对"小说是什么"这个问题的回答。我实在不想让自己给出的答案过于蒙昧、无效。

师友都嫌我写得慢，写得少。我实在写得不多，除了才华有限、性情疏懒之外，勉强可以一辩的是，我写得很小心。我希望完成一种有效的写作，虽然自己对于结果并不乐观。小说写到如今，十年开外了，小说的成色如何，自己说了不算，倒是越写越小心了。小心是因为越来越能体会生命个体的艰难，不肯轻易对任何人任何事下断语，于是暧昧，于是混沌，于是叙事的时候，机关重重地护卫着每个人物的各种可能性……“情不情”，说穿了不过是“体恤”二字。然而体恤不是件容易的事，不仅要深情，更要智慧。

我努力去体恤人心，至少尽力去将心比心，虽然这样绵密、处处打着埋伏、追求不尽之意的叙事未必人人喜欢，但我却执迷不悟。现代之后，意义溃散，触手可及的都是碎片化的现实，不证自明的再现性小说叙事也许是在用真实的材料建构着虚假。“全媒体时代”的我们即时分享着各种信息，真实的生命经验却在隔绝。海量信息使得我们陷入“经验的贫乏”。小说的叙事越发需要虚构、幻想甚至梦的力量，才能抵达恍如寓言的存在真实。现实世界和“太虚幻境”之间，是小说的疆域。

我的故乡，是领过凭证的“中国腊梅之乡”。老宅不远的滨河游园，有几十里的腊梅林。腊梅的香气，不逢迎人，清冽自然，毫无心机，却丝毫不单薄，婉转曲折，含蓄蕴藉，它那里欲语还休，闻到的人却已经身心如洗，神游八极。我感受到的虚构的魅力，该如腊梅香。

《红楼梦》具有这样的虚构的魅力。我在生活中，很少和人谈“红楼”。遇上有高见的专家，我恭聆受教；遇上爱争论的“红迷”，我退避三舍。诗无达诂，《红楼梦》的情况更为复杂，何谓正解，何谓误读，冤孽纠缠，不说也罢。只是那腊梅香一般的虚构的魅力之于我，始终是诱惑，是引领……

王威康 / 祖籍陕西户县，1982 年生于青海省海晏县。主要作品有长篇小说《获救者》，中篇小说《非法入住》《合法生活》《无法无天》《内脸》《没有指纹的人》《第二人》等，短篇小说《倒立生活》《辞职》《信男》等。

评家观点

新世纪的“先锋派”

李德南

这一年多以来，连续读了不少“80后”作家的作品，感受是复杂的。我既反感一些批评家对“80后”文学进行同质化的处理，把它看作是铁板一块，又为同代人写作中存在的一些问题感到担心。不少年轻作家有着一流的文字感觉，在叙事上也训练有素。可惜他们大多在走一种“小清新”的写作路线，耽溺于个人的得失，缺乏宽广的精神视野。他们所表达的经验，自然是细腻的、切身的，却无法与生活中那些尖锐而复杂的现实发生关联，也无以激发我们对未来生活的想象。我想这种写作的意义，终归是有限的。

也正在这样一种语境中，我越来越重视王威廉的作品。他本身具备相当的哲学素养和社会科学的系统训练，一直试图在现代性的层面上进行激进而深入的思想探索和形式实验，称得上是新世纪的“先锋派”。

直面现代人的生存困境

王威廉的小说大多有共同的主题：观照现代人深渊般的境遇，着力展现他们在绝境中的困惑与抗争。《非法入住》以不无荒诞的手法展示了现代人的生存困境。小说里所写的大多是“下层人”，只能在小得可怜的空间里暂时存活。为了赢得一个栖息之地，他们使出浑身解数，甚至不惜霸占别人的生活空间。《内脸》则在权力与身份、自我与他者的关系上用力。小说中的“你”在工作的过程中越过了与女上司应有的界限，进入了人生的幽暗之地。权力和身体的交织、控制与反控制的交替，肉身层面的存在与精神层面的虚无，如一个硬币的两面，再也无法截然分开。自我存在的不确定性在小说里得到了极大的展示。

《没有指纹的人》也是一篇既有思想深度，又有艺术水准的作品。它的着眼点在于当下，意在对我们所生活的这个技术化的时代进行批判与反思。小说中的“我”从小就没有指纹。他的父母曾经认为，指纹并没有什么用，没有指纹“不痛不痒，又不是少胳膊断腿了，连个感冒咳嗽都算不上”。不幸的是，科技发达的社会却把指纹看作是人的一个主要特征，并以此为基础制造了许多新玩意儿：单位执行考勤制度要用最新款的指纹识别打卡机，汽车可以安装方便快捷而又保险的指纹锁，银行有指纹刷卡机，连钱包也有用指纹才能打开……当指纹的应用越来越广泛时，“我”的存在也变得越来越困难。“我”甚至认为，没有指纹的人就是这个社会的隐身人，根本是不存在的。在小说的结尾，“我”所能想到的出路是：剁掉自己没有指纹的双手，然后去医院移植一对死人的手。这样的书写有些极端，却也真实地呈现了现代社会的风险。

《听盐生长的声音》则涉及工作对个体生命的消极影响等问题。这篇小说里的叙述者“我”和他的同学小汀分别在盐场和煤矿工作。“我”初来盐场之时觉得难以适应，只好借写歌词来度日，后来还在这里经历了许多不幸：太太流产，和同事老赵一起借醉消愁，老赵又跌落盐湖，意外死亡……于是，“我”开始拒绝酒精，对置身其间的盐湖也开始有深深的恐惧。耐人寻味的是，在经历了漫长而痛苦的自我说服后，“我”和小汀对待盐场和煤矿的态度，最终都经历了一个从极其厌恶到开始接受、慢慢喜欢到极度迷恋的转变。

王威廉的以上小说大多有很强的先锋性和实验性。他的短篇小说《秀琴》《大姨》等却一改激进的面貌，有意回归中国文学现实主义的写作传统，向鲁迅及其所代表的乡土小说致敬。

《秀琴》和鲁迅的《祝福》有着相似的叙事结构，从某种意义而言，秀琴和祥林嫂也同属一个精神谱系。《秀琴》以极其简洁有力的笔墨勾勒了一个乡村妇女的生命史，将个体的生命史和乡土世界的变迁放在一起进行探究与考察。秀琴和祥林嫂以及她们所处大环境的同一与差异，恰恰说明了乡村世界的常与变。她们都来自乡土世界——那个既藏污纳垢又充满勃勃生机的地方。她们品性善良，却不断地遭遇不幸，陷入深渊般的绝境。在祥林嫂生活的年代，乡村世界虽然也受到外界的冲击，却仍能自成一体。将祥林嫂逼入死路的，是封建迷信、苛严的礼法、看客的冷漠。这其中蕴含着鲁迅对传统中国的激烈批判，这种以“国民性”为着眼点的批判，实际上也隐藏着当时对现代性的一种向往。而对于秀琴来说，时代早已不同了，现代性已经交织在中国大地上，她的悲剧命运却与祥林嫂殊途同归。秀琴的不幸既与宿命般的偶然性相连，也与城市化、工业化进程有关。在秀琴的时代，也就是我们的时代，乡村无法躲开城市的影响，必须依附于城市，成了“文明”的“他者”，成了某种“社会进化论”的末端。为了过上好日子，秀琴和她的丈夫宝魁选择了入城打工——在宝魁看来，这是他们和他们的后代过上幸福生活的必经阶段、必然选择。可他们的经历证明，这是一场充满风险的悲伤旅程，秀琴最终只能独自作为被侮辱与被损害的失败者重新回到乡村。她的光彩与明亮在于，她的胜利就像《老人与海》里的老人一般坚守着自己的内心。她的生命职责成了替死去的苦难者活着，成了守护苦难的一种隐喻。

多样的叙事实践

在王威廉那里，小说俨然成了思想历险的方式，而事实上，他的小说在形式和技艺层面也有非常多样化的尝试。

《辞职》和《听盐生长的声音》的主题都涉及工作对个体生命的消极影响这一问题，不过，这两篇小说却有着不同的表达形式。《辞职》的主题是在相亲以及“我”和鹳的交往中绽露的。《听盐生长的声音》里的人物有着更为开阔的生存背景，因此小说也表现出一种新的美学形式。小说里的很多事物和人物都有着或明或暗的关联和对应：盐场是一个“过分光明的世界”，煤矿则是一个“过分黑暗的世界”，它们都是生存的绝境。“我”和小汀来自两个世界。他们的相遇，其实也是两个世界的相遇。“我”和金静都近距离地见识过死亡，为罪与悔、信与疑所困扰。所有的这些因素共同构成一种绝境叙事。生存背景和人物角色的选择都是极有意味的。这使得小说本身不再是对生活的简单再现,而意味着一种形式和秩序的建立,一个审美世界的形成。

在一篇小说中建立"明与暗"、"生与死"等二元式的框架很容易让小说的思想意向变得单一,这是现代小说的大忌。好在王威廉对此有警惕,他的小说虽然在这种二元对峙中展开,但他的笔墨却更多地落在那些暧昧地带上。他注重书写人物心理的幽微转折,为了充分揭示人与事的复杂,甚至会在同一部小说中进行主题的并置。《无法无天》有意揭示单位内部的"潜规则",同时也写人性内部复杂的一面。若只写官场或单位内部的黑暗,小说的力度会大打折扣。把两个主题并置在一起,小说自然就有了不一样的深度和张力。

对隐喻的重视也是王威廉小说的一大特点。《我的世界连通器》中的"我"是一位"对日常生活有些障碍"的"思想型人物"。他在一家出版社上班,因和新领导同名同姓而让领导觉得很不高兴,借故把他调到仓库工作,让他"和老人、老鼠以及灰尘待在一起"。此后,他经常顺手牵羊地把仓库里的一些积压书带回家,过着宅男式的生活。直到有一天和隔壁的女孩颜如水认识了,这种单调而平静的生活才被打破。每次和女孩做完爱,她都会从书架上带走一本书作为纪念。这种关系维持了一段时间后,女孩终于还是离他而去,他的生活开始变得焦灼。有一天,他家里的旧空调烧掉了,墙上留下一个洞口。自此,他和世界的更多关联则主要通过这个洞口来完成。

"我的世界连通器",既可以说是书,也可以说是这一洞口。这中间的隐喻也是极有意味的。昆德拉曾经说过,他个人并不看重作为修辞方式的隐喻,而更看重小说的思维功能。也就是说,隐喻可以成为"一种在突然的启示下把握事物、处境和人物不可把握的本质的手段"。王威廉对隐喻的运用,显然也与此暗合。和逻辑、推理相比,隐喻作为一种认知方式,具有"言有尽而意无穷"的特点。对于小说而言,借助隐喻来把握人物及其处境显然是明智之举:隐喻可以给出意义指向,这指向却又非完全确定的。这可以为小说保留一个相对性的空间,让小说有所建立,同时又保持开放的形态,成为思与诗的聚合体。

可读性与深刻性并重

王威廉的小说,虽然一贯强调思想探索,却也不曾忽略可读性。他的小说有严肃的思想探索,又经常会借鉴很多通俗小说的写法,努力让小说的乐趣和复杂性并行不悖。

这种小说精神,其实也是西方很多现代、后现代小说家孜孜以求的。博尔赫斯、艾柯都有过类似的写作实践。艾柯的《玫瑰之名》既借用了侦探小说的创作模式,又对很多深奥的哲学、文化问题进行探讨。在王威廉的写作中,类似的叙事实践也不少:《市场街的鳄鱼肉》借用了科幻小说的框架,《无法无天》让人想起官场小说,《第二人》的写法对侦探小说多有借鉴,《获救者》则以冒险小说作为外壳。

就情节而言,长篇小说《获救者》主要写"你"、眉女、胖子这三个年轻人在一个炎热的下午误入地下世界塔哈,由此而开始了一场历险。与其说这是一场行为的历险，毋宁说这是一场思想的历险。这些思想本身，成为小说最重要的组成部分，几乎成了小说的主人。因此，《获救者》所真正在意的不是冒险的故事，而是试图将冒险世界引入小说，通过引人入胜的情节，使得读者相对轻松地面对各种思想上的难题。

王威廉还特别偏爱使用第二人称。《获救者》《非法入住》《内脸》等作品都是借用“你”来展开叙事。从叙事伦理学的角度来讲，第二人称叙事要求读者有一种“代入感”，要求读者自觉地、主动地进入虚拟的文学世界，并成为其中的一部分。可是，每个读者都有其独特性，他们对世界的认知又总是与个人的具体存在处境有关。每个人都可能从他们的经验出发来提出质疑：凭什么你认为这就是我的生活，或者认为这就是我的想法？凭什么你认为世界就是这样而不是以其他形式存在？有时候一个句子、一个细节、一次诅咒或颂扬，就足以瓦解一切，毁掉全部。正是考虑到这种种难度，叙事作品通常会以第一人称或第三人称来切入。在第一人称和第三人称的基础上所签订的叙事契约更容易让人接受：它们假定这是在讲一个“别人”的故事，而不一定就是“你”的故事。因此，在一部小说中用第二人称，实在是一种很冒险的行为。但是，在读完《内脸》之后，我觉得，王威廉的处理还是成功的。这可能既与他坚持用平等对话、“用一颗心灵去理解另一颗心灵”的态度有关，也是因为他把握到了现代生活中“主要的真实”。比如他在《内脸》里写到的上司与下属之间的那种权力关系，还有每个人在表面的风光背后的那种无力感，都带有普遍性。这可能也是人心里最隐秘、最不愿意公之于众的部分。这种叙事方式的使用,也构成他个人的叙事美学的一大特征。

在以往的创作说中,王威廉习惯以实写虚,把思辨糅合在情节里。不管是在对个体内心世界的突入,还是对现代生活结构的考掘,王威廉都走得比许多同代作家要远得多,个人的叙事美学也已见端倪。也正是这种执着于思想探索和形式实践的热情,让我对他的写作抱有更多的期待。

作家自述

在困境中获得自由

王威廉

我时时感到，一个年过而立的人，在这个时代还要把写作放置在生命价值的核心位置上，是需要巨大的勇气的。写作的欢乐已经淡薄，焦虑却在骤增。茫然四顾，仿佛自己是被一种神秘的力量骤然间抛在了这个残酷的战场上。是的，残酷。因为敌人看不见摸不着，如同鲁迅先生笔下的“无物之阵”。

在“无物之阵”中谈论自己的创作，我深感艰难，因为在回望之际是一片纷繁的森林。我印象最深的，反而是上大学时对小说的大量阅读，那几乎到了恐怖的程度。读诗是非常节省时间的，目光短暂地停留在几行字上，心灵便做出了体验。读小说就不是了，小说是时间的艺术，它蕴含的一切元素都得在时间中缓慢展开，你无法像读理论、散文那样跳读，你必须一个字一个字从头读到尾，才能领略到它的妙处。因此，读小说曾经占据了我最大份额的阅读时间。在图书馆读、在教室读、在楼梯口读、在宿舍读、在火车上读，读得多了，就不仅沉迷在小说的世界里，还能对文本的艺术性做出准确地判断。但是，因为人生经验的局限，我迟迟没有动笔写小说。

我写小说始于毕业后的那段漂泊岁月。我住的是条件不咋样的筒子楼，难免会遇见恶邻。这种事情看似简单，但它已经把象牙塔之外的鱼龙混杂倾泻到了你的头上。面对这些的时候，人一定很虚弱。因此，我相信恶的力量。我写下了自己的第一篇小说《非法入住》，半年后，在我忘记这件事情的时候，编辑给我打来电话："那小说写得不错，我们打算发。"我当时还在睡觉，迷糊中觉得亲爱的上帝你终于想起我了。

从《非法入住》开始，我接连写下了《合法生活》《无法无天》两个中篇小说，戏称为"法三部曲"。随着写作的深入，我逐渐意识到，恶是需要作家用精神力量去穿透的东西，而不是深陷其中，甚至迷恋其中的东西。写恶比写善更有深度，其实是一个误区。因为对善的抵达是需要恶的难度的，没有这种难度的善是单薄的、廉价的，所以那种深度并非来自恶本身的价值，而依然在于善的发现。一个作家写作的时候，心中要永远怀着悲悯之情。这是写作的基本道德和根本立场。

有了这样的想法，即使写作不会取得太大的成就，却也不会误入歧途了。接下来，我写出了长篇小说《获救者》以及中短篇小说《内脸》《第二人》《没有指纹的人》《倒立生活》等，得到了一些朋友的认可和喜爱。如果写作只是为了能发表、能出版，而不能有所创造，不能对自己的生命经验进行升华，我会觉得痛苦。因为在这个时代，将写作作为谋生手段不但风险重重，而且非常低效。我们写作，应该为了创造。但创造是最艰难的。诗人策兰说："艺术就是要进入你深层的困境，让你彻底自由。"我在很多个场合都援引过这句话，我现在再次引用，为的是警醒自己。困境，是我们的现实和处境；自由，不但是艺术的目标，更是生命的终极追求。永远不能忘记这两点。

但，问题紧接着又来了：该如何深入？又如何自由？在我看来，这触及了小说的核心技艺。小说的力量在于真实，而真实的路径却是虚构。虚构并不是谎言，虚构是条件的设定、睿智的发现，虚构是经由想象力对世界的重构：一些原本隐匿在角落的事物走向了前台，并且颠覆了我们以往对世界的认识。这是写小说最难的地方。就像我写作经年，依然感到虚构的难度如同科学家殚精竭虑试图用公式证明自然的规律。那种无所凭依的苦恼是每一个有抱负的小说家都能体会到的。我们为了虚构的真实，在自己的生命经验中努力寻找着一个稳妥的支点。我们不惜把自己变形，甚至变成一只不会说话的甲虫。但无论如何变化，我们所要做的其实不是要让笔下的人物远离我们，而是想以另外一种方式、另外一条道路，让我们的人物更加切近我们的内心与存在。只有那样，我们的写作才会缓解孤独，得到滋润和慰藉。我想，这就是我们超越困境，经由写作获得的自由。

厚圃/本名陈宇，生于1971年，现居深圳。曾获台湾联合文学小说奖、广东省首届青年文学奖长篇小说奖等多个奖项及岭南文学新实力十佳称号。代表作有长篇小说《结发》《清水谣》，中短篇小说集《只有死鱼才顺流而下》等。

评家观点

卑微的情感和命运构成的时代坐标

廖令鹏

在浩浩荡荡的深圳写作大军中,我认识了厚圃,见证了他从乡土小说扩展到城市文学的创作过程。厚圃出生于潮汕平原一个书香家庭,早年负笈北方,学习设计,深受艺术熏陶。他人如其名,朴实厚道、沉静乐观,视写作为人生修炼。2006 年,他的第一个长篇小说开始在《深圳晚报》连载,标志着他的小说创作逐步走向成熟。可以说,他早期的小说作品多是从童年经验和乡土情怀出发,洋溢着浓郁的岭南文化和潮汕平原的乡野风情,在文坛独树一帜。

包容:一种态度

有人曾问马克斯·韦伯,他的"专业领域"是什么,他大发雷霆:"我又不是驴子,哪有什么固定的创作领域。"厚圃也无数次回答过近似的提问:"我是文化上的杂食主义者,传统文化也好,西方艺术也罢,当然除了绘画,也还包括了文学、音乐、舞蹈、戏曲、摄影、收藏,等等,都拿过来为自己所用,熔一炉而冶。"我稍作梳理,以为厚圃的创作应算得上是一种"包容性创作"。当今许多作家已不再满足于某一文体的创作,跨文体、跨领域、一专多能成为他们的追求，多元化倾向十分明显。厚圃写小说、作散文、攻绘事、舞翰墨、玩收藏、在报纸开专栏、写杂文时评，丰富的文本融通与共，相得益彰。深圳得天独厚的地理位置和文化历史背景，又给他的创作提供了丰富的创新理念、人文精神和文化特质，加之移民城市本身文化的多元化和包容性，决定了他城市文学的创作具有较为广阔的空间、较高的自由度和极强的包容性。正因如此，他的小说题材广泛，涉及离婚、代孕、包养、婚外情、剩女、追债、失业等各种各样的社会现象或"城市问题"，其中有的为别的作家所遗漏所忽视，有的甚至是他们创作中的"雷池"。厚圃的这些作品多以深圳作为背景，融入了南国风情、传统文化、西方时尚理念等诸多元素，通过人生的悲欢离合展示了个体生命的灵与肉、爱情与欲望、伦理与意志的矛盾与困惑，挖掘深藏于城市背后的个体欲望和群体精神危机，或撕下了人类虚伪和愚昧的嘴脸，或焕发出人性永恒的光辉，具有较高的思想深度和饱满的思想力度。

小说《契阔》讲述一对年轻夫妻的故事，由于妻子遭遇一场车祸几成植物人，丈夫在灵与肉的两难抉择中无法自拔。他在不知不觉中，"灵魂也已跨越了某种模糊的边界"，感情在两个女人之间移来移去，摇摆不定。海誓山盟、生死不离的传统道德观逐渐被饥渴而颓废的肉体所战胜，最终成为婚姻和情感的叛徒。而妻子的自杀却给他的灵魂钉上更加沉重的枷锁。关于灵与肉、轻与重的道德伦理，没有比米兰・昆德拉的《生命中不能承受之轻》更透彻的了，但《契阔》却以中国文化做底，着重于书写情与义的剥离之痛，如此撼人之作，在当前城市文学中的确难得一见。厚圃植根于传统文化深处，将枝丫伸向现代城市文明，为当代中国的城市伦理提供了如此鲜活独特的文本。

冯骥才在小说《刷子李》中说道："手艺人靠的是手，手上就必得有绝活。"几乎每一个小说好手都有自己的独特的本领，因此才能撑起门面打开一片天地。厚圃塑造过许多人物形象，却无一重复。每个人都在不同的地方、不同的事件中，以不同的身份、不同的姿态活着，因此也形成了各自鲜明独特的性格。备受灵与肉煎熬的杜亮、逆来顺受的王秀丽、为青春的冲动和无知付出代价的孙婷婷、替人收债并因爱而卷入灾难的老寸、在橱窗前寻求温暖的小武、最终将自己当牲礼一样摆上爱情祭坛的马大力……他们一个个面目模糊地走来，经厚圃的妙手点睛之后获得了魂魄，活生生地降临在这座都市里。他们是你的左邻右舍，是你的兄弟姐妹，是你的前生今世。

宽容：一种情怀

宽容是厚圃文学创作的另一个特点，这一点主要表现在厚圃的叙事伦理上，他总抱着谨慎、严肃的态度，有意避开宏大叙事中那种以点带面、先入为主的模糊人物处理，取而代之的是"去英雄化"的社会与人物价值的度量。他致力于书写"看不见的城市"（卡尔维诺语），即一个隐匿着的城市。"宏观的城市"或"被批判的城市"用不着作家们去描写，每天都可以见到媒体大量贬恶扬善的报道。我们所要发现的是"一段自己未曾经历的过去"，它蛰伏于错综复杂的生活当中，把一个生命与另一个生命连接起来，把个体与城市、不幸与欢乐连接起来。文学所要寻找的，或许就是我们在日常生活中视而不见的事物，被我们的理智、情感、目光所照亮的角落，还有潜藏在里面的那些闪着微光的东西。

厚圃小说中的人物出身卑微，生存成为第一要义，他们不可避免地卷入城市这台强大而冰冷的机器里，奋力地挣扎，只是为了不愿成为流水线上那些面孔相同、整齐划一的“产品”，于是坎坷曲折、灰暗朦胧的日子便不可避免地在他们的脚底下无限伸延。在包容的前提下，宽容不失为一种道义的情怀，厚圃的高明之处在于他放弃一切成见，让作品中的人物做回“自己”，在社会里扮演属于他(她)的角色，在都市中确立自己的表情与位置。他以平视的角度，拨开生活纷繁莫测的迷雾，捕捉时代背景下人物的真实情感，孜孜不倦地以人物的情感和命运建立起具有时代特征的坐标。

特别在深圳这样的移民城市，人与人之间既独立又相互联系，既警觉又相互依赖，他们为梦想而来，往往却在奋斗中迷失方向，忘却了此行的目的。在厚圃的小说中，男女主角大多带着不确定的命运，仓促狼狈或一身光鲜地被推向舞台的中央，最终却不知如何收场。《喜酒》中的剩女苏纨，在爱与不爱、选择与被选择中经历了人生的低谷，最后作者将他的观察和同情放大到城市人的普遍性上，“要是在岁末，你恰好经过深南大道，也许你会看到一个纤细的女子目送着来来往往的车辆，泪流满面。请不要惊讶，她也许就是苏纨或者像苏纨一样的女子”。

《只有死鱼才顺流而下》的主人公老寸一心发展他的追债事业，憧憬着美好的未来，最终却一败涂地。小说中有个情节令人难忘：清晨女房东敲门催租，老寸说待下个月一起给她，股票还没卖掉，然后他“心里空得像条被掏掉了五脏六腑的死鱼”，为了给自己打气，他不停给自己耳光，一遍遍地打气：“你不是死鱼”——将城市打拼者承受重压后所产生的生存欲望的强烈反弹，表达得既真实又富于象征意味。

在厚圃的文字里，无时不传递着一种俗世的温暖，它如一壶烫好的老酒，渗透进我们的血管里，让热血奔腾于周身。他以包容、谦和的心态，感性的笔调展开叙事，对这些挣扎在生活底层的人物寄予脉脉温情。这是一种对生命的尊重，对生活夯实而丰厚的膜拜，还有对社会现实和生活现场的深切反思。我一直以为，具有反省能力的作家才能不断刷新目光，攀登一个又一个艺术高峰。厚圃的创作之所以独特于当下，不仅在于他塑造出了真实而又典型的人物，给读者提供了引人入胜的情节和耐人寻味的细节，还在于他通过文学创作，彰显出一种深厚的伦理精神和悲悯的人文情怀。即使在那些充满反讽精神和批判力量的作品中，我们依然能够看见他那充满善意、谦恭和温情的目光。

当然，宽容并不意味着懦弱和妥协，相反，它是更为宏大深刻的批判，它需要具有一种面对黑暗邪恶追根溯源的勇气，也同样需要作者拥有一种内省的勇气，以达到替无辜个体执言、还其清白的目的。小说《王秀丽，你别哭》，取材于借腹生子这一社会现象，其中包含了诸多无奈与辛酸。为挽救亲人，王秀丽可以出卖自己的身体替人代孕；为了让亲人放心，王秀丽编织善意的谎言。不难看出，王秀丽是一个善良的弱者。小说的结尾耐人寻味，引发一个弱女子为之献身的，不过是一场医疗事故，结局给我的感觉，就好像莫泊桑小说《项链》，当福雷斯蒂埃太太向罗瓦赛尔太太道明那串项链是假的，如兜头一盆冷水，让人冰凉透底。中篇新作《闭上眼睛你能看见什么》，更是超越惯常狭隘的视角和道德标准，以爽利简洁的语言单刀直入，血淋淋地解剖当今中国贫富阶层对立的社会现实，如一道闪电掀开人性丑陋而又无奈的暗角，将不可告人的秘密摊晒于强光底下，揭示了国人心灵急遽衰老和欲望膨胀裂变，正缘于内在信念的全面崩溃，读来让人惊心锥心，虽掩卷多日，那个憨厚得近乎冒傻气的马大力仍以其独特的个性、鲜明的轮廓、真实的温度而活在我记忆的深处。

从容：一种风格

厚圃包容的气度和宽容的情怀，铸就了他从容的写作风格，这三个方面具有密切的内在联系。有些人以为，城市文学就是褪去乡音的城市新语言，是灯红酒绿的迷醉夜晚，是酒吧、舞厅、MALL、豪车别墅、网络、一夜情的奢侈生活，是金钱至上、人情冷漠、唯利是图的心理，因而，投射到文学创作中，自然是彷徨、急促、浮躁的。事实上，城市只是一层外壳，文学作品最终要归结于具体的人和事，以及他们内在之间的关系，离开这些，不可能妄谈什么城市文学的“经典之作”。千人一面的叙述模式、老套的语言和扁平的人物形象，就已经让阅读者失去了看下去的兴趣和耐性。同样是城市写作，我很佩服张爱玲的文字，她的从容、细腻，并由此溢出的独特气息都令人痴迷。厚圃的语言生动、富于张力自不必说，其小说风味也别具一格，我愿意把它称之为“烟火气”（借用他的同名中篇小说），一种出自深圳这座南国都市的热烈气息。厚圃表述的从容，与他心目中的深圳存在着必然的关联，那是一座生活着并将继续生活的城市，一座离得很近却感觉很远的城市，一座披着华丽宏大外衣却包藏着琐碎微妙的人情世故的城市，一座日夜上演精彩好戏却说不准哪天自己也成为主角的城市。厚圃没有一味悲悼昔日的文化传统，也没有把农村城市化视为洪水猛兽，没有加入高声赞美的行列，也没有以救世主的姿态贩卖廉价的悲悯，他冷静、笃定、自尊，既投身于深刻的都市生活体验，触摸城市的筋骨与脉络，又能够摆脱世故、尖刻、怀疑、自恋的纠缠，从容开辟出独立自由的创作之路。

法国作家勒·克莱齐奥认为，多元化的城市散发着某种有利于写作的思想物质，大部分当代文学作品尤其是小说作品都同城市生活相联系。深圳是一个新兴城市，一个知识涌动、活力澎湃、朝气蓬勃的城市，给艺术家们提供了新的课题，也给小说创作提供了崭新独特的视角。包容、宽容和从容，为厚圃专注于城市文学的创作打通了筋脉，拓展了无限的空间和可能，正因如此，我们对他有了更高的期许！

作家自述

通会之际　人文俱老

厚　圃

梅维丝·加伦特说过:“我仍然不知道,究竟是什么力量驱使一个心智健全的人放着安稳的日子不过,非要穷尽一生描述不存在的人物。”我却明白,文学于我,犹如老家的潮剧对于旧时的乡人,能让平庸甚至艰辛的人们看到另外的人生,唤起蛰伏在内心深处的愿望、情感和想象。我更知道,我的写作肇始于有“话”要说,并在这种叙述中找到自己人生更为深沉的体验——写作不但让一个人得以生活在自己的信念里,用自己的眼睛去洞察他人的命运,并和各色人等一路行来,探索各自命运的不确定性。我最迫切想知道的,也正是未曾尝试过的命运中的各种“可能”。这种“可能”与“不可能”引领着我往社会人生的更深层去剖析,让我的思考与人生变得立体起来。这样的写作让我和读者都获得了对生命的崭新认识,虽然这种认识是有限的,有时甚至是歧义的。

毫无疑问,生活是文学创作的源头活水。生活的丰富性与人生百态本身就足以令一个作家穷尽一生了,而我只能在有限的生命里撷取其中的一些旁枝末节。有时我觉得自己就是一个建筑师,将现实的诸多材料组合运用,赋予它以新的生命和寓意,构筑起各式民居、风情街巷,让更多的人进来观光逗留,或者长久居住。

我的童年是在潮汕平原的一座古镇度过的,由于地处城乡交界,我既可以与乡村的孩子一样融入原野,也能够感受到那个时代小市民的生活气息。关于故乡,她就像门前的樟树林,特有的气味缠绕着我的童年少年,并一直绵延至我的青年时代以至于今天,给了我认识现实世界的独特经验和解决生存的特殊智慧。对于每一位作家,故乡似乎是一种与生俱来的资源,不但可以回顾,还可以远眺,这是一种独特的养分,一直滋养浸润到骨子里,绵绵不绝。譬如乡人的淳朴善良,可以使你从狭隘的个人经验和自恋情结中脱离出来,去关心和理解别人,譬如大自然,可以开启你的心智,使你与大地贴得更近、更紧。说穿了,童年的记忆是一座巨大、敞开的粮仓,我能够源源不断地从里面搬运出所需要的经验,加进思考与想象,当然还有语言,装进了一个叫作“文学”的容器里,期待着它发酵,酿出好的酒来。

无论是童年还是长大之后,我的周围多是些命如草芥的小人物,表面上看时代的强音在他们的层面上被简化,毫无回响,他们似乎成天被鸡毛蒜皮的琐事所缠绕,对生活的束手无策和仓促应对成为了生命的常态,但是永不磨灭的人性本身的对生的渴望,又使他们的生命充满了特有的张力,而超越时代意义的对命运的抗争,更构成了一种没有立场的立场,它是民间的,是底层的,是微不足道的,但同时也是神圣的,有了它生命才得以展现勃勃生机,这也是我创作时所真正在乎的东西。

犹太人的重要典籍《塔木德》中有言:“人的眼睛是由黑、白两部分所组成的，可是神为什么要让人只能通过黑的部分去看东西？”“因为人生必须透过黑暗，才能看到光明。”我小说里的人物，无不艰难地跋涉在生活那条长长的隧道里，有的最终走到尽头光亮乍现，有的却永远被黑暗所屏蔽而无从追寻。我有个小说，题目叫《闭上眼睛你能看见什么》，它虽源于孩童的“脑筋急转弯”，我却能理解到它里面更深一层的含意。我一直以为，在我们睁开眼睛时，现实的影像如梦幻如泡影，纷至沓来泥沙俱下，而只要闭上眼睛平复心绪，大多数的影像就会如露如电般地消失，而最终能留下的才是真正触及灵魂的东西。同样道理，好的文学作品虽从纷繁的现实中来，最终却必须超越现实的框架，超越时间和地理的界限，在精神层面上反映人类最终极的思想和最普遍的情感，也只有这样的作品，才能在大浪淘沙中真正沉淀下来。

前段时间我读到一篇为“文学人物画廊”即将关闭而忧心的文章，在佩服作者的责任感之余，窃以为尽管金钱腐蚀了文学的灵魂和原创力，文学的生长空间遭受前所未有的挤压，但仍有诸多同好对塑造各式鲜活的文学形象孜孜以求，我也是其中坚定的一员。孙过庭在《书谱》结语中提到“通会之际，人书俱老”，意思是，一个人必须倾注毕生精力，到最后才能获得对书法的深刻理解和真正的把握，我以为文学也如此，一个人只有将创作与现实生活、与自己的整个生命紧紧拥抱在一起，作品与生命才能一同走向成熟，为这个代代相传的文学画廊增添更多气血丰沛、活灵活现的人物形象。

郑小琼 / 生于 1980 年，四川人。2001 年到东莞打工并开始写诗，曾获利群·人民文学奖、庄重文文学奖等奖项，并入选中国 80 后作家实力榜。代表作有诗歌《黄麻岭》《铁》《内心的坡度》，散文集《夜晚的深度》。

评家观点

诗与现实主义的“铁”及其他

刘 汀

机器和铁是郑小琼的诗歌中被提及最多的两个互为硬币两面的意象，也是许多评论家评价郑小琼诗歌时的核心词语，它同样是我描述郑小琼时首先想到的词语。

张清华曾在文章中写道：“谁触摸到了世界的铁？谁写出了时代的铁？谁写出了铁的冰冷和坚硬、铁的噬心和锐利、铁的野蛮和无情？郑小琼。”郑小琼写到了物质的铁，更写到了时代精神的铁。机器本身就是铁，人也是铁，沉默的铁。“我说，烧尽这些纸上诗句，这内心的激情/我只愿把自己熔进铸铁中/既不思考也不怀念的铁”(《炉火》)。在她的诗里，铁不仅仅是一个现实的象征物，还是一种对应物。如果对“铁”的意象进行更深入的探究，就会发现铁的后面隐藏着一种颜色，那就是暗紫的血色。郑小琼的诗就是失去温度的铁与血的混合物，铁是质感，血是色彩。而她诗歌中的主体是工人，女性工人，几乎正好是这个“铁器时代”的铁的对应物，女工与铁的对峙形成了如下关系：冰冷对峙暖意，坚硬对峙柔软，野蛮对峙文明，无情对峙温情。

现实主义的“铁”

尽管有着如此强烈的象征意味，但郑小琼的诗歌不同于只靠隐喻来结构诗篇的纯现代主义诗歌，它的诗意和力量，在本质上仍来源于现实主义。或者说，这里的“铁”是现实主义的铁，而不是现代主义的铁，尽管它存在于一个现代主义语境里。诗歌以记录心灵史的方式记录社会史，但要实现这一点，首先就要求诗人对现实既要有真正的认识，更要有书写的能力。郑小琼对当代诗歌最大的意义就在于她向其他诗人和读者表明，诗人和诗歌再次掌握了书写现实的能力。这种写作，不是理想主义的，也不是颓废主义的，更不是无所谓主义的，它是一种“更为现实的现实主义”。有人曾担心，这种基于现实的写作会损害诗意，但郑小琼克服了这种困难，她向人们展示出，诗歌是可以既不损害诗意又如此及物、及人的。这是因为，郑小琼诗歌中的人都是具体的人，而不是象征的人，是个体，而不是集体；她所写到的物是实在的物，而不是虚拟的物，是物体而不是概念。

郑小琼早期的诗歌写出了一种新的物与物、物与人之间的关系。《黄麻岭》以一种不由分说的力量，把被忽视的打工者强行镶嵌在了我们的文化版图中，无论它是怎样的存在，此后人们都无法再忽略它。她通过诗句，无意中定义了我们所处的时代。人行天桥：这是一个空间和位置，立于地上而又高于地上。整首诗采取了一种现实拼贴式的写法，用密集如子弹般的意象射向读者，达到暴露和反讽的双重效果。在看似没有逻辑的拼贴中显露出现实的逻辑，也就是存在和现实本身。

2011 年出版的诗集《纯种植物》是郑小琼最为个人化的书写。在这部诗集里，她很少直接写到打工、女工等主题，更多的是黑暗、关系、立场、重量、底层、个体、集体、女性一类的题目。这显示出她抵达写作高度的努力，也表明郑小琼并未被自己的打工诗人的身份所束缚，她希望在更高的层面上来思考和书写生活。她的努力，首先是对自我的挖掘，是她对自己身份、思想和形象的一次全盘清理。作为书名的“纯种植物”这个意象，与其说是对女性打工群体的命名，不如说是郑小琼对自我形象的指认。“自由是一株/纯种植物/拒绝定语的杂交”。也可以说，郑小琼在这部诗集里构造了自己的整个精神世界，她关于个体所遭遇到的自由、责任、痛苦、迷惘等种种重大事件的认识，是这个精神世界的钢筋水泥。这种对自我的全面、深刻的认识和了解，成为她写作深入的必要前提。在这本诗集里，郑小琼开始采取一种举重若轻的策略，她仍然要写“重”，但却调整了方式。比如在《蚓》和《火药》中，诗人使用了同一个意象：骆驼穿过针孔。《蚓》的第一句就是“骆驼从针孔间弯曲而过，历史从管制中逶迤而行”；《火药》里则是“闪电在追问天空，骆驼正穿过针孔”。骆驼穿过针孔，这句来自《圣经》的话，本意说骆驼穿过针孔的困难，但在郑小琼的诗里，骆驼从来是穿过了针孔的，这正是她的诗学奥秘。

从自我之诗到她们之诗

我愿意用更多的篇幅来谈她最新的诗集《女工记》。《女工记》

的开篇和尾篇，应该被重点审视，这一头一尾是郑小琼以诗的方式所做的宣言。开篇为《女工：被固定在卡座上的青春》："时间的碎片/塞满女性体内汹涌的河流……这么快老了/十年像水样流动"。尾篇是《女工：忍耐的中国乡村心》："你曾清澈的眼神/像另一条被污染的溪流/迷茫而浑浊……这一切/都让你用一颗中国乡村心忍耐"。我以为，郑小琼强调了铁与血时代的另一个隐含背景，那就是乡村。当评论家和读者们以"打工文学"来指认郑小琼的诗时，往往会忽略内里的"乡村"这个背景。对于打工者而言（也就是对于郑小琼而言），城市只是一个侧面，一个正面应着的世界，在他们身后还有着更广大的乡土中国。每一个打工者背后都连接着一个家庭、一个村落。因此，《女工记》看似在写打工者在城市的遭遇，实际则是在写打工者在乡村的命运，她们的起点和终点是相同的。乡村人离开故土，在卡座上消耗掉青春，最后带着病体心伤返回乡村，忍受了一切。这也正是当下中国的现实景象：城市在飞速地发展，乡村却在加速沦陷。

女工，被现代工业异化成一具具塞满毛绒、锈铁和塑料的身体。在郑小琼早期的诗中，随处能看见诗人自己，她的情绪、疼痛、无望。诗人是一面镜子，世界都倒映在镜面上。比如在《非自由》里，诗人写道："我的恐惧来自于黑暗的巨手/它们不知何时，何地伸出来？在不可能预想的时刻，它似蛛网纠缠着你"。这是一颗敏感的心灵，初次觉醒，并且初次被世界冲击时压抑的痛苦。但同一时期，诗人就透露出了要冲破"自我"，写大写的"他人"的渴望。不妨说，一开始，诗人以"她们"来写"她"——那个自己。但到了《女工记》,“我”变成了“我们”,“她”变成了“她们”。她所写的,不仅是“沉默的大多数”,而且是更为沉默的那一部分,“每个人的名字都意味着她的尊严”。名字是对个体在世界中位置的定义,而工号数字,只是把工人镶嵌在整个机械工业的链条之中。本雅明曾论述,在机械复制时代,艺术品失去了它最神秘最重要的“光晕”,他大概不曾想过,现在,连操纵机械的人也同样失去了作为人的“光晕”。郑小琼写出了这一点,她的不同在于,她并非如其他人那样只是批判这个以铁为象征物的工业时代,而是更具体,她的批判锋芒指向了人自身。

《女工记》回归到朴素的书写:她们的名字(不是编号)、她们的身世、她们的情感、她们的疼痛、她们的诉说、她们的未来。诗人摘出女工人生的许多个节点,每一个节点也就是一个伤疤。《女工记》在某种程度上是郑小琼诗学技术的“后退”,她诗歌中的隐喻、象征等修辞手法变得直接、简洁,一眼就能看透。但这也正显示出郑小琼的成熟,因为她写的不是自我之诗,而是她们之诗,女工的人生只能对应到简洁、直接的生活,而非哲学化的诗意。也可以说,《女工记》不是要在社会学、哲学或者更广更深的层面上来写全人类的生存,而只是写郑小琼所看到、遇见和了解的这一群女工。这里的成熟意味着郑小琼已经完全清楚了自己的写作对象、素材和表达方式之间的逻辑关系,而不是凭着诗人的热情和冲动去写作。

《女工记》标志着郑小琼的书写已经从完全自我中跳脱了出来,不是把自己从女工中分离出来,反而是更好地融入了进去。但作为写作者,仅仅有情绪是远远不够的,仅仅表达自己的情绪也不够,还需要能代替所有女工之外的人来看见她们。因此,从这个意义上，郑小琼的诗不但承担了诗的功能，还承担了摄影机、报纸和电视台的功能，她让我们看见一个个女工的灵魂。不向人类的灵魂进发，就永远只是时代的记录者。我们从这部诗集中看到，郑小琼在诗歌写作上不仅枝干日趋繁茂成熟，根也越扎越深，她从未想过脱离土地，正是这一点，使她面对境遇上的改善、思想上的变化、技巧上的成熟时，仍保证了她诗的纯度和力量。也可以说，她写得越来越从容了，也越来越深刻了。对同样的场景、同样的人物，早期的郑小琼精准地表现它们，但现在，她是在深入它们；早期是超声波显影，而现在，则是切片检测；早期“她”是在写“她们”，而现在，她是作为“她们”在写作。正如郑小琼在《女工记》后记中所写："我觉得自己要从人群中把这些女工掏出来，把她们变成一个个具体的人，她们是个女儿、母亲、妻子……她们的柴米油盐、喜乐哀伤、悲欢离合……她们是独立的个体，有着一个个具体的名字，来自哪里，做过些什么，从人群中找出她们或者自己，让他们返回个体独立的世界。"

倾向悲剧的诗歌写作

整体上，《女工记》的骨子里仍然充满绝望和悲观的气息，因为看不到女工们的希望，尽管她们仍然坚持努力生活着。我们可以说，郑小琼用朴素的传记式的诗，写出了现实的悲怆和荒诞，无奈与挣扎，而这些，正是当下中国所视而不见听而不闻的，它也因此与现实之间、与现实的不被看见之间形成了巨大的张力，张力的一部分是满溢的诗意，另一部分则是诗人悲悯的心。

不论是否完美，郑小琼在这个时代初步实现了诗歌对“史”和“实”的责任，她证明了当下现实主义写作的必要性和可能性。不是郑小琼的写实比其他人更深刻，或者更高妙，而是她在别人都选择追问高蹈的生命、哲学、意义、价值等问题时，她则坚守着对普通人生存的书写，这既是一种姿态，也是一种文学观念，甚或是一种写作道德。郑小琼以当下稀缺的方式正视我们的现实，她来自底层所有固有的谦卑使得她的写作真实，而且真诚。郑小琼的诗歌始终保持着一种“在场感”，在她的诗歌里，诗人是在场的，底层打工者是在场的。这种在场感让每一首诗都显得踏实、有力、真诚。因此，虽然她的部分诗歌在艺术上有着种种的缺憾，但她的诗都可以判定是真正的诗。因此，并不存在诗人郑小琼和工人郑小琼，二者是同一的。

从郑小琼的几部诗集看，我以为，她的写作大致可以分为三个阶段：自发的写作，自发向自觉过渡的写作，自觉的写作。现在，郑小琼无疑已经前进到了第三个阶段，但这只是开始，进入自觉的写作阶段，既是对写作努力的必然奖赏，同时诗人也将面临被自己绑架的危险，这危险可能来自趣味、知识和视角，也可能来自诗歌之外的社会身份。这是缪斯女神的公平，她天然地决定了，要成为伟大的诗人，写出伟大的作品，就必须承担不断自我改造的苦役。说到底，诗歌和文学，更倾向于是悲剧的艺术而不是喜剧的艺术，过于安稳的内心，毫不焦灼的灵魂和自我封闭的精神，必然只能导向一种平淡、安全、自以为是的诗学。作为读者，我对郑小琼的诗怀有更高的期待，并且相信这期待是现实和值得的。她不会停留在现在的成就上，但前进需要更多艰苦的探索。

作家自述

在写作中认领生活

郑小琼

文学是自我的镜像,在写作中不断地认识自己,在写作中返回真实的内心,在写作中认领生活、辨析生活、透视生活。

当我们深入到生活中,我们会发现与真实的生活相比,我们的写作是那样的弱小、那样的微弱,我们生活在一个现实超过我们想象的年代,许多出乎我们想象的事情在这个时代上演着。很多人都曾问我,你觉得诗歌对社会的意义大吗? 面对这样的问题,我不知如何回答。是的,在现实生活中,诗歌不能改变一颗子弹的方向,也不会治愈一具疾病的躯体,它显得那样无力而软弱。但是,我仍觉得我们还是有必要将这一切写出来,如果没有文学来记录、来见证,这生活将是沉默,浩大的人群在尘世间的生活将是一种怎样的哑默。对于自己的写作,我宁愿将其看作尘世的记录与证据,我们在这个世界活着、经历着、认领着、感受着、观察着……在这之中,我们思考、辨析、透视……然后将这一切记录成为精神的见证,它们是我们现实生活的一部分,它们应该找到自己的位置。

现实生活的尖锐与人的脆弱有着那样鲜明的强度对比,当世界越来越庞大时,我们逐渐被庞大的社会分解、打磨、拆卸、加工成某个角色或程序中的某个细节，个体的空间越来越被世俗的力量挤压，无论是精神上的人还是物质上的人，正被集约化的社会以某种角色分解着……在这一切的背后，我们自己是不是正被某种世俗的秩序消解，当完整的、独立的、个体的、理想的“人”被社会磨损之时，正是文学让我们开始寻找一个具有理想主义的独立的“人”的时候，它是一个理想状态的“自我”，这种理想主义的独立的“人”会对世俗进行抵制，抵制某种标准化的“成熟”。在世俗的现实生活的生命中寻找永恒理想的精神存在，在现场中寻找历史与现实的境遇，这构成我写作的理由。现代工业带给我们精神的荒谬之感常常让我感到不适，当我从内陆南充来到东莞之时，或者从东莞进入广州大都市之中，我感觉现代工业不仅仅只是对大自然的解构，它也解构着我们自身的一切，一个完整的人不断被解构成物件、工具，成为一枚逐渐丧失完整性的螺丝钉。

我一直以为，写作者首先是一个理想主义者，他所坚持的部分在现实看来也许有些荒诞，但正是这种荒诞还保持着一种没有被异化的纯粹。我相信一个写作者由于立场给作品带来的偏执，这种偏执给写作带来了独特的棱角与锐气，也正是这种属于个体的、独立的偏执，才给我们的文学带来多种方向性和丰富性。

我一直相信人性本善，每个人内心有理想的评价标准。一个写作者应该返回他真实的内心，在返回中不断榨出他内心最隐秘、最真实的部分。

曹寇 / 本名赵昌西，生于 1977 年，南京人。著有长篇小说《十七年表》，中短篇小说集《越来越》《屋顶长的一棵树》，随笔集《生活片》。代表作有《割稻子的人总是弯腰驼背》《能帮我把这袋垃圾带下楼扔了吗》《我和赵小兵》《挖下去就是美国》《朝什么方向走都是砖头》等。

评家观点

作为生活本身的常态与意外

张　莉

某种程度上，讲一个老少咸宜、起承转合的故事已经成为当下诸多写作者的奋斗目标，也是此时代青年写作者获得名利的捷径。但曹寇的追求与此背道而驰，曹寇不讲究戏剧化效果，不追求人物跌宕起伏的外部命运，不借助编造这样的命运以赚取读者的廉价的眼泪。很显然，曹寇对世界的理解不同于那些故事所表现的那样浅表，在他眼里，世界上每天发生的事件并不像故事讲述的那样齐整、条理分明。

我们身上的“桑丘”

从《屋顶长的一棵树》《越来越》《生活片》等小说集中可以发现，曹寇对生活、对文学、对人本身有着独特的理解。曹寇小说的所有题材和事件都不是新的，但读来却极具陌生化效果，《你知道一个叫王奎的人吗》中，王奎出现在每个人的谈话中，他像个影子，或者像个传说，他的名字出现在各个地方，采石场、路边的野店、出租车、大货车司机、火车站候车厅里。小说的结尾是一则报纸上的消息：一个民工在为雇主安纱窗，不小心从楼上掉了下来，名字还是叫王奎,33 岁。曹寇以对一位青年的漂泊、流浪生活的追溯,书写了这些人物在这个时代的共同命运——“王奎”无处不在、具体可感,这是和曹寇们一同成长的沉默的兄弟。王奎最终消失不见,但他的际遇让人无法忘记。在这个时代,那个倒霉的人不叫王奎,便叫赵奎、张奎罢了。

小说中透露出来的精神气质表明,曹寇的写作跟一地鸡毛式的写实主义相去甚远。叙述人并不是沉湎于俗世而沾沾自喜者,他更接近“低姿态飞行”——他是普通人中的一员,但他比普通人更敏锐,他希望由具象的生存传达出人存在的普遍状态。

读曹寇的文字,常常让我想到奥威尔对文学的一个有趣看法。奥威尔说,“堂·吉诃德—桑丘”组合是小说形式一直在表达的灵与肉的古老二元体,他认为每个人的身上都住着两个人,即高贵的傻瓜和卑贱的智者。遗憾的是,大部分作家都致力于书写那个“堂·吉诃德”,也就是一个人身上官方的、堂而皇之的部分,而惯于对那个矮小、卑微、懒惰、无聊、庸俗的“桑丘”视而不见。

曹寇敏锐地洞悉了普通人身上住着的“桑丘”,这位小说家致力于书写人身上的灰色、懒惰、自私,他将它们诚实地描写出来,不带感情,不审判、不嘲笑、不卖弄,仿佛这些有如人身上的斑点、胎记一般,与生俱来,无可逃遁。他无意为“人”涂脂抹粉。他比当下许多写作者更诚实、更冷静、更深刻地认识到何为人:人不是英雄,不是神,不是鬼。每个人的善好有其来路,一个人的作恶也非必然。人有人的局限。人的瞬间美好不意味着人的永远高大,人偶然的作恶也不意味着人性永远丑陋,人不过就是人罢了。卓而不群的理解力意味着曹寇完全具有了成为优秀小说家的才能，事实上，他已然成为今天非常值得期待的新锐小说家。

意外事件与“灰色地带”

曹寇致力于揭示时代生活中最具体、最世俗、最庸常、最灰暗的一面。他的主人公通常是城市游荡者、无业者、下岗者、农民工、小职员、中小学教师、失婚者。写作对象潜藏在他的身体里，作家即是这些人中的一员。尽管曹寇笔下的人物都是低微者，但用当代文学中所谓的“底层文学”命名却是失效的。对象还是那些对象，人物还是那些人物，事件还是那些事件，但写作目的和阅读感受却完全不同。对于小说文本与现实之间的“互文”关系，曹寇拒绝道德阐释的写作姿态使当下文学批评中的某种通用价值判断体系逐渐面临挑战。

《市民邱女士》写的是城管人员的杀人事件。邱女士是谁？她是围观的市民，知道这件事情后她认为“城管太嚣张了，领导要好好管一管他们”。邱女士的看法代表了对城管杀人事件的庸常理解。小说虽以“市民邱女士”为题，但写的却是与“市民邱女士”认识中完全不同的生活，小说写的是年轻城管平淡、懈怠、无聊的生活，在这样的生活中，杀人极为偶然。这是一篇切入角度独特而刁钻的优秀的短篇小说，小说给人以强烈的现实感，事件以及事件本身在小说中呈现出的状态是实在的，每一个正在经历这个时代的人们都真切感受到了。叙述人和邱女士对世界的不同看法，导致了不同的故事：杀人者并不是邱女士们通常理解的飞扬跋扈者，邱女士们也根本没有道德制高点可以倚靠——曹寇在他的小说里拒绝总结那种道德经验。

《市民邱女士》完全可以把杀人视为“意外”，但小说的意义在于另有细节，这位年轻的城管在街上抢了老太太的菜摊又踢了两脚，他心里内疚，回家告诉了父母。“结果是死一般的寂静。他们没有骂我。寂静持续了很长时间，父亲借着上厕所的当口也装作洞彻世界的样子对我说：‘睁一只眼闭一只眼吧，你也要注意安全。’”——自私、薄凉、损人利己，这些价值观像水和空气一样在我们四周蔓延。曹寇意识到产生意外凶杀案的偶然性，还深刻意识到它的必然性。

《塘村概略》涉及的是当代人内心深处对暴力的狂热。面对一个疑似“拐子”，扇她嘴巴子的是丢失孩子的祖母；踢她的是有些疯癫的被家庭虐待的老人骆昌宏；还有因为婚姻问题正郁闷、因为“我高兴”便出手的少妇……没有人认为自己那一脚是最重要的，也没有人认为自己将对这样的暴力负责，他们都认为自己的一脚是成千上万脚中的一下，不会致人死亡。小说中，曹寇对人性有深入的识别力：年长警察老王对年轻所长不屑；谨慎青年警员张亮对老王的曲意迎合；没上过大学的赵志明对大学生葛珊珊嗤之以鼻，而那些殴打葛珊珊的人也都各有人格缺陷。这些描写全部基于小说家对人的另一种维度的理解。

曹寇的小说让我们感受到世界是荒谬的、鬼魅的、无聊的，不仅因为人性本身，还因为这些人物所处的时代、环境。读曹寇的小说使人深刻意识到，人是时代政治的产物，每个人物都带有他们的时代标记。

非故事与非虚构

曹寇《屋顶长的一棵树》中收录了“非小说十则”,新作《生活片》中则更多是简明的生活片段。村子里一位老人去世后大办丧事,演出中既有烟火生气,又有鬼魂共舞的感觉,像是一场摇滚演出;被我视为爱人的聋哑姑娘;一位叫棉花的女网友的交流;热衷于教研员而不想调换工作的张老师……他们热衷于比照生活书写,寥寥数语,刻画一个人的状貌际遇,勾勒一种情境、一种现实,而非一个故事。

这样的写作让人想到电影创作领域的纪录片,以及使用 DV 拍摄的手法。《水城弟兄》取材自广为流传的真实发生的故事“七兄弟千里追凶”。作品呈现的不仅仅是偏僻之地的弟兄们为他们死去的兄弟追讨凶手的故事本身,也呈现了凶手及受害人所居住的山村环境,那里的“穷山恶水”,那里的贫苦、荒芜、寂寥。在当代中国,“非虚构”突然出现缘于写作者强烈“回到现场”的写作愿望,但当下流行的“非虚构作品”与曹寇的“非虚构”具有差异:前者显然追求一种对现实的介入,其中有某种强烈的济世情怀;后者的写作之所以令人印象深刻,在于他们对小城镇生活的忠实记录,没有济世、没有启蒙,他们追求的是极简、深刻、零度写作。

但曹寇追求艺术性,这与他身上所保有的先锋文学传承而来的文学形式与语言的探索精神有关。因为这样的追求,现实在曹寇笔下别有“诗意”:曹寇写塘村时带着某种幽默和温柔的反讽,他的笔力深刻而舒展。借助这样的写作，现实与文本在这些作品中呈现了某种奇特的关系——文本为现实提供了某种镜像，它是现实的一种反映，但这种反映并不是直接的，并不是一比一的关系，场景和人物都体现了写作者本人的视角。

这是躲避了“文学惯例”的写作，这种写作不依赖于强烈的戏剧冲突，而是致力于还原生活的本相，还原一个人眼里的世界、一个人眼里的生活。它固然是基于个人经验的写作，但并不是只关注个人生活的写作。这是一种经由个人感受而切入现实的写作，它客观真切地呈现了“我”眼中的世界，毫无保留。但这种呈现同时也是有限度的和主观的，叙述者并不隐藏这些。不过，这不是新写实主义，他们显然并不认同这样的生活。这是在叙事者隐形态度观照之下的写作，他们以此消除对生活的平庸模仿。

“它既不是对世界原封不动的模仿，也不是乌托邦的幻想。它既不想解释世界，也不想改变世界。它暗示世界的缺陷并呼吁超越这个世界。”《无边的现实主义》中对卡夫卡与现实世界关系的分析某种程度上也可用在作为小说家的曹寇面对世界的态度上。也许人们会将这样的写作归于朱文等新生代作家的影响，但这一代作家与新生代的不同在于，生活在他们这里说不上是被厌弃的，他们也缺少愤怒青年的激情。他们无意成为文化精英，他们似乎更愿意承认作为个人的灰暗和卑微，曹寇在采访里多次自认是“粗鄙之人”，表明了他对叙述身份的想象。

作家是民族独特记忆的生产者。每一代作家，每一位作家都在寻找他们面对世界的角度和方式。毫无疑问，历史、革命等宏大话语在曹寇的小说中看不到，事实上，在上世纪70年代作家那里也几乎是匮乏的，这是由成长语境决定的，这是在上世纪80年代末迅速成长的一群人，在他们的生命经验中，宏大话语早已远去，留下的是生活本身，是现实本身。他们所做的、所能做的，就是写出他们看到的生活、他们看到的现实。但是，这并不意味着这些作品必然是“历史意识稀薄”的作品，也并不意味着这是主体性匮乏和令人失望的作品——如果读者的历史观念不是断裂而是完整的，他将会意识到，曹寇的书写中包含了近20年来我们时代、社会和人的困境与精神疑难。

今天，如果我们追问一位青年作家对于当代中国及当代文学的贡献，首先应该追问的是，在这位作家的文本中，是否潜藏有中国发生了什么、正在发生什么以及我们遇到的精神困境是什么的表述。不得不承认，在当下中国，人们内心中那些恐惧、痛楚、无聊、疤痕被深深铭刻进了曹寇的文字里。一方面是直接、赤裸、粗糙、众声交杂的客观现实；另一方面是叙述主体对这种现实的反感、疏离和试图挣脱，两种相异的元素相互抵抗、相互照应，同构了曹寇笔下作为生活本身的庸常和意外。

作家自述

以此获知孤独不是独一无二的

曹　寇

我的小说写作始自2002年——搬家了，当了“城里人”。我喜欢“城里人”的生活，讨厌被人们誉为“精神家园”的乡村生活。城市生活给我带来了现世生活的种种便利，其中最重要的一条就是种种以“关爱”为名头的骚扰不复存在。各路神仙被关在了门外，有效拒绝了迎来送往、称兄道弟、彼此关照、艰苦奋斗、共同发展以及做强做大。我可以读写，也可以不读写。我可以在楼上像一个蜘蛛或狗熊那样俯视蝼蚁抑或群雄，而不必置身其中。这种感觉好极了。

我不知道别人怎么看待这个在某种意义上是现代社会病症的问题，对我来说，单元楼、防盗门、防盗窗和邻里的彼此警惕是当代人类唯一能够获得自由的方式。在这个自由的前提下，10年下来，我写了3本小说集、1部长篇小说。随着最近两年它们接二连三地出版，不免有硕果累累的错觉，仿佛见证了一个文学青年的勤奋和才能。事实上，这种描述从来就不符实，我不仅不以勤奋为美德，也并不喜欢自己的作品，觉得它们完全是可以忽略不计的事物。当我听说有人说他天生是写小说或者干吗的时候，我吓坏了，被他们的毫无羞耻吓坏了。对我来说,我只是写了小说,这谈不上幸运也谈不上不幸,一如我的祖先,他们靠种地为生,偶尔因为腰酸背疼在田间地头直起身看一眼天空那样。世界翻天覆地,而宇宙亘古未变,这或许是唯一值得庆幸的地方。

当然了,我得实话实说。最初当我决定写作的时候,我确实希望自己能成为一个著名作家,因为著名作家普遍摆脱了据说和他们的所谓脑力劳动并无贵贱之分的体力劳动。不仅如此,他们还能够游山玩水、吃香喝辣,在情爱层面,据说花团锦簇。而我呢,那是远在2002年之前,我毕业被分配回乡,成了一名中学教师。可我并不热爱教师这个职业,也不欣赏农民以及任何我认识的人的生活,即便他们事业有成、家庭幸福、前途无量。这一点延续至今,那就是我不歧视和憎恶任何生存法则,也不羡慕任何正能量伟人和成功学达人。但那会儿,我却必须忍受并不热爱工作所带来的种种屈辱,必须忍受我的母亲每日在田中如刨似拱而自己对此深恶痛绝的羞耻。每天下班回家,我面无表情地坐在那里,看着母亲从地里爬上田埂,然后为我做饭,吃完后我饭碗一丢,进屋看书,她就去洗碗。这究竟是为什么?一个人为什么会这样而另一个人为什么会那样?沉重的绝望情绪压得我喘不过气来。真是荣幸,我享受到了唯有黑暗才能赐予的痛苦,哪怕它们是那样局部、那样瘦小。

除了没有穷尽的阅读和思考,我别无所好。在夜晚的乡村小道上,只有明月和蛙鸣以及彼此熟识的狗。多么遗憾,这里没有女鬼。我几乎想哭,但被自己拒绝了。我也竭力拒绝和他人的交往。

多年以后，当我看到布考斯基说他“讨厌普通人”后，我一下子震住了，早年村道上的月光似乎又照在了我头上。

也就是说，当我最终开始正式写小说的时候，最初要成为一个著名作家的愿望已经被我糟蹋成一堆粪便。因为“著名作家”们仍然是那么普通，完全和人类有史以来许多有头有脸的人物一样庸俗。换言之，我的写作从开始就丧失了“动力”而陷入了不明所以之中。正是这些不明所以一个劲地蛊惑我：去吧，写点什么，想怎么写就怎么写，瞎写也行。

所以我必须在此诚恳地表明一点：我所有的作品都是瞎写。为此我还曾恬不知耻地说过：“我会越写越好，因为我仍然在黑暗中摸索。”确实恬不知耻，因为时至今日，我已经不觉得“好”有多么重要。油光水滑、感人至深、情趣盎然、锦绣文章……这些真的有那么重要吗？我也不会说为自己而写，更不会为国家、民族、人民乃至人类文明而写——在这一点上我情愿承认自己是为稿费而写。

哎呀，多么讨厌，我居然能说出这么矫情的话。还是实话实说吧：亲爱的同类，我仅仅是为你而写的呀，只有你能理解我在说什么。写什么不都是写嘛，写不写不都是一样嘛，我们需要找到和我们“差不多”的人，以此获知孤独不是独一无二的。我仅仅是选择了小说的方式，你呢？

谢宗玉 / 生于 1972 年，湖南人。1996 年开始写作。曾获湖南青年文学奖、长沙文艺之星等。著有长篇小说《天地贼心》，散文集《田垄上的婴儿》《村庄在南方之南》《遍地药香》等。

评家观点

重建家园的外乡人

汪雨萌

谢宗玉是一位多栖作者，他写小说、写散文，还涉足影视创作与评论。作为一个“读书改变命运”的农村子弟，谢宗玉的文学目光一开始并没有直接地投射在自己故乡的土地上。作为一个初出茅庐的文学青年，通向城市道路上的挣扎成为了他最初的文学资源。后来，他成了一个警察。刚离开那种带着青春气息的彷徨与呐喊，就必须直面城市暧昧地带许多隐秘、惨淡和惊悚的人生。这份职业拓展了他的生活半径，迫使他游走于城乡之间，赋予了他书写城市的新角度，也拉回了那个一直存在于他心底的乡村。现在，广为人知的谢宗玉，竟然是一个实力不凡的乡土散文家。也许会有人感到诧异，一个是书写城市黑暗传奇的小说家谢宗玉，一个是描绘乡间日常生活的散文家谢宗玉，他们究竟是分裂的，还是交会的？

都市外乡人

改革开放以来，不论是进城务工经商，还是通过高考来到大学深造，大批的农民及农家子弟通过不同的途径来到了城市，谢宗玉也是其中的一个。在他的乡亲们看来,他的人生之路可算是非常顺利甚至辉煌了,他不仅一口气读完了大学,而且留在了城市,进了公安系统,成了“吃公粮”的人。不过,这其中的艰辛只有他自己知道,这艰辛是那么的刻骨铭心,以至于成为了他文学的出发地。其实,这样的小说主题在中国当代文学史上并不少见,路遥的《人生》便是著名的例子。细细读去,谢宗玉小说中的不少人物都带着高加林的影子,比如《纪念日》中的“我”:一个出身农村的大学生,不得不在一家报社做着微不足道的实习生;还有《近距离相吸》中的“我”与阳,无疑是两个背负了太多的期待与恩泽的“学习机器”……

但是,谢宗玉的小说并没有停滞在这种自传性质的书写中,他的职业给了他新的机遇和视角,去观察“城市”更为广阔深邃的空间。这种观察是多向度的,一方面,谢宗玉仍然在继续着他的内在观察,他现在完全是一个体面的“城里人”,这样的城市“新人”有着怎样的内心世界,谢宗玉自己深有体会;另一方面,作为一个警察,他又可以深入到城市的黑暗处,那里活动着他完全陌生的人。他们被生活的洪流裹挟着,他们不断地被乡村被城市抛弃,又顽强地打进来,不管这些人物在怎样的面具下生存。

长篇小说《末日解剖》的主人公王泽荫出身农村,考上了城里的医科大学,成绩出色的他却因为没有背景被分配去做了别人不愿意从事的法医工作。虽然他业务娴熟,成为局里倚重的“专家”,却无法像别人一样光明正大地恋爱结婚。他和妻子苏芳原本是和睦的夫妻,然而这种和睦却是以王泽荫对自己职业的隐瞒换来的。

偶然得知真相的苏芳无法接受自己丈夫的欺骗与令人毛骨悚然的职业，两人的婚姻在经历了冷战、家暴、出轨之后终于走向崩溃，苏芳自杀，王泽荫发疯，而王泽荫曾经犯下的罪行却重新浮出水面——他曾经借在一家合资医院做兼职外科手术的便利，盗取了多具女尸的身体部位，拼合成了一具魅惑人心的新的身体。

谢宗玉对这个人物的刻画虽然极端而夸张，甚至有点科幻的意味，却真实地反映出这些早就跃出农门的“成功人士”面临的身份焦虑。他们是因为乡村文化无法满足他们的个人欲望与理想才选择了离开，可是，他们所向往的城市却没有实质性地接纳他们。他们被苛待、被挤对、被无形地隔离，他们付出了加倍的努力才在城市疑似站稳了脚跟，但他们内心的疲惫与孤独却无人言说，他们注定是城市永远的外人。王泽荫最后创造出的那具女体不仅是欲望的化身，更代表着王泽荫对新生活最初的病态向往，他将所有完美的部分拼合在一起，却无法赋予这完美的身体以生命，他的一切努力最终都只是一个空洞、艳丽而恐惧的幻梦，最后只能与它一起，埋葬在阻隔于现代文明的远方。

另一群人是生活在城市底层的外来者。他们也同样怀揣着“城市梦”，但实现的途径却异常的艰难曲折。他们没有技能，没有文化，他们只能是游走在城市的打工仔、无业者，甚至沦为窃贼、劫匪和诈骗犯。比如《借你一颗胆》中的杀人犯“军鳖”和以他为中心的那个松散的“盲流”集团，还有《黑色往事》中的那群少年犯。在谢宗玉的笔下，这些并不怎么光彩的人物形象却显示出了与众不同的丰满与复杂。他们精明又义气，自私自利却肝胆相照。他们在多年的阴暗生活中练就出了朴素的生存智慧，表面上逆来顺受，却可以昼伏夜出，化整为零，大事临头，堪称有勇有谋。他们填充在城市的角落，是城市的背面，是被隔离了的底层，他们没有同类以外的交际圈，以特殊的生存本领适应着原本陌生的城市，他们无需城市的认同，他们的本身构成了一种特殊的城市生态。

这是谢宗玉的城市传奇，他在讲叙当代都市多元中被掩盖的二元对立。所以，我们看到，无论是面对哪一种“外乡人”，谢宗玉的故事都弥漫着浓重的焦虑。这种焦虑感源自上述农门子弟内心持续的漂泊——谢宗玉在为这些或成功或失败的城市新人类的文化身份背书。看上去，城市与乡村之间的界限似乎越来越模糊，离乡入城已经成为移民的主要途径。但这种单向的流动和迁徙究竟在多大的程度上改变了他们的身份、命运和生活方式却是令人怀疑的。这是一种本质上的人生尴尬和文化乡愁，所以，谢宗玉无意于人物世俗层面的生活方式，他剥开他们或鲜亮或褴褛的外衣，向世界展示他们的惶恐与焦虑，一颗颗缺乏安全感的、流浪的、无根的内心，而这，可能正是这个社会最深处的分裂。

村庄留守者

谢宗玉的小说中，有一部分是他的少年“自传”，写到了他的故乡瑶村。对于久居城市的谢宗玉来说，故乡已经非常陌生了。他曾经在一篇散文里写到，当他回到故乡的时候，村里的人已经不认识他了，而他也已经不认识曾经生活过的村庄。谢宗玉许多有关瑶村的散文，这些作品关乎自己的童年和少年。在城市生活中感到漂浮无根的他，顺着自己来时的道路，又回到了乡村。这部分散文有着特别的意义，它们是过去的、完整的、诗性的。我们在谢宗玉的不少散文作品里读到了古老与淳朴、神话与梦幻、奔放与自由。在这里，《国语·楚语下》中所谓的“民神杂糅，不可方物”并不遥远，人和神祇相与杂居仿佛就是昨天的事情。

在这些篇什中，作家恣意书写，百无禁忌，日常生活之中，常常穿梭着鬼神的魅影，既神秘又温馨。他曾在《鬼节扶乩》中写到瑶村持续半月的鬼节，写到传说中祖先与孤魂野鬼之间的斗争，以及通过扶乩与祖先的沟通；在《喊魂》中，他如同白日梦一样描写了魂魄的活动与作息；在《行踪飘忽的捕蛇人》中，一方面是蛇的修炼，另一边则是捕蛇人的神通；而在《麦田中央的坟》中，他让你不由得不相信祖先的轮回……这些作品与四时农事、童年游戏、乡村仪式放在了一起，呈现出一个完整的、安然的、温柔的，同时也已经远去了的中国南方乡村。

现实的瑶村是黯然神伤的。大批青壮年离开了瑶村，现在的瑶村在谢宗玉笔下仿佛一片寂静的乡野。远涉城市的瑶村人感到孤独与无助，而留守在瑶村的人大概也有着类似的感受。原先的人丁兴旺、人声鼎沸自然早已经远去，到后来，每年固定伴随着农忙季节而回归的热闹与繁盛也不知什么时候暂停了。老人们孤独地坐在昏暗的厅屋里，再也没有了几世同堂的天伦之乐。妇女们终年不得见自己的丈夫，只能独立支撑家务和农事，抚育着不更事的孩子。更有些人把整个家族连根拔起，永远地离开了瑶村。

谢宗玉曾经将一个村子比作一棵树，树上的叶子便是村人的生命，叶子一片接一片飘落，而剩下的叶子便在数着自己的气数。这种在农耕文化时期颐养天命的悲悯而安详的生命姿态，在现下看来只能显露出惊惧与绝望。离开的瑶村人像是无根的浮萍，而作为根的瑶村也逐渐衰败下来，不能再起到固本定心的作用。这是瑶村的现状，大概也是中国无数乡村正在经历的现实。青壮年的离开带走了乡村最旺盛的生命力，也带走了乡村最基本的生产力与人际平衡。

谢宗玉实际上是在记录历史，他所描绘的凋敝的乡村场景无疑是中国乡村毁败沉沦的酸痛历程。在这里，人与人之间温情不再，取而代之的是各顾各的自私、冷淡与隔膜，是生存危机所带来的争执、矛盾乃至仇恨。乡村再也没有安详与怡然，虽然它看上去更加平静了，然而，这种平静毋宁说是绝望的死水。老人们将自己的寂寞与孤独凝固在千年屋的清漆中，妇女们把等待与失望插进日复一日的秧苗，面对空旷的瑶村，她们的守候仿佛失去了意义，谁还会愿意回到这个落后的，衰败的家呢？他们越来越怀疑，这个凋零的家，有什么值得坚持与守护？这就是曾经人神共舞的村庄，这就是曾经不仅为自身，同时也为城市创造价值的乡村，这就是中国传统文化中为不断的“礼失”而担当修复功能、延续历史的村庄。

当代中国正在进行这样的文化历险——城市还没有来得及建立和完善起社会的文化造血机制，而原先的文化母体已经没有了再生功能。谢宗玉《一个夏天的死亡》中写到了那么多的自杀，并且指出了这种现象在当代农村的普遍性，我倾向于将其作隐喻式的解读。笼罩着绝望与孤独的乡村，蔓延着冷漠与仇恨的乡村，是不是正在走向死亡的不归路？

“招魂”的植物

很多人熟悉谢宗玉，是从他的《遍地药香》开始的。这本书可以看作是一本乡村植物志，也同样可以看作一部乡村的日常生活指南。植物的用途固然是多种多样的，有作为食物的马齿苋、鱼腥草、木槿花，有作为药物的半边莲、山薄荷、灯心草，还有作为玩物的苍耳子、指甲花，等等。但是，在谢宗玉的眼里，植物与人类的关系并不是单向的，而是共生的、灵性的。植物对于乡村来说不是单纯的作物，而是接近神祇的存在。每一株植物都有着自己的性格、自己的“人生”，有自己的生老病死、爱恨情仇，也有其各自不同的与乡村的人们交互方式。柳树是为爱情而亡的情圣，车前草是开山探路的忍者，棕树是奋发向上的精英，臭牡丹是特立独行的哲人，苍耳子在无意中揭穿了不伦的恋情，指甲花启蒙了女孩子爱美的心思，鱼腥草拯救了饥肠辘辘的砍柴人，牛王刺划伤了顽皮的孩子却点醒了朦胧的初恋……更有些植物，或承载着古老的仪式，或带着原始的蛊惑，一直深入到村民的精神世界。端阳节驱毒的七叶樟、辟邪的艾叶，还有妩媚得魔人的莲和焰峰柴，给原本开阔疏朗的乡村带来多少时隐时现的梦幻与神秘。南方的乡村生态就应该如此，植物是邻居、是帮手、是朋友，有时候也是敌人。千百年来，瑶村人就这样与植物一同生活。离开了这些植物，人的生活也无法完整。

植物的生活是谢宗玉的另一种乡村价值叙事。费孝通曾说过，乡村人口的相对固定化，使得乡村的生活长期以“熟悉”的方式运转着，他们面对熟悉的人、熟悉的动植物、熟悉的天气，总有一套熟悉的办法。这套办法流传下来，就成了乡村生活的根基。可是如今，这一切都被打破了，这种熟悉的链条断裂了，植物也已经开始被人遗忘。一片不再经营的桃园、一棵不知何时死去的老树、一些不再会端上餐桌的野菜，都标志着我们正在失去和自然最亲密的关系，以及许多通过自然来传承的乡村价值。

现实是那么的令人伤感，当越来越多的人选择离开村庄的时候，还有植物能够长久地固守在那里，当人们对远去的亲朋都逐渐忘却的时候，也还有植物能够维系地方的季节轮回、岁月荣枯，维系我们对故土的回忆。作为一种文化关系，人与乡土植物可谓命悬一线。如果连植物都已经被人们遗忘或忽略，那我们与代代相传的经验进行文化对接的依凭，就又少了一种。植物是符号、是象征，如果没有了植物的故事，或者失去关于植物的生活与文化记忆，植物就只能是植物，它们会沉入黑暗，如同史前一样的陌生。因此，是否认识植物，是否记得植物的故事，是否能与植物友好相处就成为一种尺度和标准，这种尺度和标准是超生物学的，它关系到我们和自然，关系到我们和乡村，关系到我们和传统。

我愿意把《遍地药香》这样的作品看成如《离骚》中的百种香草一样，有着“招魂”的文化意向。不再记得鱼腥草可以充饥，不再感受一棵柳树的爱情，瑶村还是瑶村吗？当远去的瑶村人不再归来、当现在的瑶村变得凋零和空旷时，唯有遍地药香能够唤醒关于自然与传统价值的回忆。谢宗玉固执地将自己的灵魂留在瑶村，留在自己的童年,留给那些永恒的、基本的自然物态,不论是植物还是雨水、雷电,甚至是8月乡村中的滚滚热浪,都在谢宗玉朴素的笔下汇聚成自然的洪流,只有那片巫韵飘荡、万物有灵的土地,才是值得永驻的真正的心灵家园。

如谢宗玉所说,如今太多人的"血和泪都在农村耗干了,进城的,只是一具麻木的空壳而已"。谢宗玉的文学创作,从城市写到乡村,从现在写到过去,虽然他的小说与散文显得错综扞格,他的创作风格也似乎有些"精神分裂",但内在的谢宗玉一直是单一而执着的。他不断地剖析和煎熬自我,紧密地追寻着自己的乡里乡亲,固执地回忆和诗化着远方的、过去的乡村生活,都是在为自己,也在为那些漂泊无助的人们寻找可以安放灵魂的处所,甚至在奢望重建一个精神的家园,这可能也是一代人的文化宿命。

作家自述

无序的抒写

谢宗玉

2008年大雪前，我从鲁院返回长沙，随后的5年，我基本上终止了文学创作。尽管这5年，我有2个长篇发表，4个长篇出版。但这些作品都是在鲁院或去鲁院之前就有了毛坯。回到长沙，我只是把剩下的事情干完。只要看起来像个成品，我就把它们草草丢出去了，完全没心情顾及艺术水准。

我这是怎么了？去鲁院前汹涌的创作态势和咆哮的创作野心都到哪儿去了？真实原因，可能连我自己也不清楚。但若有人问起来，我便会给出如下理由：其一，跑到京城，才发现写作的人这么多，我写不写一点关系都没有。其二，鲁七班那些优秀同学的写作态度实在严谨得让人害怕，他们写小说像做瑞士钟表，立意、布局、语言，容不得半点差池。而我写小说，像个拉面师傅，嗨哟嗨哟，几下搞掂，才不管它的硬软粗细，心想，最后不都要吃到肚里去吗？现在才知道文坛叫好的小说是怎么炼造出来的，我这个江湖野路子有些胆怯了。像花和尚鲁智深受不了五台山的清规戒律一样，只好操起禅杖，打道回府。其三，到了京城我更清楚地意识到，自己对文学所抱的期望与主流创作旨趣大异。很多一线当红作家，把百分之八十以上的精力放在语言的雕琢和打磨上，相对来说，没有足够重视作品对社会的概括性、思想的深度以及艺术形式的创新。在目前的中国，只要能把文字反复拍打到表皮泛蜜的程度，再用这种微微泛蜜的文字把一个通俗故事调和好，便会成为一个被主流认可的作家。无奈的是，语言一直是我的短板，同时，我也不是一个讲故事的高手。我写作，一直是主题先行，写小说像讲道理，这样很难玩下去。所以我决定暂时搁笔，但内心里仍然对自己充满了期待。

所幸的是，2008 年夏我参加了《人民文学》在湘西的笔会，认识了一个影评家。那天晚上，他在我房间，给我、张楚、沈念进行了电影启蒙，或者说影评启蒙。笔会散后，我按图索骥，找出他推荐的 10 多个电影来观摩。完后又看他和网上的影评，我突然发觉，这个东东其实我也可以玩一下。于是就冯提尔的电影《狗镇》写下了第一篇影评。

出于对老婆的信任，我一直让她做自己文字的第一读者。老婆看完很肯定地对我说，相对于小说和散文，你可能更适合搞思想随笔。得到她的鼓励，我信心大增。当即将这篇影评给了《随笔》。文章刊出来后，在网上和其他杂志引起了一场很大的争论。此后的几年，我便成了《随笔》《文学界》等杂志不定期的专栏影评家。此后我不但拥有了一大批追捧的读者，还有好些我敬重的人溢于言表的褒扬。

感谢电影，让我在停止文学创作时，又给我了一个痛痛快快胡说八道的机会。更重要的是，我发现，影评比文学创作更能让我介入社会和人生。对我来说，书写的动力不过就是一种一定要写出来的冲动和写成后那种无法言说的快感。我不想做文字的苦行僧。如果写作带不来快感，只是冲着名利的，那么，不写作，我也许能获得比预想的要多得多的名利。我做了16年警察，看惯了我的警察领导们在一个城市呼风唤雨的样子，比起任何一个畅销书作家，他们的生活都要“酣畅淋漓”得多。可最后，我仍然选择与他们“决裂”，成了一名文艺工作的组织者。虽然我现在仍然没摆脱工作烦琐的局面，但我并不后悔，我愿意为那些怀抱异禀的孤独写作者服务。

除了影评，我还以书信的形式在《今日女报》上写了2年的专栏，以过来人的身份，与儿子谈性爱体验、性爱得失、性爱道德和性爱选择。写这些时，我内心里充满盈盈爱意，并且自以为对儿子的未来大有裨益，我希望儿子情爱的天空晴朗而无阴云。2年的写作，我一直甘之如饴。等儿子长到18岁，就送给他做生日礼物。有几家出版社争着要出这本书。他们大概是相信一个父亲对儿子的绝对真诚，相信个性化的书写恰恰藏有人类的共性。

这使得我想起了自己的散文创作。我不写乡土散文有好些年了，但人们提到我时，仍然把我划归乡土散文家的行列。而当年我之所以要写乡土散文，就是想，儿子现在的生活，跟我童年时的农耕记忆是多么不相同啊。如果我不把儿时我和父辈的生活记录下来，那么等我儿子、孙子、曾孙长大后，就完全不知道当年他们祖辈是怎么生活的，并且在那些琐碎生活中私藏了那么多的悲喜。也是靠了这份一定要写下来的冲动，在新世纪开始的最初几年里，我围绕父辈生活的瑶村,把几千年来的农耕生活写了个遍。我最初的目的仅仅是为家族存档,但结果瑶村却成了广大读者或深或浅的一个记忆符号,以瑶村为背景的散文入选好几个省市的语文课本。

拉拉杂杂写了这么多,我只是想说,我的写作只是一件率性而为的事情。我没有大师情结,不像有些作家朋友一样,坚持要固守元气,出手必定不凡。我没有那个才情,不堪忍受那份磨砺的痛苦。我的写作都是一时兴起。通过这两年,我发现自己胡说八道的领域很是宽广。也许有一天,我还能回到文学创作上来。

张楚 / 本名张小伟,生于 1974 年,河北人。曾获大红鹰文学奖、茅台杯人民文学奖短篇小说奖、河北省文艺振兴奖等,2011 年人选娇子·未来大家 TOP20。著有中短篇小说集《樱桃记》《七根孔雀羽毛》,代表作有《曲别针》《长发》《梁夏》《刹那记》《樱桃记》《细嗓门》等。

评家观点

通向多重人性的暗道

吴　萍

太阳底下没有新鲜事。上世纪初，安德森·舍伍德在《小城畸人》里呈现了俄亥俄州瓦恩堡镇的各种"畸人"，并以此拎出一连串有关人的精神、本能以及欲望等的无解方程。之于张楚，他笔下的志国、王小丽、宗建明、樱桃或夏朗等人，都一一对应了"畸人"的身份，只是他们离我们更近，更让我们心领神会。

"人性"作为人的基本属性，名下埋着若干的秘密和疑点，这点燃了哲学家和文学家的兴趣。张楚亦正"执"于此，以小说的形式立起一个个陷于现实困境的人物，与我们分享他在人性这个深洞中掘得的宝藏。

《曲别针》中的志国如何胜任父亲、丈夫、嫖客和杀手的多重角色？《疼》中的马克为何将绑架案设置在自己的屋内？《樱桃记》和《刹那记》中的樱桃如何在耻辱中想象美丽的爱情？这些问号犹如一个个风向标，吸引我们走入张楚的小说深部，滑向他欲表达的各种人性的暗道。

双向性的痛感呈现

“痛感”应该是张楚小说的第一属性，几乎从2002年的定调之作《曲别针》就开始了。此后，他写了《草莓冰山》《安葬蔷薇》《长发》以及《疼》，一直到小说集《七根孔雀羽毛》中的7个中篇。张楚每篇小说的主角几乎都充斥着某种痛感，《曲别针》中的建国因病女而痛，《草莓冰山》中的拐子男人因空缺女人而痛，《长发》中的王小丽因穷窘和性侵带来的耻辱而痛，《梁夏》中的萧翠芝因爱无果而痛，《夏朗的望远镜》中的夏朗因兴趣的“折翼”而痛。

即便撇开了故事的主角，张楚也没忘让配角们也分得“疼痛”这杯羹。于是，我们很难指认出建国的妻子张秀芝、拐子男人在外做鸡的女人或萧翠芝身边的王春艳就是毫无痛感的另一群人。读完张楚的20余篇小说，我没有发现一个人具有欢悦的特质。他们在小说里很少笑出声，最好的状态仅陷于一种“暖暖的疼”的温情中。他们无一例外地在各自的困遇中压抑、纠结、呻吟、挣扎甚至走向了自戕。

看到命运暗影下的人们所遭遇的痛苦，张楚也就造出了一个个“痛苦的人的形象”。张楚长于一种“内蕴式痛感”的呈现，以“痛苦”为主伴以其他特质抟成了各种不同的失败者形象。可是，作为小说家的张楚，还将这些人物的痛感传递到读者那里，形成另一种“放散式痛感”。

深夜阅读《草莓冰山》，竟被某种“折骨之痛”紧追不放。拐子男人、小东西、男人的女人和叙述者“我”瞬间附体了，我被源自不同方向的痛苦击垮了。《疼》的标题现在看来实在显豁了些,杨玉英荒谬地死于马可蓄谋的绑架案中。小说结尾,马可从渐渐冷却的杨玉英身上迟到地领悟到爱的真谛——日常的细碎的充满烟火气的爱,寂静到令人心碎。《惘事记》里的王姐和老鸨头穿破了审判和被审判的关系。都是母亲都有病孩子的同一性让王姐透视到老鸨头的日常,她越过案件和身份,给予对方最柔软、最潮湿的温情。而作为读者,不难通过老鸨头的日子想象 8 小时以外的王姐,痛感就这样借助张楚的表达外化扩散了。《梁夏》中的萧翠芝性格刚烈,爱得过猛最终无法收场。表面上看她是被世道逼死的,而真正的刽子手应该是梁夏为其蒙上的"耻辱"。故事里,张楚表现萧翠芝的情欲一如高塔般突兀奇耸,可以想见最后的轰然倒塌给读者带来了多大的震痛。

造出有着不同痛感的人的群像,并让读者在亲近时为之唏嘘、为之歌泣,这是张楚的力道。罗兰・巴特在有关摄影艺术的《明室》中有著名的"刺点说":一帧照片打动人心的无非是其"刺点"(照片的细节)。换以张楚的小说,那些倴城小人物在爱欲、中伤、欺骗以及种种错置境遇下的内心不安,都是其小说密布的"刺点",它们无不一一重合到读者的自我经历上来。这便使我们往往极易被小说中太多锋利的细节割伤,被人物内心涌动的痛"蛰"到。

陷于耻辱沼泽的女性角色

克莱尔・吉根的《南极》模糊了作家的性征,写活了一个很会爱女人的男罪犯,让读者看到她是"既了解男人又洞悉女人"的人。

福楼拜的《包法利夫人》写出深陷欲望囹圄的包法利夫人，足够证明作家本人也具有“男女通吃”的超能力。作家一旦有能力溢出自身性别地去写，最终会令读者服膺。

《樱桃记》和《七根孔雀羽毛》两本集子中，出现了建国、马可、宗建明和夏朗等性格鲜明的男人，这不足以让我瞠目。我稀罕在张楚僭越了男性身份后，写活了的《长发》里的王小丽、《疼》里的杨玉英、《穿睡衣跑步的女人》中的马小莉、《惘事记》里的王姐和老鸨头、《樱桃记》和《刹那记》里的樱桃母女、《梁夏》中的萧翠芝和王翠艳以及《细嗓门》中的林红和岑红这对“姐妹花”。她们的身份不同，或是小商贩、或当过妓女、或只是一台生男孩的机器、或育有残疾儿、或生而残疾、或爱而无果、或伴以不幸婚姻，等等。然而作为一个个卑微的个体生命，她们至死都扯不下张楚给其裹上的“耻辱”的紧身衣。

王小丽好不容易净身出户，摆脱了性无能的前夫。一切灰暗的过往并未使她彻底死心，她试图逃离阴影，憧憬与马黎明的美好未来，盼着早一点圆“母亲梦”。可是，她还是撞见了马黎明与前妻的偷欢，还是为了几百元，惨遭坏男人的性侵。冥冥中被“耻辱”一路围堵的王小丽，失败婚姻不是她自主促成的，偶遇未婚夫的艳事也实非自愿，而最终手心里的几百元让她承受耻辱的能力濒临极限。若说王小丽是对“耻辱”的被动式接纳，那么《疼》中的杨玉英身上的耻辱似乎成了“罪有应得”——她曾做过妓女。黑色的原始积累为其囤积了不少金钱，也攒积了浓重的耻辱，以致让枕边的马可无法认出她就是“爱情”本身。张楚在小说中故意以索亚男试问:“她对你好吗？她给你洗袜子吗？床上功夫怎么样？”马克不断地点头本身指代的只是现实日常，并未掀起他“到底爱不爱杨玉英”的内心激荡。一个从良后的好妻子，因为无法涤清曾经的污渍，无法摆脱沉重的耻辱，最终成为被马可否认的女人。直至她躺在马可怀里奄奄一息，才唤起了马可对美好爱情的深思和醒悟。

右手只有三根指头的樱桃，先在《樱桃记》里被继父酒后奸污，后又在《刹那记》中遭黑面人性侵，女孩的成长路就是一片被耻辱浸透的沼泽地。在令人窒息的家庭空间中，母亲只想赚钱不懂施爱，唯一的女友刘若英带给她的也只剩下嘲弄和鄙夷。她始终远远凝视着爱人罗小军，却无法将纯美的爱落实于对方。后来，她只得将温暖的诉求转移到第二个继父鞋匠身上，她稀罕那种暧昧却踏实的温情，觊觎尘世里毛茸茸的小幸福。可是，小小的她还得抵挡裁缝母亲“情敌”般的怒视和冷漠，背负起最不该给她伤害的人倾泻不绝的耻辱，走向看不清的将来。

“耻辱”作为小说的关键词，一直为很多国外小说家钟爱。克莱尔·吉根《姐妹》中的姐姐贝蒂或《离别的礼物》中的“你”就是“耻辱”的化身，《迈克尔·K的生活和时代》中，库切干脆以兔唇、低能和种族身份不明为原料筑起囚禁K终生的耻辱牢笼。这些作家的小说中常因“耻辱”挑起事端，人物往往一出现就带着耻辱的印记，似乎对此先知先觉。张楚的不同在于，他让笔下的女人们懵懂，她们眼神不安行动突兀，只默默听从命运的指挥棒茫然而前。张楚抹杀她们思考总结“耻辱”的能力，只宣泄浮在生活表层的痛感，对造成痛感的宿因“耻辱”不作诘问。

冰冷叙事下的悲悯情怀

在《七根孔雀羽毛》小说集的后记中，张楚说：“小说的人物，大都是我身边的人……还有些，则是道听途说的人——他们以自己的方式制造骇人听闻的偷情案、奸杀案、爆炸案、盗窃案、抢劫案。”这就解释了他为何写出这么多桩冰冷离奇的故事。

《关于雪的部分说法》里的颜路杀死了同性情人小轩，《曲别针》里的志国失手勒死了一个妓女，《疼》里的杨玉英意外地死于枕边人策划的绑架案，《惘事记》里的老鸨头自首自己杀了老鳏夫周秉，《七根孔雀羽毛》中有钱人死于亲儿子之手，《细嗓门》中林红忍受不了家暴杀了丈夫。其实，张楚并非痴迷于种种案件本身的离奇和蹊跷，“案件”只是小说的壳子，包藏其中的人性内核才是他的主旨所在。《疼》本质上是一曲扼腕的爱情挽歌；《惘事记》所要表现的是一个普通女性骨子里的温情；《七根孔雀羽毛》则深度探讨了抛离、隔阂以及物欲对人性的摧折等现代性问题；到了《细嗓门》中，我们会嫉妒林红和岑红之间笃厚的姐妹情。我们埋怨张楚把倴城的人间故事写得那样寒酷，埋怨他用笔狠烈给读者造成某种心理的不适，却不经意间撞见了张楚含蓄的温情和怜悯。

《疼》中，杨玉英做过皮肉生意，她隐隐感到这块污渍犹如胎记般难除。她渐渐老了，缺乏安全感让她越来越爱钱，可是她也真心爱着男人马可。这篇蒙于绑架案面纱下的爱情小说，张楚操起刀来尤见克制冷静。他浓墨于案件本身的起伏跌宕，而对杨玉英采取了轻淡处理。杨玉英的爱没有誓言、没有玫瑰，只落实于常被人忽视的日常生活。马可那里,他仅仅“使用”杨玉英,而非爱着对方,可见他们各自的爱情认知是完全背驰的。因此,《疼》最终让我们发现爱的不对等和偏差,看到张楚对杨玉英入骨的悲悯。

《悯事记》的故事设置很精致、很稳妥,也很具机心。王姐所要处理的凶杀案只是虚,她冰冷面目下的柔软和温情才是张楚的最终诉求。跟《疼》一样,张楚以一桩离奇的杀人案抓人眼球,让读者一路紧追“谁是凶手”的问题,于是出现了王姐对老鸨头很不顺畅的审问交谈。当王姐得知老鸨头也有个残疾孩子时,内心产生了怜悯和共振。张楚貌似耽于案件动向的描摹,却以“我”最后偶遇王姐和残疾女儿的一幕让小说主旨水落石出。深受命运重创的王姐不抗争、不躁动,她在张楚极其克制的摆布下静默地行动,这种以静驭动的写法反让读者更深地品咂出王姐和老鸨头心底的隐痛。

将爱、温情以及怜悯植入冰冷的案件中叙述,不能不说是张楚浓郁的个人特色。他的人物多数缄默内倾,其中之一便是《细嗓门》中的林红。旧时闺蜜岑红成了林红杀死丈夫韩小雨后的唯一心结,拯救闺蜜的坏婚姻成了她留在人世的最后愿望。她几乎以不得不为之的态势冲进岑红的家庭,她们互相拥抱,一起抚摸粉红的回忆,感叹好时光不再有。此外,她还试图调停岑红和李永的矛盾,查出岑红婚姻背后的黑手,期待对方重踏美好的婚姻轨迹。可是,林红最终所做的一切都是徒劳的。

《细嗓门》的感人肺腑不仅在于张楚呈现了稀有的“闺蜜情”,还在于他以悲悯的胸怀容纳了小说中的所有人。他为林红和岑红悲哀、为林红的妹妹悲哀、为小米粒悲哀，也为岑红的老公李永和“第三者”赵小兰悲哀。张楚想说的是，所有人都受制于命运的魔掌，谁也别想轻易搅动他人的生活，即使用力如林红亦是无济。在被重重无力感冲击后，我们从一个个虚脱的肉身中瞥见了人的宿命和局限，内心汩汩而出与张楚一样的悲悯之情。

通过意象舒展诗意

樱桃总要为罗小军送上几幅地图，建国的兜里总是不离一些曲别针，夏朗最愿意摆弄的是一台天文望远镜，林红带了一盆微型蔷薇给岑红，宗建明闲时最爱摆弄的是七根孔雀羽毛……张楚小说的意象十分丰富，除此之外还有刺猬、纺织娘、蜜蜂以及乌鸦等小动物。这些意象的附着，加重了小说中那些普通人的特质，使人性氤氲出缕缕的诗意。

《樱桃记》和《刹那记》中，樱桃托继父带回的地图就是她向罗小军示爱的载体，她清楚爱人向往一个更为广阔的世界。无独有偶，赫布兰德·巴克在《上面很安静》中也运用了“地图”的意象，用以表现男主人向往自由和冒险的信念，这跟张楚的意思合辙。在《曲别针》中，志国随时想把曲别针盘成女儿拉拉的形象，冷金属中包含了暖暖的爱。公务员夏朗作为一个天文爱好者，不得不在岳父的恩威并施下离开了星座和望远镜，浇灭了兴趣。围堵之下的林红最后才从包里掏出微型蔷薇——两朵绽放的花儿，孱弱又坚韧，不就是林红和岑红吗？

这个谋杀个性、认同共性的年代，每个普通人都无不小心地呵护着自己的那一点点不同。无论是写过诗歌、爱玩曲别针的建国，还是抚弄孔雀羽毛的宗建明，都因身上的那一点不同而让人印象深刻。这样的小癖好不会让人惊诧，只会让他们变得愈加可感和真实，让建国更像建国，让宗建明只能是宗建明。

以曲别针和地图去揭开“爱”的真谛，以望远镜去诠释兴趣和梦，以小刺猬阐释背叛，或以孔雀羽毛传达“有些秘密只是秘密本身”，都是张楚通过意象舒展诗意的案例。此外，我们不难从张楚的小说中发现别人的诗句。比如《大象》中的明净姑娘说：“欢愉在于细小，在于沉默。”加拿大女诗人克罗泽的这句诗映到一个罹患疾病的小姑娘身上，多么让人心疼。《七根孔雀羽毛》中，张楚干脆引用了《圣经》中的“凡事包容，凡事相信，凡事盼望，凡事忍耐”，反向刻画出儿子对父亲恶行的容忍已至极限。当然，他还用过博尔赫斯的“仿佛水消失在水中”，都为小说增添了一点诗意之光。

许多年前，安德森·舍伍德用《小城畸人》记录了俄亥俄州瓦恩堡镇里普通人的故事。现在，张楚正在河北倴城慢慢为身边人“画像”。他们跨过了岁月、国家和肤色，构成了某种内在关联。在心理地缘上，俄亥俄州瓦恩堡镇也许无限逼近了张楚身后的小小倴城。安德森·舍伍德试图从身边人的畸形精神中破获人性的秘密，而张楚同样以文字点染出角落里那些平凡的身影。我想，他是怀着和安德森·舍伍德一样的激情和野心，带着读者们一点点逼近那些倴城人的心灵深处。

作家自述

世间最美的蓝

张　楚

随中国作家代表团去新疆，途经乌鲁木齐、吐鲁番、伊宁、塔城、喀纳斯湖，感触最深的就是天空。那种宁谧的、安然的、静好的嫩蓝，让我在仰望天空之时，常常忘记了肉身和灵魂，所谓的神游物外无非如此。尤其是喀纳斯湖的天空，在湖水、西伯利亚落叶松、白桦树、野蒲公英、黄色棘豆和牛羊、马群、骆驼的映衬下，让人真想将那蓝拥揽入怀。

在漫长而短暂的旅途中，有很多美好的记忆，譬如叶广芩老师的评剧《列宁在1918》、熊红久的维吾尔族民歌《达瓦古丽》、鲍尔吉·原野老师的蒙古民谣、康剑兄的土瓦族民歌《水怪之歌》……但最让我难忘的还是跟作家晓航的一席谈话。

好像是在塔城，在前往铁列提克部落的途中，我们怎么就谈起了文学。那是段安静的旅程。长时间的旅途让我们兴奋又疲惫，大家都在小憩。晓航是我多年的老友，在我印象中，他的城市题材小说既睿智又蕴含哲学意味，这和他夸张悠扬的笑声完全无法吻合。我们的聊天涉及小说的技巧、小说的终极意义、小说的现状以及它遥远的未来。我们的声音很小，我们用很微弱的声音来表达我们内心最柔软、最隐秘也最让我们疼痛的爱。当我们都说得有些厌倦时，他突然说：“张楚，无论如何，我们都要坚持下去。”

无论如何，我们都要坚持下去。他声音平淡，但在我听来却有些悲壮的意味。

物欲横流的时代，一切事物的价值似乎都被不自觉地用金钱和娱乐所衡量，譬如音乐、譬如美术、譬如书法、譬如电影，衡量它们的标准不再是艺术独一无二的美学准则，而是最通俗的货币、娱乐至死的精神。尤其恐怖的是娱乐，用尼尔·波兹曼的话说，就是一切公众话语都日渐以娱乐的方式出现，并成为一种精神。我们的信仰、文化、新闻、体育、教育和商业都心甘情愿地成为娱乐的附庸，毫无怨言，甚至无声无息，其结果是我们成了一个娱乐至死的物种。

而那些传统的小说家，他们像是古老偏执的手工艺人，遵循传统文学的固有理念，他们仍坚信福克纳的话：人之所以不朽，并非在生物中唯独人有绵延不绝的声音，而是人有灵魂，有能够怜悯、牺牲和耐劳的精神。而作家的职责就在于写出这些东西，振奋人心，提醒人们记住勇气、荣誉、希望、自豪、同情、怜悯之心和牺牲精神，这些是人类昔日的荣耀。为此人类将永垂不朽。而这曾经的箴言正被更多的写作者遗忘，为了生存或者虚荣，这些写作者正制造着人类有史以来最疯狂的文字垃圾。但那些传统的小说家，他们仍抱着信徒般的狂热从事着他们理想中的创作。他们的报酬少得可怜，税率又高，如果只专事纯文学写作而无他业，那么他们迟早会被饿死，然后，他们的灵魂也会随着肉身消亡。但这些人还固执地写着,在他们看来,文学就是一种信仰,世俗利益的得与不得,向来不是评判价值的标准。他们有自己的《圣经》和上帝。

我觉得这种选择与其说是自我安慰,不如说是高贵的坚守。如果小说这门艺术终有一天因陈旧、艰涩、忠于精神探求却缺乏感官刺激而被摈弃,仅仅作为一种艺术的门类被闲置在历史博物馆供后人参观,那么,现在做一个固执的写作者还来得及。

那天,在铁列提克部落,我看到了草原,看到了蒙古包,看到了热情好客、载歌载舞的哈萨克人,他们在蓝天下骑着骏马飞驰。他们是自由的,他们也是入世的。尽管他们的帐篷有些破旧,他们的牛马也不个个肥壮,但他们眼神里那种满足、安详和仁慈,却让他们成为最诗意的草原栖居者。我漫无目的地在草原上漫游,本想找晓航继续聊天,可他不晓得跑到哪朵云的下面。后来我躺在草原上,看着嫩蓝嫩蓝的天。在我悠闲地小憩之前,我在想,也许,文学对我们这类传统写作者而言,就是世上最美的蓝。它忧郁、它热烈、它狂野、它不声不响、它烦躁不安、它孤单、它纯净,最重要的,它是上帝赐予我们最温暖也最妥帖的慰藉,因为它的存在,我们的生命才显现出另外一种独特的意义和微弱的光亮。这已经足够。

西蒙娜·薇依说:“神圣在尘世中应是隐蔽的。”关于我在世间最美的蓝,我已足够饶舌。

颜歆 / 本名戴月行，生于 1984 年，四川人。1994 年起发表作品，2001 年被评选为中国少年作家小说十佳。著有长篇小说《关河》《云的见证者》《五月女王》《我们家》，中短篇小说集《马尔马拉的璎朵》《十七月葬》《良辰》《异兽志》《桃乐镇的春天》等。

评家观点

小说家的青春期

金赫楠

2002 年,1984 年出生的颜歌年满 18 岁。刚刚走过花季雨季,颜歌送给自己的成年礼是对青涩岁月文艺青年式的小小回望:2 月,获全国“第四届新概念作文大奖赛”一等奖;小说《锦瑟》被评为《萌芽》杂志年度最受欢迎的小说之一。自此,颜歌这个名字,伴随她不断更新面目的文字,渐渐进入读者和批评家的视野。

为赋新词强说愁的少女才情

《马尔马拉的璎朵》是颜歌的第一本小说集,收录了颜歌早期的多篇小说。在这本集子中,我们可以看到颜歌的个人生活与文学写作阶段性成长的轨迹。

其中,短篇小说《花样年华》是关于高三校园生活的。在这篇小说里,颜歌正面书写自己正在发生的青春:“我”、韩让、扣扣,在 18 岁这个少年与成人过渡的临界点上,他们对外部世界和自我内心的那种似懂非懂的懵懂状态;爱情和友情,无比简单美好也无比复杂残酷的纠葛缠绕。我猜想,这可能是颜歌小说创作起始阶段的作品,文体意识还处于模糊的状态,甚至还残留着中学生作文的味道，是一种很小清新、很文艺的女生文体，整体上未脱一般青春文学的窠臼，行文中时常出现类似“在高三的刀锋上，我们尽情舞蹈着，并深刻地感到疼痛”这般青春期为赋新词强说愁的表述。

《朔夷》《锦瑟》《飞鸟怅》等则是让人惊艳的。作为颜歌早期的成名作与代表作，这几篇小说集中释放和展示了这位年轻作家超乎寻常的才情文笔，以及一个写作者驾驭想象、意境、语言的卓越能力。这些作品带有明显的奇幻色彩，每一个故事都是架空了现实背景而推衍铺陈的：古城洛阳、上古时候的村庄，那些名叫锦瑟的女子、名叫蕙娘的女子，以及后羿、甄宓、纯狐——颜歌着力营造着的古典氛围，以及这氛围之中的爱与等待、繁华与荒凉、虚无与孤独。颜歌把人物和她自己放置在一个完全源自想象的虚构时空中、封闭在一段段虚无缥缈的历史中，结构着一段段神秘、凄美甚至带点诡异的情感故事，更是在探讨死亡、宿命、孤独、爱恨等大问题。在这几篇小说中，颜歌高识别度的叙事语言恣意地生长和舒展着，空灵、飘逸、繁复，华美而忧伤。小说语言和文本意境缠绕交融，这样的小说，每一篇都是无法复述和介绍的，而只能通过细细的文本阅读，沉浸在小说语言建构起来的意境，感受字里行间所洋溢和携带的个性与特质。

在这个阶段中，颜歌于小说写作上的才情与禀赋渐渐呈现，并极其华丽、绚烂地舒展开来。通读这个阶段的颜歌小说，无论文笔之初的青涩清浅，还是渐入佳境的游刃有余，其实或浓或淡、或隐或显都在为赋新词强说愁。或许是年少不识愁滋味，又或许，且允我为她寻个理由：文学，本就是在聚的繁华热闹中提前感知散的清冷孤旷;作家,本就是在烟花绚烂时莫名心生寂寥感伤的那个人。如是,才有写作,才有内心的爆发。

在颜歌早期的小说中,我们感受到一个少女的敏感、多思,年少时候对爱情、友情、青春与成长近乎完美的期待与憧憬,青春期的迷惘困惑与青春期的忧伤表达。这是文艺青年身上普遍伴随着的一种精神气质。而对于那些很早就开始写作的人来说,这是写作成长的必经阶段,更是个体心灵和心智成长的必经阶段。一个写作者对语言的驾驭把握、对情感的收放分寸、对外部世界和自我内心的不断深入了解,大概一定是要走过这个过程的。

溢出习惯的审美与急迫的转变

在接下来的两部系列小说集《良辰》《异兽志》中,颜歌小说写作的变化开始逐渐展现。《良辰》收录10个短篇小说,讲述10个故事,每个故事都可以独立成篇。在这10个故事中,男主人公身份各异,号丧者、剧作家、养蜂人、汽车修理工、图书管理员……但他们都有一个共同的名字——顾良城。顾良城在风马牛不相及的各种身份下,在各个故事里历经着迥异的生活和命运,但在精神气质上又分明呈现着同一种底色。同样,《异兽志》中的9篇小说,分别书写9大兽类的故事,但是每一个单篇的讲述者都是"我"——一个曾经的生物研究者、现在的小说家。之所以把这两本书称作系列小说集,实在是因为既可以把它们当作短篇小说的集子来读,也可以把其当作两部长篇小说来读,每一个短篇都有自己文本结构、情节铺设、人物设置上的自恰,但整本书又有构思上的关联和整体性。

坦白说，作为一个读者，颜歌的这两本小说对于我始终像是参不透的谜题。相比于颜歌之前之后的其他作品，无论外界如何好评如潮，《良辰》和《异兽志》似乎总不能引起我太大的阅读热情和研究兴趣。也许这之中颜歌所表现出来的文风变化远离了我的期待和想象，也许她这一阶段的写作溢出了我的审美惯性。我更多地从中感受出颜歌想要改变自己的一种急迫。颜歌在访谈中提到："《良辰》的写作，一个多月的时间写完一本书中的10个故事，写完后发现自己身体浮肿，输液治疗一个星期才逐渐恢复。"呕心沥血是一种写作态度，但在才情和勤奋之外，写作者深入生活的肌理，平实地去感悟生活的心态和能力更是不可或缺的。颜歌的小说写到这个时候，似乎还欠缺着一味小说的智慧。

面向未来的华丽转身

成长是一个不断向自己说再见的过程。2007年10月，颜歌出版了中短篇小说自选集《桃乐镇的春天》，里面收录了颜歌写作以来最具代表性的中短篇小说作品。这本书被称为颜歌的青春纪念册，而在我看来，所谓纪念，除了沉淀和珍藏，还内含着一种告别和再次出发的决心与姿态。这一次，颜歌想要更决绝、更身姿挺拔地华丽转身。

2008年颜歌出版了长篇小说《五月女王》。小说的故事场景不再是虚无缥缈的时空段落，而是在一个名为平乐镇的小城。上世纪80年代生活记忆的气息弥漫在小说的字里行间。在这部小说中，颜歌渐渐褪去之前华丽、空灵的语言方式，转而寻找一种家常、朴素、简单的叙事话语。袁青山不停长高的身体和她愈加孤独的内心，她的身世故事和她生活的那个镇子、那个时代，在一种娓娓道来的话语氛围里慢慢展开。在这部长篇小说中，颜歌展示了自己小说写作更大的可能性以及她对自我语言风格、情感方式的超越。

于是，又有了2009年的短篇新作《白马》。这篇小说延续了《五月女王》的叙事风格，运用白描的手法呈现四川小镇上一段俗常而又隐秘的家庭生活：我和姐姐成长中的秘密、姨妈与父亲的隐秘、小镇上平静外表下暗流涌动着的许许多多的秘密，以及在这些秘密的防守与揭破之间小女孩云云的成长。在朴素的白描叙事中却内含一种轻灵，而这种轻灵，很大程度上来自叙事视角的选取和使用。这个短篇小说中，作者选取孩童视角去审视家庭风波中的人和事，其中的用意，当然有技术操作上的讨巧：采用第一人称叙事，便于表达具体的人在具体环境中的直接生命疼痛和真实内心历程。但同全知视角相比，第一人称叙事的遮蔽性又为事件推进和命运推衍设置了叙述障碍。小说经由一个未成年人的心智能力和情感方式来讲故事，在半真半假、似是而非之间更容易获得合理性和说服力。此外，这一叙事视角的选择也是主题表达的需要，孩童内在心理的赤子心肠、纯真情怀对成人复杂世界的消解和反抗是显而易见的，同时，生活的种种复杂和无奈也被赋予了一种诗性的反讽。在小说世界中，孩童视角始终是写作者观照世界的一扇特别之窗。另外，前面所说的轻灵还来自贯穿通篇的“白马”意象。

倏忽而至又若即若离的白马是小女孩云云成长孤独中的陪伴者和见证人，是她成长中内心细节的唯一分享者；它究竟是真的存在，还是来自云云的想象，作者没有明了的交代。而恰在这模糊中，白马作为一种象征，为小说增加了虚的质地，使得整篇作品的层次更丰富起来。

如果说前面的一系列小说作品更多展示了颜歌的才情与天分，那么《五月女王》和《白马》则让我感受到了颜歌写作上开始萌生的巨大野心。至此，小镇已经成为颜歌笔下反复勾勒的场景和背景，它或叫桃乐镇、常乐镇或叫平乐镇，这些四川城乡结合部的小镇，相对封闭却又宁静而自洽，它的混沌、琐碎可以生发出一种特殊的张力。颜歌似乎在刻意地努力建造一个独属于她自己的小镇世界，如同福克纳邮票大小的家乡。颜歌说："我想要写中国的城乡结合部，上世纪80年代眼中的城乡结合部和故乡，因为觉得这是很有意思的地方，有戏剧性、有冲突、有脏乱差，这些都是我喜欢的。写四川、写方言、写我的父老乡亲，我明白这就是我一直在寻找的方式。"这时的颜歌似乎在叙事上更有耐心，也更有一种"真佛只说家常话"的自信。纳博科夫曾说，小说家在很大程度上应该是一个魔法师，他的主要责任就是要创造出一个自成一体的天地。颜歌一直致力于做一个自如地挥舞魔法棒的魔法师，努力在笔下有声有色地创造出面目纷繁而独特的自成一体的天地。如今的颜歌似乎不再依赖那些青春期的感伤和文艺，开始自觉地调动自己骨子里和内心深处的家乡记忆和小镇情结，寻找自己真正的精神家园。她的努力，在作品中不断呈现着，那个独属于她的广阔天地的面目渐渐清晰起来。

阅读颜歌，是对一种写作的梳理，同时也是对一种文学现象的观察和思考。白烨对她曾有这样的评价："她可能是'80后'里最好的纯文学作家，同时也是当代文坛中最好的新锐作家。"作为一个操弄文字的人，颜歌的才情是显而易见的。可我同时在想，一个天资聪颖、禀赋出众的青年女作家，在阶段性地实现了妙笔生花之后，距离一个真正伟大的作家还有怎样的遥远？我想，很长一段时间内这恐怕是颜歌的写作所要面对的最大挑战与难题。作为一个年轻时起点颇高的写作者，她的个人成长与小说写作的成长是互相缠绕、相互作用着的。颜歌说过："小说家的青春期是漫长的。"她还说过："我写作的最初目标是我自己，长期相处的也是我自己，我希望最后我能参透的也是我自己，这就够了。"最近看到颜歌的又一长篇小说《我们家》出版。还没来得及细读，不知在这部新作中，颜歌又会呈现怎样新鲜的面目，我满怀期待和想象。

作家自述

成为一个小说家

颜　歌

写创作谈这件事情从根本上违背了我作为一个小说家的立场，或者说，我选择成为一个小说家的立场。这个立场是：用虚构的方式，或者只用虚构的方式来言说。

十五六岁的时候我有一个问题，那就是：到底什么事情可以使我和其他穿一样校服、做一样作业的同学区别开呢？使我成为我自己，而不是别的任何人。为了回答这个问题，为了宽慰自己，我开始写小说。小说的内容，当然地，离现实生活越远越好。所以我写了宋朝的故事、写了屈原的《天问》、写了晋代的史官们，等等。那个时候我创作上最大的问题是：毫无疑问我是一个大天才，可是没有人发现这件事；毫无疑问我有源源不断的故事要写，可是我妈偏偏不让我在星期天以外的时间用电脑。

等到我成为一个可以随便用电脑的人的时候，有两件事情成为了确定的：一是我明白了自己在写作上的笨拙、枯竭，甚至无能为力；二是，纵然如此，但是，在写了十几年之后，我似乎找不到其他任何方式来和这个世界相处了。我和这个世界的相处方式是：成为一个小说家。随时瞎编乱造，保持瞎编乱造的权利。随时道听途说，并且认为这就是自己的本职工作。

到现在我写了很多我的故乡。那个最开始我提都不想再提的无聊地方。郫县郫筒镇，在我的小说里我把它叫作“平乐镇”。“平乐镇”汇集了所有我热爱的事物。它是故乡、亲人、朋友、童年、过去的好时光；它是流言蜚语、闲言碎语、漠不关心、藏污纳垢、无聊的、琐碎的城乡结合部。

鉴于如上的原因，我写了这个小镇，写得津津有味。如果说这10年间，作为一个笨拙的、摸索的小说家，我取得了什么切实的进步的话，那就是：我不再假装自己所生活的世界是美好的，或者说不再假装创造出一个更加美好的世界来替代这个世界。所有的不美好、所有的沉重、所有的蒙蔽和肮脏正是它有趣的地方、值得书写的地方，甚至，也是有希望的地方——所以我就写这样的世界。

“平乐镇”是我的，四条街上的父老乡亲，吃肥肠粉、喝花茶、抽天下秀、说四川话。从2008年开始，我尝试着在作品中使用可以被非四川人理解的四川方言，因为我要写的是四川的故事。方言的使用，一方面让我可以更勇敢地写人物对话；另一方面，它让我从一个一点都不好笑的人成为了一个有些好笑的人。我最近写完了一个长篇《我们家》，很多人都跟我说“笑死我了”——这可能是一件好事。

对于我这样一个归根结底自我怀疑并且怀疑世界、不相信美好事物又热爱脏乱差的人来说，“好笑”正是一剂中和的药吧。

本质上来说，虽然一再被问到“谈谈你的写作风格转变”之类的问题，我还是同一个作家。来自川西小镇，热爱川西小镇，悲观地热爱着俗世生活，漠不关心地投入这样的生活。最后，用虚构的方式表达，任何时候都不说实话。

徐则臣 / 生于 1978 年，江苏人。曾获第六届华语文学传媒大奖、第四届春天文学奖、庄重文文学奖等。著有长篇小说《午夜之门》《夜火车》《水边书》，中短篇小说集《跑步穿过中关村》《天上人间》《人间烟火》《古斯特城堡》等。

评家观点

烟火花街，人间北京

黄相宜

19 岁到 35 岁是一个少年成长为男人的时期，也是徐则臣的文学种子开始生根发芽的时期。作家常常会在创作中寻找自己，回望来路，追寻出路，徐则臣也是这样。他回望故乡，看到故乡少年青春的疼痛、百姓酸甜苦辣的生活；他漂泊北京，看到陌生都市光怪陆离的吸引力、遍地盛开的机会与陷阱、离乡者挣扎向上的生命力、相互取暖的柔软的亮光。这 16 年里，徐则臣尝试过不同题材的创作，其中最引人关注的是充满人间烟火气的“花街系列”和“北京系列”。

我猜，徐则臣脑海中有一个素材库，里面分门别类，溢满人生经验中出现的人物、场景、情节、生活的细枝末节。这些信息以各种各样的方式交织交错，构建起各不相同的平行时空，他在这儿生、在那儿死，她在那儿怀念、在这儿遗忘……阅读的旅程，仿佛身处其中，感到熟悉又有新意。反复出现的生活场景：花街、东大街、西大街、石码头、承泽园、蔚秀园、中关村，反复出现的名字：西夏、木鱼、穆鱼（同音）、居延、边红旗、沙袖、孟一明；反复出现的职业：卖假证、卖碟、大学生、教授……徐则臣怀揣理想主义信念，把素材信手拈来，用心排列组合，注入骨血生命，以现实主义的笔锋点点滴滴精巧构建起属于他的花街和北京。

“花街系列”：烟火之中

“作家有两个故乡，一个在地上，一个在纸上。前者与生俱来，是切切实实地生你养你的地方，甩不掉也抛不开，人物和细节看得见摸得着，它是确定的；后者则是后天通过回忆和想象用语言建构出来的，它负责容纳你对这个世界的所有见闻、感知、体悟和理想，它是你精神和叙述得以安妥的居所，是你的第二故乡。”徐则臣在《走过花街的今昔》一文中把花街喻为他的纸上故乡，把最熟悉、感触最深的故事放入这个属于自己的独特世界。这个运河边上的老街充满流动的情愫，从过去流到现在流向未来。

从运河边的石码头上来，沿着一条开满槐花的路，拐两个弯，便是一条曲折的青石板老街，窄窄的花街满满地挤着人生。徐则臣搭建好空间，便开始说故事。花街的故事是旧旧的温黄色，风吹悠长、历久弥香。

徐则臣笔下的花街是典型的中国乡土社会，因为在水边，所以更多了几缕沈从文笔下湘西的浪漫。老街居民彼此熟识，听着声响就能辨认。除了老居民，还有从各处聚集到此的人们：没有归宿的貌美女人，找户人家收留或者暧昧的夜把灯笼挂上便住下了；卖东西的、修鞋的早出晚归提着扁担就过来了；还有过路过河的司机船主，在停留的夜晚悄悄地取下某盏灯笼便隐秘在花街的缝隙中……他们带着旧的故事来，又把新的故事留下。这些故事就是生活的气息、人间的烟火，而花街人就生活在袅袅烟火气息里。

徐则臣擅长写花街中那些柔弱、美好、无力对抗命运的女性形象，把传统世俗中男权社会下的女性生存表现得淋漓尽致。《人间烟火》正是通过刻画苏绣这个人物勾连出两个家庭的恩怨情仇。徐则臣笔力精到刻画了苏绣面对生活不断袭来的变故的每个瞬间。在《花街》《失声》《夜歌》等作品中他也刻画了以各种姿态面对命运的女性形象：把记忆与情感埋在心底，最后殉情的麻婆；在守节与生存中两难的姚丹；为了“漂白”妓女形象、清洁体面宁静死去的布阳妈；热烈追求爱情的百灵鸟布阳；不甘接受命运、刀子嘴豆腐心的书宝妈……这些女性群像是花街系列最温柔坚韧之光，正是她们孕育出花街的浪漫绵长，而生活所有的伤痛和挣扎，却隐在人物故事的背后，颇有善意与女性关怀。

这种带着氤氲水汽的民间故事中有种莫名其妙的天命巧合，反复出现的“白蛇”、鬼撞墙等带着轮回、因果报应的意象零散地落在行文中，给故事笼上一丝丝民间鬼魅之感，婚丧嫁娶等民俗礼仪也常常流贯故事，隆重的悲喜让民间灵性轮回，生生不息。既流淌着民间文化的余韵，又充满着隐喻、神性与诗意，直抵世道人心。

除此，作者常通过被迫卷入矛盾之中的孩子视角来看待周遭，以少年经历磨难的身心突变表现青春期少年的一夜成长，《苍声》就是这样的作品。懦弱的木鱼从原来羡慕小恶霸大米“浊重、结实又稍有点沙哑”的变声及其所代表的成人世界，到害怕成人世界的险恶，再到克服了磨难获得精神成长，一夜苍声。徐则臣将青春期面对困惑的木鱼置身于“文革”历史的人性恶中，把历史变动与成长历程结合。以少年变声期自身遭受欺凌的心理生理变化，以及对周遭被环境异化的人们践踏知识与生命行为态度变化的过程，折射特殊历史时期人性与社会环境的病态。将第一人称“我”的个人成长体验与社会相融合的尝试，使得徐则臣不再局限于以一个冷静的旁观者视角来描写花街的民风民情，他看到了更大的世界，关于时间、社会的流变，他渴望参与其中。一种新的生命体验冲到徐则臣的笔尖，花街烟火向深处延展，同时，北京生活跃然纸上。

“北京系列”：生活边上

之后，徐则臣像许多人一样来到首都追寻理想，渴望寻找人生的归宿、生存的意义。那些从各地无所畏惧来到北京的人们，他们是谁，他们从何处来，他们将走向何处？这些故事我们不知道。徐则臣熟悉离乡者的北京，他看到生活，看到这些生存在生活边上的人们。

《啊，北京》是徐则臣书写北京的首部作品，它以卖假证的“民间诗人”边红旗为主角，展现了漂泊在北京的边红旗、“我”、孟一明、沙袖几个青年人的生活状态，以此着重探讨“北漂”的意义。边红旗的北京生活充斥着理想与现实的落差，他舍弃了安稳的故乡工作与家庭，来到北京寻找“遍地机遇”。他从来不觉得故乡好，完全被北京都市的繁华庄严吸引，他说：“我喜欢这地方。北京，他妈的这名字，听着心里都舒服。”可是北京的生活中并没有那么多机遇，他向上爬着觉得自己就像一群蚂蚁中的一个，他在缝隙生存中，开始动荡的卖假证的生活。这篇小说探讨的是北京吸引力与故乡归属感之间的矛盾，这种生存意义的矛盾，主要是通过边红旗在北京的情人沈丹和故乡妻子对边红旗的意义展开，小说以边嫂把入狱的边红旗赎回家乡而结束。

在《我们在北京相遇》中，主角变成了沙袖，穆鱼对人生意义寻求和边红旗的卖假证生活成为故事的支线。沙袖为了男友孟一明放弃了故乡幼儿园老师的工作来到北京，独立的生存意义在北京消解了，缩小到依附在孟一明一个人身上，她找不到工作，找不到自己的价值。她怀疑一明出轨，焦虑袭来，让沙袖无法自持，她急于从其他方面确认自己，导致她与边红旗发生关系。这部小说的人物比《啊，北京》中更丰满，几条线交织推进四个同居青年的生存状态，情节写实，内容饱满。故事以沙袖、一明结婚，边红旗入狱，穆鱼找到工作和伴侣回到故乡生活结束。那些离开了故乡如飞蛾扑火般奋不顾身来到北京的人，他们以为自己来到了都市就可以把故乡舍弃，但是精神上救赎你的，永远是故乡的水土与血缘。所以，这些年轻人在北京与故乡的矛盾中挣扎，渴望在挣扎中找到一点点留在北京的意义。

到了《跑步穿过中关村》中，这些外来者的故乡被虚化了，作者专注于刻画他们浮萍般飘摇和无根的北京生活。其中，敦煌、七宝、夏小容、旷山等人的群像立体丰满、具有代表性。他们生活在底层，常被人标签化，徐则臣却注意到他们首先是“人”，他们有自己的喜怒哀乐、爱恨情仇。我们无法视而不见，徐则臣提供的正是一个视野。沿着敦煌跑步穿过中关村的路径，从一个平等的角度看到生活中最熟悉也是最陌生的人们。这些带着标签的小人物们相聚于此，为了爱、为了生活、为了理想奔跑着，编织成一个庞大的社交网络。生存的阴暗、困窘之外更多的是相互取暖的慰藉以及渴望在北京扎根的希望。生活也许没有解决的办法，但终会诞生出一点希望。

如果说以上三部作品以现实笔触刻画了小人物的挣扎与自我寻找的话，《西夏》和《居延》则多了一份理想主义的奇妙与灵动。

很多人包括徐则臣自己都认为《西夏》是他作品中的异类。如梦境般，突然降临到来的女子打乱了“我”原来的生活，理性与感性的纠结让“我”一次次丢掉西夏，又一次次找到她，和谐而真实的生活场景，让你分不清虚实，不敢去确认虚实。正如徐则臣所说，“小说以虚开始，以实写虚，一步一个脚印地实，最终又抵达了虚”。到了最后，西夏是谁根本不重要了，因为生活就是真的。

在姐妹篇《居延》中，徐则臣把这种从天而降的人物落实了，她叫居延，有了故乡——海陵，有目的——寻找自己丢失的爱人胡方域。她带着外人无法理解的信念苦苦寻夫，打动了旁人，关于海陵城南体育馆的共同记忆让唐妥决定尽心尽力帮忙，同事老郭、支小虹也参与到居延执着而漫长的寻找中。徐则臣的创作谈中有一句话可以作为这篇小说的解读：“一个人在寻找作为自己生活和精神支柱的另一个人的过程中，找到的却是丢失的自己。”他们每个人在这种找寻中发现了生活的真意，居延走进了生活，找到了自己的价值。于是，篇末，之前千辛万苦寻找的胡方域与居延擦身而过，但是他的出现对于居延已经没有了任何意义，因为她已经找到了自己。在胡方域登场前，徐则臣提到了一部描写生活在北京的年轻人的电影——《西夏》，这个线索把《居延》引向《西夏》。徐则臣让我们走进现实笔触刻画的想象空间，感受到浪漫俊逸、奇妙灵动的文学力量，两部作品同样荒诞的故事外延，却让人真切地感受到人类的存在意义，在虚虚实实中选择相信生活。这种领悟了虚实之道而创作出来的小说质地与小说精神无疑意味着徐则臣的成熟。

文学的虚实之道

徐则臣被认为是“70后”作家中继承了学院传统和现实主义的作家，李敬泽曾这样点评徐则臣：“自觉地继承现实主义传统，在对时代生活的沉着、敏锐和耐心的观察中，把握和表现人们复杂的生存境遇和精神疑难。”施战军认为：“徐则臣好就好在他有这份自觉，他很少贸然地蔑视伟大的传统，相反他懂得‘旧式’也许涵养着新招；他也决不把自己放在底层上层，他给自己的‘成长’、‘漂泊’、‘精细’等写作元素附于最基本的人物、命运、情境中。”

走出校园，走进社会与生活，徐则臣的笔带着他回望故乡，他带着笔漂泊北京，平和规范的叙述无法满足他的创作热情。徐则臣在写作中意识到自身连绵不绝出走的冲动，新的信息排着队涌入他的体内。故乡和北京并不是狭隘封闭的，生命的信息在漂泊者的血液中彼此交换、勾连。

是的，徐则臣人生的大部分时光流淌在校园里，人生轨迹是中规中矩的学院之风，这种文学传统的继承，让徐则臣稳当地构建他笔下的世界。如果说有什么不足，可能就是规范的训练让徐则臣的故事过于写实，技术性的建构让故事情节充满太多完整的巧合，某种程度上消解了文本的理想主义色彩。例如《夜火车》中陈木年因为涉嫌杀人无法毕业而留校，本来让小说增加了先锋性与荒谬感，但最终被解释为沈镜白让木年锻炼学术而拜托学校所为，还有许如竹、沈镜白、陆雨禾三人的关系明暗线索，给读者留下了想象三人过去爱恨的空间，可最后，作者却设置了裴菲这个貌似陆雨禾的考研生，让沈镜白把对雨禾的依恋转嫁于她并与之发生关系，导致沈镜白身败名裂。还有《人间烟火》中不断出现的“白蛇”意象，从苏绣恐吓哨子，到哨子讲故事给冠军，再到最后冠军看到闪电以为是白蛇而受惊吓，心脏病发身亡。《跑步穿过中关村》中，开始是保定因为敦煌入狱，结尾是敦煌为了夏小容和她肚子里的孩子顶替旷山入狱。当现实空间被填满，情节过于巧合，设置太多的磨难，故事越满越实，越让人觉出缺失本体意义上的艺术真实。也许以虚入真更能体现人性的丰富性与复杂性，更接近哲学追求的精神性，也更接近本体意义上的艺术真实。

徐则臣已经感受并且实践着文学的虚实之道，类似《西夏》《居延》这样虚实相间、飞扬俊逸的作品，在充满想象力的外衣下，让人真切感受到个人对中国社会的生命痛感与生存反思，内核尖锐犀利，直指现实，令人感动惊喜，并温暖人心。这种艺术的虚化色彩，为他的作品注入了永不变质的理想与浪漫。

为此我深信，智慧的徐则臣一定会在作品的气质和文学品质上，有更高、更多样、更俊逸的追求，也会在生活况味和小说意味上有更多的诗性，他那带着浓厚人间烟火气息的对人性的探索，以及永不放弃的对来路的回溯和出路的追寻，也将成为他创作中一以贯之的精神力量。

作家自述

局限与创造

徐则臣

十几年前刚开始写作，一肚子发泄不掉的倾诉欲望，满脑子文学的经典款式，以为只要活到老就能写到老，逢山开路遇水架桥，在写作的疆域里可以信马由缰，即如风行水上，随处成文。十几年过去了，发现年轻就是好，如此不靠谱的想法都敢有。现在你要让我说，人有多大胆地就能有多大产，除非把我灌醉了。世事正如此，即使你想得到，你也未必做得到。身高到不了一米八，体重也就一百四，我们的局限性自己得清楚。我说的不只是我自己，包括所有写作的人。想象力不是万能的，创造力也不是水边低地，插根柳枝就能长出棵树来。

不断地写，不停地看，很多东西就写腻了，很多东西也看烦了，原因很简单，来回就那老三篇。就是红烧肉你也不能顿顿吃，何况大部分是粗茶淡饭。这些年我用力主要在三块：一是关于北京；二是河边的故乡；第三块，基本上是天马行空的虚构旅程。前两者从现实来，从想法到故事再到细节，你没法不给它们一一找到可靠的来路，可以想象，可以虚构，但都得“靠谱”，不能空穴来风。后者自由度要大一些，但也不能任意妄为，总得有好的想法来统领故事和细节，否则实在不值得提笔来写。可是人并非化学实验室，东拼西凑的原料往试管或坩埚里一放，冒两个泡，新鲜的思想就出来了。我们不可能三天两头就有一个足以为外人道的好想法。说到底，好想法需要等，坐在树桩旁边等着兔子自己撞上来。在这个生态遭受前所未有之重创的今天，我们都知道，兔子已经不多了，喜欢撞树桩的就更少了。

抽象的东西都如此难搞，需要扎扎实实从生活中来的，关于我居住的北京，以及我曾经居住的水边，想要在形式和内容上时时花样翻新，就更难了。你能过的生活就那么大，能够激发和启迪你想象力和好想法的因素也就那么多，就算你马不停蹄地全世界跑，就算你整天把耳朵挂在别人的嘴上，还假使你能耐得住寂寞坐在国家图书馆长年累月不出来，不必仔细考虑也可以知道，你的收获也是有限的。你还是逃不掉一个人的局限，你是莎士比亚和托尔斯泰也不行。而文学和艺术喜新厌旧，一不小心你就是个旧人。做三两天旧人还能忍受，做久了，别人不烦你自己都烦。所以，搞文学和艺术其实是个高危职业。当然，前提是你不打算仅仅混口饭吃，哪怕死皮赖脸也无所谓；你还想追求进步，还想顶风作案把事情做得更好一点。

看多了老三篇，能不看我尽量不看；写多了老三篇，能不写我也尽量不写。我想来点别的，但来点别的谈何容易？你想在别人已经到达的终点上再往前走半步都很难，你想在自己的极限处再往前走半步更难——这个终点和极限既是题材意义上的，也是艺术和思想意义上的。艺术和思想上的终点和极限不难理解，高度到不了就是到不了，跟你是不是年轻力壮没关系。题材上的局限好像有些费解，不就换个领域写写嘛，原来写打铁的现在改写木匠活儿。如果你现在还是这么认为，那我要祝贺你，你还年轻，你的胆量和我当年一样大。如果就是把人物手里的铁匠锤子换成木工刨子这么简单，我早就去写心仪已久的科幻小说了。锤子你看得懂，刨子你也看得懂，但锤子和刨子的内心你未必就全看得懂。隔行如隔山。

但是我要努力去看，深入他们的内心。这几年在国外隔三差五地待过一阵子，看了一些西洋景，也看了一些西洋里的东洋景，有一天我突然想，能不能写点“外面的事”呢？如果你对当下的文学比较熟悉，你会发现，“外面的事”基本上都是“外面的人”在写，即使他们是“我们的人”，那也是过去的事了。在“我们这里”，极少有人僭越妄为把手伸到外面去，也就是说，“我们这里”其实缺少一个写“外面的事”的传统。传统很重要，传统意味着相对成熟的审美规则、表达路径和比较完善的意义阐释系统。也就是说，你能够在“传统”里轻而易举地找到进得去又出得来的方法。可我现在找不到。找不到让我心怀忐忑，也让我高度兴奋。忐忑和兴奋同时来临时，通常表明你开始“创造”了。

对文学和艺术而言，最美妙的词大概就是“创造”了。黑暗里你给出了光，荒野里你走出了路，大水中你驶来了船。这么说貌似上帝创世纪，看着相当宏大，其实没那么严重，点燃一根火柴也是光，两脚宽的小径也是路，简易的舢板也是船——但它们是新鲜的，起码于我是这样。在原有的写作疆土上，我开辟了新的海岸线，多了一个观察和思考世界的向度。和过去的写作相比，这个题材给了我全新的体验。当然，一切才刚刚开始，关于“外面的事”，我才写了两个短篇小说，一是这个《去波恩》，另一个是《古斯特城堡》。

哲贵／本名黄哲贵，生于1973年，浙江人。曾获首届人民文学新人奖。著有长篇小说《迷路》，中短篇小说集《金属心》《信河街传奇》等。代表作有小说《金属心》《责任人》《空心人》《住酒店的人》《施耐德的一日三餐》等。

评家观点

写小说的手艺人

金　理

随哲贵游过一次寺庙，看他合掌顶礼的姿势，想来就不是俗人。后来才知道，好多年前他曾在玉苍山下一座草庵里有过出世修行的经历。对他来说，这大概是一个“断裂”的时刻，此后，哲贵人生态度的方方面面，也许皆能见出悟识。

从“这一天”开始

这一天，从朋友的追悼会回来，黄徒手“决定把事情做个了结”(《责任人》)；这一天，“唐小河觉得董娜丽把他身体里的某种东西叫醒了”(《雕塑》)；这一天，麻妮娅“想出去走一走”，这个念头突如其来，似乎是向未婚夫赌气，同时也想透透气，因为“她觉得好像被一个无形的铁圈箍住”(《迷路》)……

哲贵的小说，大多会从“这一天”——一个日常生活的“断裂”时刻——开始叙述。一般的故事，在结尾都会走向“圆满”，或者说，用“闭合”的期待来克服“断裂”：尽管习以为常的生活图景突然暴露出不和谐，但最终危机得到化解。这样的“闭合”依然维护甚至固化了原先的结构。但是哲贵的设计不是这样的，“这一天”之后，再也不是回到原先的轨道，而是裂解出新的可能性，另外一种生活的意义出现了……比如《迷路》中的麻妮娅，在白云尖整整待了35天，搜寻失踪的雷蒙，其实更重要的是“搜寻自己”，完成自我心灵的洗涤；当麻妮娅下山之后，不再会是原来的那个“我”了，这就不像夏孝阳，还会回到原先的“程序”里，“过他的程序生活”。

哲贵小说中的“断裂”时刻，对于主人公来说，往往意味着不适、不满足、在习以为常中感觉到了格格不入，甚至萦绕着一种关于过往生活的失败感。不过，正是产生了对于失败的自觉，人才能够意识到转变、意识到生活的“未完成”与“再次生长”，才能在大多数人“向钱跑，也一直向前跑的时代”里，停下脚步，自我审视，这当然得付出勇气和代价，但也是必需的，必须在自己“这一天”的时刻，停顿、内省、重新开始……

成功人士的“另外半张脸”

哲贵几乎所有小说都在描述信河街和这条街周边的人。信河街是一个民营企业特别发达的地方，据工商部门统计，有10万家中小型企业，个体户有35万家，主要从事皮鞋、服装、眼镜、打火机等行业。信河街90%以上的人都在做生意。哲贵专心描绘的就是这一特殊人群，在飞速的经济发展中积聚起财富，他们被称作“成功人士”。经济发展在今天已然成为整个社会的中心，成功人士正是时代的英雄，就像最近的电影《中国合伙人》所表达的主题：向成功人士致敬。但正如王晓明先生的洞识所见，在一般的广告、传媒与文学书写中，我们看到的只是由饮食生活、休闲方式、商务应酬等所构成的“半张脸的肖像”,这成功人士迷人的“半张脸”,成为公众艳羡和追慕的符号。与此同时,另外的“半张脸”则被悄然隐去了。

哲贵小说的新意正在于此,他带领我们去勘察成功人士那“另外半张脸”,当我们掀起神秘的面纱时,赫然发现种种病象。《责任人》几乎就是一篇病象报告:黄徒手每天晚上加班制作镍片,“身上的各个口袋都塞满了钞票”,在事业开始发达之际,身心却出现“异变”,外部症状是失眠、头痛、消化不良、情绪低落,更要命的是总被一股酸酸的镍片气味所围绕,挥之不去。镍片本是黄徒手发家致富的杠杆,现在却成了一击致命的“病源”。刘可特的症状更诡异,他必须听厂里女工讲述一个个故事才能心安。刘可特曾经因为拉拢大客户而导致一家公司被收购,“随着他的生意越做越好,脑子里总是浮现出原来那个公司的模样,公司里每个人的脸都会从他的脑子里跳出来。这个时候他才发现,是自己害了那个公司,自己对不起那个公司里的所有人。这种内疚的心理一直困扰着他,让他吃不好,更睡不好,只要一闭上眼睛就做噩梦,梦见原来公司里的那些人,一个接一个地从公司的顶楼跳下来”……原来“心结”在这里。在经济加速发展、利益重新分配的过程中,总会出现种种关乎公正、道义的问题,不仅引发人际间的冲突,也会在人的心灵空间中激起震荡,刘可特的“病”,正象征着成功人士在掘得“第一桶金”的过程中埋下的原罪。

《金属心》中,霍科的心脏病虽然是天生的,但正是在楼盘炒得蒸蒸日上的过程中,“心脏出事的频率越来越快”。他去英国做昂贵手术换了一颗“金属心脏”,但却一点也没有“活回来了”的感觉。

霍科热爱乒乓球，但是出汗会造成金属心中的电池短路。身体意象起源于古希腊人在体育竞技过程中对于展示健康肉体的热爱，延伸出人对自身信念和力量的确证。而被剥夺了参与体育运动机会的霍科，首先在身体上日渐颓败。渐渐地，“他发现自己的内心正在变得冷漠和坚硬”，周围的人无非尔虞我诈，“所有的事情背后都存在交易”，他对这个世界无动于衷。心、身体与欲望都趋向寂灭，正当他要成为一具行尸走肉的时候，遇上了善良而真诚的盖丽丽。你记得萨福的著名情诗吧——“听见你笑声，我心儿就会跳”（萨福《给所爱》），最终给予救赎的，并非那颗钛金属的心脏，而是爱情，一个还能产生真正动情的爱的生命，毕竟是有希望的。哲贵为“心”的再次“起搏”提供了生动细节：在与盖丽丽交往的过程中，霍科从“心被‘揪’了一下”的波澜初起，到“觉得自己左边的心室动了一下，好像被东西电了一下”，到最终成立救助心脏病患者的基金会，很清楚地听到心的跳动，伸手去摸，“似乎有了一丝温度”……《金属心》无疑是哲贵最优秀的中篇之一，描绘出一幅从欲望死灭到人性恢复，到生命再度开花的景象。

欲望的辩证法

在马斯洛的心理学中，人的需求区分为多种层次，生理等需要之外，人还有自我实现的需求。其实，欲望也有多个面向，在欲望叙述中我们往往忽视的是人的生命欲望的表达，而实际上，外在刺激下的欲望往往会与人生命内在自我发展、自我实现的欲望交互唤醒、激荡。黄徒手辞职出来单干，凭着“在电泵厂里施展不出来”

的一身手艺，他打出了气阀、跳板、点火装置等各种各样的配件，此时，“黄徒手眼睛红起来了，跃跃欲试”……这不仅是追求更优越的物质生活条件，同时萌动的，还有他对个人生命价值与意义的满足，显然，生命欲望与活力、创造力紧密相连。哲贵笔下以黄徒手为代表的这批人物，大多是改革开放初期的“试水者”，他们凭借着手艺、胆识与勤奋，开创出自己的事业，这个时候欲望因素的浮现往往伴随着个人独立、自觉与解放的主题。但是自上世纪 90 年代以来，市场经济大潮席卷社会每一个角落，资本、商品、股市、房地产、投机事业等自由经济因素迅速改变了社会和人的面貌。在一个人欲横流的年代里，欲望的追寻也会走向自己的反面。还是黄徒手，事业开始蒸蒸日上，闻着每日赚进的钞票里那股特有的、甜甜滑滑的味道时，“他还闻到了手中镍片发出的一股刺鼻的酸味”。

人生活在社会之中、生活在与他者构成的复杂关系之中。人的欲望当然不可能孤立存在，自我欲望的满足往往就会与他人欲望的满足发生摩擦、碰撞与冲突，“从人之性、顺人之情，必出于争夺，合于犯分乱理而归于暴”（《荀子》）。所以孔子才会提出仁者“爱人”的哲学，辜鸿铭的解释是：“人类社会的所有关系之中，除了利害这种基本动机外，还有一种更为高尚的动机影响着人们的行为与选择，这就是责任。”（辜鸿铭《中国人的精神》）哲贵把自己的一篇小说取名为《责任人》，主人公黄徒手在治愈自己心病的过程中反复思考过这个问题，他所有的付出，就是不想成为一个“不负责任的人”。而王文龙九死一生返回信河街还清贷款，为的也是担当起“责任”（《信河街》）。“责任”是对物欲、生命欲望等等内外欲望的升华与调节，这不完全是外在的规范，毋宁是出于主体的自觉与内心意愿，不妨说，这是一种“精神欲望”。在《迷路》的最后，大草坪上搭起20多个帐篷，“每个帐篷里射出一团团的柔光”。人们抱着同样的目的上山，“谁不知道白云尖的险峻？谁不知道白云尖危险？现在大家都来了，都已经把个人安危放在一边，谁能出面阻止大家这种发自内心的行为呢？”那“一团团的柔光”正象征着“精神欲望”的觉醒与集结。

天工开物，技近乎道

在打火机限流片上如何打出6微米的小孔（《责任人》）；山林里迷路时如何辨别方向，往泥土多的地方还是石头多的地方走，而例外情况是什么（《迷路》）；工厂要造抽水马桶，唐小河在设计过程中考虑了从内壁坡度到冲洗孔大小等整个构造（《雕塑》）；黄伏特开餐馆，悉心掌握各种选料知识：“东海的黄鱼在每年的七八月份最好，因为过了这个季节，它们就要过冬了，在过冬前，要把身体养肥”，“鸽子要选落地鸽，刚出生八到十五天的鸽子，肋骨和头盖骨都是软的”（《牛腩面》）……穷形尽相地写技艺、写各行各业的知识，这是哲贵小说非常突出的特征。他乐此不疲，也许正是为了追究王安忆经常强调的“经验的真实性和逻辑的严密性”，小说是由经验、材料、细节构成的，物质外壳如果失真，整个小说大厦的逻辑性与可靠度就摇摇欲坠。

我猜测哲贵的用心不止于此。《跑路》中曾经描写过胡卫东的手：“那是一双粗壮厚实的手，也是一双布满老茧的手，那是他长期做皮鞋的结果。”你能够想象：曾经在刺鼻的作坊里，通过无数道量脚、批皮、打胶、合针等工序，在这双手上所诞生的皮鞋肯定如海量般难以计数。这是哲贵笔下这群成功人士的特殊性：他们的父辈都是兢兢业业的工匠、手艺人，他们自身亲历了从传统作坊转向现代工厂的打拼，不是今天坐享其成的“富二代”，也不完全是依靠雇佣劳动的“资本家”，他们一直不脱离甚至热爱着具体的劳动过程。《牛腩面》中的黄伏特，每天辛苦出入于菜场、庖厨间，他觉得在自己的行业里“他就是一个艺术家”。这多少有点“技近乎道”的意思了，往前追溯恐怕就是《庄子》里那些手工匠人，潜心于物，通过具体的劳作而上窥那潜隐于万象中的“道”。

手艺是切身的，天天上手，内在于日常生活，是一个人与世界最基本的打交道方式。同时，也借此方式得到自身应对命运的、不息流转的力量；也就是说，那“道”也会通过具体的劳作而回返、护持匠人的生命。黄徒手克服身心危机的关键之一，正在于回复手艺人的本色，用镍片亲手配制出一副眼镜，“拿出全身的本事，也倾注了自己的感情，就像当年设计限流片的小冲床一样，一点一点地把这副眼镜做出来了”，如其所言，这个制作眼镜的过程，“也就是给我自己治病”。这大概就是胡兰成说的“一器亦有人世之思”（胡兰成《中国的礼乐风景》）；也就是沈从文说的：小木匠作手艺，“除劳动外还有个更多方面的相互依存关系”（沈从文《关于西南漆器及其他》）。

对于哲贵来说，写作是多年的坚持与热爱，但也不算他的“正业”；在工作之余下笔，产量不高，质量却稳定，发而皆中节。我特别信服这种态度：慢工出细活，也像他笔下的手艺人，及物而不执于物。

作家自述

我对这个世界有话要说

哲　贵

想来真是悲观，触动我写小说的动机，往往是社会上的阴暗面。或者换句话说，社会上发生的不良事件更容易引发我思考和表达的欲望。《金属心》《责任人》《跑路》《住酒店的人》《施耐德的一日三餐》等小说，几乎都是在这种情况下完成的。譬如，写中篇小说《信河街》时，我所在的城市正面临着一场民间借贷危机——有人通过民间借贷的手段，敛聚了大量资金，然后携款潜逃。这可能是一场资金的危机，也是一场信用危机，更是人如何践行契约的危机。我们都面临着这个危机的考验。从这个角度看，我们正生活在一个充满猜疑和不信任的环境里，因为当下的社会，经济被提升到一个绝对高度。物被无限放大，信仰和坚守被忽略，甚至变成一桩可笑的事情。这个世界似乎倒调过来了。

以前不是这样的。我所生活的城市，据说在南宋时期就出现了民间借贷，主要有两种表现形式：一种是一对一的借贷，譬如你借我一万元，约定借款期限是半年，这半年里，我每月还你利息，半年一到，我把本金一次还清；还有一种是组织互助会，一般是 10 个人，由一个会首牵头，可以是 1 个月收取一次会钱，也可以是 3 个月或者半年,10个会员轮流收取钱,越到后面的人,出的会资按一定比例减少。互助会是亲戚和朋友之间比较普遍的借贷形式,有互相帮忙的意思。我问过父亲及父亲的上辈人,他们或多或少都参与过这种民间借贷,在他们的记忆里,从来没有人在这种经济活动中违反规则,他们说:都是亲戚朋友,如果在这种事情上动歪念头,以后怎么做人啊?

说得太好了。做一个"人",是父辈们最基本、最朴素的信念。但是,我们是从什么时候开始,把这个信念都丢掉了呢?

在我的记忆里,最早出问题应该是在上世纪80年代中期,我所在的城市出现了大规模的抬会现象,很多会首卷走会钱逃匿。第二次是上个世纪90年代,我所在的城市出现了"白银背"现象——很多人卷走白银出逃。第三次就是现在,出现了大量的民间借贷,而且基本是高利贷。这段时间以来,我不时听到社会上传来某某人逃跑的消息。

现在问题出来了:作为一个写作者,面对这个时代,面对这样的问题,你怎么想?又如何在纸上发出你的声音?

是的,首先是发出声音。我觉得,写作作为一种古老的表达方式,一个从事写作的人,有责任对当下的社会发出属于他的声音。这种声音可以是尖利的,也可以是混沌的;可以是阴冷的,也可以是温暖的;可以是快速的,也可以是缓慢的;可以是嘹亮的,也可以是低沉的。唯一的要求是声音的独特性。其次是如何发出声音,即声音的表达方式,除了必须遵循的基本艺术规律,每个写作者都要有自己的表达方式,借用传统手艺人的说法就是要有"绝活",只有这样，才能发出庞杂而丰厚的声音。

当然还不够。还有一个更大的问题是，既要对这个世界有一个主观的认识，却又不能对世界有一个预判，不能对人和事带有先入为主的偏见。我觉得，只有对所处的时代进行不带偏见的观察后，发出的声音才有说服力。我的所有写作都碰到这个问题，我描写的是一个商人群体，他们已经或者正在成为这个时代所谓的成功者，当他们遇到并卷进各种各样问题时，他们会有什么样的反应和表现？我们首先看到的是商人的唯利是图，任何付出都讲究回报。这是事实。这种事实也造成了公众对当下商人群体的预判——所谓商人，就是一群暴发户，他们没有责任感，没有担当，内心一片荒芜。

这种预判是现实的，也是历史的。可是，这种预判也是一种极端的偏见和遮蔽，把世界分成了非黑即白的两极。对人进行粗暴的归类，即官员是什么样的，商人是什么样的，文人是什么样的，医师是什么样的，农民是什么样的，工人是什么样的。于是，世界在这种预判之下便条理清晰起来，一切都在掌控之中。

可是，这种预判恰恰遗漏了一个最基本的问题，那就是忘记了，无论是什么样的人，无论从事何种职业，是何身份，他（她）首先是一个“人”。他（她）同时拥有简单和复杂、温暖和冷酷、善良和险恶、人性和魔性。

这些年来，我看到太多带有明显偏见的文学作品。有些作品已进入文学殿堂，成为经典，可对“人”的描写，特别是对商人群体的描写和塑造，带有明显的偏见。这是不公平的，更是失职的。所以，我就在想，在这个问题上，我能不能做点什么？能不能发出一点声音？我能不能做到不带偏见地进入商人的内心世界，把他们当作一个“人”，描写他们的彷徨和挣扎、欢乐与忧愁、淡定与恐慌、勇敢与懦弱、责任与逃避、得与失、哭与笑，雕刻出他们真实的形象？

再以《信河街》为例，我为什么要写这篇小说？首先，那场民间借贷危机深深刺痛了我，我的许多朋友都卷进这场旋涡，浪迹天涯。从某种角度说，他们也是这次危机的受害者。其次，这场危机表现出人与人之间的不信任更让我警惕，一个社会，如果连人与人之间最基本的信任都没有，秩序的运转能正常吗？如果人与人之间连正常的信任都已丢失，人还能称之为“人”吗？

从这个角度说，我宁愿相信，从上世纪80年代中期以来三次问题的出现，只是历史进程中的某一次颤动，是暂时性的失衡，人性也在这种失衡下表现出黑暗的一面。既然有黑暗的一面，必定有光明的一面，我坚信人性中美好的存在，希望尽量真实地描写笔下的社会和人物，发出哪怕是微弱的一点声音。

吕魅 / 生于 1984 年，山西人。曾获娇子·未来大家 TOP20 等奖项。代表作有中短篇小说《小染》《莫塔》《所有的阳光扑向雪》《托斯卡纳》《朝九晚不归》等。

评家观点

后青春时代的日常叙事

徐　刚

掐指算来，吕魁写作的年头已经不短。作为一位“80后”小说家，他作品不多，却能全面地呈现同龄人那飞扬的青春、卑微的梦想、岌岌可危的当下境遇。他总是执着地思索年少的理想终成泡影的故事，展示成长中的男女在与现实的搏击中或溃败或妥协的命运。就此，无忧无虑的青春时代宣告终结，生活本身也日渐显露庸俗、残酷的面貌。与其说吕魁是一位热情洋溢的青春写手，不如说他是一位视角敏锐的世俗生活观察家。他直面并剖析后青春时代日常生活的庸俗本质，并在其中落实同龄人的生活经验，呈现他们的生存困境。

成长如蜕，或青春逝去的哀歌

彰显青春气息，书写校园故事，这是一代代青年写作者必涉的主题，年轻的吕魁也未能免俗，尤其在他的创作之初。吕魁早期的作品如《小染》《少年行》等，都将叙事聚焦在洋溢青春气息的中学时代，并奠定了他此后小说的基本主题：无处告别的青春和劈面相迎的庸俗现实——这一切都是通过一位纯真、率性的女子，连同她为了生存而牺牲一切的现实而展开的。其间有暧昧、有忧伤，更多的则是成长如蜕的苦痛。因而，这也可以看作一位“纯真的守护者”对自己青春时代的缅怀和祭奠。

《小染》从来自北京的姑娘小染在两个小城少年心中激起的涟漪开始讲起，热情追忆那饱含着年少纯情与率性念想、飞扬青春和刻骨暗恋的校园时代。故事最后，小说最终展现出青春的华美被耗尽之后所袒露的庸俗本质。一位无忧无虑的女孩日渐步入艰辛的生活，并为了生存而牺牲一切，最后被这个庸俗的社会所吞没，任何关于青春的天真梦想都会在顷刻间土崩瓦解，这或许便是成长的代价。相对于《小染》，《少年行》的中学故事更显出残酷青春的印记，就后者而言，“我”的叛逆和对兄长般的男人军伟的追随，以及对女孩林小丹的爱慕，构成了整个故事的基本单元。尽管小说最后，情感矛盾的激化势必将故事引向绝境，但这种“平和的忧伤”却也体现出作者难得的真诚，使整个小说演变为一曲喟叹青春已逝的哀歌。

吕魁的写作具有明显的成长小说的质地，他就像一个执着的孩子，不断地质询成人世界的逻辑，探讨世俗与纯真之间的矛盾。纯真的小染最终没能走进“我”的世界，她偏离了“我”所期待的人生轨迹，淹没在如蚁的人群之中，被世俗社会的滚滚红尘所吞噬。而另一篇小说《城市变奏曲》则在大学校园之外重述了纯真与世俗的对峙。小说以诗人董三的故事开头，在虚晃一枪之后，迅速转向小说的主角——那个漂亮、热情、率真，甚至带着几分妖冶的女孩宁梓。她在音乐中忘我地摇摆，她的疯狂所散发的魅惑力令我难以招架。然而,这个酷爱漂泊、率性而为的女子,终究不会将自己固定在恒久的归宿中,她在这个世俗的社会里热情追逐着自己想要的一切。作者以言情的笔调,书写着让人怅然若失的爱恋。

一意孤行的“女性漂泊者”

在吕魁的小说中,女性占有绝对的“戏份”。她们大多拥有超凡脱俗的魅力,她们热情似火、美艳动人,她们率性而为、敢爱敢恨,这些无与伦比的姑娘从天而降,给“我”平庸的生活带来一抹亮色。然而,在一番暧昧朦胧的爱恋之后,她们又无一例外地离“我”而去,去追逐更为“实在”的梦想。这些一意孤行的物质女孩善良却不纯良,堕落却不肮脏。在这个庸俗的社会中,她们为了生存牺牲一切,最终却一败涂地,被这个物欲的社会所吞没。《小染》里的小染、《城市变奏曲》中的宁梓莫不如此,而那位被无数人念叨的“莫塔”则更为典型。

小说《莫塔》可以算是不折不扣的“80 后”作品,展现了一代人的生活经验。学西班牙语的大一姑娘莫塔,是我在饭局上偶遇的兼职酒促女子。这位有着不幸童年的美丽女孩从千里之外的新疆来到北京,在这个艰难的城市独自谋生。她因物质匮乏而努力追逐着金钱,甚至不惜出卖身体和灵魂。她甘当“富二代”的情妇,最终也难逃被抛弃的命运。尽管生活一次次地“教育”了她,让她明白这个世界根本没有童话,但她还是在这个物质主义的社会一败涂地。这个冲着眼前的世界高喊“我爱你,北京”的执着女子,终究用自己的成长与伤痛,让人看清了世俗世界的本来面目。

除了莫塔，吕魁还清晰地刻画许多渴望融入北京，但却悲哀地发现“我爱北京，北京却不爱我”的小人物。她们不在乎奋斗的方式和途径，目的却只有一个，那就是留下来，活下去，甚至活得更好。《写篇小说登〈大家〉》中令人心驰神往的舞蹈妞、《和美人告别》里永远让人猜不透的奇女子夏奈，都依稀让人想起小染、莫塔这类为了个人奋斗而不断牺牲的“北漂”女子。然而，无论是小染、宁梓，还是莫塔、舞蹈妞，在吕魁笔下，她们并不是被否定的人物，相反，她们身上有一种与生活肉搏的力量和热情，有着令人迷醉的青春活力和生命张力。吕魁就是以这种“女性城市”的方式刻画这批“城市漂泊者”的形象的。正像作者所认同的作家汪曾祺先生所谈到的，“生活不是想象中那么好，也不是想象中那么坏”，因而，这些女性漂泊者也无所谓善恶的道德评价。这种“性别构型”的思路，固然体现了作者在个人奋斗的褒奖和道德主义的指责之间游移不定的状况，但在更高意义上却完美实践了“我所追求的不是深刻，而是和谐”的艺术追求。

向“伟大的小人物”致敬

吕魁曾说，他的小说终是向“伟大的小人物”致敬，小人物指的不仅是莫塔等渴望留在城市的卑微女子，也包括那些游走在城市周边、不知何去何从的渺小灵魂。《再见阿豪》是作者为数不多的没有女性形象的小说。故事里的阿豪是一个悲剧英雄，像所有的“北漂”一样，幻想在北京这个繁华的首都打拼，但最终却难以为继，不得不在奥运会开幕这举世欢腾的时刻落寞地离开。小说中，拥有鸿鹄之志的小人物虽怀抱着“梦想照进现实”的决心，却终究无力触摸那可望而不可即的未来。小说的结尾令人五味杂陈：阿豪和成千上万的人挤在北京西客站前的大屏幕看奥运开幕式，为那震撼、壮观，却终究不属于自己的开幕式激动不已，在“同一个世界，同一个梦想”的虚幻想象中，为那个小女孩唱起的《歌唱祖国》而热泪盈眶。

《浅生活》也是一篇向“伟大的小人物”致敬的作品，小说以旅行游记的方式饶有兴味地描写了主人公去婺源游玩的一路见闻，并以当地摩的司机兼导游的老滕和小滕为线索，记述了这两位颇富意味的底层人物。小说的可贵之处在于其一改底层文学的俗套，而将那些坚硬的现实深藏在小说朴素的叙述中。既写谋生的艰难、即将面临的生计风险，也写他们的小狡黠；既不拔高他们的美德，也不回避他们的缺点，这便是带着生活底色的“伟大的小人物”。作品毫不煽情地呈现了平淡无奇的生活，其情其景全无波澜，一如生活本身。

卑微的小人物和平淡的小城生活一直是吕魁小说的主角。《信仰在空中飘扬》多少有些寓言的意味，以财大气粗的高中同学老邢回乡投资，从而点燃整个县城的物质欲望为线索展开。金融危机的蔓延使老邢没有实力继续投资，他的最终消失使“我”领略了人生的大起大落，也让人明白，似乎只有平淡才是生活应有的底色。在吕魁笔下，青春和理想的飞扬固然可贵，但现世的安稳和人生的平淡或许更加值得珍视。同样事关生活的价值选择，《火车要往哪里开》提出了一个严肃而认真的问题：火车要往哪里开？小说通过我在乡村女友牛红红与城市梦中情人徐菲菲之间选择的变化，探讨城乡关系这一严峻的社会命题。小说不断地渲染乡下人牛红红的“土气”，而上海姑娘徐菲菲则体现出城市人的一贯嘴脸。当然，故事的结局早已注定，城市人的精明与算计，不过是想利用“我”对付第二天的考试而已，而小县城或乡下人的淳朴才是最为稳固的。

与《火车要往哪里开》一样，《散伙饭》中的“散伙”并不是一次因毕业而展开的情感波动，其内在的情绪分明指向了上海这座令人爱恨交织的城市。小说中，吕魁再次将对上海的情感表述成一段失败的爱恋。尽管《散伙饭》中的分离并不像传说中的“毕业即失业”那么残酷，但各奔前程的结局所蕴含的青春梦碎的征兆，还是被极为伤感地揭示出来。在此，期待着“让梦想照进现实”的主人公不得不落魄地领略现实逻辑的冰冷和坚硬。而那位物质主义女孩林晴则“用实际行动教我懂得在当下这个浮夸的时代，有且只有钱能使人拥有自信心，获得比石油还稀缺的安全感”。

无尽空虚与未老先衰的“80后”

近年来，吕魁的创作呈现了一种微妙的心态变化，他笔下的人物不再是那些喟叹青春逝去的追梦少年，他们匍匐在人群中，卑微地讨着生活，显示出几分苍老的疲态，有的甚至尚未成年便已饱经沧桑。这些文本略带着颓废，莫名地升腾起一种无尽的空虚之感。

小说《所有的阳光扑向雪》表明世间的爱情都具有殊途同归的结局，即“再怎么缠绵悱恻，曲折动人，到头来无非就是你深深地爱着我，而我却渐渐地不再爱你。或者是你移情别恋爱上了他人，我仍在原地痴痴等你”。由此流露出一种从激情走向平淡，从诗意走向庸常，甚或从青年到中年、从生到死的疲惫之感。与之相比，《托斯卡纳》的意味在于，只是因为年少时的梦想，一个财大气粗的老总对一个姿色普通、寡淡如水的女人念念不忘。就像小说所说的，“你完成一个梦想，很快又会有新的梦想冒出来，这就是人生，生命不息，折腾不已”。颇有些“阅尽人间春色”的通透之感，但其内在的症状却是无尽的空虚。

这种弥漫着颓废气息的中年心态在吕魁近期关于“欢场”的故事中也得到了鲜明地呈现。《大城小爱》重写了旧作《请在四月叫醒我》中的“援交”故事。《请在四月叫醒我》展示了恩客与性工作者之间复杂暧昧的情感。天真无邪的妓女小小为了奢侈的生活而走向“堕落”，虽没有同类故事中“被侮辱被损害者”般的凄惨，却也具有十足的反思力度。在有情有义的妓女面前，知识者的卑劣令人感慨，而小小对男人的轻信则更显其率真无邪。如果说《请在四月叫醒我》依然饱含着挥之不去的青春气息，顽强执守有关“轻信”与纯洁的话，《大城小爱》则强化了“性工作者”追求奢侈的堕落维度，欲望的外观也更清晰可见。倘若将新近的《朝九晚不归》也视为《请在四月叫醒我》的另一形式的“改写”，那么，我们便可惊人地发现前此有关真情与“轻信”片段的虚妄、“狗血”，与青春有关的叙事也就此黯然终结。

《朝九晚不归》讲述的是都市里生活重压下的小白领身不由己的夜生活，这次邂逅的是地道的欢场女子，她们早已被这个时代的欲望所俘获，因而，当莫塔、夏奈、宁梓这些让人刻骨铭心的纯真女孩，或者如小小之类虽堕落但终究情意绵绵的女子，被“短发女孩”、“小眼睛姑娘”等“包房公主”所取代时，我们还能祈盼那猝不及防的感念和一刹那间的真情吗？一切不过是逢场作戏，哪有什么感念，哪有什么真情！或许，在这浮华的都市里，艰辛的生活和痛彻心扉的创伤之余，唯有及时行乐才能抚慰那无尽的颓废与空虚。

就这样，依然年轻但却早已苍老疲惫的吕魁，终于告别了自己的青春年代，在“朝九晚不归”的路途上渐行渐远。在洞悉了这个世界的残酷与艰辛后，吕魁笔下那些热情洋溢的故事终被无尽的庸常所取代。就像他所说，“小说永远不会比生活精彩”，这位敏锐的世俗生活观察家，必将在青春故事的终结之处，更加从容、冷静地描摹同龄人的当下境遇，刻画那未老先衰的一代人的卑微灵魂。

作家自述

生活中来 小说中去

吕 魁

我在成长的过程中,每天都会遇到新的问题。有的问题有标准答案,有的却没有。什么是文学?什么是生活?文学和生活之间有什么关系?我想,这些问题应该是没有唯一答案的。我曾尝试弄清这些问题,为此我请教过老师,也读了不少名家的访谈录、自传。可我非但没找到能令我信服的答案,反而越来越糊涂。直到今天,若有人问我这几个问题,我想我还是答不出来。

在众多的解释和观点中,我颇为欣赏的是胡安·鲁尔弗所说的:“生活本身并不严峻。”这短短的一句话,使我似乎对文学、对生活有了新的理解。我想这样比喻:如果说生活是土壤,那么文学就是树苗,文学创作者就是育树的人。你可以选择你喜欢的那棵树苗,精心浇灌、悉心培育。也可以埋它在土壤,任其自然地发展,只在必要的时候浇水、施肥、修剪。树苗最终长成什么样和育树人的思维方式密切相关。

我写过的东西很少,看过的书也不多,更没在创作上受过专业的训练。但我热爱生活,通过这几年小说的创作,我渐渐悟出一个道理:小说永远不会比生活精彩。它只能是生活的提炼和浓缩,至于生活，它又是无法认清和说清的。每当对生活中的某个事件产生了困惑或兴趣时，一篇小说的灵感也就随之到来了。但小说毕竟不是解决生活问题的办法，更多的时候，它只起镜子的作用，只是一个成像的工具。

我认为，“80后”的作者非但不该与传统文坛对立，相反，应放低姿态向前辈们虚心请教、学习。我所敬重的汪曾祺先生曾说过：“生活不是想象中那么好，也不是想象中那么坏。”浅显的一句话暗含了很深刻的创作理念，按我个人理解，写作应源于生活、忠于生活、虚构有度。前辈作家无论是何种流派，也不论关注哪类题材，其共同的优点都是具有一定的相关经验和生活阅历，提取淬炼后，加以合理的想象和耐心的打磨才完成一部经得起时间和读者双重考验的作品。往大说，是有社会责任感，往小说，是对作品负责。这是传统作家的优秀品质，也正是我辈“80后”缺少的价值观。

当今一些“80后”关注的题材过于自我，写出的作品或于现实生活无关或过度矫情自恋。不是过分渲染日常生活中不切实际的奢侈场景，就是嘲讽夸张生活中的黑暗丑恶。从一个极端走入另一个极端，没有积极向上的信念和温暖包容的心态，这都是不成熟的表现。当然，不是否定“80后”的写作，只是，是否可以少点小感情、小环境，多关注宏观的、人类共通的主题？“80后”作者中，年龄最小的今年24岁，这一代人，至少这一代人中的某些人，是时候应该站出来承担应承担的社会责任了。

作为一个写作者，我算不上多产，从2005年处女作发表至今，8年来，我断断续续写了20个中短篇。但这20篇小说却是我21岁到29岁的青春见证。不夸张地说,我的成长经历及对生活的领悟、认知基本上全部储存在这20篇小说中。我是个无趣的人,除了爱看足球外,几乎没什么业余生活。写作对我来说,就像他人闲暇时喜欢打牌、旅游、玩网游一样,是陶冶自己、消磨时光的一种途径。

我的生活阅历很浅,不过,我并不认为这是写不出好作品的理由,反而更觉得这是逃避的借口。我幼稚地认为,只有积极地热爱生活,敏感地观察生活中那些有意思的人和事,珍惜生活中的点滴细节,如果再能在生活中发掘、感受到一些东西,那么,写出好的东西也就不是件难事了。

我虽然写得少、写得慢,但会尽力把自己感兴趣的故事写出来,写好,像文火炖鸡汤那样,一点一点写下去。正如我欣赏的作家冯唐所言:"文字是我们的宗教,愿我们继续倒行逆施。心里一撮小火,身体离地半尺,不做蝼蚁,不做神,做个写字的人。"

东紫 / 本名戚慧贞，生于 1970 年，山东人。曾获 2009 年度茅台杯人民文学奖中篇小说奖、第三届中国作家鄂尔多斯文学奖、山东文学奖、山东泰山文艺奖等。主要作品有中短篇小说《天涯近》《左左右右》《我被大鸟绑架》《显微镜》《春茶》《白猫》等。

评家观点

小说家东紫与好人戚慧贞

岳　雯

东紫是小说家。

戚慧贞是药剂师。

这么一说，大概你会像我一样，脑海里自动生成一座桥，搭在两者之间，仿佛由戚慧贞走向东紫是再顺理成章不过的事了。由医生而作家的前车之鉴太多了，比如"弃医从文"的鲁迅，比如契诃夫，就连余华也当过几年牙医。至于为什么学医的总是和文学有着扯不断的渊源，我更相信毛姆的说法："我很相信学医的经历对于一位作家来说非常有益，他会从中学到极其宝贵的知识，得以洞察人性，人性中的至善与至恶。因为人生病的时候便会害怕，也就抛弃了他们健康时戴着的面具，暴露出本性。医生所见的全是病人的本色：自私自利、冷酷无情、贪婪怯懦，但同时也勇敢坚强、慷慨大方、友好善良。对人性的弱点，医生总是要宽容；而对人性的光辉，医生也常常感到敬畏。"大概是因为他本人就是医学系毕业的缘故吧，这席话听起来有些肺腑之言的意思。

日日偏居在医院药房一角忙忙碌碌的戚慧贞是否同意这一点，我不知道。我只知道，当她脱去白大褂在键盘上敲打的时候，小说家东紫就悄然探出头来。有时候，她们浑然一体，毫不留情地戳穿一个又一个社会的病灶；有时候，她们又争吵得不可开交。这一切都在她的文字里渐露端倪。

像手术刀一样凛冽

如果要寻找一个物象来形容东紫小说的“叙述调性”，我立刻想到的是手术刀，寒光凛冽的、锋利的手术刀。

这凛冽有时候是属于戚慧贞的。这么说的意思是，一个活生生地生活在我们中间的个人，突破了文字的紧身衣，直接以最本真的面目示人。中篇小说《伪绿色时代的挣扎》就属于这一类。它不是东紫最好的作品，但是却集中表达了戚慧贞的个人诉求。小说的情节也并不复杂，“我”相继失去了老伴、儿子、儿媳，带着重度脑瘫的孙子壮壮在省城绿洲生活。从题目你就能猜出来，造成这一切的不是别的，就是环境的严重污染和今天说来让人胆战心惊的食品安全问题。城市在现代化的滚滚洪流中迅速向越来越不宜居的方面发展。但显然，在几乎摧毁了一个家庭之后，生活并不会就此罢手。在邻居王蕙心的引导下，“我”愈加感觉到了蔓延在整个社会的造假之风，于是下决心归隐田园，寻觅一片风清月白之地，安享生活。然而，田园不是“将芜”，而是“已毒”，“很多城市里的污染企业都下乡了，好多农村都出现了癌症村”，连“退守”都变得不再可能。于是，“我”加入了乡亲们上访的队伍，试图阻截化工厂对村子的破坏，一切都是徒劳。不仅如此，“我”还因此直接面临着人身的威胁。最后，“我”只能一遍又一遍地问：“咱们该怎么办?”——这是在问我们每个人,当我们将地球破坏殆尽,哪儿还有我们的容身之处?这样的故事算不得新鲜,但至少体现了东紫试图处理现代生活问题的态度。我仿佛看到戚慧贞深深地沉潜到生活的底部,获得了最新鲜也是最直接的生活体验,她是如此愤怒,情感之强烈,甚至来不及将之转变为“某种水晶般坚硬、伟大抒情诗般令人揪心的东西”(埃蒙德·威尔逊语),她需要直接地、大声地说出她的愤怒。事实上,她曾经很多次通过小说人物表达自己的愤怒,比如《显微镜》中那个有洁癖的印小青,因为对社会的失望而拒绝通过自己的身体带一个孩子到世界上来。

这就是戚慧贞,她不害怕人们嘲笑她的感情不够优雅、不够庄重,她以满腔的热情和真诚来关注社会。我猜,她一定在想,倘若文学不能够让我们身处的这个社会变得好一点,那么,要文学做什么呢?于是,她反复地说,不遗余力地说,哪怕是多唤醒一个人参与社会公共事务的热情也好呀。这就是戚慧贞的世界观,未见得多深奥、多高明,但一定是真实的。

更多的时候,这凛冽是属于小说家东紫的。此时,那个人群中和我们同悲欢、共爱恨的戚慧贞隐匿不见了,小说家东紫出现了。她拿着显微镜,深入到人心的深处,打量每一处褶皱,探究何以如此的原因。她不急于下结论,她更想知道,我们是经由怎样的心理现实而走到这一步的。所以,这一类小说惯常采用的形式是设置某种情境,观察在这一情境下各色人等的语言、行为与心理,几乎小说中出现的所有人都得接受这一情境的考验。东紫早期的作品《珍珠树上的安全套》即是如此。美丽的珍珠树上挂着用过的安全套,叮当爷爷就此展开了锲而不舍的追查。经由这一物象,住在这一栋楼的人们的隐秘生活就此展开。我们看到对婚外情感的贪求一点点侵蚀到人的神经,进而摧毁一个家庭的正常秩序;嫉妒像虫子般侵入友谊之树,在人与人之间造成猜疑、隔阂与怨恨;过快成熟的青春让少年们失去了往昔的纯真……生活就是这样,表面风平浪静,可谁又知道这之下暗涌的潮汐呢?

将这一结构模式运用得炉火纯青的是《春茶》。《春茶》的一条线索围绕梅云的情感空间而展开,另一条线索则事关梅云的生活空间,特别是职业空间。之前,东紫描绘了一幅温情脉脉的画面,在这个由五个人组成的处室里,因为人少,人际关系似乎没那么复杂,有和谐的可能。梅云在其中扮演了知心大姐的角色,"性格温和,嘴巴也严"代表了外界空间对梅云的评价,"平淡、平静、平凡和包容"是东紫对梅云的性格塑造。然而,与世无争是否就意味着风云不起?从表面上看似乎是,但是,茶叶事件打破了此前的平静。当同事们拿着空茶叶盒子去送人的时候,五个人的团结小集体就出现裂痕了。其他四个人都将矛头对准了梅云,似乎没有人相信这是个误会,都言之凿凿地断定梅云是出于嫉妒而如此。人与人之间的关系是如此之脆弱,所有曾经的美好与温暖都抵不上谣言的破坏。更可怕的还不止于此。当亲密无间的同事反戈一击的时候,梅云的世界立刻破碎了。一盒春茶,测量出了人性的深度。再进一步推想,假如没有春茶事件呢?是否所有的不堪都不会发生?恐怕也未见得。埋藏在心底的恶的种子早晚会破土,会发芽,春茶只不过是催化剂罢了。这就是小说家东紫的凛冽之处,看似写日常生活，然而在平淡有致的叙述中，真实的人心与人性呼之欲出，让人悚然而惊。

被肯定与被质疑的

对于女性作家而言，情感是她们天然擅长的。较之于男性作家，她们可能更关心情感世界的风雨雷电，有的甚至认为文学的志业也正在于此。这结论或许有些武断，但是，分析女作家在作品中的情感指向，某种程度上将有助于我们对其作品进行阐述，虽然这并不是一件容易的事。

小说家东紫对爱情神话一直保持着警觉的姿态。她不相信爱情能拯救人于水火之中，相反，她倒是看穿了爱情的人工性。她常常描写女人沉浸在爱情之中的痴狂，却也不忘对其当头一棒，试图唤醒女性的性别自觉。仍然以《春茶》为例。前面说了，《春茶》事关梅云的感情，可以说，倘若没有梅云对婚外感情的逾矩，她就不会心心念念要为心爱的人寄一盒春茶，也就没有后来的轩然大波。故事的整个出发点是感情，那么，这感情又是怎么发生的呢？东紫是这样描写的："在那个漫长的会上，她认识了那个喜欢喝春茶的男人。男人在主席台上用他的博学和幽默把会议室里搅得哗哗作响时，也在梅云水波不兴的内心插进了两把乱搅的桨。在众人的掌声里，男人的目光像闪电一样击向她，一次又一次。她周身麻麻的，木木地坐在那里，警觉地听着自己的心跳，告诫自己，离是非远一点。"这似乎是个一见钟情的例子，可是仔细咂摸，又不是那么回事。倘若没有"主席台"，没有"众人的掌声"，一见钟情还会发生吗？到后来，东紫揭了底，这个男人是“部里的领导”，平凡如我们，只能“从电视上或者会议上见过这个人”，一切恍然大悟。倘若没有“权力”这味药，感情真的会发生吗？在沉默间，东紫解构了一见钟情。东紫用了很大篇幅描述了梅云的纠结，一方面，她沉醉于爱情所带来的新鲜感；另一方面，传统的她又不断反省自己的行为。也是这自省，赢得了我们的同情。只是，这沉醉也是女人一个人的事情。当男人觉察出女人爱得太深，便果断地叫停了这份感情。惯于心理描写的东紫此时选择了沉默，男人只是“低头翻看着报纸说，假的，寄回去吧”。越是前面铺陈女人的用心，此处的省略越叫人深思。或许，被女人奉为神灵的爱情，只不过是男人滋养自己日渐衰老的身心的一种方式。我以为，东紫说出的，不仅仅是男人和女人对待爱情的不同方式，更是对爱情本质的质疑。情感能否成为人的心灵和情感归宿，东紫是持怀疑态度的。

这一点在《被复习的爱情》里更是得到了强调。小说写了四个女人的命运，第一主角梁紫月是爱情神话的忠实信奉者。曾经，她相信如火如荼的爱情能天长地久，甚至不惜放弃自己的事业来求得爱情的完满，可是，婚姻生活挫败了她的想法。一个没有了爱情就不能活的人，在苦闷中只有寻找曾经的初恋来“复习爱情”。可是，“复习”的结果又是怎样呢？不顾一切的付出，换来的只是男人错以性当爱。这不能不是悲剧。再看看作为支线叙述的其他三个女人：一个在打爱情持久战，就算胜利也输给了时间；一个是金丝雀，连生育权也被剥夺了；还有一个根本不要爱情、不要婚姻，生活在父母婚姻悲剧的阴影下，最后选择了自我了断。东紫真切地写出了女人在婚姻与情感关系中的弱势，是否只有像男人一样生活和思考才是出路？小说家东紫没有回答，只是将深重的“困苦、挣扎”留给了我们。

小说家东紫面对情感，特别是面对爱情的时候是如此冷峻。可是，别忘了，戚慧贞是母亲，这一身份决定了她不可能决绝地面对所有感情，一旦笔触涉及孩子，她就柔软得一塌糊涂。在一次闲聊中，东紫说，早些时候她写的小说里弥漫着浓雾一样的黑暗，可是有了孩子以后，想法就不一样了，至少，要让孩子触摸到光明和温暖，哪怕一点点也好。《白猫》是东紫迄今为止美誉度最高，也最温暖的作品。这一次，她选择了以中年男人作为叙述视角，以猫为题，讲述人届中年的困顿与出路。“我”是一个离异的、独自生活的男人，虽然曾经与孩子相依为命，却因为和孩子长时间不在一起生活而成了陌生人。“我”是如此渴求重新找回与孩子的情感，却在已经长大、刚刚迈入成人门槛的儿子面前一再受挫。短短的假期过去了，儿子走了，却留下了白猫。白猫俨然成了儿子的替代物，在又一轮相依为命的过程中，“我”体会到了爱是要坚持下去的。虽然结尾有些“破题”，但不得不说，东紫将一个人的孤独和舐犊之情描绘得触手可及，催人泪下。那般小心翼翼、如履薄冰，甚至有些讨好，无非是希望弥补未能共同生活的缺憾。然而，孩子是永远体会不到这些的。在细腻的描绘中，跳动在戚慧贞身上的母性一再打动我。

同样细述父母对孩子那份感情的，还有《乐乐》和《显微镜》。当小乐乐像小狗一样被拴在床边的时候，初为人母的我和牟琴一块儿心痛不已。孩子，天使一样的孩子，哪能在人间被折断了羽翼呢？正是这份心痛，让家境本不允许的牟琴将无辜受难的孩子接回了家。一个家，因为有了孩子而增添了无尽的欢乐，这是我们能感同身受的，虽然孩子的灾难还会因为大人而延续下去。最终，我们无法确定乐乐是否会摆脱这样的梦魇，但重复的“无法阻挡”显示着牟琴的决心，也让我们稍许宽慰，毕竟“救救孩子”的声音一直回响在我们的文化里。在《显微镜》里，一个残疾的孩子唤起了因洁癖而不愿带一个孩子到这个世界上来的印小青的母爱，这使小说突然拐了弯，此时的温暖湮没了之前的琐碎和单调，也弥合了婚姻中出现的裂缝。“是他让我真正活明白了”，这句话是印小青的心声，更是作为母亲的戚慧贞的肺腑之言。作为小说家的东紫质疑爱情，作为母亲的东紫肯定亲情，在两者之间，她不断转换身份，也开拓了小说的层层空间。

“放大”的细节

我看到的评论都说东紫擅长讲故事，可我恰恰不以为然，她兜兜转转、旁逸斜出，多条线索齐头并进，这正是她不擅讲故事的明证。会讲故事的人，往往采用的是最简单、最直接的形式，却吸引你跟随其叙述，不断追问：然后呢？然后呢？东紫擅长的是将一个情境、细节反复描绘，远看近况，重力压榨，直到榨出多种味道，多层内涵为止。《饥荒年间的肉》和《我被大鸟绑架》这两部不乏先锋色彩的小说都是如此。

分析《饥荒年间的肉》的思想内涵倒也不复杂。我猜，东紫是想说，看似丰衣足食、富裕自足的桃花源，其实是一个人吃人的社会。往大了说，这固然能接续上鲁迅先生关于“吃人”的叙事，但就其思想而言，并无发展与推进。东紫的才能在于，她详尽描述了饱儿一点一滴发现“吃人”甚至吃自己骨肉至亲的事实。东紫将这一堪称恐怖的细节逐渐放大，轮廓清晰，刀劈斧凿般印刻在你脑海里。它甚至超越了整部小说，而成为覆盖一切的细节。《我被大鸟绑架》也是如此。小说的结构独异，外层故事是“我”所遭遇的被大鸟绑架的故事，内层是弹弓窥破了局长的秘密而被加害的故事。现实主义与超现实主义在文本中相逢，落在了精神病医院的点上。如果说，弹弓的故事有着人们可以理解的路径，那么，“我”的故事则如羚羊挂角，无迹可寻。重要的是，东紫详细叙述了大鸟绑架我的一举一动。请看这些描写：“突然有一双手抓住了我胸前的睡袍。尖利的手指甲透过睡袍嵌进了我的肉里。随着这种嵌入，像是有哑药注入我的体内，我恐惧万分地大声喊着，却听不见自己的声音。”这样的描写非但逼真，而且切身。虽然我们不曾被大鸟绑架过，可这样的体验，大概会伴随阅读深入骨髓。整篇小说处处不乏这样的描写，将人被鸟奴役、性侵犯的细节描写得淋漓尽致。

小说要有有意思和有意义的细节，所谓有意义，就是能呼应小说的隐含主题、能打开小说新的意义空间；所谓有意思，说的是有趣、生动，值得让人咀嚼回味。上面所说的“放大”的细节，兼具了有意思和有意义，甚至因为体量巨大而吞没了小说本身。在这样的小说里，情节变得不再重要，由细节所营造的氛围笼罩了一切。坦白说，这种写法利弊参半：好处是能给人留下深刻印象；问题也在于此，小说成了一个巨大的细节，人物的面目将会变得模糊不定，在结构上也可能失去回环转换的余地。

正如一枚硬币都有其正反面一样，对于作家而言，他的长处往往也是他的局限所在，而他的局限却又成就了他自身。这真是文学最奇怪的辩证法。在东紫的小说里，可以挑剔的地方自然也不少。比如故事情节的圆熟度，比如叙述的节制与简洁等。可是，对我来说，这些都不重要，重要的是，在小说家东紫身后，探出了好人戚慧贞的面孔。在她们身上，我辨认出了自己。在这个危机四伏的时代，我们有着一样的困惑与沮丧，也会迷恋小小的人间烟火。在我们身上，同时居住着东紫和戚慧贞。有时候，我们会大声肯定戚慧贞所肯定的；有时候，我们也会认同东紫所质疑的。没办法，自我从来就不是单纯的。这大概是我热爱东紫，也热爱戚慧贞的最大理由吧。

作家自述

写作——祛除生命恐慌的药

东　紫

13年之前，我最怕的就是过年。过年的时候，所有的人都会问你同样的问题，忙什么呢？

忙什么呢？在过年的家乡，在一年未见面的亲朋嘴里，不是一种寒暄，而是问你在过去的一年里收获了什么。为了逃避这种追问，我总是在大年夜熬个通宵，天亮时开始睡觉，给自己一个避免回答的理由。说睡觉，其实就是躺着，用被子蒙着头，隔着棉花听来家中拜年的人问，二妮回来了，她忙什么呢？找对象了吗？干啥事业呢？挣大钱了吗？拿什么回来孝敬你了？母亲避重就轻地回答人家，回来了，夜猫子，睡着觉呢，起来后让她去给你拜年。拜年的人走了，母亲的叹息穿过厚厚的棉花进到耳朵里。

我在母亲的叹息声里不停地拷问自己——你到底在忙些什么？到底有哪些可以安慰自己、安慰母亲的收获？

母亲的叹息越来越频繁。日子越来越短。年越过越恐慌。

越过越恐慌的日子里，我把自己的生命拷问成了一只悲伤失望的口袋。里面除了些记忆的碎片外，再无别的可以支撑生命的东西。那些碎片也大多是灰色的，阴天的颜色。它们曾经是我年少时的梦想、爱情、追求、新鲜美丽的容颜……它们曾经都是彩色的、热烈的，闪着夺目的光彩，铺成宽广的道路，演变成无法抵挡的诱惑，让我去追赶漫长的成长，追赶新的年、新的岁月。那时的生命是扬起的帆。然而，一切都成了碎片。灰色的碎片。用手搅拌，连点响声都没有。帆，落下来，变成悲伤失望的口袋。

有一段时间，我几乎被生命的恐慌压垮了。我天天翻看印度作家阿伦德哈蒂·罗易的小说，为书里的一句话着迷——不算老，不算年轻，刚刚是一个可以去死的年龄。我盼望着有致命的灾祸能让我不受亲人指责地死去。我害怕活下去，害怕生命到终老的尽头还是一只盛载悲伤和失望的口袋。

幸运的是，一天夜里，我读到了博尔赫斯的《谈失明》一文。博尔赫斯说："一名作家，或所有的人，都应当把发生的事看成是一种工具。他所遇见的一切，甚至侮辱、气恼、不幸，等等，一切对他来说就是一块陶土，一种创造艺术的材料，他应当利用它。"

那个夜晚，我突然找到了不再让生命继续恐慌下去的工具。那个夜晚，我对着博尔赫斯那张衰老的、瘦长的、智慧的脸，泪流不止。我对那个曾经梦想到中国来的老人，那个喜欢中国但只能在失明的黑暗里遥想长城的老人，对那个说失明是他的一种工具的老人说，谢谢您，谢谢。

我开始写作。开始学习写作。30岁。这对于眼下少年天才林立的世界来说，或许是一个不合时宜的、过晚的选择，但这有什么重要呢？重要的是，写作将我生命悲伤失望的口袋重新吹挂成帆。我不再抱怨生活与命运，不再挑剔自己生命里的过失，不再记恨曾经的伤害，我感恩地看着生命里与我有缘相遇的人和事，坦然地等待着可能到来的一切，哪怕是侮辱、气恼和不幸。

这一年，我没再害怕回家过年。虽然我仍没有让亲朋满意的回答，仍无法安慰母亲的忧虑。但是，我可以面对自己的恐慌了。后来，我终于嫁掉了，进入了母亲认为正确的人生轨道，母亲忧虑的唠叨和叹息随之消失了。或许在母亲眼里，女儿成婚她就知足了。

母亲不知道，她的女儿因为写作有了另一种知足——文学让生命有暖有靠。真正开始写作后，才知道文学不但能祛除生命的恐慌，还能带来很多真诚的师友。他们或近在身边，或远在天涯，甚或从未谋面，只是因文学在关注着你、关心着你——你写好了，他们为你高兴、为你赞叹；你退步了，他们为你惋惜甚至着急上火。有的朋友会辗转联系到你，只为提醒你，这个小说有个问题没处理好……偶尔地，我会从网上搜读朋友们为我写下的文字，不管是赞美还是批评，都让我暖在心里，让我觉得在茫茫世界里有暖有靠，让我觉得文学像宗教一样护佑着我、救赎着我。

现在，我不仅是名药师、写作者，还是一个孩子的母亲。我像母亲当年为我一样为儿子将来的生存而忧虑。这样的时候，我就在心里为将来儿子体验到的恐慌准备了一个建议——去写作吧。这样的时候，我告诫自己，作品里必须有暖的、真的、善的、美的，让读到它的人感受到温暖。暖他的一生，帮他抵御生命里遭遇到的一切暗的、冷的、霉烂的、变质的。

七堇年／本名赵勤，生于 1986 年，四川人。曾获 2010 年度华语文学传媒大奖最具潜力新人奖等。出版有长篇小说《大地之灯》《澜本嫁衣》，中篇小说《少年残像》，文集《被窝是青春的坟墓》《尘曲》。

评家观点

青春经验的厚重书写与超越

刘　伟

外界看来，七堇年是一个有很强市场号召力的作家，一个青春文学的严肃派作家，而这一切在七堇年看来都不能很好地描述自己。的确，七堇年就是一个普通的“80后”，一位自幼怀揣着纯文学梦想的年轻人，她就是“这样一个平凡的人，与茫茫人海中任何一个个体都相似，也都不同：困于生活的平实与梦想的遥远；困于办公室、厨房，与爱，时而物喜，时而己悲”。

丰盈青春与“少年残像”

青春是个令人动容的字眼，盛满了人类最美好的情感与想象。七堇年最初涉猎写作，正值青春年华，在那篇被很多人反复提及的《被窝是青春的坟墓》中，她写尽了青春的美丽与忧愁、叛逆与成长、温情与淡漠。一如作者再版时的“特别说明”：“这是十五岁时的文字，而今看来，已是啰唆繁冗的羞人之笔，确实稚嫩。但我不做任何修改地放置在这里，向那些无法被修改的青春致敬。谨以镜鉴，或者纪念。”

不过，这篇略显稚嫩的散文现在读来仍有打动人心的力量，并非仅仅作者自谦的“啰唆繁冗的羞人之笔”。其中不仅有美丽动人的字眼，如“青春的意义在于哪怕忧伤地泪流满面，依然是一首夹杂着摇滚味道的安魂曲”；“我们都见过梦境里的如黛青山，满溪桃花，野花迎风飘摆好像是在倾诉衷肠，绿草萋萋抖动恰似相恋缠绵”，更有一份少女的心境，敏感脆弱的心灵中有着各种奇怪而疯狂的想法，却又被现实压榨得只能在梦幻中书写真正属于自己的青春记忆。拒绝长大，但岁月却无情地消磨着一切，“那些花朵一样摇曳的过去”，只能留给以后长大的我们来细细抚摸与回想。

这就是青春的力量，不知天高地厚的无知岁月却能激发出无尽的潜能，于是，一篇篇优美的文字从七堇年的笔端流出。写作，让她找到了情感的宣泄口，借此，她的青春不再单薄，她的人生变得丰盈繁茂。在兵荒马乱的高中岁月，在为高考冲刺而苦苦学习的时候，她趴在晚自习的课桌上写下了《北方》《幻听》《故城》《昨天》等。

青春是多姿多彩的，在《被窝是青春的坟墓》中，作者用精致个性的语调气韵、流畅醇厚的语言风格、鲜明独特的青春故事，写尽了青春的忧伤与缺失、友情的温暖与珍重，以及那段人生美好年华里的人的执拗与坚持、冲动与迷惘，更有彼此的思念与扶持、感恩与回报。《远镇》《蓝颜》《故城》《被窝是青春的坟墓》等篇目，书写了或残酷、或纠结、或温情、或惆怅的青春岁月。里面有青春期的叛逆与成长，有年少岁月的荒诞与无羁，七堇年的优美文笔唤醒了我们正经历或曾有过的心灵悸动。

书中不避讳青春期的幽怨，但更多涌动的是一种温暖向上的正能量，是对那时年华的怀想，对正处人生黄金期的少男少女的激励与鞭策。正如书中所写：

> 要有最朴素的生活，与最遥远的梦想。
>
> 即使明日天寒地冻，路远马亡。

这部书被誉为“青春夹缝中的灵魂之书”，很多人一边读着那些热情洋溢的文字，一边摘抄那些层出不穷的优美语句。毕竟，青春虽短，但青春的念想却永存心间，“青春不是年华，而是心境；青春不是桃面、丹唇、柔膝，而是深沉的意志、恢弘的想象、炽热的感情”。偶一提及，仍能引起大多数人的共鸣。

《被窝是青春的坟墓》不同于众多“为赋新词强说愁”的青春读物，因为书中所写是作者自我成长经历的映射，是真实情感的流露，也是众多个性鲜明、才华横溢的少男少女的心灵抒怀。其中的《远镇》浸满了七堇年的成长印记和心灵遐想。作者自幼在单亲家庭长大，父亲在她很小的时候便离开母亲和她，远赴新疆，再未回来过。母亲是一名大学老师，一人含辛茹苦把她培养成人。母亲在她身上倾注了全部的心血，毫无保留的爱，同时也有超乎常人的严厉。受着传统教育，乖乖听着母亲的话，七堇年走着和普通孩子一样的应试之路，课余时间还要学钢琴、绘画等。表面温顺乖巧，内心却与母亲存在情感的隔阂与代沟，这是大多数少女的心路历程。在《远镇》中，这一切都得到了淋漓尽致的表达与总算圆满的解决。“出走—寻找—回归”的叙事模式在《远镇》中得到了真实的操练和完美的呈现。

2003 年下半年，七堇年在晚自习上开始写作《远镇》，最终完成后将此文寄给郭敬明主编的杂志《岛》，此文发表后读者反响热烈。在这篇散文中，作者敞开心扉充分释放了积蓄在心中多年的情绪，找寻父亲的旅程，沿途的人与物交织成的风景，不仅有单纯可爱的漂亮人物，更有脱离尘世、回归原始纯真的冲动情感。美好的衣加，隔膜的父爱，卸下沉重的行囊，回归母亲怀抱的坚定与决绝，这一切都让整篇散文充盈着一股引人入胜的力量，读来令人感慨万千、唏嘘不已。

七堇年的另外一部中篇小说《少年残像》则向我们展示了青春的另外一面。绍城与凯的人生故事读来荡气回肠，令人动容。《少年残像》为我们提供了一帧遥远而清晰的青春画像，里面有少年的心路历程、有青春的单薄与失落，更有对那一段时光的深深怀念与浓浓追思。

暖暖生命与“大地之灯”

独特的成长环境造就了七堇年不同寻常的性格。她内心敏感细腻，有着超越同龄人的成熟与坚强，在独自面对世界时有着异乎寻常的冷静与平和。这一切，都让她拥有了更宽广的写作视野，笔下的文字呈现出与她年龄不匹配的老练与厚重。《大地之灯》是七堇年的第一部长篇小说，带给读者的那种震撼与冲击是无法用言语来表达的。任何一位读完《大地之灯》的读者都很难相信，这样一部气势恢弘的作品居然出自一位 19 岁的少女之手。

《大地之灯》讲述了两代人的成长故事，简生与卡桑，两个出身迥异却命运相通的人，在机缘巧合中共同走进了彼此的世界。一次偶然事件足以改变很多人的人生。卡桑的阿爸阿妈为了拯救两匹马而葬身在雪域高山，卡桑爷爷不久也离世，8岁的卡桑变得无依无靠，也正因如此，少女卡桑才最终会被简生夫妇收养。离开藏地进入都市，在简生与辛和的细心呵护下，小卡桑得以愉快成长，并结识了好朋友叶蓝。长大成人后的卡桑，虽身在都市，内心却仍旧向往故地，于是，她选择了考古专业，她不自觉地恋上了尼泊尔古董商人迦南并有了一段不堪回首的经历。这一切，都是成长的代价，更是简生夫妇无法给予卡桑的。最终，卡桑在叶蓝的帮助下回到亲情的怀抱，开始新一次的上路，完成了自我的救赎与心灵的涅槃。

小说的另一主人公简生则是北大荒知青的"孽种"，自幼被父母遗弃，命运坎坷。后来，简生被母亲带回城市生活，又经历了母亲自杀的惨剧，一直活得谨小慎微、封闭而自卑，直至遇到了自己的绘画老师淮。简生与淮的故事，是这部小说的一大主线，简生对淮的痴迷，归根结底是对母爱缺失的无形补偿。为了这份爱，简生甚至放弃与辛和的婚姻去照顾病重的淮直至送她离开这个世界。小说结尾，简生在完成了这份自我拯救后又选择回归生活，回到卡桑、辛和的身边，重新开始生命的旅程。

小说《大地之灯》叙述冷静，下笔沉稳，人物没有太多的内心表达，却都外化在天地万物之中。无论是藏地高原的天葬仪式、卡桑爷爷等雪域人物的隐忍与沉静，还是苍茫大地的极致风光、尼泊尔地区的异域情调，抑或是北大荒知青的无辜死亡、藏獒晋美的英勇战死、雪域高山上头马二马的悲壮倒下，这一切都给《大地之灯》蒙上了一层无法言说的沧桑与厚实。整部小说带给我们的心灵反省与人生感悟，进一步提升了它的创作高度。大地之灯，一盏充盈生命温暖的灯，照亮了乡村与城市；大地之灯，一盏感恩的灯，照亮了每一个人的内心深处。简生之于卡桑、淮之于简生、叶蓝之于卡桑、辛和之于简生，小说中的人物彼此拯救、感恩，在相互的搀扶与支撑下实现了最终的圆满与美好。

这部小说是七堇年的一次勇敢尝试，气势恢弘的叙述带来极具冲击力的震撼效果，但是，如此宏大的叙事格局对一位19岁的作者而言是很难驾驭的。正如作者后来所言，找到一个描述世界的切口远比囊括整个世界要重要得多。所以，整部小说写到最后已然超出了作者的控制，结尾略显仓促。

在写作过程中，作者意识到了从小处下笔的重要性，2010年的小说《尘曲》彰显了这份努力。《尘曲》的切入点很小，从发生在同一天的一家人身上的变化开始，一段段往事一幕幕地呈现在读者面前。片段式类似话剧的远景展示，深刻揭示了人与人之间的微妙关系，当下社会的人情淡漠、亲情的缺失跃然纸上。

出发与回归：生活底色的严谨表达

《被窝是青春的坟墓》虽略显稚嫩与青涩，但仍不失为对青春的“一笔诚恳的纪念”。长篇小说《澜本嫁衣》则引起了很大的争议。喜欢者，流泪捧读；不喜欢者，极度厌恶；当然也有猎奇者，只关注情节。原因很简单，这部小说描写的内容与以往作品不同，关注的是另外一个灰色世界，那个世界里充满了肮脏、黑暗，人性泯灭、道德沦丧，充斥的是声色犬马、不堪入目。有评论者把这部小说归为残酷青春小说，其实这是不准确的。正如七堇年一直不认为自己是在为小孩子写作一样，这部小说描绘的还是生活。毕竟，生活的底色不是原色，它有风花雪月，也有白骨累累；它有青春靓丽，也有沧桑衰败。走远了，我们往往忘记最初为什么出发。《澜本嫁衣》就是作者的一次回归，回归纯文学之路，回归现实主义。

《澜本嫁衣》围绕叶知秋的悲惨一生，写透了一名失足女的内心挣扎与苦闷，她一路堕落，尝尽人间辛酸。她渴望过上正常人的生活，相夫教子，但冷冰冰的现实让她四处碰壁。她受够了人间的苦，凄惨的命运让人同情，但她一旦凶起来，也是心狠手辣。她被阿美算计，惨遭徐老板安排的人的无尽蹂躏，在阿兰的帮助下逃脱魔窟，不惜一切代价最终把阿美活埋。在杀害阿美的时候，她说："害我至此的人也不只是你，但奈何我收拾不了别人……只抓得到你，只怪你是祸起之源，我不得不让你死！"这就是叶知秋这类小人物的真实写照，她努力试图挣脱人间炼狱，过上光明的生活，最后甚至不惜抢夺表妹叶一生的男友，希冀能够获得幸福。但最终，她发现自己在这个世界已无立身之地，一路追求阳光的她最终在黑暗中死去。

叶知秋的悲哀，不仅在于她终其一生追求幸福而不得，更重要的是，她至死都不明白悲剧的根源何在。她生性乖戾，幼小时被人糟蹋，这只是她一生苦难的缘起，此后，她一直不曾掌控自己的命运，把幸福的希望完全寄托在男性身上。从最初的男友康以明到后来的小马哥、徐老板、三哥直至最后的何耀辉，她拼命抓着他们，期盼有朝一日能走上正途。但她出卖肉身的过往最终出卖了她，无尽的悲惨往事只能博取他人一时的同情，要想真正赢得别人的尊重，唯有自强自立。这是叶知秋至死未能知晓的道理，同样也是像叶一生这样的平凡女子需要记取的生存哲学。叶一生对何耀辉是百依百顺，但最终换来的不是白马王子的一生相守，却是无情的背叛。痛定思痛之后，叶一生选择了正确的方向，没有重蹈表姐叶知秋的覆辙。这也正是《澜本嫁衣》一书的最大现实意义——只有认清了自己，才能珍视自己；只有看清了这个世界，才能真正地热爱这个世界。

正如七堇年在《澜本嫁衣》自序中所言："我以书写讣告般的心情着笔，为人心的希望和幻灭，为人间的纯洁和污秽，书写散发着腐臭的供词。我想我义不容辞。"在对生命的凭吊中抒发对人间世界的真实情感，这才是《澜本嫁衣》一书带给我们的最深层印象。穿越那些肮脏与污秽，懂得珍惜与自爱，好好生活，才是生命最朴素的真理。

梳理七堇年的创作历程，我们会看到，这个年轻的女孩正在一步步地踏实成长。最近看到的短文《灯下尘》《站者那则》更显示了她字里行间的变化，她的文笔更加洗练成熟，语调更加平实沉静、更加接地气。没有了过往的华丽，变得更加耐读、更有意味。正如七堇年在《被窝是青春的坟墓》新版序言结尾写的："黄昏无霞，何以为黄昏；青春无你，何以为青春。"相信经历了心灵蜕变的七堇年会写出更加引人注目的作品。

作家自述

“人可生如蚁而美如神”

七堇年

多年以前我久久站在海边，风迎面扑来，有泪的咸味。看着一艘生锈的船，歪斜着，远远地、孤独地搁浅在礁石遍布的海滩上。海是灰色的，吐着浪花，好像有层层心事，无人倾听。

醒来时候，发现只不过是梦。我的生活中哪里有海？若有，也不过是茫茫人海，潮汐一般，退去又涌来。而青春，是这大海中一艘无法被打捞的沉船。

为了一种所谓的“接地气”的人生，我选择了一份极其平凡而底层的工作，内容与写作或文艺完全无关。在那里没有人认识我，不知道我的历史，我只是一份求职简历所代表的那个劳动力。同事们在我的姓氏前面加一个“小”字，亲切地对我打招呼，交代事情。我们薪水低廉，经常加班，非常疲惫。

我想，这份工作对我最大的意义，也许是能时刻提醒我：作为一个人，你要承认自己的平凡和渺小。但是，“人可生如蚁而美如神”。

时至今日，常常觉得幸运，因为我从未真的想过自己会成为一名写作者。一生中究竟有多少事是无心插柳的，想来都觉得老天总是厚待我。

之前我从香港毕业，学生时代已经出版了几部作品。许多人都问我，你干吗找工作？你不好好写作，找什么工作？你再不写，就要被遗忘了。

听人这么说，我也质疑过自己。但转念想想，如果我因此被遗忘，那是我活该。时间是一把筛子，筛不掉的，终归筛不掉。那些应该被筛掉的，就由着它被忘却吧。

若要成为这样一颗不被筛掉的石头，必须先甘于放低自己，体会浩瀚尘世中，人作为一只蚂蚁的视角，是什么样子。毕竟，石头若是飘在云上，迟早要掉下来。放在地上，就稳了。

我能明白，我们总是容易热爱美丽与精致的东西。虚构于银幕或纸面的生活，往往优裕、奢华、精致、悠闲。面孔美丽身材高挑的年轻男女，白天坐在咖啡店聊天，晚上在夜店狂欢，没完没了的朋友聚会和环球旅行。早晨起床的时候脸上也是浓妆，发型一丝不乱，和恋人展开措辞考究的对话。

这一切情有可原。

除却商业因素大众审美不谈，可能是现实生活已然如此苍白刻薄，使我们十足疲惫。难得休息一刻，因此宁愿看一些美丽而轻松的虚构。

但你懂得，电影是电影，生活是生活。

但那一切无意中在我们的脑海中刻下了很多关于成功或幸福的定义、生活道路的程式，不知不觉之中，我们就按照这些统一的程式和目标，开始执行人生命令。

鲁迅先生说:“世上本没有路,走的人多了,也就成了路。”深以为然。而同时我又觉得,也可以说,世上原本有很多路,有的,走的人少了,就渐渐不成了路。

回头想想,在这个喧闹而功利的时代里,从小到大,我活得多着急、多匆促,连研究生都不想花那么多时间去读,少用一年是一年。好不容易挤上了人生的列车,就直奔终点。突然觉得,该活得慢一点,再慢一点。一个人那么早奔去终点,有什么意思呢?

写作亦然。

距离少年时代大概已经过去10年了。青春期是一段表达欲井喷的时光,回头想来,每天晚上在晚自习时奋笔疾书的那股劲儿,几近不可思议。那样的书写的确成为了写作的滥觞,但它显然只是一段阶梯而已。过了初生牛犊不怕虎的年岁,人越长大,下笔越犹豫。我渐渐能理解那种欲说还休的心境,因为生活像一块块砖头,垒成了心的城堡。

这些年印象最深的国产电影,是顾长卫导演、李樯编剧的《孔雀》。像绝大多数真正的杰作那样,它寂寞无闻,被误解,被大众审美厌弃。但我热爱它的平静、微渺、优美、绵长。一如我所热爱的,生命的特质。

就像顾城写的:“人可生如蚁而美如神。”

梁鸿 / 生于 1973 年，河南人。曾获 2009 年度《南方文坛》优秀评论奖、2010 年度茅台杯人民文学奖非虚构文学奖、第十一届华语文学传媒大奖年度散文家等。著有非虚构作品《中国在梁庄》《出梁庄记》，论文集《外省笔记：20 世纪河南文学》《灵光的消逝：当代文学叙事美学的嬗变》《巫婆的红筷子——作家与文学博士对话录》等。

评家观点

扎根于坚实土地上的乡愁

王晖　张娜

在近年来风行的非虚构写作中，梁鸿无疑是最引人注目的一位。作为一名“70后”，梁鸿既是学者，也是作家。多年蹲守象牙塔的她，也曾迷茫、困惑，曾对自己的工作充满怀疑，怀疑这种虚构的生活与现实、与大地、与心灵没有关系，渴求那种能体现人的本质意义的生活。回到故乡，回到梁庄，用脚步去丈量，用心灵去感知那片熟悉而又陌生的土地，这不仅成就了《中国在梁庄》和《出梁庄记》，也体现出梁鸿力求对精神世界进行自我救赎的自觉姿态，更表现出一个富于责任感、使命感和忧患意识的当代知识分子对生于斯长于斯的真实乡土的亲历与反思。

学者的浓郁乡愁

从乡野走出来的梁鸿，尽管外出求学多年，但家乡始终是她情感的牵挂。20年故乡水土的滋养，使她对乡村生活有着铭心刻骨的记忆、理解和认识。面对当代乡村的破败，梁鸿总有为它做点什么的冲动。同时，作为一名大学教授，梁鸿深知知识分子的责任和使命。在现代化的进程中，面对一个个正在消逝或即将消逝的村庄,回到梁庄,把一个乡土中国的“缩影”真实而形象地呈现出来,是梁鸿的“野心”,更是她的浓郁乡愁。

近几年,梁鸿以家乡河南梁庄为调查对象,在5个月的回乡调查和近两年、十余省市、数百人的采访中,通过对一个个乡村人物的具体描绘,真实记录了他们的生活轨迹,以及乡村破败、荒芜的现状。将近30年间农村在城市化和现代化进程中所经历的变迁、所面临的危机呈现在人们眼前。“这本书,写梁庄,只是最近30年‘被’消灭的40万个村庄的缩影”(温铁军),“梁庄质疑、修正了关于农村的种种通行定见。不曾认识梁庄,我们或许就不曾认识农村,不曾认识农村,何以认识中国?”(李敬泽)这些评论,或许道出了《中国在梁庄》的真正价值。

《中国在梁庄》一鸣惊人,收获荣誉满满。之后,梁鸿又沿着梁庄人外出打工的路线,走访十余省市遍访340余人,收集资料达200多万字,讲述梁庄三代农民工在城市谋生的故事。2013年3月,《出梁庄记》由花城出版社出版。

“为什么我的眼里常含泪水,因为我对这土地爱得深沉……”无论是《中国在梁庄》还是《出梁庄记》,都渗透着梁鸿浓郁的“乡愁”。余光中眼中的乡愁,是海外游子对故乡浓浓的眷恋和重回故乡的渴望;梁鸿心中的乡愁,是归乡的女儿对故乡之痛的记录、对现代性和城市化的反思。在书中,作者对当下以梁庄为代表的乡土中国不是一味简单的“否定”或“肯定”,而是在描摹现象的同时,努力探究其变迁背后的社会、文化原因,以及这些变迁对个体生命的巨大影响。“从什么时候起,乡村成了民族的累赘,成了改革、发展与现代化追求的负担？从什么时候起，乡村成为底层、边缘、病症的代名词?”“这一切，都是什么时候发生的，又是如何发生的?”

在大力推进城镇化建设的今天，将“熟人式的”、“家园式的”乡土文化模式替换成“陌生人式的”、“个体式的”城市文化模式，会不会过于绝对化？城市化进程的快速推进使农耕文明迅速解体，我们的“故乡”何去何从？乡村是否真的适合用全球化、现代化的模式来发展？带着这些疑问，梁鸿一步步探寻中国改革进程对乡土文化的冲击。在这里，梁鸿表现出一种沉思者的气质，她的“乡愁”也超越“梁庄”，而成了无数现代人的乡愁。

站在坚实的土地上

梁鸿的“乡愁”并非虚妄的想象，而是扎根于坚实土地的忧思。了解真相是现代人精神生活的一种需要。然而，近年来，随着新媒体的迅速发展，网络文学异军突起，尽管其中不乏优秀之作，但大多是为了迎合快餐消费的需要，穿越小说、历史戏说、言情小说充斥在我们的周围。胡编乱造、毫无逻辑的虚构混淆了我们的视听，赤裸裸的文字描写挤占了我们的思考空间，充斥的浮躁吞噬了我们内心的安宁。另一方面，“文以载道”、“文章合为事而著”的文学传统，也似乎正在远离人们的视线。文学界的浮躁使近年来接地气的优秀作品乏善可陈。在这样的情况下，读者更加渴望作家能够揭示现实的真相，渴望有思想深度、有历史意识、有反思精神的作品出现。梁鸿的“梁庄两部曲”就在这样的背景下横空出世，给当下浮躁的创作注入一股清新之风。

梁鸿身体力行，“走出象牙塔，跨进泥巴墙”，以田野调查的方式忠实记录和还原农业、农村和农民的真实，为广袤土地上最朴实无华的小人物群体立言。她深爱这片故土，用一颗真诚而挚爱的赤子之心，生动展现一个个鲜活的生命个体。她的文笔细腻朴实，字里行间皆是一份情、一份真、一份时刻接着地气的实诚。在作者的笔下，乡村、农民自己开口说话，讲述他们琐碎的生活、真实的情感和面对时代巨变所带来的精神困顿与迷茫。坚守土地的农民说：“种地虽然免税了，但是肥料、种子、人工在不停地涨价。种一年地下来，也只是落个‘原地转’。”留守儿童说：“我就是要玩游戏，读书有啥用，将来还不是出去打工？”留守老人说：“六七十岁的老两口，既当爹妈，又当老师、校长，能当好吗？”进城的农民工说：“城市不是我的家，我们终归还是要回去的。”他们的话语里包括许多信息，超出理论的总结，也超出我们的把握。读者会从这些口述实录的话语里体会不同的东西。当这些真实而独特的个体自己开口言说时，我们才能真正触摸到乡村的脉搏，感受“故乡”的沦陷模样。梁鸿用另一种方式见证了时代巨变中的乡村之痛。正是这一个个真实而独特的个体，构成了当下最真实的乡土中国。

非虚构：“小叙事”重构公共记忆

文学史上有多种范本和模式来表现扎根于坚实土地上的乡愁，梁鸿选择的方式是非虚构。何谓非虚构？对这个问题的回答，目前为止并没有一个统一的答案。我以为，非虚构文学的最重要特征就是它的非虚构性，或者说是“写实性”。田野调查、新闻纪实、文献价值、跨文体呈现是非虚构文学构件的基本要素。“非虚构”汇集了回忆录、田野调查等方式，不同程度地强调作者身份的个人性、写作的亲历性、文本的揭秘性、题材的猎奇性和叙述的故事性，与现存的报告文学文体有一定差异。

梁鸿在《中国在梁庄·前言》中谈到自己对非虚构创作的认识：“海登·怀特在谈到历史学家所陈述的‘事实’时认为，历史学家必须认识到‘事实’的‘虚构性’，所谓的‘事实’是由论者先验的意识形态、文化观念所决定的。那么，我的‘先验的意识形态’是什么呢？苦难的乡村？已经沦陷的乡村？需要被拯救的乡村？在现代性的夹缝中丧失自我特性与生存空间的乡村？我想要抛弃我的这些先验观念，以一个怀疑论者，对或左或右的观念保持警惕，以一个重新进入故乡密码的情感者的态度进入乡村，寻找它存在的内在逻辑。”在此，梁鸿已经比较清楚地说明了其写作的基本叙述策略，那就是抛弃“先验观念”，不搞“主题先行”，但也不是完全的“有闻必录”，而是在田野调查的基础上进行材料的重新“编码”。因此，在梁鸿的文本里，个人、亲历、揭秘、故事等要素被一一凸显了出来。

与报告文学等非虚构文体写作不同的是，在《中国在梁庄》和《出梁庄记》里，梁鸿不是以宏大叙事而是以“小叙事”折射大问题，以个人化视角诠释社会与人生。

这里的“小叙事”一方面表现为作者对处于社会底层的“小人物”的生活和生存状态的写实；另一方面表现为细节的密布，以至于达到了比比皆是、信手拈来的地步。作“展示者”、不作“启蒙者”，也是其“小叙事”的一个重要特点。在作品中，我们发现，无论是作者作为采访者的举止言行，还是大量的被访人口述，由梁庄的老人、留守孩子、外出打工的中青年人等组成故事和叙述主体，大多不是用“启蒙者”的眼光去居高临下地审视一切、反思一切，而是将这一切作为“展示”——尽管一些展示有时候读来令人心里不安。实际上，在两部作品中，作者的观点和表达的感情倾向比比皆是，只是在以梁庄为代表的乡土中国及其民众、在亲历巨大现实变迁时所表现出来的憧憬、纠结、惶惑、盲目、绝望、希望、矛盾等情绪、行为和认知面前，作者也陷入了矛盾的境地。

如果说，在《中国在梁庄》里，作者叙述的着力点是怀着忧虑的心境“展示”当今乡村的一切，那么，在《出梁庄记》中，作者则推进了一步，在她看来，乡村以及被遍及全国各地的梁庄打工者所延伸出来的乡村，“都不是与‘我’无关的事物”，“我们应该负担起这样一个共有的责任，以重建我们的伦理”。“否则，我们的‘自我’将彻底地失落”。由此看出，梁鸿在写作《中国在梁庄》和《出梁庄记》时，并不只是单单回到梁庄，记录“我的亲人”和“我的故乡”，而是站在更广阔的视野上，以一种整体的眼光，调查、分析、审视当代乡村在中国历史变革和文化变革中的位置，努力展示具有内在性的、广阔的乡村现实生活图景。

梁鸿的作品充满了敬畏与悲悯，她敬畏的是那些时代变迁中顽强生存的鲜活个体，悲悯的是沦陷中的乡村之痛。但悲悯并不是简单的是非对错，而是意味着要让时代巨变中的裂痛在当下的公共记忆中复活。她希望经由“个人记忆”来重构“公共记忆”，把一个真实的乡土中国的“缩影”呈现出来，它的痛、它的沦陷、它的明天在哪里？

梁鸿曾说过：“真正的人文主义态度是从自身——‘民族’和‘自我’的双重自身——的经验、体验和伦理感出发，从内部的历史与原点出发，去发现其与外部世界的关系。”正是基于这一认识，让文学重回公共空间，用文学的力量重建公共生活和公共领域，构成了梁鸿文学研究和文学创作的出发点和原动力。追问我们的历史、忧患我们的时代、祈福我们的民族，使梁鸿的“乡愁”更具博大与深远的意义。

作家自述

写作对抗遗忘

梁　鸿

2012年10月，我和施战军老师在一次会议上碰到，当时他正在进行《梁庄在中国》的终审。自然，我们谈起了它。他对我说："你有没有意识到，书中有太多死亡了？"我一愣，在这之前，我从来没有意识到，更没有察觉到，"死亡"竟是"梁庄"如此正常的风景和如此隐蔽的结构。

确实，开篇有"军哥之死"、"光河之死"，第三章有"贤生的葬礼"，第七章有"金的千里运尸"，第八章有"小柱之死"、"无名死亡"，即使在结尾"梁庄的春节"一章中，也有"老党委之死"和流传在吴镇的神话故事"义士勾国臣之死"。

死亡如此随意而密集，犹如尘埃。生命孱弱地生长，又悄无声息地逝去，悲伤、痛哭、欢乐和点滴的幸福都被黑洞一样的大地吸收。我想写出大地的感觉——整体性、混沌性和蔓生性，想写出人（不只是农民）在其中的卑微和平常。是的，和树叶飘落一样，清晨的露珠一滴滴地砸向它，把它砸回到泥泞而又柔软的土地中。梁庄，在每一个清晨醒来，又在黄昏中睡去，时间停滞，又长远行进。

但是，如果只有大地，只有人类生命的普遍性背景，而没有社会、文明、制度，没有家、爱、离去——那塑造种种死亡的实在因素，那么，生命的存在样态，它内部的复杂性、差异性又会被遮蔽。所以，既站在大地之中，又回到文明和生活的内部，把目光拉回到大地上那移动的小黑点，“人”——如何移动，如何弯腰、躬身，如何思量眼前山一样远的道路，如何困于劳累和幸福，是《出梁庄记》最基本的任务，也是我一个小小的野心。

回到“梁庄”。梁庄的“死亡”究竟意味着什么？仅仅几天而已，“军哥之死”已经成为“闲话”沉淀于梁庄的言语中，现实变为历史。军哥已经成为一个被遗忘了的人。梁庄的道德、良心、情感是混沌的、残酷的，但却又有着奇怪的宽容和包容，就像那即将沦为乞丐的清立。他孤独行走在梁庄的边缘，既被遗弃，又气定神闲。如果你是启蒙主义者，你会谴责梁庄的人们；如果你是强调生存法则的自然主义者，你无从解释梁庄这样富于包容性和生长性；如果你是个人主义者，你会说他们如此不平等，只看生，不管死。我不敢做出判断，只能迷惑而犹疑地看着眼前的梁庄，我故乡的亲人们，试图勾勒出其中最细微的逻辑和枝蔓。或者，那也是我们这个生存共同体共有的逻辑和枝蔓。

贤义又为什么成为“算命者”？他真的懂得传统知识，理解传统文明在中国生活中的意义和价值吗？他那个支离破碎的、混搭的、荒谬的正屋墙壁，似乎彰显着他内心的混沌和芜杂。这样一个“过时了的”、“可笑的”人，他的神情居然有着某种清明和开阔。这些神情从哪里来？你很难辨认清楚。在梁庄，这样驳杂而又难以界定的生命和精神非常多。它们从来都不是清晰的，从来都不是非此即彼的，而是又此又彼，既左亦右。你该怎么办？

不只是城与乡的关系，不只是农民与市民的关系，也不只是现代与传统的关系，而是这些关系的总和构筑着梁庄的生活，并最终形成它的精神形态和物质形态。我不想把《中国在梁庄》和《出梁庄记》问题化，也特别希望读者能够体会到其中复杂的层面。它不是一个为民请命的文本，而是一种探索、发掘和寻求，它力求展示现实的复杂性和精神的多维度，而非给予一个确定性的结论。

我看重“梁庄”里面的细枝末节，刹那的羞涩、无知无畏的坦率、瞬间的凶猛、不肯退去的羞耻、不愿释怀的“无身份感”和那眉间遥远的“开阔”。我喜欢这些“闲笔”，它们附着在梁庄荒芜的场景中，就像那夏天暴雨后的植物，以一种荒凉的方式显示出顽强的活力。我想传达这一世界的内部，它的蔓草丛生、尘土飞扬、忧伤，还有“生活的动力”。没有哪一个生命和场景完全绝望，即使被侵犯的天真而又迟钝的小黑女儿，在经历过那样的黑暗之后，她依然在成长，生命仍然在蓬勃。活下去，就是一种对抗。

但这还不是“梁庄”的全部。《中国在梁庄》和《出梁庄记》中都有“我”。有论者认为：“不是梁庄要你写这两本书，也不是梁庄人要你写，而是你要写这个梁庄。因为，你需要它。”是的，“我”需要它，“我”想找到救赎。但“救赎”这个词在这里又是多么高高在上！你必须意识到“救赎”、“忏悔”本身就是一种居高临下的姿态。想通过“梁庄”来完成“我”的精神重建，这是“我”羞耻的根源之一。无论是作为一个知识分子、一个梁庄的亲人，还是哪怕只是一个观察者，“我”的身份、位置和叙事姿态都是让人质疑的。

但我还希望能够在文本中如实呈现并探究“我”的存在，因为，唯有通过“我”的眼睛，才能够更加深入地展示出“梁庄”在我们时代和历史中的存在真相；反过来，通过“梁庄”，“我”也看到了“我”自己的历史形象。“我”是谁？“我”是我们这个时代的每一个人。逃离、界定、视而不见、廉价的乡愁、沾沾自喜的回归、洋洋得意的时尚、大而无当的现代，等等，我们每一个身上都携带着这样的因子。

在《出梁庄记》的后记中，我把“忧伤”和“哀痛”作为这本书的关键词。这两个词本身是恰当的，但又都是偏内向的、不那么积极的词语，无意中奠定了这本书的基调。但是，选择这两个词并非想带出无力感，而是想表达一种历史感。

“哀痛和忧伤不是为了倾诉和哭泣，而是为了对抗遗忘”。但是，如果不能把“我”放回到“故乡”及与“故乡”相关的事物中去审视，我们就不可能拥有富于洞察力的哀痛，也就不可能对抗遗忘。

白玛娜珍 / 藏族。生于 1967 年。1986 年开始发表作品。曾获西藏文学十年成就奖、西藏第五届珠穆朗玛文学艺术基金奖等。出版有诗集《在心灵的天际》《拉萨　拉萨》，散文集《生命的颜色》《西藏的月光》，长篇小说《拉萨红尘》《复活的度母》。

评家观点

推开通向西藏文化精神的门

徐　琴

打开白玛娜珍的作品，仿佛推开了一扇进入西藏的门——那片高地独有的灵魂深处散发的气息顿时深入骨髓，而她以现实与浪漫相辉映的文学方式，一路引领，令阅读变成一种迷离瑰丽的心灵撼动，即使合上书本，书里的西藏仍在回肠荡气，令人魂牵梦绕。

藏族风格的少女情怀

白玛娜珍的文学魅力在于以西藏的方式激荡灵魂。在创作中，她可谓各体兼长，在散文、小说、诗歌等领域都颇有收获。从其创作历程来看，以《拉萨红尘》为界，白玛娜珍的创作可以分为前后两期。前期的作品集中在《在心灵的天际》和《生命的颜色》这两部集子中，写尽了青春少女的情怀，虽然那时的文字有些短促，篇幅精短，但已才华横溢。如《拉萨的雨》："晚上，噼里啪啦的雨像跳舞一样，在我家院子里蹦个不停。久久不能入睡的午夜，外面的雨听着也像一条老狗没完没了地舔着稀泥"，如此展示了拉萨雨的奇特情态，诉说着西藏女儿的思念。《请伸开手臂》开篇写道："在这炎热的夏季，我的心也流汗了。我逢人就说：'我要回西藏了，真的！'

我的喜悦那么灼热，以至于自己也感到窒息。”对西藏的强烈情感扑面而来，的确也令读者窒息。这是白玛娜珍展示的藏族风格，爱与思念鲜明磊落，淋漓尽致。这种个性在她后来的小说人物塑造中更加分明，独具魅力。这篇创作于白玛娜珍青春时代的美文，令她初展文学锋芒。

这一时期，白玛娜珍相继发表多篇短篇小说，如《山那边》《迷茫》《窗外飘起雨丝》《魂飞天国》《假翅膀孔雀》等，题材涉及西藏传统一妻多夫制、当代城市婚姻、底层妇女生活、灵魂和生命终极归宿等等。白玛娜珍通过一个个藏族人物的塑造和刻画，演绎出浓重的西藏之色，成为上世纪西藏文坛令人瞩目的新秀。

从情感小说到生命哲学

从《拉萨红尘》开始，白玛娜珍开始进入长篇小说创作，这时，她的写作从积淀到爆发，逐渐成熟。

《拉萨红尘》讲述了上世纪80年代的拉萨故事。通过对主角雅玛三段激烈情感经历的描述，令拉萨突兀在众多相同的时代和爱情中，烙印一般浓烈，火焰一般难以熄灭。其中，泽旦这个土生土长的拉萨男子和雅玛一起在军营长大，成为她的丈夫，后因下海经商变成拜金和嫖娼的男人，两人婚姻破裂。迪是一个为改变命运而自愿来到西藏的汉地大学生，在拉萨发现文物宝藏后，开始了贩卖西藏文物的勾当，在获得了巨大收获后远走他乡，但是，迪对雅玛最初的爱和西藏一起成为他人生不可告人的心灵隐痛。军营里朦胧的爱意，在徐楠多年后再次出现在雅玛婚姻危机之中时被唤醒:“徐楠感到电话的那端,那遥远的地方多么宁静。夜晚皎月当空,听得见树丛里微风习习,莫名的嫉妒令他脱口对雅玛说拉萨不可能永远那么沉静,世界上人那么多,总有一天会把拉萨挤得满满的。他从自己的预言中感到了一种平衡和安慰,他冷静地对她说:到上海来吧,来看看大上海。”雅玛心存幻想去上海,“雅玛正惊喜地从车里朝外探望,那些摩天大厦宛若天边隐现的海市蜃楼,却听见徐楠低声絮叨说:‘这一趟最少也得50元,真该死!’雅玛转过身看他,徐楠又烦恼地低声自语道:‘我跟这城市没关系,我们都是穷人’”,如此,她在上海的种种经历使她只觅见繁华之中人性的沦落和被践踏的尊严,当她再回到拉萨时,大上海的一切恍若拉萨欲奔赴的未来。

小说中雅玛的女友朗萨犹如雅玛心灵的另一面,面对发展中的拉萨,选择了和男友出离红尘,追随佛法,隐遁修持。小说通篇梦幻般的描述,让我们感到那只是现实中的一首诗、一个梦。小说以爱情为歌,将藏族人传统生活和生存环境面临变革的选择与困境,以及独特的地域风格和不同于其他民族的人物个性、思维方式、心灵情感一一展示出来,将我们带入一个金色的、沉甸甸的西藏。

《复活的度母》是白玛娜珍的第二部长篇小说。琼芨是希薇庄园的小姐,在她16岁这年,西藏旧的体制被推翻,进入和平解放时期,但她的父亲参加了反革命暴乱,丢下全家与叛匪逃窜,使希薇庄园一夜间破败,个人命运一夜间被颠覆。出于求生的本能,琼芨的姐姐曲桑姆抓住一个仰慕自己的牧羊人嫁了,琼芨凭着在一次宴会上认识的汉人刘军给她的一张写有地址的小纸条，离家寻找出路。从此，姐妹俩的命运各异。贫穷和郁闷令曲桑姆变成一个蓬头垢面的酗酒农妇，在病痛中遭受折磨。但在她将逝之际，终于得到丹竹仁波切的超度，使她仿佛重见生命的光芒，解脱了一生的磨难。琼芨在刘军的帮助下得以去内地深造、参加工作，但一生的爱情和婚姻在历史的劫难中在所难逃。这时，丹竹仁波切的出现成为她神性和男性的双重依托，但丹竹仁波切最后的离走也使琼芨的精神全面崩塌。琼芨的一双儿女在母亲的命运的笼罩下经历了令人心碎的童年，当青春在变革的社会里再遭迷失时，小说以女儿茜玛的口吻写道："母亲琼芨为我取名为'复活的度母'：茜洛卓玛，她以为我像藏族古老传说中的那样，是因善缘而复生的，即'茜洛'，并将美丽如同从观世音眼中幻化而来的白度母'卓玛'——但我出生的那天，天上没有祥瑞的彩虹升现，没有圣莲绽放，只有夜，漫长的黑夜……于是，我沉醉在每一个夜里，看夜里月光如焰，看那个女人，在烈烈白焰里艳舞"，从此，茜玛开始游戏爱情、叛逆命运，并与年轻的转世甘珠交往。转世甘珠有着时尚的外表，开着女施主供养的跑车，穿着上万元的毛衣，生活奢侈，到处传法又沉溺于女色，在他身上，茜玛完全找不到崇敬之情，困惑中只好把甘珠想象成"食毒的孔雀"。作者对于甘珠的描写充满了对现行藏传佛教体制的反思。

长篇小说《拉萨红尘》和《复活的度母》让我们感受到半个多世纪以来藏族女性在尘世硝烟和信仰分裂中的不能承受的精神之痛，从这个意义上看，这部作品已经超越了一般的情感小说，表达出一种生命存在的哲学。同时,小说中的人物塑造和人物命运无不表现出西藏独有的民族个性与特征。西藏的灵魂、西藏的爱以及西藏的殇痛和西藏人心灵与信仰的变迁,在白玛娜珍的长篇力作中波澜起伏,层层涌现,瞩目而璀璨,使白玛娜珍的长篇小说成为我们透视西藏的经典之作。

普通藏族人身上的民族气质

除长篇小说外,在散文和诗歌领域,白玛娜珍的写作也呈现出独树一帜的民族特色和勇敢尖锐的思想气质。

2012 年创作完成的散文《西藏的月光》共包含 20 篇随笔,也是 20 个撼动人心的故事。白玛娜珍以其独有的生活,在当今藏族社会中深入浅出,从一个个局部潜入核心,为我们讲述着全部的真实连同全部的荒谬。

《没有歌声的劳作》一文似乎在发问,习惯于在劳动中载歌载舞的藏族人,为什么突然不再唱歌,甚至没有了笑容?《刀光剑影》中父亲赠予宝剑给爱女,但宝剑护法却难以维护女儿的爱情。《央金和央拉》叙述了来自牧区的两姐妹央拉和央金到拉萨打工谋生的经历。当古老的游牧文明与城市发展成为一种对立,两个女孩进退两难,无法取舍。白玛娜珍感慨道:“也许央拉、央金和我,我们今生只能在城市和牧场之间,在心灵的安详和城市的浮华,在传统生活和物化现实中痛苦徘徊。假如有一天,我们内心的信仰,我们世世代代对生命的理解,人民的习俗,能够被发展的社会所维护,幸福一定会降临如同瑞雪和甘露。”在《光河里的女儿鱼》中,

“外婆的前半生像一场爱情的传奇，后半生孤独等待中，生命却并没有枯萎，而是那么灿烂，像一株朝向太阳的向日葵。”外婆 80 多岁依然爱美，弥留之际说“我的脸色太难看了，我想要涂点口红和胭脂”。将快乐建立在助人之上是外婆生活的大智慧，连夜晚的小老鼠都是外婆的好朋友。她给每个老鼠起了名字，唤老鼠们享用晚餐。白玛娜珍写道：“外婆是一个真正的精神贵族，她一生屡失钱财，却从未失去众人的敬爱”，充分显示出藏族传统文化中的人生价值观。这样的阳光明媚在白玛娜珍的笔下屡屡出现，快乐无羁的女友黛啦、公交车上扭着身子跳舞的司机和售票员、保护误入男厕所的女孩的康巴汉子、劳动中唱歌嬉戏的藏族民工……

《西藏的孩子》一文中的旦是西藏的孩子，也是大自然的孩子，他的童年和少年时代在安详和美的西藏怀抱里无拘无束地度过，他在游戏中快乐地成长和学习。白玛娜珍在文中写道：“也许，西藏的孩子在考试中出类拔萃的是少数，但他们获得快乐和幸福感的心灵能力却是独有的。”这正是西藏文化精神的所在。

《我的藏獒和藏狮》写几只相伴的狗的故事。它们忠诚、个性、追求爱情与自由，却被人类无情地杀戮。即使生活在拉萨这样的佛教圣地，拉萨的狗也难逃人类的凶险兽性。在《爱欲如虹》中，藏历初一，作者去到仁波切家拜年，仁波切问：“你现在还好吗？”作者说，不好。仁波切说：“男女之间，刚开始都好如神仙，后来觉得对方不过是普通人，走到最后又把对方视为魔鬼，既然由爱缘起，互相之间最重要的是要有慈悲心啊。”这样的启示在书中似一阵轻风，如松柏枝燃起的轻烟，不造作、不刻意，像极了西藏的月光照亮了长夜。

《西藏的月光》里，每一个人都是最普通的藏族人，他们身上无不体现出藏族最宝贵的文化价值。即使在城市文明的吞噬中彷徨不安，依然永不放弃。正如刘醒龙所评价的，白玛娜珍的散文不是“路上”的，是从自家院子里的格桑花中生长出来的。她的沉郁文字，有别于太多抒写主观的深情，在铺天盖地的神往之外，重新想象了，洁白的哈达是沧桑双手捧出来的，神圣佛殿是辛酸的酥油灯照耀的。这种因为对神性向往而更加倾注的人性感怀，让我们的西藏由于回归真实而更加瑰丽。

2013 年，白玛娜珍的新诗集《拉萨　拉萨》即将出版，新诗集选入她近 10 年来创作的诗歌作品 100 首。诗歌的语境锤炼了她的文字，使她在每一个作品中、在最残酷的现实叙述中提升出西藏之歌。其诗情诗意蕴藏在深厚的藏地生活土壤中，包含了人类普遍的精神追求，充满着对自由的歌颂、对纯洁爱情的赞美、对家乡的热爱和对现实、对生命的思考。

写作，那么神秘

白玛娜珍

我喜欢在拉萨以外的开放的城市写作，比如北京，在这里可以看到来自不同国家、不同民族的人们，他们的生活方式和他们的信念带给我不同于藏地的感受。尤其是北京的妇女，她们看上去非常独立，她们的背影看得出她们自食其力，在这所城市里坦然地劳动和生活。

我喜欢在北京写作，在一个可以看到街的高楼里，住在一个干净的酒店，比如西藏大厦：房间很大，床单和被子都是白色的，灯光柔和，有个小冰柜可以储存水果和酒。我晚上不想睡，灵感扑来，激活了我，于是整夜不睡，写作。我一个人住在酒店写作，获得了全面的自在，每天既可以遇见、看到和遥望家乡的人，又可以完全像北京人。不，确切地说，可以像一个没有任何地域和民族文化传统束缚的女人，安排自己的作息，尽情地写作。

但这不是我的生活。太短暂和虚幻。

回到拉萨，这里有家，有面朝草地和白桦树的书房，有一成不变的宁静，也只有一种文化根深蒂固从不间断地深入着我的血脉。推开窗，夜雨瓢泼，清晨却在太阳光里犹若银色的梦。于是写作，成为唯一的与外界的交流，沉缓、漫长、委婉而孤独。

2000年，我搬到乡里定居，埋头13年。我在那所房子里写了两部长篇小说、一本散文集、一本诗集和其他一些。那所房子的周围没有一个人和我讲文学、诗歌或者一起听音乐。周围的人都很穷，有时半夜会把我敲起来，要我帮忙送去医院。之前我的生活还好，在舞台上演出，后来当记者、节目主持人。晚上总是梦见该我上台了，却焦急地找不到靴子或一只耳环。记者工作也非常忙，特别是冬天下乡，晚上风很大，就我一个女孩住在乡里土坯招待所里，玻璃窗上挂着蜘蛛网，门关不住。被子也许很脏还有臭味，那时年轻，没感觉。半夜外面野狗在狂风里哭，我就抱着被子敲开男记者们的门，要求和他们住一起。

那时我写通讯、新闻稿是快手。写人物通讯，采访一个乡下男赤脚医生，他为难产妇女半夜赤手接产，我写得多情，写得自己一直哭泣，写不够，就另外用诗歌和短篇小说来写强烈的感情。之后，散文集《生命的颜色》、诗集《在心灵的天际》相继出版，还发表了一些短篇小说。1999年底，我带着儿子搬到乡下的大房子里，工作也换了。此后，整个白天和晚上的时间都可以写作了。但我并不知道我要写什么，为什么而写或者会写成什么样。

有时我在园子里散步，戴着草帽，挽起裤腿浇水、种花，在溪水里掏上游流下来的垃圾。我感到矛盾，我难舍那样劳动的安详和快乐。但二楼窗口里像有一种力量在喊叫，那些人和故事，要我回去跋涉。为此我牵肠挂肚，沉浸在伤痛和另外的命运中。

我还记得《复活的度母》里的曲桑姆变得肥胖、酗酒，她得了肝硬化，她要死了，我无力改变她的命运，我只能哭。她死前终于见到了丹竹活佛，我从绝望中振作起来，继续写。写到后来，她的妹妹琼芨活到了老，两眼却快要失明了。曾经那样美丽、勇敢的女人啊！我再度陷入绝望。梦里我的脑子一片混乱，现实这样残酷啊。那天，在书的结尾，我摘抄了一段藏医里的文字，很美、很虚幻，眼疾也许可能变成那样，我暗暗期待着。

我没有任何参照地写着，忠诚和满怀天真。现在我仍感到无法说清我写了什么。如果事先我知道并非常清楚，也许我就不写了。

写作是那么神秘。具有某种宗教性质，仿佛未知世界苍茫而空白，混乱而激越，牵引着我赤裸而去，自己究竟要写些什么？而发生的故事、那些人和事令我惊魂动魄，令我身经累世。

我可以在任何地方写，离开我的家，走到哪里写到哪里。在不同地方突然降临的一个细节、片段。写作有时候就那么突然，一种冲动让我写下来，事后我认不出来当时自己竟写了那么多恍若隔世的事。时间、地点、人物，在一首诗歌、一篇很美的散文，一段故事里让我虚实难辨，毫无拘束。写《复活的度母》时，就更自如了，后来再看，有的可能成为阅读的障碍。我不知道第3个长篇会不会这样，但一切要听从内心的呼唤。一旦开始写，就像一匹脱缰的野马，写作激发出一切野性，让我不能自已。

很多时候我也停下来，就感到米兰·昆德拉式的轻。我找不到在死之前可以去做的事，除了写作，我无事可做。写作让我的生活变得孤独，但也让我忘记死。在写作里，我全然爱着。

姚鄂梅 / 生于 1968 年，湖北人。曾获茅台杯人民文学奖短篇小说奖、中篇小说奖等。著有长篇小说《像天一样高》《雾落》《真相》《一面是金一面是铜》《西门坡》，中篇小说集《摘豆记》等。

评家观点

锻制文学的“金蔷薇”

师力斌

作为一位实力派小说家，姚鄂梅的创作特点显而易见：注重讲故事，不搞叙事圈套；顺着人性这根藤蔓，将悲惨命运一捋到底，黑色阴影笼盖四野；把理想主义冲动和悲悯情怀深深埋藏，将现实的严酷呈现到不近人情的地步；寓历史意识于小故事之中。

远离先锋，回归讲故事的传统

读过姚鄂梅小说的人都会发现，她是一个非常善于讲故事的作家。姚鄂梅小说总以非同寻常的故事情节来推动。比如《马吉》，中国农民遇见了外国姑娘，会发生什么事？这个悬念会迅速抓住你。《在王村》围绕一对从城里来乡下定居的夫妻展开，悬念重重。为什么不住城里？住乡下目的何在？这里的“讲故事”是通俗意义上的讲故事，而不是先锋实验意义上的。事实上，姚鄂梅远离先锋实验。在她的小说中，人物、事件、原因、结果都交代得非常清楚。但这并不等于她只讲故事，她将故事的容量扩展到相当深的层次。正如梁海所说：“她的小说往往悬念迭起，由一个个不为人知的秘密串联起来，一直通向狭长而幽深的结局。一个秘密套着另一个秘密，让我们迫不及待地读下去。”无须讳言，姚鄂梅小说有着通俗的属性，不挑战读者智商，但会震动你的心灵。这是一种相当难得的功夫。

姚鄂梅有很多作品常被提起，像长篇小说《像天一样高》，中篇小说《马吉》《穿铠甲的人》《黑眼睛》《黑键白键》，很少有人注意到《漫长的瞬间》这部中篇。小说异常精彩，描写老年人的生活，在故事性、节奏感、细节描绘、反映现实等方面都堪称精品。100 多岁老太的死其实只有一瞬，然而，这个过程被无限延展，其中上演了种种令人哭笑不得的闹剧。老太躺在床上等死，孙子、重孙不顾她的尊严，围在床前大声争论她的丧事，仿佛一件喜事：“一个说要穿七件，一个说要穿八件，一个说要穿单数，一个说要穿双数。”“老家的墓地，棺材和寿衣，运送灵柩的车辆，灵牌和花圈，响器班子，酒席，等等。”“外面突然一声惊呼：‘哎，老太叫什么名字啊？好多地方都要写她的名字才行。’这下问倒了大家，都说不知道，从来没听人说起过老太的名字，他们只知道她是婆婆，太婆婆，老太。‘没名字也不要紧，就写袁老安人。’‘但是寄冥洋化包袱的时候一定要写全名啊，冥府银行跟我们这边一样，也是实名制，也要身份证。’”这还不算完。重孙子将老人的死当成仕途晋升的阶梯，力主把她安排到医院，无视她的痛苦上呼吸机维持生命，以便延迟到市领导重阳节前来探视作秀：“爸，领导秘书打电话来了，今天上午九点半，准时到医院。”“爸，衣服都换了吧？粉都搽了吧？”“一屋子人正在高兴，走廊里一阵脚步响，一群人拥了进来，屋里很快就密不透风。那些簇拥着的人群，到了老太的床边很自然地两边分开，留出一条小小的走道，让领导上前慰问。领导是个白白净净的大高个，只见他抢前一步，将老太的一只手捧在他硕大的掌心里。闪光灯刷刷地亮起来，屋里顿时像扯起了闪电。”这些段落显示了姚鄂梅对细节的把握能力，让她的小说有生活底气，具备经验上的公共性，不是官场小说而胜似官场小说。

《漫长的瞬间》只是姚鄂梅小说百花园中的一朵小花。无论是在艺术审美还是在意识形态方面，姚鄂梅都是风格多样的。诗意充盈如《像天一样高》，想象大胆如《真相》，环环相扣如《户口往事》，扑朔迷离如《在王村》《讨债鬼》，哀婉低回如《穿铠甲的人》。她的小说所涉及的题材有关注打工者命运的《大路朝天》《一线天》《大约在冬季》、有探讨仇富心理的《罪与囚》、有探讨复仇主题的《黑眼睛》、有涉及家庭教育的《黑键白键》《心理治疗师》、有反映老年生活的《狡猾的父亲》、有关乎社会阶层分化的《你们》、有饱含寓言性质和乌托邦色彩的小说《西门坡》、有探讨中西文化的《马吉》，还有思考女性命运和心理的《在人间》《隐形眼镜》《玫瑰》《辛丽华同学》等等。

可以说，姚鄂梅的小说风格、立场、题材、语言、结构等都是多种多样的，难以用单一的标准来衡量，唯有拿人性这把尺子最合适。姚鄂梅所有的小说都在探讨人性，执着而心无旁骛。她对时尚、潮流、历史这些大命题毫无兴趣，对于身体、欲望这些材料也不大加装修，她的目的似乎只有一个：把层层埋藏的人性挖掘出来。她曾说过：“我以我的写作为杖，执着于向人性深处的东西靠拢。”人性，深处的人性、黑暗中的人性，是讨论姚鄂梅小说的关键词。

她所写种种，家庭、性别、身份、命运、欲望、爱情、复仇、救赎，所有这些题材、故事、主题，都在为探讨人性做铺垫。

挖掘人性黑暗的小说辩证法

姚鄂梅小说的主色调是黑暗，她的绝大部分作品都涉及人性黑暗或残缺人生。在这个意义上，姚鄂梅是最清醒、“最冷酷”的作家之一。她的故事几乎全部是悲剧。没有一个爱情是完美的，没有一个人格是高尚的，也没有一个结局是理想的。姚鄂梅果断地、无情地将光明的尾巴剪掉了。她没有给幸福、美好、温暖之类的想象留任何表演舞台，她拒绝平庸而肤浅的温暖和善良。或许，在姚鄂梅看来，温暖、善良、美好用来探讨深层人性过于浅显。生活唯其苦难，命运唯其多舛，人格唯其复杂，人性才具真实深刻。

《心肝宝贝》中，远秋为给自己的双胞胎儿子交重点中学择校费，不惜去狗市骗人。他往狗毛上涂色冒充斑点狗，被人识破。这种做法最终遭到儿子们的唾弃。“我比狗更可怜”，“养一个孩子不如去养一条狗”？这是《心肝宝贝》中最让人难受的话，但又何尝不是人性最隐秘处？《妇女节的秘密》中有言：“母亲是个妇产科医生。也许她这一辈子见了太多女人的下体，爱情在她眼里早就褪去了花里胡哨的衣衫，只剩下赤裸裸的本质。”“从她进入妇产医院那天起，她就觉得爱情是很可笑的东西，所有的爱情最终都要到她那里去解决，靠那些冰冷的器械去解决，女人在那里又羞又怕，冷汗直流，转眼间又好了伤疤忘了痛。她觉得所谓爱情，其实就是犯贱。”在小说中，爱情是如此遍体鳞伤。

姚鄂梅以普通人的视角、现实主义的方式、原生态的细节真实观察和理解人性,她不像王朔那样把崇高拉下水,也不像卫慧那样把爱情脱光,但她却更加全面彻底。她笔下的小人物就像我们身边的你我一样普通平凡、复杂难解。他们自私、狭隘、功利、虚荣、目光短浅、心胸狭窄。母爱、亲情、友谊、团结、和睦,在她的小说中都面目可疑。她一个挨一个地探测这些人性的真相,一步一步地逼近道德的底线,结论却常常是令人绝望的。

有人说,姚鄂梅的小说"读起来在心酸以后还是心酸"。这是确论。在她笔下,生活是一连串的悲剧,人性是悲剧叠加的产物,人活在悲剧和无奈之中。生活的琐碎、命运的曲折、爱情的虚幻、婚姻的功利、亲情的脆弱都成了岁月宝鉴,照出人性的另一面。《黑眼睛》中,阿玉夫妇与医生一家都是无辜的,但由于一次变故引发的一连串变故,双方被推向仇恨的狭路,善良人的邪恶被逼迫出来。姚鄂梅总是在悬崖边上俯视灵魂的深渊。当她说出了人世的黑暗与人性的残缺时,她就说出了善良与悲悯。这是姚鄂梅小说的辩证法。姚鄂梅发现了表达爱和悲悯异常沉重的方式,几乎需要将美好的事物消耗殆尽,美好与善良才能水落石出。

身处社会关系中的具体人性

姚鄂梅小说没有背离"人是一切社会关系的总和"的规律。她的一系列小说,从不同层面和角度透视了转型期中国人的心灵悸动与精神创伤。如《户口往事》《马吉》《一只蚂蚁的现实》《一线天》《你们》《辛丽华同学》《像天一样高》等,分别涉及城乡户口差别、中西文化碰撞、市场经济转制、打工者遭遇、贫富阶层分化、个人在体制内命运的沉浮、诗人梦想的破灭等重大社会问题。《一只蚂蚁的现实》是典型的历史文本。一个中专毕业生和一个高中毕业生的不同命运，以及他们所在的粮店的转制，正是中国转型的真实写照。“一夜之间，粮食部门也不景气了，先是买粮不再凭本子，接着就是粮店不再是国家的专利，一些家庭开始蠢蠢欲动地试着开私人粮店。”粮店从国有到个人承包，再到“我的丈夫”开饭店，这个过程恰恰对应着中国经济发展的历史。

关注打工姐妹这一特殊社会人群的心灵状况是姚鄂梅创作的重要方面。她不是从问题小说的角度切入，而是从人性、心灵和姐妹的切身体验来切入的。《大路朝天》呈现了打工者恶劣的生存环境：“我们全都染上了头晕恶心的毛病……是蚊香熏的……蚊香架成了随处可见的小摆设，每张床头都摆着一个，一到夜里，十个蚊香一起燃烧起来，袅袅娜娜，十分壮观。”《大约在冬季》无情地抛弃了丑小鸭变成白天鹅的老套，堵死了杜拉拉式的升职幻想。一个底层女性在陌生的城市，无亲无靠，无立锥之地，更无尊严可讲。她不得不与男性同睡一屋，甚至被他当成自己的老婆：“李默穿得严严实实地躺在一头，小萨穿着裤衩躺在另一头……睁眼一看，小萨正闭着眼睛压在她身上。”

在这些作品中，我仿佛看到了《骆驼祥子》《包身工》的影子。李默的遭遇成为千千万万打工者的缩影，这或许是世纪之交中国的一个侧影，也是最为灰色的侧影，她的名字叫李默。姚鄂梅甚至将《大约在冬季》《玫瑰》《黑色》《婚纱》几部小说的女主人公都叫作李默——沉默,或者沉默的大多数。这个名字表征了一种集体无意识,千千万万的打工者是无名的,他们被遮挡在城市的角落、工地、车间。他们以前的名字可能叫李欢、李乐,如《玫瑰》中的两姐妹。显然,她们是另一个作者,或者作者精神上的姐妹。姚鄂梅没有局限于做一个打工问题小说家。她不是文学研究会意义上的作家,不是为人生的作家,而是为人性的作家。她不写官场,不写商场,连情场都不写,只写心灵黑暗的场域。

姚鄂梅将一篇小说命名为《心理治疗师》。而实际上,小说探讨的是子女教育问题。但这能够表明她的文学抱负。《罪与囚》也是这样,一个非常有前途的、聪明的、公认的好学生易清,怒杀同室的富二代同学古铜。不是由于深仇大恨,而是由于他看不惯富二代子弟的骄纵与跋扈。这个故事不能不让我想到目前社会中存在的种种问题,这便是文学的魅力。

超越悲观的现实主义者

不过,姚鄂梅也有理想主义的一面。在市场价值冲决一切的情形下,姚鄂梅顽强地、执拗地保留了乌托邦冲动。这从她的两部长篇《像天一样高》《西门坡》和中篇《穿铠甲的人》等作品中不难发现这一点。这几个文本与前述那些众多的文本一起构成了她创作的两极——现实与理想。虽然《穿铠甲的人》中的"文学青年"杨青春终生困顿,但他的文学梦想、他的纯真的感情,像一副脆弱的铠甲将他与世俗区分开来。同样,《像天一样高》强烈的理想主义打动了我。这部名为"献给80年代"的长篇,力图呈现当代都市人逃离世俗的冲动。以诗人康赛为核心的小团体的桃花源试验以失败告终，这符合姚鄂梅将悲惨进行到底的原则，但这个文本最令人心动的是那种现代桃花源的理想主义冲动，是诗人康赛坚守的树林诗歌。《西门坡》的理想主义实验性质更加明显。所谓西门坡就是一个专门收留不幸女人的女性乌托邦小社会，过着类似公有制的集体生活，基本生活条件由集体提供，个人没有财产。像诗人康赛的桃花源一样，西门坡最终破产了。西门坡带有寓言性，以浪漫的理想主义开始，以悲观的现实主义结束。

理想主义也好，现实主义也好，姚鄂梅都是放在人性这一框架内来观察与展开的。她的所有作品都是如此，通过对人性点点滴滴的收集来煅制文学的金蔷薇。这是她自己的话："我至今还十分喜欢许多年前读过的《金蔷薇》。'每一个刹那，每一个偶然投来的字眼和流盼，每一个深邃的或者戏谑的思想，人类心灵的每一个细微的跳动，同样，还有白杨的飞絮，或映在静夜水塘中的一点星光，都是金粉的微粒……用几十年的时间来寻觅它们，不知不觉地收集起来，熔成合金，然后再用这种合金来锻成自己的金蔷薇——中篇小说、长篇小说或者长诗。'"

作家自述

记录本·女红·写作

姚鄂梅

越来越喜欢在有目标的人流中疾走，浑身发热地拖地、洗涤以及各种无须动脑的家务，手上有活，意识才能趁机出来四处闲逛，这种状态让我想起残雪曾经说过的话，有段时间，她最理想的工作竟是去烧锅炉，我想她喜欢的应该是用低技术含量的劳动来筑一道篱笆，以保护她的自由意识不受打扰。

一直以来，我这样想象一个作家的生活：拥有一间安静的书房，有固定的写作时间、固定的阅读时间、固定的散步时间、固定的闲聊时间。但这样的生活对我来说，恐怕是一个终生的梦想。我干过很多种工作，出纳、文秘、行政助理，在那段漫长的时间里，我隐隐期望着能有一份类似烧锅炉的工作。后来，工作的担子轻了些，家庭事务又不容商量地占据了我大部分精力。没办法，只好"顺应天命"，把某些机械性的事务变成"烧锅炉"。我为此准备了几个小本子，分别放在我的包里、厨房里、卫生间里，以便随时擦干手指，记下那些突然冒出来的念头。其实我后来很少去翻阅那些小本子，因为凡是我用笔记过的东西，基本上都不会忘。尽管如此，我还是准备了一些这样的小本子，一来可以预防我的记忆系统某一天毫无防备地失灵，二来可以安慰自己，毕竟在庸碌琐碎中还有一道道小小的闪电划过。

我把这些记录本称作密码本，对我来说，一个密码意味着一个短篇，或者一个中篇。在写《狡猾的父亲》之前，我在小本子上写过这样一句：父亲通身雪白、仙风道骨地站在我面前。这句话后来变成了这个短篇的开头，有了这句话，后面就像搭积木一样，永远不愁没有尺寸合适的句子出现在需要的地方。我甚至用这种办法写长篇，写《白话雾落》时，我记录过这样一个情景，一个孩子拿着地图向他的老师提问：书上总说长江像一条巨龙，我怎么觉得长江像一条蜈蚣呢？当然，对一个长篇来说，这样的记录得几十上百条。写到中间，曾一度受阻，但有一天，我经过一家玻璃店，几个工人抬着一块很大的玻璃往外走，太阳折射出来的光芒刺痛了我的眼睛，我顿时豁然开朗，这块玻璃帮我打通了阻碍，迎来了转机，主人公历经艰辛竖在山顶上的巨大玻璃，给长年浓雾缭绕的雾落带来了光明和热能。

看着这些密码本，不禁想起母亲的针线笸。从我记事到母亲辞世，她一直都在用心维护、经营着她的针线笸，那里面分门别类放着她的宝贝：扣子、棉线、布头、贴片、各种小工具、旧衣服上剪下来的某个值得重复利用的部分，在特别的机会里得到的意外惊喜，端的是五花八门、生机勃勃。有时，她结束一天的工作，洗过手，端出她的笸子，略加思考，就开始行动，拿点这个、抽点那个，一样一样摆在小桌子上，端详、修改、拼凑，再端详、修改、继续拼凑，这时候，她神情紧张而欢快，如处无人之境。几天过后，一件别致的衣服，或者一双新鞋，就从那些看似杂乱的针线笸里寒门出状元般脱颖而出。

我如今所做的与她当年并无太大区别，无非是收集、整理、裁剪、拼接，历经数度修改，终于成形，欣欣然几天过后，再投入下一个过程。在母亲去世前的最后几年，几乎每个周末，我们都在同一张桌子旁坐着，母亲鼻尖上挂着老花镜，从针线笸里一样一样取出她需要的材料，摊在膝头，聚精会神地制作她的新品，我则对着电脑，沿着小本子上记录的密码，在深不可测的黑暗中摸索着前行。我们各干各的，互不干扰，连眼角的余光里都没有对方。那是我和母亲在一起的幸福时光，也是我和母亲各自的幸福时光。

当我试图整理那些用过的记录本时，才发现它们是那样残破，简直惨不忍睹，像牙齿不好的人吐出的一大堆鱼刺。销毁的过程更是让人心悸，它们不像牙齿、不像头发，也不像指甲，即便功成身退，全身仍然布满神经，它们用痛感提醒我，那些属于它们的永远无法预测的诞生时刻，那些生命中分泌出黄金的时刻，是多么值得尊重和纪念。

以前，我喜欢各种创新，用新的形式讲一个老故事。现在，我喜欢用简单而有意味的语言讲一个新故事。以前，我无惧写到任何一种人，男女老少，皆可入“药”，现在，我喜欢写女人，写了女人，便是写了所有人，再没有哪种人像女人那样，身上铭刻着一切过往的人和事，我还喜欢写无爱的女人，她们孤独而尖锐，内心卑微得要命，一段童声清唱便足以让她们泪花滚滚。这些东西综合在一起，其实就是“一些笨女人做的傻事”。选择没有疆界，但喜欢小如豆粒，细若游丝，我希望这样的写作把我和别人区别开来，就像当年母亲所做的女红，一望而知跟别人迥然有异一样。

付秀莹 / 生于 1976 年，河北人。曾获中国作家出版集团优秀作品奖、茅台杯《小说选刊》年度大奖、第三届蒲松龄短篇小说奖等。著有中短篇小说集《爱情到处流转》《朱颜记》。

评家观点

从“芳村”到京城：照向精神隐秘的微光

饶　翔

比起那些年少成名的“80后”，“70后”的付秀莹出道可谓晚矣，年过三十才发表了第一篇小说。然而，她起步即速跑，一篇短短的《爱情到处流传》使付秀莹的名字在文坛迅速流传开来；在短短几年内，一批质量上乘的作品相继问世，当她的第一部小说集出版时，已有评论家称赞其初具大家风范。令人印象更为深刻的是，付秀莹从一开始就形成了鲜明的创作风格——可借用茅盾评价茹志鹃的四个字：“清新俊逸。”此风格在文坛不传久矣，这或许便是付秀莹一登场便令文坛喜出望外的一个重要缘由吧。

“荷花淀派”又见传人

付秀莹清爽灵秀的文学气质，使人不由得念起她生长于斯的那片土地，将其与历史上的“荷花淀派”联系起来，或许并不牵强。地气这东西就是这么奇妙，经年累月地浸润其中，对作家主体的影响不可估量。付秀莹在她的小说世界中虚构的那个文学地理空间——芳村，仿佛被环绕在“荷花淀”与“麦秸垛”之间。从孙犁开始的文学传统，在付秀莹的创作中不难见其传承。

《爱情到处流传》的题材并不新鲜，小说回忆“父亲”的一段风流韵事。然而，作者的处理却很特别，虚实相间的手法，读来回味无穷。小说设置了“我”这个限定性的叙事角度，“我并不比芳村的任何一棵庄稼知道得更多”，“我”所观察到的“父亲”婚外恋的蛛丝马迹，是透过“父亲”、“母亲”和“四婶子”三人身上各自的微妙变化——“母亲”并没有一哭二闹三上吊，而是更精心地打扮、更多的温存体贴，以退为进；她甚至与情敌“四婶子”交好，在强忍的精神磨难中保持尊严与气节，悄悄捍卫着她的爱情。“父亲”与“四婶子”的恋情始终是隐忍的，小说并没有正面铺陈，而是在若有似无之间，留下了充分的想象空间。作者巧妙地回避了道德评判，升华了美感。当年这段“到处流传”的爱情在时间的涤荡下，已是霁月清风不绕怀，矛盾归于和谐。明朗俊爽的人物形象提升了小说的格调，恰如一朵出水芙蓉，濯清涟而不妖。

《大青媳妇》和《九菊》均以女性为题，在回忆的语调中讲述女性命运的悲哀。因家境贫寒而嫁给只有10岁智力的傻子的“外路人”大青媳妇，在婚后难挡自身蓬勃的欲望，与乱耕私奔，复又归来，直至成为男人的“群宠”，最后锒铛入狱。美丽的九菊生长在一个特殊的家庭，在一场错综纠缠的乱伦关系后远嫁他乡，嫁给一个“老，而且，盲”的男人。两篇小说均涉及道德禁忌，作者却以“去道德化”的美学处理方式，呈现美丽被毁灭的过程，表达了一种对于命运的深沉而又静默的悲哀。读来恰如孙犁的《铁木前传》那般“为美所伤”。

付秀莹的美学品格在不多的篇什中已得到了充分的展示，具体说来，她的小说是散文化的，注重抒情氛围的营造，常常以景物烘托人物心理；富于古典韵致，追求矛盾的内在平衡与和谐美感，语言细腻、意境优美含蓄；惯于书写回忆，长于对人情、人性美，尤其是女性美的展现。如此种种，真可谓是“荷花淀派”的新一代传人。

“芳村”的常与变

付秀莹将笔下的“文学故乡”命名为“芳村”。她说：“无论如何，‘芳村’之于我，恐怕不单是地理意义上的故乡了。她是我的精神根据地。她确实真实地存在，存在于我的血脉和记忆深处。”

一如费孝通所指出的，乡土中国是以传统伦理价值为精神内核的。有评论者说，付秀莹的乡土小说表现的便是这种“人伦之正”。确实，“人伦之正”构成了付秀莹小说美学的根基之一。然而，我以为，付秀莹同时敏锐捕捉到了乡土社会中人伦的变异，她往往从很小的切口进入，描绘社会的巨变在乡村的投影，呈现这些变化如何在人心中激起或大或小的波澜，甚至改写了人物的命运。

《六月半》是其中最值得称道的一篇。“六月半，小帖串。这个风俗，芳村的人都知道。……小帖的意思，就是喜帖子，这地方的人，凡当年娶新的人家，都要在六月里把喜帖子送到女方家，叫打帖子。”随着时代的发展，“打帖子”这个风俗不断增添“时代内容”：先是票子，然后是“三金”（金项链、金戒指、金耳环），又有了手机和婚纱照。小说以俊省张罗着给儿子兵子“打帖子”开始，串起了芳村的种种常与变。俊省当年拒绝门户单薄的宝印提亲，嫁进了人丁兴旺的刘家，给进房做了媳妇。然而，时移世易，宝印成了财大气粗的包工头，兵子倒在他手下打工；进房为了赚区区500块，放下男子汉的身段，去别家当男佣。这边厢，精明能干的俊省省吃俭用，反复盘算如何凑够兵子的迎亲钱；那边厢，宝印仍在不断关怀俊省，主动提出要把兵子调去舒适的岗位。俊省心中充满了委屈、伤怀、矛盾、不甘等各种复杂纠结的微妙情感。就在万事俱备时，传来噩耗，兵子在工地上出事了，俊省受到致命的打击。小说叙事密而不乱，线头穿插、民俗描写、心理描摹均调度有序，从容不迫，体现了作者成熟的小说技艺。

“农历三月初三，万物都醒了，是个好节气。见本媳妇早就跟孩子们说好了，三月三，大家都回来，回来过节气。”与《六月半》一样，《三月三》以民俗节气代表芳村的“常”，这“常”说来也简单，就是婚嫁娶丧、家人团聚共享天伦。然而，就是这么简单的愿望似乎也越来越难满足。三月三，见本媳妇一大早便开始准备一家人的吃食，却总也等不来各自成家立业的儿女们，眼见已日过中天，她的盼望渐渐变成了担忧。那部她总也不会使的电话机仿佛一个象征，看似增加便利，却阻隔了她与家人的情感交流。

在《迟暮》中，赶不上趟儿的是一位老汉，一位年迈的父亲。男人的力量几乎消失殆尽，曾经的一家之主渐渐沦为“局外人”。儿子和儿媳妇商量着要将田地转包，去城里打工，把他独自撇在家中。时代变迁、生命衰老，这是人类永恒的悲哀。《空闺》中，双月在男人进城务工之后，独守空房，担忧男人在城里“学坏了”、怕他在外寻花问柳的心理反复折磨着自己。《跳跃的乡村》中受折磨的是村妇秋然，村里空场上兴起的街舞令她感叹世风不古，女儿小满加入街舞尤其折磨着她，办厂子办得风风火火的丈夫二发也令她不安，怕他被风骚的斗子媳妇勾引。《苦夏》中留守儿童丫豆儿由年迈的爷爷照料，她对爹娘的思念只能寄托于一根电话线；被全叔性骚扰，听人议论爹娘在城里干见不得人的勾当，给她幼小的心灵蒙上了阴影。《旧院》中一个由“姥姥”主政的阴性院落中，女儿们在时代变幻中经历着各自的人生际遇与命运沉浮。《锦绣年代》中，与“我”青梅竹马的表哥，那个翩翩少年，已湮没于凡尘俗世，消失于时光尽头。

在众多篇什中，付秀莹反复书写着芳村的常与变，书写着时代之变对于乡土伦常的冲击。值得称道的是，作者虽然在此不断触及新的社会矛盾，触及时代的症结与难题。然而，她的方式却是充分文学化的。在人物的内心波澜或者细微褶皱间，作者以小喻大，见微知著。在新世纪的乡土小说中，付秀莹的“芳村”系列自有其位置。

“阴性书写”：在传统与现代之间

当我借用“阴性”一词来形容付秀莹的创作时，既是指她文学气质的阴柔秀美，如前文所论，也是指她在诸多作品中所思考的女性问题、所呈现的女性心理和所表达的女性意识。在此，用“阴性”一词更加强调的是女人的本能与自然属性。

《小米开花》尽显作者心理写实的功力。哥嫂的缠绵恩爱，小姐妹二霞的性启蒙，建社舅的性暗示、性骚扰，月经初潮，以及身边自然万物的繁育不息，都在不断催熟着少女小米，使她开出花来。然而这花儿“寂寞开无主”，情窦初开的一腔怅惘和无处排遣的无名苦闷常常萦绕心间，真是情思百结，无计可消除。小说由这说不清道不明的情思处入笔，写得玲珑剔透、细腻入微，将缥缈的女儿心事呈现得如此真切动人。

付秀莹在众多小说中都大胆暴露了乡村传统女性的性心理和性意识。《灯笼草》写小灯与大伯子之间微妙的情感，在那个一触即发的夜晚，小灯克制了自己的欲念。情与礼的较量冲突被平息，仍然回复到作者所钟爱的和谐之境。《琴瑟》写一对在城市里艰难谋生的夫妻，妻子在路边偶遇一名都市男性，使她经历了一场内心的风暴，对比自己蹬三轮车的丈夫，妻子对于自驾车的斯文男人的性幻想，既代表了她对于理想男性的想象，也代表了她对于一种社会身份的向往和渴望。但是，现实很快使妻子平复，与贫贱的丈夫相濡以沫虽属无奈，却也踏实可靠。“琴瑟”二字，既形容一种情感的和谐状态，也暗示了身份对等方能“和鸣”。

在另一些描写都市女性的情感篇章中，付秀莹反复书写的是女性的情感缺憾和心灵的分裂状态。《幸福的闪电》中，蓝翎面对成功男士左恩的追求尚在犹犹豫豫，却对楼下健康快乐的陌生邻居产生了莫名的情愫，并催生出一场春梦，然而，内心中暗暗滋生的幸福感很快就在现实面前幻灭了。《夜妆》中，与沾染脂粉气的学界名流周一洲住豪宅、过上流生活的郁春，在一辆远离日常生活的夜火车上，检视自己的内心后发现，她怀念的是当初与尹剑初清贫而快乐的生活，那段生活虽早已被她丢弃，却如此深刻地烙在她的灵魂中。《那雪》中,那雪离开了京城文化名流、已婚的浪荡子孟世代,爱上了单纯明朗、热爱生活的大男孩杜赛。然而,杜赛却又突然一去不返,那雪的感情世界依然空缺。

付秀莹的“阴性书写”没有女权主义的张扬,而是以惯有的内敛方式通向女性的幽微内心。在这些篇章中显露出她的传统阴/阳性爱观。围绕她笔下知识女性们的是各种“中年趣味”的男性,他们被层层物质化的社会属性包裹着,远离了男性的自然属性;而她们内心爱着的是单纯明朗、健壮勇猛的雄性少年。这样的雄性在高度物质化的都市可还有?付秀莹以小说表达了此种困惑,而这种貌似传统的性爱观,却以其在当代不可实现的命运,传达出作者的现代意识。

探索仍在继续

事实上,早于付秀莹开始写作之时,她便已离开河北乡村,定居于北京。如果说乡村生活是她远去的记忆,那么城市生活便是她此在的现实。当这两种经验同时转化为小说创作时,人们最先认可的是她的“芳村”系列,因为这些作品风格鲜明,更显成熟。

在她写城市的那些篇章中,除了前述女性情感小说,《百叶窗》《对面》表现办公室政治;《出走》和《火车开往 C 城》写都市男性逃离琐碎平庸生活的冲动,这部分作品新意不多,有的叙事还略显粗糙。而在《花好月圆》《世事》《如何纪》等作品中,付秀莹开始发展出一个新的叙事方向,即揭示都市人群的精神隐秘和错综暧昧的情感勾连。中篇小说《醉太平》便是这一方向上的最新力作。在一个学术圈的生态链中，弱肉强食，明规则、潜规则盛行，利益交换、欲望角逐，男男女女沉浮期间，暗通款曲。太平盛世醉太平，作者以微讽的笔调，戳破了“太平”中的假象，流露出丝丝荒诞与悲凉。

从“芳村”到京城，随着时空的流转，付秀莹渐渐从她所得心应手的叙事美学中，发展出一套新的叙事美学。她的探索仍在继续。

作家自述

多年前的烛光闪烁

付秀莹

这么多年了，在日常生活的泥淖中辗转不安的时候，内心里，总有一个声音对我低声劝慰。没事的，别怕。这声音低沉，却有力，带着某种打动人心的镇定。世俗间纷飞的灰尘便慢慢落定。天空澄澈，大地无边。一种柔情并豪情渐渐升起，把胸间涨满。窗外，是盛夏的京城。金影银影交错，间杂着绿树的烟云。这个世界是美妙的，而人生苦短。我该如何度过这千差万错却又不及修改的一生？

前些天，忽然有旧日的老师联系。将近20年了。当年那一个痴迷写作数学却一塌糊涂的女生，在将近20年的光阴中，在一个人的命运中，俯仰不定。20年，对一个人算不得短暂。人生有几个20年？听当年的老师，在电话里描述当年的自己，那些细节遗落在时光的缝隙里，覆盖着厚厚的飞尘，那一瞬，有恍然如梦的错觉。我分明听见时间的洪流在耳边滔滔逝去的喧哗。正定，那一座古老的小城，有着我懵懂的年少岁月，学业、前途、命运，像一座坚硬的大山，将我牢牢镇压着，动弹不得。我在喘息的间隙，在稿纸上疯狂地涂抹，怀着近乎罪恶感般的负疚。一个高中女生，对堆积如山的复习资料视而不见。那个时候，她的眼里只有写作，顾不上别的。某一个晚自习课，因为忽然停电，教室里点着蜡烛。老师在烛光下，朗读我幼稚的诗歌。老师是班主任，教历史。多年以后，我依然记得那个场景。烛光点点，一簇簇火焰跳跃。而青春的热血激荡，心跳如鼓。那个夜晚，枯燥艰难的高中时代湿润迷人的段落。我不知道，有一种叫作梦想的东西，在那个夜晚，埋下了深深的种子。而前路苍茫，发芽的日子还远未到来。

是偶然吗，抑或是命运对我不务正业的惩罚？那一场命运攸关的考试，令我一败涂地。对于一个乡村出身的孩子，这无疑是最无情的宣判。我在命运的鞭子下被迫前行，跌跌撞撞。也曾经有过挣扎，甚至反抗，然而，四周是坚硬的生活的壁垒，仰面只见一线天空，狭窄，却宁静，仿佛是生活给我的某种暗示。之后，在很长一段时间里，我屈从了。日常生活的灰尘渐渐把我湮没。琐碎，却温暖，有着惊人的消磨和腐蚀的力量。我不是一个蔑视世俗幸福的人。对幸福，我甚至比常人有着更多的渴望和想象。或许是身为女人，天生对现世安稳怀有一种迷恋，或者依赖。在日复一日的生活中，我渐渐变得安宁。岁月平静，而人生如寄。还有什么不安宁的呢？

然而。然而啊，然而。如同一篇小说的叙事，最出人意料，也是最值得期待的，是那一江秋水之后的转折。是偶然的波澜，抑或是必然的命运？是啊，命运。当我们在生活面前无法自圆其说的时候，总是归咎或者归功于命运。命运是宽宏的，它包容我们的一切；命运也是博大的，在它面前，总能见出我们的小。当风吹过水面的时候，一江涟漪惊起。其实，那不是来自外部的世界，那是我们内心的风声。风从时间的深处吹来，把习以为常的日常吹乱。

秩序之外,有一个叫作梦想的家伙,探头探脑。它在生活的篱笆外面,发出细嫩的尖芽,疯狂生长。那时候,我正在世俗生活中昏昏欲睡,青春即将被挥霍一空。我貌似老练地在日常生活中流连,左右逢源。旧梦依稀,不是忘却,是不愿再去深究。然而,就在某一天,我被篱笆外面的一种气息蓦然惊醒。那是动荡的迷人的气息,有一种蛊惑人心的魔力。终于,还是有了这一天。生活在向我使眼色。我不能掉头而去。那么,是在安稳现世中了此一生,还是在痴爱的文字中重新活过,遍尝甘苦?

时至今日,我依然不后悔当初的选择。或许,写作是一味药,可以疗救人生的虚妄。而尘世苍茫如海,孤单脆弱如我,该如何泅渡?时光像一把飞刀,刀刀催人。在目力可及的生命长度中,如何尽可能地获得人性的宽度和深度?如何在肉身化为泥土之后,留下精神不安不息的痕迹,留下血肉模糊的证词?以我有限的能力所及,写作,唯有写作。

是写作,令我保持着对生活的好奇与激情,令我在命运的流矢掠过额角的时候,不致惊慌失措。同样是因了写作,世界向我打开了一扇神奇的窗子,它徐徐打开的过程,是令人心神激荡的过程。写作是艰难的精神的事业。然而,它的魅力,足以抵消甚至补偿其间筚路蓝缕的心灵磨难。

这么多年了,我并没有写出好的文字,让读者喜欢,让自己满意。沮丧,甚或气馁,也是有的。但我从未绝望。

我的内心,总闪烁着多年前的烛光。它从20年前的北方小城,从那个迷人的夜晚,穿越而来,把现在和未来照彻。如此温暖,如此明亮。那是梦想的光芒。

笛安 / 本名李笛安，生于 1983 年，山西人。曾获第八届华语文学传媒大奖最具潜力新人奖、西湖·中国新锐文学奖等。出版有长篇小说《告别天堂》《芙蓉如面柳如眉》《西决》《东霓》《南音》，中短篇小说集《怀念小龙女》《妩媚航班》等。

评家观点

从把玩到追问的青春叙事

何　平

“80后”作家是不是“只是”、“只会”、“只能”写物欲横流的小时代、小青春？简单、滞后和粗糙的以偏概全的文学批评“已经”、“正在”还“将会”掩盖“80后”作家的内在的复杂性。以长篇小说为例子，“80后”笛安足以证明这种复杂性。对于“80后”作家而言，写一部“有长度”的小说应该不是一件困难的事，但是不是据此认为他们都能够驾驭“长篇小说”这样一种“有难度”的文类？笛安的“Memory in the city of Dragon”（《西决》《东霓》《南音》）系列长篇小说标志着“80后”作家在长篇小说文类目前所能达到的高度。表面上，笛安的小说并不复杂。除了《广陵》《圆寂》《莉莉》《塞纳河不结冰》《光辉岁月》《洗尘》等很少几篇小说，笛安的小说基本上是青春期溢出、延伸出来的。这些小说如果也算“青春小说”，它不是习见的对青春残酷的自恋自怜式的把玩，而是追问“青春”何以残酷。追问残酷的青春可能走向何处？

童年创伤与残酷青春

笛安迷恋有缺陷的家庭家族生活和带着恨意生活的“坏”人，

特别是“坏”女人。从《姐姐的丛林》开始，笛安小说的家庭有着隐秘、暧昧的私情，或者干脆就是残缺不堪的。《姐姐的丛林》写“纯粹却迷乱的爱”。在笛安的写作中具有原型意味——旧的隐秘的家族往事像病毒被带入年轻的成长，使年轻的生命成为“有毒的肌体”。笛安小说的人物往往有童年的创伤记忆。《宇宙》，“其实我有一个哥哥”，“哥哥总在夜深的时候才来找我”。而实际上，哥哥还没有出生就夭折于爸爸妈妈这对“年轻男女的意气用事”中。《西决》中，目睹了伯伯家庭暴力的南音“在之后的很多年……她没忘，一天也没有”。而东霓“小学四年级的时候，我爸爸就跟我说，我根本就不该姓郑，我是自己的妈和她的嫖客生下的”，“他慢慢地说着，都是往事，一桩桩，一件件，她什么都记得。一点一滴，都是她深藏的屈辱”。“深藏的屈辱”在《姐姐的丛林》可能还只是一种标记，它对年轻的成长可能也只是惊惧、胆怯和惶惑。“现在我回想起绢姨开影展的那个冬天，觉得自己的童年，就是在那个季节结束的”，“绢姨的脸埋在爸爸的肩头，爸爸的胳膊紧得有些粗暴地扼着她的腰。妈妈从后面捂住我的嘴，她的手上还带着户外的寒气，妈妈在我的耳朵边说：‘宝贝，爸爸和绢姨都是出过国的，这在西方只是一种礼节。’妈妈的声音里有一种很奇怪的清澈。她已经很久没叫过我宝贝了。”所以，作为笛安写作的起点，《姐姐的丛林》写一个阴影暗渡，“天堂”犹存的世界，这是 20 岁少女笛安对世界简单的乐观。小说最后写：“亲爱的朋友，如果你碰巧生活在这个南方城市里，如果你碰巧在今年 4 月 20 号上午 9 点左右到过火车站，你是否想得起你看见了一对年轻的男女，在站台上忘形地拥抱着——我承认这个风景在火车站并不特殊。可能你认为,这不过是一对就要离别或刚刚重逢的情人。你想得没错,但事实,又远非如此。”在涉世未深的笛安想象中,世界只是偶尔露出了它的不堪和狰狞,生活美如斯。

《告别天堂》是笛安对《姐姐的丛林》的彻底叛逃,而不只是“修正主义”式的微调和校正。《告别天堂》写天杨、江东、周雷、肖强,特别是方可寒横冲直撞、仇恨和毁灭的青春。“仇恨”这一粒蓬勃的种子,从此种植在笛安的小说中。我能理解为什么《西决》出版时会把这一段话印在封底:“仇恨,是种类似于某种中药材的东西。性寒、微苦,沉淀在人体中,散发着植物的清香。可是天长日久,却总是催生一场又一场血肉横飞的爆炸……别忘了,那是个仪式,仇恨祝愿你们每个带着恨意生存的人,快乐。”《请你保佑我》中,怀恨在心的孩子们在长大——“宁夏说的是真话。有生以来,她就从来都没看见过她爸爸。后来她妈妈又一次地结了婚,只不过在妈妈的那个新家庭里,没有宁夏的位置……对宁夏来说,这个人间给她的欢迎仪式也未免太过寒碜。不过还好,她长大了,并且在这与生俱来的不断迁徙中学会了很多生存的本领。例如撒谎。”同时,他们也在毁灭——“17 岁那年,宁夏成了一个 48 岁的男人的情妇。”在笛安的小说序列中,宁夏前面是《告别天堂》中的方可寒,后面是《西决》《东霓》中的东霓,是《芙蓉如面柳如眉》中的孟蓝、《怀念小龙女》中的海凝。自毁的另一面是毁灭他人,和仇恨同行的是暴力。即使有青春小说写“青春残酷”的阅读预期,笛安这样写一场蓄谋的嗜血的暴力还是有一种惊心动魄的恐怖:

我请来帮忙的这些女孩子都还是满专业的。她们两个人按着这个女孩儿，一个人使劲揪着她的头发把她的脖子往后边扯，然后把她的头往铁栏杆上撞。最后一个轻车熟路顺理成章地在她脸上左右开弓地扇耳光。十五岁的海凝端坐在冰冷的栏杆上，听着栏杆因为撞击发出的嗡嗡的震颤，看着这场大戏，看着那个女孩子屈辱的眼泪跟血一起一滴滴地流下来，像过节一样快乐。

——《怀念小龙女》

不能简单地用惨无人道、灭绝人性来指责笛安小说中这些暴力的孩子们。问题的关键是，这些孩子们是从成人的世界出发开始他们的生命远征。笛安不过是撕开了世界包裹的帷幕。本质上，笛安是一个对世界抱有简单幻想的孩子。笛安在《请你保佑我》中借人物之口说："当我想要绚烂可是现实又不能告诉我什么是绚烂的时候，我只能求助于奇迹，求助于美丽的文字带来的虚幻。"那么，像这样嗜血的暴力，像《芙蓉如面柳如眉》中孟蓝向夏芳然泼硫酸、《东霓》中东霓将江薏带入自己离婚暗战的陷阱，究竟是笛安理解的现实，还是文字的"虚幻"？笛安这样谈到《怀念小龙女》的写作："我喜欢写作的原因就是在于，在我写小说的时候，我什么都不用隐藏。面对那些虚构的情节与人物，我真真切切地体会出来如风的自由。文字可以华丽可以朴素，可以轻松，可以悲凉，但是，那种自由自在的感觉是贯穿每一篇小说的，强大的幸福。""所以，对我来说，写作并不是生活的任何一部分，而是我对抗

生活的方式。”(笛安《我的缤纷与宁静》)

这里涉及笛安对世界对人的基本立场。至少到现在,笛安不是“绝望”意义的作家,蒋韵说是一个“与生俱来的悲观主义者”,同时又是一个“有情怀的浪漫主义者”,所以笛安要在《告别天堂》中写天杨在方可寒弥留之际的伴随,要在《芙蓉如面柳如眉》中写夏芳然对小洛的援手,要在《莉莉》中以德报怨化解仇恨,要在《圆寂》中让四肢残缺的乞丐得到小妓女的肌肤温存,要在《塞纳河不结冰》让幽魂自由地从不结冰的塞纳河游出来,要在《西决》《东霓》中把三叔、三婶想象成蔼蔼然的长者,把他们的家想象成受伤了可以回家的爱巢。她的每一次写作都会撕开世界不堪的帷幕,但一旦她洞悉了真相,笛安又会将被自己撕开的帷幕小心翼翼地织补起来。“坏”人在笛安的小说中都有着一个温情的归宿。据此指责笛安写作的虚幻性、致幻性是容易的,作家当然也有权利选择自己做一个怎样类型的作家,虽然我们明明知道这样的选择妨碍了作家更辽阔、更有力量。

“类型化”的危险与成熟

事实上,这不是笛安一个作家的问题。对世界简且直的理解直接影响到笛安小说观。在和阎连科的对谈中,笛安说:“讲到《受活》,我真的觉得那部小说里其实集中了您的作品中所有的基本元素:封闭的环境、群像的描绘、对于权力的复杂态度、挣扎的人性和无常的命运,全在里面了。”笛安的写作其实是为少数几个词在讲故事,这几个词构成了笛安理解世界的基本元素。应该看到的是笛安的个人阅读不只是前面说到的这样父辈作家。我在她的阅读目录中看到了日本动漫等属于他们这一代人的东西，她的小说也经常会写到一些电影。之所以指出这些，我是想强调，动漫、影像这些艺术形式可能对笛安小说带来的影响，比如小说的人物、结构、主题等等的"类型化"。像日本动漫常常就是用一些简洁的人物、结构类型来表达人类普适的主题。"类型化"也可能是个人风格成熟的一种重要标志。

所以，我不回避笛安小说的"类型化"倾向。如果我们通读笛安所有的小说，她貌似征用差不多的人物、场景、结构在讲差不多的故事，而且这些故事往往又指向差不多的主题。笛安写我们的世界龌龊、肮脏和仇恨，其基本前提是承认"那个真实生活中卑微的自己"。笛安小说的毁与被毁者都是卑微者。从个人的趣味上看，我也谨慎地认为笛安对卑微者的体恤之心。所以，她才会这样去读萧红和郁达夫："描写弱者的小说成千上万，开始萧红最令人心痛的地方，就在于，她真的把自己放在了那个最卑微的位置。"正因为对卑微者的认识，笛安的小说在龌龊和仇恨的另一面近乎固执地走向人的"奉献"、"宽宥"、"慈悲"，在这样几个词上编织故事，确立对人的信心。所以笛安说："地藏王菩萨的愿望，表达起来很简单：如果地狱不能清空，我就不要成佛。这愿望，或许已不是'慈悲'二字能够形容。"这是笛安小说柔软和光亮的地方。明乎此，我们才能理解笛安几乎所有的小说都写仇恨和作恶，但几乎所有的恨者和作恶者最后都或者自我救赎向善，或者被爱渡化。至少到目前为止，包括溢出上述的《圆寂》《莉莉》《迷蝴蝶》《塞纳河不结冰》《洗尘》，笛安所有的小说最后都呈现出和平、和解、静穆。当然，笛安的小说和我们当下小说中“向往温暖”式的浅薄乐观还是有区别的。

笛安不隐恶，但这个善良的女子还是想人有活下去的想头。所以有《圆寂》中对灾难安宁的领受、《莉莉》中对仇恨的辽阔体认、《迷蝴蝶》中对人的宽厚包容，《塞纳河不结冰》中对世界的良善念想、《洗尘》中逝者的愧疚和赎罪——这些让笛安的小说在剧烈喧嚣的“80后”写作中有了一种因宽阔而来的从容淡定。

作为背景的“乡愁”

如同“仇恨”、“暴力”、“奉献”、“慈悲”这些词中微妙的平衡与和解，笛安也维持着小说结构的平衡与和解。值得一提的是，笛安的小说动力很多基于“乡愁”，如她所说：“我长大的故乡是个暗沉的工业城市。那个时候我讨厌它。我觉得它闭塞、冷漠，没有艺术，没有生机，所以我想要离开它，走得远远的。只是不知不觉间，我写的所有小说，都发生在那个我曾迫不及待想要离开的城市。我虚构了一个北方高原上的工业城市，描写着那里的沙尘、钢铁和噪音，想当然地认为那里一定会诞生很多性格强烈的女人。这个城并非我的故乡，只不过，它们很像。春天，沙尘暴撕裂天空的声音永远沉淀在我灵魂最深的地方，不管我走到哪，不管我遇上过什么人，什么事情。”（《灰姑娘的南瓜车》）笛安的小说差不多都是在这个“北方的灰色的城里”（《请你保佑我》）展开的。她在许多小说中多次写到“龙城”，如《请你保佑我》《怀念小龙女》《西决》《东霓》等。

应该意识到，在今天的世界，一个有“故乡”、有“乡愁”的作家是可以写出更深刻东西的。但遗憾的是“龙城”在笛安的小说中仅仅作为一种布景和情调，一种装饰性的东西。“绢姨是一个从天而降的理想，在我们这个贫乏的北方城市里绽放着。”（《姐姐的丛林》）“对于一座城来说，一个销声匿迹长达六年的人，跟一个死者，没有区别。”（《怀念小龙女》）“乡愁”仅仅作为布景和情调太靡费了，它在笛安的小说中应该像其他的词一样生长得更为饱满，成为主题，成为结构。而当有一天笛安真正地这样去写“乡愁”，那她的写作会是一种怎样的景象呢？我期待又一座城在纸上的复活。

作家自述

所谓“创造”

笛　安

神创造世界的时候,都是从无到有。可是人间的创造者说到底,还是在以眼前看见的万事万物为模板,竭尽所能地创造出一点新的东西。最多只能是“从有到有”吧。

我不知道对于“作家”这个职业身份,别人首先想到的要素是什么。一般情况下我更喜欢别人说我是“小说家”,这个身份的组成元素,首先是“创造者”。

这十年,我一边写各种小说,一边思考我和写作之间究竟是什么关系。这种思考一般由三个问题组成:我为什么要写作?有句话貌似中国的作家们都听过,写什么不重要,怎么写才是最重要的——可我觉得,写什么和怎么写都不重要,真正区分一个作者和另一个之间高下的,其实是“为什么”而写。我在写作中真正想要获得的是什么?我想要写什么样的作品?

为什么要写呢?少女时代其实可以毫不犹豫地回答,因为写故事是让我开心的事情。我可以充分地在那个故事里表达自我,可以满足各种幻想带来的愉悦,以及当幻想遵循了一些建筑规则或者结构力学,就能眼睁睁地看着自己想象中的绚烂慢慢变成一个成体系的故事——这些过程对于当初的我来说,就像拆礼物一样快乐。

可惜这种快乐并没有持续几年。我就陷入了一段非常低迷并且痛苦的阶段。写一篇小说变得越来越艰难,我知道,可以简单地一言以蔽之:我对自己的要求比原来高了。可是这种回答从原则上讲依然是避重就轻的。这就牵扯到了我上面说的第二个和第三个问题,我想得到什么?我想写什么样的作品?——一切的痛苦都是因为我在这两件事情上前所未有地迷惑,才会成为痛苦的。随着年龄的长大,我早就没有那么执着于"自我宣泄",我甚至觉得过分强调自我表达都有问题。虽说所有的写作都必须是以作者本人为圆心画出的一个圆形,可是圆形半径的长短会导致作品本质的区别。作为一个作者,放弃一点"我执",提醒自己把自我看得轻一点,那个圆的半径就会越来越长,延伸到远处景色开阔的平原上去,甚至听得见海岸线上传来的呼啸声。

但是,如果在写作里,对"自我"的强调都可以淡然处之的时候,什么才是最重要的呢?经过了两三年步履维艰的跋涉、撕扯、自我否定……至少此刻,我觉得最重要的东西,是在虚构里建造出来一个真实到强大的世界。那个世界可以荒诞,可以架空,可以天地不仁——但是在自身逻辑内,一切合理,即能动人。我希望作为一个"创造者"的身份可以在艰苦的劳作中一次次地被肯定——这就是我想要得到的;我想写的那种作品,一定就是一个完整并且高明的世界,我和这个世界合二为一,它的精妙处有些是我的计算,有些是跟天意合作的结局——这就是我想写的那种作品,一旦它成为一个完整且独立的世界了,势必传达着一种更为特别和高级的感情模式,难以被模仿,难以被同化,难以被一言以蔽之。

我最喜欢的好莱坞导演是克里斯多夫·诺兰。他的《盗梦空间》表达了一个“创造者”对于“创造”这件事情最诚挚的敬意。我还记得里面那个年轻女孩,天生的造梦师,曾经放弃了造梦这个手艺,但是又回来了,她对莱昂纳多笑笑,说:“我喜欢绝对的创造。”

我也喜欢。

王凯／生于1975年，陕西人。1992年考入军校，曾在驻西北空军某基地服役多年，现为空军政治部文艺创作室创作员。出版有长篇小说《全金属青春》，中短篇小说集《指间的巴丹吉林》。

评家观点

小说的生活质感与存在焦虑

傅逸尘

作为“70后”军旅作家，王凯有着扎实完整的部队任职履历，他对基层与机关生活的体验可谓丰厚而深切。因此，王凯的小说善于挖掘、表现日常生活中人物丰富的生命情态和驳杂的心灵世界，对年轻一代官兵在军营与社会的急速变化中所面临的各种尴尬精神处境和命运遭际，王凯都在小说中进行了富于生命痛感和思辨意味的追问与批判。

昆德拉式“存在”的焦虑

读王凯的小说让我想到了米兰·昆德拉，并不是说王凯的小说像昆德拉，两者所描写的时代、政治背景，以及语言与风格的迥异，甚至没有多少可比性。之所以想到昆德拉是由于我发现他们对小说的理解或认识在某些层面极为相似，昆德拉说：“小说是对存在的探索和发现”，“存在并不是已经发生的，存在是人的可能性的场所，是一切可以成为的，一切人所能够的”。换言之，小说家是以自己的方式、自己的逻辑通过对现实生活的描述，去发现、思考“存在”的复杂意味。小说是对确定性的怀疑，是对可能性的发现，

“存在”只存在于小说家的发现之中。

与之类似，有着大量军旅生活经验的王凯在自己的作品中颠覆了传统军旅小说的宏大叙事，将年轻一代官兵的军旅生活涂抹上一层灰暗的色调，凸显了带有英雄主义情结的主人公在现实面前不断妥协的无奈，在这种理想和伦理道德两相冲突的困境中，作家亦表现出一种昆德拉式的“存在”的焦虑，这种焦虑既是对现实的一种回应，更重要的则是对未来的形而上哲思。

富于生命痛感的现实伦理

小说的终极关怀当是关乎生活和生命，是对人的心灵世界和生命情状的描摹与考量，它依赖着作家丰沛的生活经验与积淀，以及对生活本身的真切体察与精深研究。与传统的以故事来结构小说的作家不同，王凯从不刻意编织传奇好看的故事，在他的小说里，步枪的烤蓝、导弹的味道、军装的触觉纤毫毕露；沙漠特性、自然景观、风物人情极富质感，生活本身的气息、肌理、脉络以及主人公的心理活动、情感世界、官兵之间细腻幽微的关系都被原汁原味地保留下来。

同时，王凯似乎也不着力于人物形象，他写的是富于生命痛感的生活本身，是某种氛围、状态、场景、情绪，抑或一种感同身受却又无法言明的心境。对于当前整体上湮没于故事中不能自拔的小说叙事而言，他的写作显得尤为可贵。而这也正是王凯对当下小说过度依赖故事性的一种反叛与对抗。

在长篇小说《全金属青春》中，寻常的军校生活被充满机智和妙趣的叙述激活，居然也变得跌宕有致、扣人心弦。小说中的一个细节令人拍案叫绝：肖明因被同宿舍的同学孤立而痛苦难抑，在极端的心理状态下与哨兵发生冲突，最终导致被学校做出退学处理。在肖明离校当晚，同宿舍的每一个自觉不自觉地讨厌过这位室友的人都辗转难眠，陷入了莫名的不安之中。肖明一入学就以“积极追求上进”姿态出现在大家面前，他的种种表现，在成熟得略有些冷漠世故的各位室友看来似乎有点平庸、可笑，但当这位只不过按照一般社会逻辑寻求自我塑造之路的孤独个体遭遇惨败时，本该幸灾乐祸的同窗室友们却无法不承受自责，他们自以为是的“看透”，却被证明是另一种更可怕的平庸与可笑。这部小说始终在冷峻与温暖之间、沉稳与俏皮之间、荒诞与有趣之间、理想与现实之间游走，在这种暧昧的中间地带蔓延出巨大的情感张力。

《一日生活》以基层连队普通一天的日常生活为线索，将基层连队从早起床出操到晚熄灯查哨，中间经由整理内务和洗漱、早饭到晚上的点名、就寝等，各个环节写得清晰而通透，表现了在军营的严格限制下指导员“我”和战士马涛各自苦闷而濒临幻灭的爱情，差不多就是军旅版的《一地鸡毛》。《残骸》把一种无聊的生活状态书写得摇曳多姿：茫茫大漠，一辆卡车载着3名官兵，风驰电掣数十公里，赶在老百姓之前发现并回收导弹残骸。小说对各种导弹型号、发射方式所形成的残骸的形状、材质、颜色，甚至气味、老百姓回收的价格等等，都给予了详细的呈现。《卡车上的伽利略》从一件非常小的事——到底该去哪家吃羊肉而发生冲突入手，一个小横截面、一个并不复杂的故事在王凯的笔下被描写得饱含生活情趣，足见王凯对部队生活的谙熟与深切的体察。《正午》则将部队机关的日常工作和机关干部的生存状态描写得入木三分。属于休息时间的“正午”原本是机关的真空状态，也没有故事发生的时间段。王凯则敏锐地捕捉到“正午”这一既短暂又漫长的时段对年轻军官上尉齐的特殊意义，将一种感觉、心境和情绪进行富于诗意的延伸和放大。

王凯小说的切口往往很小，是一种深井写作，而非大江大河的汪洋恣肆。《终将远去》描述了一位连长在老兵转退中面对现实的挣扎、退让和无奈，由此牵引出老指导员张安定宽阔而伟岸的军人胸怀。一盘炸馒头片承载着指导员“我”对过往的回忆，对老指导员的追思，以挽歌的形式表达了对现实生活本质的怀疑和思考——“反正早晚都要走，军队要的就是一个人一辈子质量最好的那几年”。纠结的情感，残酷的现实，军队在这里被刻画成一部机器，精准、强大、冷酷而又高效；而年轻士兵的单纯质朴、细腻敏感与之构成了巨大的反差。从上述作品中不难看出，王凯对部队基层生活的熟稔可以说渗透进连队的每一个细胞、每一寸光阴、每一个角落。

灰暗中的荒诞“存在”

在王凯看来，故事只是小说之“用”，发现、疑难、追问、辩驳、判断，个体对世界的独特理解、故事与现实与人性之间的关系才是小说之“体”。王凯的小说具有一种挽歌气质，逝去的青春岁月在尘封的记忆里发酵，但味道依然熟悉，让人想起那些缓慢而笨拙的时光。在故事的外壳之下，看似不疾不徐的叙述却蕴含着强大的情感张力，不动声色中积蓄着撼人心魄的力量。王凯小说的焦虑在于，要么通过强大的对生存描绘的能力使生存自身产生复杂的“存在”意味，要么在新的、现代的意识和视角下，对军人的生存状态和心灵世界做出独特别致的考量。

王凯笔下的巴丹吉林沙漠，以其艰苦卓绝、荒无人烟的特征，作为与生命力相对立的一种自然景象而存在；但由于责任与使命的要求，军人必须驻扎于此，以鲜活的生命、强大的精神与充沛的情感去抵御沙漠的吞噬。两者之间既对抗又相互依存的关系，很容易造成观念上的荒诞感。《蓝色沙漠》充满了自我拷问的意味，把军人精神与情感中最脆弱、最迷茫的部分呈现出来，让人看到生命的真实与荒诞是无法剥离的正反两面，而“陷入”与“逃离”是小说主人公所面临的现实境遇和精神困境。闻爱国是那么轻松自如，纵身一跃就能实现逃离梦想，但最后他却因为违纪而受到处理，之前的种种努力与经营均毁于一旦。人物的命运轨迹直指陷入与逃离的悖论关系，当你逃离了某种环境，同时就陷入另一种境地，两者反复推动，相互转化。

中篇小说《迷彩》是一篇颇富有现代主义色彩的佳作。军官唐多令因为意外得知女朋友于盈盈曾经与她的上司有染，愤而与之争吵，导致女友与他断绝联系；而唐多令无法摆脱对她的思念，一次次地去于盈盈新的工作单位寻找她，一天天地等待她的消息。小说描述了唐多令既爱恋又无法释怀、既痛苦又无法解脱的矛盾状态，用大量笔墨表现他备受煎熬的寻找与等待。有点类似荒诞派戏剧《等待戈多》——等待意味着希望，等待也意味着机会的丧失。等待或是放弃，并无明确的答案，但它们都是那么的贴近生命的本质。

中篇小说《沉默的中士》刻画了一名内向懂事、甘于寂寞、尽职尽责的战士形象，他不多言语，自愿到远离众人的车场值班，勤勤恳恳又遵守纪律，但结局却是他被发现曾在入伍前参与过一起抢劫杀人的罪案，由“我”出面亲自逮捕了他。小说之前的情节铺垫，在结尾处瞬间土崩瓦解：人心灵的秘密，需要沉默来坚守，更需要喧嚣来遮蔽，车场的冷清环境恰恰凸显了主人公内心世界的波澜；而人与人心灵间的距离之遥远，是远远超出我们日常的思维和想象的，人的“存在”本质上是隔离而孤独的；但是，人与人的关系，以及对自我的认知又是可以通过交流与沟通来达成理解的，而交流与沟通的过程是永无止境、永不停歇的。

《换防》叙述了一位连长与指导员在面对部队离开大城市换防到偏远地方的变故时所做出的不同选择，以及由此带来的不同的人生命运。小说直面和审视“我”人性中软弱与黑暗的盲区，从而衬托出另一个不曾出场却又无处不在的人物在困境中所做出的奉献与牺牲，人性中的善良、高贵甚至是伟大在他的小说中昭然若揭。《魏登科同志的先进事迹》在叙述结构上别具特色，作者采用了类似影片《罗生门》的结构方式，以“我”受命整理资料时无意中发现的一本调查笔录为线索，把一场意外事故当作故事起因，列举了若干谈话人对魏登科同志的评价，并把这些评价作为笔录原封不动地“誊写”到小说里。作品有如一面多棱镜，读者在每一个棱面上会见到未曾谋面的主人公魏登科的不同侧面。作者想表达的是时代强加给人的政治性符号最终对人性造成的扭曲,以及小人物对境遇的无奈与无力。

《任务》以伍秋原和老宝贵一家的交往为线索,写出了一名面临转业的军官的生活常态,这或许也可以看作当下许多军官的生活状态和心理状态的缩影。小说沉浸在一种蓬松而绵软的叙述情绪中,叙事脉络是简单的,但故事牵出了诸多社会问题。军旅文学固有的“崇高感”已经被解构了,普通军人所面临的真实生活,就如同伍秋原一般,是职业上的困顿和外界无孔不入的欺骗。

命运和生活的悖论

世俗化的关系与军营战友情的冲突、错位,欲望失落与无奈忧伤是王凯小说的常见主题。当所有人都无力自拔的时候,人的灵魂、命运和现实生活之间形成了悖论,这悖论里堆积出荒诞感,于是小说便开始接近寓言。如此尖利冲撞的主题,显然源于王凯对世界的冷眼和质疑。对小说来说,丰厚的意蕴和存在感是区别于故事的最重要的标志。王凯的叙述看似漫不经心,内在气质里却有着深重黏稠的质疑和悲悯,是那种深植于大漠的粗犷和苍凉。

王凯就像一个手工匠人,拿着放大镜捕捉着巴丹吉林沙漠深处某座军营里一群年轻官兵的喜怒哀乐。灰蓝色的沙漠、暗绿色的军营,王凯小说的背景大都是冷色调的,灰暗中闪耀着金属的光泽。荒芜恶劣的自然环境,体制内部的现实压力,对那些年轻军人的宝贵青春而言,无疑构成了压迫性的“存在”。面对那些硕大无朋而又坚硬无比的“存在”，青春、理想、欲望、爱情的柔软肉身遵从着心灵的召唤，在狭窄逼仄的空间里横冲直撞，遍体鳞伤。王凯的叙事细腻绵密，严格地遵循着生活本身的逻辑，可延伸到最后，往往得出的却是与世俗和现实背道而驰的结论。这正是王凯的高明之处，小说家的视角是独特的、异质性的，对现实和生命都怀揣着强烈的质疑和焦虑。他笔下的人物大都外表平静、内心执拗，执着探寻和追逐的是不同于世俗逻辑的另外一重可能性，是精神的飞升和超越，是人心的不同选择。

王凯的小说整体上看是静态、滞重、非线性的，动作性不强，好像是一幅幅厚重的油画，笔触是粗粝的，线条是棱角分明的，调子永远是深灰色的。他擅长记叙一个生命的截面、一个静态的特写、一种氤氲着复杂情绪的场景。小说的叙事速度很慢，甚至人物的面目也都比较模糊，但是读后那一种或灿烂或黯淡或悲壮的生命情状却会给你留下深刻的印象，让人玩味良久，宛若寓言般带有某种哲学思辨的意味。

作家自述

关于我和那些陌生的自己

王　凯

这么多年来，自己真正愿意去写的东西，大概也只有小说和情书了。写情书的时候我还很年轻，军衔和工资都很低，但头发和梦想都比现在多很多。那时我坚信未来如同沙漠一带的天空一样晴朗，那时我还坚信情书是可以打动姑娘的，就跟姑娘坚决不信自己会被情书打动一样——实际上，她们顶多会被打得晃动几秒钟后继续山一样地纹丝不动。现在，我承认，那些情书里写的都是些真诚而无用的废话，是连我都早已想不起的只言片语。

我的小说应该比我的情书读者多一点，但很多时候我怀疑它们同样没什么用处。不同在于，直到今天，在我自己早已不写情书的时候，却依然时不时地琢磨着写篇小说。虽然我一直觉得自己并不懂小说，我写出来的东西总是那么少又那么笨拙，但我始终热爱这美好的文体。我说不清自己写小说的目的或动机，我只记得从上军校开始，甚至更早，我就喜欢上了写小说。那时我十七八岁，一脸粉刺，不爱洗脚，军装衣襟经常被洒上米汤，一上课就觉得饿，却时常充满了毫无道理的创作冲动。问题是，那时我的皮肤和思想都还太嫩，没什么拿得出手的经历可以写成小说，而我的想象力又和跑5公里的成绩一样差劲，所以军校里我什么也没写出来——虽然我在学校发的天蓝色笔记本上写下过不少没有结尾的开头，以及更多没有正文的题目。

现在看来，写作对于我来说更像是某种与生俱来的需要，这也使写作对我有了那么一点神秘的意味。毕竟，那么多纷繁的时光都不容我左右分毫，那些与我息息相关的面孔和命运都按照我无法理解的法则运行，令我嗟叹自己的卑微渺小和无能为力。只有在小说当中，我才能够找到创造或者改变生活的某种可能的慰藉。

我一直觉得自己想象力匮乏，逃不开固有的生活，写不出精彩的故事。我从小在军营长大，长大后成了军人，因此，我从未写过军营以外的生活。我所写的军营生活都远离城市，因为我内心更亲近储存我青春记忆的河西走廊和巴丹吉林沙漠。从本质上讲，我始终都在写自己，或者说，我写的是一部分自己，是诸多自己中的一个。我并不特别在意小说表达的主题究竟为何，一方面由于我经常只是因为想写了才写，而不是因为必须要写什么才写——事实上，我自己都稀里糊涂。另一方面，这也是因为我发现自己试图让别人通过小说去了解的大学，跟别人最终从小说中了解到的东西往往南辕北辙。

从前，我以为情书是写给特定的某个姑娘，而小说是写给不特定读者的，后来我发现，不论是情书还是小说，首先都是写自己和写给自己的东西。我在试图打动别人的同时其实是想把自己打动。这一点与爱情何其相似。我是自己能够感知和了解这个世界的唯一途径，也是我的开始与结束。就像火锅的锅底，所有经过它的食物都将被它改造，从而都有了它的味道。所以，即便有一天我能够去写军营生活之外的世界和人生，哪怕去写碧海蓝天、寂静宇宙或人类尚未出现的史前世界，却一定仍然逃不开自己。

我很羡慕那些想象力充沛的作家，笔走龙蛇、天马行空，似乎曾经历过所有鲜为人知的秘密并写成好小说给读者去看。而我只能也只会写一点与我的经历紧密相关的故事。有时，我也想尝试写一点别的题材，但总觉得与自己隔得很远，没有任何感性认识。好在我在连队待过很久，连队生活像是一块有着无数切面的钻石，不论我从哪个角度进入，都可以抵达未曾目睹的璀璨；同时，这块钻石又可以帮助我钻探更深的岩层，去了解更为复杂丰富的世界。

我想，小说一定是命运赐给我的一粒火种，让我用来照亮和温暖自己。但凡想起自己还热爱小说并还在写小说时，我就会感到一种因追求而生的幸福，像拥有爱情一样美好。在日常生活仿佛北京地铁早高峰那样拥挤、陌生、疲惫不堪时，关于小说的梦想和追求总能带我前往永远宁静的空山莽原。虽然我懒惰又缺乏自信，常常一年到头也写不出一篇像样的小说，但我还是愿意继续努力地写下去。再说，我依然渴望继续认识自己和与自己有关的生活，同时也因为在这个世界上，让我长久迷恋的事物不多，而小说正是其中之一。

乔叶 / 本名李巧艳，生于 1972 年，河南人。曾获第五届鲁迅文学奖中篇小说奖、第五届华语文学传媒大奖最具潜力新人奖、2011 年度茅台杯人民文学奖非虚构小说奖、北京文学奖等。出版有散文集《天使路过》等，小说集《最慢的是活着》等。

评家观点

疼痛与成长的精神向度

韩传喜

作为“70后”的代表作家，乔叶的小说集中体现了当代生活的面影和作家的精神向度，从《我是真的热爱你》《我承认我最怕天黑》，到《最慢的是活着》《盖楼记》《拆楼记》，以及最近的《扇子的故事》《拾梦庄》《认罪书》，无论是书写底层生活，还是表现复杂人性，无论是关注社会变迁，还是反思“文革”历史，主体疼痛与精神成长在她的小说中得到了充分凸显。正如米兰·昆德拉所说，作家总是处于他的时代、他的民族以及思想史的精神坐标上，乔叶也脱离不开特定时代、民族和思想史的限定，而如何恰切地寻找这一精神坐标，则决定了其小说精神向度的宽与高。

从内心隐痛到自我疗救

在早期创作中，乔叶密切注视当下人们的生存状态，尤其是底层人们内在心灵的隐痛，她努力呈现这些疼痛的千姿百态，并试图为其寻找疗救的途径，从而完成精神成长和自我救赎。《我承认我最怕天黑》对爱情、婚姻和家庭做了艺术观照，并借此对人性与道德的复杂性进行了反思。《锈锄头》以“锈锄头”这一象征意象呈现城乡之间的因果联系与矛盾冲突，对人们在诱惑面前的精神迷乱与道德溃败进行了反思。无论是《我承认我最怕天黑》还是《锈锄头》，作家反思的起点均为疼痛体验，反思的旨归均为精神救赎，反思的过程充盈着对美好道德回归的期待。这种向善的道德期待在《取暖》等小说中得到了更为显明的表达。《取暖》写了强奸犯和被强暴的女性这样两个有"缺陷"的男女，他们虽是陌路之人却能相互取暖，最终各自从创痛的记忆中走出来，重新扬起生活的风帆。同样，《良宵》中的底层女搓澡工、《紫蔷薇影楼》与《我是真的热爱你》中的失足女、《打火机》中的受辱女性，这些现代人心灵深处的隐痛也都跃然纸上，他们在艰难的生活面前同样乐观、坚韧，怀着对未来的美好希冀，默默积聚起救赎之力。可以说，乔叶这些作品中主人公经历疼痛之后努力寻找和重塑自我的艰难成长历程，寄寓了作家深沉的人文情怀与现实关怀。

乔叶在最近几年的创作中延续了这一精神向度，其小说也更为成熟和洗练。《最慢的是活着》以异常平静的笔触书写了"奶奶"隐忍、坚强的一生，同时也写出了"我"与"奶奶"之间由心灵对峙逐渐转变为相互理解、彼此信任乃至依赖的情感历程，通过这一心理转变的叙写，作家不动声色地呈现出"我"少年时代的精神疼痛，以及这种疼痛随着主体成长而逐渐自愈的过程，无论是生理的还是心理的，这种疼痛都是主体成长过程中一种弥足珍贵的精神资源和力量来源。

《妊娠纹》在一个都市小说叙事框架下讲述了一个中年女人的婚外恋故事。小说叙事的重心放在心理过程的呈示上，作家着力表现的是女性内心隐痛与精神成长。妊娠纹意味着女性身体表征的变化,更意味着青春年华的逝去。正是因此,面对终将逝去的青春,我们的女主人公承受着巨大的心理恐慌,妊娠纹像一把软刀,穿透了皮肤,隐隐地刺痛了她被岁月渐磨渐老的心灵。小说的精妙之处在于,女主人公最后放弃了一次绝佳的偷情机会,关闭了那扇业已开启的情感之门,这与其说是女主人公没有了爱的能力,还不如说她已成长为一个更为理性的自我,她不是在妊娠纹面前败下阵来,而是在妊娠纹面前成熟起来。这种理性的成熟需要经历巨大的心灵疼痛甚至以对自己的理智的绝望作为代价,而正是这种代价让她完成了一次艰难的心灵成长与精神蜕变。

《家常话》是为汶川大地震而写的一部短篇小说。汶川大地震给灾区的人们造成了巨大的精神创伤,这种疼痛的疗救同样需要足够的精神力量。面对这一人类精神史上的巨大苦难,乔叶没有选择大开大合的情节设置,更无意去表现波澜壮阔的情感起伏,而是以家常话这种特殊的话语表述方式,呈现出在面对精神疼痛时,我们需要的不仅仅是外力的帮助,更多的则是自我成长和自我疗救的能力。

《最后的爆米花》是一个以悬念取胜的小说。卖爆米花老人的苦难和艰辛、坚定和顽强是小说最大的叙事张力。从始至终,小说因这种叙事张力而扣人心弦。为了寻找仇人,老人走了很长时间,去了很多地方,失去儿子的巨大心灵疼痛成为他生存的勇气和力量,直至最后生擒仇人,那种压抑的情感才如爆米花一样怦然释放,心灵疼痛才得到彻底的疗救。

《认罪书》以其结构宏大、内容复杂、意蕴丰富突破了乔叶中篇小说轻盈有余而博大不足的局限。作为一部复调小说,《认罪书》讲述了一个罪与罚的故事,同样也寓含了疼痛与成长的精神向度。金金、梅梅和梁知等人少年时代曾是被侮辱与被损害的对象,他们的成长过程充满了太多的心灵挣扎和精神隐痛。虽然乔叶将笔下的人物一个个推向了悲剧的深渊,充分凸显了人性恶的因素。同时,乔叶试图为这些人物的心灵疾病寻找忏悔与救赎的路径,并在此基础上对其做出相应的道德审判。

直面现实　反思人性

非虚构小说是乔叶小说系列中的精品力作,也是她近几年面对当下急剧变化的社会生活尤其是城乡变革做出的有力尝试。乔叶的非虚构小说以《盖楼记》和《拆楼记》为代表,这两部小说也被视为其创作转型的代表作。乔叶大胆采用非虚构的方式,不仅是对文体囿限的挑战、对自我创作的突围,更是寄托了她对现实变革的思考、对复杂人性的体认。作为家乡豫北农村拆迁的见证人和参与者,乔叶以写实的笔法全景式地展现了这一征地、拆迁、盖楼的全过程,以及在这一过程中的时代镜像和众生面影。在时代变革面前,人们的精神面貌和情感心理都在经受着前所未有的冲击,伴随着乡土田园的消失,人们美好的田园梦也正在渐行渐远,创痛、失落、迷茫、希冀,种种复杂情绪让他们异常纠结;在盖楼与拆楼之间,人们的自私、狡黠、真诚、善良等丰富复杂的人性特质也都得到了最大限度的呈现。但无论是盖楼还是拆楼,小说最后都引导我们去更为深刻地反思这种乡村城市化进程，从而更为理性地反观我们自身。在这两部非虚构小说中，乔叶直面现实的勇气和锐气，观察生活的敏感和细腻，尤其是她能够从具体的现实事件中跳出来，反观整个城乡变革进程的能力，反思人性的深度，都是值得充分肯定的。

《扇子的故事》和《拾梦庄》对“文革”进行了全新的阐释。《扇子的故事》侧重于对“文革”进行精神回访。在那个狂热的年代，很多人迷失了方向，其中不乏在无意之中充当了时代的推波助澜者，甚至犯下终生大错的人。多年之后，面对过去，很多人不愿反思，甚至不知反思，保持沉默成为常态，这一方面可能因为心有余悸，而更重要的原因应该还是自我反省能力的缺失。当然，也有那么一些人，他们即便在当时犯下了很小的错误，并且这种错误并非己愿，纯属被时代裹挟被动而为之，但留在他们内心深处的伤痛却坚如磐石、挥之不去，他们时刻在寻找一种有效的救赎途径以求得解脱。扇子就是这样的人。“文革”期间，在对待李老师的问题上，扇子其实没有任何过错，但他仍愧疚终生。最后终于找到了一个向李老师道歉的机会，内心才得以安宁。

《拾梦庄》与乔叶以往的小说在整体风格上有了很大的不同，这部中篇小说带有很强的魔幻色彩，同样是写“文革”，小说没有采用现实主义的写法，而是以梦境的方式对其进行了重现。小说的这种亦真亦幻的方式呈现出了特殊时代的传奇色彩，也正是在这一意义上，乔叶对“文革”进行反思的努力才显得弥足珍贵。《拾梦庄》一反乔叶之前平静如水的叙事风格，而是带有强烈的狂欢化色彩，这种狂欢化色彩不仅表现为语言的狂欢，还表现为情感的狂欢，以及价值取向的迷乱，这些都映现出那个狂乱时代的精神特征，魔幻化的传奇叙事中蕴含着历史的真实。这两篇“文革”题材小说虽手法迥异，但其叙事支点均在于通过对历史进行反思，以期达到一种精神救赎和精神成长，体现出作家较强的批判意识和反思能力。

在创作实践中，乔叶总是能不断探索和勇于创新，力求用最恰切的方式来表现时代面貌和社会生活，以及她对人生的独特理解与深切体悟，尤其是近几年的小说更是有着较高的艺术水准。无论是揭示女性命运的自我探寻，还是描绘两性对峙的情爱博弈；无论是观照现代社会的生存困境，还是重审“文革”历史的精神记忆；无论是呈现城市与乡村之间的文化碰撞，还是书写历史与现实之间的精神对接，乔叶总能抓住其中最为隐秘的疼痛，触动其中最为敏感的神经，并积聚起自我成长和精神救赎的足够力量，走向一个善良和温暖的坦途。

作家自述

在这故事世界里

乔　叶

据说，小说就是讲故事。

1993 年，我起手写散文时就开始写故事，而且有很多不是真实的故事，是虚构的故事。我那时太年轻，不知道这是散文的大忌，不过幸好我也没有准备在纯文学刊物发东西，能接纳我的都是一些发行量巨大的社会期刊，以某些标准看，他们不懂文学。

都是些什么故事呢？想来也无非就是类似于《一块砖和幸福》的那种款式：一对夫妻因为一件很小的事情离了婚，吃完了离婚饭，从饭店出来，路过一片水洼，女人过不去，男人捡起一块砖头给女人垫在了脚下，女人走一步，男人就垫一步，走着垫着，两个人便都意识到了彼此的错误："一块砖，垫在脚下，不要敲到头上。有时候，幸福就是这么简单。"

那时候，我的故事也就是这么简单。"一个故事引出一个哲理"。许多评论家都这么说我那时候的散文或者说是美文写作，也就是说，20 出头的我是通过讲故事来总结所谓的哲理。那时候每当接到陌生的读者来电或者来信，对我的称呼都是"阿姨"或者"老师"，可见我多么少年老成，过早沧桑。

那时候我就认识到，故事真是一个好东西，大家都爱它。

20 年过去，现在，我依然在写故事。我粗通文墨的二哥就说我是个故事爱好者，离了故事就不能活。从《取暖》到《月牙泉》，从《打火机》到《最慢的是活着》，从《拆楼记》到《认罪书》，短篇、中篇、长篇小说，短的、中的、长的故事……只是再也不敢用“一个故事引出一个哲理”。已经渐渐知道：那么清晰、澄澈、简单、透明的，不是好故事。好故事常常是暧昧、繁杂、丰茂、多义的，是一个混沌的王国。

也越来越明白：离了故事就不能活的，其实是这个世界。上了网，随便打开一个网页，眼球上就粘着层层叠叠的故事：城管晚上也摆摊，原来不是为赚钱，而是在“卧底”；洛阳新修一座大佛，右手持佛珠，身形是弥勒，发型却是一个大背头，五官则俨然一大老板；女大学生毕业后觉得工作太辛苦就求包养，和包养人见面后才发现那人是自己同学的父亲，两人居然也顺利成交；还有那些人，谁都是一个好故事——芙蓉姐姐，郭美美，袁厉害，湖南被秤砣砸死的瓜农……

单论故事，生活里的比小说里的要传奇得多、精彩得多、新鲜得多、热辣得多。简直可以说，这个世界里，生活是故事的大海，小说只是故事小小的漩涡。要比的话，简直就是天壤之别，就是自寻死路。所以啊，还从生活里找什么故事资源来写小说呢？如果不像网络作家一样远离生活八万里，去写悬疑，写穿越，写盗墓，写一女 n 男或者一男 n 女的艳情，靠永不能回头的浏览量和永不能下降的点击率去赚银子，作为一个小说家，那怎么还能活呢？

这真有道理。但是这道理,恕我不能苟同。

我深信生活里的故事和小说家讲述的故事有太多本质的不同,简述如下:

如果说前者是原生态的花朵,那么后者就是画布上的油彩;如果说前者是大自然的天籁,那么后者就是琴弦上的音乐;如果说前者是呼啸奔跑的怪兽,那么后者就是紧贴肌肤的毛孔;如果说前者的姿态是向前,向前,再向前,那么后者就是向后,向后,再向后;如果说前者的长势是向上,向上,再向上,那么后者就是向下,向下,再向下;如果说前者的嗜好是大些,大些,再大些,那么后者就是小些,小些,再小些;如果说前者指着大地说:我的实是多么实啊,就像这一栋栋盖在地上的房子,那么后者就会指着自己的胸膛说:我的实是另外一种实,就像扎在心脏上的尖刀;如果说前者的样子用一个词形容是:好看,那么后者的那个词就是:耐看;如果说前者的歌词是:我们走在大路上,那么后者的歌词就是:一条小路弯弯曲曲细又长;如果说前者的声音是:是这样的,不是那样的! 那么后者的声音就是:可能不是这样的,可能是那样的,还有另外一些可能……

当然,所有后者都有一个前提:那个小说家,是一个响当当的小说家。

听到过太多人感叹,说在这个相亲、选秀、雷人剧和网络推手执掌人们业余兴味的时代,文学被边缘化了,写作者被边缘化了……听得我耳朵都起了茧子。我真心觉得——这话说出来会挨骂——被边缘化挺好的。反正每当我走在无论是哪个城市的大街上，没有一个人认出我，我被湮没在人群中，自由自在地行走，宛如鱼翔浅底，想吃什么就吃什么，想看什么就看什么，每当这个时候，我就无比热爱边缘化。要那么中心化做什么呢？事实上，这个世界有公认的唯一的真正的中心吗？如果真有那么一个中心的话，那该是这世界最荒唐的故事了吧。

——生活在这个故事世界，把这世界上的故事细细甄别，然后把它们改头换面，让它们进入到小说的内部崭新成活，茁壮成长，再造出一个独立世界，我觉得这就是小说写作的乐趣，也是文学生活的活法。

这活法真好。我深信：有人在，就有文学在。有文学在，就有这活法在。它的福泽很绵长，甚至会万寿无疆。

东君 / 本名郑晓泉，生于 1974 年，浙江人。曾获第九届十月文学奖、第二届郁达夫小说奖等。著有短篇小说集《恍兮惚兮》，长篇小说《树巢》等。

评家观点

猜不到谜底的小说

贺绍俊

东君的小说像一个谜,你轻易不会知道谜底是什么。《子虚先生在乌有之乡》出来后,评论家猜出的谜底大相径庭。有人说小说所写的心态类似陶渊明《归园田居》的“无适俗”之心;还有人认为,小说写的是资本家的圈地运动。但我觉得,东君既不似前者所言那样闲淡出世,也不像后者所说与现实贴得特别紧;东君似乎是以“不即不离,若即若离”的方式来处理现实的。

以小说实现自己的乌托邦之梦

《子虚先生在乌有之乡》中,成功的房地产商姚碧轩赚得盆满钵盈后有了落叶归根的念想,要为家乡做点功德。他首先想到的是将家乡一座早已破败的寺庙重新翻修,并请出报恩寺的和尚聪辩来做方丈。家乡的梅林禅寺在姚碧轩的资助下整修一新,逐渐变成了一个新的旅游景点。在故事里我们读到不少现实病象,如和尚在佛教世俗化的潮流中不守戒规,参与到经济活动之中;房地产商巧立名目侵占农村土地,使农村在城镇化的潮流中危机重重等。但作者真的是在复制生活、客观记录现实吗?从小说的标题来看，无论是子虚先生，还是乌有之乡，都在说明小说中无论人物还是地方，都是现实中不存在的。也许作者是把小说中的主人公——木石居主人、房地产商姚碧轩看成是子虚先生，而他在家乡建设的如仙境般的福德林不过是一个乌托邦式的乌有之乡。

同时，这篇小说还有另一层玄机。姚碧轩说自己挣钱挣够了想回家乡去做点功德，但他同时还要请聪辩和尚一起。聪辩和尚与他的关系非同一般，“聪辩法师还是房地产风水师，姚碧轩相中一块地，先要让聪辩法师勘测风水，做成了之后还要请他给楼盘立向、定向，这样或那样，都是由聪辩法师铁口直断”。也就是说，聪辩是姚碧轩做房地产的“军师”，有“军师”指点，他的房地产生意才大获成功。显然，姚碧轩的真正目的不在功德，而在生意。之后，他以修庙为借口，先把家乡的村民迁走，再把家乡的祖坟迁走。这分明是一次商业行为，却一直被乔装打扮为慈善事业，村民们被姚碧轩从故土迁走了，还要感激地称他为“大善人”。

姚碧轩与聪辩的角色身份也是具有玄机的。姚碧轩是一个房地产商，他考虑的是经济利益；聪辩是一个佛教人士，他考虑的应该是渡人和精神救赎。但在情节发展中，这两人的角色身份完全颠倒错位了：姚碧轩似乎考虑的是精神问题，而聪辩则点出了经济的要害。种种玄机都将小说的叙述从现实层面拉开，让读者在一种若即若离的状态中去体会小说的深意。东君不是在写问题小说或揭露小说，他在小说中试图进入人的灵魂。聪辩这样的僧人，心中的佛性早已荡然无存，而对于房地产商姚碧轩来说，赚钱虽然是他的职业目的，但他心中所想的却是要在家乡“创造一个佛陀所悦的净土”。这是一个乌托邦式的念想，一旦要把乌托邦搬到现实中，只会是破灭。真正有着乌托邦念想的还不是小说中的姚碧轩，而是写小说的东君。与其说这篇小说是写姚碧轩凭借财富在家乡折腾他的乌托邦念想，不如说东君是在写自己的乌托邦是如何破灭的。为什么说是“再一次破灭”？因为东君经常在他的小说中倾诉他的乌托邦念想，甚至以小说的方式来实现自己的念想。其实，东君的一些小说完全可以看成是乌托邦小说，如《子虚先生在乌有之乡》和他的第一部长篇小说《树巢》。

佛教与老庄的精神资源

东君会用多种思想材料来构建自己的乌托邦，用得较多的是老庄思想、佛教思想，偶尔也会用一些西方的资源，比如塞万提斯式的天真。东君的小说中经常会出现寺庙的场景。寺庙是沟通出世和入世的最广泛的中介，当代佛教极力推崇人间佛教，寺庙的中介特点因此更加明显。进入寺庙，烟雾缭绕中的人们会有一种“不即不离，若即若离”的感觉，其实这也正是人间佛教处理佛教与现实之间关系的基本态度，东君对佛教的兴趣或许与此有关。

《黑白业》中的竹清寺完全是一个世俗场所：“寺庙里新近订了各色报刊、装了闭路电视，过得跟世俗生活一般无二。和尚们也不清净，一个个都想在这里赚足了钱，再还俗讨个齐整媳妇。”到后来，竹清寺几乎都成了黑社会组织，僧人们都不是吃素的。但是，企图摆脱世俗烦恼的人还得到这里来。洗耳是竹清寺里难得的一位能够守住佛性的和尚，东君很心疼地写洗耳在业障里挣扎，他存有渡人的念头，却发现这业障太强大，因此他求苦瓜和尚也把他带走。最后，他招呼着黄狗一块上路，而他会去哪里却是一个谜。或许这正是东君困惑的地方，他不知道这个世界上哪里还有一块佛性之地。

除了寺庙，东君小说中还有一个同样具有象征意味的场景，这就是文人的书房。书房大概在东君的眼里是沟通出世和入世的另一个中介处。书房是修身养性的场所，在东君的小说里，书房养的不是佛性，而是老庄精神。这也是东君对于文人的一种期盼，他期盼文人能够肩负起社会担当，要做到这一点，首先要做到淡泊名利、超脱世俗。然而如今，在金钱和物欲面前，文人难以坚持操守。这类小说比较典型的有《苏静安教授晚年谈话录》《风月谈》等。《苏静安教授晚年谈话录》中有一个叫"梅竹双清阁"的书房，书房里摆了记录世界各个地方时间的闹钟，"顾盼之间，可以轻而易举地看到世界每一个角落：一抬腿就可以横跨欧亚大陆，一伸手就可以触摸古希腊文明的源头"。《风月谈》中的书房没说叫什么名，只是告诉读者"曾更换过几个很雅的斋名"了，东君特意写到一个细节："书桌上有一个白瓷碗，里面盛着清水，不是用来喝，也不是用来洗笔砚。这一钵清水，关乎心境。心烦意躁的时候，他常常会注视着它，让心底里的杂质慢慢地沉淀下去。"但在这样的书房里，出入的文人要么精神错乱，要么虚伪十足。东君在书写僧人和文人时似乎更多带有蔑视的态度，因为这两类人都担当着精神的职责，而在当下精神的缺失和精神的沦落是最大的问题，东君对他们的失望也在情理之中了。同时，东君并不是一味地贬责人物，他最终是要探讨如何保持精神的清洁。东君的小说似乎始终纠结于身体与心灵、物质与精神、形式与内容之间的关系，这种关系在东君的笔下变得特别复杂。比如他所写的和尚，真正能够保持佛性的，恰是那些无视清规戒律、在寺庙里无法容身的和尚。这也说明，东君并不是一个悲观主义者，他认为，在越来越恶化的现实中，坚守精神的神圣和洁净还是有可能的。

追求精神与语言的清洁

东君是位讲究精神清洁的作家。因为要保持精神的清洁，他才对现实采取若即若离的态度，他唯恐现实的龌龊和污秽亵渎了精神的神圣感。在《听洪素手弹琴》中，东君小心翼翼地呵护着他所钟爱的人物，唯恐社会的污秽玷污了他们。洪素手显然是一位在红尘滚滚的当下仍然保持着清高和洁净的姑娘，洪素手身边虽然没有寺庙，但东君让她为自己搭建了一座无形的寺庙。这座无形的寺庙搭建在洪素手的内心，她的内心是一湾清澈见底的泉水，那样的虔诚与平静，因此她弹出的琴音也是淡定平和的。读这篇小说时，我甚至认为东君的清洁感偏执到了洁癖的程度。小说中，东君非得要洪素手这位高洁素女与民工小瞿结为夫妻，多少显得呵护过度了。

东君的清洁感还表现在他对语言的讲究上。他追求语言的优美和典雅，他的叙述既不芜杂，也不拖沓，尤其注意从文言文中获取语言的灵感。他写人物神似《世说新语》的笔法，寥寥数语，精神凸显。东君在语言上的清洁感很有现实意义。小说语言从来是一个不太被人们重视的问题，即使重视，也主要是重视语言的风格和特色，作家愿意在语言的生动性下功夫，而对于语言的提炼则不甚感兴趣。我曾提出过，应该建立起现代汉语文学的优雅语言。我们的文学语言之所以不优雅，很大程度上与我们长期对待文言文的冷淡态度是有关系的。现代汉语文学是在与文言文彻底决裂的姿态下诞生的，这就使经过1000多年反复锤炼而积累的文言文语言精华难以顺畅地承继到当代的文学语言之中。我在一篇谈语言的文章中说："语言问题并不是一个形式问题，建立起优雅的文学语言，也许是中国当代文学得以发展和突破的关键。"就因为这个缘故，我特别欣赏东君在语言上的讲究，特别欣赏他对文言文的自觉借鉴。

作家自述

做个东西南北人

东　君

现代小说发展到现在,什么技法、流派都玩过了。小说是否走到了尽头?有人泣而返,有人咏而归。而我还在路上,不慌不忙,打算把东、南、西、北都转上一圈。

东,即东方精神。精神这东西,难以表述,只能感受。从小说形态来看,东西方有别,东方的美学形态注重含蓄、简约。在诗歌方面,中国历来是多短诗,少有长诗,即便有之,也没有《神曲》那种鸿篇巨制。但我们的优势恰恰是以少许胜多许。比如贾岛的《寻隐者不遇》,寥寥数言,里面的意思却有好几层。童子在家,以为师傅也在,是喜;一问,老师采药去了,是失望;听说老师就在这山里面,是喜;又听说云深雾重不知具体所在,又是失望。那个寻找隐者的人是谁?没有主语,不知何人;师傅是谁?不告诉你;后事如何?没有下回分解。这哪是诗?简直就是一个故事。林斤澜老先生谈小说时有个著名的观点:有话则短,无话则长。他的小说常常在无话可说处开始叙述。每回发生地震,我总会想起林先生写的一篇有关母爱的小说。这个小说极短,不到千字,取材于蒲松龄的一篇关于地震的小说。蒲松龄写到房屋仆而复起,里面似乎是没有故事的。但林先生却抓住这一点加以发挥,在蒲松龄不说的地方开始讲故事。他说,房屋仆而复起的时候有个男子跑了出来,接着又有个女人跑了进去。女人进去是为了救孩子。然后,房屋又仆,再也没有起来了。小说中没有一句赞美母爱的话,但母爱就在"无话"之处。东方的文字之美,东方的精神,有很多让人深味的地方。

西,即西方现代派。日本与韩国的现代文学起步时间早于中国。中国第一部现代白话文小说《狂人日记》首发于1918年,在那之前的四五年时间里,芥川龙之介就已经写出《罗生门》《鼻子》等让鲁迅佩服不已的小说。而且,在芥川之前日本就已有夏目漱石与森鸥外等大师级作家的出现。到上世纪二三十年代,我们的现代小说与日本的差距越来越小。1924年,日本最早的现代主义文学流派——"新感觉派"问世,流风所及,影响了在日本留学的刘呐鸥。刘呐鸥回国后发起了新感觉派运动,随后出现了穆时英、施蛰存等。事实上,他们都是受西方现代派文学的影响。横光利一早逝,但川端康成后来成为东西方文学的集大成者。他的《独臂》《睡美人》既有日本元素,又有西方现代派小说的味道。在同时代,我没见过哪位中国作家写过这样的作品。在如何对待西方文学与东方文学融合方面,日本一度比我们做得更好,就像他们当初处理文学创作中的"和文调"与"汉文调"一样。而现在,在西方话语占主导地位的情势之下,我们应该把真正有实力的中国小说拿出来。

南,即南方叙事。南方叙事很容易被狭义地理解为本土言说或方言写作。事实上,我不主张方言写作。如果要在小说中尝试用方言，我会慎重考虑。比如我在《听洪素手弹琴》中用了温州方言“醉”字：听醉了、睡醉了、看醉了。这一“醉”字不能解释为陶醉，读者只能意会了。除了创造性地使用了一些不隔的方言，我还汲取中国文言小说省净、简练的特点，文白相间，庄谐杂糅。因此，有人说我的小说创作就是典型的南方写作。这个我也承认。南方作家应该有南方作家的气质。同样是汉语写作，在用字、语调等方面，南北作家存在不同之处是不足为怪的。

北，即北方话，亦即普通话。1949 年以后，普通话写作几乎覆盖了（古代）文言与（南方）方言。汉语字典里多北方方言，体现了一种词汇的单一性。直到现在，我们南方作家的北方腔仍未消除。稍加注意，就会发现现在很多学生的发音方式好像都是一个模式里出来的，有些作家的发声方式也如此，他们的写作受到了一种规范的普通话的影响，已丧失了很多与生俱来的东西。这是很值得我们警惕与忧虑的。

我所追求的理想的小说境界应该是这样的：在北方语系（普通话）写作之外，不失南方叙事的特色，其内在精神是东方的，外在的表现手法则兼有西方现代派的元素。

费滢 / 本名费滢滢，生于 1986 年，江苏人。曾获全球华人少年写作征文大赛金奖、台湾《联合报》文学奖短篇小说大奖等。代表作有短篇小说《鸟》《朝天宫》《山高水长》，散文《平台》等。出版有散文集《经常走神的女孩》。

评家观点

意象、语言与自足的文学世界

汪雨萌

在雨后春笋般纷纷林立的文学少年里，费滢无疑是另类的。在一派青春、疼痛和尖锐当中，她的作品显出了与她的年龄和阅历不相称的老成与平和，已然形成了独特的“费滢风格”。她不像别的“80后”作家那样风起云涌，公开发表的作品数量也并不多，但顽强的文学生命力以及鲜明的“费滢”记号，却让人无法忽视。

蔚然纷披的意象营造

费滢的文学是一张意象密布的网络，这些意象指向费滢自身，虽然对读者来说，它们有时幻如迷宫。她所使用的几乎每一个词语都有着属于费滢自己的词条解释，从费滢的高中时代开始构建的语义词典，至今已经蔚为大观，生长出无数相互纠缠勾连的枝枝蔓蔓，构建出一座费滢专属的文学异世界。

之所以称费滢的意象为“异世界”，是因为她对意象的处理有其独到之处。她习惯在作品中过曝自己熟悉的人、物、景象与事件，将日常事物以一种抽象的、形而上的标准打乱重排，分类整理，重新组合成一个与现实充满距离的存在。她的诗歌《写给四月的茵陈》《夏天》充满强烈而又清新的意象，如同一张张低对比度而高曝光的相片冲击着你的视觉。《茵陈》中老去的丝瓜瓤和茂盛生长的蒿草，一个代表着衰落与腐败，一个象征着顽强与生命力，对立的一组意象在这里殊途同归。她将蒿草的生命前溯，追问它作为“茵陈”的历史。不论生长还是死亡，都在《茵陈》中讲述着不可重复的时间与不可回溯的往事，最终汇聚到被束缚与围困在“过去”的“我”的痛苦之上。同样，《夏天》以几组繁复的长句缀连起许多关于少年与乡村生活的意象。劣质冰棍和它散发出的凉气、闷热的天气与悬垂静止的树叶、地板缝隙间的陈麦与野草、晚饭时的红烧鲫鱼与丝瓜汤……这一切看似随意，却是精心选择与排列组合，是乡村少年夏日所感到的最大的诱惑与最重的烦闷，也同样是田园生活深植的内力和明显的破败之间不断地缠绕和搏斗。

费滢对意象的挑选与再塑是严格而精细的，它们当然要具有足够的代表性和隐喻功能。然而更重要的是，它们必须是细微的，在感觉上是唯我的，在质地上是互文的，有着内在咬合的可能。这样的标准在诗歌这种体量较小的文学体裁中体现得更为隐秘，而在她的一些短篇小说中就显得更加直观。以《归游》为例，小说以一个乡下孩子进入城市的过程为主线，在主人公眼前展开的所有意象，都明确地指向了两个方向：一是对城市的探寻，二是对故乡的回望。值班室的电扇、马头牌的棒冰、剪裁过的小叶黄杨、迷宫一般的烂尾板楼、走廊上忽明忽暗的灯、滴答漏水的厕所、游龙般灵活的自行车、废弃的浴缸与伴着铁锈的自来水，费滢搭建的城市不是宏大光鲜的，她也不去进行全面或完整的叙述与印象表达。

对她来说，这些充斥在城市角落中的细节是一个农村少年进入城市的直接通道，虽然这些物件一般来说并不具有审美意义，但经过费滢的再造，这些城市深处的意象带着它们本身的低俗与污渍构成了一段少年“我”的奇幻旅程，成为孩子眼里、心中的城市底色。尤其是两个小女孩在废弃的浴缸里映着夕阳洗浴的场景，虚幻与日常、蒙尘与纯粹水乳交融的冲击力达到了峰值，相比起采用鳞次栉比、灯红酒绿与遥远的乡村构成的城乡话语的对立模板，费滢的方式可能更加独特而富有深意。

这种标新立异的尖锐还运用于少年对故乡的回忆。别扭的塑料脸盆与蛇皮袋、田埂上弟弟在迎风撒尿、剥完蚕豆后发痒的手指甲、鳖骨拼装的辨别风向的仙鹤……费滢并不执着于已经俗套化的城市背景中对乡村桃源式的美化，显然，这些场景和体验带有作者对乡村的特殊感受。费滢无奈而不无快感地看着它们每一次挣扎式的亮相，这些亮相都伴随着由城市意象所引领的压倒性胜利：行李被城市的新家容纳，田埂被规整的城市景观所接替，蚕豆不过是幼儿园“试验田”的产品，仿佛巫术道具般的鳖骨随着爷爷的去世而不再神奇。乡村生活的遗忘、乡村价值的虚无就在这些细节的闪回与替代中几不可察地发生着。不需要故事，更不需要立场的伸张，意象的选择、营造和相互搏击成功地诉说了《归游》的不可归与无可游。可以说，《归游》令人难忘与感怀之处，在于费滢对琐碎而整饬的意象的堆砌与重构，正如骆以军所说，费滢是一个出色的“感受者”，不论是形态，还是声音、气味，她都具有足够的敏感度，这种感受力足以让她建立起属于她自己的一个具体而微的世界。她自信地将那些庞大而精细的意象徐徐铺陈在读者的面前，看着读者感受于其中，沉浸、迷醉，不知所终……

作为目的的语言迷宫

“费滢式”意象写作依赖于她细腻而敏锐的感受力，更得益于她独特的语言。回过头看，费滢与语言的亲密关系几乎天定。她的语言称得上早熟，在成长期就已经与少年式的幼稚卖萌、天真浮夸划清了界限。最初发表的散文作品显出令人惊讶的老练与朴素，有一种周作人式与汪曾祺式的气息。费滢早期的这种行文风格似乎还在延续，却已经在实质上发生了重大的飞跃。她的写作近年来最重要的突破，正是发生在语言上。可以说，她的语言已经逐渐成为她写作的最大目的。

以语言为目的进行文学创作，这样的主张在 30 年前曾蔚然成风，许多先锋派作家都进行过这样的尝试，声称“语言就是一切”。然而，上世纪 90 年代之后，文学创作，尤其是虚构类文学的主流又重新回归了故事。“70 后”、“80 后”作者，大多是以故事登场的。而费滢却好像重新捡起了先锋文学的旗帜，在不断地实验中，力图将语言的效能发挥到极致。短篇小说《鸟》的叙事性几乎为零，全由描写细腻的片段通过蒙太奇的方式组合而成，充满张力、动态与画面感，如同一部制作精良的台式青春电影。大奖评委给出的评价是“将文字的物质性表现得非常妩媚漂亮”。的确，小说的语言虽然看似是她少年时代那种简单无华的散文风格，但这篇不到万字的作品给人带来的充盈丰满的质感却是少年费滢不曾有过的。

费滢的语言已经成为她独树一帜的招牌，与其说费滢通过不断地语言磨炼来达到对她意象与精神的精微表达，不如说她在通过精神勘探与意象经营的不断细化、深入和完美来推进她的语言实验。这种推进现在已经越来越纯粹，越来越靠近语言本身了。

在阅读费滢作品时，我常常会感到无法突破、无法抵达的苦恼。她的语言实验太过自足。费滢的试验田是充分个人化的、私密的，如同一间镶满不同角度镜子的房间，虽然有着完整的内在，却总是以碎片化的方式示人，或如万花筒一般，破碎而又光怪陆离，企图窥得全豹是要费些心智的。小说《山高水长》（又名 *naga*）是一个非常典型的例子，这篇 2.5 万字的作品可以说是费滢语言实验的集大成者。作品展现了她一贯的叙事风格，占据主体的是大量的对话与独白，叙述与描写已经退居幕后，一切都在仰仗语言本身的表现力。故事很简单，大概可以概括为“我”对朋友 naga 生病透析期间生活的一段“记录”。这份“记录”的时间是非线性的、网状的，穿插着“我”童年的回忆，故事中不断地闪回切换充分显示了文本的实验意味。由于这两个并行的线索在时间上也并非一维，更加深了叙事的难度，然而这一切在费滢这里仿佛是自然而然的。《山高水长》使她在《鸟》时期的独白与对话交相缠绕的回忆性叙事进一步得到了加强。叙述形式在这里已经是思想的直接呈现，通过碎片化的散点结构，展现命运的飘忽，思考过去与现在的互文关系，展现不可捉摸的存在感。在这部作品中，费滢对多种语言形式进行吸收与改造，不论是方言还是外国语，是典籍、民间传说或是网络上的流行语，都成了她的语言资源。费滢将自己的触角伸向语言生活的方方面面，它们虽然物质、简洁，但更加具有弹性，这就是我所说的现在的费滢同少年时期貌合神离的另一种质朴。

与过去简单精准的语言风格相比，现在的费滢是在更广阔的话语背景下对语言的加工，直接、精致，具有内在的力量和文化质地。不论是《鸟》还是后来的《朝天宫》直至《山高水长》，我们都可以看到费滢对日常语言的挖掘和展示。在《朝天宫》中出现了南京方言、上海方言和“京片儿”，从日常语言的角度来看，这些方言其实并不地道，但费滢的目的并不是“地道”，而是借助方言表现某种特定的语言形式及其独有的特质，比如南京方言的直白与稚拙、上海方言中的实用与体贴、京片儿蕴含的圆滑与世故，还有典籍的古雅、传说的夸张，这些质地不仅通过自然的发声体现，它们的书面魅力只有通过一定的改造，才能在文学作品中完全地展现开来。在《山高水长》中，这种改造的范围更大也更为成熟。费滢不再费心追求某种语言风格上的统一，而是更自觉地展现一种语言的自在状态。“我”与 naga 之间的对话带着港澳台式“国语”风格，多语气词、中西方语言混杂、语序混乱、用词夸张等等，这种语言贴合了 naga 对疾病的调侃和“我”对 naga 的体贴和迁就。而在叙述“我”的童年往事时，费滢的语言又带有明显的大陆氛围，用词谨慎，色彩暗沉，多停顿与短句等，一下就将作品拉入“我”童年的那种压抑与痛苦当中。《山高水长》虽然看起来无序、随意，但表面的汪洋恣肆之下，是一字一句反复雕琢的精致与用心。可以说，经过多年的积累，费滢已经能够充分地在作品中展现语言的魅力，她已经可以随心所欲地打造出一个丰满、多样、精致而合目的的语言世界，这是属于她的“七宝楼台”。

自给自足的属我世界

费滢在为谁写作，为什么写作？这是我读完她的作品之后经常思考的问题。她爱惜自己的羽毛，从不轻易发表作品，我猜想，这是一个坚持创作个人化的写作者。她对庞大的外部世界没有太大兴趣，也不想涉足除了自身经验与精神体验之外更广阔的部分，那些都不是她愿意动筷子的菜。因此，她的作品中常常只有一个“我”，最多会有一个“你”，一个为了“我”而设置的“你”。我想费滢是自尊甚至有些高傲的，她也许只是为了自己而写作，她不会迎合阅读，更不会迎合市场。写作好像是她自己的事，是她的生活方式，是她存在的见证，最多，或许是为了那些身份不明的可能存在的同道分享。这样的写作姿态在当下可以说是凤毛麟角。

如果写作只为了市场，如果写作比的就是作品的印数，如果作家比的都是得奖和粉丝的多少，如果我们都在争先恐后地挤向现场、挤向市场，如果为了所谓的可读性而牺牲语言的个性和优雅，牺牲写作的难度，那么作为生命与精神个体的写作者，他该如何安顿自己？又该如何追求技术的难度与精神的高度？写作的结果千万不能像那个传说中的小和尚，数来数去，唯独忘了自己。在这个层面上，我们应该向费滢致敬。她追求的是拥有自己的世界、自己的城堡，她是先锋的写作，是精英的写作，是可以寄予希望的文学的寻梦人。

作家自述

“真实”的骗局

费　滢

2005年,我进入历史系学习,从此便一直待在历史系了。在此之前,我还读过一年哲学,半年古典文学,并也曾以为这两门专业就是我将要花费精力时间投入的毕生事业之一。2005年下半年转入历史系是一件半偶然的事,由于我实在无法同时负担拉丁文、希腊文的学习,而我也从未以为自己会进入史学研究。幸而,我的罗马文化史教授向我展示了如何分析文本,让时间数字具有更多的意涵而非仅仅是一个年代的标示,也是她建议我转系读历史。

学习历史的最初3年中,绝大部分时间用作阅读史料的训练,学校对低年级学生的要求并不高,分析的史料往往是一组图像、一段铭文、报纸声明、条约、信件、日记、文学作品(例如游记与自传)的节选。字数绝不多,可我们往往必须据此作出一篇七八页纸的论述来,故而,每一个细节、每一个词汇,皆被细细检视,我们必须追溯其后的意义流变,过度诠释的风险一直存在,不过历史系学生的身份是过度诠释的约束。它把我牢牢拴在有限的文本和所谓的部分事实之上,这种事实多半是指考古发现,照片、共同的记忆与身体感,似乎无法反驳。

不过“事实”从来就是亟须被补全的，它的剩余空白是历史学生想象与诠释的空间，这空间不大不小，当然可供叙事自由转身，但同时又束手束脚。这是我关于“叙事”的第一个观察与疑问。对材料中种种词语的解读往往是叙事的基础，不同的“用语”创造出不同的时空背景。

3 年的基础学习之后，我们又被要求阅读与“历史写作”（historiography）相关的书籍，基础的读物有 Duby（杜比）、Febvre（费弗尔）、Legoff（勒高夫）、Braudel（布罗代尔）。当然，我也爱读美国的汉学著作（因为和自己的文化息息相关），例如史景迁、包弼德、孔飞力和卜正民。这些作者的著作或近或远讨论了以下几个问题：1. 历史和当下的关系；2. 历史和历史写作（叙事）的关系；3. 时间性；4. 个人史与大历史的关系。这些同时是历史与文学的双重主题。

进入硕士阶段，我更关注医学/医学史这一主题，我发现，宋代的私刻方书中有些药方的验证与传播并非建立在临床基础上，而是依赖于文本本身具有的权威，例如苏轼致力宣扬的“圣散子方”便是一场全然的文本建立合法性的过程。宋代以后的医生纷纷指责此药方在几场大疫中杀人无数，而京师学生却竞相习之。这则故事倒更像是小说了，我也由此怀疑起文本与叙述本身，因它是我们所能触及的历史“真实”，而它本身恰恰是骗局，我想去追问设计骗局的前因后果。

两年硕士生涯中，我结识了身患肾疾的朋友 naga。我不太喜欢消费朋友，但我亲眼见到他于疾病困境中的挣扎，我的研究与此相关甚巨，于是历史学生终于有机会“制造文本”，“分析真实的身体与疾病”，进行过度诠释，妄图书写一部小小的私人疾病史了。以往的专业训练一一得以演习，我挑选词语；转化时间，使其并非线性，而成为一种循环的模式；记录痛苦。我使用词语，造就通感，创造出同时是某种历史，又属于私人情感的世界。

为什么进行文学写作？因为历史写作的规范尤多，文学写作予以我更大自由。2009 年之后，我因专业原因接触更多俗文学的文本（敦煌变文与河西宝卷等），促使我思考文体和语言本身。

不过，总而言之，我于文学写作这方面所受训练甚少（不代表我对历史写作在行），许多想法尚未成形，这确也是创作乐趣之所在。反正，当我们走至终点前，总希冀所宵想的一切“完成”都在彼处等待，一直思索的种种，无论文学历史，这两者会于“叙事”这一关键点上汇合。不过，当我们走到终点，也有可能发现根本什么都没有，连“虚构”亦不存在，这未必不是一个完美的结束。

蔡东 / 生于 1980 年，山东人。曾获人民文学首届柔石小说奖等。代表作有《结发》《无岸》《往生》等。

评家观点

追摹本色　赋到沧桑

饶　翔

迄今为止,蔡东已发表及将发表的不过十余个中短篇,这对于一名出生于上世纪80年代、10年前便已开始文学创作的作者来说,实属罕见的低产。这固然是由于作者的生活变动,然而,我相信其中的原因绝非如此简单。《往生》《无岸》让人惊艳,所显示的深厚内力已使蔡东成为令我"不能忘记"的作家。再回头去读她早期的创作,虽然其文学才华已初绽光芒,但与其"重新开始"的创作相比,已有恍如隔世之感。如此看来,中断的时光并不曾荒度,这其中的"沉潜"、"修炼"、"爆发",生动演绎了这个时代的小说家所稀缺的文字"炼金术",尤其能为年轻作家提供某种启示。

早逝的青春

翻看蔡东的创作履历,以2006年硕士毕业赴深圳工作为界,大致经历了两个阶段:《断指》《天堂口》《结发》《凌霄,凌霄》和《毕业生》等篇创作于2003至2006年间,是作者的创作起步阶段;在长达4年的停笔之后,2010年开始恢复创作,相继问世的《往生》《无岸》《福地》《木兰辞》和《净尘山》等篇什,无论思想上还是艺术上均已显露出颇为成熟的风貌。

早在创作起步阶段，蔡东已然表现出相对于同龄人较为冷静和成熟的气质，表现出她能成为一位优秀小说家的潜质，这固然是她个人的性格天赋使然，但同时或许也与她的知识背景、所受的学术训练有关。从最初的创作开始，蔡东便克制了自我泛滥，避免了“80 后”青春写作惯常的浪漫、感伤、矫饰、情感夸张、自我膨胀等色彩，呈示的是冷静的人事观察、理性的自我反思与客观细致的写实笔墨。

《结发》《凌霄，凌霄》和《断指》讲述的全是他人的故事。《结发》写的是“大舅”的家务事，叙述他在岁月之河中的夫妻情、父子(女)情。大舅一生经历了舅母、槐角和崔梅玉 3 个女人。承受命运重击的大舅在昏睡不醒的儿子头边放上舅母与自己的头发，“一日夫妻百日恩”，是为“结发”。这其中，大舅的坚韧、宽厚与深情，岁月的辛酸、惆怅交织着温暖、甜蜜，漾开在小说的字里行间。《凌霄，凌霄》写美丽安分的女孩凌霄参加工作、嫁为人妇后的种种改变、种种如意与不如意。小说避免了戏剧性，而努力呈现平庸琐碎的家庭生活的“本来面目”。“邻家女孩”凌霄在岁月的利齿下，渐渐沦为平庸却还努力睁大双眼的妇人，生活的洪流露出它令人窒息的面目，不甘就范于此，需要多么强大的内心。值得一提的是，两篇小说均使用第一人称叙述，叙事人“我”对于他人世界的观察，或许已找准了作者自我认定的小说家角色：她是一个人间的记录者，而非一个自我的抒情者。

《天堂口》和《毕业生》多少带有作者的自我色彩，但作者的叙述依然是客观节制的。《天堂口》纪念一段逝去的青春恋情。“我”不顾男友铁帅的反对,只身前往他所在的城市深圳,只为挽救这份濒临分手的爱情。在以“衣”“食”“住”“行”所命名的各章中,“我”试图以衣、食、住、行这些人间烟火之乐挽回男友的心,却在深圳与男友一起经历了衣食住行的严酷考验。“我”接近成功,却最终在铁一般冰冷的现实面前脆败。事实上,“我”深爱着的那个男人早已在现实的压力面前先行溃败。“我”自认不落流俗的爱情,仍然没能战胜凡尘俗事。《毕业生》以冷静的文字叙述了其貌不扬的女研究生郁金在深圳求职的经历,在各种明规则、潜规则的作用下,最终败走麦城,由骄傲、富有才华的研究生,变成了一名待业青年。有意味的是,无论是人物还是叙事者,对现实都没有发出愤懑之声,充斥其间的是深深的无奈与无力感。

仿佛对应着那句著名的论断——“房子令中国年轻人丧失了梦想”,在本该编织七彩青春梦的年纪,郁金晚上反复做的一个梦却是,“她不停数钱,一沓百元人民币,怎么数都不够八张,不是七张,就是六张”。800元是她假装领到第一个月的工资要给家里汇的钱,真是令人欲哭无泪。《毕业生》作为蔡东第一阶段的创作总结颇具象征意味,未曾尽情绽放的青春梦戛然而止于那个面临毕业、行将迈入残酷社会的过渡时期,“你的梦开出花来了,你的梦开出娇妍的花来了,在你已衰老的时候”(戴望舒),无论对于作者还是她笔下的人物,都算得上是“早逝的青春”。蔡东未及充分展开、反复操练的青春叙事匆匆结束于此,仿佛是一则时代的文学寓言。

一种老去的声音

当蔡东回归小说世界时，她已经完成了时空与身份的转换，在这个过程中她经历了些什么，作为“普通读者”的我们不得而知。我们所见的，是她呈现在叙事上的令人吃惊的变化——叙事者发出了一种老去的声音，喜欢谈生论死，哀吾生之多艰。

首先与读者见面的是短篇《往生》。“往生”是佛家对“死”的别称，对于在人世苦海中沉浮的人们，“向死而生”这句话或许可以改为“向着往生而死”——死并非令人恐惧的肉体和灵魂毁灭，而是彻底的解脱，是新生。一位61岁的儿媳，与一位82岁的公公，他们的每一天都是向死而生，儿媳康莲独立照料患老年痴呆又摔伤在床的公公“老头”，“生”对她来说是一种磨难，暗无天日；而对于丧失记忆与行动的老头，“生”则意味着“多辱”，在捆绑着挣扎求“生”的途中，“她和他，两个老人，两败俱伤”。尽管小说面对的似乎是当今日益严峻的社会老龄化问题，然而作者的关注点并不在具体的伦理实践与道德景观，而是日常生活的苦难，是近乎无解的人生困局。

《福地》则通过两个葬礼来直面“往生”。在45岁这个人生节点上，傅源“提前”思考死后的安葬和归宿问题，起因是同乡吕端在盛年离世后，被安葬在深圳百龄园公墓，碑林沉寂，灵魂却似无处归依，令傅源生出同病相怜之感。返乡参加大堂叔的葬礼，乡风乡俗、故里亲人、童年记忆，使他仿佛又变回一株“行走的庄稼”，接了地气。在深圳这个移民城市中，“此地是他乡”，难以真正扎根，而故乡留州也渐渐物是人非，是否又真能回得去？所谓“此心安处是故乡”，在这大迁徙时代，灵魂何依，故乡安在？或许作者同人物一样四顾茫然。

南方一线都市深圳、北方三线小城留州，这两座相距遥迢的城市之间的“双城记”，构成了蔡东小说中主要的叙事空间。以深圳所谓“中产阶层”为叙事对象的短篇《无岸》堪称蔡东创作中的翘楚，对人物心理的反复推敲、深入辩证令人叹为观止。因为不忍看到女儿早生的华发、早驼的腰背，也不堪每日准时送达的“校讯通”对于两代人生命的“绑架”，柳萍做出放弃高考送女儿出国留学的决定。然而，女儿赴美留学的费用轻易便破灭了大学讲师柳萍的“中产梦”，她不得不考虑卖房筹款，放弃自尊低三下四地申请单位周转房。以此为契机，柳萍重新检视自己“失败”的人生：这是一个梦醒了却无路可走的现实绝境；是想逃避却无处逃避，想退让也无可退让，强者为王的现代丛林；是欲在此处找回自由和尊严，便会在他处丧失自由和尊严的“守恒”结构。这便是“无岸”：一个个卑微生命的“无岸”人生，一代又一代人的“无岸”人生。

清人黄宗羲的《柳敬亭传》讲到，说书人柳敬亭在饱经时代世事的沧桑之变后技艺精进。此例可视为艺术创作的一道“法则”，所谓“赋到沧桑句便工”。对比前一阶段的作品，蔡东近期的创作似乎增添了更多的“身世之感”，追摹本色，赋到沧桑，笔力更深更劲。接连而来的这 3 个短篇小说，令人对蔡东刮目相看。这首先表现为作者正面“进入”真实人生的勇气。鲁迅先生有言：“真的猛士，敢于直面惨淡的人生，敢于正视淋漓的鲜血。”和平年代，“直面惨淡的人生”比“正视淋漓的鲜血”更具有普范意义，也更考验写作者的勇气、坚韧与心智。

在种种时代幻象、种种“新意识形态”（王晓明语）笼罩下，“求真”是大智大勇的行为，对神话的破解，是蔡东这一类写实小说自觉承担的职责，创作主体也于焉形成——“这个城市，这个时代，让她从普通的人道主义者迅速成长为深刻的批判现实主义者”（《无岸》）。如果对比多年前的新写实小说，蔡东创作的差异在于，不仅外在地书写了所谓“一地鸡毛”的“烦恼人生”，书写了“诗情消解”的日常生活，而且内在地深入人物的生命困境与心灵困顿，极具悲悯情怀。作者的价值观和写作立场，毋庸讳言，仍然是知识分子式的，但她对此又不无警醒与反思，避免陷入感伤、耽溺与自恋的泥沼，从而也形成了其作品的深度：既有对人物现实困境的形而下的揭示，又有对生命永恒绝境的形而上的思考与叩问。

男与女　长与短

蔡东的另外 3 部中篇小说《断指》《木兰辞》与《净尘山》皆是女性主题。《断指》正面写中年妇女余建英接二连三的厄运，《木兰辞》则透过男性的视角，写表面风光的女性背后隐忍的苦衷。蔡东的女性意识在这两篇小说中有了集中的表述。一如篇名《木兰辞》暗示的那样，作者所表达的是如戴锦华所说的中国女性的“花木兰式境遇”——在男权社会，女性反串“扮演”男性，去承担男性的社会角色；“谁说女子不如男”、“妇女也顶半边天”，将妇女与男人置于“同一地平线上”，在赋予其社会主体地位的同时，却不自觉地忽视了女性差异化的精神性别。蔡东敏锐地发现，在阴盛阳衰的社会中“花木兰”们新的境遇，她们代替懦弱退缩、无责任感的男性在社会上冲锋陷阵，这其中并没有多少女权张扬的快意，而是深藏着无数委屈、无奈、伤痛、苦楚。名士自处的陈江流以优雅不凡的女子邵琴为知己，却不知邵琴是小城呼风唤雨的厉害人物，最后反倒需要妻子李燕出面请邵琴为其摆平失业危机，两位女子运筹帷幄，代其出征。而她们的“强悍”、“进取”、积极竞争，事实上是拜男性的软弱、退缩、消极无为所赐。然而，复杂之处在于，作者的批判并非指向这些男性，而是指向一套男性“成功学”的价值逻辑，在这种价值观之下，那些远离功利的男性与不得不强悍的女性一样，成为时代的受害者。

女性“深藏功与名”、甘苦自知的处境，也表现在《净尘山》张倩女的母亲身上，她以几十年如一日的隐忍，维系着家庭与“表情驯顺而脚步虚飘”的丈夫的男性神话，却终于在女儿也找到一个“弱势”男友的时候，突然爆发，离家出走。小说在两代人的对比中，呈现了时代对于年轻一代的围困。在科技大公司做现代“白骨精”（白领、骨干、精英）的张倩女“以加班为核心价值观”，然而，在以瘦为美的时代风尚笼罩之下，肥胖的她在婚姻市场惨败，减肥的过程堪称惨烈；而外形不俗的潘舒墨则因事业不顺沦为深圳的社会底层，在一次以炫耀成功为目的的同学会上，这两个不同意义上的“失败者”走到了一起。然而，“同是天涯沦落人”只是接近的契机，并非情感的基础，两人的关系事实上建立于各取所需之上，双方其实都心知肚明。当母亲以离家出走破解了维系多年的“爱情神话”

时，张倩女发现，彼岸的“净尘山”其实并不存在，而此岸的“泼烦日子”却无处藏身，“天地如此宽广阔大，可她不知道，还能去哪里”。

语言无疑是蔡东的长项，蔡东对于张倩女一波三折的减肥过程的生动描述令人折服，她的语言如珠玉般掉落玉盘，玎玲作响。小说中对人物心理的刻画分析也妥帖到位，入木三分。然而在人物形象塑造和叙事方面，蔡东却仍有笔力不逮之处，比如《木兰辞》中邵琴这个人物便令人有做作、不真实之感。这样的长处与短处使得蔡东在短篇创作上表现更胜一筹。她的《往生》《无岸》与《福地》3 个短篇小说基本以人物的感观和内心结构全篇，裁剪得当，篇幅虽短，气韵格局却大。然而在几篇中篇小说中，过多的心理描写却冲淡了叙事，起承转合没有高潮，使其冲击力反倒不如短篇小说。毕竟，中篇小说和短篇小说各自有其规律，中篇小说需要靠人物性格、行动与叙事去推动，对于已经得心应手的语言和心理描写，作者也许还需要做一些删繁就简的取舍工作。

作家自述

来到别有洞天之处

蔡　东

我写作的隐秘动力，来自灵魂深处的矛盾。我始终不能拒绝家庭生活的召唤和诱惑，热爱着它所能提供的安稳闲适。有阳光的日子里，我斜躺在沙发上，听到邻居家传来《甄嬛传》的音乐声，莫名地就觉得幸福和安全。偶尔兴之所至，提前泡好了七八种米豆，早晨烹制出一碗热粥，五谷的香气在房间里回旋缭绕，喝下去胃里暖暖的，也曾让我收获到巨大的满足，对一切都很满意。

我珍爱这些零碎的、心无挂碍的、安宁而松弛的瞬间。

然而，我又深深恐惧着这一切，好像一不留神就陷入到没有尽头的死循环中，时不时地悚然一惊，想与其拉开距离，撇清关系。家庭生活具有某种意义上的沼泽的质地，充满着细小的吞噬和"如油入面"般的黏浊搅缠。甚至在家族的聚会上，在一派欢乐祥和的气氛里，我也经常被虚无感准确击中，突然郁郁寡欢起来。

我内心不安却又缺乏勇气，为了维持人生表面意义上的正常和完整，只能不踩红线，不溢出常规生活，于是，写作成为一种调和，或者说，是一个自救的办法。它使我有机会游离和疏远日常生活，来到别有洞天之处。关于作家的写作动机，我读过的最恳切也最极致入骨的文字是乔治·奥威尔的《我为什么要写作》。他说，大部分人30岁以后就放弃了个人梦想，开始为别人而活着，或者干脆被狼狈不堪的生活压得透不过气来，但也有少数人决心要彻底地过自己的生活，作家就属于这一类人。

我并不彻底，但也正是写小说，令我觉得生活尚未大势已去，令我在处处受限的人生里感受到一种成为自己的奢侈。

真正开始写作是2005年的秋天。此前已发表过一些作品，但直到那一刻的到来，我才意识到，之前的不是小说，是混混沌沌的习作。回想起来，仍为那种通灵的境界神往不已，夜不成寐，魂不附体，漂亮闪光的句子在幽暗的夜色里飘过来，记都记不迭。学生宿舍里不能随意开灯，便在枕旁放一页纸，凭感觉写下来。第二天醒来，发现很多字重叠在一起，夜里的狂乱兴奋，依稀可感，写作的顺畅和愉快，令人志得意满。那时，我对持续写作的艰难还准备不足。

接着就谋生，远离了写作，也可以说得悲情些，是为挣一间向阳的书房而忍受各种不适、不愿意、不喜欢。像机器一样每天准时开机，认认真真地教书，一厢情愿地为鄙视文学的学生讲解文学，偶尔炫技和自我陶醉。终于，一切都进入到了既定的轨道，这太可怕了，好比向着浓稠无底的黑暗沦落下去。在我的记忆里，我从没那么忙过，也从没那么空过。黑暗中，一个小幽灵会跳出来，用略带嘲讽的语气说，你写过小说。这句话，曾饱含着我秘密的快乐，如今则是暗伤，挥之不去的阴霾，令我茫然若失，令我想起司马迁去势之初的状态：居则忽忽若有所亡，出则不知其所往。我遗失了自己的珍宝，我看到生活亮出一把雪亮的薄刃，在我和小说之间，划开一道深沟。

好在，贼心始终未死——写小说，常常让我觉得自己既幸运又倒霉。写小说是一次美妙的误入歧途，且很难迷途知返。2009年，我尝试恢复写作，在一种强烈的陌生感和不自信中恢复写作。故事找不到语言，焦虑周期性地袭来；会不会又写废了？恐惧高悬于顶；写到关键处好比来到一个高地，该冲锋了，这个节骨眼上是要玩命的，进攻了几次却没有过去，不上不下，四顾茫然。

写小说的人很自私，当你宣布处于创作阶段时，家人连呼吸都夹着小心，屏气凝神，惶惶不可终日。这种自我折磨以及对别人的折磨掩盖不了一个事实，很多时候，你的写作只对自己有意义。身处这个时代而写小说，难度既是小说本身固有的，也是时代加诸的。很多时候，你必须接受，你的作品不仅读者寥寥，而且一钱不值。除了你赠送刊物的几个亲戚，老百姓并不喜闻乐见，压根不知道有这几十万文字存在过，在文学圈里，也连个水花都没有。所谓赚钱、成名，作品出了点动静，都是小概率事件。

写小说的人无比脆弱，总想找个地方躲起来，躲起来也未必有用，创作充满神秘色彩，奇诡而飘忽。精进不是绝对的、唯一的，能量可能会消失，然后倒退，裹足不前，自我抄袭，乃至枯竭。

写小说给予作者奇妙的成就感。但小说带给作者的，更多的是悲怆和无奈。小说家时而狂妄，时而陷入绝望，也许永远写不出自己真正想要的小说，看得到了，越来越接近了，却穷毕生之力而无法真正到达，你想要表达的，跟你实际表达出来的，总是不对等，这里面蕴含着艺术的残忍决绝,是切肤之痛。

写小说需要孤寂。把小说发给师友,求认同求表扬是不会带来进益的,聚在一起热议,提升也有限。最好一个人枯坐面壁,静默、沉思,等待故事被从天而降的一束光选中,幸运时,确实有那样一道强光照射下来。我的故事大都关乎女性,我对女性始终怀有深切的同情,我希望自己的小说也具备柔韧不折的力量,同时,它的某个部分又是尖利的,能进入到内里的幽深之处。开始写一部小说,对我来说不是一件易事。我相信,一个成熟聪慧的作家,能在不牺牲作品质量的前提下,找到某种套路,较为轻松、快速地完成创作,这也是他们多年习练应得的奖赏。但我还不属于此列。时至今日,我渐渐明白,那四年的停滞和荒疏是必要的,它憋坏了我,也使我更坚定,更清楚自己想写什么。没有困境,何来锦囊?即使有了锦囊,早打开又有何用?

写作让我领悟到,我生活的世界之上还有一个世界,我看到的天空之上还有另一个天空。它一直在那里,云朵雪白,空气鲜洁透明。

写作来到我生命时,是液体融化在液体里的姿态。宛如浓墨徐徐滴入水中,它们具有不同的色彩和肌理,缓慢而犹疑地洇了开来,试探着容纳了对方,终至浑然一色,无分彼此。

路内 / 本名商俊伟，生于 1973 年，江苏人。曾获首届人民文学新人奖。著有长篇小说《少年巴比伦》《追随她的旅程》《云中人》《花街往事》，短篇小说《女神陷阱》等。

评家观点

追梦、青春与时代的较量

行　超

相比模糊而鲁莽的“70 后”、“80 后”这种代际划分方式，“中间代”的定义似乎更负责任一些：这是一群在资历号召力和市场号召力的夹缝中突围的人，他们在很长一段时间内处于失语的状态，甚至曾被认为是沉寂的一代。然而，在经历了平凡却复杂的青春与而立的困惑之后，他们几乎是不约而同地集体爆发，发出了令人吃惊的声音——这里面，有警察阿乙、教师曹寇、工人路内、编辑苗炜等等。虽然“中间代”这个称谓让人感到一种人到中年的凝滞感，但他们的作品却无不呈现出一种完全相反的力量：他们习惯书写无聊、无意义的日常细节，对一切都抱着无所谓与不信任的态度，然而正是这种无畏感，一击命中了生活与生命的脆弱。

在这些身未老而心先死的作者中，路内无疑是领航者之一。长篇小说《少年巴比伦》《追随她的旅程》讲述了路小路从技校学生到工厂学徒的青春岁月，《云中人》讲的是一群三流工学院学生的离奇生活，《花街往事》则是路内小说中时间跨度最大的，从 1966 年大串联一直写到 1992 年终，时代感与内容的丰富性都得到了极大扩充。

仔细爬梳不难发现，总有些影影绰绰的人物在路内的小说中缠绕其间，挥之不去——一个荷尔蒙旺盛的少年、一帮混迹街头的小流氓、一个（或多个）姐姐般的“女神”，他们在“戴城”或其他类似的小城镇中浑浑噩噩地生活，心底却总有那么点儿不甘。他们的青春就像一场梦，糊里糊涂、难以道明；他们的梦，也许就是早日离开这无聊的现实和无聊的青春。在这些人物背后，我分明看到，在文学这趟漫长的旅程中，路内是追青春的人，也是追梦的人。

痞子、混混、流氓

路小路是《少年巴比伦》和《追随她的旅程》两部长篇小说的主角，看上去，这是一个学习成绩很差、成天无所事事，还经常惹是生非的“问题少年”，他没考上正经高中，接着又高考落榜，在学校跟老师作对、在工厂跟领导作对，甚至还因为跟人打架进过看守所。于小齐的母亲曾在愤怒中指责路小路：“你这种社会渣滓我见得多了，油嘴滑舌，不务正业，游手好闲。”与路小路的青春相伴而行的是一系列传统观念无法接受的行为：早恋、打群架、逃课……这一切，无不指向一个令所有家长闻之色变的称谓——“混混”。

除路小路之外，在戴城这个“衰老的县级市”中，还有无数像他一样青春力量无处释放的年轻人。这些人中，有“西瓜刀女孩儿”曾园、“少女帮”老大黄莺、兼职“舞男”大飞、屡战屡败又屡败屡战的虾皮等等。他们来自受到同样歧视的三流学校，“混”在一起时，总有打不完的群架、骂不完的老师。只要他们一出现，所有人都会避之不及，“群众看见我们冲过来，都会惊慌失措地让路，小贩更是鼠窜而去”。

在这群青春期的少男少女之中，身份比较特殊的是重点高中“戴城一中”的杨一。杨一跟路小路从小一起长大，是大人心目中的好学生、乖孩子，梦想是考清华大学。然而，这个成绩出众的重点中学学生却常常跟路小路等“小流氓”混在一起，在戴城一中和化工技校的那场群架中，杨一曾为路小路等人通风报信，还多次跟路小路一起混在人群中打群架，甚至搞大了女同学的肚子，让路小路替他收拾残局。可以说，这个众人眼中的乖乖仔，实则却是个不折不扣的叛逆少年。小说最后，杨一不仅没能考上清华大学，还阴差阳错地错失了初恋欧阳慧，生活中最大的亮点竟是“这辈子终于也砍了人”，成了一个彻彻底底的loser。杨一的矛盾在于大人眼中的自己与真实自己的不合，也在于他志得意满的少年与浑浑噩噩的成年之间的巨大落差。

在戴城这个狭小的空间中，路小路等“混混”被视为“社会渣滓”，他们不务正业，消磨青春，没有未来、没有前途，是被老师、家长放弃的一群人。他们生活在自己的小圈子中，以肝胆相照、舍命相陪维系着彼此的关系和各自并不阳光的青春。

路小路、曾园等人的“结伙”完全是出于一种青春期的心理，正如路小路所言：“我心里知道暴民不是什么好东西。我的问题是，不做暴民，究竟该去做什么，究竟该洗心革面成为什么样的人，这些都找不到答案。”他们在尚且未知晓“恶”为何物的年纪，有意无意地用一种以恶抗恶的冲动，极端地表现着自己的生命力。

不过，跟白锦龙等“大流氓”比起来，路小路等人完全是小巫见大巫，可爱得让人心生怜惜——“小流氓和大流氓毕竟还是有区别，从白锦龙和虾皮身上就能看出来。比如，大流氓都是成年男人，身材健壮，肌肉丰满，还有胸毛助阵，小流氓就很寒酸，都是未成年的男孩，瘦了吧唧的，嘴上的汗毛又细又软。”在小说的字里行间，我们看到了这些“小流氓”、“混混”的有情有义、勇敢正直。为了救路小路，曾园在自家餐馆濒临破产的关键时刻掏出一万块钱，摆平了滋事的王宝；外来工进攻前进化工厂时，为了保护劳资科科长李霞和工厂设施，路小路用电棍一一打退敌人，成了众矢之的……在路内的小说中，这些痞子、混混、流氓似乎并不可恶，反而有一种正义的力量。

爱情在别处

每个青春期的少年心中都有一个“女神”。这个女神，让他们第一次认识了“女性”——那是除了妈妈、奶奶、阿姨、小伙伴以外的第一个具有独特魅力的异性。在与女神的交往或对女神的单恋中，男孩最终得以成长为一个男人。与女神的感情是暧昧不清、难以言说、无疾而终的，然而正因如此，这段感情往往令人印象深刻。许多文艺作品都钟情于描述这段朦胧的感情，如乔伊斯的短篇小说《阿扎比》，电影《阳光灿烂的日子》《西西里的美丽传说》等等。

作为一个成长中的少年，路小路的人生当然少不了女神的参与。在《追随她的旅程》中，路小路先后暗恋过欧阳慧、于小齐两个姑娘，还与曾园有过一段暧昧的情愫。小说虽名为“追随”，然而事实上，与路小路有过感情交往的几个姑娘都先后离他而去：欧阳慧在遭受了与杨一的情伤之后，与路小路亦断绝了来往；于小齐离开路小路去上海学画，之后经历了一场并不成功的恋爱；富家女曾园遭遇破产危机，为了躲债不得不只身逃往上海……这些女性无一不是路小路生命中至关重要的友人，然而，生活的坚硬与宿命的无奈，最终让她们接二连三地离开了路小路的生活。

到《少年巴比伦》时，路小路的女神终于出现了。随着年岁的渐长，高中生路小路变成了一个化工厂的学徒工。化工厂是落榜的路小路最好的去处，然而它的枯燥、沉闷、死寂却时时折磨着路小路与他体内难以释放的荷尔蒙。好在，路小路遇上了厂医务室的医生白蓝，起初，这个"穿白裙子还有一双杏眼"的姑娘点燃了路小路压抑已久的欲望，是他对这枯燥工厂生活的唯一眷恋。然而之后，种种现实原因最终击败了这段本就不该开始的爱情。"我和她都知道这场爱情最终将会以什么形式来收场"，"在我当时看来，离别总是伤感的，因为伤感，所以不能用言语来表达，好像春天里绵密的细雨，用肉眼都分辨不出雨丝，不知道该不该打伞。我所感到的，就是那样一种伤感，只能互相暗示，用调侃来安慰自己"。

不管是欧阳慧、于小齐、曾园，还是白蓝，路内小说中的女性或主动、或被动，最终都一个个离开了路小路，离开了戴城。然而，路小路的世界却始终未曾打开，从技校到化工厂，路小路虽无比鄙夷、憎恨这个城市，但他的脚步却始终未曾踏出这里半步。随着这些女性的一一离去，路小路的一段段爱情也随风而逝，消散在远处的某个角落，"我之所以爱她，是因为我觉得，在她身上的那种东西就是爱。我对爱的理解是有偏差的。这无所谓。"

同样的，在《云中人》中，男主角夏小凡所钟爱的 LUSH 乐队的那首 *Lady Killer* 仿佛一个梦魇或诅咒——每一个与他交好的女性，都或多或少受到小说中那个神秘而恐怖的 Lady Killer 的威胁，她们有的受到惊吓，有的甚至因此丧生。长发校花给了“我”第一次的性经验，然而不久之后，这个美丽的姑娘却意外地在一起连环杀人案中死去，这无疑进一步增加了“我”对她的想象。小说中，“我”所追随或寻找的目标有两个：一是失踪的小白，二是意外死亡的齐娜。与这两者之间的感情，似乎是“我”始终说不清楚的：为了查明小白失踪的原因，“我”几度深陷窘境，却始终不愿放弃。显然，这是一种超越了同学、兄妹的感情。然而事实上，小白的父亲却是“我”的杀父仇人。齐娜是“我”大学 4 年的死党之一，先后与“我”的几个朋友在一起，而最后，她竟为了帮我寻找小白死前公司的数据，搭上了自己的性命。

与这两者相比，先后与“我”发生性关系的植物学女孩、咖啡店女孩、拉面头等等，无非都只是“我”发泄自己过剩荷尔蒙的对象。可以说，这些唾手可及的性与虚伪的爱，并不是“我”真正渴望的。真正让“我”心随其动的，是死去的校花、失踪不见的小白和令“我”追悔莫及的齐娜——她们之于“我”，就像《追随她的旅程》中呆卵口中的“小蓓”一样，是一个既虚幻又真实的幻影。她们的存在，似乎就是为了告诉“我”爱情在哪里；她们的离去，更像是为了惩罚“我”在爱情中的怯懦与犹疑。

转型时代的隐秘暗语

路内的小说，常常对故事发生的时间背景有着异常明确的交代，如“2001 年有过一些奇遇式的经历，得一件件说”（《云中人》）；“1991 年，我 18 岁”，“1990 年，我暗恋上一个女孩儿，那年我正好 17 岁”（《追随她的旅程》）；“那是九十年代初的事情，那时候我 20 岁，生活在一个叫戴城的地方”，“1992 年秋天，一切都乱糟糟的”（《少年巴比伦》）。不难看出，时间与时代对于作家路内来说，有着异乎寻常的意义。

《追随她的旅程》和《少年巴比伦》的故事发生于上世纪 90 年代初，《云中人》将视角聚焦于世纪之交，《花街往事》虽然有近 30 年的时间跨度，但集中书写的却是 80 年代。对于发展中的中国而言，上世纪 80 年代到世纪之交无疑是一个经历革新与阵痛的转型时期，在这一阶段，北京、上海等大城市以一种难以置信的速度迅速脱胎换骨，成了一个个全新的水泥森林。而广大乡村的发展则相对滞后，大部分人依旧在与土地的朝夕相处中延续着自己的人生。最能体现时代裂变的是这时的中国小城镇，在这里，乡村经验与城市经验、农业文明与工业文明激烈地碰撞，产生了前所未有的化学效应——这里，正是路内小说的笔力之所在。

小说中，转型时代的典型印记随处可见，“90 年代初，枪驳领西装非常流行，双排扣子最好是金色的，更神气。那时候还流行穿太子裤，又肥又大，裤腰上打着 8 到 16 个褶子。太子裤配金色扣子的枪驳领西装，脚下是一双白色的真皮运动鞋，就这么个鸟样”（《少年巴比伦》），“T 市的中心地带，到处都是工地，拆到只剩骨架的多层楼房，像剃头推子平推过一样的平房，巨大而密集的土坑，连根拔起的大树，某一栋高层楼宇像穿套头毛衣一样逐渐向下延伸的玻璃幕墙，连片的工地围墙上无不刷满各个建工集团的名号”（《云中人》）……与之相对应的，还有属于那个时代的人的逻辑，“看不懂的是一伙男工，他们围着通告咬文嚼字，未上环的女工都要上环，那么处女也没上环，难道也要去给她们上环吗？正好计生办的人叼着包子走过，被男工揪住，请他解释一下处女上环的问题。这人觉得，工人虽然粗鲁，在某些方面还是很有想法的，就把通告揭下来”（《少年巴比伦》）。这些似曾相识的场景和这种既陌生又熟悉的逻辑仿佛暗语一般，将小说的背景指向了那个动荡而混沌的年代。小说家路内仿佛在大荧幕后面播放录像的人，将80年代的黑白影片呈现在黑暗的影院中，狡黠地看着那光影斑驳的坐席和其中唏嘘不已的观众。

如今，“重返80年代”的口号越喊越响，人们几乎已经确定，上世纪80年代是一个充满了理想与激情的黄金时代，是属于我们这个时代的文艺复兴。然而，路内在小说中并未给这个时代赋予过多的光环，相反地，他小说中的80年代是一个启蒙与愚昧共存、理想与失落并在的时代，他的小说中既有白蓝、于小齐这样对生活充满信念的阳光少年，也有路小路、夏小凡这样对未来不屑一顾的混混，还有杨一、老于这样曾经豪情万丈，最终一败涂地的平凡人。他们都属于那个神秘的80年代，他们的信仰、他们的人生存在巨大的差异与断裂，正是这种多样性，构成了丰富多彩的80年代。

成年后经历了种种失败的杨一最后发现，“原来，这些年在人世无目的地游荡，推销农药，讨债，逃命，也可以视之为一种追寻。只是很可悲，最后追随到了一个大胸爆炸头红衬衫的妓女怀抱里，并且她还不承认自己就是往事。那就只能承认他自己是精神分裂了。”在那个瞬息万变的年代里，人人都在追求，人人都在寻找，然而到头来，很多人并不知道，自己到底在找什么、自己到底找到了什么。时代尚且如此混沌不明，更何况生活于其中的路小路们呢？

青春期的梦和幻想是路内文学旅程起航的地方，在这里，路内完成了对“小人物”与“小城镇”的完整塑造。然而，除此之外，在路内小说的文字缝隙之间，我分明看到了更多、更广义也更隐秘的暗语，这暗语有关时代、有关宿命，有关更深刻的人性奥秘。因此，对路内未来的创作，我有着更大的期待，我期待他能将笔触伸向更广阔的领域，我相信，走出青春、走出梦境的路内，将会给我们带来更多的惊喜。

作家自述

“工人”与“作家”之间的秘密

路　内

在我迄今长达7年的写作生涯中，最不满意的倒不是写作本身，而是随之而来的身份符号。其一是我经常被误认为是个“工人作家”——众所周知，这很老派。我在不同的场合多次解释过，自己在“工人”和“作家”的身份之间曾经有12年的广告公司从业经历，至少有10年我是在一流公司度过的，那鬼地方既冷血又繁忙，我一直做到创意总监和首席提案手（文学界的人不太知道这两个职务的重要性，反正我也无所谓啦），直到自己干不动。

我一直以为身份符号是不重要的，重要的是作品本身。后来才逐渐明白，这是一句鬼话，任何有分量的评论都是从作家的生平研究开始的，作品本身很轻，被曲解的可能性很大，甚至有可能被套用。连同我这个作家身份，也在某种概念之下存在着。

2006年我打算写《少年巴比伦》的时候遇到了一个书商，此公力劝我写一个关于都市广告人的小说。我呢，很不争气，只想写写自己经历过的工厂。过了一些年，我出版了3部小说，又遇到这个人，他又劝我写个“所有人都爱看的小说”。我都快笑出来了，就我个人的经验来说，这事似乎很难。广告学认为，很难找到一个产品是适合所有人的，只有那些定位清晰的牌子才能成功。从这个角度来说，我倒成了一个投机取巧的商人，而那位书商则有着远大的文学理想。

我被定位成一个“青春写作”作家也是没办法的事，虽然我40岁了，还得吃这口冷饭，一点劲儿都没有。“追随三部曲”是我计划中的超长小说，它包括《少年巴比伦》(2006年)、《追随她的旅程》(2007年)和已经完成的《天使坠落在哪里》(2013年)，它被我设计在一个叫作“戴城”的地方，从1990年到1998年的漫长时间，庶几跨越了整个90年代。这座虚构的城市有着2500年的历史，它最初是一个无聊的县级市，同时又变身为国有企业林立的衰败的地级市，最后它成为一个有着新兴开发区的淘金之地。主人公在这里从17岁活到26岁，从技校生(或重点中学高中生)成长为推销员、高级白领(他们其实并不无聊，而是一群在形式上极其上进的人)。直到最后一部小说的结尾，我觉得它图穷匕见，讲出了一个完整的故事。它和“成长”、“青春”的关系不大，是一个比较意味深长的、现实版的寓言。

《云中人》(2010年)是一个莫比乌斯环式的谋杀故事，它大概采用了齐泽克对应拉康的一些哲学分析，但因我不幸将故事设计在一群应届大学毕业生中间，它看起来又显得带有“青春”的痕迹了。国内的评论家，对齐泽克、拉康、希区柯克这些人不是很熟悉。至今我仍然认为，《云中人》是一个难写的小说，假如它是个中篇，问题会好解决得多，但它陷于长篇的格局中，本身的重量使文本在崩溃的临界点上摇摆。有人对此给予恶评，我觉得很正常。这个小说所谈论的恰恰就是“崩溃”。

《花街往事》(2012 年)倒是一个故事脉络清晰的小说,它讲一个家庭和一个残疾歪头的经历,一部分年代风尚,一部分儿童和少年视角,一部分则类似情史。它是由 8 个中短篇所结合成的长篇小说,也有人说它不是长篇小说。我想,这又有什么关系呢?

我是个对小说趣味特别挑剔的人。这话说出来没意思,只能默默挑剔了。作家身份(或者说是它作为一个符号的存在)我也不满意,忍受下去恐怕是唯一的办法。回到文章的开头,在“工人”和“作家”之间究竟有多少是被隐没在阐释之中,被历史踩得粉碎的,被自身所创作的文本而杀戮的,恐怕是每一个作家都要面对的困惑。有人安心于此,我却觉得危险。

马笑泉 / 生于 1978 年，湖南人。曾获《当代》文学奖、湖南省青年文学奖等。著有长篇小说《愤怒青年》《巫地传说》《银行档案》，中篇小说《诗兄弟》《山有灵兮》等。

评家观点

冰火同炉的叙事奇观

张建安

马笑泉兼具回、汉两种血统，汉族文士的散淡风雅与回族子弟的刚烈硬直在他身上得到了奇异的统一，其小说饱含张力，或许与他的生命特质存在着某种关系。同时，湖湘文化与楚地巫风的双重熏陶，也进一步促使他的小说呈现出面目奇特、内涵复杂、美学特征多维化的特质。

冷峻与温柔

长篇小说《愤怒青年》由《愤怒青年》《猛虎迷途》《打铁打铁》和《江湖传说》4 部互有联系又相对独立的中篇小说组成。全书结构方式类似《水浒全传》，前 3 部描写“上山”之前几位重要角色的少年成长历程和江湖漂泊故事，最后一部则集中描写“上山”之后他们合力上演的帮派传奇和惨烈结局。的确，无论是围绕“残酷青春”这一主题展开演绎，还是从探讨“江湖小说”的当代演变入手，抑或是将其归入“民工进城”这一焦点问题来讨论，《愤怒青年》都是一个典范性文本。我以为，这部小说最鲜明地体现了马笑泉冷峻温柔兼而有之的美学气质。

《愤怒青年》的叙事姿态非常具有震撼力。作者那冷兵器质感的叙述语调和人物本身令人吃惊的血性和决绝，以及对丑恶与黑暗、死亡与暴力的直接观察、精确解剖，都让人在阅读中感到“作者的叙述简直冷峻到极点”，“但即使如此，人性的热血并没有因此而凝结”。（贺绍俊语）马笑泉的冷是刻意将激情压抑后的语调，他的文字如火与冰相激相荡、动人心魄。但是，在这冷峻凝重的叙述背后，却时有温柔的情感不经意间流溢而出。无论是楚小龙与苏丽之间本真纯粹的少年情事、王一川与陈香姨之间无言的心灵感应、龚建章对王芬那压抑深沉的热恋，还是楚小龙对师恩的深刻铭记、虎头对父亲的孺慕之情、龚建章对妹妹的无私照顾，抑或是帮派小兄弟们在艰险的环境中相濡以沫，都让人在刀冷拳硬间感受到了人间的温润。这都得益于马笑泉充分把握“贴着人物写”这一写作圭臬。他没有知识分子描写底层人物那种惯有的“俯视”姿态，更不会怀着少年对黑道人物惯有的敬畏而去“仰视”，马笑泉是抱着设身处地的态度对人物做“平视”的描绘。他的柔情流溢来自于悲悯，这种悲悯来自于对人物命运和处境的洞察。

入世与出世

2006年，马笑泉在新的长篇小说《银行档案》中创造了一种独特的小说体裁：档案体。他用给飞龙县人民银行29位职员每人写一份档案的方式建构了这部有着浓郁湖南小城生活气息的长篇。在每份“档案”中，每个人都是主角。正如在生活中，身份再卑微的人在自己的生活中也是主角。整体观之，这29份“档案”又呈现出一个县级单位森严的等级构架和单位职工间错综微妙的关系网。这种结构的建立显然来自于作者对生活本相的观察，他打破了一部小说只有一个主角的叙述惯例，以多声部合唱的方式最大限度地呈现了“单位人”的生活真相。单就小说形式而言，这是继韩少功的“词典体”之后湘籍作家在小说形式探索上作出的又一贡献。与此同时，这部小说所呈现出的入世与出世间纠结的叙述形态同样不可忽视。

湖湘文化中强烈的入世情怀对马笑泉的影响之深自不待言。同时，他对禅宗和道家也有浓厚的兴趣。入世和出世之念，在他的小说中水火相济，构成耐人寻味的图景。《银行档案》从表面上看，是一部入世型的小说。所涉人物活动的时间跨度大致从20世纪80年代末至21世纪初。这一时期正值中国经济改革和转型时期。小说把视角转向日常生活，关注普通人的生存境遇，从容地叙述小县城银行职员庸常、琐细的日常生活和他们的内心世界。小说中，这些在现实世界里摸爬滚打的人物被塑造得有声有色、性格各异，读来可触可感，时有让人会心之处。但最让人印象深刻的却是几个有出世倾向的人物，或者说，是对行长龙向阳制定的世俗法则并不认同的人。比如有江湖好汉风度，拳打副行长王庆生的屈红旗；痴迷于文学而辞职北上的才子李竹天；沉醉于书法的赵人瑞等。在这些人物中，最有意味的是赵小科，他长相古怪、性格单纯，在银行这样一个利益扭结的所在，却因为对《易经》的潜心研究而获得了精神和物质生活的双重圆满。

以上所述《银行档案》中的这几位人物都是在入世中彰显一种

出世情怀,人物的出世倾向始终受制于世俗生活的制约,因而让人叹惋。而在马笑泉近期创作的中篇小说《山有灵兮》中,主人公回达生以一种彻底超脱的姿态,达到了让人仰慕的境界。回达生乃是一代山歌之王,却被动地成为大瑶山旅游业的一块招牌。旅游开发使得花瑶淳朴的文明产生变异。回达生既心生反感又清楚这是大势所趋。他在老婆去世后离开古寨,在后山的大树上修筑了一栋木屋,过起了巢居的生活。虽然他竭力避世,却引来世俗更多的关注。酷爱庄子的旅游业大腕洪放专程来大瑶山拜会他,引出一段饶有深意的对话:

> "你是个富贵人,来看我这把穷骨头做什么?"
>
> "我想听听你对庄子的看法。"
>
> "庄子,我不认得他啊。"
>
> 司机喷出一声笑来,被洪放横了一眼,笑容就硬生生地冻在脸上。
>
> "庄子是个大哲学家,他提出做人的最高境界就是要超越自我,不求有功,不求有名。"
>
> "这几句话倒还听得。不过你回头告诉这个庄子,本来就没有什么功,没有什么名,谈不上什么求不求了。"

在这段对话中,回达生的天真超逸呼之欲出,而作者对道家精神的领悟之深亦可见一斑。在这次拜访之后,回达生离奇失踪,寨人都认为他化鹤而去。回达生显然具有鲜明的道家文化特征,而这样一个人物，也是根植于功利主义对原生态文明的侵袭中的。

马笑泉描绘入世和出世，没有简单地定位于对抗状态，而是彼此浸染，既有鲜明扎实的时代风貌，又透露出悠远的传统文化气息。小说人物的特异行为有着合理的艺术逻辑，那种天外来客般的“高人”在他笔下并不多见。他以大量世俗细节生成出世境界，因而极具说服力和感染力。

现实与传奇

的确，马笑泉是一个直面当下处境的作家，他敢于而且善于用刀一样的笔锋切入社会的黑暗部分或灰色地带。然而，无论是描摹黑道青少年惨烈人生的《愤怒青年》，还是为基层人民银行职员立传的《银行档案》，在其现实主义的皮相下，都奔涌着一股传奇的气血。在《愤怒青年》中，马笑泉以传奇的笔法来写现实，在《银行档案》的某些篇章中，他以现实的笔法来写传奇。而到了《巫地传说》，传奇和现实扭结在一起，飘逸和沉重并存于一书。作者骨子里的“尚奇”之好，在此毫不掩饰地流露，字里行间但见巫气弥漫，叙事写人皆有奇诡之态，确实是一部地地道道的关于“巫地”之“传说”。

《巫地传说》共有 6 部，都能独立成章。贯穿全书的是故事的叙述者“我”，也就是那个出生、成长于飞龙县北坪乡霍家村的霍勇。霍勇并非主人公，而是作为亲历者、旁观者和转述者出现在小说中的。这个叙述者的定位是非常重要的，它决定了小说叙述同时拥有超然感和在场感。同样是对“异事”的描述，《聊斋志异》中的叙述者异史氏完全是与故事相剥离的，他只是一个道听途说者和喜欢对故事中的人物发表议论的老儒生；而《盗墓笔记》中的叙述者吴邪则与事件本身纠缠不清，他既充当主角又充当故事记录员，让人不禁怀疑故事的真实性。《巫地传说》中的霍勇“通过高考跳出农门，成为都市中的一名媒体工作者。在参加工作经年并获得一定成功时”，“却感到疲惫和空虚，在这种状态中开始了对乡村生活的回忆”。作者担心霍勇因为在都市生活中产生的疲惫厌倦而无意中放大了乡土的美好，于是设置了种种突发事件，让他在一边进行远距离回忆时一边又不断重回故土，近距离观照处于城市文明和农业文明互相扭结、缠绕、消长之中的家园。也就是说，传奇始终是与现实咬合在一起的，马笑泉的叙述也始终坚实有力，竟能使读者相信这“传说”是一部“实录”。

马笑泉熟读西方现代经典小说，但他的写作血脉却天然地上接蒲松龄。他的写作技法贯通中西，精妙无碍，他的内心状态却充满矛盾，时而激烈，时而沉郁。他只有用笔来呈现这种冲突，而难以期待终极意义上的解决，我期待他继续制造冰火同炉的叙事奇观。

大时代做大文章

马笑泉

13 岁那年,我在笔记本上几乎是无意识地写下了第一首诗,凝视着那些简洁、新鲜的文字,我强烈地感受到,这是来自内心纯粹的召唤。而在 20 年后的今天,在对人生和社会有了更深的体验和思考之后,我意识到,创作于我,不仅是生命冲动的表达,更多时候,它已经成为了一种使命,一种责任。

创作确实需要天赋,但个人的天赋乃是上天赐予的。如果有幸获得了这种赐予,同时也就被赋予了一种使命。我必须尽可能地把自己所拥有的天赋发挥出来,不断地以鲜活、扎实、精美、具有力度和深度的作品来偿还这种天赐。同时,创作离不开创作主体所处的客观环境——我们成长的大地、奋进的时代洪流、密切往来的人们。作家、艺术家绝不可能生活在真空中,我们吃的粮食、穿的衣服、住的房子,享受的亲情、爱情和友情,都来源于这个时代、这片土地、这些亲切的人们。在享受权利的同时,也就具有了一种责任,那就是:以诚恳、公正的态度,为时代写真、为大地歌唱、为人民描绘出他们的悲喜人生。创作是从小我出发,走向大我。作品当从艺术出发,进入存在。当千年后的人们回望这个时代、这片土地、这些人民时，他们看到的就不会是一片虚无，而是通过我们的作品，感受、把握到一种切实、生动的存在。有了这种责任感，在创作的漫漫长征路上，我们才有足够的力量去克服那些难免出现的疲惫、厌倦和茫然。

我出生在1978年，正好是改革开放的肇始之年，到今年已有35个年头了。这35年，是中国有史以来社会结构变化最深广、物质基础和精神面貌变化最巨大的35年。而且，这种变化还在继续，并对整个世界产生重要而深远的影响。也就是说，我们所处的时代是一个风云际会、风雷激荡、风光无限的大时代。大时代当做大文章。身为作家，如果拿不出在深度、厚度和广度上与这个时代相匹配的大作品，我个人会觉得惭愧。把小文章写好不容易，也很有意义，而把大文章做好，其难度十倍、百倍于写好小文章，因为这需要浩大的才气、丰富的经验和想象力、驾驭大场面的结构能力来支撑；其意义无疑也更为重大，因为正如鲁迅所言，中国从来就不缺精致的小摆设似的作品，缺乏的是像长城那样坚固而伟大的作品。

一个国家、一个地区，如果缺乏厚重大气之作，是难以引人重视的。或许有的人会说，我大半辈子生活在小地方，出大作品嘛，只怕有点难度。对此，我的回答是，去翻翻文学史吧。20世纪长篇小说大师威廉·福克纳有15部长篇小说都是描写美国南方一个“邮票般大小”的偏远县城：约克纳帕塔法县。近年在中国再度引起轰动的《百年孤独》被普遍认为是“再现拉丁美洲历史社会图景的鸿篇巨著”，而作者马尔克斯给这部伟著所设置的地域背景是哥伦比亚一个曾经与世隔绝的小镇:马孔多镇。当前中国的任何地方都无法回避从农业社会向工业社会转型时的种种裂变,蕴藏着丰富的素材。只要有心、用功、沉得住气,就能拿出大作品。

有的人听我这么一说,也许会改变想法,喜上眉梢,兴冲冲地奔着一个大题材去了,比如,写新农村建设。他们以为,只要题材重大,就会出大作品——这又是走向另一个误区了。事实上,作家只要是扎根于熟悉的地方,写任何题材都有可能出大作品,关键是看“怎么写”,这就是艺术性的问题。文艺领域内的传世之作无一例外都拥有极高的艺术品质,喊口号的应时之作都遭到了时间的淘汰。认为自己占据了题材的制高点,而在艺术上粗制滥造,这样勉强赶制出的“大文章”、“大作品”,哪怕拉得再长,也是立不起来的。

进行文学创作的这20年来,我的几乎所有小说、大部分散文和一部分诗歌,都是以湖南邵阳地区为背景。越深入这片土地,我就越感觉到它拥有难以穷尽的创作资源,我对自己的要求就是专注、深入地开掘下去。我不敢保证自己一定能写出大作品,但我清楚,若是缺乏这种集中、持久和沉着,即使拥有托尔斯泰那样的才华,也很难写出伟大的作品。

周瑄璞 / 生于 1970 年，河南人。曾获中国女性文学奖、柳青文学奖等。著有长篇小说《人丁》《夏日残梦》《我的黑夜比白天多》《疑似爱情》，中篇小说集《曼琴的四月》等。

评家观点

从粗粝的现实抵达纤细的心灵

北　乔

周瑄璞是位能在喧嚣中安静的女性作家，以她独有的闹中取静来面对生活，进入写作。许多时候，安静应该是优秀作家必备的心理。生活的躁动，心灵的潮涌，都需要一种安静的状态来加以梳理和剖析。安静，让周瑄璞可以凝神屏气地体味生活，可以排除干扰地思考追问。安静还使她保持着自己的个性，而不至于随波逐流。之所以强调周瑄璞为女性作家，是因为她善于从女性视角出发，坚守内心与现实的统一，如实地关注女性的生存状态，尤其是城市普通女性的生活状况和心灵景观。她身心俱在底层生活现场，真实而细腻地感受女性的成长与遭遇，参与她们的快乐与苦痛、自豪与无奈。她不是预设立场的女性主义，只是让写作朴素地回到现实中，回到平常的女性身边，丰富日常化的生活经验。她平实地生活、平实地写作，努力成为一位平实的生活写作者，这让她的作品极具现实生活的底色与品相。

周瑄璞写作的力量源于对现实生活的深度体察，发现力和呈现力，成为她写作的个性化气质。她的想象力不是将生活艺术化，而是力求在现实的基础上经由想象来更好地还原和叙述生活。她可以撕开现实的坚硬与封闭，挖掘那些看似平常又极富意味的人性风景；又可以俯身捡拾生活碎片，重新建构现实的鲜活生命体。

周瑄璞让生活进入写作，将写作渗透生活，使生活者与写作者得以亲密相处。如此的互动，让她更为真实而贴切地表达了城市日常生活中平常女性的人生行走和命运际遇。生活化的爱情、细微的心理波纹以及因身体美丑衰老而裂变的人生等等，在周瑄璞笔下，都有很强的现实感。她以自己的敏感、善良、悲悯为墨，以浸染于生活其里的艺术力，书写出真实而审美的平常生活中的女性人性，诉说这个时代的某些精神特质。更为可贵的是，周瑄璞从日常生活出发，状写普通女性人生，让凡俗悄无声息地抵达意象，有力地提升了艺术张力。坚实的现实生活与纤细的心灵纹路，构成了周瑄璞小说最为重要的气质与神韵。

深度挖掘爱情叙事的张力

周瑄璞的爱情叙事，兴趣点重在关注人的成长，透视女性在爱情经历中的心灵变化。而此种变化，多数是人物裂变或异化了的人生态度和行走姿势。周瑄璞有关爱情叙事的作品，常常是淡化情节与行为，重点描摹人物内心的活动与感受。

《与爱情无关》其实与爱情大有关系，因为爱情，温水阳的人生从专注到迷离直至最后的放逐。她深爱着一个叫 Z 的男人，这爱是刻骨铭心的专注，是极度自我的迷恋与感觉。对 Z 内心的柔软与自尊，她或从不在意或不当回事。一种看似无比亲近实质彼此心膜很厚的相爱，最后的结果是温水阳对男人们失去了信任，不再崇拜爱情,爱情走向肉体的放纵。女人的爱是纯粹的,一切只与爱有关。而男人将爱建立在物质之上,当生意发生危机时,他强迫自己不能再爱女人。男性对物质有着难以回避的固有信任,物质也是男人自信的必备基石。这似乎与当下社会的物欲横流有关,爱与灵魂都被物质绑架,甚至沦为物质的奴婢。在温水阳看来,Z 在她和物质之间,最终选择了后者,因而她对男人丧失了信任。这部小说充满着感觉与感受,就是那些细节也生长着毛茸茸的感觉,竭力透射温水阳内心世界。Z 这个男人没有姓名,只有代号,这就意味着是哪一个男人无关紧要。

然而,《与爱情无关》还有着更为深邃的意味。温水阳的爱情看似淡漠物质,但她并不知道,她与 Z 的爱是建立在一定物质基础之上的,只是这些物质性的东西不需要她去考虑她去奋斗。她在享用物质带来的快乐之时,恰恰又忘记了物质的存在,自我陶醉地认为爱在真空中。在一定意义上,她生活在纯爱情的幻象之中。因而,她对 Z 的行为终究难以理解。我们不能否认她爱的热烈与真诚,但这一段爱情只是激活了她内心蛰伏已久的不信任意识和情感上的过于自我意识,温水阳只是为自己爱情梦的破碎找到了一个很好的借口。温水阳与 Z 的爱情是婚外情,但周瑄璞没有在道德层面进行任何的批评,而是深入爱情本身,去探寻男女对爱情的不同认知。这在同类题材中,显得很有个性,并在挖掘爱情生活一些本质性东西方面作出了有益的探索。

《隐藏的力量》中的"她",则更是将对于爱情纯真的向往隐藏得很深,表现出的却是与男人游戏,在挣扎中放任自己的身体。内心的纯真是一种力量,但遭遇世俗和欲望时,却又总是输得一败涂地。这部小说的构架是科幻小说模式,这当是一种隐喻。科技再先进,恐怕也无法彻底探知心灵的全面密码。同时也在暗示,在社会越来越进步、现代文明越来越科技化的时代,人们的内心更会在本真与欲望中煎熬。

《胜利稗记》中王家芳的高傲源于胡胜利对她死心塌地的爱,面对这样一位狂热的追求者,她反而不以为然。将对方的倾心之爱当成了自己的资本,显然王家芳从一开始就迷失了自己。她在寻找自己认为最需要的爱情,生活一次次无情地给她上课。一番经历之后,她与胡胜利的态势与最初恰好是颠倒过来,她成天想方设法缠住胡胜利。但不管如何,面对胡胜利,王家芳总是强势的一方。我们会发现,王家芳的强势其实并非源于她自身的力量,而是因为胡胜利对她的爱、容忍或同情。如果说温水阳对男人缺乏了解,那王家芳很清楚胡胜利的软肋。胡胜利的善良和爱成为王家芳的制胜法宝,屡试不爽。换而言之,王家芳其实没有也不需要真正的爱情,只是在用别人的爱情为自己谋利,她要的是面子是富足而自豪的生活。

可以说,周瑄璞对爱情叙事相当有兴趣,尤其偏爱书写城市普通女性的爱情生活。但她的注意力不在爱情本身,而是倾力于以爱情为镜关注普通女性的内心世界,继而品味爱情之于她们成长的影响。从这一层面而言,周瑄璞的爱情叙事与爱情无关,或者说更多的是从爱情出发书写女性的生存态势和人生走向。

在非常情境下寻找常态

周瑄璞是位很善于下功夫的作家，注重在生活中捕捉那些稍纵即逝或不为常人所注意的细节，色彩、动作、情绪等等。她在生活中悉心做创作的准备，在创作中真诚地回馈生活。而作为女性作家，她又充分发挥自身优势，去洞察女性那些特有的心灵微观世界。她有许多作品，尤其是短篇小说，智性地进入女性的日常生活，实践一种原生态式的朴素写作。她让某位女性的庸常平淡的生活出现一点小意外，然后就静静地凝视她们的言行举止与内心波澜。比如《病了》《来访者》和《故障》这样的作品，从标题就可以看出，人物与小小的突发事情不期而遇。只是周瑄璞的用意不在于人物是如何应对生活的突然变故，而是借机考量人物的内心。是的，平常人们都为了生活，为了欲望在狂奔急跑，哪有闲情与自己的灵魂对话，让自己的心灵自然舒展。唯有某些意外，能让我们停下脚步，让身心得到些许的喘息。这一刻，真实的心灵或许才能显现。当然，这是周瑄璞制造了一个机会，让我们得以感受这些女性的心灵素描。在日常生活中发现并精确具象地描写女性的心理状态，是周瑄璞小说的一大特色，也是最显周瑄璞创作功力的重要标志。

《故障》是部相当生活的小说，充分体现了周瑄璞扎实的日常生活经验，也展现了她描摹生活的艺术力。作品中“她”的生活是细密的柴米油盐状态，对做菜等日常生活十分的在意知足而又细致入微。看得出，“她”把平凡的家庭生活过得很有意味，甚至生出了一些诗意。一个男人对她的进攻，让她的生活开始有些不平静，她有些纠结，但还能勉强稳住阵脚。她下楼扔垃圾时，电梯出了故障。身陷电梯中，让她真切感知到即将而来的种种危机。客观的故障，帮助她完成了今后生活的正确选择。她心思细腻，能对生活的点点滴滴既浓情关注又勤于思考，但就是这样，她还是需要一次绝境式的时空才能想明白一些事，彻底安抚骚动的心。这其实是在影射我们时下的一种非正常化的生活。我们脚步匆匆，我们忙这忙那，我们以为我们很清醒，其实我们的行走是迷茫的。我们在不停地追逐，我们早已顾不上与心灵对话，甚至已经忘记了生活该有的意义。

周瑄璞能够从日常生活中截取一个片断，在看似随意中彰显她对于现实的透析和叙述的掌控。《病了》属于那种最没有故事支撑的书写，只是“她”去医院看病的细枝末节，一如流水一样平缓。这种再正常不过的城市生活状态，对“她”而言，也只有在生病时才能体验。“她”平常生活丰富之中是虚空，但静静地走着看病的程序，她觉得很充实；一个人跑到医院看病，以为自己会很孤独，但她发现生活在熟悉的人群中才是真正的孤独。看病的过程，让她发觉生活处处都是错位的旋涡。同样，因为从日复一日的常态生活中抽身而出，“她”才有闲心来品味生活的种种滋味，生活的细节也才得能触碰“她”的感觉。

女性对自身是敏感的，对他人尤其是同性，有时更为敏感。《来访者》中一位女编辑接待一位想到出版社寻求出版书的女性来访者，两个女人就此展开了一段平面式的交往。但这样的交往是不平等的。女编辑居高位,任意猜想对方的生活经历、性情心理;女来访者则近乎乞求的角色,自卑而满怀失败感。我们能轻易地感受到女编辑侵略式的眼光与语言,当然,也正是她的这种侵略完成了小说的叙事。女来访者的一切都是模糊的,就连她的语言也是虚弱且信息量极小。显然,女来访者人生失意,满腹愁苦,但这并不等于她的生活就是那样的苍白,就真如女编辑猜想的那样无聊无味。我们从女编辑的敏感中探测到她的孤独与忧郁,还有对于现实的种种不满。她是模糊的,但又那样的清晰,因为我们同样可以用她的方式对她进行猜想。这正是周瑄璞的高明之处。

当一个人在非正常状态下才能够回到真实的内心,才能回归生活的本源时,这其实是相当可怕的。周瑄璞的这种从极端状态之中找寻心灵的颤抖,看似是让我们体味城市普通女性的某种心境或情绪,其实质是以一种特殊的方式让我们由此去解析她们的平常生活和人生处境。

对女性人生有着独到的理解

周瑄璞对于女性的知解是生活化的,不做形而上的抽纯,也不作庸俗化的宣泄,而是还原生活的世俗。作为女性,她尊重女性的身体,但也体察到女性对于身体那些公开而隐秘的渴望。这就是女性对于美丑的在意和衰老的恐慌,以及这之下的心灵动荡。

《流芳》中的曲流芳是位才女,凭借过硬的文字功底和坚实的努力,渐渐走向成功,在不惑之年进入机关办公室,成为一名白领,颇有些“丑女无敌”的范式。倒是她的密友,长得比她漂亮,却生活得没有她幸福。因为长得不漂亮，她比别人更加的努力；因为模样丑，她比别人更在意长相。最后，她取得了一些成功，挣了一些钱，还是决定要去整容。这与其说是周瑄璞对曲流芳的关爱，还不如说是曲流芳她们终究无法超脱身体的局限。这是社会话语的施暴，也是女性自身的不自信。

周瑄璞在许多作品中都涉及女性身体的衰老，当然，这里的衰老更多的是色衰，指向的是中老年女性的心理和人生危机。而这之中最具代表性的当属中篇小说《衰红》。年轻时的于津津脸蛋漂亮，身材挺差，但凭着年轻和美脸，她心高气傲。找对象时先是农村的不要，后是学历低的看不上，身体给予她无尽的自信和丰厚的资本。而当年龄大了身体的优势日渐消失时，于津津的心态发生了质的变化。没有了身体的资本，于津津从强者自动成为弱者。

女性身体有着太多的隐秘话语，周瑄璞显然深谙其道。女性对于色的过于在意，是本能的显现，也来自男权意识的威慑。周瑄璞人性化理解女性的此种无奈与悲伤，但也善意地提醒女性，人生还有比色鲜貌美更为重要的力量，这就是对于生活的坚韧与热爱。

《曼琴的四月》之所以是周瑄璞诸多作品中很重要的一部，是因为曼琴艰难而幸福的生活给予我们应对人生困境的足够力量。“不是那么高，如果满分制打分的话，她的平均分大概在六十左右吧”。长相就是这样的姑娘，找对象有着自己较高的要求，对生活有着坚定的追求。这是一位极其普通的女性，其生活也相当平凡，但她过得充实。曼琴对生活始终充满阳光，对他人怀有宽容和同情。尤其是对母亲更是表现了难得的理解。曼琴的母亲为了跟曼琴的父亲结婚，竟然把自己与前夫生的女儿送了人，结婚后，又离家跟别的男人寻欢，导致曼琴的哥哥被捂死在被窝里，自己也丢了工作。后来，她只是从一个又一个男人那里获取身体的狂欢。在世人看来，她是个典型的“不正经”的女人，但曼琴却认为母亲敢爱敢恨敢于追求自己想要的生活，而且在母亲生病期间尽心照顾。能看得出，周瑄璞对曼琴怀有深深的敬意，并以曼琴的人生宣扬她对女性尊严、自信和快乐生活的理解。

在青年作家中，周瑄璞对日常生活特别是城市普通女性的世俗化人生有着异乎寻常的迷恋和揣摩，极其精确地触摸到这个时代的现实性脉搏和女性若隐若现的心灵呼吸。她的写作少有宏大性的叙事，也没有过于激烈的故事冲突，重在咀嚼人生的成长。她的语言灵动中蕴有朴实的烟火味，与现实形成本质性的同构。她笔下的人物，内心世界饱满而细腻，生活稍显沉重，但又时时燃烧着希望。这看似在对抗骚动轻飘的现实生活，其实这可能才是我们真正的内心生活，是我们应该有的人生。当我们的生活失去重量时，我们的灵魂貌似在自由飞翔，其实已经无处栖息。

作家自述

交付你的真诚

周瑄璞

越过20多年光阴，回顾自己所谓的“写作”过程，要说成绩和收获，其实有点无颜面对，我只想跳过那些模糊的时光，弱弱说一声，感谢曾经努力的自己，写作伴我走过卑微而凌乱的青春，完成一个又一个小小的理想。一只小船，载着我一点一点向河心渡去，一寸一寸，将中年的我带入激流之中，前后眺望，距离都已遥远。写作于我，也许是那只蒙住了驴子眼睛的黑布，无知者无畏，我只是一往无前地转圈，经历或多或少的失落、伤痛与欣悦，自我酝酿过许多的豪情与激励，蛊惑自己在这条路上走下去、转下去，看过路上的风景，体悟人世的炎凉，拣拾一些柴火，供自己角落里取暖。一些过往，一些人事，来了，去了，明了，暗了，真了，假了，聚了，散了，我已经学会接受，慢慢明白生命真的只是一个过程，它看似无规律可循，却其实有固定的站点，密实排列，耐心地等待你的抵达，验收你对生命及理想的承诺，这趟钢铁铸就的人生列车，是我童年记忆的模样，绿色车皮，燃煤，有黑烟，遇站就停，她穿山越水，把我们从一个又一个小问题里解脱出来，面临大问题，带我们克服一个又一个小困难，最终驶向一个叫作终极困境的站点。这只是一场奔赴的旅程，霞光和城堡总在前方，时远时近，蛊惑你，引诱你，又注定消磨你。而我们，只是一个找寻风景的旅人，只是时光之河挟裹的一粒沙子，或者你认为自己是一颗珍珠，那么好吧，交付命运河流去冲刷你的真诚和运气吧。

写作的过程，是向生活交付的过程，交付你的青春、胆怯和真诚，袒露你的卑微、伤痛和无奈，你能行多远，走多高，征战几多城池，领略多少风景，取决于你交付的勇气和赤诚，取决于你向内心探寻、守卫的程度。要知道，只有从你内心流淌出来的文字，才能走进别人的心中；只有用你的心灵磨难、心血点燃的火光，才能照进另外的心灵，人世间自有一些通行的密码，写作的人，黑暗中慢慢摸索，排列组合，试图发现与营造与别处不同的风景。

无论外部世界如何喧嚣和变异，一个写作者，总是要回归自己的内心，守候内在的那个世界。我们的一生不断装卸，能带在身边的行李总是有限，而只有内心是无限的。很多故事的出发及归宿，其落脚点，只是我们的心灵，我不知道，这世上的写作，如果不是按照自己对文学对生命对美的独特理解和感悟，如果不是指向心灵，应该指向哪里呢？真正的写作，无不是与外部世界、与现实规约，甚至与法律、制度、表象道德、世俗标准的一种商榷、抗衡、怀疑、审慎的态度和较量，无不是坚守、探索、追问，无不是一个人的血泪之书、疼痛之书，无不是最真诚的袒露和赤子之心的律动，她常常要具有飞蛾扑火的忘我和以卵击石的无畏，她只应遵循一个法则：人性，而人性最可信的标准是：内心。

常常被好心人语重心长地告诫，你在小说中长篇大论的心理描写，有什么用，谁有耐心看？

对于小说来说，什么是有用的？什么是立竿见影、迅速奏效的呢？我也曾幻想能寻找一个良方，找到一条捷径，可纵然上问苍天，下叩地府，也无人能够随便轻松地踏上那条终南之途，最终明白，这世上，原本就没有什么葵花宝典，我们的追寻和热爱，只能是蚂蚁搬家，斑鸠筑巢，直至皓首穷经，做出一切一切的努力，也没有人能向你保证，你一定就能得到什么。

听到过一首歌，“如果没有你，日子怎么过”，心中一动，几乎热泪了。这个“你”，对于我来说，不是指哪一个人，而是写作这件事。我常常自问，如果没有写作，我会怎样？

在我狭小的心里，只把人生分为两种，写作的人生和不写作的人生，已经选择了前者，或者命运将我投入了前者，我便无法想象后者是什么样子。

那首歌还说：“我不管天多么高，更不管地多么厚，只要有你伴着我，我的命就为你而活。如果没有你，日子怎么过，你快靠近我，一起建立新生活。”蔡琴那舒缓低沉的歌声，竟将这简单直白的歌词演绎得那么深情而执着，我喜欢，这正是我对写作的表白，看起来有点死缠烂打的劲头，缺了点君子风度，没有拿得起、放得下的洒脱。可是，真正的爱，可不就是这样吗？要有些不管不顾的劲头，百折不回的痴情，对你所爱，交付出你的一切，无有保留，更不计得失。

这样的创作谈，类似于小学生交作业，害怕偏离了中心思想，又想找到相对标准的答案，类似于某种总结，要深挖进灵魂深处，交付出赤子之心，又好似一个大的命题，用一篇千字文交代清楚一个写作者的来龙去脉，竟然无处下爪，心中不免惴惴。真的是一个面对爱情的女子，告诉自己，投入去爱就是了，结果怎样，无从把握，也无须追问。因为，关于爱情和写作这两件事，世间没有标准答案。

爱到老，写到老。

扎西才让／藏族。生于1972年，甘肃人。1992年开始写作，曾获甘肃省少数民族文学创作奖、甘肃省敦煌文艺奖、诗神杯全国诗歌奖等。代表作有《雪猎》《哑冬》《我的诗歌北方》《想象无法改变现实》等。

评家观点

像豹子一样掠过草原

刚杰·索木东

评述一个十分熟悉或相对陌生的人和他的文字，都是一件困难的事情。扎西才让于我，深交20余年，亦师、亦友、亦兄。有关他和他的诗歌，一直以来，都因为过于熟悉而无法下笔。

我们有很多的雷同——藏汉二元文化熏陶、故土甘南人文情怀、师范大学教育背景、不变主题恒久吟唱……这些，让我在端详他和他的诗歌时，更多的其实是在审视自己和自己的内心。

生活中随和、谦恭、为人师表十数年的扎西才让，他的诗歌，给我的感觉，却是一只豹子的印象——特立独行、迅捷有力、直抵内心！

记得在做藏人文化网对他的深度访谈时，扎西才让曾经这样说："作为写作者，我们应该思考这样三个问题：我们为什么写作？我们写什么？我们怎么写？这其实就是三个有关写作的大问题。不思考这三个问题的人，永远只是个文学爱好者，从事的是盲目写作。思考并能够解决这三个问题的作家诗人，才能在文学创作队伍中留下他高大的背影。10年前我就思考这三个问题，但到现在一直没有处理好，原因很多，外在的、内在的，主观的、客观的，都有。我不是一个怀抱大志的人，可在写作上还是有着个人的理想。”

显然，站在这个高度上，扎西才让的写作，是严肃的写作，是有理想的写作，是有厚度的写作。这就注定他的文字，贴着“扎西才让”这一风格显明的标签，在中国诗坛标新立异，成为藏族汉语诗坛和甘肃诗坛“70后”的代表性诗人。

综观扎西才让的诗歌创作，试从民族忧患、人文关怀和亲情爱情三个方面加以解读。

基于传统文化的民族忧患

作为藏族诗人，扎西才让的诗歌，势必具有很强的民族性；而作为西部的诗人，他的诗作，也必定具备很强的地域性。民族性和地域性，在一定程度上会禁锢作者的创作视野，但是在更大程度上，会让作者在熟悉的土地上，肆意地翻滚，沾满一身实实在在的泥土。

作为一名用汉语创作的藏族人，生长在藏汉二元文化交融、牧业文明和农业文明交相辉映的甘南大地，扎西才让和诸多该背景下的写作者一样，“边缘人”的尴尬身份带给他很多的困扰，但与此同时，也让我们多了一双用另一个角度审视母族、故土和文化的眼睛，多了一支用另一种手法记录大地和母族的存在、逝去和未来的笔。

他的诗歌，从上世纪90年代的《献辞》《雪猎》《哑冬》，到后来的《起源》《隐疼》《我的诗歌北方》，再到今日的《仓库》《去年夏天》《想象无法改变现实》等，都无不体现着“用第三只眼看世界”的深邃和洞察。

1993 年 8 月，西北师范大学中文系三年级学生扎西才让，回到故土甘南，写下了脍炙人口的诗歌《甘南一带的青稞熟了》：“甘南一带的青稞熟了/有人从远方揣着怀念回来/有人在道路截住九月/卸下骨灰和泪水。”这个黑马一样，突然杀入中国诗坛、一鸣惊人的校园诗人，怀揣着荣誉和喜悦，在母性的大地上看到了硕果，看到了丰收，更看到了正在消亡中的记忆和故乡：“听到秋天的咳嗽被霜覆盖/秋天的孩子/从葬过祖父的水里/捞出被苦难浸泡的种子。”——这样的句子里，我读到了海子，读到了诸多农家子弟，直面烈日下的麦芒时的无奈和痛楚！

这样的痛楚，在他的《献辞》中依然如故：“是什么隐在我的眼里越来越深/是什么封住我的嘴唇拒绝哽咽？/你：赤身裸体的甘南，贫穷的甘南/我爱你这如饥似渴的甘南。”

这样的痛楚，在他 1998 年的诗歌中日渐炽烈：“草从坡上下来/拥挤在我身边/沉默又寡言。”这种沉默，是丰厚大地的沉默，是传统断裂的沉默，是诗人内心的沉默。

作为诗人，在这样无奈的沉默里，我们“黑夜的瞳仁破碎了/碎片是灯/那微弱的光芒惊醒了我/在这空空的甘南桑科//我不想两手空空地面对甘南桑科/像个哑巴/在怅望中说不出一句话”（《在甘南桑科》）。敏感的精神被一再刺痛，灵性的笔端被再次唤醒——作为诗人，只能用自己的文字和内心，记录即将逝去的故乡。

作为诗人，尤其是作为藏族诗人，受传统文化的影响，隐忍、趋善、向上的精神，始终浸透在我们的血液中，永远引导我们心怀慈悲、满怀希望："现在是春夏之交/我的先人们始终缄默不语/而土地依旧肥沃着/五谷一下地就幡然苏醒"(《落户》)。"这都是去年春天的事了/每次我们起身离开，都会看到其他动物来到这里/吃些草，卧下来，咀嚼着午后的阳光/长久地占据了我们的位置"(《仓库》)。"只有雪域的阳光普照着万物/在高处和远处/使诞生着的继续诞生/已消亡的再次孕育出奇迹"(《起源》)。当那些迷人的传说和优秀的传统，在后工业时代逐渐被淡化、扭曲甚至烟消云散的时候，诗人，就站在母性的大地上，用咯血的音阶，呼唤着未来！

基于人文关怀的作家品质

个人认为，一个作家，唯有具备人文关怀，才配得上"优秀"二字。一个作家的作品，唯有体现人文关怀，也才有传播的必要和传世的可能。

扎西才让和他文字中的人文关怀，个人认为和他的大学密不可分。我们共同的母校西北师大，这所具有百年历史的西部高校，因深厚的人文底蕴而多产作家和诗人。中文系四年的科班学习，带给扎西才让的不仅仅是扎实的汉语言文学功底和娴熟独到的文字驾驭能力，更给予他用"关怀"的眼光审视世界和文字的优秀作家品质。

山后，死者巡视并劳作过的土地，又肥沃了一年。

山前，那片树林中的阳光还是那么多。

我从山上下来的时候天早黑了。我一点都不困，放下了柴火。

但还是隐隐生出了疼痛，生出了山前山后的景色。

生出了肥沃的土地下长眠人的寂寞。

——《隐疼》

这样的隐痛和寂寞，其实就来自诗人那颗心怀万物、敬仰生灵的关爱之心。

当黄昏临近，当一个又一个日子在浑浑噩噩中远去，当我们在某个城市的夹缝中猛然惊醒，是不是应该让“时常关注的那只豹子，也从心里苏醒过来”？

“我从异地归来/目睹了现代文明下的古王国/可是谁打马驰过/不屑于年轻的热血？/是谁从我身后的秋天里/抱走活命的青稞”（《高原的阳光把万物照辉》）。当一幢幢水泥铸就的高楼，逐渐占据绿草和大地；当一个个繁华热闹的城镇，雨后春笋般宣告着工业时代的胜利，我们注定，将要成为失去故乡的一代。

恒然，时代的进程，是每一个人不可抗拒的。作为社会的人，我们也在时时刻刻舔食着现代文明的苦涩和甜蜜：“我指给你看：/被劈断的荆棘。砖瓦堆积的荒凉地带。大楼。广告牌的侧影。高耸入云的信息发射台。做时装模特的藏族女孩。烛光杯影里的妙龄少女。蓝眼睛。浙江小贩。异地长发艺人。/人流如潮的大街……一汪明静蓝天。/实现着的海市蜃楼，乍看恍若梦幻。/啊，再也不愿说出：昨日重现”（《蜕变》）。

所以，我们只能“结束了冥想，离开窗户坐下来，回到了原来的愚笨的神态”。这个时候，作为诗人，我们能够思考的，我们应该记录的，是不是只有那片伤痕累累的丰厚大地，还有大地上曾经发生和将要发生着的那些故事?!

基于亲情爱情的自我提升

作家和诗人，他的第一性首先是人。

一个人，在他的旅途中，唯有紧握血浓于水的亲情，才会紧握住生命最旺盛的那个根；一个人，在他的旅途中，唯有珍藏一段刻骨铭心的爱情，才会留下岁月中最甜美的那段记忆。

作为一个诗人，血管里最充盈的那一腔热血，应该属于他的父母家人；作为一个诗人，血管里最浓烈的那一腔热血，应该属于甜美的爱情。

和我的张扬不同，隐忍的扎西才让，始终把对父母亲情的爱，深埋在心中，酿成一壶多年以后的老酒，然后在自己逐渐长成的日子里，仔细品尝回味，慢慢提升自我。

“若干年后的今天，当我干完了一周的工作，在周末闲暇的时候，我还是徒步上了山，在余晖里，在那棵松柏和那棵白桦下，像母亲当年那样，静静地坐在树桩上，坐着自己的忧伤，坐成一截少言寡语的流泪的树桩”（《母亲坐在树桩上休息》）。——年近中年的日子，当我们偶尔慢下来，偶尔去母亲的地头坐坐，突然发现，彻底找不到的，除了流逝的岁月，还有浓得化不开的那份亲情！

去年此时他就老了，蹲在墙角吸烟，脸色发黄
抽第五根烟时，他的手颤抖着，划不着火柴
我就站在他的身后，只隔着一堵墙。我帮不上他的忙
太阳照在他的身上，像照着一个形貌衰老的婴儿
风吹在他的身上，像吹拂着一杆失去红缨的老枪

想起三十年前，十一岁的我跟在他的身后，气喘吁吁
翻越太子山时，我倒在风口。天阴得令人发慌
他站在我的身后，蹲在石头上
一边吸烟，一边看着我发笑
太阳也照着我，像照着一个懦弱的老人
风也吹在我的身上，像吹拂着一粒尘埃般的希望

——《我的父亲》

读完这样的句子，我相信每一个人，每一个有生活阅历的人，除了流下热泪，还会找到，我们被父亲用平凡垫高的所有人生——“我热爱那高悬于头顶的人类的父亲，那给予我们以信仰的火炉”！

而懵懂的情爱和炽热的爱情，在扎西才让豹子一样迅捷、燕子一样细腻的诗句中，更有一掠而过的惊艳：“春天来到小镇。那个晚归的女孩，她的心里怀着一个小秘密，她的温湿的嘴唇上带着绿草的芬芳的气息”（《四季》）。“但我仍然爱着她这个肉渣。我亲她，摸她，她一个劲地躲着，咯咯地笑，像一只羽翼丰满的肉乎乎的野山鸡”（《表妹》）。“我想去四月的青海，朝拜高原湖泊，而后亲

吻贵德姑娘。热身子挨着肉了,紧搂满搂地亮了”(《怅望之星》)。

而随着年岁的增长,再甜美的爱情,也将成为岁月的记忆。而这些记忆,也必将成为男人成长的一个标识:“远离了啊,那羔羊唤醒的黎明!那酥油灯下的温馨情怀”(《夜幕下的交际舞》)。“寒冷来临,迫使爱情趋向暗处/而被埋葬了的,将酝酿来年的梦想”(《四季》)。这个时候,诗人终于在日复一日的凡俗生活中说出:“爱过,恨过,生殖过,我已完善了我自己。”

甚至,在一个暗淡的冬末的午后,诗人这样寻找自己:“而现在还是冬末,我还是一种蜘蛛才有的状态。于是我做出冬眠的样子,把我悲哀的躯体慢慢地缩紧,缩成一个两岁的孩子,再也无法记住发生过的任何事情”(《冬末》)。——这个时候,曾经激情四射的诗人,在烟消云散中返璞归真,彻底完善和提升了自己。

2010 年,以自己的方式深情吟唱了 18 年的诗人扎西才让,正式出版了他的第一本诗集《七扇门》,收录了他 1992—2010 年所创作的 90 首诗歌,为自己的诗歌创作作了一个小结。他在《后记》中说:“我想给我十八年的诗歌之旅画上句号。”

但是,他并没有远离诗歌而去。

2012 年,他在稍事休息之后,以不多的创作量和极高的发表及转载、收录率,再次回到诗坛,完成了一个华丽的跨越。

诚如他在《醉歌》中所言:“毁为美色兮,是银饰的姐妹;/化为落叶兮,是背时的爱情;/渺若轻烟兮,是昨日的修行。//就这样我远离红尘,不带走一两白银。”

作家自述

永不磨灭的爱的印记

扎西才让

我把我的诗歌，称为爱的印记。

从开始诗歌写作至今，屈指算来，已整整20年。20年来，我所吟唱的，始终是五支长歌。

第一支歌，是我的血缘归属之歌：“神变的猕猴授了戒律/它远离了普陀山上的菩提/当善与向善的邪恶灵肉相合/神土里就长出了五谷/树叶就遮蔽了胴体/秃顶的神学家终于走出他的山谷/那庙宇的建筑者已安然睡去/我也曾听说更多地演绎格萨尔王的说书艺人/早就化为飞鸟逝于天际/只有雪域的阳光普照着万物/在高处和远处/使诞生着的继续诞生/已消亡的再次孕育出奇迹”（《起源》）。

作家李城在其自传体散文《永生与你相伴而行》中这样交代自己的民族出身：“我的父系是明代移民而来的汉族，而母系是当地土著藏民。说我的母系为藏族，也只是大概的归类而已，若要寻根溯源，则须回到公元8世纪，那时她的族人也许称为党项拓拔，是生活于青藏高原东部，自己并没有什么民族归属意识的牧人。”在甘南，像这样在民族大融合里诞生的有着新鲜血液的人，是数不胜数的，他们或领着汉族身份，或领着藏族身份，或领着土族、回族和蒙古族身份，沉静而坚韧地生息在安康大地上。我和我的兄弟姐妹，与李城有着类似的民族身份。换句话说，我们的身体里也恒久地流动着藏汉两股血液。这种多民族血液在个体身上的悄然汇集，使得我们既骄傲，又无奈，无法逃脱命运的主宰，成为游离在准民族之外的名副其实的边缘人。我用诗歌这种文体吟唱着边缘人的心路历程，这既是一支血缘归属之歌，也是一支民族认同之歌，这支歌声有着发自内心的寂寞和孤独。

第二支歌，是嵯峨孤寂的生命之歌："太感伤了啊/我的青春时光像干草一样/被一车一车运走/每一车都蕴藏着隔世的月色/每一车都有黄金打就的阳光/且不说田野里那安然下坠的乳房/也不说那藏红花疯长的山梁上/煨起的缕缕桑烟/已不在低空轻扬/太感伤了啊/八月的西倾山下/渐渐退去的是三河一江的吟唱"（《八月》）。

在这支歌里，我着意抒写的是个人的生活体验与灵魂内省，以诗歌这种文体，感知与生命有关的神秘之花，感受活着的美丽和幸福、凄楚与无奈。

第三支歌，是深情沉郁的故土之歌："风吹草低，一丛悲愤而落魄的矢车菊/仿佛归乡之路上的注定的献辞/是什么隐在我的眼里越来越深？/是什么封住我的嘴唇拒绝哽咽？/你：赤身裸体的甘南，贫穷的甘南/我爱你这如饥似渴的甘南/我爱你高悬的乳房：日和月/神秘而温热的子宫里栖息的甘南/我爱你金翅的太阳，蓝眼的月亮/我爱你高处的血性河流/信仰你远方的白银雪山"（《献辞》)。

我的故土甘南是全国十个藏族自治州之一，地处青藏高原东北边缘。在这片总面积为4.5万平方公里的土地上，生息着藏、汉、回、土、蒙、满等24个民族，近70万人。茂密的林木，广阔的草原，奇特的景观，久远的古迹，浓郁的风情，多元的文化，使得这弹丸之地，就像威廉·福克纳的约克纳帕塔法、沈从文的凤凰、贾平凹的商州、莫言的高密乡一样，成为甘南众多艺术家魂牵梦绕的地方。甘南本土藏族作家诗人，以歌吟者的身份，立足于屋檐上的甘南，远眺苍茫的雪域，凝视深情的青藏。我和他们一样，也沉吟，也思索，也发现，将笔墨倾注于对故土甘南的描写与歌颂，认定它就是自己灵魂的故乡。

第四支歌，是悠远缠绵的爱情之歌："格桑盛开在这村庄/被藏语问候的村庄，是我昼夜的归宿/怀抱羔羊的卓玛呀/有着日月两个乳房，是我邂逅的姑娘//春天高高在上/村庄的上面飘舞着白云的翅膀/黑夜里我亲了卓玛的手/少女卓玛呀，你是我初嫁的新娘//道路上我远离格桑盛开的村庄/远离黑而秀美的少女卓玛/眼含忧伤的姑娘呀/睡在格桑中央，是我一生的故乡"(《格桑盛开的村庄——献给少女卓玛》)。

爱情，不仅仅是文艺作品永恒的主题，更是人类永恒的记忆。爱情的力量使我倍觉活着的幸福和生活的甜美。即使是失恋，也有着令人迷醉的光环和弥久愈醇的滋味。我时时抒写个人的爱情经历，实际上就是警告自己：这种感情，这类记忆，或许就是自己一生的财富。

第五支歌，是伤感无助的双亲之歌："母亲生前/那层霜落到柏树、常春藤和黄绿色的苔藓上/落到诊所、医院的屋顶上，落到通往佛塔和寺院的小径上。//夜更深更冷了/母亲往火炉里又丢了几根柴/她的五岁的儿子闹着要吃鸡蛋/圆圆的白色的鸡蛋/还未煮熟就散发出幽幽的芳香//院子里静悄悄的/母亲给她的三个女儿盖好了被子/她想起的丈夫是那么模糊/仿佛他工作在一个遥远的异域//母亲死后/那层霜落到草帽、马靴和屋顶的经幡上/落到草场、海子和双江河的岔口上/落到两个男人和三个女人的悲蹙的眉毛上//鸡已叫了三遍/母亲还不想离开/她守着她的肉身/像守着一生的孤单//好多年过去了/她凝聚在暗淡眼睛里的那层霜/还像一种慢性疾病/长久地滞留在她的儿女们的心上"(《那层霜》)。

1993 年母亲去世后，我一直想写些纪念母亲的诗歌。然而因悲痛郁积，使我不能长歌当哭。一次又读唐代诗人孟郊的《游子吟》，读着读着，禁不住潸然泪下。后来，在朋友家里，聆听了腾格尔演唱的《我与父亲》，当歌唱家在歌声中追根溯源寻找生命的轨迹时，那朴质深情的歌声，让我想起早已谢世的母亲、现在仍为子女的生计奔波操心的父亲，我多想大哭一场，但却陷于沉默，流不出眼泪。母亲去世 10 年后，我才以人子的身份，写了很多首献给父母的诗，以此表达对双亲的认知、理解、怀念与热爱之情。

五支歌，记录了我的文学之旅，囊括了我的诗歌之梦。这些诗歌，是我对民族、故土和亲人永不磨灭的爱的印记。

吴君 / 生于 1969 年，现居深圳。曾获广东省鲁迅文学艺术奖、首届中国小说双年奖等。代表作有中篇小说《亲爱的深圳》，长篇小说《我们不是一个人类》等。

评家观点

冷峻地看，温暖地写

刘 颋

如果用一句话来描述吴君的小说，我想说，吴君的小说是辛辣的。就像她的小说名《复方穿心莲》《牛黄解毒》，辛辣苦涩，却是治病医人的良药。又像是扎针灸，一丁一点的刺痛，却有舒筋活络的作用。吴君写小说，用的是笨功夫（或者也是最为高明的选择），她的小说没有什么稀奇古怪的情节和故事，也没有哗众取宠的人物和桥段，说白了，就是一些社会底层卑微的小人物的挣扎、奋斗、向往和失败。吴君敏于捕捉生活和心理的微澜，这个只要看她小说里层层递进的心理刻画就可知一二，再小的心理起伏，也休想逃过她的眼睛。这样的素材再加上她温水煮青蛙的写法，读完吴君的小说，是需要静气和定力的。

今天的文学阅读里，有大餐，有快餐，也有甜点，这些都不适合吴君，适合她的，还是她的小说名：复方穿心莲，苦涩却有益身心健康。

移民叙事与深圳叙事

虽然吴君早年创作过表现白领生活和都市情感的小说，但显然，移民叙事和深圳叙事，是吴君创作至今的两个重要主题。虽然这两个主题在具体文本表现上有交叉，但意旨不同。前者刻画移民经历下的世道人心，后者表现以深圳为目的的外来者融入深圳过程中的种种紧张关系。共同的是，都是个体生命在漂移的过程中与外界的摩擦，以及这种摩擦对个体的影响。吴君说："我不是个全面的作家，却曾经做过当全面作家的努力，我个人对自己的定位是有特点的作家。这个特点来自我由开阔主动走向狭窄，这是经历了许多个探索后的最终选择。"至于为什么会定位在"移民"尤其是深圳的"移民"上，吴君说："一个真诚的写作者避开生活的真实去建立文学的空中楼阁，是要有对社会熟视无睹的勇气的。"吴君做不到熟视无睹，所以，她掉转了方向，从白领生活、市民情感勇敢地朝向那些数以万计的相似的愁苦的面容。

在吴君移民主题的书写中，移民个体经历带来的蜕变过程中的内心挣扎和内心风暴是她关注的重点。尽管是一个个卑微的个体，却也有内心的狂澜和风暴。吴君的小说人物的内心戏并不因为自身社会地位的卑微而失去力量和破坏性。在一米阳光或一米黑暗的方寸之地里，人物的内心风暴展现得更为集中和纯粹。物质诉求低端，心理身理诉求简单，但却正是这种简单和低端的诉求掀起了心底的惊涛骇浪。这正是每个生命本能能量的呈现，在低端与极端之间，小人物的悲哀就上升到了悲剧的层面，有了叙事的意义和力量。

移民是一种身份，更是一种生命体验。任何一个移民的个体，都先在地成为了两种文明交战的战场。吴君说，一旦移民，终身移民。或许是和自身体验有关,吴君对移民的心理层次的描写是相当细腻丰富的。

在她的小说里,移民的心态有这么几层变化:一种是来了后待不住,在向往、不适应等的复杂的情绪中最后走上了回乡路,以《亲爱的深圳》为例。程小桂和李水库夫妻俩,一个是出来打工挣了一点钱后改变了自己在家乡、家庭的卑微的身份地位,虽然手上戴上了一双再也难以脱下来的白手套;一个是只想到深圳找到自己的老婆带回家生娃过日子,虽然也欣羡深圳的洁净文明和现代化,但在两种文明对比的失落里最终独自走上了回乡路。白手套这个意向虽着墨不多却是小说里最为精彩的一笔,它拉开了程小桂和李水库的心理距离,白手套成为了职业化和现代文明的象征,白手套也是微妙的优越感的具体体现。在李水库看来,程小桂只不过是个清洁班班长,用不着一天到晚白手套不离手,程小桂的白手套对李水库而言,是无法逾越的现实及心理的优越感,白手套是摆在李水库面前的障碍,让他难堪,让他愤怒,阻挡他接近程小桂,阻挡他走进深圳的现代文明。在用白手套做足了心理铺垫之后,程小桂终于在李水库面前脱下了那双刺眼的白手套。李水库惊住了,“他看见程小桂其中的一只手已经变成了暗灰色,指甲差不多没了,剩下五个光秃秃的指头,有一只还在溃烂,另一只手套褪不下来,因为已被流出来的脓血粘住。”李水库看到了白手套里面的手,一双被化学用品烧坏真皮的手。“这个地方没好人!”李水库愤怒了。然而,小说没有滑向夫妻和好如初的大团圆结局,在一白遮百丑的白手套褪下之后,裸露出的,是更多光鲜亮丽的现实存在后面的难堪、无奈和丑陋。被李水库视为仙人一般的职场白领张曼丽，有一段不堪回首的女工经历，至今仍然在躲避家里那些不断向她要钱的人。被李水库无意撕开的信和其后有意扣下的信，让张曼丽的艰难露出了冰山一角。但正是这个不愿面对家人无止尽索要的张曼丽，让程小桂戴上白手套离开工厂，成为气派的写字楼里的清洁班班长。至此，白手套摇身一变，成为了同情、理解的化身，从刺眼的冷漠里生出了相怜相惜的温暖。然而，最终程小桂没有和李水库一起踏上回乡路，李水库孤独地走了，程小桂孤独地留下来了。程小桂的留和李水库的走，至此都已在情理之中。李水库和程小桂的一走一留，成为吴君小说里外来者两种境遇的寓言。《深圳西北角》里的四舅和刘先锋带着物质的梦想来了又走了，《念奴娇》里的父亲回东北了，把从老家带来的旧东西都带走了，只留下了嫂子杨亚梅用身体挣来的象征财富的手表。有意味的是，吴君小说里走上回乡路的几乎都是男性，留下来的都是女性。在深圳这个男女比例1∶7的都市里，更多的女性留下来了。男与女的走与留，是现实一种，更是吴君解读现实后微茫的期许。

在吴君的小说里，有更多的外来者留下来了，他们以血泪的代价惨痛的经历，不顾一切地要在这块陌生的土地上扎下根来，而原本温软的土地一旦面对着外来者时，都露出了坚硬的面目。《二区到六区》里的"我"、郭小改和徐森林，带着美好的艺术梦想来到深圳，但现实并不以艺术才华为标准，徐森林、郭小改锒铛入狱，郭小改从监狱里写给"我"的信上说："你才是真正的骗子，与深圳合谋，骗我们来了。我们曾经豪情万丈，可是至今为止，也还不知那里的文化到底是什么。”然而，郭小改并不知道，“我”失业以后，已经沦为了妓女。《恋上你的床》里，苏卫红是个失意的年老色衰的粤剧演员，阿娣是个本地的工厂女工，阿焕是和阿娣一起打工的“北妹”。阿焕身材容貌都相对出众，有主见有追求，也有年轻女孩的虚荣，当然在深圳获得一张属于自己的床是她最终的梦想，然而，她却受到了苏卫红打心眼里的轻视、猜忌、攻击和排挤，阿焕的阳光和青春在苏卫红眼里都是有目的的阴谋，在苏卫红潜移默化的影响下，关键时刻阿娣嫁祸于阿焕，阿焕重伤住院。《复方穿心莲》的故事，围绕两个用尽心机留下来获得深圳蓝印户口的“北妹”展开。“姐妹心计”这种叙事结构在吴君的小说里比较多地出现。《小桃》里的方小红和程小桃，《樟木头》里的陈娟娟和方小红。《复方穿心莲》是其中的代表性文本。“北妹”方小红嫁给了本地人，生了个女儿，阿丹是酒店负责拉客的经理，外表亮丽的她和方小红的婆家人非常熟。阿丹在方小红家的大受欢迎让方小红打心眼里排斥阿丹，然而阿丹和方小红婆家的亲密往来却与感情无关。阿丹希望方小红婆家能帮她介绍一个本地人结婚从而获得深圳户口，婆家也非常需要阿丹这样一个陪衬人，来衬出他们每一个人身份和道德上的优越感。阿丹见证了方小红在婆家低人一等的委屈生活，方小红则亲耳听到了公婆、姑姐等人对阿丹肆无忌惮的轻贱。阿丹和方小红构成了叙事复调和生存复调。《复方穿心莲》通过方小红沉重的婚姻为读者打开了成千上万外来者向往的深圳本地人的家门，让人得以洞见那张挂满艳羡目光大门后沉重、灰暗甚至扭曲变态的生活。扎根的过程沉重而艰难，扎根后的生活依然沉重甚至惨烈，那么，千千万万的移民们为什么要想方设法不惜一切代价地扎下根来？这是我们的疑问，也是吴君在移民、外来者系列写作中的疑问。

外来者想法设防咬紧牙关甚至不择手段地想要扎根落户，有人走了，有人艰难屈辱地留下来了，还有的，游走在扎根落户的奋斗挣扎中。《菊花香》里的王菊花在29岁时很认真地评估了自己待嫁的资本，于是降低要求在两个老男人老李和老傅间做着选择，然而这种选择却只是王菊花的一厢情愿，老李和老傅对她都只是功利性的逢场作戏，谁也没有把王菊花当成婚姻对象认真看待。在29岁生日的当天，王菊花把自己交给了60多岁的工厂看门人老王，当老王看到床单上那片细弱的血印时，拖着哭腔跪求王菊花不要说出去："天啊，这都什么年代了，你留着个身子做什么呢，我看你是成心害我啊！"王菊花梦碎。现实的冷酷和无情粉碎了王菊花们的身体，也粉碎了她们的道德观和价值观。王菊花是吴君外来移民叙事中一个非常有代表性的形象。她不聪明，长相平平，有着所有年轻女孩都有的天真梦想和小虚荣，虽不是乐于助人却也不善于拒绝他人的要求，多年工厂打工生活教会了她一些小聪明和小心机。王菊花无疑是千千万万外来打工妹的缩影。可以想见的是，当王菊花梦碎后，她会做什么？她会变成什么样？是《樟木头》里的陈娟娟、《地下铁》里的朱喜燕，还是《小桃》里的陈小红？现实给王菊花们选择的余地并不大，要扎下根来除了用身体说话，攒足钱买房子，吴君的作品里，并没有给我们提供太多的可能性。

吴君移民叙事里，除了外来者扎根落户的主题，还有一些作品更注重深入到每一种生活的内里，呈现每一种生活的局促和波澜，在艺术质地上也显得更为纯粹。《陈俊生大道》写陈俊生不愿随流俗的打工生活，而一旦老婆来了真要和同宿舍人一样生活时，他虽有失落，最后却还带着愉悦和憧憬接受了他曾经极力排斥的生活；《十七英里》里，落魄的一家到曾经接受他们馈赠如今已发达的方老板家做客，小说极写了这一家子心态的失落、羡慕、不平衡的惊涛骇浪，最终，他们选择了有尊严的撤退，选择做回自己；《十二条》是一个有关北京梦的故事。曹丹丹和江艳萍为实现北京梦，一个不得不在不堪的男人中周旋，另一个困顿潦倒后只得出卖身体还债；《皇后大道》也是两个女性的故事。陈水英和阿慧是少年时代的好友，阿慧嫁去了香港，陈水英一直以为阿慧生活很好，希望阿慧帮她介绍一个也嫁到香港。阿慧没有回音，陈水英认为阿慧过上好日子了不愿再理她，当她到香港后才知道阿慧过得很艰苦，是阿慧阿爸为给家里的两个儿子换老婆，把阿慧嫁给了一个癫痫病，阿慧艰难度日，但却给自己外卖的饺子命名为“友谊水饺”。

在吴君的小说里，我们经常能看到东北—深圳、关外—深南大道、北京—深圳、香港—深圳、异乡—原乡这样的二元对立架构，其中的一方往往代表了更高的生活理想和现代文明，芸芸众生在时间的长河里努力游动，每一次划动都只为更接近目标一点。所以，吴君的小说是流动着的，流动着的人，流动着的无穷无尽的欲望，永远从一个地方流向另一个目的地。因为人流与欲望的流动，以及在这个流动的过程中人及人的欲望与陌生环境之间的紧张关系，让人性人心有了更充分展示的角度和舞台。阅读吴君移民主题的叙事作品，不由得会发出这样的疑问：为什么要移民？为什么要移到这个地方？因为移动这个硬性的存在已经足够强大，吴君的小说似乎更在意呈现移民过程中产生的种种紧张关系，至于为什么会移民，为什么会移动到这样一个目的地，也许还不足以成为吴君写作的关注点。

冷峻的真实与微茫的期许

吴君的小说里，有一双冷峻甚至冷酷的大眼睛在盯着每个人。

吴君大多小说都没有特别复杂的叙事结构和技巧，如果一定要概括一下，我以为是一种剥洋葱的写法，一层层剥开心灵的遮障，直达最深处，照见每一个灵魂的底里。在这个过程中，她不容你躲闪，不容你支吾。在人物的每一层语气、每一个小动作、每一个眼神和表情的后面，吴君都可以毫不留情地揭开伪装，暴露内心真实的阴暗。所以，吴君小说里的人物，都是生活的斗士，小说里时常有着隐形的刀光剑影、血肉横飞，每一个外来者面对的残酷扎根过程就这样真实地烘托了出来。《樟木头》里陈小红对陈娟娟的步步紧逼，《幸福地图》里阿吉家人争夺抚恤金的混战，《复方穿心莲》里阿丹向陈小红展示婆家男性写给她的暧昧“书法”作品，这种时候，吴君是冷峻甚至冷酷地剥着洋葱，辣辣地刺得人睁不开眼，却又不得不面对一个惨烈而真实的丑陋着的灵魂。《幸福地图》里的阿叔曾是阿吉心目中美好男性的象征。阿叔不喜欢身边庸俗的女人，包括阿吉的妈妈，阿叔向往文明和高雅。阿吉父亲工伤亡故，为了让家族能稳稳地控制住抚恤金，最终阿叔娶了阿吉的妈妈。吴君的叙事非常简洁,环环相扣的情节被吴君一一冷峻地推出,在女童阿吉孤独的眼睛里,照出了每一个成年人心里的小来。

一般而言,女性作家长于细腻的观察和描写,女性作家叙事语言的质地多偏于柔和温软。吴君的细腻表现在她捕捉人心的能力上,每一处细微的起伏都难逃她的眼睛,然而她的语言是冷峻的、坚硬的,冷峻到甚至有刻薄之嫌。阿焕和阿娣一起到苏卫红家做客,苏卫红在看不惯阿焕的青春自在,她对阿娣说:"……她凭什么带你出去唱歌,你唱过没有? 对呀,你肯定一首也没唱过。为什么不选择别人而单单选择你,她为什么要这么残忍地对待一个善良的女孩呢? 不就是认为你长得不如她,可以使她显得更漂亮吗?"(《恋上你的床》)一连串的反问活脱脱地勾画出了苏卫红复杂阴暗的内心。吴君小说里每一处对话,读者都可以分辨出语言后面作家的态度,而这一切,都是在不动声色之中完成的。

吴君擅长心理描写,或者说心理的微雕,比如李水库刚到深圳眼中的程小桂:也许是总带着一副白手套的原因,她的手指显得细长,说话也日渐条理,很难再看出乡下人的样子。至少李水库是这么认为的,这是他到城里来的第一个感受,这种感受让他心里没着没落。(《亲爱的深圳》)李水库的第一次心理亮相,就奠定了他和程小桂故事的走向和结局。王菊花每年过生日的当天都要和家里通个电话,往年家人都轮流拐弯抹角劝她快点结婚生子。29 岁生日的这天,家里人没再说这个话题,而是用蹩脚的文明用语和她说话,而后急急忙忙就挂断了电话。家里人知道金融风暴对深圳的影响,怕她说出不再打工想回家之类。"被扔在这头的王菊花呆了半天,才有了心酸。她感觉家里不要她了。把她当做嫁出去的女儿。只是嫁的不是男人,而是深圳。”(《菊花香》)王菊花的心酸孤独和悲凉跃然纸上,王菊花的悲剧就这样被阻断了退路,她只得一路悲凉地走下去。有多少个王菊花都有着这种相似的经历和悲凉?这就是吴君的功力,只几句话,就刻印出了王菊花们无从逃避的悲剧性。

吴君的文字常常在方寸之间照见人心天地,让读者在她的文字里感受生命的疼痛,感受每一个个体生命或卑微或丑陋的真实。可以说,吴君小说里的人物都是缺点毛病缠身的小人物,虽然她不留情面地揭出他们的卑微、猥琐甚至丑陋,但她力求真实地呈现卑微猥琐丑陋的原因,避免夸张变形。这种写作的姿态是值得称道的。曾有论者将她的写作定义为底层叙事,吴君并不认可这个归类。她认为生命没有底层和高层、低级和高级之分,每一个真实地认真地生活的个体都是值得作家认真对待认真书写的。所以,我们可以从小说里读出她对卑微个体的尊重和理解,哪怕是用身体说话的方小红、陈娟娟们,而且吴君从来不吝啬赋予笔下人物以微茫的希望和亮色。程小桃第一次面对诈骗犯时单纯地相信了他是个官员,因为信任对于一个诈骗犯而言依然非常宝贵,所以诈骗犯不仅没有从程小桃这诈取钱财,反而给了她不少钱(《小桃》),陈水英看到阿慧“友谊水饺”的小卡片时流泪了,相信过去满布心结的那一篇终于翻过去了(《皇后大道》),《樟木头》里的陈小红和《复方穿心莲》里的阿丹,最后都坦白了自己的告密行为……虽然字里行间都是吴君的“哀其不幸,怒其不争”,但她并没有放弃对这些挣扎在生活底层里的人们的善意的期许。据此可以说,吴君的小说是冷酷的,也是暗含暖意的。吴君极力赋予每一个生命应有的尊严和尊重,不简单地批判或同情,而是简洁地呈现。

郭敬明对于自己的《小时代》有一句辩解,即这个时代的年轻人需要懂得他们的人来表达。在此并不想论及《小时代》,不过片名《小时代》却是对这个时代最合适的概括。大时代里,发出光芒的是大写的英雄,那个时代里的人们期待英雄,希望自己成为英雄,大时代是属于英雄的时代。在小时代里,每一个人都在努力地发出自己的光芒来照亮这个小时代,每一个人都在认真地成为自己的英雄。与小时代相对应的,自然是应运而生的小叙事。这也是为什么很多活跃在文坛的“70 后”、“80 后”作家,很自然地规避了长河写作,而选择了小叙事。吴君很认真地做着她的小叙事,让每一个个体的痛苦不幸和挣扎汇集起来,成就这个时代的大叙事。

价值标准与小说深度

状写社会底层小人物命运的作品,作家在其中所取的姿态至关重要。吴君的深圳叙事或移民叙事区别于一般底层叙事的原因,正在于她的立场。她是批判的、冷峻的、不留情面的,她也是客观的、理解的、包容的。早期的作品里还时不时能看到那个叫吴君的作家忍不住跳出来评价一两句,表达自己的立场和态度,比如 2004 年出版的长篇小说《我们不是一个人类》,小说展现了二代移民混沌的生长历程,被认为是 2004 年最值得记忆的 5 部长篇之一。吴君在这部作品里非常想让读者了解移民对一代人甚至两代人的情感、心理带来的碰撞、疼痛和改变，所以小说里时不时可以听到作家吴君在说话。近几年的作品里，吴君更在意于向读者呈现一种生命和生活的真实，哪怕这个真实并不美好。作者后撤，人物前移，吴君为千千万万卑微的小人物搭好了舞台，让他们真实地活着，不被贴上任何廉价的标签。这是吴君的贡献，她让笔下的各个小人物有了性格，有了力量，有了生长，而不仅仅只有被命名的共同命运。

吴君的作品里，有一个显在的价值结构，即二元结构模式所暗含的价值标准。离开原乡，到异乡打拼并艰难地扎根，在离乡者心目中，要抵达的异乡显然意味着更高或更多的价值存在，比如“我”、郭小改和徐森林抱着文艺的梦想来到深圳，深圳在他们的心目中，就是个更大的更为自由更为现代的舞台(《二区到六区》)，曹丹丹和江艳萍离开深圳北上北京，江艳萍的理由是，北京胡同里的老人、孩子和的士司机，都那么有文化。文化就是人，而不是什么亚洲第一大图书馆，和那些没有生命的高楼大厦。而曹丹丹从来不知道自己如此讨厌深圳，特区、热土，对她而言只是一座早晚会被她抛弃的地狱。(《十二条》)文化以及被文化化了的人是衡量两座城市的价值标准，也成了小说人物取舍的标准。在更多的小说里，尤其以深圳为移民目的地的叙事里，促使移民流动的主要原因，只是丰富的物质生活和更多的钱，比如从东北到深圳，从关外到深南大道，从深圳到香港……在这些作品里，对富有、地位和身份的向往往往伴随着人的价值和尊严的扭曲甚至毁灭。然而，作为一个对吴君有着更高期许的读者，我更期待在物质层面的毁灭后，看到作家对精神扭曲、毁灭的艺术塑造，看到一个关注世俗但不纠缠于世俗的有深广人文情怀的吴君。

在价值参照系的二元建构中，每一元的价值维度都应该是清晰可辨的，否则就容易造成阅读中价值指向的模糊。在吴君较早时期创作的作品中，有的价值参照系的维度是比较表层的，对内涵深度挖掘不够，比如在以原始的物与欲为标准时，无论是深圳、北京还是香港，仅仅只有物与欲无疑会让标准载体本身变得浅薄，由此导致小说家所建立起的价值谱系的模糊，意旨不明。这样的价值坐标，有可能会影响小说的纵深开掘和力度。正像作品中几处出现的不同的陈小红一样，她们的形象和叙事意义有可能因为价值标准的表面化而趋同，从而失去人物的辨识度，这样势必会削弱小说人物艺术形象塑造上的影响力和力量。

突破原有的叙事与价值的二元模式，是吴君正在努力做着的，也应该是她接下来可预期的突破。让人高兴的是，《岗厦 14 号》《十二条》《皇后大道》《富兰克恩》《华强北》这些小说，已经让我们看到了吴君突破原有写作模式，掘向现实和生活纵深的努力。毕竟，有缺陷的生活和人生是常态，在常态中描摹出独特的人心底里和生活质地，让每一个被塑造的形象摆脱共名并独具异彩，更考验小说家的功力。

作家自述

我和深圳

吴　君

想起那个妇女节，我和一些人坐长途车去厦门，立在某个广场挑选衣服的情景。据说这批货刚从香港、台湾偷渡而来，款式和质在内地还没有出现。整个广场充满了刺鼻的消毒水和发霉的气息，然而我们谁也没有嫌弃，一个个欢天喜地买了许多，有的穿在身上，有的送给了内地亲友。

同年，我们以相同的面目跑到香港，躲开富丽堂皇的铜锣湾、海港城，直奔脏乱的女人街，去挑选那些挂着异域标签的地摊货，迎头撞见了香港人不屑和鄙夷的眼神。

深圳，某个时期，似乎随地可捡黄金，随处可逢机会。同时，这也是一个理想者的圣地，北斗星般照亮了许多人的夜空。当然，除了是改革开放的前沿，实验田，世界的加工厂，同时还是暴发户，偷渡仔，寻租客们的乐土。

《樟木头》的年代，我刚刚来到深圳，那是一个到处都是眼睛，遍寻可疑女人的街景，而我所在大楼里的一个女孩就被一辆汽车拉走，再也没有回来。那个无法言说的午后，她的命运成了一个迷。在我的眼里，她仅仅是一个优秀的舞蹈演员，其他角色谁也无从得知。那时候的我们，身上必须带有一个证件或证明，否则分分钟都有被带进看守所的可能。沿海地区的温热迷离正透换着每一个人的血汗和体温，所谓梦想，变得那么做作和矫情。何去何从，我们迷茫、无助。那样的情景，让我想起了台湾作家吴浊流的小说《亚西亚的孤儿》。

属于深圳的30年过去了。如今，这座城市不再招摇速度和金钱，它的价值取向开始出现了多元，它与魔幻的港澳台杂交出自己的孩子，它不再漂着，与内地和脚下的土地发生了真正的关联。咋咋呼呼、财大气粗的标识开始消退，内在精神出现了变异。而另一种气质的鱼，正优雅地浮出水面。

文学的深圳回来了。它以一种与时代息息相关，寸步不离的特殊气质出现，悄无声息地铺排在深圳的大街和小巷深处，分布在地王大厦和京基100的光影里，藏身于深南大道两侧炫丽的幕墙处，甚至跳上了开往关外或九龙的大巴。文学的气息，由东到西由南至北，遍及了这座地貌被移山填海改变过，人心被翻江倒海洗劫过的城市深处和上空。

我便是这样的一条鱼。深海里淹没，浅滩上搁置，最后活了回来。回来时，身形和味道都已改变。在乎的已经不在乎，没有认识的已不想认识，忘了的索性遗忘。反正，我已选择了重生。

当年住在楼下的一个熟人找到我，约好了吃饭。现在的她，是个有钱人。席间，她说了很多话，话里尽是炫耀。炫耀孩子国外读书，说美式英语，炫耀厂里几百号人，全是家乡来的，而她是村里的骄傲。结束时，她邀我们去她豪华的家中看看。她急于我证明，向见过她窘境的每个人证明,她现在的富裕和成功。她急于修改,在我们心中留下的那个充满挫败与不堪的当年。

没有看不起,除了没有资格和条件,还有,我开始生出爱惜。因为,她心里长文学了,费的那番心思便是文学,眼里的红丝,粗糙的手掌,她受的苦以及没有表述的部分,就是我眼里的小说。

当年挤在人流中购买港货,伙伴们开心的样子,我至今还记得,那是对外面世界怎样的一种向往和好奇啊。如今,港台甚至是海外,早已对内地人刮目相看,复杂心情难以言表。一路过来,敏感的我们,心中藏有感动,更藏有伤口。虽然早已愈合成蝴蝶结,晴朗时翩跹,借妆术艳光四射,一切都天衣无缝,仿佛岁月静好。然而,谁也挡不住,它会选择在一些平凡的雨天或午后,隐秘发作,痛彻心扉。于是我有了《亲爱的深圳》《皇后大道》《十七英里》《十二条》《扑热息痛》《复方穿心莲》……不是我的故事,却是我们的故事,只因发生时,都在现场,一个也不少。哪怕只是旁观,也未曾离开。

表达不清的时候,我常常用煲汤来形容写作这种事。之前有过五花八门的材料,历经火上的翻滚和煎熬,当这一切都已了结,便化成一味平静的清汤。然而这汤已不是原来的白水,它藏匿了神农的百草,五味杂陈。文学上,它是舍掉了成语,好词,偷学的十八般武艺,以及堂皇的意义和主张,留下的欲罢不能和欲语还休。作家和这碗清汤一样,回不去了。而这种化学反应,让我们受尽煎熬却又乐此不疲。

回头看,曾经在意的已不在意,包括那些以为不会改变的初衷。只是,我仍然相信我眼中所见、心中所想,并努力地坚持着,记下我们这些深圳人的过与往。

马金莲 / 回族。生于 1982 年，宁夏人。发表作品一百余万字，部分作品入选《小说月报》《小说选刊》《新华文摘》《北京文学·中篇小说月报》《中华文学选刊》《作品与争鸣》以及各种年度选本。著有中短篇小说集《父亲的雪》《碎媳妇》。

评家观点

另一种“80后”:清贫、状态、洁净

王　干

我第一次读到的马金莲小说是发在2011年第11期《回族文学》上的《鲜花与蛇》,《回族文学》是新疆昌吉回族自治州文联的刊物,可谓名不见经传,一次偶然的机会,2011年深秋,我读到这本白色封面的刊物,一下子被吸引了。因为国内的文学刊物很少以白色作为封面的,而《回族文学》可谓别具一格,当然,白色在回族文化中是高贵的色彩。

就在这一期的《回族文学》上,我惊喜地读到了马金莲的《鲜花与蛇》。当时,我还是《中华文学选刊》的主编,嘱咐编辑别遗漏了这篇好小说。从那以后,马金莲,一个陌生的名字,开始引起我的关注。之后我又读到她的《难肠》等小说,而我在写这篇评论的同时,又读到她发在《民族文学》2013年第9期的中篇小说《长河》,在审稿的过程中,我一反常态,不停在稿件上圈点,并不时在边上写上“精彩”、“生动”的字样,这是一个老编辑、老评论家难得有的情不自禁的喜悦。

马金莲也是“80后”女作家。现在人们一提起“80后”作家往往都与叛逆、时尚、都市联系到一起,似乎“80后”是所罗门瓶子里释放出来的魔鬼，而马金莲的小说为我们展示了“80后”的另一面：冷静、淡定、从容。她有鲜明的女性意识，但她的女性意识包裹在她人物的生存状态之中；她有鲜明的时代意识，但她的时代意识不是在城市上空飞行，而是牢牢扎根在西海固那篇荒芜贫瘠的黄土地上。马金莲保持着女性叙事的纤细和柔软，她下笔绵密如针脚，她用笔绣出来一幅幅日常生活的图景。马金莲的小说中，无论情境还是事件的呈现，都极具画面感。流动的画面如摄像机拍摄的一般，冷静客观地记录着西吉贫困地区老人和妇女的生活状态、生老病死，展示着人性的卑微与韧性，给读者带来温情与苍凉的复杂经验。她的笔，很少涉及波澜壮阔的惊人事件，也很少写气壮山河的英雄，她是一个摄取日常生活，在平凡的原生态气息中，沉着地摹写西吉贫困地区底层小人物的人道主义者。她用笔，摄制普通人、底层人民的生活纪录片，在她的笔下，一幅幅画面，构成冷静的生活状态流，她把这最平常的素材剪接成了起承转合，暗藏生命大况味，追求大味至淡、大道无形的的境界。

短篇小说《难肠》中的“她”，是一个名字都没在小说中出现过的西吉普通农村妇女。但读者能通过“她”日常劳作、奔波、居家及回忆，这一帧帧流动画面，看见了西吉人的生存本相，甚至能通过“她”了解中国农村贫困地区底层妇女所处的困境。“她”作为一个好媳妇，要照料好公婆、丈夫和孩子；作为女儿，无子的亲生父母老无所依，“她”怎么忍心不去照顾，但丈夫却冷眼漠视。“她”爹娘也曾对她说过：“留恋娘家的女子不是好女子。”传统中国有“养儿防老”之说，而当地老辈人传下来的是“灰土打不了墙，女儿养不了娘”。妇女在娘家与婆家之间纠结，尤其遇见“她”家这情形，“她”最幸福的光景就只剩下回忆中的童年，如定格的照片：父亲编织竹器，她和姐姐争着给父亲递竹篾。而另一个画面则是：父亲像一个讨饭的人一样，站在“她”家门外等着“她”给饭，他不肯进门，“鼻尖上掉下一滴清水样的鼻涕。他不知道擦去，那鼻涕越来越大，快要落下来时，才见他伸出袖子揩了。他眯起眼睛迎着残阳打量，看了一会儿，眼角有了水，还是用袖子揩一下，接着看。”作为一个冷静、客观的作家，马金莲没有回避也没有更改现实生活的状态，她截取生活的横截面交给读者，把思考空间留给读者，把观察者女儿“长恨此身非男儿”的内心暗涌暗伤，还有一个父亲的惨淡晚景，以及他维护自尊的最后抗拒分毫毕现于特写中。我把2012年发表的《难肠》视为马金莲一篇展示深厚叙事功底的优秀之作。

马金莲并不是突然写出《难肠》的，老人尤其妇女的生存困境，在她其他作品中早有端倪。她的另一篇小说《鲜花与蛇》发表于2011年，写的是农村妇女阿舍连生两胎女儿后，只剩下政策允许的最后一次生育机会。阿舍心想：“一个女人，生不出儿子来，上对不住老人，下对不住丈夫，在亲门党家甚至整个庄子里，都抬不起头直不起腰，活得不如人。后半辈子，免不了处处受人窝囊气。老了，女儿全嫁走了，剩下老两口，眼前连个烧水做饭的人都没有。”所以，这个农妇阿舍一心想生儿子。按照当地的说法，孕妇梦见鲜花生女儿，梦见蛇生儿子，阿舍常梦见鲜花，这把她吓坏了。女人一生，只在有了儿子，才能像《鲜花与蛇》中公婆自述的：“下了一辈子苦，拉扯了一辈子娃娃，侍候了一辈子人，柴米油盐守着锅台转了一辈子,现在熬成婆婆,娶了儿媳妇,该是她缓下来的时候了。”现实如此,《难肠》之所以“难肠”,因“她”的父母没有儿子。

不但写作内容在她的创作中是延续性的、流动性的,而且展示生活状态流的做法,也是马金莲一贯的做法,在反复实践后她用得越来越娴熟,在《难肠》中可以说用得得心应手。《鲜花与蛇》也是工笔描绘的一幅幅画面,构成生活状态流。只不过,在《鲜花与蛇》中,故事没那么紧凑,显得有些松散,主要原因是画面起承转合气韵略微滞涩,呼应性不强结构意识不强,于是,小说情节显得骨感不足,肉感过剩。《鲜花与蛇》局部十分生动,但对读者的阅读耐性依旧会是一种考验,好在这是一部短篇小说,如果是中篇问题就会更明显。等马金莲写到《难肠》时,问题得到了有效的解决。一是作品中有若干具有线索性质的画面强化了结构的紧凑性,如:静悄悄的院子里关着的房门、父亲编制竹器、吃饭、睡觉;二是作品中的画面具有对比、烘托、对应性,相互之间产生张力,如:父母施舍乞讨者和乞讨者一起吃饭的画面与后来父亲到“她”家等饭的画面;三是人物的精神气韵贯穿在作品中,如:小说中的父亲、母亲的卑微和自尊、韧性。

中篇小说《长河》可以说是到目前为止马金莲的代表作,这部小说从春夏秋冬四季写了四个葬礼,男女老少四个人或因为病灾、或因为贫穷、或因为自然老去走完了生命的最后一程。“我的父老乡亲,在泥土里劳作了一辈子然后到泥土下面安睡,睡得沉稳,内敛,静谧,一如他们生前所具有的品行和经历的生活”,在这部小说中,马金莲在保持她冷静、从容叙事的风格的同时,又展现了她超常的艺术才情。在女性叙事层面上,可以说这是一部当代的《呼兰河传》,马金莲和萧红一样写出了家乡父老乡亲的苦难中的人性美,写出了死亡的洁净和生命的尊严。鲁迅在为《生死场》作序时称赞萧红写出"北方人民对生的坚强,对于死的挣扎,却往往已经力透纸背",马金莲写出了西海固人民的生的坚强,同时也写出了他们对死的洁净和崇高,"村庄里的人,以一种宁静大美的心态迎接着死亡","死亡是洁净的,崇高的",尤其写少女素福叶短暂一生,灿若桃花,唯美之至。

马金莲的小说平淡,但在平淡中蕴藏着一股力量,这种力量来自信仰,来自内心的强大。张承志迷恋西海固,在那里写出了《心灵史》这样的伟大作品。和张承志的强悍和倔强不一样,马金莲的力量是在表面上看不出来的,甚至是柔弱,但你能感觉到那种无形的存在。《难肠》中的父亲不识字,但会手捧《古兰经》像识字一样认真地看经书;《孔雀菜》中的李富贵第一愿望是希望儿子好好读经,成为阿訇。马金莲的笔下,常见人们捧着《古兰经》,在苦难中,经让人安泰。捧经的人,安守认定的本分,内心祥和,哪怕是面对无常。《难肠》里"她"的母亲去世,小说有一个画面:"院子里静悄悄的,窗帘门帘都没有搭起来。等她推门进去,父亲蹲在地上,正在编一个笼子。再看炕上,母亲直挺挺躺着,脸上盖着她用过的一片白头巾。她揭开看,母亲早就无常了,只见她五官平顺,头上的盖头戴得端端正正,衣裳鞋袜也都穿戴齐全。"母亲去世了,父亲说给她念过讨白了,不用哭。讨白是穆斯林向安拉悔罪的一种形式。一个和父亲过了一辈子的女人走了,再也不会回来,但在父亲的语句中这显得很平常。马金莲笔下的父亲是有信仰，有精神品格，善良而卑微的小人物，她塑造的类似底层百姓不少。

马金莲作品中冷静的生活状态流，轻戏剧性而注重生活的实感和日常肌理，以人物为根基，用画面组接故事，注重情境再现时表象的细节，内在情绪、意蕴的暗示，她不刻意提炼象征体，而是展现生活的原生状态，作品自然、真实、质朴。马金莲生活在贫困、干旱的西吉，她怀着爱意守望西海固，对故土投去冷静、苍茫的目光，在冷静的背后，又时时闪现着一种温暖的胸怀，而这温暖来自于悲悯的情怀。

在写作本文时，我在网上搜索了一下马金莲的资料，发现这个作者的人生历程也不像那些“80后”那么幸运，她来自于西海固的穷乡僻壤，2003年师范毕业后在家务农，而后结婚，担任小学代课教师，而后经过考试成为正式编制的小学老师。她在自述《这之前的时光》说道：“2007年，知感真主，感谢生活，感谢我的良师益友，我看见了命运的笑，感到了生活的温暖。以后的日子，我要好好生活，安安静静地写作，拄一支笔，在小说的路上不管能走多远，我想只要坚持走了，便对得起生活，对得起这一生。”与生命相伴，与文学相伴，安安静静地写作，马金莲的路很长，也有更大的空间发展。

作家自述

让文字像花朵一样绚烂

马金莲

从嫁人那天算起,我离开生我养我的那个小山村整整九年了。尽管时不时回去,但是从严格意义上讲我已经不是那个村里的一员了,我只是从这里嫁出去的一个女儿。这些年我在外头奔跑,为了生计,不断地变换生活方式和工作内容。但是内心总是牵挂着一个地方,这就是扇子湾。在外头的时日久了,倦了,累了,只要一走进扇子湾,趴在母亲的热炕上,感觉就像小时候扑进了母亲的怀抱。没有顾忌,没有担忧,可以撒痴,可以撒娇。和遇上的每一个人打招呼,知道他们的过去和现在。趴在老杏树最顶端的枝头,摘杏子的同时顺便打量打量全村子。远远望着老坟院,想象着亡故的亲人们睡眠的姿势。

更喜欢做的事是站在远处望着老祖母。她老人家像一束被风抽干了水分的荞麦,轻飘飘在有风的院子里走动,她要给牛添一背篼草,给狗和半盆子食,给母鸡抓一把囫囵麦子。她劳作了整整八十年,现在还不肯歇缓下来。她对生活很满足,从不埋怨什么,倒是常常念叨起过去的艰难,说吃糠咽菜穿着补丁摞补丁的衣裳,硬是扛过来了,现在的年轻人享福得很啊,吃的是清油细白面,穿的衣裳没一片补丁，新崭崭的，出门不用双脚走路，坐小车骑摩托。

说着说着就咣咣地咳嗽起来。她一共生养了六个儿女，六个月子里竟然都是喝冷水吃秋粮面，没吃过一枚鸡蛋。她把用过的塑料袋叠起来，捋得平展展的，放在箱子里，还有些孙子们念过的书，也都整整齐齐保存着。我说留这些有什么用呢，早该扔了。她舍不得扔，宝贝一样留存着。有一张新毛毯，一床新被褥，她照旧舍不得用，炕上铺的褥子已经看不出最初的颜色和花纹了，都被补丁层层淹没了。我瞅了半天，依稀发现有一块布是当年的赊销布，问她，果然是，当时缝褥子就是用赊销布做的面子。这褥子的年岁竟然和我一般大。

儿女拿来的新衣裳，她一件件压在箱子里，日常根本不穿，总是穿得很朴素，甚至有些破旧，为此没少挨几个儿子的骂，记得有一回我父亲干脆生了很大的气，逼着祖母把烂衣裳换下来，他要塞到炕洞里烧了去。祖母抱着一堆补丁衣裳，在炕上说娃娃你来，我给你说说五八年六〇年的饥荒，我们是从那个年月熬过来的啊，你叫我咋能把那些苦日子忘掉呢。父亲叹了口气，不再勉强。第二天祖母还是穿着她那身旧衣赏扫院子背柴火，动作利索，神情安详。

看着这样的祖母，我常常有一种时空错位的恍惚感，感觉时间还停留在小时候，我还是那个懵懂无知的小女孩，在扇子湾的大地上奔跑，做着人生最初的认识与成长。然而，现实是一切都已时过境迁，时间的河流在扇子湾一刻也没停歇，当年的孩子都长大了，中年人变老了，老年人相继谢世走进黄土里去了。

在现代化的城市生活中，我常常回想起扇子湾，想起某一张熟悉的面孔，想起某一棵柳树或者杏树，想起沟畔的乌鸦窝，想起小河边翘着尾巴饮水的松鼠，想起开紫花花的苜蓿，想起鼓胀着肚皮的甜豆角……时间在向前走，怀念却沿着记忆的道路往回走。就在这怀念中，我重新思索一些人和事。那些留在记忆里的面容和细节，那些善良的心和笃定的信仰，那些硬朗的身姿和爽朗朴素的笑。

在西海固深山里，默默无声简单朴素地活着的不仅仅是祖母，还有很多人。他们对生活没有过多的奢求，就那么简单朴素地活着。一件农具坏了修修，一件衣裳破了补补，一个瓦罐漏水了箍箍，从不去想外面的世界有多么繁华，从不去想别人在怎样奢侈地活着，不奢求穿上绫罗绸缎，吃上山珍海味。只盼望风调雨顺，农家的日子平平顺顺。我常常想着他们一个个的人生，简单得一眼能看到底，但也有艰难，在清贫中苦苦挣扎的艰难。我一开始就书写他们，现在是，将来也还是。他们平淡普通的生活里蕴含着多少闪光的财富，我只遗憾自己的水平有限，不能更深地挖掘更好地展现。

也许写作者就是这样，活在无尽的思索与怀念里。

另一方面，我面对着他们的当下。扇子湾年轻一辈的人和事，和所有当下中国的村庄一样，扇子湾的年轻人纷纷外出打工，他们穿梭在陌生城市的大街小巷里，有些挣扎在道路上，有些变成了外地人，有些人像候鸟不定期回到村庄。我试着将笔触延伸到他们，写他们的渴望与追求，欢乐与疼痛，成功与失败，男人与女人，老人与孩子，思念与留守。

当然，我只是一个生活的观察者、记录者，我痴迷于描写扇子湾的人与事，一草一木。常常，当我思索扇子湾的某一个人某一件事的时候，我都禁不住遥遥祝福，祝福我的父老乡亲，不管是留在村庄里的还是外出的，是亡故的还是活着的，你们一定要幸福。

我在一边书写一边祝福，我的梦想是笔下的文字能够像山野间的花朵一样绚烂，开出一朵又一朵，一片又一片，连成一幅独特的风景。

肖江虹／生于1978年，贵州人。曾获第五届贵州省文艺奖、第三届乌江文学奖等。著有长篇小说《向日葵》，中短篇小说《百鸟朝凤》等。

评家观点

心灵的皈依，民俗的挽歌

龚勤舟

新世纪以来，我国的文学创作呈现出多样化的繁荣局面，新一代文学青年在国际化写作的背景下，探寻着属于本民族和个人化的写作方式，其中有传承有创新，有古典有时尚，肖江虹正是青年作家里的佼佼者，他置身于偏远的农村，孜孜探索着新的叙事风格。他的小说，满载着他对传统农村的眷念和记忆，用故事和人物构筑着独具风貌的文学世界。

一块地域，几番情缘

小说是心灵的艺术，小说将人类内心的焦灼、无奈、彷徨、困惑，以及随时间流衍所成长的大慈大悲、伦理忏悔进行着淋漓尽致的描绘。因此，小说在时间和空间这两个维度不断地转换和现身，它有着精神境界的真实，有着灵魂深处的高贵，它对人性的挖掘，触动了人类的心灵，震撼着人类的魂魄。在我看来，凡是优秀的作家，都在尽全力地赋予小说独有的气象，这种气象的体现不在于小说题材的宏大，不在于小说场面的铺陈，而在于小说思想的深邃度和穿透力。一部优秀的小说，往往烙印着史诗的特性，对于史诗的理解和把握，不仅仅需要作家对小说繁复的结构、密集的人物进行精心的摆布，更需要作家对于时代、民族、历史、人性等诸多元素进行灵魂深处的审视。一部宏伟的小说，长到数百万字，短到几千字，都积蓄着作家的血泪，他们用犀利的目光和博大的情怀将自己对人类的悲悯、对社会的批判、对历史的同情、对自然的热爱，通通融化在小说的文字里。肖江虹的小说没有天风海雨、摧枯拉朽般的力道，也没有大爱大痛、气势如虹的悲喜场面，他似乎在有意回避这些常见的气势，同时又在着力营造一种独特的氛围。他的小说随着安详诗性的文字慢慢展开，字里行间满含着从容雅致的韵味，这些温润绵柔的文字似乎经受过洪水的撞击，透露出历练后的韧性。

从《百鸟朝凤》到《蛊镇》，肖江虹自始至终致力于小说风貌的转变和突破，他希望在讲述故事的同时，融入值得体味的民间风俗，希望借此彰显小说的特色。《百鸟朝凤》探究了现代化挤压下的民族文化所面临的挑战，作为民间器乐的唢呐，有着独特而又优美的旋律，正是这婉转悠扬的曲调呼唤着内心深处的记忆。长期以来，唢呐以口头教授的方式进行着传承，生性愚钝、文化程度低劣的游天鸣却能深刻地领会父亲和师傅的良苦用心，用自己的生命呵护着这一濒临灭亡的民俗文化，小说有着强烈的民族认同感，让人们重新认识着民俗文化的内在价值。较之《百鸟朝凤》，《蛊镇》尽可能地放慢讲故事的节奏，小说继承了沈从文的文学笔调，采用了久违的艺术风格，清澈、诗意，不乏浪漫的情调。原始神秘的蛊，本是边地民众赖以生存的精神寄托，其中暗含着边地民众的愚昧。肖江虹将蛊作为一种特有的文化放置在虚构的小说里，并将蛊师这一传奇人物在日常生活中活灵活现地展示出来，充分说明了原始媚俗的蛊其实正是一剂民间的药，它用以毒攻毒的方式维系着农村的人、情、事。随着城市化进程的加速，蛊师终将成为一抹渐行渐远的背影，他的退场意味着原始、淳朴、独特的地域逐渐消逝，也预示着人的精神的缺失。肖江虹的小说展现出一缕缕浅浅的色调，其中有暗淡有悲情，有朴实有善意。

湘黔作为一块彼此共融的地域，有着近乎一致的风情礼仪，半个多世纪以前的沈从文，从一名“乡下人”的视角审视着故土的沦落和礼仪的丧失，他通过农村与城市的对比，流露出内心深处对于原始简单的乡村的眷恋。沈从文认为战争和城市伦理的不断蔓延，致使田园诗意的湘西遭受着实质性的败落。肖江虹长期生活在贵州的农村，他对现时代农民生活了如指掌。毋庸置疑，他秉承着沈从文的遗风，满含着浓郁的乡土气息，叙述着新时期西南农村所面临的困惑和焦灼。

肖江虹的小说不仅具有特殊地域的艺术气质，而且他善于冷静透辟地体察现时代农民的精神状态。他有别于同时代的其他作家，拒绝用苦难叙事来表现农民的人生遭遇，而是置身于民俗文化在现实社会遭受破坏的大环境里关注着人的存在。他将民俗文化引入小说，既避免了农村叙事的重复性，又表露出自身的文化认同和人生态度。小说对于文化的彰显，努力开拓着人们的生活视野，希望人们能从庸常的社会中超越自我。当然，追求完美的人必定在生活中付出百倍的艰辛，精神至上的人的心灵必定是千疮百孔。

在当下的小说创作中，人们更多地沉湎于消费社会里的真实人性和琐碎片断，展示着作为日常生活世界的人所拥有的爱欲和伪饰，或许在这集体无意识的文化状态里，更需要去发掘高尚的道德伦常，只有对人性的拔高，才能够更广泛地宣扬生命的价值，才得以仰望人生的苍穹。

跨越困顿，滋养性灵

肖江虹的小说涉及的题材，是大多数写作者难以企及的。他笔下的故事大多发生在不为人知的领域，其中有生僻、有神秘、有苦痛、有暖意。《天堂口》《当大事》《家谱》《喊魂》等小说都是其中的明证。《天堂口》通过对焚尸工细致入微的叙述，意在表现人的温情。范成大面对着一具具死尸，依然表现出由衷的敬畏，他不仅仅是一名焚尸工，而且为政府运来的野尸剃头、穿衣，最终将他们整洁干净地送入天堂。人死如灯灭，性格懦弱的范成大却在尽心料理着等待焚烧的死尸，他对死人的精心呵护，凸显了人性内在的善意，小说从另一个层面折射出现实社会的冷漠和罪恶。在这一冷一暖之间，小说拓展了值得回味和思考的空间，对死尸关爱备至的焚尸工，却得不到旁人的理解，厌弃、敌对、排斥，无意中刺伤了他的心灵。《当大事》讲述了偏僻乡村老人去世的故事，年轻人全都外出打工，村里只剩下老老少少，当地农村有个风俗，一旦家里的人去世，就要将自家的门板卸下来，将尸体放在门板上。但是由于门板的钉子生锈，数名老人费了九牛二虎之力才将其卸下来，丧事中的一系列琐碎事情在老人的操办下充满了喜剧色彩，阅读时的幽默诙谐，让人忍俊不禁，掩卷之余，让人目睹着传统礼仪的沦丧。《家谱》描述了一个农村小孩对家谱中的秘密的发现过程，每逢农历七月十五，家家户户都要给逝去的先祖送上祭祀的纸钱，那个在家谱中出现但却没有任何介绍的许正文，经过小孩多方查找终于得知真相，他是家族中的败类，不能在家谱中书写身世，小说透露出隐恶扬善的家谱文化特点，表明了偏远农村注重教育后代的特殊功能。《喊魂》将城市中的“黑道人物”与乡村风俗结合起来，颇具张力，对“喊魂”这一仪式的深刻认识和出色描绘，让小说既有现实的批判，更有着心灵深处的拷问。

文学被誉为人学，文学作品里的人物形象往往留给人们别样的印记。小说人物不仅在小说故事里起到穿针引线的作用，而且随着小说时间的流衍，人物逐渐成为小说精神的化身，人物可以看作小说的生命和符号。虽然每一个小说人物迟早都将淡出人们的阅读，但是人物的精神气质却难以退出人们的心灵。优秀的小说总是在对人物的叙述中呼唤人性的善良和高贵，具有永久价值的小说人物往往交织在悲悯、挫败、真诚、信仰、忏悔的世界里，倘若在阅读的过程中能够发现一些有着丰富生存质地、具有优秀精神品格的小说人物，那将意味着读者挖掘到人类心灵的宝藏，那将预示着一个人的生存体验将被小说人物赋予浓烈的生命意识。《百鸟朝凤》里的游天鸣、《蛊镇》里的细崽、《当大事》里的老头、《天地玄黄》里的金卯卯，都有着特别的小说色彩，他们作为一个个底层小人物，正在对人类的存在进行着召唤，对人间生活和人类命运进行着召唤。这些天真可爱的人物让小说充满了生机，带来了特别的惊奇，那里有诗性的忧郁、温柔的怜悯，也有开怀的胸襟、内心的观照，更有让人走向光明的精神力量。

既然选择农民作为书写的对象，作家就需要在更广阔的领域里拓展农民的精神状况，体谅进城之前的农民和返乡农民工截然不同的心态和身份认同，他们在这两个时期对于农村的认识必然是大相径庭的。张承志的《黑骏马》展现了广阔无际的茫茫草原，小说中的“我”骑着黑骏马出草原和骑着黑骏马回草原，同一个人在两个不同时间段的心态却难以重叠。如今时代变迁了，城市与农村的差异远比《黑骏马》的时代更明显，因此，对于农民心态变迁的考察也就越发重要。肖江虹的小说始终扎根于偏僻的农村，朴实善良的农民以土地为皈依，物质生活虽然贫困，但却有着良好的精神状态。他很少正面直指城市化进程的罪恶，而是旁敲侧击地从农民进城时的困苦和返乡后的遭遇来揭露城市的物欲，虽然只是蜻蜓点水般的叙述，但却不乏回味和反思的空间。综观中国现当代文学史，关于农村、农民题材的作品是最为丰富、最为深切的。近一个世纪以来，农村题材的小说始终贯穿了两条线索：以鲁迅为代表的苦难模式和以赵树理为典范的喜剧色彩。就目前的小说创作而言，带有苦难模式的农村作品在数量和质量上占据着绝对的优势，所以作品对现实流露出强烈的批判精神。然而，这种锋芒毕露的现实批判往往让苦难叙事成了农村的苦难症候，农民的沉闷卑微处境似乎永无光亮之日。我认为，无限度的苦难叙事虽然可以引发人们心灵的疼痛，但是这种疼痛更多的涂抹了悲悯和同情的色彩。中国农村匮乏的物质条件和生活的苦难固然值得人们去悲悯和同情，但是无尽地书写苦难却在一定程度上歪曲了农民本有的性格。苦难中有欢笑，悲辛中有甜美，在贫穷浅薄的农民身上，依然有星星点点的乐趣在支撑着他们对未来的向往。肖江虹跳出了沉闷伤痛的叙事，他往往借用举重若轻的笔调去描绘苦难的酱缸，去发现那些在酱缸中翻腾的人类，去寻找他们乐观的精神和真诚的微笑，因此，他的小说从另一个层面引发着人们对苦难的深思。

在数千年历史长河里，贵州并未遭遇过大灾大难，地势所限，交通闭塞，道路崎岖，当地民众祖祖辈辈过着与世隔绝的生活，农村的文化简单淳朴。新文化运动之后，蹇先艾作为早期的新文学作家，书写了一批关于贵州乡村的小说，他对贵州的社会景观和山民性格进行了细致入微的叙述。何士光在改革开放初期从时代变革的层面剖析了农村小人物的内心情愫，讲述了农村里的日常生活矛盾，小说加入了乡土俚语，对我国社会转型时期的文学创作具有不可低估的作用。新世纪以后，肖江虹在全球化的大背景下深入基层，扎根农村，对当今全球化和城市化双重挤压下的民俗文化给予同情和守护，他更注重挖掘民俗民风的时代性，讲求艺术的多元化，期待着朴野纯真的生态文化滋养人的心灵。

作家自述

当梦想照进现实

肖江虹

很小的时候，小学语文老师问我：你的理想是什么？几乎没有思考，我说我要当个作家。老师立刻就笑了。我不怪他，他差不多60岁了，问过很多学生这个问题，那些小时候豪言要做科学家政治家的，最后都做了农民。我的老师笑完后，又问我：为什么要当作家呢？我说当作家有面子。我的老师很真诚地对我说：其实，当个村支书更有面子。

我的童年属于典型的放养。父母总有忙不完的事情，根本没有时间对我们兄妹几个进行有效管理。虽然在物质上极度贫乏，但是精神却很自由。很多稀奇古怪的想法总是主宰着我。放牛的时候我就想，如果村子里的人一夜之间都变成了牛，会不会遭到这些原本就是牛的家伙的排挤；看见村子里面最邋遢的那个人，就想他身上的虱子会不会为了抢夺一块肥沃的地盘而进行群殴。

没日没夜地遍地乱跑，让我和那片土地建立了朴素而深厚的感情。如今，一旦空闲下来，我就会回到那里住上一段时间，听老人们絮叨往事，看风掠过村庄，闻烈日下苦蒿的味道。我小说的场景和人物，几乎都和那片土地有关，只要一想到他们，我就特别来劲。

后来，父亲调到镇上做了一名中学老师，我也跟着到了镇上。做了中学教师的父亲这个时候腾出手脚准备教育我，但是为时已晚。放养时间太长，圈养几乎不可能了。我的初中生涯和课本关系不大，眼睛长年累月都在一个女孩子身上。不过很遗憾，那个女孩对我几乎就没有正眼瞧过。我爱的人不爱我，弄得我极度自卑，就开始把大把的时间用来阅读。

那阵子我们镇上有个租书的小铺子，里面有金庸全集，借回来就开始读。按理说，初中二年级文化水平阅读金庸小说已经绰绰有余了，可悲的是那些书全是盗版，而且盗得还很不要脸，有时候一整段都不知所云。于是先怒火万丈地问候了盗版者的祖宗十八代，接着就开始自己组织文字，尽量让上下文能有效地衔接。等把金先生的十五部村级盗版书读完，我的作文水平居然冠绝全班。老师一次在给同学读我作文的时候很兴奋地表示：肖江虹的作文有浓郁的古典气息。

整个初中生涯，我最接近文学的一次经历发生在生机勃勃的初春。在一次全省的作文比赛中，我居然获了一个优秀奖。除了拿到五十块钱的奖金，那篇作文还刊载在了省里面一本很有名气的教育类杂志上。听说有奖金，就谋划着无论如何得买条香烟孝敬我的辅导老师。等奖金到手，这个计划早就忘得一干二净了。一群狐朋狗友三下五除二就把奖金消灭得干干净净。吃人最软，一帮人抹着嘴对我阿谀奉承，说你将来肯定是个作家。本来还心有戚戚，一听这话，立刻就乐得屁颠屁颠的。前段时间搬家，我居然在一个旧箱子里翻出了那篇文字,才读了一段,就掉了一地的鸡皮疙瘩。

上高中后,学校有个小型图书馆。最喜欢《三国演义》,这本书至今都是我的最爱,读了多少遍记不住了。反正很多精彩段落都能背诵,比如隆中对,比如舌战群儒,比如骂死王朗。我甚至能说出书中每一个人的名字,包括那些一出场就给干掉的可怜虫。

不用说,阅读让我的语文成绩一骑绝尘。每次考完试,我的语文老师拿着我的试卷笑得花儿都谢了。其他科目就惨了,到高三毕业,我连一个简单的化学方程式都配不平,化学老师有次咬牙切齿地对我说:我敢肯定,你的脑髓是豆渣捏的。

严重的偏科,上好大学是不可能了,最后上了一所师范院校。我特别沮丧,父亲却高兴得又唱又跳,逢人就说:后继有人了,后继有人了。

我的大学波澜不惊,唯一骄傲的事情就是让我的同桌成了我的妻子。记得寝室夜谈的时候还有室友跟我说:兔子不吃窝边草。我反击他:肥水不流外人田。大学这个唯一的成果为我后来的写作生涯奠定了坚实的基础。这些年来,不管我写得好不好,我妻子都一直默默支持我,她经常对我说:商人官员常见,作家不常见,你要真成了作家,就相当于我们家养了一只大熊猫!

于是就开始写。

磕磕绊绊写了两年,电脑里有了一个专门堆放文学作品的文件夹。反复斟酌,挑出一个中篇,叫《百鸟朝凤》,心想不鸣则已,一鸣惊人。要给就给大刊物,要给就给名编辑。又听说《当代》有个叫周昌义的,对无名之辈特别关照,找来邮箱地址,咬牙切齿把小说发了过去,还附了一句外厉内荏的话:听说你是现在最牛的编辑之一,给你投稿有些心虚,心虚的不是我东西不好,心虚的是怕你不看,能不能发表我不在乎,能得到你的指点我很在乎。多年后我在北京见到了周昌义老师,我说起这件事,问他是不是这句话让他读了那篇小说,他笑笑说谁的稿子我都会认真看,你这一套早过时了。

《百鸟朝凤》发表后,引起了一些关注。这样就更得意了,心想快了,就快成个作家了。

遗憾的是,这些年一路写来,发现自己离一个作家越来越远。

说这个话,不是矫情,是来自心底最真实的焦虑。

曾经一段时间,对作品的产量有近乎变态的追求,上一个刚写完,就开始迫不及待地谋划着下一个。一段时间文学期刊上没有自己的名字,就会陷入一种莫名的恐慌,就怕别人把自己给忘记了。于是没日没夜地写,写得手脚酸麻脖子僵硬两眼发直还不罢休。疯狂制造了一堆残次品,没有一个突出,只有腰椎间盘最突出。

到了不得不思考的时候了。夜晚躺在床上,扪心自问,对文学,你还抱有虔诚和敬畏吗?对生活,对人心,对人性,你认真思考过吗?对自己的文字,你有十年磨一剑的耐心吗?

闲时翻阅那些曾让自己沾沾自喜的文字,居然全身冰凉,心如死水。

在这个属于速度的时代,每个身影都保持着一种前倾的姿态。

滚滚人流中,我们早就丧失了对经典的追求,对厚重的渴望,对深度的营造。

慢一点,再慢一点。这才是文学创作最基本的态度。

也许,我用一辈子的时间,最后只能证明一件事,那就是我原来根本就成不了一个真正的作家。

但我还是想试一试。

无他,因为热爱。

编者的话

《聚焦文学新力量——当代中国青年作家创作实力展》是安徽文艺出版社“新力量”文丛中的一部，也是《文艺报》“聚焦文学新力量——当代中国青年作家创作实力展”栏目作品的汇编，其中包括作家创作历程简介、评家观点与作家自述三部分。此栏目自2013年3月一直持续至2013年9月，受到广大读者的热情关注。本书的目录顺序以报纸出版与刊发顺序为准。

在组稿与编辑的过程中，我们坚持推出文学“新力量”的原则，重点关注较为年轻的作家和批评家。书中所涉及的作家年龄均在46岁以下（含46岁），评家也多为“70后”、“80后”作者。他们的作品让我们看到了当代文学的新动向、新发展，也让我们感受到了这些青年作者为文坛带来的“新力量”。

《聚焦文学新力量——当代中国青年作家创作实力展》一书的

编辑与出版，得到了广大编写人员的关心与支持，在具体的约稿、编辑工作中，李墨波、行超等付出了大量的劳动。

由于出版时间仓促，书中难免有错漏之处，还望得到广大读者的批评与建议，以期不断完善之。

编　者

2013 年 9 月